Kara Prens

KARA PRENS

Orijinal Adı: Dark Prince
Yazarı: Christine Feehan
Genel Yayın Yönetmeni: Meltem Erkmen
Çeviri: Gökçenur Şehirli
Editör: Eren Abaka
Düzenleme: Gülen Işık
Kapak Uygulama: Berna Özbek Keleş

ISBN: 978-9944-82-289-3

YAYINEVİ SERTİFİKA NO: 12280

1. Baskı: Haziran 2010

Baskı ve Cilt: Melisa Matbaası
Çiftehavuzlar Yolu
Acar Sitesi No: 4 Davutpaşa / İstanbul
Tel: 0212 674 97 23-670 97 79

Yayımlayan:
Epsilon Yayıncılık Hizmetleri Tic. San. Ltd. Şti.
Osmanlı Sk. Osmanlı İş Merkezi No: 18/4-5 Taksim / İstanbul
Tel: 0212 252 3821 pbx Faks: 252 63 98
İnternet asresi: www.epsilonyayinevi.com
e-mail: epsilon@epsilonyayinevi.com

Kara Prens

Christine Feehan

Çeviri
Gökçenur Şehirli

epsilon®

Bölüm 1

Kendini daha fazla kandıramazdı. Mikhail Dubrinsky, geçmek bilmeyen bir yorgunlukla, deri ciltli kitabının kapağını yavaşça kapattı. Buraya kadardı. Artık tahammül edemez olmuştu. Ölesiye sevdiği kitapları, benliğine kök salmış o boşluk hissini uzaklaştıramıyordu. Çalışma odasındaki dört duvardan üçü zeminden tavana kadar kitaplarla kaplıydı. Her birini okumuş, geçen yüzyıllar içinde pek çoğunu hafızasına kazımıştı. Fakat artık onlarda da teselli bulamıyordu. Kitaplar zihnini besliyor, kalbiniyse sadece incitiyordu.

İstediği şafakta uyumak değildi, en azından yenilenmesini sağlayan o şifalı uyku değildi. Tanrı günahlarını affetsin, edebi istirahatı diliyordu. Onun türü perişandı, zulme uğramıştı ve yok olmanın eşiğindeydi. Her yolu denemişti; tüm fiziksel ve zihinsel becerileri, yeni çıkan teknolojileri. Mikhail tüm ömrünü sanat ve felsefe, araştırma ve bilim ile haşır neşir olarak geçirmişti. Her şifalı otu, zehirli her kökü biliyordu. İnsan ırkının silahlarını biliyordu, kendisinin de nasıl silah olabileceğini öğrenmişti. Yapayalnız kalmıştı.

Onun ırkı ölmekte olan bir halktı, Mikhail de onları hayal kırıklığına uğratmıştı. Önderleri olarak, sorumlu olduğu kişileri kurtarmanın bir yolunu bulmaya adamıştı kendini. Çok fazla erkek dönüşüme uğramıştı, yürüyen ölüler kervanına katılmak için, çaresizce, ruhlarından vazgeçmişlerdi. Soylarının devamını sağlayıp onları düştükleri bu karanlıktan çıkaracak kadın kalmamıştı aralarında. Nesillerini devam ettirme ümitleri yoktu artık. Türün erkekleri özlerinde birer avcıydı. Hissettikleri tek şey gri, soğuk bir dünyanın kasveti oluncaya dek içlerindeki karanlık büyüyüp yayılıyordu. Her bir erkek, onları sonsuz ışığa kavuşturacak olan kayıp yarılarını, ruh eşlerini bulmak zorundaydı.

Etrafını saran yoğun keder adeta benliğini tüketmişti. Başını yaralı bir hayvan gibi kaldırdı – ki öyleydi – ve acıyla kükredi. Tek başına olmaya tahammül edemiyordu artık.

Esas sorun tek başına olmakta değil, yalnız olmakta. İnsan kalabalığın ortasında bile yalnız hissedebilir kendini, sence de öyle değil mi?

Mikhail kaskatı kesildi; tehlikenin kokusunu almış yırtıcı bir avcı misali pürdikkat olmuş, ruhsuz gözleri hareketsizdi. Bütün duyuları bu davetsiz misafirin yerini tespit etmek için yanıp tutuşurken, derin bir nefes alarak zihnini hızla kapattı. Kimse yoktu etrafta. Ama yanılmış olamazdı. En kadimi, en kuvvetlisi, en kurnazlarıydı Mikhail. Kimse kalkanını geçemezdi. Kimse ondan habersiz ona yaklaşamazdı. Merakına karşı koyamayarak, sözleri yani sesi tekrar dinledi. Dişi, genç ve zeki. Zihninin usulca açılmasına müsaade etti, geçitleri kontrol etti, zihinsel ayak izlerini arıyordu. *Ben de öyle düşünüyorum.* Uysalca onaylamıştı söylenenleri. Nefesini tuttuğunu fark etti, temasa geçmeliydi. Bir insan. Kimin umurunda ki? İlgisini çekmişti.

Bazen dağ başına çıkıp günlerce, haftalarca tek başıma kaldığım olur ama kendimi hiç yalnız hissetmem. Fakat etrafımda yüzlerce insanın olduğu bir partide hiç olmadığım kadar yalnız hissettiğim de olmuştur.

Midesine ateş gibi bir kramp girdi. Kadının zihnine nüfuz eden sesi yumuşak ve melodikti, çekici bir masumiyeti vardı.

Mikhail asırlardır bir şey hissetmemiş, vücudu yüzyıllardır bir kadını arzulamamıştı. Şimdiyse bu sesle, fani bir kadının sesini duyunca damarlarında yayılan ateş karşısında hayrete düşmüştü. *Nasıl oluyor da benimle konuşabiliyorsun?*

Seni incittiysem özür dilerim. Özründeki samimiyeti hissetmişti. *Acın o kadar keskin ve büyüktü ki, görmezden gelemedim. Sohbet etmek istersin diye düşündüm. Mutsuzluğun çözümü ölüm değildir. Bunu biliyor olmalısın. Ama yine de istemiyorsan konuşmam.*

Hayır! İtirazı buyruk gibiydi, itaat edilmeye alışkın bir varlık tarafından verilmiş otoriter bir emirdi.

Ses daha zihninde kayda geçmeden kadının kahkahasını hissetti. Yumuşak, gamsız ve davetkâr. *Etrafındaki herkesin sana itaat etmesine alışkın mısın yoksa?*

Kesinlikle. Kadının kahkahasını nasıl yorumlayacağını bilememişti. Merakı artıyordu. Duygular. Hisler. Hepsi benliğine hücum ediyordu, boğulmak üzereydi.

Avrupalısın değil mi? Zengin, çok ama çok kibirli.

Onun alayına tebessüm ederken yakaladı kendini. O bunu yapmazdı. 600 senedir hiç gülümsememişti. *Hepsi doğru.* Yine gülmesini bekledi, buna bir müptelanın uyuşturucuya duyduğu şiddetli arzuyla ihtiyacı vardı.

Gülüşü bu kez kısık ve neşeli ama Mikhail'in teninde gezinen parmaklarmış gibi sevecendi. *Ben Amerikalıyım. Bir elmanın iki yarısı gibiyiz, değil mi?*

Mikhail, artık onu avucuna almış, üzerinde hâkimiyet kurmuştu. Elinden kaçamayacaktı. *Amerikalı kadınlar doğru yöntemlerle terbiye edilebilirler.* Kasıtlı olarak böyle ağır konuşmuştu, tepkisini tahmin edebiliyordu.

Sen sahiden kibirlisin. Kadının kahkahasına bayılmıştı. Kokusunu içine çekti. Baş dönmesini, esneyişini hissetti. Tam istediği gibi. Uyuması için ona hafif, oldukça nazik zihinsel bir kuvvet gönderdi. Böylece onu inceleyebilecekti.

Kes şunu! Kadının tepkisi ani bir uzaklaşma, incinme ve şüphe oldu. Çevik bir hamleyle zihnine set çekerek geri çekildi. Mikhail böyle genç bir insan için bu kadar becerikli ve kuvvetli olması karşısında hayrete düştü. Bir insandı, bundan emindi. Dışarı bakmadan, gün doğumuna dek tam beş saati olduğunu anladı. Gerçi, günün ilk ve son ışıklarına dayanabiliyordu. Onu telaşlandırmamaya dikkat ederek zihnindeki bariyeri yokladı. Biçimli dudaklarında belli belirsiz bir gülümseme yerleşti. Kadın kuvvetliydi, fakat yeterince kuvvetli değildi.

Mikhal'in vücudu, sağlam kasları ve insanüstü gücü titrek bir ışıkla parıldayarak gözden kayboldu, belirsiz kristal bir sis halini alarak kapının altından kayıp geceye karıştı. Yan yana dizilip bir araya toplanan damlacıklar birbirine bağlanarak geniş kanatlı bir kuş oluşturdu. Kuş alçaldı, daire çizerek siyah gökyüzünde süzüldü. Sessiz, ölümcül ve güzeldi.

Mikhail uçmanın verdiği güçle mest olmuştu, rüzgâr bedenine çarpıyor, gecenin havası onunla konuşarak ona sırlar fısıldıyor; avlarının, insanların kokusunu ona taşıyordu. Ona zihin yoluyla bağlanan insanın belli belirsiz olan zihinsel izini kendinden emin bir şekilde takip etti. Öyle kolaydı ki. Yine de kanı alevler içindeydi. Hayat ve kahkaha dolu genç bir insan. Ona zihin yoluyla bağlı bir insan. Şefkatli, zeki ve kuvvetli bir insan. O merakını giderirken, ölüm ve lanetlenme bir gün daha bekleyebilirdi.

Pansiyon küçüktü; ormanın ucunda, dağın ağaçsız alanla birleştiği yerdeydi. Birkaç odada ve koridorun birinde titrek bir şekilde ışıldayan lambalar haricinde içerisi karanlıktı, diğer insanlar uykudaydı. Kadının bulunduğu ikinci kattaki pencerenin balkonuna konarak kımıldamadan durdu, gecenin bir parçası olmuştu. Onun yatak odası ışığı açık odalardan biriydi, uyuyamadığına işaret ediyordu. Alev alev bakan koyu gözleri billur camların ardından onu bulup yakaladı.

İnce kemikliydi, hatları kıvrımlıydı. İnce bir beli, sırtına kadar uzanan ve yuvarlak kalçasına dikkat çeken gür, simsiyah saçları vardı. Zorlukla yutkunmayı başardı. Kusursuzdu, çok güzeldi. Teni saten gibi pürüzsüzdü, inanılmaz büyüklükteki masmavi gözlerinin etrafı kalın, uzun kirpiklerle çevriliydi. Hiçbir ayrıntı gözünden kaçmıyordu. Vücuduna sımsıkı oturmuş, dik ve dolgun göğüslerini sararak gerdanı ile pürüzsüz omuzlarını açıkta bırakan beyaz, dantelli bir gecelik giymişti. Ayakları da elleri gibi minicikti. Bu kadar ufak ölçüleri olan biri için ise fazla güçlüydü.

Pencerenin önünde durmuş, görmeyen gözlerle dışarı bakarken saçlarını fırçalıyordu. Dalgın bir ifade vardı yüzünde, dolgun ve tahrik edici dudaklarının kenarında yorgunluk çizgileri vardı. İçindeki acıyı ve gelmemekte ısrar eden uyku ihtiyacını hissedebiliyordu. Mikhail, her fırça darbesini izlediğini fark etti. Hareketleri masum ve bir o kadar erotikti. Kuş görünümüne hapsolan vücudunu bir heyecan dalgası sardı. Başını büyük bir saygıyla ve şükran duygusuyla göğe kaldırdı. Çağlar boyu hiçbir his duymadıktan sonra hissetmenin verdiği saf mutluluk tarif edilemezdi.

Fırçanın her hareketi davetkâr bir şekilde göğüslerini kaldırıyor, dar göğüs kafesine ve ince beline dikkat çekiyordu. Vücudunu saran dantel koyu iç çamaşırı varlığı belli ediyordu. Kuşun pençeleri parmaklıkları kazıyarak yumuşak ahşapta uzun izler bıraktı. Mikhail seyretmeyi sürdürdü. Zarif ve baştan çıkarıcıydı. Heyecanlı bakışlarının onun yumuşak boynunda dolaştığını fark etti, nabzı düzenli bir şekilde atıyordu. *Onundu*. Aniden, bu düşünceyi kafasından kovmak için kafasını salladı.

Mavi gözler. Mavi. Mavi gözleri vardı. Ancak o zaman renkleri görmeye başladığını fark etti. Canlı, parlak renkler. Kaskatı kesildi. Mümkün değildi. Türünün erkekleri hislerini kaybetmeleriyle hemen hemen aynı zamanda, donuk gri dışında renk görme kabiliyetlerini de kaybetmişti. Mümkün değildi. Sadece ruh eşi bir erkeğin hayatına hisleri ve renkleri tekrar sokabilirdi. Bir erkeğin karanlığını aydınlatan Karpatyalı dişilerdi. Diğer yarısı olmadan, içindeki canavar, insan yanını yavaşça tüketecekti; ta ki tamamen karanlık tarafa geçinceye dek. Ruh eşlerini doğuracak Karpatyalı dişiler kalmamıştı artık. Kalan birkaç tane de sadece erkek çocuk doğurabiliyordu. Durum ümitsizdi. İnsan ırkından kadınlar dönüştürülünce deliriyordu. Bu da denenmişti. Bu fani kadının onun ruh eşi olmasının imkânı yoktu.

Işığı söndürüp yatağa uzanırken Mikhail'in gözleri hâlâ onun üzerindeydi. Zihnindeki kıpırtıları, arayışı hissetti. *Uyanık mısın?* Sorusu muğlâktı.

Mikhail cevaplamayı önce reddetti, ona böyle ihtiyaç duyması hoşuna gitmediğinden değildi. Fakat kontrolünü kaybetmeyi göze alamazdı, buna cesareti yoktu. Kimse onun üzerinde hâkimiyet kuramazdı. Hele de sağduyudan çok, güç sahibi olan ufak tefek, Amerikalı bir kadın bozuntusu.

Beni duyabildiğini biliyorum. Zihnine izinsiz girdiğim için özür dilerim. Düşüncesizlik ettim, bir daha olmayacak. Ama bilgin olsun diye söylüyorum, bir daha bana güç gösterisinde bulunma.

Bir hayvan kılığına girdiğine sevinmişti, böylece kız onun gülümsemesini göremeyecekti. Daha gerçek gücün ne olduğunu bile bilmiyordu. *Gücenmedim.* Nazik bir sesle güven vermeye çalıştı. Mikhail cevap vermeliydi, buna neredeyse mecburdu. Onun sesine, teninde dolaşan parmaklar misali zihnine temas eden o hafif fısıltıya ihtiyacı vardı.

Yatakta döndü, yastığını düzeltti, canı yanıyormuşçasına şakağını ovaladı. Bir eli ince çarşafın üzerinde kıvrıldı. Mikhail o ele dokunmak, kendisininkinin altında onun ılık, ipeksi tenini hissetmek istedi. *Neden beni kontrol etmek istedin?* İstediği kadar ciddi bir soru olmamıştı. Mikhail onu bir şekilde incittiğini, hayal kırıklığına uğrattığını hissetti. Sevgilisini bekliyormuş gibi, huzursuzca kımıldandı yatakta.

Onun başka bir erkekle olması düşüncesi öfkeden kudurmasına yetti. Yüzyıllar sonra gelen hisler. Keskin, açık ve net. Gerçek hisler. *Kontrol etmek benim tabiatımda var.* Mikhail'in keyfi yerindeydi, ancak hiç olmadığı kadar tehlikeli olduğunun da farkındaydı. Güç her zaman kontrol gerektirirdi. Ne kadar az duygu olursa, kendini dizginlemesi de o kadar kolay olurdu.

Beni kontrol etmeye çalışma. Sesinde bir şeyler vardı, Mikhail'in ismini koyamadığı ancak sezinlediği bir şeyler. Kendisi için bir tehdit oluşturduğunu anlamış gibiydi sanki. Mikhail de bir tehdit olduğunun farkındaydı.

İnsan kendi tabiatını nasıl kontrol edebilir ki, küçüğüm?

İçindeki boşluğu dolduran, kalbine ve nefesine temas ederek kanını kaynatan gülümsemesini gördü. *Niçin küçük olduğumu düşünüyorsun? Dev gibi kocamanım ben.*

Buna inanayım mı şimdi?

Sesindeki ve düşüncelerindeki kahkaha silindi, ancak Mikhail'in kanındaydı hâlâ. *Yoruldum, tekrar özür dilerim. Seninle sohbet etmek güzeldi.*

Ama? Çabucak sordu Mikhail nazikçe.

Elveda. Sona ermişti.

Mikhail havalanarak ormanın üstünde süzüldü. Veda edemezdi. Buna izin veremezdi. Hayatta kalması o kadına bağlıydı. Bir şey, *birisi* onun ilgisini, yaşama isteğini uyandırmıştı. Bu kadın ona kahkaha diye bir şey olduğunu, hayatın sadece var olmaktan çok daha fazlası olduğunu hatırlatmıştı.

Ormanın üstünde süzülürken asırlardır ilk defa manzara karşısında hayrete düştü. Sallanan dalların gölgeleri, ay ışığının ağaçlar üzerine dökülerek dereleri gümüşe boyaması. Hepsi çok güzeldi. Paha biçilmez bir lütuf bahşedilmişti ona. Her nasılsa tüm bunları hissetmesini dişi bir insan sağlamıştı. İnsandı kesinlikle. Kendi ırkından olsa hemen anlardı. Onun sesi ümitsizliğin kıyısındaki diğer erkekler için de aynısını yapabilir miydi?

Evinin koruması altında, uzun zamandır tatmadığı kıpır kıpır bir enerjiyle bir aşağı bir yukarı yürümeye başladı. Onun yumuşak tenini avuçları içinde, vücudu altında nasıl hissedeceğini, nasıl bir tat vereceğini düşündü. Gür, ipeksi saçlarının kendi sıcak vücuduna değdiğini, narin boynunun önünde sergilendiğini düşünmek onu heyecanlandırdı. Vücudu beklenmedik bir şekilde kasıldı. İçinde kelebekler uçuran, hafif bir fiziksel çekim değildi bu. Yırtıcı, zorlu ve karşı koyulamaz bir acıydı. Düşüncelerinin içine düştüğü erotik girdap karşısında şaşkına dönen Mikhail dizginleri eline aldı. Gerçek tutkuyla başa çıkamazdı. Bu kadar sahiplenici, öfkelenince ölümcül ve haddinden fazla korumacı bir adam olduğunu fark ettiğinde iyice şaşırdı. Böyle bir tutku bir insanla paylaşılamazdı; fazla tehlikeliydi.

Bu özgür ruhlu kadın, bir fani için fazlasıyla güçlüydü ve eline geçen her fırsatta Mikhail'in tabiatına karşı koyabilirdi. Mikhail insan değildi. Onun ırkı, daha doğmadan hayvani içgüdülerle damgalanırdı. Aradaki mesafeyi koruyup merakını zihinsel boyutta gidermek daha iyiydi. Yatak odasına inmeden önce titizlikle tüm kapı ve pencereleri kilitleyerek bütün giriş noktalarını aşılmaz büyülerle koruma altına aldı. Odası en büyük tehditlere karşı bile korunuyordu. Hayatından vazgeçecekse, bu kendi seçimiyle olmalıydı. Yatağa uzandı. Yerin derinliklerindeki şifalı toprağın altına girmesine lüzum yoktu, fanilerin sunduğu konforların da tadını çıkarabilirdi. Gözlerini yumdu, nefes alış verişini yavaşlattı.

Ancak Mikhail'in vücudu itaat etmeyi reddetti. Zihni kadının erotik, alay eden görüntüsüyle dolmuştu. Hayalinde beyaz dantelin altındaki çıplak vücuduyla yatağa uzanmıştı, sevgilisini karşılamak istercesine açmıştı kollarını. İçinden lanet okudu. Kendi vücudunun onunkisine sahip olması yerine başka biri onun yerini almıştı. Bir insan. Saf ve ölümcül bir öfkeyle titredi.

Saten gibi bir cilt, ipek gibi saçlar. Elini kımıldattı. Görüntüyü zihninde ölümcül bir kesinlik ve kararlılık ile canlandırıyordu. Her ayrıntıya dikkat ediyordu, ayak tırnaklarındaki gülünç ojeye bile. Kuvvetli parmakları onun ince ayak bileğini sararak teninin yumuşaklığını hissetti. Nefesi boğazında düğümlendi, bedeni olacakları tahmin ederek kaskatı kesildi. Baldırından yukarı kaydırdığı avucunu, masaj yaparcasına dizinin üstüne, kalçasına doğru ilerletti.

Mikhail, kadının uyandığını anında anladı, vücudu ateşler içindeydi. Telaşı ve korkusu Mikhail'e çarptı. Kasıtlı olarak, ne ile muhatap olduğunu ona göstermek için kalçasını okşadı.

Yapma! Ona dokunması, ona sahip olması için yanıp tutuşuyordu kadının vücudu. Deli gibi atan kalp atışlarını, ona karşı verdiği zihinsel mücadelenin gücünü hissedebiliyordu.

Sana daha önce hiçbir erkek böyle dokunmuş muydu? Kelimeleri karanlık, ölümcül bir şehvet duygusuyla onun zihnine fısıldamıştı.

Kahretsin, dursana! Kirpiklerindeki ve zihnindeki gözyaşları mücevherler gibi parıldıyordu. *Tek istediğim sana yardım etmekti. Özür diledim ya!*

Elini yukarı kaydırdı, kalçasını sıktı. *Bana cevap vereceksin küçüğüm. Gelip seni damgalamam, sana sahip olmam için yeterince vakit var hâlâ.* Usulca uyardı kadını. *Cevap ver bana.*

Bunu neden yapıyorsun?

Bana karşı gelme. Sesi bu defa boğuk çıkmıştı, duyduğu arzudan kısılmıştı. Parmakları ilerledi, biraz yokladıktan sonra en hassas noktasını buldu. *Sana hiç olmadığım kadar nazik davranıyorum.*

Cevabın hayır olduğunu biliyorsun zaten, diye fısıldadı kadın mağlup olmuş bir edayla.

Mikhail gözlerini kapadı. Bedenine adeta bıçaklar saplayan öfkenin iblislerini yatıştırabildi en sonunda. *Uyu küçüğüm, bu gece sana kimse zarar vermeyecek.* Teması kopardı, vücudu sertleşmiş, ağırlaşmış ve ter içinde kalmıştı. İçindeki canavarın serbest kalmasını engellemek için artık çok geçti. Açlıkla yanıp tutuşuyordu, deliye dönmüştü neredeyse. Kafatasını matkaplar deliyor, alevler derisini ve sinir uçlarını yalayıp geçiyordu adeta. Canavar zincirlerinden kurtulmuştu, tehlikeli ve açtı. Fazla nazik davranmıştı. Kadın, elinde olmadan içindeki canavarı özgür bırakmıştı. Kadının sandığı kadar kuvvetli olmasını diledi.

Mikhail kendine duyduğu tiksinti karşısında gözlerini yumdu. Karşı koymanın pek bir faydası olmadığını asırlar önce keşfetmişti. Ama bu kez karşı koymak istemiyordu zaten. Hissettiği basit bir cinsel çekim değildi, bundan çok daha fazlasıydı. İlkel bir şeydi. Ruhunun derinliklerinde yatan bir şey, kadının ruhunun derinliklerinde yatan bir şeyi çağırıyordu. Mikhail nasıl ondaki kahkahayı ve şefkati arzuluyorsa, o da Mikhail'deki vahşiliği arzuluyordu belki de. Fark eder miydi ki? İkisi için de kaçış yoktu.

Mikhail gözlerini kapayıp nefes alışını durdurmadan önce onun zihnine usulca ulaştı. Sessizce ağlıyordu, bedeni Mikhail'in zihinsel dokunuşunun etkileriyle kıvranıyordu hâlâ. Acı ve karmaşa içerisindeydi, başı ağrıyordu. Hiç düşünmeden onu güçlü kolları arasına alarak ipeksi saçlarını okşadı, gönderdiği sıcaklık ve huzur duyguları ile etrafını sardı. *Seni korkuttuğum için üzgünüm küçüğüm; hata yaptım. Şimdi uyu ve sağlıcakla kal.* Kelimeleri şakağına doğru mırıldandı, dudakları nazikçe alnına değerek hafifçe zihnine dokundu.

Kızın zihnindeki tuhaf bölünmeyi hissedebiliyordu, sanki zihinsel yeteneklerini hasta ruhlu, çarpık bir yol izlemek için kullanmıştı. Zihninde iyileşmesi gereken açık yaralar vardı sanki. Mikhail'le yaptığı zihin savaşında ona karşı koyduğu için bitap düşmüştü. Mikhail onunla ve onun için nefes aldı, ağır ve düzenli. Kalp atışlarını onunkine uydurdu, ta ki o rahatlayıp, uyuşana kadar. Ardından fısıldar gibi bir emirle onu uyuttu; göz kapakları kapandı. Birlikte ama ayrı ayrı uykuya daldılar. O pansiyonda, Mikhail ise yatak odasında.

Kapıdan gelen gümbürtü uykusunun derin katmanlarını delip geçti. Raven Whitney gözlerini açmasını engelleyen, vücudunu ağırlaştıran kalın sisten kurtulmaya çalıştı. Telaşa kapıldı. Narkoz verilmiş gibiydi. Yatağının yanındaki sehpanın üzerindeki minik çalar saati buldu bakışları. Akşam yedi olmuştu. Tüm günü uyuyarak geçirmişti. Yavaşça oturdu, bataklıkta yürüyor gibiydi. Kapı aynı gümbürtüyle tekrar çalındı.

Gürültü kafasında yankılanıp şakaklarında gürledi. "Ne var?" Sesinin yumuşak çıkmasına gayret etse de kalbi göğsünden çıkacak gibiydi. Başı beladaydı. Derhal eşyalarını toplayıp kaçmalıydı. Kaçmanın nafile olduğunun farkındaydı gerçi. Düşüncelerinin açtığı zihinsel yolu takip ederek dört seri katilin izini süren o değil miydi? Bu adamsa ondan bin kat daha kuvvetliydi. İşin aslı, kendisinden başka birinin de psişik güçleri olması merakını uyandırmıştı. Daha önce hiç ona benzeyen biriyle tanışmamıştı. Kalıp ondan bir şeyler öğrenmek isterdi, ama gücünü gelişigüzel kullanması bu adamı tehlikeli kılıyordu. Tamamen güvende olmak için aralarına mesafe, hatta okyanus koymalıydı.

"Raven, iyi misin?" Adamın sesi endişe doluydu.

Jacob. Jacob ve Shelly Evans kardeşlerle dün akşam yemek salonunda, trenden indiklerinde tanışmıştı. 8 kişilik bir tur grubuyla seyahat ediyorlardı. Çok yorgundu, ne konuştuklarını hayal meyal hatırlıyordu.

Raven, Karpatya Dağları'na yalnız kalmak, yoldan çıkmış bir seri katilin hastalıklı zihninin izini sürdüğü son çetin görevinin etkilerinden kurtulmak için gelmişti. Tur grubunun dostluğunu istemiyordu, ama Jacob ile Shelly gene de onu bulmuştu. Aklından silinmişlerdi bile. "İyiyim Jacob, hafif nezle oldum sanırım," diyerek rahatlattı onu, iyi olmanın yanından bile geçmiyordu hâlbuki. Titreyen eliyle saçını geriye attı. "Sadece çok yorgunum. Buraya dinlenmek için gelmiştim."

"Akşam yemeği yemiyor muyuz?" sesi sızlanır gibiydi, bu da Raven'ın canını sıktı. Kendisinden bağlayıcı taleplerde bulunulmasını istemiyordu, etrafında bir sürü insanın olduğu kalabalık bir yemek salonuna gitmekse isteyeceği son şeydi.

"Üzgünüm. Başka sefere." Kibar olmaya zamanı yoktu. Nasıl dün geceki gibi bir hataya düşerdi? O hep çok dikkatli davranırdı, her tür temastan kaçınır, asla başka bir insana dokunmaz, kimseyle yakınlık kurmazdı.

Ama yabancı o kadar çok ıstırap, o kadar çok yalnızlık yayıyordu ki. Onun da telepatik güçleri olduğunu, kendisini insanlardan soyutlama boyutlarının Raven'inkini aştığını, ıstırabının büyüklüğünden hayatına son verme niyetinde olduğunu anlamıştı. Raven soyutlanmanın ne olduğunu bilirdi, farklı olmanın nasıl bir şey olduğunu. Çenesini kapalı tutamamıştı; ona yardım etmek zorundaydı. Başındaki şiddetli acıyı dindirmek için şakaklarını ovdu. Telepatik güçlerini kullandıktan sonra hep canı yanardı.

Zorla ayağa kalkarak yavaşça banyoya doğru ilerledi. Yabancı, temas kurmadan onu kontrol ediyordu. Düşüncesi bile onu dehşete düşürdü. Kimse bu kadar kuvvetli olmamalıydı. Duşu sonuna kadar açtı, hızla akan suyun onu her şeyden arındırmasını istiyordu.

Buraya dinlenmek, kötülüğün zihnine sinen pis kokusundan arınmak, yeniden saf ve bütün hissetmek için gelmişti. Psişik güçlerini kullanmak onu kurutuyordu, fiziksel olarak tükenmişti. Raven çenesini kaldırdı. Bu yeni rakip onu korkutmayacaktı. Denetim ve disiplin sahibiydi. Bu kez isterse uzaklaşabilirdi de. Canı tehlikede olan masum insanlar söz konusu filan değildi.

Solmuş bir kotla örgü bir süveter geçirdi üstüne. Yabancının eski moda bir Avrupalı olduğunu, bu yüzden Amerikanvari kıyafetlerini beğenmeyeceğini sezinlemişti. Alelacele, gelişigüzel toparlanmaya başladı, kıyafetlerini ve makyaj malzemelerini elinden geldiğince çabuk tıkıştırıyordu eski püskü bavuluna.

Tren seferlerini kaygıyla kontrol etti. İki gün boyunca hiç tren yoktu. Birilerinin onu arabasıyla bırakması için cazibesini kullanabilirdi, fakat bu da uzun bir zaman zarfı boyunca bir arabanın dar sınırları içerisinde olmak anlamına geliyordu. Kötünün iyisiydi yani.

Bir erkek kahkahası duydu, alçak, keyifli ve alaycı. *Benden kaçmaya mı çalışıyorsun, küçüğüm?*

Raven yatağa çöktü, kalbi küt küt atmaya başlamıştı. Yabancının kadife gibi sesi başlı başına bir silahtı. *Kendini bu kadar önemseme, küstah şey. Ben turistim; seyahat ediyorum.* Yüzünde gezinen parmaklarını hissettiği halde zihninin sakin kalması için zorluyordu kendini. Bunu nasıl beceriyordu? Çok hafif bir okşamaydı, ama yine de her hücresi hissetmişti.

Nereye gitmeyi düşünüyordun peki? Uyuşuk uyuşuk geriniyordu, uykudan sonra vücudu tazelenmiş, zihni yeniden duygularla canlanmıştı. Raven'la atışmaktan zevk alıyordu.

Senden ve acayip oyunlarından uzağa. Macaristan'a belki de. Budapeşte'yi hep merak etmişimdir.

Seni küçük yalancı. Sevgili Amerika'na kaçmayı düşünüyorsun. Satranç oynar mısın?

Raven bu tuhaf soru karşısında şaşırdı. *Satranç mı?* diye tekrarladı.

Erkeklerin eğlence anlayışı çok sinir bozucu olabiliyordu. *Satranç.*

Evet. Oynar mısın?

Elbette.

Benimle oyna.

Şimdi mi? Raven gür saçlarını örmeye başladı. Yabancının sesinde çekici, büyüleyici bir şeyler vardı. Bu her neyse, kalbine işliyor ama zihnine dehşet saçıyordu.

Önce bir şeyler yemeliyim. Sen de acıkmışsın. Baş ağrını hissedebiliyorum. Şimdi yemeğe in, bu gece on birde buluşacağız.

Asla olmaz. Seninle buluşmam.

Korkuyorsun. Sesinde bariz bir alay vardı adamın.

Raven ona kahkahayla karşılık verdi, sesi yabancıyı alevlerle sarmıştı. *Arada sırada aptalca şeyler yapsam da aptal biri değilim.*

Bana ismini söyle. Bu bir emirdi, Raven da kendini itaat etmeye mecburmuş gibi hissetti.

Zihnini boşaltmaya, silinmiş bir yazı tahtası gibi temizlemeye çalıştı. Canı yandı, başına acı okları saplandı adeta, midesi kasıldı. Raven'ın kendi iradesiyle verdiğini kabul etmeyecekti yabancı.

Daha kuvvetli olduğumu bile bile niye bana karşı koyuyorsun? Canını yakıyorsun, kendini yoruyorsun, sonunda zaten galip gelen ben oluyorum. Bu şekilde iletişim kurmak için ödediğin bedeli görü-

yorum. İstesem çok daha farklı bir şekilde bana itaat etmeni sağlayabilirim.

Rica ederek elde edeceğin bir şeyi niye zor kullanarak almaya çalışıyorsun?

Raven, yabancının kafa karışıklığını hissedebiliyordu. *Özür dilerim, küçüğüm. Mümkün olan en az çabayı göstererek istediğimi almaya alışkınım.*

En basit görgü kurallarını hiçe saymak pahasına da mı olsa?

Bazen böylesi daha kestirme oluyor.

Raven yastığı yumrukladı. *Bu kibrine bir çare bulmalısın. Güç sahibi olman, gövde gösterisi yapmanı gerektirmez.*

Ancak unutuyorsun ki, çoğu insan zihinsel kuvveti algılayamaz.

Bu özgür iradeyi yok etmen için bir bahane değil. Hem sen sadece kuvvet kullanmıyorsun, emir verip itaat talep ediyorsun. Bu daha da kötü, çünkü insanı köle haline getiriyor. İşin doğrusu bu değil mi?

Beni kınıyorsun. Erkeklere özgü alaycılığı giderek azalırken, düşünceleri keskinleşiyordu bu sefer.

Üzerimde baskı kurmaya çalışma.

Bu defa sesinde adamın sesinde tehdit, sessiz bir tehlike belirmişti. *Buna yeltenmem, küçüğüm. Ancak emin ol, bana boyun eğmeni sağlayabilirim.* Yumuşak ama acımasız bir tondu bu.

Kendi istediğinin olmasını isteyen şımarık bir çocuğa benziyorsun. İtirazını gürültülü şekilde belirten midesine yastığı bastırarak ayağa kalktı Raven. *Ben aşağı, yemeğe iniyorum. Başım çatlıyor. Sen de kafanı bir kovaya sokup sakinleş.* Yalan söylemiyordu, yabancının seviyesinde onunla mücadele etmeye çalışmaktan zayıf düşmüştü. Raven dikkatle kapıya doğru ilerledi, kendisini durdurmasından korkuyordu. İnsanların arasında olursa kendini daha güvende hissedecekti.

İsmini söyle küçüğüm, lütfen. Büyük bir nezaketle sorulmuştu.

Raven, her şeye rağmen gülümsediğini fark etti. *Raven. Raven Whitney.*

Pekâlâ, Raven Whitney, karnını doyurup dinlen bakalım. Satranç maçımız için on birde geri döneceğim.

Temas ansızın koptu. Raven yavaşça nefesini bıraktı, terk edilmişlikten çok rahatlama duygusu hissetmesi gerektiğinin farkındaydı. Yabancının uyuşturan sesi, maço gülüşü, sohbetlerinin kendisi bile baştan çıkarıcıydı. Raven da onun gibi yalnızlıktan muzdaripti. Yabancının parmakları değdiğinde vücudunun nasıl da canlandığının düşünmemeye çalıştı. Yanmıştı. İstemişti. Arzulamıştı. Üstelik yabancı sadece zihniyle dokunmuştu ona. Bu baştan çıkarma sadece fiziksel bir olay değildi; tam adını koyamadığı daha derin, daha saf bir şeydi. Raven'ın ruhunun derinliklerine dokunmuştu. Yabancının ihtiyacı. Karanlığı. Korkunç, akıldan çıkmayan yalnızlığı. Raven'ın da ihtiyacı vardı. Ölesiye yalnız olmanın, başka birine dokunmaktan, yaklaşmaktan ölesiye korkmanın ne demek olduğunu anlayan birine ihtiyacı vardı. Yabancının sesini, eski moda Avrupai zarafetini, o saçma erkeksi kibrini sevmişti. Onun bilgisine, becerilerine sahip olmak istiyordu.

Kapısını açıp koridorun havasını teneffüs ederken eli titredi. Bedeni tekrar kendi eline geçmişti, yumuşak ve akıcı bir şekilde hareket ediyor, kendi talimatlarına uyuyordu. Merdivenlerden koşarcasına inerek yemek salonuna girdi.

Masaların çoğu doluydu, dün gecekinden daha kalabalıktı içerisi. Raven normalde istenmeyen duygulara karşı koruyucu kalkanını indirmekle kafasını yormamayı tercih ettiği için, halka açık yerlerden olabildiğince kaçınırdı. Derin bir nefes alıp içeri yürüdü.

Jacob hoş geldin diyen bir gülümsemeyle ayağa kalktı, masada onlara katılmasını bekliyormuş gibi bir havası vardı. Raven nasıl göründüğünden habersiz – masum, çekici ve kesinlikle ulaşılmaz – gülümsemesine karşılık verdi. Odayı geçti, Shelly'i selamladıktan sonra Margaret ile Harry Summers ile tanıştırıldı. Amerikalı yurttaşlar. Panik halini suratına yansıtmamaya çalıştı. Son seri katilin araştırması yürütülürken resminin gazetelerde, hatta televizyonda yayınlandığını biliyordu. Tanınmak istemiyordu, o adamın hasta ruhlu ve yoldan çıkmış zihnindeki kâbusu sil baştan yaşamak istemiyordu. Akşam yemeğinde böyle çirkin bir şeyin tartışması yapılamazdı.

"Buraya otur, Raven." Jacob tüm centilmenliğiyle onun için yüksek arkalıklı sandalyeyi çekti.

Fiziksel temastan titizlikle kaçınan Raven oturdu. Bu kadar çok insanın yakınında bulunmak işkence gibiydi. Çocukken etrafındaki duygu bombardımanından boğulacak gibi olurdu. Kendini korumayı, etrafına bir kalkan indirmeyi öğrenene dek delirecek gibi olmuştu. Bu, acı ya da üzüntü çok yoğun değilse veya fiziksel olarak kimseye dokunmadıysa ya da çok sapkın ve kötü bir zihnin karşısında değilse işe yarıyordu

Etrafında herkes konuşuyorken ve görünürde hoş vakit geçiriyorken, Raven kendisine aşırı yüklenmenin o tanıdık belirtileriyle boğuşuyordu. Sanki kırık cam parçaları kafatasını deliyordu, midesi bulanmıştı. Bir şey yemesine imkân yoktu.

Mikhail gece havasını ciğerlerine çekti, küçük kasabanın sokaklarında yavaşça ilerledi, ihtiyaç duyduğu şeyi arıyordu. Kadın olmazdı. Başka bir kadının bedenine dokunamazdı şu anda. Tahrik olmuştu, içinde düştüğü cinsel durumdan dolayı tehlike oluşturuyordu, dönüşmeye çok yakındı. Kontrolünü kaybedebilirdi. Bu yüzden bir insan olmalıydı. İnsanlar arasında rahatlıkla ilerledi, onu tanıyanların selamlarına karşılık verdi. Saygı duyulan, hürmet edilen birisiydi.

Fiziksel olarak sağlam, güçlü bir genç adamın arkasına geçti. Kokusundan sağlıklı olduğu anlaşılıyordu, damarlarından hayat fışkırıyordu. Havadan sudan muhabbet ettikten sonra Mikhail usulca buyruğunu söyleyerek dostane bir tavırla kolunu gencin omzuna attı. Gölgelerin derinliklerinde koyu başını eğdi ve güzelce beslendi. Duygularını sıkı bir denetim altında tutmaya dikkat etti. Bu genç adamı severdi, ailesini de tanıyordu. Hata yapamazdı.

Başını kaldırırken onun ıstırabının ilk dalgası çarptı. *Raven.* Bilinçaltında onunla temas kurmaya çalışmış, hâlâ onunla birlikte olduğu konusunda kendisini rahatlatmak için zihnine usulca dokunmayı sürdürmüştü. Tetikte olduğundan işini çabucak bitirdi, genç adamı trans halinden çıkararak konuşmalarının devamını zihnine yerleştirdi, dostça güldü, uzatılan eli gönül rahatlığıyla sıktı, sersemlediğinde ise genç adamı tuttu.

Mikhail zihnini açtı, çizgiye odaklanarak onu takip etti. Seneler geçmesine rağmen –yetenekleri biraz paslanmıştı – istediği zaman yine de 'görebiliyordu'. Raven iki çiftle beraber bir masada oturuyordu. Dıştan bakıldığında güzel ve huzurlu görünüyordu. Ama Mikhail işin aslını biliyordu. Kafa karışıklığını, başındaki şiddetli ağrıyı, yerinden fırlayıp herkesten kaçma arzusunu hissedebiliyordu. Parlak safir taşlarına benzeyen gözleri buğuluydu, solgun yüzündeki gölgelere benziyorlardı. Kalkan. Bu kadar kuvvetli olması karşısında hayran kalmıştı. Telepatik bir sızıntıdan eser yoktu, Mikhail haricinde telepatik gücü olan kimsenin onun acı çektiğini anlaması imkânsızdı.

Sonra, yanındaki adam öne eğilerek Raven'ın gözlerinin içine baktı, suratından saf bir arzu, gözlerindense şehvet okunuyordu. "Hadi, beraber yürüyüşe çıkalım Raven," diye teklif ederken masadaki elini onun dizinin üstüne koydu.

Birden Raven'ın baş ağrısı şiddetlenerek kafatasına çarptı, gözlerinin arkasına bıçak gibi saplandı. Ani bir hareketle bacağını Jacob'ın elinin altından çekti. Öfke iblisleri kudurdu, öfkelendi, zincirlerini kırdı. Mikhail daha önce hiç böyle korkunç bir hiddet duymamıştı. Öfke ona hücum etti, onu ele geçirdi, ona dönüştü. Birisi Raven'ı böyle gelişigüzel, bilmeden ve dikkat etmeden incitmişti. Böyle saldırıya açık ve korumasızken birisi ona dokunmuştu. Bir erkek elini ona sürmeye cüret etmişti. Göğü yararcasına uçuyordu, soğuk hava hiddetini körüklüyordu.

Raven, yabancının öfkesinin gücünü hissetti. Salondaki

hava yoğunlaşmıştı, dışarıda şiddetlenen rüzgâr acımasızca esiyordu. Dallar dış duvarlara durmadan çarpıyor, rüzgâr uğursuzca pencereleri tıkırdatıyordu. Yanlarından geçen birçok garson ansızın yıldızları kaybolan siyah geceye korkuyla bakıyordu. Salon beklenmedik ve tuhaf bir şekilde sessizleşmişti, sanki herkes topluca nefesini tutmuştu.

Jacob'ın nefesi kesildi, iki eli de gırtlağına gitti; kuvvetli, boğucu parmakları uzaklaştırmaya çalışıyorlardı adeta. Suratı önce kızardı, ardından leke leke oldu; gözleri yuvalarından uğramıştı adeta. Shelly çığlık attı. Genç bir garson boğulan adama yardıma koştu. İnsanlar ayağa kalkmış, olan biteni görmeye çalışıyorlardı.

Raven, zarif vücudunu sakin olmaya zorladı. Duygular zarar görmemesini imkânsız kılacak kadar yoğunlaşmıştı. *Onu serbest bırak.* Raven'ı cevaplayan sessizlik oldu. Çaresizce Heimlich manevrasını deneyen arkasındaki garsona rağmen Jacob dizleri üstüne düştü, dudakları masmavi kesilmiş, gözleri kapaklarının daha da gerisine kaymıştı. *Lütfen, rica ediyorum, bırak onu. Benim için.*

Jacob, ansızın öğürerek zar zor nefes aldı. Kız kardeşi ve Margaret Summers gözleri yaşlı, yanı başında diz üstü çökmüştü. Raven içgüdüsel olarak Jacob'a yöneldi.

Dokunma ona! Emir sertti, zihinsel bir güç kullanmamıştı ancak onu itaat etmeye zorlasaydı bile bu kadar korkutucu olamazdı.

Raven odadaki herkesin duygularının kuşatması altında kalmıştı adeta. Jacob'ın kapıldığı acı ve dehşet. Shelly'nin korkusu. Pansiyon sahibinin endişesi, diğer Amerikalıların yaşadığı sarsıntı. Onu boğuyor, zaten kırılgan olan ruh halini daha da beter yapıyordu. Ama kafasını adeta delen iğneleri asıl gönderen yabancının öfkesiydi. Midesi alt üst oldu, kasıldı. Raven, çaresizce, neredeyse iki büklüm bir halde bayanlar tuvaletini aradı. Birisi ona dokunacak, yardım etmeye çalışacak olsa aklını yitirebilirdi.

"Raven." Ses sıcak, yoğun ve sevecendi. Fırtınanın içinden gelmesine rağmen sakindi. Siyah kadifemsi. Güzel. Yatıştırıcı.

Mikhail'in içeri yürümesiyle yemek salonunu meraklı bir sükûnet kapladı. Sert bir azameti, emir vermeye alışkın bir havası vardı. Uzun, esmer ve kaslıydı, ancak asıl dikkati çeken enerjiyle, karanlıkla, binlerce sırla yanıp tutuşan gözleriydi. Bu gözler tıpkı sesindeki güç gibi büyüleyebilir, hipnotize edebilirdi. Koşuşturan garsonları önünden uzaklaştırarak belirli bir hedefe doğru yürüyordu.

"Mikhail, sizi aramızda görmek ne büyük bir zevk," dedi şaşkınlık içindeki pansiyonun sahibi olan kadın.

Mikhail kadına göz ucuyla baktı, gözleri kadının dolgun vücudunun üzerine çökmüştü adeta.

"Raven için geldim. Bu gece bir randevumuz vardı." Sözcükleri usulca, amirane bir tavırla telaffuz etmişti, kimse daha fazlasını sormaya cesaret edemedi. "Bana bir satranç maçı sözü var."

Hancı bir yandan gülümserken, bir yandan da başını sallıyordu. "Keyfinize bakın."

Raven ellerini midesine bastırarak eğildi. Gök mavisi gözleri kocaman olmuş, yabancının yaklaşmasıyla daha da açılmışlardı. Raven daha kımıldayamadan yabancı dibine gelmiş, ellerini ona uzatmıştı.

Yapma. Raven, kendisine dokunacağından korkarak gözlerini kapadı. Bugünlük fazlasıyla hırpalanan zihni, yabancının yaydığı yıkıcı duyguların etkisini kesinlikle kaldıramazdı.

Mikhail hiç tereddütsüz onu kolları arasına alarak sert göğsüne bastırdı. Arkasına dönüp Raven'ı odadan çıkarırken yüzü mermer gibiydi adeta. Arkalarından konuşmalar, fısıldamalar başladı.

Raven kasıldı, duyularındaki yüklemeyi bekliyordu. Fakat Mikhail zihnini kapatmıştı, Raven'ın tek hissettiği kollarındaki akıl almaz güçtü. Mikhail Raven'ın ağırlığı onu hiç etkilemiyormuş gibi adeta uçarcasına, büyük bir kolaylıkla hareket ederek onu gecenin içine taşıdı.

"Nefes al küçüğüm; iyi gelecektir." Sıcacık olan seste belli belirsiz bir keyif vardı.

Raven istediğini yaptı, karşı koyamayacak kadar yorgundu. Bu gözlerden uzak, ıssız yere iyileşmeye gelmişti ama aksine daha parçalanmıştı olmuştu. Usulca gözlerini açarak uzun kirpikleri arasından Mikhail'e baktı.

Geriye doğru taranıp ensesinde bağlanmış saçlarının rengi kahve çekirdeklerininki gibi koyuydu, tıpkı sert bir espresso gibi. Yüzü hem bir meleği, hem de bir iblisi andırıyordu, gücün yanında ona acımasız bir ifade katan bir ağzı vardı. Buğulu bakan gözleri simsiyah cam parçalarıydı, siyah buzdu, saf kara büyüydü.

Raven yabancının zihnini okuyamıyordu, ne duygularını hissedebiliyor, ne de düşüncelerini işitebiliyordu. Bu daha önce hiç başına gelmemişti. "Beni yere indir. Bir korsan edasında beni taşıdığın için kendimi salak gibi hissediyorum." Mikhail'in uzun adımları onları ormanın derinliklerine götürüyordu. Dallar sallanıyor, çalılar hışırdıyordu. Raven'ın kalbi yerinden çıkacakmış gibi atıyordu. Gerildi, nafile bir çabayla yabancının omuzlarını itmeye çalıştı.

Mikhail'in gözleri büyük bir sahiplenmeyle Raven'ın yüzünde gezindi, ama ne adımları yavaşladı, ne de bir cevap verdi. Debelenmelerini fark etmemesi küçük düşürücüydü.

Raven hafifçe iç geçirerek başının yabancının omuzlarına düşmesine izin verdi. "Beni kaçırdın mı, yoksa kurtardın mı?"

Güçlü, beyaz dişler Raven'a doğru ışıldadı, bir avcının gülümsemesi, bir erkeğin alayıydı bu. "İkisi birden belki de."

"Beni nereye götürüyorsun?" Elini alnına bastırdı, ne fiziksel, ne de zihinsel bir mücadeleye girmek istiyordu.

"Evime. Bir randevumuz var. Ben Mikhail Dubrinsky."

Raven şakaklarını ovdu. "Bu gece benim için pek uygun olmayabilir. Biraz şeyim..." Aniden duraksadı, peşlerinden hareket eden bir gölge takılmıştı gözüne. Kalbi duracak gibi oldu. Etrafına bakındı, bir ikincisini, ardından üçüncüsünü gördü. Eliyle Mikhail'in omzunu kavradı sıkıca. "Beni yere indir, Dubrinsky."

"Mikhail," diye düzeltti yabancı yavaşlamaksızın. Yüzüne yerleşen tebessüm ağzının kenarlarını yumuşatmıştı. "Kurtları gördün mü?" Raven, Mikhail'in umursamaz bir tavırla geniş omuzlarını silkmesini hissetti. "Sakin ol, küçüğüm. Bize zarar vermezler. Burası nasıl benim yuvamsa, onların da yuvası. Bizim bir anlaşmamız var, barış içerisinde yaşıyoruz."

Nedense Raven ona inandı. "Bana zarar verecek misin?" Soruyu tatlı bir sesle sormuştu, bilmesi gerekiyordu.

Binlerce sır saklayan, bariz bir şekilde sahiplenici olan ve ızdırapla bakan koyu gözleri tekrar dokundu yüzüne. "Bir kadına hayal ettiğin şekilde zarar verecek bir adam değilimdir. Fakat ilişkimizin daima kolay olacağından da emin değilim. Bana karşı koymayı seviyorsun zira." Elinden geldiğince dürüstçe cevap vermişti.

Yabancının gözleri Raven'ı ona aitmiş gibi, onun kendisi üzerinde bir hakkı varmış gibi hissettiriyordu. "Jacob'a zarar vermeye hakkın yoktu. Onu öldürebilirdin."

"Onu sakın savunma. Seni memnun etmek için yaşamasına müsaade ettim, ama başladığım işi bitirmem hiç de sorun olmazdı benim için." *Hem de büyük bir zevk olurdu. Hiçbir erkeğin, o insanın yaptığı gibi Mikhail'in kadınına el sürüp onu incitmeye hakkı yok. O erkeğin Raven'a acı çektirdiğini farkında olmayışı onu suçsuz yapmaz.*

"Ciddi olamazsın. Jacob zararsız birisi. Sadece benden hoşlanıyor." Nazikçe izah etmeye çalıştı.

"Bir daha benim yanımda onun adını anmayacaksın. O sana dokundu, sana elini sürdü." Ansızın durdu, ormanın derinliklerindeki bu yabancı, etraflarını saran kurt sürüsü kadar vahşi ve evcilleşmemişti. Raven'i kilometrelerdir kollarında taşıyor olmasına rağmen nefesi bile hızlanmamıştı. Gözlerine diktiği bakışlarından acımasızlık okunuyordu. "Sana çok acı çektirdi."

Yabancı, esmer başını eğerken Raven'ın nefesi boğazında düğümlendi. Ağzı o kadar yakında durmuştu ki, Raven sıcak nefesini teninde hissedebiliyordu. "Bu konuda bana karşı çıkma Raven. O adam sana dokundu, seni incitti. Varlığının devamı için bir sebep göremiyorum."

Raven'ın gözleri onun katı, acımasız yüz hatları üzerinde gezindi. "Sen ciddisin, değil mi?" Yabancının sözleriyle kendi vücudunda oluşan sıcaklığı hissetmek istemiyordu. Jacob onu incitmişti; hatta acı o kadar keskindi ki nefesini kesmişti ve her nasılsa başka kimse bunu fark etmemişken, Mikhail fark etmişti.

"Ölümüne ciddiyim." Yeniden uzun, yeri adeta ezip geçen adımlarıyla yürümeye başladı.

Raven sessizce durumu anlamaya çalışıyordu. Kötülüğü tanıyordu, onu kovalamış, bir seri katilin pis, yozlaşmış zihnine kadar girmişti. Bu adam havadan sudan bahsedermiş gibi öldürmekten bahsediyordu, fakat Raven onun içinde bir kötülük hissetmemişti. Yine de kendini tehlikede hissediyordu, Mikhail Dubrinsky'den gelecek bir tehlike. Sınırsız kuvvete sahip, gücü konusunda kibirli, üzerinde hakkı olduğunu düşünen bir adamdı bu.

"Mikhail?" Narin vücudu titremeye başlamıştı. "Geri dönmek istiyorum."

Koyu gözleri yine Raven'ın suratına düştü, mavi oluşan gölgeleri ve korkuyu fark etmişti. Kalbi güm güm atıyor, narin bedeni kolları arasında titriyordu. "Neye geri dönmek? Ölüme mi? Yalnızlığa mı? O insanların yanındayken hiçbir şeye, benimleyken her şeye sahipsin. Geri dönmek senin için çözüm değil. Eninde sonunda taleplerine daha fazla katlanamaz olacaksın. Bu talepler azar azar ruhunu parçalara ayırıyor. Benim himayem altında çok daha emniyettesin."

Raven, adamın göğsünü ittirdi, ancak elleri yabancının bedeninin sıcaklığına hapsolmuştu. Mikhail kavrayışını daha da sıkılaştırmıştı, sesindeki alay gözlerindeki soğukluğu ısıtıyordu adeta. "Benimle savaşamazsın, küçüğüm."

"Geri dönmek istiyorum, Mikhail." Sesini kontrol altında tutmaya çalışıyordu. Doğruyu söyleyip söylemediğinden emin değildi. Mikhail onu tanıyordu. Neler hissettiğini, yeteneği karşısında ödediği bedeli biliyordu. Aralarındaki çekim o kadar kuvvetliydi ki doğru düzgün düşünebildiğinden bile emin değildi.

Devasa taşlardan yapılmış ev, kasvetli, tedirgin edici bir şekilde belirdi önlerinde. Raven'in parmakları, Mikhail'in gömleğini sıkıca kavradı. Mikhail, onun hislerini ifşa eden el hareketini farkında olmadan yaptığını anlamıştı. "Benim yanımda güvendesin Raven. Hiç kimsenin ya da hiçbir şeyin sana zarar vermesine izin vermem."

Yabancı ağır demir kapıyı ittirip basamakları çıkarken Raven endişeyle yutkundu. "Yalnız sana."

Çenesinin Raven'ın ipeksi saçlarının tepesine değmesiyle, etkisini vücudunun derinliklerinde hissetti Mikhail. "Evime hoş geldin." Şömine ateşinden veya güneş ışığından oluşmuşlarcasına sıcacık bir sesle söylediği kelimeleri Raven'ı sarıp sarmalamıştı. Çok yavaşça ve istemeyerek Raven'ın ayaklarını aşağı indirerek eşiğin üstüne bıraktı.

Mikhail kapıyı açmak için önüne geçti, sonra bir adım geri çekildi. "Evime kendi hür iradenle mi giriyorsun?" Resmi bir tavırla sormuştu soruyu, Raven'ın iri, mavi gözlerine dönmeden önce yumuşak ağzında duraksayan gözleri alevler saçıyordu.

Raven korkmuştu, Mikhail bunu hemen anlamıştı. Ona güvenmek isteyen ancak yapamayan, yenik düşmüş, köşeye sıkıştırılmış fakat son nefesine kadar savaşmaya hazır tutsak edilmiş vahşi bir yaratık gibiydi. O da Mikhail'e, Mikhail'in ona ihtiyaç duyduğu kadar muhtaçtı neredeyse. Parmağının ucuyla kapının çerçevesine dokundu. "Eğer hayır dersem, beni pansiyona geri götürecek misin?"

Bu kadar tehlikeli olduğunu biliyorken neden onunla kalmak istiyordu ki? Mikhail onu 'zorlamamıştı' bile; kendisinin bunu bilmesine gerek olmayacak kadar yeteneği de vardı zaten. Çok yalnız, kibirli gözüküyordu ama yine de gözleri Raven'a bakarken şehvetle yanıyordu. Yanıtlamadı, Raven'ı ikna etmeye de çalışmadı, sadece sessizce ayakta bekledi.

Raven usulca iç geçirdi, mağlup olduğunun farkındaydı. Duygu ve düşünce bombardımanına tutulmaksızın yanında oturup konuşabileceği hatta dokunabileceği bir insanla hiç tanışmamıştı daha önce. Bu bile başlı başına baştan çıkarıcıydı.

Eşiği geçmeye yeltendi ama Mikhail onu kolundan yakaladı. "Kendi hür iradenle; söyle."

"Kendi hür i护ademle." Raven gözlerini aşağı indirerek yabancının evine adımını attı. Mikhail'in karanlık, keskin yüz hatlarına yerleşen o vahşi, neşeli bakışı kaçırmıştı.

Bölüm 2

Ağır kapı, tok bir gürültüyle Raven'ın arkasından kapandı. Endişeli bir şekilde kollarını ovuşturarak titredi Raven. Mikhail, onu vahşi, erkeksi kokusuna bürüyerek etrafına bir pelerin sardı. Kütüphanenin kapılarını açmak için mermer zeminde uzun adımlarla ilerledi. Dakikalar içinde gürüldeyerek yanan bir ateş yaktı. Alevlerin yanındaki bir sandalyeyi işaret etti. Yüksek arkalı, büyük minderli bir antika olmasına rağmen yıpranmamıştı sandalye.

Raven, hayranlıkla çalışma odasını inceledi. Zemini hoş bir ahşap döşemeyle kaplı, her parke daha büyük bir mozaiğin parçası olan geniş bir odaydı. Üç duvarı zeminden tavana kadar, çoğunlukla deri ciltli ve oldukça eski kitaplarla dolu raflarla kaplanmıştı. Sandalyeler rahattı, sandalyelerin arasındaki ufak sehpaysa bozulmadan kalmayı başarmış bir antikaydı. Satranç tahtası mermerdendi, taşları becerikli bir işçiliğin eseriydi

"İç bunu."

Mikhail kristal bir kadehle yanında belirdiğinde Raven'ın korkudan ödü patlayacak gibi olmuştu. "Ben alkol kullanmam."

Raven'ın kalbinin daha hızlı atmasına sebep olan bir gülümsemesiyle karşılık verdi. Mikhail'in keskin koku duyusu bu bilgiyi önceden algılamıştı zaten. "Alkol değil bu; baş ağrın için hazırladığım bir bitki karışımı."

Raven'ın her yanında tehlike zilleri çaldı. Burada olması delilikti. Vahşi bir kaplanla aynı odada rahatlamaya çalışmaktan farkı yoktu bunun. Bu adam ona canının istediğini yapabilirdi, kimse yardıma bile gelmezdi. Ona ilaç verirse... Raven kararlı bir şekilde başını salladı. "Hayır, teşekkür ederim."

"Raven." Sesi alçak, şefkatli ve hipnotize ediciydi. "Bana itaat et."

Raven parmaklarının kadehin etrafını sardığını gördü. Emre karşı koyunca başına öyle bir acı saplandı ki çığlık attı.

Mikhail, yanı başında tepesine dikilmişti, Raven'ın kadehin etrafındaki elinin üstüne kapatmıştı elini. "Bu kadar önemsiz bir şey için neden bana karşı çıkıyorsun?"

Ağlamamaya çalışıyordu Raven. "Sen beni neden zorluyorsun peki?"

Mikhail'in eli boğazını bularak sarmaladı, çenesini kaldırdı. "Çünkü acı çekiyorsun ve ben de bu acıyı sona erdirmek arzusundayım."

Raven'ın gözleri şaşkınlık içerisinde açıldı. Bu kadar basit olabilir miydi? Acı çektiği için yabancı bu acıyı sona erdirmek mi istiyordu? Sahiden bu kadar korumacı mıydı, yoksa yalnızca kendi isteğini kabul ettirmekten mi hoşlanıyordu? "Ama bu benim seçimim. Hepsi özgür iradeyle ilgili."

"Acı çektiğini gözlerinden okuyorum, bedeninde hissedebiliyorum. Sana yardım edebileceğimi bile bile sırf sen kendini kanıtlayasın diye canını yakmayı sürdürmen mantıklı mı?" Sesinde şaşkınlık vardı. "Raven, şayet seni incitmek isteseydim bunun için ilaca ihtiyaç duymazdım. Sana yardım etmeme izin ver." Yabancının tüy gibi hafif ve başparmağı Raven'ın cildi üzerinde dolanarak boğazındaki nabzını, çenesinin zarif çizgisini, dolgun alt dudağını okşuyordu.

Raven gözlerini kapattı, Mikhail'in kadehi ağzına koyarak içindeki acı-tatlı sıvıyı boğazından aşağı akıtmasına izin verdi. Hayatını onun ellerine bırakıyormuş gibi hissetti kendini. Yabancının dokunuşunda çok fazla sahiplenme vardı.

"Şimdi rahat bir nefes al küçüğüm," dedi yumuşakça. "Bana kendinden bahset. Nasıl oluyor da benim düşüncelerimi işitebiliyorsun?" Mikhail'in kuvvetli parmakları Raven'ın şakaklarına ulaşarak dinlendirici bir ritim tutturdu.

"Kendimi bildim bileli yapabiliyorum bunu. Küçükken diğer herkesin de aynısını yapabildiğini sanırdım. Ama insanların en gizli düşüncelerini, sırlarını bilmek korkunçtu. Günün her dakikası onlarla ilgili şeyleri duyup hissediyordum." Raven daha önce birine, en azından bir yabancıya hayatından, çocukluğundan bahsetmemişti. Ama Mikhail ona bir yabancı gibi gelmiyordu. O, kendisinden bir parçaymış gibi hissediyordu. Ruhunun kayıp bir yanı gibi. Ona bunları anlatması gerekiyormuş gibi gelmişti. "Babam benim bir ucube, şeytani bir çocuk olduğumu düşünüyordu. Annem bile benden biraz korkardı. İnsanlara dokunmamayı, kalabalıkta durmamayı öğrendim. Yalnız kalmak, tek başına bir kenara çekilmek daha iyiydi. Aklıma hâkim olmamın tek yolu buydu."

Başının üstünde parıltılı dişler belirdi, bir avcının tehdidiydi bu. Mikhail, gerçek şeytanın ne olduğunu göstermek için babasıyla birkaç dakikalığına yalnız kalmak isterdi. Raven'ın sözlerinin onda bu kadar öfke uyandırması Mikhail'in hem ilgisini çekmiş, hem de tehlike zillerini çaldırmıştı. Raven'ın kendisi bu dünyadayken ıstırap ve yalnızlığın pençesinde olduğunu bilmek Mikhail'i kızdırmıştı. Neden gidip Raven'ı aramamıştı? Neden babası onu olması gerektiği gibi sevip bağrına basmamıştı?

Mikhail'in Raven'ın ensesine kayan elleri mucizeler yaratıyordu, parmakları kuvvetli ve uyuşturucuydu. "Birkaç sene önce bir adam aileleri katlediyor, çocukları öldürüyordu. Liseden bir arkadaşımın evinde kalıyordum, işten eve döndüğümde hepsi ölmüştü. Eve girdiğimde katilin kötülüğünü hissedebiliyor, düşüncelerini okuyabiliyordum. Zihnimde dolanan o korkunç fikirler midemi bulandırmıştı, ama onu izlemeyi başararak polisin onu bulmasını sağladım."

Yabancının elleri Raven'ın kalın saç örgüsü boyunca ilerleyerek tokasını buldu, gür ipeksi saçlarını açtı, saatler önce aldığı duştan ötürü nemli olan örgü tutamlarını çözmek için parmaklarını içerisine soktu. "Bunu kaç kez yaptın?" Raven, duyduğu korku ve acının ayrıntıları, onu çalışırken izleyen, yardım ettiği insanların şaşkın, hayran ama yeteneğinden dolayı ondan çekinen yüzleri gibi bazı yerleri atlıyordu. Mikhail bu ayrıntıları görmüş, hakiki tabiatını öğrenmek için onun zihnine girerek bu hatıralara tanık olmuştu.

"Dört. Dört seri katilin peşinden gittim. Son defasında dağıldım. O kadar hasta ruhlu, o kadar kötüydü ki. Kendimi kirlenmiş hissettim, onu asla zihnimden çıkaramayacakmışım gibi geldi. Buraya huzur bulma umuduyla gelmiştim. Bir daha asla öyle bir şey yapmamaya karar verdim."

Raven'ın başı üzerinden bakan Mikhail, zihnini yatıştırmak için gözlerini kapadı bir dakikalığına. Kendini kirlenmiş hissetmişti demek. Mikhail onun kalbine ve ruhuna bakabiliyor, her sırrını görebiliyordu, içinde ışık, şefkat, cesaret ve nezaketten başka bir şey olmadığını da biliyordu. Bu kısa ömründe böyle şeyleri hiç yaşamamalıydı. Sesi sakin ve yatıştırıcı çıkana dek bekledi. "Telepatik iletişim kurduğunda başın böyle ağrıyor yani?" Raven ciddi bir şekilde başını salladıktan sonra Mikhail devam etti, "Ama beni o savunmasız, acılı halimde duyduğunda ödeyeceğin bedeli bile bile benimle konuştun, öyle mi?"

Nasıl izah edebilirdi ki? Yabancı, yaralı bir hayvan gibiydi, o kadar çok acı yayıyordu ki, onu duyduğu an Raven'ın yanaklarından aşağı yaşlar süzülmüştü. Onun yalnızlığı Raven'ınkiydi. Onun soyutlanması Raven'ınkiydi. Üstelik yabancının bu acıyı hayatına son vererek çözüme kavuşturacağını da sezmişti. Ödeyeceği bedel ne olursa olsun bunun olmasına izin veremezdi.

Mikhail ağır ağır nefesini bıraktı, Raven'ın mizacı karşısında hem hayrete, hem şaşkınlığa düşmüştü; ne kadar da fedakârdı. Raven bunu kelimelerle ifade etmekte zorlanıyordu ancak Mikhail fedakârlığın onun doğasında olduğunu anlamıştı. Ayrıca kendi çağrısının çok kuvvetli olduğunu da anlamıştı, zira içerisinde Raven'ın dikkatini çeken bir şeyler sayesinde muhtaç olduğu şeyi bulmuştu. Kokusunu içine çekti, evindeki görüntüsünden, kokusundan, ipeksi saçlarına dokunmaktan, yumuşak tenini parmakları arasında hissetmekten hoşnuttu. Şömineden gelen alevler saçlarında mavi ışıklar oluşturuyordu. Mikhail'in içini şehvet duygusu kapladı, bu her ne kadar kesin ve şiddetli bir acı olsa da bunu hissediyor olabilme gerçeğinden bile zevk almıştı.

Mikhail ufak sehpanın diğer ucundaki sandalyeye oturdu. Gözleri ağır ağır, sahiplenici bir tavırla Raven'ın alımlı kıvrımları üzerinde geziniyordu. "Neden erkek kıyafetleri var üzerinde?"

Raven içten ve ahenkli bir kahkaha attı, gözleri muzipçe parıldıyordu. "Çünkü seni kızdıracağını biliyordum."

Mikhail başını geriye atarak güldü. Gerçek, samimi, inanılmaz bir kahkaha atmıştı. İçinde mutluluk ve merhamet kıpırtıları belirmişti. Bu duyguların tam olarak neye benzediğini hatırlamıyordu ama hisler coşkun ve netti, vücuduna tatlı bir acı salmıştı.

"Beni kızdırmana lüzum var mı?"

Raven ona doğru kaşını kaldırırken baş ağrısının tamamen kaybolduğunu fark etti, "Ama bu öyle kolay ki," diye dalga geçti.

Mikhail daha da yakınına eğildi. "Saygısız kadın. Öyle tehlikeli ki demek istedin herhalde."

"Hımm... Bu da olabilir." Raven yüzüne düşen saçları geriye doğru attı. Bu masumca bir hareket olmasına rağmen inanılmaz derecede seksiydi, Mikhail'in bakışlarını yüzünün kusursuzluğuna, göğüslerinin dolgunluğuna, boynunun yumuşak çizgisine kaydırmıştı.

"Ne kadar iyi bir satranç oyuncususun bakalım?" diyerek onu düelloya davet etti Raven küstahça.

Bir saat sonra Mikhail, Raven'ın satranç tahtasındaki hamlesini inceleyen yüzünü seyrederek sandalyesinin yaslandı. Raven dikkat kesilmiş, kaşları çatık bir halde, yabancının pek rastlanmayan stratejisini çözmeye çalışıyordu. Bir tuzağa çekildiğinin farkındaydı ancak tuzağı bulamıyordu. Raven çenesini elinin üstüne yasladı, rahattı, acele etmiyordu. Sabırlı ve tedbirliydi, kendisinden fazla emin olduğu için Mikhail'i iki kez köşeye sıkıştırmıştı zaten.

Aniden gözleri büyüyerek yumuşak etrafında ağır bir tebessüm oluştu yavaşça. "Düzenbaz şeytanın tekisin, değil mi Mikhail? Gerçi zekân başını biraz belaya sokmuş olabilir."

Mikhail, onu kısılmış gözlerle seyretti. Beyaz dişleri şömine ateşinde parladı. "Beni satrançta yenecek kadar küstah olan son kişinin zindana atılıp, 30 yıl boyunca işkence gördüğünden bahsetmiş miydim Bayan Whitney?"

"Bu sizi iki katı küstah yapar sanıyorum ki," diyerek dalga geçti Raven gözleri satranç tahtasına kilitlenmiş bir şekilde.

Mikhail, sertçe nefes aldı. Raven yanındayken kendini rahat ve kabul edilmiş hissediyordu. Görünen o ki Raven, onun telepatik güçleri olan bir fani olduğuna inanmıştı. Mikhail uyuşuk bir edayla hamlesini yapmak için satranç tahtasına eğilirken Raven'ın gözlerinden vaziyetin farkına vardığını anladı. "Sanırım bir şah mat durumu söz konusu," dedi Mikhail yumuşak bir şekilde.

"Ormanın içine, etrafında kurtlarla dalan bir adamın dalavereci olacağını tahmin etmeliydim." Raven ona gülümsedi. "Harika bir maçtı Mikhail. Gerçekten keyif aldım." Sandalyenin minderlerine gömüldü. "Hayvanlarla konuşabiliyor musun?" diye sordu merakla.

Mikhail, onun evinde olmasından hoşlanmıştı, şömine ateşinin saçlarından mavi mavi yansımasından, gölgelerin yüzüne öyle güzel düşmesinden hoşlanmıştı. Her santimetresini ezberlemişti. Gözlerini kapasa bile Raven'ın görüntüsünün, belirgin, zarif elmacık kemiklerinin, minik burnunun ve arzu uyandıran ağzının hâlâ orada olacağını biliyordu. "Evet," diyerek dürüstçe cevap verdi Mikhail, aralarına yalan girsin istemiyordu.

"Jacob'ı öldürecek miydin?"

Raven'ın kirpikleri öyle güzeldi ki Mikhail dikkatini başka bir şeye veremedi. "Ne sorduğuna dikkat et, küçüğüm," diye uyardı.

Raven bacaklarını altına kıvırdı, sabit gözlerle Mikhail'e bakıyordu. "Mikhail, gücünü kullanmaya öyle alışmışsın ki, doğru mu, yanlış mı diye durup düşünmüyorsun bile."

"Sana dokunmaya hakkı yoktu o adamın. Canını yakıyordu."

"Ama bunun farkında değildi ki. Üstelik senin de bana dokunmaya hakkın yoktu ama dokundun," diye zekice belirtti.

Yabancının gözleri soğuk bir ışıkla parladı. "Tabii ki hakkım vardı. Sen bana aitsin," dedi sakince, sesi yumuşak olmakla beraber ikaz ediciydi de. "Daha da önemlisi, ben dokunmakla senin canını yakmadım."

Raven'ın nefesi boğazında düğümlendi. Dili minik, zarif bir hareketle dudaklarını ıslattı. "Mikhail." – sesi tereddütlüydü, kelimelerini itinayla seçiyordu – "Ben kendime aidim. Sahip olabileceğin bir şey değilim, bir insanım ben. Zaten Amerika'da yaşıyorum. Yakında oraya döneceğim ve ilk trenle Budapeşte'ye gitme niyetindeyim."

Mikhail'in gülümsemesi bir avcınınkini andırıyordu. Yırtıcıydı. Şömine ateşi bir anlığına kızıl olunca gecenin karanlığındaki bir kurt gibi parladı gözleri. Hiçbir şey söylemedi, yalnızca hareketsiz Raven'ı seyretti.

Raven'ın kedini korumak istercesine elini boğazına götürdü. "Geç oldu. Gitsem iyi olur." Kendi kalbinin çarpışını işitebiliyordu. Bu adamın ondan istediği neydi? Bilmiyordu, ama bildiği tek şey bunun hayatının en mükemmel ve en ürkütücü gecesi olduğu ve onu tekrar görmek istediğiydi. Hareketsiz ve tehdit edici bir sessizliğe bürünmüştü yabancı. Raven nefes almadan bekledi. Korkusu boğucu bir hal almış, narin bedenini sarsmaya başlamıştı. Yabancının gitmesine izin vermeyeceğinden duyduğu korku, onu kalmaya zorlayacağından duyduğu korkuya karışmıştı. Ciğerlerini havayla doldurdu. "Mikhail, ne istediği bilmiyorum." Kendisinin de ne istediğini bilmiyordu.

Güç ile zarafeti bir arada barındıran Mikhail ayağa kalktı. Kendisinden önce gölgesi yetişti Raven'a. Gücü devasa boyutlarda olmasına rağmen Raven'ı ayağa kaldıran elleri nazikti. Elleri, kollarından yukarı kaydı, omuzları üzerinde durdu hafifçe, başparmakları boynundaki nabzı okşuyordu. Dokunuşu karnında ateşten kelebekler uçurmuştu adeta. Raven, onun yanında öyle küçük, öyle narin ve kırılgan duruyordu ki. "Beni terk etmeye kalkma küçüğüm. Birbirimize ihtiyacımız var." Başı eğildi, ağzı kirpiklerine değerek Raven'ın tenini yalayıp geçen minik alev okları yolladı. "Bana yaşamanın ne demek olduğunu hatırlatıyorsun," diyerek fısıldadı büyüleyici sesiyle. Mikhail'in ağzının kendi ağzının köşesini bulmasıyla tüm vücudunu bir elektrik akımı sardı.

Raven, aralarına mesafe koymak için çenesinin gölgeli çizgisine dokunmak, kaslı göğsünü eliyle ittirmek için uzandı. "Dinle beni, Mikhail." Sesi boğuktu. "İkimiz de yalnızlığın, soyutlanmanın ne olduğunu biliyoruz. Hiçbir zorluk çekmeden sana bu kadar yakın olabilmemi, fiziksel olarak dokunabilmemi aklım hayalim almıyor. Ama bunu yapamayız."

Siyah birer kor parçası olan Mikhail'in gözlerinde alay vardı, bu bir sevecenlik işaretiydi. Parmakları ensesi etrafında dolandı. "Pekâlâ yapabiliriz bence." Siyah kadifemsi sesi saf baştan çıkarıcılık taşıyordu, gülümsemesi kışkırtıcıydı.

Raven, yabancının kuvvetini tepeden tırnağa hissetmişti. Vücudu kemiklerden arınmıştı adeta; sıvılaşmıştı, acı içindeydi. Ona öyle yakındı ki onun bir parçasıymış, onunla kuşatılmış, onunla çevrelenmiş gibi hissediyordu. "Sırf yalnız olduğum için birisiyle yatmayacağım."

Hafifçe güldü Mikhail, keyfi yerine gelmişti. "Böyle mi düşünüyorsun? Benimle sırf yalnız olduğun için yatacağını?" Eli yeniden Raven'ın boğazındaydı, onu okşuyor, kanını ısıtıyordu. "İşte bunun yüzünden benimle sevişeceksin. Bunun!" Dudakları, Raven'ın dudaklarına kilitlendi.

Beyaz bir sıcaklık. Mavi bir yıldırım. Zemin ayağının altından kaydı. Mikhail, onun narin bedenini kendininkine doğru çekmişti. Vücudu saldırgan, dudakları talepkârdı, Raven'ı sadece saf hislerden oluşan bir dünyaya sokmuştu.

Raven'ın tek yapabildiği ona tutunmak oldu, çalkantılı duygu fırtınasında demir atacak güvenli bir limandı. Mikhail'in boğazının derinliklerinde heyecanlı bir kurdunkini andıran, hayvani, yabani bir hırıltı koptu. Ağzı Raven'ın boğazının narin çizgisi boyunca ilerleyerek pürüzsüz cildi altında çılgınlar gibi atan nabzında durdu.

Kolları Raven'ı iyice sıkıştırarak vücuduna yapıştırdı; sahiplenici ve kararlıydı, tutuşundan kurtulmak imkânsızdı. Raven alev alevdi, yanıyordu, kollarının arasındaki sıcak bir ipek gibiydi, bedeni erimişti adeta, sıvılaşmış bir ateş gibiydi. Durmadan Mikhail'e çarpıyordu vücudu, göğüsleri sızlıyor, süveterinin ince kumaşından göğüs uçları belli oluyordu.

Dantel çamaşırın üzerinden başparmağıyla göğsüne dokunarak vücudunda titreşimler oluşturuyor, dizlerinin bağını çözüyordu yabancı; güçlü kolları onu tutmasa düşerdi. Mikhail'in ağzı tekrar hareket etti, alev gibi olan dili nabzını yaladı.

Ardından akkor bir sıcaklık, yakan bir acı geldi. Raven'ın vücudu şehvetle kıvrandı, onun için yanıyor, onu istiyordu. Arzu dalgaları sardı her yanını. Mikhail'in boynuna yapışan ağzı haz ile acının o kadar yoğun bir karışımına sebep oluyordu ki, Raven hangisinin başlayıp hangisinin bittiğini anlayamıyordu. Mikhail başparmağıyla başını geri yatırarak boynunu tamamen ortaya çıkardı. Ağzı Raven'ın tenine kenetlenerek onu yiyormuş, onunla besleniyormuşçasına hareket etti. Canını yakmasına rağmen Raven'ın arzusuna da karşılık veriyordu bu.

Mikhail ana dilinde bir şeyler fısıldadı, teması kopararak başını hafifçe yukarı kaldırdı. Raven sıcak bir sıvının boğazından göğsüne aktığını hissetti. Mikhail'in dili de sıvının izinden giderek yumuşak göğüslerinin üzerinden ilerledi. Raven'ın ince belini kavrarken serbest kalmak isteyen kendi bedeninin nasıl baskı yaptığını fark etti. Raven'ı eşi yapmalıydı. Vücudu istiyor, yanıyordu.

Raven düşmemek için Mikhail'in gömleğine yapıştı. Mikhail iki dilde birden küfür etti usulca. Bir yandan korumacı bir edayla Raven'ı kucaklarken, bir yandan da kendine kızıyordu.

"Üzgünüm, Mikhail." Raven afallamış, kendi zayıflığı karşısında korkuya kapılmıştı. Oda dönüyordu, odaklanması güçleşmişti. Boynu hem zonkluyor, hem de yanıyordu.

Onu nazikçe öpmek için esmer başını eğdi. "Hayır küçüğüm. Ben fazla hızlı gittim." Mizacındaki her şey, o canavarın ve yüzyıllar yaşındaki adamın onu alması, elinde tutması için fırtınalar koparıyordu. Ama Mikhail, onun kendi isteğiyle gelmesini istiyordu.

"Kendimi tuhaf hissediyorum, başım dönüyor."

İpleri biraz gevşetince, içindeki canavar onu damgalamak, güzel tadına bakmak için can atmıştı. Vücudu alevler içerisinde, serbest bırakılmayı istiyordu. Disiplin ve denetim içgüdüsel olan avcı tabiatıyla savaştı ve kazandı. Derin bir nefes alarak şöminenin yanındaki sandalyeye taşıdı Raven'ı. Onu kendisine bağlamadan evvel kur yapılmayı, Mikhail'i tanımayı, aşk olmasa bile ona karşı sevgi beslemeyi hak ediyordu hiç değilse. Bir insan. Bir fani. Bu yanlıştı. Tehlikeliydi. Onu kibarca minderlere bırakırken rahatsız edildiklerinin ilk uyarısını duydu Mikhail.

Etrafında döndü, yakışıklı yüz hatları kasvetli ve tehditkâr bir hal aldı. Vücudu koruyucu duruşunu yitirerek aniden tehlikeli ve saldırgan bir havaya bürünmüştü. "Burada kal," diye emretti usulca. Öyle hızlı hareket etmişti ki, bir an silikleşti. Kütüphanenin kapılarını kapadıktan sonra ön kapıya çevirdi yüzünü. Mikhail nöbetçilerine sessiz bir çağrıda bulundu.

Dışarıda yalnız bir kurt uludu, ikincisi cevap verdi, peşinden bir üçüncüsü, sonra toplu bir koro halini aldı bu. Sesler azaldığında Mikhail dikkat kesildi, yüzünde kaskatı, acımasız bir maske vardı sanki. Ormanı pus kaplamıştı, evinin etrafında hareket eden sis kümeleri bir araya toplanıyordu.

Mikhail'in kolunu kaldırmasıyla ön kapısı açıldı. İçeri süzülen sisler bir araya toplandı, ta ki giriş salonunu doldurana dek. Sisin ağır ağır birleşmesiyle bedenler titrek titrek parlayarak somut bir hal aldı. "Beni neden bu gece rahatsız ediyorsunuz?" diye sordu alçak bir sesle, gözleri tehlike saçıyordu.

İçlerinden bir adam öne çıktı, parmakları karısının elini kavramıştı sıkıca. Kadın solgun ve yorgun görünüyordu, belli ki hamileydi. "Sana akıl danışmak ve haber vermek için geldik Mikhail."

Kütüphanenin içinde, Raven korkunun onu ezip geçtiğini, başını zonklattığını, içine çekerek zihnindeki örümcek ağlarını araladığını hissetti. Birisi perişan haldeydi, ağlıyor, bıçak gibi keskin bir acı duyuyordu. Sendeleyerek ayağa kalkarken bir sandalyenin arkasına tutundu. Görüntüler hücum etmeye başladı. Solgun, beyaz ciltli bir kadın, göğsüne bir kazık saplanmıştı, oluk oluk kan akıyordu, başı vücudundan ayrılmış, ağzına mide bulandırıcı bir şey yerleştirilmişti. Törensel, simgesel bir cinayetti, gelecek cinayetlerin habercisi gibi. Bu huzur ülkesinde bir seri katil vardı.

Raven kusacak gibi oldu, zihnine akan görüntüleri sanki böyle engelleyebilirmiş gibi elleriyle kulaklarını kapadı. Bir an nefes alamadı, almak da istemedi zaten; sadece bunun bitmesini istiyordu. Kontrolünü yitirmiş bir halde etrafına bakındı, sağ tarafında, onu boğan hislerin geldiği yerin zıt yönünde bir kapı gördü. Kör gibiydi, tökezleyerek yürüyordu, bitap düşmüş, allak bullak olmuştu ve başı dönüyordu. Sendeleye sendeleye çıktı kütüphaneden, temiz havaya ihtiyacı vardı. Yeni gelenlerin zihinlerindeki ölüm ve dehşetin ayrıntılarından uzaklaşmalıydı.

Korkuları ve öfkeleri canlıydı adeta. Yaralı hayvanlar gibiydiler, intikam almak için kesip biçmeye hazırdılar. İnsanlar neden böyle çirkin, böyle şiddet düşkünüydü ki? Cevap veremiyordu, vermek de istemiyordu zaten. Uzun bir koridordan geçtikten sonra birkaç basamak inmişti ki, bir siluet belirdi önünde. Mikhail'den biraz daha genç ve zayıf bir adamdı bu, parıltılı gözleri ile kestane rengi, dalgalı saçları vardı. Raven'a doğru hamle yaparken yüzünde alaycı ve tehditkâr bir tebessüm taşıyordu.

Görünmeyen bir güç adamı tam göğsünden iterek geriye fırlatıp duvara çarptı. Mikhail siyah, kindar bir gölge gibi belirdi önlerinde. Bir kale gibi Raven'ın önüne dikilerek, koruyucu bir edayla onu arkasına ittirdi. Bu sefer gırtlağından çıkan hırıltı, bir canavarın meydan okuma kükremesiydi.

Raven, Mikhail'in içindeki engel tanımaz hiddeti hissedebiliyordu, hüzünle karışık bir hiddetti bu, duyguları öyle yoğundu ki havaya çarpıyorlardı. Raven, koluna dokundu; kalın bileğinin ancak yarısını sarabilen parmakları Mikhail'in içinde yükselen şiddetin önüne geçmişti. İçinde dolaşan gerginliği canlıymışçasına hissedebiliyordu Raven.

Topluca nefesini tutmuştu herkes. Raven, grubun ilgi merkezinde olduğunu fark etti. Grup bir kadın ve dört erkekten oluşuyordu. Feci bir suç işlemiş gibi tüm gözler Mikhail'in bileğini saran parmaklarına çevrilmişti. Mikhail iri vücudunu onu dikkatli bakışlardan korumak için bir kalkan gibi kullandı. Raven'ın elini çekmek için bir girişimde bulunmadı. Sadece vücudunu korumacı bir tavırla hareket ettirerek Raven'ı duvara daha da yaklaştırdı, onu iyice arkasına alarak görmelerini engelliyordu.

"O benim korumam altında." Bir bildiri. Bir meydan okuma. Çabuk ve vahşi bir misilleme.

"Bizim de olduğumuz gibi," dedi kadın usulca ve yatıştırıcı bir edayla.

Raven sallanıyordu, onun ayakta tutan sadece yaslandığı duvarlardı. Öfke ve keder titreşimleri çığlık atmak isteyinceye kadar çarptı zihnine. İtiraz eder gibi kesik bir ses çıkardı. Mikhail hemen ona dönerek kollarını etrafına sardı. "Düşünce ve hislerinize kalkan çekin," diye tısladı diğerlerine. "Oldukça hassastır. Ona kaldığı pansiyona kadar eşlik edeceğim, dönünce bu rahatsız edici haberleri değerlendireceğim."

Mikhail, yanlarından uzun adımlarla geçip gidinceye kadar Raven'ın diğerlerini görme şansı olmadı. Garajda bekleyen arabaya götürüyordu Mikhail onu. Raven yorgun bir şekilde gülümseyerek başını omzuna dayadı. "Bu arabaya aitmiş gibi durmuyorsun Mikhail. Kadınlarla ilgili düşüncelerin öyle eski moda ki, bir önceki hayatında 'kale lordu' filandın kesin."

Mikhail ona göz ucuyla baktı. Bakışı yüzünün solgunluğuna kayarak uzun saçları arasından görünen boynundaki mührüne takıldı. Aslında onu damgalamak istememişti ama artık oradaydı işte, ona sahip olduğunu gösteren işaret. "Bu gece uyumana yardım edeceğim." Kesin bir dille söylemişti.

"O insanlar kimdi?" Mikhail'in sormasını istemediğini anladığı için sormuştu bunu Raven. Çok yorgundu, başı dönüyordu. Başını ovalarken hiç değilse hayatında bir kerecik olsun normal olabilmeyi diledi. Mikhail muhtemelen ayılan bayılan tiplerden olduğunu sanmıştı.

Kısa bir sessizliğin ardından Mikhail derin bir nefes aldı. "Benim ailem."

Raven doğruyu söylediğini anlamıştı ama tam doğru da değildi bu. "Birisi neden böyle korkunç bir şeyi yapar ki?" Yüzünü Mikhail'e çevirdi. "Senden bu katilin izini sürmeni, onu durdurmanı mı bekliyorlar?" Sesinden katıksız bir ıstırap okunuyordu, Mikhail için duyduğu ıstırap. Endişe.

Mikhail'in kederi keskindi, vicdan azabı ve şiddet ihtiyacı ile çevrelenmişti.

Mikhail soruyu zihninde çevirdi. Raven işte o anda, Mikhail'in halkından birisinin öldürüldüğünü anladı. Muhtemelen gelenlerden birinin zihninde yakalamıştı ayrıntıları. Duyduğu acı ve endişe Mikhail içindi. Ayıplama yoktu. Sadece endişeliydi. Mikhail üzerindeki gerginliğin gevşediğini hissetti, midesini sıcak bir his kaplamıştı. "Seni bu pislikten elimden geldiğince uzak tutmaya çalışacağım küçüğüm." Mikhail için, onun ruh hali ya da sağlık durumu için endişelenen olmamıştı daha önce. Kimsenin aklına onun için bir şeyler hissetmek gelmemişti. Mikhail'in içindeki bir şeyler yumuşayarak eridi. Raven giderek daha da yerleşiyordu içine, bir şekilde ihtiyacı vardı ona.

"Belki de birbirimizi birkaç gün görmemeliyiz. Kendimi bu denli yorgun hissettiğim hiç olmamıştı." Mikhail'e bu işin içinden çıkmanın yolunu sunuyordu kibarca. Raven bakışlarını ellerine indirdi. Kendisine de bir çıkış yolu yaratmak istiyordu aslında. Daha önce hiç kimseye bu kadar yakın hissetmemiş, kimsenin yanında böyle rahat olmamıştı, ama kendisini hâkimiyeti altına alacak diye de endişe ediyordu. "Hem ailenin, yanında Amerikalı birini görmekten hoşnut olduğunu sanmıyorum. Birlikte fazla... patlayıcıyız," diye bitirdi hüzünlü bir şekilde.

"Beni terk etmeye kalkışma Raven." Araba pansiyonun önünde durdu. "Bana ait olanı elimde tutarım ben. Ve şüphen olmasın ki sen bana aitsin." Bu hem bir ikaz, hem de yalvarış niteliğindeydi. Sevgi dolu sözcükler için vakti yoktu. Öyle sözcükler söylemeyi Mikhail de isterdi – ki Tanrı bilir Raven onları hak ediyordu da – ama diğerleri bekliyordu ve sorumlulukları üstüne ağır bir yük gibi çökmüştü.

Raven elini kaldırarak kibarca Mikhail'in çene çizgisini okşadı. "Kendi istediğini yaptırmaya öyle alışmışsın ki." Sesinde bir tebessüm vardı adeta. "Kendim uyuyabilirim Mikhail. Senelerdir böyle yapıyorum zaten."

"Tasa duymadan, rahatsız edilmeden, derin bir uykuya ihtiyacın var senin. Şayet sana yardım etmezsem bu gece gördüklerini zihninden atamazsın." Başparmağıyla Raven'ın alt dudağını okşadı. "Dilersen bu hatırayı silebilirim."

Raven, bunu sahiden yapmak istediğini, onun için en iyisi olduğuna inandığını görebiliyordu. Kendisinden bir karar vermesini istemenin de zor olduğunu görebiliyordu. "Hayır, sağ ol Mikhail," dedi ağırbaşlılıkla. "İyi veya kötü, tüm hatıralarımı saklayacağım sanırım." Çenesini öptü ve koltuğunda kayarak kapıya doğru yanaştı. "Porselen bebek değilim ben. Görmemem gereken bir şeyi gördüğüm için kırılacak halim yok. Seri katilleri daha önce de izlemiştim." Hüzünlü gözlerle Mikhail'e gülümsedi.

Bileğini çözülmesi mümkün olmayan bir tutuşla kavradı Mikhail. "Ve seni neredeyse mahvetmişti. Bu sefer olmaz."

Raven'ın gözleri uzun kirpiklerinin arkasına saklanarak aşağı doğru kaydı. "Bu kararı sen veremezsin." Eğer başkaları Mikhail'i yeteneklerini sapkın, habis katilleri bulması için kullanmaya ikna etseydi, onu yalnız bırakamazdı. Nasıl bırakabilirdi ki?

"Benden korkman gerekenin yarısı kadar bile korkmuyorsun," diye homurdandı Mikhail.

Raven, kendisini serbest bırakması için bileğini çekiştirirken ona bir kez daha gülümsedi. "Beni her istediğini yapmaya zorlarsan aramızdakilerin hiçbir anlamının kalmayacağını sen de biliyorsun bence."

Mikhail onu bir kalp atışı kadar daha esir tuttu, koyu, tehlikeli gözleri narin yüzünde hükmedici bir edayla geziniyordu. Raven öyle kuvvetli bir iradeye sahipti ki. Korkmasına rağmen gözlerini dikerek ona kafa tutabiliyordu. Kötülüğü kovmak onu hasta edip deliliğin kıyısına getirse de defalarca yapmıştı bunu. Mikhail onun zihninde hâlâ bir gölgeydi. Raven ona yardım etmeye kararlıydı, ondan ve inanılmaz güçlerinden korksa da Mikhail'in bu korkunç katille tek başına yüzleşmesine müsaade etmeyeceğini okuyabiliyordu zihninden. Mikhail onu ininde, kendi yanında, güvende tutmak istiyordu. Hürmet gösterircesine parmaklarını Raven'ın yanağından aşağı gezdirdi. "Fikrimi değiştirmeden git," dedi, birden onu serbest bırakarak.

Raven, üstüne çöken baş dönmesinden kurtulmaya çalışarak yavaşça ayrıldı yanından. Düz yürümeye, vücudunu başkası kontrol ediyormuş gibi hissettiğini, her saniyenin zorlukla geçtiğini Mikhail'e belli etmemeye gayret gösteriyordu. Zihnini bilerek boşaltmış, başı yukarıda yürüyordu.

Mikhail, onun pansiyona girişini seyretti. Elini başına götürüp şakaklarını, ensesini ovaladığını gördü. Kanını içmesinden dolayı hâlâ başı dönüyordu. Bu bencilce, aşağı bir davranıştı, ancak kendisine engel olamamıştı. Şimdi de bedelini Raven ödüyordu. Başı duygu bombardımanından dolayı ağrıyordu. Buna Mikhail'in duyguları da dâhildi. Ailesinin tüm üyeleri zihinlerine kalkan çekme konusunda dikkatli olmalıydı bundan sonra.

Mikhail geniş vücudunu taşıttan çıkararak gölgelerin arasına karıştı, duyuları yanıp tutuşarak ona yalnız olduğunu bildiriyordu. Sis halini aldı bedeni. Zaten puslu olan havada fark edilmesi imkânsızdı, Raven'ın emniyetsiz penceresinin altından kolayca süzüldü. Yatağın üstüne çöküşünü izledi. Suratı solgun, gözleri buğuluydu. Uzun saçlarını arkaya atırarak Mikhail'in bıraktığı işarete dokundu acıyormuşçasına. Çok çetin bir görevmiş gibi ayakkabılarını ayağından fırlatması birkaç dakika sürdü.

Raven kıyafetlerini çıkarmadan kendini yatağa yüzüstü atana dek bekledi Mikhail. *Uyuyacaksın.* Güçlü bir emir vererek itaat etmesini beklemişti.

Mikhail. Kendi ismi kafasında yankılandı, yumuşak, uykulu ama mutlu bir sesti bu. *Yine de kendi bildiğini okuyacağını tahmin etmiştim.* Raven bu sefer karşı koymamış, kendi isteğiyle ağzının kenarında kıvrılan bir gülümsemeyle uykuya dalmıştı.

Mikhail, Raven'nın narin bedenini soyarak örtünün altına

kaydırdı. Zavallı, fani suikastçılar bir yana kendi türündekileri dahi uzak tutacak güçte bir büyüyle kapıyı emniyet altına aldı. Pencereleri de emniyete alarak mümkün olan her giriş noktasına aynı kilitleri koydu. Nazikçe dudaklarını Raven'ın alnına değdirerek gitmeden boynundaki damgaya dokunmak için elini uzattı.

Evine girdiğinde diğerleri sessizliğe büründü. Celeste elini, korumacı bir içgüdüyle karnındaki çocuğa bastırdı. "O iyi mi, Mikhail?"

Belli belirsiz başını salladı, kaygılanmasına minnettar kalmıştı ne gariptir ki. Kimse onu sorgulamazdı ama yine de davranışları onun kişiliğe ile hiç örtüşmüyordu. Doğrudan konuya girdi. "Suikastçılar Noelle'i nasıl korumasız yakalamış?"

Diğerleri birbirine baktı. Mikhail, güvenliklerini sağlamak adına en ufak bir ayrıntıyı bile unutmamalarını çok sıkı tembihlese de geçen seneler içerisinde unutmak, hata yapmak kolay bir hal almıştı.

"Noelle daha 2 ay önce bebeğini dünyaya getirdi. Sürekli yorgundu," diyerek hataya kılıf bulmaya çalıştı Celeste.

"Peki ya Rand? O neredeydi? Neden bitkin haldeki karısını uykusunda korumasız bırakmış?" diye sordu Mikhail alçak ama tehditkâr bir sesle.

Daha önce aynı acıyı çeken Byron çekinerek söze karıştı. "Rand'ın nasıl olduğunu bilirsin. Hep kadın peşindedir. Çocuğu Celeste'ye bırakıp avlanmaya çıkmıştı."

"Tabii Noelle'yi de gerekli korumayı sağlamayı unutmuş." Mikhail'in duyduğu iğrenme aşikârdı. "Şimdi nerede o?"

Celeste'nin ruh eşi Eric sertçe cevap verdi. "Aklını oynatmış gibiydi Mikhail. Hepimiz birlikte ancak yatıştırabildik onu. Şimdi uyuyor. Çocuk onunla birlikte yerin derinliklerinde. Şifalı toprak ikisine de iyi gelecektir."

"Noelle'i kaybetme gibi bir lüksümüz yoktu." Mikhail keder duygusunu bir yana itti, şimdi vakti değildi. "Eric, Rand'i kontrol altında tutabilir misin?"

"Bence onunla konuşsan iyi olur," dedi Eric dürüstçe. "Çektiği vicdan azabı onu çıldırtıyor. Neredeyse bize saldıracaktı."

"Vlad, Eleanor nerede? Hamile olduğu için o da tehlikede. Celeste'yi koruyacağımız gibi onu da korumalıyız," dedi Mikhail. "Hiçbir kadınımızı kaybetme lüksüne sahip değiliz, bilhassa da çocukları."

"Doğumu o kadar yakın ki, seyahat etmesine içim el vermedi," diyerek derin derin iç çekti Vlad. "Şu an için güvende ve koruma altında, fakat bu savaşın yeniden başladığını hissediyorum."

Mikhail, satranç tahtasının yanındaki ufak sehpaya parmağıyla vurdu. "Belki kadınlarımızdan üçünün on yıldır ilk kez doğum yapacak olması bir şeye işaret ediyordur." Çocuklarımız oldukça az sayıda ve seyrek doğuyor. Suikastçılar bir şekilde kadınlarımızın durumundan haberdar olduysa, çoğaldığımızdan, güçlendiğimizden korkmuşlardır."

Mikhail, erkeklerden en kaslı olanına hızlı bir bakış attı, "Jacques, seni sorumluluk altında bırakacak bir ruh eşin yok." Sesinden azıcık da olsa şefkat okunuyordu, daha önce hissedip gösteremediği, diğerlerinin de durumun bilincinde olup olmadığını fark edemediği bir şefkat. Jacques onun erkek kardeşiydi. "Byron'ın da öyle. Siz ikiniz diğerlerine haber vereceksiniz. Şimdilik dinlenin, en gizli yerlerde beslenin, yerin altında uyuyun ve daima en güçlü korunma büyülerini kullanın. Gözlerimizi kadınlarımızın üzerinden ayırmamalı, onları emniyette tutmalıyız, bilhassa hamile olanları. Hiçbir şekilde dikkatleri üzerinize çekmeyin."

"Ne zamana dek Mikhail?" Celeste'nin gözlerinde gölge, yüzünde gözyaşlarının bıraktığı izler vardı. "Daha ne kadar böyle yaşamak zorundayız?"

"Suikastçıları bulup adaleti sağlayana dek." Sesinde merhametsiz, vahşi bir ton vardı. "Fanilerle içli dışlı olunca yumuşadınız hepiniz. Hayatınızı kurtarabilecek yeteneklerinizi unutuyorsunuz." Sert bir şekilde kınadı onları. "Benim kadınım fani olmasına rağmen daha siz onun varlığını fark edemeden o sizinkini fark etti. Korunmasız bırakılmış duygularınızı hissederek düşünceleriniz aracılığıyla suikastçılardan haberi oldu. Bunun bir özrü olamaz."

"Bu nasıl olabilir?" Eric tüm cesaretiyle sordu. "Hiçbir faninin böyle bir gücü yoktur."

"O telepatik ve bu becerisi çok gelişmiş. Artık burada vakit geçirecek, tüm kadınlarımız gibi o da korunacak."

Diğerleri birbirlerine afallamış, şaşkın bakışlar attılar. Efsaneye göre, yalnızca en kuvvetli üyeleri bir faniyi dönüştürmeyi becerebilirdi. Ama yapılmamıştı, fazla tehlikeliydi. Asırlar önce, kadınlar neredeyse tükenme noktasına gelip erkekler ümitsiz kaldığında denenmişti. Fakat artık kimse buna cesaret edemiyordu. Çoğu, erkeklerin ruhlarını kaybetmemeleri için uydurulan bir efsane olduğuna inanıyordu. Mikhail anlaşılması mümkün olmayan, amansız biriydi, yüzyıllardır kararlarını sorgulayan olmamıştı. Anlaşmazlıkları çözer, diğerlerini korurdu. Hem fanilere, hem de kendi türüne karşı tehlike oluşturan vampir olmayı seçmiş erkekleri avlardı.

Şimdi de bu. Dişi bir fani. Şaşkınlık içindeydiler ve belli de oluyordu. Mikhail'in kadının hayatının kendilerinkinden öne koymaya mecburdular. Eğer Mikhail o kadının kendi himayesi altında olduğunu söylüyorsa ciddiydi. Ciddi olmadığı hiçbir şeyi söylemezdi o. Ve eğer o kadına bir zarar gelirse cezası ölüm olurdu. Mikhail vahşi, acımasız ve amansız bir düşmandı.

Mikhail, Noelle'in ölümü için duyduğu sorumluluğun yükünü omuzlarında hissetti. Rand'in kadınlara olan düşkünlüğünü biliyordu. Mikhail bu birleşmeye karşı çıkmış ancak yapması gerektiği gibi yasaklamamıştı. Rand, Noelle'nin gerçek ruh eşi değildi. Yoksa aralarındaki çekim hakiki bir ruh eşinin kadınını aldatmasına izin vermezdi. Güzeller güzeli, hayat dolu genç kız kardeşi Noelle artık ebediyen gitmişti. Dik kafalılık etmiş, ruhu onun ruhunu çağırdığı için değil, yakışıklı olduğu için Rand'i istemişti. Mikhail'e yalan söylemişlerdi, ama zaten Mikhail yalan söylediklerini anlamıştı. Neticede Rand'in başka kadınlarla olmayı sürdürerek gerçek duyguları keşfetmeye çalışmasından ve Noelle'in de bu yüzden katı, tehlikeli bir kadına dönüşmesinden Mikhail sorumluydu. Noelle hemen ölmüş olmalıydı, yoksa derin uykuda bile olsa Mikhail hissederdi. Rand'e asla bir Karpatya kadını emanet edilmemeliydi. Mikhail zaman içerisinde ikisinin de gerçek ruh eşlerini bulacaklarını sanmıştı, ancak bunun yerine Nicole daha tehlikeli biri, Rand ise daha azılı bir zampara olup çıkmıştı. Rand'in yattığı kadınlara karşı bir şey hissetmesi mümkün olmuyordu ama o yine de devam ediyordu, sanki Noelle'in ona giderek daha çok baskı yapmasını cezalandırmak istiyordu.

Noelle'in acımasız bir cinayete kurban gittiği gerçeğinin üstünden akıp gitmesi için gözünü bir anlığına yumdu Mikhail. Kaybı dayanılmazdı, buz gibi bir öfke ve ölümcül bir çözümle karışmış kederiyse vahşi ve ağırdı. Başını eğdi. Üç kan kırmızı gözyaşı yanaklarından aşağı süzüldü elinde olmadan. Kendi kız kardeşi, Karpatyalı kadınların en küçüğü. Mikhail'in suçuydu.

Mikhail zihnindeki kıpırtıyı hissetti, kollarla etrafı sarılmışçasına bir sıcaklık, rahatlık sardı her yanını. *Mikhail? Bana ihtiyacın var mı?* Raven'ın sesi uyuşuk, boğuk ve kaygılıydı.

Mikhail afallamıştı. Verdiği emir çok kuvvetliydi, daha önce bir insan üzerinde kullandığından kat ve kat kuvvetli, ama yine de duyduğu keder uykusu arasından Raven'a ulaşabilmişti. Etrafına göz gezdirerek odadakilerin yüzlerine baktı. Hiçbiri zihinsel teması fark etmemişti. Bu da, ne kadar halsiz olursa olsun Raven'ın Mikhail'e odaklanarak doğrudan onunla temas kurabildiğini gösteriyordu, hem de başkaları fark etmeden. Kendi türünden pek azının başarılı olabilmek için çaba gösterdiği bir beceriydi bu; onlar da hallerinden o kadar memnundu ki zaten insanlarla pek bir alışverişleri olmuyordu.

Mikhail? Raven'ın sesi bu defa daha kuvvetli ve telaşlıydı. *Yanına geliyorum.*

Uyu küçüğüm. Ben iyiyim. Güven vererek söylemişti bunu, bir yandan da sesinin tonuyla emrini kuvvetlendirmişti.

Kendine dikkat et Mikhail. Fısıldayarak onun gücüne teslim oldu Raven.

Mikhail dikkatini buyruklarını bekleyenlere verdi. "Rand'i yarın bana yollayın. Çocuk onunla kalamaz. Dierdre da on yıllar önce çocuğunu kaybetmişti. Hâlâ yitirdiği bebeklerin yasını tutmakta. Çocuk ona götürülecek. Tienn onları elinden geldiğince koruyacaktır. Hasımlarımız arasında da benim kadınımın gücünü taşıyan biri olup olmadığını anlayıncaya dek kimse zihinsel bağlantı kurmasın."

Eksiksiz hepsinin yüzünden şaşkınlık okunuyordu. Böyle bir kuvvete ve disipline sahip bir insanın olabileceği gerçeğini almıyordu hiçbirinin aklı. "Mikhail, suçlunun bu kadın olmadığından emin misin? Bizim için tehdit oluşturuyor olabilir," diye bir öneride bulundu Eric, Celeste'nin onu uyarmak için kolunu sıkmasına aldırmamıştı.

Mikhail'in koyu gözleri kısıldı usulca. "Tembelleştiğimi, kendi kuvvetimin gözlerimi kör ettiğini mi düşünüyorsun? Onun zihnini okuduğum halde var olan tehdidi fark edemeyeceğimi sanacak kadar aşağı mı görüyorsun beni? Seni uyarıyorum, önderliğinizden çekilebilirim ama onun üzerinden himayemi çekmem. Önderlik pelerinini bir sonraki kişiye vermemi ister misiniz? Görevlerimden ve sorumluluklarımdan bitap düştüm artık."

"Mikhail!" Byron'un sesinden keskin bir itiraz yükselmişti.

Diğerlerinin sesi de yükseldi hemen, korkmuş çocuklar gibi telaşla itiraz ediyorlardı. Bir tek Jacques sessiz kalmıştı, sırtını tembel tembel duvara yaslamış, Mikhail'e gizemli, alaycı, çarpık bir gülümsemeyle bakıyordu. Mikhail onu görmezden geldi.

"Neredeyse güneş doğacak. Hepiniz yeraltına gidin.

Mümkün olan her türlü korumayı uygulayın. Uyanınca bulunduğunuz yeri kontrol edip davetsiz misafirleri sezmeye çalışın. En ufak bir olayı bile göz ardı etmeyin. Yakın temasta kalıp birbirimize göz kulak olmalıyız."

"Mikhail, ilk sene çok kritik. Çocuklarımızın pek çoğu hayatta kalamıyor." Celeste'nin parmakları endişeyle kocasının elini sıkıyordu. "Dierdre'nin bir kaybı daha kaldırabileceğinden emin değilim."

Mikhail kibarca gülümsedi. "O çocuğu herkesten iyi koruyacaktır, Tienn ise bizim iki katımız dikkatli olacaktır. Dierdre'yı tekrar hamile kalması konusunda ikna etmeye çalışıyor ama o reddediyordu. Hiç değilse böylece kolları boş kalmamış olur."

"Ve böylece bir çocuk daha isteyecektir," dedi Celeste sinirli sinirli.

"Soyumuzun devam etmesi için çocuk yapmalıyız. Her ne kadar bu görevi ben üstlenmek istesem de ancak kadınlarımız böyle bir mucizeyi gerçekleştirebiliyor."

"Bu kadar çok çocuğu kaybetmek çok üzücü Mikhail," dedi Celeste.

"Hepimiz için öyle Celeste." Sesi nihaiydi, tartışmaya veya sorgulamaya cesaret eden olmadı aralarından. Mutlak otoriteye sahipti, hiddeti ve kederi sınırları aşmıştı. Rand, Noelle gibi genç, güzel ve hayat dolu bir kadını korumakta başarısız olmakla kalmamış, Noelle'in hayatı Rand ile birlikte oynadıkları sadistçe bir oyun yüzünden de yitirilmişti. Mikhail, Noelle'in başına gelenlerden Rand kadar sorumlu olduğunu biliyordu. Rand'e duyduğu nefreti kendine de yönlendirmişti.

Bölüm 3

Raven, kat kat, yoğun bir sisin içinde uyandı. Bir yandan uyanmaması gerektiğini biliyordu, bir yandan da uyanmak zorunda hissediyordu kendini. Gözlerini açarak başını pencereye çevirdi. Günışığı içeri sızıyordu. Kendini oturma pozisyonu almaya zorladı, örtüler üzerinden kayarak çıplak tenini açıkta bıraktı.

"Mikhail," diyerek sesli fısıldadı, "Sen fazla başına buyruk davranıyorsun," dedi. Bu ihtiyacına engel olamıyormuşçasına, içgüdüsel olarak, Mikhail'e seslenmişti. Ancak uyuduğunu anlayınca geri çekildi. Ufacık bir dokunuş bile yetmişti. Mikhail güvendeydi.

Raven kendini farklı, hatta mutlu hissediyordu. Aç bir kaplanın sırtında oturmaya benzese de birisiyle konuşabiliyor, hatta ona dokunabiliyordu. Başka birinin yanındayken rahat olmak büyük bir keyifti. Mikhail'in ağır sorumlulukları vardı. Raven, onun tam olarak kim olduğunu bilmiyordu ama önemli biri olduğunu anlamıştı. Kendisini doğanın yarattığı bir ucube gibi hisseden Raven'ın aksine Mikhail yetenekleriyle barışıktı. Raven da onun gibi olmak isterdi: kendine güvenli, başkalarının düşündüklerine aldırış etmeyen birisi.

Romanyalıların hayatı hakkında çok az şey biliyordu. Kırsal kesimde yaşayanlar fakir ve batıl inançlı olmasına rağmen dost canlısı ve sanatçı ruhuna sahip insanlardı. Mikhail farklıydı. Karpatyalıların iyi eğitimli, zengin ve kendi istekleriyle dağlarla ormanların derinliklerinde yaşayan insanlar olduklarını duymuştu. Mikhail onların önderi miydi? Bu yüzden mi bu kadar kibirli ve soğuktu?

Vücuduna değen su, üzerindeki o ağır, sersemletici duyguyu kaldırıyordu. Dikkatli bir şekilde kot pantolon, boğazlı bir kazak ve bir süveter giydi. Günışığı varken bile dağda hava soğuk oluyordu, bugün keşfe çıkacaktı. Boğazı bir anlığına zonklayarak yandı. Yarayı incelemek için üstündekini çıkardı. Tuhaf bir izdi, bir ergenin bıraktığı öpücük izi gibiydi ama daha belirgindi.

Mikhail'in o izi nasıl bıraktığı aklına gelince kızardı. Bu adam yaptığı her şeyde seksi mi olmak zorundaydı? Hem Raven'ın ondan öğrenebileceği çok şey vardı. Mikhail'in etrafındaki duygu bombardımanına karşı kendine her zaman kalkan çekebildiğini fark etmişti. Bu mucize gibi bir şey olurdu; kalabalık bir odanın ortasında durarak kendi duyguları dışında hiçbir şey hissetmemek.

Raven yürüyüş botlarını geçirdi ayağına. Böyle bir yerde bir cinayet. Bu resmen kutsal bir şeye küfür etmek gibiydi. Köylüler dehşete düşmüş olmalıydı. Kapıdan geçerken havada merak uyandırıcı bir değişim hissetti. Görünmeyen bir gücü ittirmiş gibi hissetmişti kendisini. Yine mi Mikhail'in işiydi? Onu içeri mi hapsetmeye çalışmıştı? Hayır. Böyle bir şey yapmış olsa Raven koyduğu kilidi aşamazdı. Muhtemelen dışarıdan girecekleri kilitleyerek Raven'ı korumak istemişti. Bu anlamsız, çirkin cinayetin verdiği keder ve öfkeden içi parçalandığı halde uyumasına yardım etmişti. Mikhail'in onu korumak ve ona yardım etmek için vakit ayırdığını düşününce üzerine titreniyormuş hissine kapılarak mutlu oldu.

Öğleden sonra üç olmuştu saat, öğle yemeği saatini geçmişti ama akşam yemeği için de fazla erkendi. Hanın sahibi olan kadın, mutfakta ona bir piknik sepeti hazırladı keyifle. Kadın bir kez olsun bile cinayet lafını açmamıştı. Haber kadının hiç ilgisini çekmemiş gibi görünüyordu sahiden. Raven da konuyu açmaya pek istekli olmadığını fark etti. Çok garipti, kadın gayet dost canlısı ve hoş muhabbet birisiydi, çok saygı duyduğu ve uzun zamandır arkadaşı olan Mikhail'den bile bahsetmişti, fakat Raven cinayete ve cinayetin Mikhail için ne anlam ifade ettiğine dair tek bir kelime edememişti.

Sırt çantasını sırtına atarak dışarı çıktı. Hiçbir yerde cinayet ile ilgili bir iz yoktu. Ne handakiler, ne de sokaktakiler üzgün görünüyordu. Raven yanılmış olamazdı, görüntüler çok canlı; çekilen acı vahşice ve çok gerçekti. Cinayetin görüntüleri, hayal gücünün yaratamayacağı kadar ayrıntılıydı.

"Bayan Whitney! Whitney'di, değil mi?" Bir kadın sesi metrelerce öteden ona seslenmişti.

Margaret Summers ona doğru aceleyle yürüyordu, yüzünden endişe okunuyordu. 60'lı yaşlarının sonunda, çelimsiz, kır saçlı, yaşına uygun giyinmiş bir kadındı. "Ah canım, bugün ne kadar da solgunsun. Hepimiz can güvenliğin için o kadar kaygılandık ki. O genç adamın seni öyle kucağında taşıyarak götürmesi çok ürkütücüydü."

Raven yumuşakça güldü, "Gerçekten ürkütücü biri, değil mi? Onunla eski dostuz, benim sağlığım için biraz fazla endişeleniyor. Emin olun Bayan Summers, bana çok dikkat ediyor. Çok saygıdeğer bir işadamıdır kendisi, köyde kime isterseniz sorun."

"Sen hasta mı oldun canım?" diye sordu endişeyle Margaret, bir yandan da Raven'ın kendini tehdit altında hissetmesini sağlayacak kadar yakınına gelmişti.

"İyileşiyorum," dedi Raven sertçe, doğru olmasını umuyordu.

"Seni daha önce görmüştüm ben!" Margaret'ın sesi heyecanlı çıkmıştı. "Sen bir ay önce San Diego'da, polise o canavar ruhlu katili yakalamasında yardım eden sıra dışı genç bayansın. Buraya hangi rüzgâr atmış olabilir ki seni?"

Raven avcunun arkasıyla alnını ovuşturdu. "Bu çeşit bir işi yapmak insanı çok tüketiyor Bayan Summers. Hatta bazen beni hasta yapıyor. Uzun bir kovalamaca olduğu için oradan uzaklaşmam gerekti. Tarihi derinliğe sahip, ıssız ve güzel bir yere gitmek istedim. Ucubeymişim gibi bana dik dik bakan insanların olmadığı, beni kimsenin tanımadığı bir yere. Karpatya Dağları çok güzel. Canım istediğinde yürüyüşe çıkıyorum, canım istediğimde sessizce oturarak rüzgârın o sapkın zihinlerden kalan tüm anıları uçurup götürmesine izin veriyorum."

"Ah canım benim." Margaret endişeyle elini uzattı.

Raven çabucak yana çekildi. "Özür dilerim, böyle karanlık zihinlerin peşinden gittikten sonra insanlarla fiziksel temas kurmak beni rahatsız ediyor. Lütfen anlayın."

Margaret başını salladı. "Elbette, gerçi senin şu genç beyin sana dokunmak konusunda bir çekincesi olmadığını fark ettim."

Raven gülümsedi. "O çok dediğim dediktir. Olay yaratmak konusunda doğuştan yeteneklidir ama bana gerçekten çok iyi davranıyor. Birbirimizi epeydir tanıyoruz. Kendisi çok seyahat eder." Yalanlar kolaylıkla dilinden dökülüyor gibiydi. Bu yüzden kendinden nefret etti. "Kimsenin benden haberdar olmasını istemiyorum Bayan Summers. Göz önünde olmaktan hiç hoşlanmam ve şu anda tek başıma kalmam gerek. Lütfen kim olduğumu söylemeyin insanlara."

"Tabii ki söylemem canım ama kendi başına gezintiye çıkman güvenli midir dersin? Bu bölgelerde gezinen vahşi hayvanlar var."

"Böyle minik gezintilere çıktığımda Mikhail bana eşlik eder, zaten hava kararınca ormana girmiyorum."

"Oh," Margaret rahatlamış görünüyordu, "Mikhail Dubrinsky mi? Herkes ondan bahsediyor."

"Dedim ya, fazla korumacı. Hancının yemeklerinden çok hoşlanıyor aslına bakarsanız," dedi neşeyle, elindeki piknik sepetini işaret ediyordu. "Gitsem iyi olacak yoksa geç kalacağım."

Margaret yana çekildi. "Çok dikkatli ol canım."

Raven dostça el salladıktan sonra dağlara giden patikayı orman yolu boyunca acele etmeden takip etmeye başladı. Neden yalan söylemeye mecbur hissetmişti? Yalnızlığına düşkündü Raven, kendini haklı gösterme gibi bir ihtiyaç duymamıştı daha önce. Her nedense, hiç kimseyle Mikhail'in hayatını tartışmak istemiyordu. Kadın Mikhail ile fazla ilgilenmişti. Söylediklerinden değil, gözlerinden ve sesinden belli oluyordu bu. Yol aniden kıvrılıp ağaçlar Raven'ı yutana kadar merakla seyretmişti Margaret Summers onu.

Raven üzülerek başını salladı. Öyle çok kabuğuna çekilmişti ki, kimseye yakın olmak istemiyordu, emniyeti için kaygılanan tatlı, sevimli, yaşlı bir bayana bile.

"Raven! Bekle!"

Bu davetsiz misafiri işitince gözlerini kapadı. Jacob ona yetişene dek yüzüne sahte bir gülümseme koymayı becermişti. "Jacob, dün geceki o korkunç boğulma krizini atlatabilmene sevindim. İyi ki garson Heimlich manevrasını biliyormuş."

Jacob kaşlarını çattı. "Etten dolayı boğulacak gibi olmadım ben," dedi kendini müdafaa edercesine, Raven onu sofra adabını bilmemekle suçlamış gibi. "Herkes öyle sanıyor ama öyle olmadı."

"Gerçekten mi? Ama garson seni öyle tutunca..." Raven'ın sesi alçaldı.

"İşin aslını öğrenecek kadar yanımda kalmadın," dedi suratını asarak, kaşlarını iyice bitiştirmişti. "O mağara adamının seni taşıyarak götürmesine müsaade ettin."

"Jacob," dedi Raven yumuşak bir tonla. "Ne benim, ne de hayatım hakkında bir şey bilmiyorsun. Belki de o adam benim kocamdı, nereden biliyorsun? Dün gece çok hastaydım. Seninle kalmadığım için üzgünüm ama iyi olduğunu görünce yemek salonunun ortasında kusmanın pek uygun kaçmayacağını düşündüm."

"O adamı nereden tanıyorsun?" diye sordu Jacob kıskançlıkla. "Yöre halkının dediğine göre bu bölgedeki en güçlü adammış o. Zenginmiş, tüm petrol haklarını elinde tutuyormuş. Tam bir işadamıymış yani, çok güçlüymüş. Böyle bir adamla nasıl tanışmış olabilirsin ki?"

Jacob ona yaklaşmaya başlamıştı, Raven aniden ne kadar yalnız olduklarının ve bulundukları yerin ne kadar gözden uzakta olduğunun farkına vardı. Şımarık, hırçın bir ifade yerleşmişti Jacob'ın çocuksu, güzel yüzüne. Raven başka bir şeyin daha farkına vardı, Jacob'ın karanlık düşüncelerinde mide bulandırıcı bir heyecan vardı. Onun sapıkça fantezilerinin büyük bir parçası olduğunu anladı Raven. Her istediği oyuncağa sahip olabileceğini sanan züppenin tekiydi Jacob.

Raven zihninde bir dokunuş hissetti. *Raven? Can güvenliğin için endişe duyuyorsun.* Mikhail uyku sersemi, yüzeye çıkmak için uyku katmanlarını aşmaya çalışıyordu.

Rave, asıl şimdi endişelenmişti. Mikhail zihninde bir soru işareti oluşturmuştu. Onun ne yapacağını bilmiyordu, bildiği tek şey Raven'a karşı aşırı korumacı bir tavrı olduğuydu. Kendisi için, Mikhail için, Jacob için onunla hiçbir işi olmadığını anlatması gerekiyordu Jacob'a. *Ben icabına bakabilirim.* Bunu sert bir telkin mesajı olarak gönderdi. "Jacob," sesi sabırlıydı, "bence buradan ayrılarak pansiyona geri dönmelisin. Böyle muamele ederek itip kakacağın bir kadın değilim ben. Bu resmen taciz, yerel polise gidip hakkında şikâyette bulunmaktan bir an bile tereddüt etmem." Nefesini tutmuştu, Mikhail'in beklediğini hissedebiliyordu.

"Pekâlâ Raven. En çok parayı verene sat o zaman kendini! Kendine zengin bir koca bul, aferin! Seni kullanıp terk edecek; Dubrinksy gibi adamlar ancak böylesini yapar çünkü!" diye bağırdı Jacob. Birkaç tane daha yakışıksız laf ederek, sert adımlarla uzaklaştı.

Raven yavaşça, haline şükrederek bıraktı nefesini. *Gördün mü?* Düşüncelerini neşeli olmaya zorladı. *Bir kadın olarak, kendi başıma çözdüm sorunu. Şaşırtıcı, değil mi?*

Raven'ın görüş alanına girmeyen ağaçlığın diğer yanından Jacob'ın korku içindeki ani çığlığı geldi, ses zayıf bir feryada dönüşmüştü sonradan. Öfkeli bir ayının kükreyişi Jacob'ın ikinci çığlığına karıştı. Raven'ın zıt yönündeki çalılığa sert bir şey çarptı.

Raven, Mikhail'in o kısık, alaycı ve oldukça erkeksi olan kahkahasını hissetti. *Çok komik, Mikhail.* Jacob korku yaysa da, acı çektiğine dair bir his yaymıyordu. *Çok şüphe uyandırıcı bir mizah anlayışın var doğrusu.*

Uykuya ihtiyacım var. Başını belaya sokmaktan vazgeç kadın.

Tüm gece uyanık kalmasan, gündüzlerini uyuyarak geçirmek zorunda da kalmazsın. Kınayarak söylemişti bunu. *İşini nasıl yürütüyorsun?*

Bilgisayarlarla.

Raven, onu bilgisayar başında hayal edince gülmeye başladı. O ne arabalara, ne de bilgisayarlara uyuyordu. *Uykuna dön bakalım, seni koca bebek. Yanımda beni koruyacak bir Herkül olmadan da başımın çaresine bakabilirim, çok teşekkürler.*

Ben kalkana kadar pansiyonda, emniyette olmanı tercih ederim. Sesindeki emrivaki hava neredeyse kaybolmuştu. Mikhail ona karşı olan tutumunu yumuşatmaya çalışıyordu, çabaları Raven'ı gülümsetmişti.

Böyle bir şey olmayacağı için bu durumla yaşamayı öğrenmen gerek.

Amerikalı kadınlar çok zor.

Dağın zirvesine doğru yürürken, Mikhail'in kahkahası usulca zihninde çınlıyordu hâlâ. Tabiatın durgunluğunun zihninden içeri süzülmesine izin verdi. Kuşlar birbirlerine şakıyor, rüzgâr ağaçlara fısıldıyordu. Yapraklarını havaya salan her renkten çiçek çayırın üstünü kaplamıştı.

Raven yalnızlığında bulduğu huzurla daha da yukarı çıktı. Büyük ağaçlardan oluşan bir ormanın yakınındaki iri bir kaya parçasının yanına oturdu. Yemeğini yedikten sonra etrafındakilerin verdiği keyifle sırt üstü uzandı.

Mikhail canlanarak duyularının çevresini kontrol etmesine müsaade etti. Yerin derinliklerinde rahatsız edilmeden yatmıştı. İninin yanına hiçbir insan gelmemişti. Günbatımına bir saatten az vardı. Toprağın içinden soğuk, nemli mahzene fırladı. Karpatyalılar için gerekli olmasa da insanların temizlik anlayışına uyum sağladığı için duş alırken bile zihni Raven'ınkisine uzandı. Karanlık çöktüğü halde dağlarda korunmasız bir halde kestiriyordu Raven. Mikhail kaşlarını çattı. Güvenlik tedbiri diye bir şeyden haberi yoktu bu kadının. İçinde birden onu sarsma ihtiyacı uyandı, ama ondan çok yapmayı istediği tek şey Raven'ı kaldırarak sonsuza kadar kollarının arasında, güvende tutmaktı.

Mikhail batan güneş eşliğinde dışarı çıkarak kendi türüne has bir hızla dağ yollarını çıkmaya başladı. Güneş tenine dokunarak soğukluğunu ısıttı, onu canlandırdı. Özel tasarlanmış, koyu camlı gözlükler aşırı hassas gözlerini korusa da binlerce iğne gözlerine batmak için hazır bekliyormuş gibi rahatsız hissetti kendini. Raven'ın uyuduğu kayaya yaklaşırken başka bir erkeğin kokusunu fark etti.

Rand. Mikhail dişlerini gösterdi. Dağların köşesinden batan güneş inişli çıkışlı tepelerde koyu bir gölge bırakarak ormanı kasvetli sırlarla yıkıyordu. Vücudu güç ve uyumluluğun sıvı bir birleşimi olan Mikhail ellerini iki yandan sarkıtarak açıklığa doğru ilerledi. Saf dehşetten meydana gelmiş; sessiz ve ölümcül pusuya yatmış bir iblisti.

Rand sırtı dönük, kayanın yanındaki kadına yaklaşıyordu. Havadaki gücü sezerek hemen arkasına döndü, yakışıklı yüz hatları hüzünlüydü ve yıpranmıştı. "Mikhail," sesi çatallaşmış, gözleri aşağı kaymıştı. "Beni asla affedemeyeceğini biliyorum. Noelle'nin gerçek ruh eşim olmadığımı biliyordun. Ama o benim gitmeme izin vermedi. Onu terk edecek, başkasını bulmayı deneyecek olursam kendini öldürmekle tehdit etti beni. Ben de bir korkak gibi onunla kaldım."

"Neden seni kadınıma doğru sinsi bir şekilde ilerlerken buluyorum?" Mikhail hırladı, kana susamışlık sanki canlı bir şeymiş gibi ona sarana kadar öfkesi alevlendi. Rand'ın bahaneleri ne kadar doğru olsa da midesini bulandırmıştı. Noelle güneşe çıkmakla tehdit ettiyse, bu mesele Mikhail'e açılmalıydı. Mikhail'in Noelle'nin yıkıcı davranışlarını engelleyebilecek gücü vardı. Rand, Mikhail'in onların prensi, önderi olduğunu gayet iyi biliyordu; Rand ile kan paylaşmamış olsa bile, Noelle ile olan hastalıklı ilişkisinden aldığı sapıkça zevki, Noelle ve onun takıntısı üzerinde kurduğu hâkimiyeti okuyabiliyordu zihninden.

Arkalarındaki Raven uyandı, otururken her zaman yaptığı gibi saçını arkaya attı. Uyku mahmurluğu vardı üzerinde, aşığını bekleyen çekici bir deniz kızına benziyordu. Rand ona bakmak için kafasını çevirdi, sinsi ve kurnaz bir ifadeye bürünmüştü. Mikhail'in ani sessizlik uyarısını, Rand'in zapt edilemeyen kederini, Mikhail'e duyduğu kıskançlığı ve hoşnutsuzluğu, aralarındaki yoğun gerilimi hissedebiliyordu.

"Byron ile Jacques bana onun senin himayen altında olduğunu söyledi. Korumasız bir halde tek başına olduğunu bile bile uyuyamazdım. Bir şeyler yapmak zorundaydım yoksa Noelle'in peşinden gidecektim." Affetme için olmasa bile, anlayış için bir yakarış vardı sesinde, ama Raven yine de Rand'in sözlerinde tamamen samimi olduğuna pek inanmamıştı. Sebebini bilmiyordu ama üzüntüsünün gerçek olduğunu anlayabiliyordu. Belki de Mikhail'in saygısına aç olmasına rağmen o saygıyı kazanamayacağını bildiği içindi.

"Sana borçlandım öyleyse," dedi Mikhail resmi bir tavırla, bir yandan da daha yeni onun çocuğunu doğurmuş olan karısını, üzerinde başka bir kadının kokusuyla dönüp ona işkence yapmak için bırakıp giden bu adama duyduğu nefreti bastırmaya çalışıyordu.

Raven bulunduğu yüksek yerden aşağı kaydı; kocaman, mavi gözlerinde şefkat taşıyan küçük, narin bir kadın. "Başınız sağ olsun, gerçekten çok üzüldüm," dedi mırıldanarak, aradaki mesafeyi korumaya çalışıyordu. Bu adam öldürülen kurbanın kocasıydı. Onun vicdan azabı ve kederi işkence yapar gibi tırmaladı vücudunu, ama Raven'ı asıl endişelendiren

Mikhail'di. Rand'de yolunda gitmeyen bir şeyler vardı. İçi karmaşıktı, kötü biri değildi ama tamamen iyi de sayılmazdı.

"Teşekkürler," dedi Rand kısaca. "Çocuğuma ihtiyacım var, Mikhail."

"Şifalı toprağa ihtiyacın var asıl," diye itiraz etti Mikhail, kararından emin, çözümünde acımasızdı. Değerli, çaresiz bir bebeği ruh hali bu halde olan bir adama veremezdi.

Bu sözlerin zalimliği karşısında Raven'ın midesi kasıldı, alt üst oldu, tüm kalbini acı sardı. Mikhail'in hükmünün ne anlama geldiğini ancak kısmen idrak edebilmişti. Katledilmiş karısının yasını tutan bu adam çocuğundan mahkûm bırakılmasına rağmen Mikhail'in sözünü mutlak kanunmuş gibi kabul ediyordu. Raven, Rand'in derin ıstırabını kendisininmiş gibi hissetse de, bir yandan da Mikhail'in kararını onaylamaktan kendini alamıyordu.

"Lütfen Mikhail, ben Noelle'i sevmiştim." Raven, içgüdüsel olarak Rand'in çocuğu için yalvarmadığını anladı.

Öfke Mikhail'in yüz hatlarına gölge düşürdü; ağzı zalimliğini gösterecek şekilde kasıldı, gözlerinde kıpkızıl bir ateş belirdi. "Bana sevgiden bahsetme Rand. Toprağa gidip iyileş. Bu suikastçıyı bularak kız kardeşimin öcünü alacağım. Duygusallıkla zaman kaybedemem. Eğer Noelle'in yalvarışlarını dinlemeseydim, bugün hayatta olurdu."

"Uyuyamıyorum. Avlanmak benim hakkım." Rand'in sesi küstahça ve hırçın çıkmıştı, saygı ve eşitlik isteyen ama asla elde edemeyeceğini bilen bir çocuğunki gibiydi.

Sabırsız ve tehlikeli bir kıvılcım Mikhail'in düşünceli yüz hatlarında belirdi. "O zaman vücudunun ve zihninin ihtiyaç duyduğu şifalı istirahatı emir yoluyla temin ederim." Sesi her zamanki gibi yumuşak ve sakindi. Siyah gözlerinde alev alev yanan öfke olmasa, Raven, onun Rand'e karşı nazik ve şefkatli olduğunu düşünürdü. "Seni kaybetmeyi göze alamayız Rand." Sesi kadife gibi yumuşayarak önce ikna edici, ardından da emredici bir havaya büründü. *Uyuyacaksın Rand. Eric'e giderek seni hazırlamasını, korumasını sağlayacaksın. Ne kendine, ne de bir başkasını tehdit oluşturmayıncaya dek orada kalacaksın.*

Raven, Mikhail'in sesindeki mutlak güç, sanki doğuştan ona verilmiş bir görevmişçesine kullandığı kuvvet karşısında hem şaşırmış, hem de telaşlanmıştı. Mikhail'in sesi bile hipnotize edici bir trans hali yaratmak için yeterliydi tek başına. Kimse onun kararını sorgulayamıyordu, bir çocuğun kimde kalacağı gibi önemli bir meselede bile bu böyleydi. Raven alt dudağını ısırdı, duyguları kafasını karıştırmıştı. Mikhail, bebek konusunda haklıydı. Kendisinin de Rand'de ters giden bir şeyler sezmesine rağmen yetişkin bir adamın onun emrine uyması, uymak zorunda olması Raven'ı korkutmuştu. Hiç kimsenin böyle bir sesi, böyle bir yeteneği olmamalıydı. Bu kadar kuvvetli bir şey suistimal edilebilir, sahibini yoldan çıkarabilirdi.

Rand yanlarından ayrılınca, iyice kararan havada ikisi de ayakta, birbirlerine bakakaldılar. Mikhail'in kendisine duyduğu kızgınlığın giderek ağırlaşan etkisini üzerinde hissedebiliyordu Raven. Cüretkârca kafasını kaldırdı. Mikhail ise inanılmaz bir süratle süzülüp daha da yakınına gelerek onu boğacak gibi parmaklarını boğazına dolamıştı. "Bir daha böyle çılgınca bir şey yapmayacaksın."

Raven, ona göz kırptı. "Bana gözdağı vermeye çalışma Mikhail, işe yaramaz. Kimse bana nereye gideceğimi, ne yapacağımı söyleyemez."

Mikhail'in parmakları onun bileklerine kaydı, adeta onun narin kemiklerini kırmakla tehdit edercesine avucunu sıktı. "Hayatını tehlikeye sokacak olan böyle saçmalıklara tahammülüm yok. Zaten kadınlarımızdan birini kaybettik, seni de kaybedemem."

Kız kardeşiydi ölen, öyle demişti. İçindeki şefkat duygusu kendini savunma hissi ile çarpıştı. Bu sürtüşme aslında Mikhail'in onun için kaygılanmasından kaynaklanıyordu. "Mikhail beni bir kutuya koyup rafa kaldıramazsın." Elinden geldiğince nazikçe konuşmaya çalışmıştı.

"Can güvenliğini tartışma konusu yapacak değilim. Bugün, önce sana zorla sahip olmak isteyen bir adamla birlikteydin. Vahşi hayvanlar sana saldırabilirdi. Ve eğer benim himayem altında olmasaydın, şu anki ruh hali içerisinde Rand bile sana zarar verebilirdi."

"Bunların hiçbiri olmadı Mikhail." Raven, onun çenesine parmaklarıyla yumuşak, yatıştırıcı bir şekilde dokunuyordu, narince okşuyordu onu. "Ben olmadan da yeterince derdin, yeterince sorumluluğun var. Sana yardımcı olabilirim. Buna gücümün yettiğini sen de biliyorsun."

Mikhail bileğini çekiştirince Raven dengesini kaybederek onun güçlü kollarına düştü. "Beni delirteceksin sen, Raven." Kolları Raven'ın yumuşak inceliğini kendi vücuduna yapıştırdı. Baş döndürücü, adeta meşum bir hırıltı gibi olan sesi, hafif bir okşamaya dönüşmüştü, "Korumak istediğim tek insan sensin ama yine de kabul etmiyorsun bunu. Bağımsızlığında ısrar ediyorsun. Diğer herkes benim gücüme yaslanırken, sen bana yardım etmek, görevlerimi omuzlamak istiyorsun." Dudaklarını onunkisine yaklaştırdı Mikhail.

Yine ayağının altındaki zemin tuhaf bir biçimde şekil değiştirdi, etraflarındaki havada bir elektrik akımı oluştu. Alevler tenini yalayarak kanını ısıttı. Renkler zihninde dönerek dans etti. Mikhail'in saldırgan, erkeksi ve hükmeden ağzı onunkini alarak tüm karşı koyma düşüncelerini bir kenara attı. Raven ağzını unun için aralayarak keşfine, tatlı, sıcak hücumuna müsaade etti.

Raven'ın elleri onun geniş omuzlarını bulduktan sonra boynuna dolandı. Vücudu bükülebilirmiş, kemiksizmiş veya sıcak ipekmiş gibi hissediyordu. Mikhail onu yumuşak zemine bastırmak, üzerindeki rahatsız edici kıyafetleri yırtarak geri dönüşü olmayan bir şekilde kendisinin yapmak istemişti. Raven'ın tadında fazla masumiyet vardı. Daha önce kimse sayısı belli olmayan yüklerini paylaşmayı teklif etmemişti. Bu ufacık fani dışında kimse onun sürekli ödediği bedeli düşünmemişti. Bir insan. Raven'ın ona karşı çıkacak cesareti vardı, bu durumda Mikhail'in elinden de ona saygı duymaktan başka bir şey gelmiyordu.

Mikhail'in gözleri kapalı, Raven'ın onunkine yaslanmış vücudunun, onu böyle bir yoğunlukla istiyor olabilme gerçeğinin tadını çıkarıyordu. Böyle bir ateş fırtınasının onu nasıl yiyip bitirebildiğini anlayamadığı halde, Raven'ı kolları arasında tuttu, onu arzulayarak, ona ihtiyaç duyarak ve onun için yanarak yaptı bunu. Mikhail istemeden başını kaldırınca, vücudu titriyordu. "Hadi eve gidelim, Raven." Sesi tepeden tırnağa baştan çıkarma kokuyordu.

Bir tebessüm yavaşça Raven'ın yumuşak ağzının kıvrımına oturdu. "Bunun güvenli olduğunu sanmıyorum. Sen tam da annemin beni uyardığı tipte bir adamsın."

Onu kendisine zincirliyormuş gibi sahiplenen bir edayla omuzlarına sardığı kollarını serbest bırakmadı Mikhail. Bir daha onu yanı başından ayırmaya niyeti yoktu. Bedeni Raven'ı kendi istediği tarafa yönlendirdi. Samimi bir sessizlik içerisinde yürüdüler.

"Jacob bana zarar vermeyecekti," diye itiraz etti ansızın Raven. "Yoksa anlardım."

"Ona dokunmuyordun ki küçüğüm ve bunun için çok da şanslıydı."

"Kesinlikle şiddete eğilimli biri ama. Şiddetin varlığını hissetmek kolay oluyor hep." Mikhail'e o muzip gülümsemesini sundu. "İkinci bir deri gibi yapışıyor insana."

Dalga geçmesinin öcünü almak için onun kalın saç örgüsüne asıldı Mikhail. "Evimde kalmanı istiyorum. En azından biz suikastçıları bulup ortadan kaldırana dek."

Raven uzun bir süre sessizlik içinde yürüdü. Mikhail *biz* demişti, sanki bir takım olmuşlardı. Bu hoşuna gitmişti. "Mikhail, biliyor musun bugün çok garip bir şey oldu. Ne pansiyonda, ne de köyde kimsenin cinayetten haberi yok gibiydi."

Mikhail'in parmağı Raven'ın zarif elmacık kemiği üzerinden süzüldü. "Sen de bir şey belli etmedin, değil mi?"

Raven, uzun kirpiklerinin arasından ona tatlı bir bakış fırlattı. "Herhalde. Dedikodu benim eğlence anlayışıma ters."

"Noelle zalimce, anlamsızca öldürüldü. O Rand'in ruh eşiydi sözde..."

"Bu terimi daha önce de kullandın. Ne anlama geliyor?"

"Karı-koca gibi bir şey," diyerek açıkladı. "Noelle daha 2 ay önce doğum yapmıştı. Benim sorumluluğum altındaydı. Dedikodu malzemesi olamaz o. Katillerini kendimiz bulacağız."

"Böyle ufak bir kasabada serbest dolaşan bir seri katil varsa, insanların bilmeye hakkı yok mu dersin?"

Mikhail kelimelerini cımbızla seçiyordu adeta. "Romanyalılar için herhangi bir tehlike yok. Ayrıca bu tek bir kişinin işi değil. Suikastçılar kökümüzü kurutmak arzusunda. Gerçek Karpatyalıların soyu neredeyse tükenmek üzere. Hepimizin ölüsünü görmek isteyen acımasız düşmanlarımız var."

"Neden peki?"

Mikhail omuzlarını silkti. "Biz farklıyız; bazı becerilerimiz, özel yeteneklerimiz var. İnsanlar farklı olandan korkar. Bunu biliyor olmalısın."

"Belki bende de Karpatyalı kanı vardır, seyreltilmiş bir hali mesela," dedi Raven dalgın dalgın. Onun da aynı beceriye sahip bir atasının olduğunu düşünmek güzeldi.

Mikhail'in kalbi ona karşı anlayışla doldu. Raven'ın hayatı korkunç derecede yalnız geçmiş olmalıydı. Mikhail onu kolları arasına sararak hayatın tatsızlıklarından korumak istedi. Mikhail'in kendini soyutlaması onun tercihiydi, Raven'ın ise başka bir seçeneği yoktu.

"Pek çok insanın çok az şeye sahip olduğu bir ülkede petrol ve maden haklarına sahip olmamız endişe ve kıskançlık sebebi oluyor. Halkım için kanun benim. Hayatımızı ve sahip olduğumuz konumumuzu hedef alan tehditlerle ilgileniyorum. Noelle'i tehlikeye atan benim yanlış hükmümdü, şimdi de katilleri yakalayarak adaleti uygulamak benim görevim."

"Neden yerel yetkililere haber vermediniz?" bunu özenle sormuştu, anlamak için çabalıyordu.

"Benim insanlarım için tek yetkili benim, benim sözüm kanundur."

"Tek başına mı?"

"Avlanan başkaları, hatta pek çokları daha var, ama hepsi benim emrimde. Tüm kararlardaki mesuliyet bana ait."

"Hem hâkim, hem jüri, hem de cellâtsın yani," diye bir tahminde bulundu, yanıt için nefesini tutarak. Duyuları yanılmış olamazdı. Ne kadar kuvvetli bir kalkan oluşturmuş olursa olsun Mikhail'in içinde kötülük olsa hissederdi bunu. Hiç kimsenin yetenekleri, birazcık da olsa sendelemeyecek kadar gelişmiş olamazdı. Mikhail'in elleri yukarı aşağı hareket ederek titreyen vücudunu ısıtmaya başlayınca yürümeyi kestiğini fark etti.

"Benden korkuyorsun artık," dedi yumuşakça ve bitkince, Raven onu incitmişti sanki. İncitmişti de. Mikhail, Raven'ın ondan korkmasını istemiş, hatta bilerek onun korkusunu alevlendirmişti; ama hedefine ulaşınca, bunun o kadar da istediği bir şey olmadığına karar vermişti.

Mikhail'in sesi kalbini kırmıştı adeta. "Senden korkmuyorum," diye itiraz etti nazikçe, bir yandan da Mikhail'in ay ışığı vuran yüzünü incelemek için başını kaldırmıştı. "Senin için korkuyorum. Bu kadar çok kuvvet insanı yoldan çıkarabilir. Bu kadar sorumluluk da insanı tüketebilir. Ancak Tanrı'nın yapması gereken ölüm-kalım meselelerine karar veriyorsun."

Mikhail'in eli onun ipeksi saçlarını okşadıktan sonra dolgun alt dudağına kaydı. Zaten büyük olan gözleri küçücük suratında iyice irileşmiş gibiydi, Mikhail'in büyüleyici bakışları karşısında hisleri çıplak kalıyordu sanki. Bu gözlerde Mikhail'i her hücresine kadar titreten endişe, şefkat, yeni yeni filizlenen bir aşk ve bir masumiyet vardı. Raven onun için kaygılanıyordu. *Kaygılanıyor.*

Mikhail yüksek sesle inleyerek yüzünü çevirdi. Raven'ın

onun gibi birine neler sunduğundan haberi yoktu. Buna karşı koyacak kadar kuvvetli olmadığını biliyordu Mikhail, bencilliği için de kendinden nefret ediyordu.

"Mikhail." Raven dokunuşuyla onun tenini yalayıp geçen alevler göndermiş, kanını kaynatmıştı. Mikhail beslenmediğinden açlığın, aşk ve şehvet ile birleşimi tüketici, çarpıcı ama aynı zamanda da çok ama çok tehlikeliydi. Raven'ın zihnini, düşüncelerini okuyup onu en derinlerine kadar tanırken nasıl olur da sevemezdi? Raven onun karanlığının ışığı, diğer yarısıydı. Bu her ne kadar yasak olsa da, tabiatın bir hatası olsa da, onu sevmekten kendini alamıyordu.

"Bırak da sana yardım edeyim. Bu korkunç yükü benimle paylaş. Kendini bana kapama." Raven'ın bir dokunuşu, gözlerindeki endişe, sesindeki saflık ve dürüstlük bile içinde aşina olmadığı bir yumuşaklığı uyandırmaya yetiyordu.

Vücudunun acil isteklerinin farkına vararak Raven'ı kendine çekti. Kısık, hayvanımsı bir kükremeyle onu kaldırıp kulağına yumuşak bir emir fısıldayarak elinden geldiği kadar hızla ilerledi.

Raven göz açıp kapayıncaya dek kendisini Mikhail'in kütüphanesinin sıcaklığında buldu, şömine ateşi duvarlarda gölgeler oluşturuyordu, oraya nasıl geldiğine emin olamamıştı. Oraya kadar yürüdüğünü hatırlamıyordu ama işte kütüphanesinin duvarları arasındaydılar. Mikhail'in gömleğinin yakası sıyrılarak, kaslı göğsünü ortaya çıkarmıştı. Siyah gözleri yüzüne dikilmiş, bir avcınınkini andıran bir dikkatle ona bakıyordu. Ona duyduğu arzuyu saklamak gibi bir teşebbüste bulunmamıştı.

"Sana son bir fırsat daha sunacağım küçüğüm." Kelimeleri adeta boğazını acıtıyorlarmış gibi sert, çatlak bir sesle telaffuz etmişti. "Eğer söylersen seni bırakma gücünü kendimde bulabilirim. Şimdi. Hemen şu anda."

Odanın uzunluğu onları ayırmış, hava çalkalanmaya başlamıştı. 100 yaşına dek yaşasa bu an sonsuza dek zihnine kazınırdı. Mikhail ayakta, kendisini onunla paylaşma ya da onu ebedi yalnızlığa mahkûm etme kararını vermesini bekliyordu Raven'ın. Başını gururla kaldırmış, vücudu saldırgan ve ateşli bir edayla kasılmıştı, gözleri açlıkla yanıyordu.

Mikhail, Raven'ın aklındaki her mantıklı fikri yok ediyordu. Eğer onu mahkûm ederse, kendisini de aynı kadere mahkûm etmiş olmayacak mıydı? Birilerinin bu adamı sevip ona birazcık özen göstermesi gerekiyordu. Bu kadar yalnız nasıl devam edebilirdi hayatına? Mikhail bekliyordu. Ne bir baskı, ne bir baştan çıkarma, sadece gözleri ile dünyanın geri kalanından soyutlanması vardı. Diğerleri de onun gücüne bel bağlayıp yeteneklerine ihtiyaç duyuyordu, ama ona şefkat göstermiyor, hep tetikte olduğu için ona teşekkür etmiyordu. Raven başkasının yapamayacağı şekilde onun açlığını giderebilirdi. Bunu içgüdüsel olarak hissediyordu. Mikhail için başka bir kadın olmayacaktı. Raven'ı istiyor, ona ihtiyaç duyuyordu. Mikhail'i terk edemezdi.

"Süveterini çıkar," dedi yumuşakça Karpatyalı. Mikhail için artık başka yolu yoktu. Raven'ın kararını gözlerinden, dudaklarının belli belirsiz titremesinden anlamıştı.

Raven mavi gözleri sonuna kadar açılarak geri çekildi. Oldukça yavaş, hatta istemeden kazağını çıkardı; sanki içinde bir yerlerde ona masumiyetinden daha fazlasını verdiğini anlamıştı. Ona hayatını verdiğini biliyordu.

"Tişörtünü de."

Raven'ın dili dudaklarında gezinerek pürüzsüz yüzeyi nemlendirdi. Mikhail'in vücudu buna yırtıcı, ilkel bir akımla cevap verdi. Raven boğazlı tişörtünü çıkarırken, onun elleri de pantolonunun düğmelerine gitti. Kumaşın sıkılığı ve onu içinde hapsedişi canını yakmıştı. Mikhail; onu daha fazla korkutmak istemediğinden insanların soyunma şeklini uygulamaya dikkat ediyordu.

Raven'ın çıplak teni şömine ateşinde parlıyordu. Gölgeler vücudunun kıvrımlarına çarpıyordu. Dar göğüs kafesi ve ince beli göğüslerinin dolgunluğunu ortaya çıkarıyordu.

Mikhail'in içindeki insan keskince nefes alarak arzuyla sarsıldı; içindeki canavarsa serbest kalmak için kükrüyordu.

Mikhail, aşırı hassas olan cildinin üzerindeki kumaşın verdiği hisse daha fazla dayanamayarak gömleğini yere attı. Boğazının derinliklerinde hayvani, vahşi, yırtıcı bir sahiplenme sesi çıkmaya başladı. Dışarıda rüzgâr kuvvetlenmeye başlamış, karanlık, uğursuz bulutlar ayın etrafını bulandırmaya başlamıştı. İnsan giysilerini bir yana tekmeleyerek belirgin kaslarını ve alev alev arzuyla dolu vücudunu açığa çıkardı Mikhail.

Sutyeninin dantel askılarını indirip zemine düşmesine izin verirken Raven'ın göğsü inip kalkıyordu. Göğüsleri davetkâr bir şekilde öne çıkmıştı.

Sonra yapması gereken açıklamaları umursamadan aralarındaki mesafeyi süzülerek tek bir adımda aldı Mikhail. Yüzyıllarca süren bir içgüdü onu ele geçiriyordu. Elinin tek bir darbesiyle rahatsız edici pantolonu yırtarak bir kenara fırlattı.

Mikhail'in hislerini bu kadar yoğun yaşamasının karşısında mavi gözleri korkuyla buğulanan Raven çığlık attı. Mikhail, dokunuşuyla onu sakinleştirmeye çalıştı, bir yandan elleriyle vücudunu okşarken bir yandan da her kıvrımını hafızasına kazıyordu. "Açlığımdan korkma küçüğüm," diyerek fısıldadı usulca. "Seni asla incitmem. Böyle bir şeyi yapmak imkânsız benim için." Kemikleri ince, kırılgan, teniyse sıcacık bir ipek örtü gibiydi. Mikhail'in yağmalayıcı parmakları arasında çözülen Raven'ın gür saçları Mikhail'in kasılmış vücuduna değdiğinde kasıklarını adeta yakan ateşten oklar yollamıştı. Mikhail'in vücudu kasıldı, seğirdi. Ah Raven'a o kadar çok ihtiyacı vardı ki. O kadar çok.

Eli çözülmesi imkânsız bir tutuşla ensesini kavradı, başparmağıyla boğazını iyice açığa çıkarıp göğüslerini ona doğru yaklaştırmasını sağlayarak başını geri ittirdi. Eli yavaşça hareket ederek göğüslerinin muhteşemliğini takip ederken boğazındaki damgasında durdu bir anlığına, Mikhail'in dokunuşuyla işaret yanarak zonkladı, sonra da kadifemsi yumuşaklığına döndü. Raven'ın kaburgalarındaki her çizgiyi takip ederek kendi açlığını gideriyor, onun korkularını yatıştırıyordu. Parmaklarını onun düz karnında, ardından da kalçalarında gezdirdi.

Raven daha önce de onun dokunuşunu hissetmişti, ama bu binlerce defa daha kuvvetliydi. Elleri çaresiz bir arzu, saf bir duygu havuzunda boğulma hissi yaratıyordu. Mikhail ana dilinde alçak sesle bir şeyler homurdanarak Raven'ı şöminenin önündeki zemine yatırdı. Vücudu öyle saldırgandı ki onu tahta zemine yapıştırarak eşini cinsel ilişkiye zorlayan bir vahşi hayvanın görüntüsü belirdi Raven'ın zihninde. Mikhail o ana dek dönüşmenin ne kadar sınırında gezdiğini fark etmemişti. Duygular, tutku ve şehvet öyle bir girdap içinde dönüyordu ki, ikisi için de korkmaya başlamıştı Mikhail.

Alevlerin ışığı yüzünde şeytani bir gölge oluşturuyordu. Raven'ın üstüne abanırken devasa, yenilmez ve tehlikeli bir hayvanı andırıyordu. "Mikhail." İsmini usulca söylemişti, bir yandan da daha yavaş olmasını belli etmek isteyerek kırışmış yüz hatlarını rahatlatmak için ellerini ona uzatmıştı.

Raven'ın iki bileğini birden tek eliyle tutarak kollarını başını üstüne kaldırıp öylece tuttu. "Güvenine ihtiyacım var küçüğüm." Sesi boğuk bir talep ile siyah kadife bir büyünün birleşimi gibiydi. "Güven bana. Lütfen güven."

Raven korkuyordu, uzun zaman önce ölmüş bir tanrıya sunulan bir kurban gibi yatırılmıştı, çok zayıftı. Mikhail'in sıcak, alevlenen gözleri üzerinde gezinerek bakışının değdiği her yerde tenini yakıyordu. Raven onun amansız kuvveti altında sessizce yatıyordu; bastırılamayan çözülmesini hissetmiş, içindeki korkunç mücadelenin farkına varmıştı. Mavi gözleri Mikhail'in yüzüne kazınmış çizgiler üzerinde gezindi; hem duygusal hem de acımasız olan ağzı; ateşli bir arzuyla yanan gözleri. Raven, onun kuvvetini sınamak için vücudunu kımıldattı, onu durdurmanın imkânsız olduğunu anlamıştı. Birleşmelerinden korkuyordu, çünkü kendinden, ne beklemesi gerektiğinden emin değildi, ama yine de Mikhail'e inanıyordu.

Raven'ın, kendisininkinin altında kıvranan pamuksu, çıplak vücudunu hissetmek onu daha da ateşlendirmeye yaramıştı sadece. Mikhail onun ismini haykırdı, elini kalçasından en özeline doğru uzattı. "Bana güven Raven. Güvenine ihtiyacım var." Mikhail onun cildini, dokusunu, kokusunu tatmak için başını eğdi.

Sıcak ağzı göğüslerine dokunup parmakları alev almış gibi gezindiğinde Raven usulca bağırdı. Bedeni titredi. Her hamleyle vücudu kasılıyor, yüreği açılıyor, içine hapsolmuş canavar daha da güçleniyordu. Bir eş. Ona ait. Raven'ın kokusunu derin derin içine çekti, onu vücudunun her hücresine alıyordu; dili uzun bir okşama gibi yavaşça üzerinde kaydı.

Raven yine hareket etmeye çalıştı, hâlâ emin değildi, ama Mikhail başını kaldırarak gözlerinde yanan saf bir sahiplenmeyle ona bakınca teslim oldu. Raven'ın bacaklarını kasıtlı olarak ikiye ayırarak narinliğini önüne serdi.

İçinde bir yerlerde, Raven'ın bu tip vahşice bir sevişme için fazla masum olduğunu anlamıştı Mikhail; ama bir tür trans halinde değildi, Mikhail'in verdiği zevki tatmakta kararlıydı. Açlık, karanlık ve mutlak soyutlamayla geçen bitmeyen yüzyıllar boyunca ruh eşini beklemişti. Tüm bedeni ebediyen Raven'a sahip olmasını arzuluyorken nazik ya da düşünceli olamazdı. Fakat Raven'ın güveninin her şey demek olduğunu biliyordu. Mikhail'e duyduğu güven onu koruyacaktı.

Raven'ın vücudu sarsıldı, ağzından bir çığlık yükseldi. Mikhail, kendisini onun üzerine çekerek teninin verdiği hissin, yumuşaklığının, ne kadar ufak olduğunun tadını çıkarıyordu. Ne kadar küçük olursa olsun her ayrıntı zihnine kazınıyor, onu içine çeken ilkel hazzın bir parçası oluyordu.

Mikhail, Raven'ın bileklerini serbest bıraktı, dudaklarını, gözlerini öpmek için eğildi. "Öyle güzelsin ki Raven. Benim ol. Yalnızca benim ol." İnanılmaz derecede kuvvetliydi, ona duyduğu ihtiyaçla titreyen, seğiren, kaslı vücudunu Raven'a bastırdı.

"Başkası olamaz Mikhail." Yanan cildinde gezinen parmaklarıyla onu sakinleştirmeye çalışarak cevapladı usulca. Avucunun içinde Mikhail'in saçlarını hissetmenin verdiği zevkle, yüzündeki çaresizliğin derin çizgilerini okşadı Raven. "Sana güveniyorum, sadece sana."

Mikhail onun ufak kalçalarını avuçları arasına aldı. "Elimden geldiğince nazik olacağım küçüğüm. Gözlerini kapatma, benimle kal."

Raven ateşten bir sıvı halini almıştı adeta, onun için hazırdı. Raven nefesini tutarak kasıldı. "Mikhail." Sesindeki korku ortadaydı.

"Sadece bir anlığına acıyacak küçüğüm, sonra seni gökyüzüne uçuracağım." Mikhail onun rızasını bekledi, beklerken ıstırap içinde yanıyordu.

Raven'ın mavi gözleri parıldayarak Mikhail'e mutlak güvenle baktı. Yüzyıllardır hiç kimse, ne Mikhail'in, ne onun türünden hiç kimse ona şu anda Raven'ın baktığı gibi bakmamıştı. Raven yavaşça inleyince Mikhail ağzını bularak acıyı diliyle silmek için başını eğdi. Kendini sabit tuttu, birbirine karışmış kalp atışlarını, damarlarında akan kanların ritimlerini, kendi vücudunu misafir etmek için hazırlanan Raven'ı hissetti Mikhail.

Raven'ı nazikçe, usulca öperek cesaret ettiği kadarıyla zihnini ona açtı; kendini onunla paylaşmak istiyordu. Mikhail'in aşkı vahşi, takıntılı ve korumacıydı; kolay kolay kimseye sunulmamıştı ama tamamen Raven'a adanmıştı. Raven'ın her şeyi anlatan suratındaki ifadeye bakarak öncelikle yavaşça ve dikkatlice hareket etmeye başladı Mikhail.

Mikhail'in bedeninin talepleri kendini belli etmeye başladı. Alevler tenini yalayıp geçerek karnını alt üst etti. Kasları önce sertleşti, sonra esnedi; teninde minik ter damlaları oluşmaya başlamıştı. Raven'ı daha yakınına çekerek ona sahip oldu; vücudu doymak bilmeyen bir açlığı doyurmak niyetinde, kendi bedenini üst üste onunkine gömdü.

Raven'ın elleri Mikhail'in göğsüne kayarak itiraz edercesine çırpındı orada. Mikhail ihtar edercesine kükreyerek esmer başını Raven'ın sol göğsünün üstündeki noktaya eğdi. Mikhail yanıyordu; bildiği tek yöntemle rahatlamak için daha hızlı hareket etmeye başladı. Tek olmuşlardı, Raven onun diğer yarısıydı. İçindeki hayvan itiraz edince Mikhail tekrar gürledi, kuvvetli dişlerini Raven'ın omuz boşluğuna geçirerek onu kütüphane zeminine mıhladı.

Alev büyük bir yangına, bir fırtınaya dönüşerek denetimden çıktı. Gök gürleyerek üst üste çarpan yıldırımlarla evi salladı. Mikhail, Raven'ı da beraberinde dünyanın ötesine götürürken göğe doğru yükselen bir kükreme salıverdi gırtlağından. Acı hazzın sınırlarında dolaşana dek bu böyle devam etti ama hep daha fazlasına ihtiyaç duyarak.

Mikhail'in ağzı Raven'ın boğazı boyunca omzundan kayarak dolgun, davetkâr göğsünün altındaki düzenli kalp atışını bulacağı bir yol izledi. Dili Raven'ın göğsünün üst kısmına kaydı; bir kez, iki kez. Dişlerini derine saplayarak beslendi, vücudu alev alev ve hızlı hızlı tekrar Raven'ınkine sahip olmaya başlamıştı, taşan şehvetini doyuramıyordu. Raven'ın tadı tatlı, saf ve bağımlılık yapıcıydı. Daha da fazlasını arzuluyordu, vücudu güç toplayarak daha da hızlı hareket ediyor, kendisini Raven'ın derinliklerine gömerek daha da yıkıcı bir rahatlamanın kıyısına ilerliyordu.

Raven, Mikhail'in içindeki saf açlık ve gözü dönmüş bir iştahtan oluşan canavarı fark etmeyerek kendisiyle mücadele etti. Vücudu Mikhail'e cevap veriyor, ona duyduğu ihtiyaç hiç bitmeyecek gibi geliyordu. Ağzı Raven'ın tenini yakıp ona işkence ediyor, sonsuz, dalga dalga bir doruk noktası yaşatıyordu. Raven gücünün tükendiğini, durgun ve tuhaf bir coşkunun onu esir ettiğini hissedebiliyordu. Mikhail'in başını iyice kendisine yaslayarak vücudu art arda kasılırken kendisini onun korkunç açlığına bıraktı.

Mikhail'in aklını başına getiren Raven'ın kabullenmesi oldu. Bu kadın trans halinde filan değildi; Mikhail'in hiddetlenen arzusunu hissettiği için, canını yakmadan önce, onu öldürmeden önce duracağına inandığı için kendini hür iradesiyle ona sunuyordu.

Mikhail'in dili göğsüne hafifçe çarparak yarayı kapadı. Başını kaldırdı, koyu gözleri hâlâ içindeki canavarın ateşiyle parıldıyordu, Raven'ın tadı ağzında, dudaklarında kalmıştı. Kendinden nefret ederek alçak sesle ve için için küfür etti. Raven onun himayesi altındaydı. Kendisinden ve türünden hiç bu kadar nefret etmemişti. O kendini özgürce teslim etmiş, Mikhail ise bencilce almıştı. İçindeki canavar o kadar kuvvetliydi ki ruh eşiyle birleşmenin verdiği heyecana kaptırmıştı kendini.

Raven'ın bitap düşmüş vücudunu kaldırarak kolları arasına aldı. "Ölmeyeceksin Raven." Kendisine çok öfkelenmişti. Bunu bilerek mi yapmıştı? Zihninin karanlık bir köşesinde bunun olmasını mı istemişti acaba? Bu sorunun cevabını daha sonra bulması gerekecekti. Şu anda Raven'ın kana ihtiyacı vardı, hem de hemen.

"Beni bırakma küçüğüm. Ben senin yüzünden bu dünyada kaldım. İkimiz için de güçlü olmak zorundasın. Beni duyabiliyor musun Raven? Beni terk etme. Seni mutlu edebilirim. Mutlu edebileceğimi biliyorum."

Mikhail göğsünde yanan bir yara açtı. Kesikten serbestçe akan koyu kırmızı sıvıyı içmesi için Raven'ın ağzını kendine bastırdı. *İçeceksin, bu konuda bana itaat et.* Doğrudan etinden içmesine gerek kalmadan da halledebilirdi bu durumu ama Raven'ın yumuşak ağzının tenine değerek onun özünü, hayat suyunu açlıktan ölen vücuduna aldığını hissetmek zorundaydı.

Raven'ın itaati isteksizdi, vücudu can veren sıvıyı reddetme eğilimindeydi. Raven başını çevirerek öğürdü. Mikhail hiç acımadan başını kendisine kenetledi. "Yaşayacaksın küçüğüm." *Kana kana iç.*

Raven'ın iradesi inanılmaz derecede kuvvetliydi. Mikhail kendi türünün üyelerini itaate zorlamak için bile bu kadar güç kullanmıyordu. Kendi halkı ona güvendikleri için itaat etmek istiyorlardı elbette. Raven ne yapmaya zorlandığının farkında olmasa da, derinlerde yatan kendini koruma dürtüsü Mikhail'in emirlerine karşı çıkıyordu. Önemli değildi gerçi. Mikhail'in iradesi galip gelecekti. Hep galip gelirdi.

Mikhail, Raven'ı yatak odasına taşıdı. Yatağın etrafına güzel kokulu, şifa verici bitkiler yayarak Raven'ın minik, hareketsiz gövdesini örttü. Bir saat içinde yine kanını sunacaktı ona. Ayakta dururken gözlerini Raven'a dikti bir an, içinden ağlamak gelmişti. Onu, içindeki canavara karşı koruması gerekirken zalimce davrandığı nadir, kıymetli bir hazine kadar güzel gözüküyordu Raven. Karpatyalılar insan değildi. Sevişmeleri yoğun bir vahşilik içeriyordu. Raven genç ve tecrübesizdi, ve de bir insandı. Tutkusundan kaynaklanan heyecanı yüzünden, yeni edindiği hislerini denetim altında tutmayı başaramamıştı.

Titreyen parmaklarla Raven'ın yanağına dokundu, hafif bir okşama, sonra yumuşak ağzını öpmek için eğildi. İçinden yemin ettikten sonra arkasını dönerek odadan çıktı. Bildiği en kuvvetli koruma büyülerini yaparak onu içeride, her şeyi ve herkesi dışarıda tuttu.

Dışarıda Mikhail'in ruh hali kadar hiddetli ve gürültülü bir fırtına kopuyordu. Üç adım koşarak kendini gökyüzüne fırlattı, köye doğru son sürat uçuyordu. Aradığı ev küçük bir kulübeden başka bir şey değildi. Kapıda durdu, suratı bir azap maskesine bürünmüş gibiydi.

Edgar Hummer kapıyı sessizce açarak Mikhail'in girebilmesi için yana çekildi. "Mikhail." Sesi nazikti. Edgar Hummer 83 yaşındaydı, ömrünün çoğunu Tanrı'ya hizmet ederek geçirmişti. Mikhail Dubrinsky'nin az sayıdaki gerçek dostlarından olduğundan kendini çok ayrıcalıklı sayıyordu.

Küçük odayı kendi varlığıyla, kuvvetiyle dolduran Mikhail alt üst olmuştu, diken üstündeydi adeta. Huzursuzca bir aşağı, bir yukarı yürürken dışarıdaki fırtına da hiddetini ve şiddetini arttırıyordu.

Edgar sandalyesine yerleşerek piposunu yakıp bekledi. Mikhail'i daha önce hep sakin ve duygulardan arınmış olarak görmüştü. Şu anda gördüğüyse, daha önce Edgar'ın hiç karşılaşmadığı tehlikeli bir adamdı.

Mikhail, taştan şömineye bir yumruk sallayarak taşların üzerinde bir çizgiler ağı oluşturdu. "Bu gece az kalsın bir kadını öldürüyordum." Zar zor itiraf edebilmişti, koyu gözlerinden yaralandığı okunabiliyordu. "Bana Tanrı'nın bizi yaratmasının bir sebebi olduğunu, onun tarafından yaratıldığımızı söylemiştin. Ben insandan çok bir canavarım Edgar, kendi kendimi kandırmaya devam edemem. Edebi istirahata çekilecektim ama buna bile müsaade edilmedi. Suikastçılar halkımın peşinde. Emniyette olduklarından emin olana dek bu dünyadan ayrılmaya hakkım yok. Şimdi de kadınım tehlikede, sadece benden dolayı değil, düşmanlarımdan dolayı da."

Edgar piposunu sakince tüttürdü. "'Kadınım,' dedin. Bu kadına âşık mısın yoksa?"

Mikhail, itiraz edercesine elini salladı. "O benim." Bu bir bildiri, bir hükümdü. Aşktan nasıl bahsedebilirdi ki? Onun hissettiği şeylerin yanında fazla sönük kalıyordu bu kelime. Raven saflık demekti onun için. İyilik. Şefkat. Onda olmayan her şeydi.

Edgar başını salladı. "Ona âşıksın."

Mikhail kasvetli bir havaya bürünerek kaşlarını çattı. "Ona muhtacım. Açlık çekiyorum. İstiyorum. Benim hayatım bu." Sanki dediğini doğru kılacakmış gibi, azap içinde söylemişti bunu.

"Öyleyse neden bu kadar acı çekiyorsun Mikhail? Onu istiyormuşsun, belki ona ihtiyacın da varmış. Tahminimce ona sahip de olmuşsundur. Açlık çekiyormuşsun. Muhtemelen beslenmişsindir de. Öyleyse neden acı çekiyorsun?"

"Başka türlü arzular beslediğimiz kadınların kanını içmemizin yanlış olduğunu sen de biliyorsun."

"Yüzyıllardır cinsel bir ihtiyaç hissetmediğini söylemiştin. Hatta hiçbir şey hissetmediğini," diye hatırlattı nazik bir tavırla Edgar.

"Onun için endişeleniyorum." Karanlık gözleri acıyla parlayarak itiraf etti Mikhail. "Onu günün her anı istiyorum. Ona muhtacım. Tanrım, ona sahip olmak zorundayım. Sadece vücudunu değil, kanını da istiyorum. Tadına bağımlı oldum. Onu arzuluyorum, her şeyiyle, ama bu yasak."

"Fakat yasak olduğunu bile bile yaptın mı?"

"Onu öldürüyordum neredeyse."

"Ama öldürmedin. Hâlâ hayatta. İlk kez gereğinden fazla beslenmiş olamazsın. Diğerleri de sana böyle acı çektirmiş miydi?"

Mikhail uzaklaştı. "Anlamıyorsun. Oluş şekli, olduktan sonra yaptıklarım buna yol açtı. Onun sesini daha ilk duyduğumda bundan korkmuştum."

"Daha önce hiç başına gelmediyse, nasıl korktun?"

Mikhail parmaklarını yumruk yaparak başını yasladı. "Çünkü onu istiyordum, ondan vazgeçmeye katlanamazdım. Beni tanımasını, en kötüsünü bilmesini istedim. Beni her şeyimle görmesini. Yanımdan hiç ayrılmasın diye onu kendime bağlamak istedim."

"O bir insan."

"Evet. Yetenekleri var ama, benimle zihinsel bir bağ kurdu. Şefkat dolu. Yürürken etrafına güzellik saçıyor. Kendi kendime bunu yapmayacağım, bu yanlış dedim; fakat yapacağımı da biliyordum."

"Yanlış olduğuna inandığın bir şeyi bile bile yaptın yani. Çok iyi bir sebebin olmalı öyleyse."

"Bencillik. Beni duymadın mı? Ben, ben, ben. Hep ben. Varlığımı sürdürmemi sağlayacak bir sebep bulunca bana ait olmayan bir şeyi aldım ve şu anda seninle konuşurken bile ondan vazgeçmeyeceğimi biliyorum."

"Tabiatını kabul et Mikhail. Kendini olduğun gibi kabul et."

Mikhail acı bir kahkaha attı. "Sizin için her şey öylesine net ki. Tanrı'nın çocuklarından biri olduğumu söylüyorsunuz. Bir yaradılış sebebim olduğunu; tabiatımı kabul etmem gerektiğini. Benim doğamda bana ait olduğuna inandığım şeyi almak, tutmak ve korumak var. Hatta gerekirse kendime zincirlemek. Onun gitmesine müsaade edemem. Edemem işte. O rüzgâr gibi, ferah ve hür. Rüzgârı kafese koyarsam ölür mü?"

"O zaman kafese koyma Mikhail. Yanında kalması için güven ona."

"Rüzgârı nasıl koruyabilirim Edgar?"

"*Edemem,* diye kendin söyledin Mikhail. 'Onun gitmesine müsaade edemem,' dedin. Etmem, etmeyeceğim değil. Edemem dedin; arada fark var."

"Benim için var. Peki ya onun için? Ona ne seçenek sunuyorum?"

"Sana hep inandım, içindeki iyiliğe ve kuvvete. Genç bayanın da sana muhtaç olması gayet muhtemel. Kendi türünle ilgili uydurulan efsaneleri ve yalanları o kadar çok duydun ki, sen de bu saçmalıklara inanmaya başlamışsın. Gerçek bir vejetaryene etobur biri iğrenç gelebilir. Ama kaplanın hayatta kalmak için geyik yemeye ihtiyacı vardır. Bitkinin suya ihtiyacı vardır. Hepimizin bir şeylere ihtiyacı var. Sen sadece ihtiyaç duyduğun kadarını alıyorsun. Diz çöküp Tanrı'nın lütfunu kabul et, sonra da kadınına geri dön. Rüzgârını korumanın bir yolunu bulacaksın."

Mikhail itaat ederek diz çöküp başını eğdi, yaşlı adamın ve söylediklerinin verdiği huzurun onu rahatlatmasına izin verdi. Öfkesini tükettikten sonra dinlenmeye hazırlanıyormuş gibi fırtınanın şiddeti de aniden durulmuştu.

"Sağ ol Peder," diye fısıldadı Mikhail.

"Irkını korumak için ne yapman gerekiyorsa yap Mikhail. Tanrı'nın gözünde onlar kendi çocukları."

Bölüm 4

Mikhail kollarını Raven'ın narin bedeni etrafına sararak kalçasını kendi sert vücuduna doğru çekti. Vücudunu korumacı bir edayla onunkinin etrafına sarmıştı. Raven derin uykudaydı, vücudu hafif, yüzü solgundu. Gözlerinin altında koyu gölgeler vardı. Usulca fısıldadı Mikhail. "Olanlar için üzgünüm küçüğüm, seni bu duruma soktuğum için özür dilerim. İçimdeki canavardan dolayı, yine aynı şeyi yapardım, biliyorum. Ama ölmeyeceksin, buna müsaade etmeyeceğim."

Bileğindeki damara bir kesik açarak yatağının yanındaki kadehi koyu kırmızı sıvıyla doldurdu. *Duy beni, Raven. Bu içkiye ihtiyacın var. Bana derhal itaat et.* Kadehi Raven'ın solgun dudaklarına bastırarak içindekilerin bir kısmını boğazından aşağı akıttı. Mikhail'in kanı oldukça şifalıydı, böylece Raven'ın hayatını güven altına almış olacaktı.

Raven öksürüp öğürerek daha önce yaptığı gibi kafasını çevirmeye çalıştı. *Bana derhal itaat et. Hepsini içeceksin.* Emri bu kez daha da kuvvetliydi. Raven sıvının içeriğinden nefret etmişti, vücudu reddetmek için çırpınıyordu; ama her zamanki gibi Mikhail'in iradesinin gücü galip geldi.

Mikhail! Kafasının içindeki bu çaresiz çığlığı işitti.

İçmek zorundasın Raven. Bana güvenmeye devam et.

Raven istemeden de olsa ona boyun eğip rahatladı ve uykunun kolları arasına geri döndü.

Mikhail, onun birbirine girmiş düşüncelerini, alarma geçmiş duygularını gördü bir anlığına. Bir kâbusun pençesinde olduğunu sanıyordu Raven. Rengi yerine gelmişti. Tatmin olmuş bir halde, yanına uzandı Mikhail. Kan değişimini kâbusunun bir parçası olarak hatırlayacaktı Raven. Dirseğini yatağa dayayarak Raven'ın yüzünü, gür, uzun kirpiklerini, pürüzsüz tenini ve belirgin elmacık kemiklerini incelemeye başladı. Mesele sadece Raven'ın güzel olması değildi, bunun farkındaydı; mesele onun içinde olanlar, Mikhail'in vahşi, terbiye edilmemiş doğasını kabul etmesini sağlayan şefkat ve ışıktı.

Böyle bir mucizenin gerçekleşmiş olmasını aklı almıyordu. Hiç tereddüt etmeden güneşe yürüyecekken, bir melek gönderilmişti ona. Bir tebessüm yavaşça yerleşti dudaklarına. Meleği onun her söylediğine karşı çıkıyordu. Ama rica ettiğinde çok daha iyi sonuç alıyordu. Himayesi altındaki insanların ona itaat etmesine o kadar alışmıştı ki Mikhail, Raven'ın farklı bir zamanda, farklı değerlerle yetiştirilen bir fani olduğunu hatırlaması gerekiyordu. Kadınlarını ve çocuklarını korumak daha doğmadan Karpatyalı erkeklerin zihnine kazınan bir güdüydü. Asırlardır hiç kız çocuğu doğmadığı için ve mevcut kadınların sayısı da çok az olduğu için ellerindeki tüm dişileri korumak hayati önem taşıyordu.

Raven bir ölümlü, bir fani, Karpatyalı değildi. Mikhail'in dünyasına ait değildi. Raven gittiğinde renklerini ve hislerini de beraberinde götürecekti. Soluduğu havayı bile götürecekti. Bu düşünce karşısında gözlerini kapadı Mikhail. Onun gitmesine izin verecek kuvveti nereden bulacaktı? Gün doğmadan önce yapması gereken çok şey vardı. Raven'la kalmak, onu kolları arasına almak, kendisini terk etmemesi için onu ikna etmek, yüreğinden geçenleri ona söylemek, kendisi için ne ifade ettiğini anlatmak, çekip gidemeyeceğini, giderse kendisinin hayatta kalamayacağını söylemek istiyordu. Hayatta kalamazdı.

Mikhail derin derin içini çekerek tekrar ayağa kalktı. Kendini yenileyip işe koyulması gerekiyordu. Bir kez daha şifalı otlar ezdikten sonra Raven'ı daha derin bir uykuya soktu. Evini koruma büyüleriyle emniyet altına alırken oldukça titiz davrandı, ek olarak da ormandaki yaratıklara emir verdi. Eğer birisi inine yaklaşıp herhangi bir şekilde Raven'ı tehdit edecek olursa Mikhail'in hemen haberi olacaktı.

Mikhail'in çağrısıyla Jacques ile Byron onunla Noelle ve Rand'in evlerinin üstündeki ağaçlarda buluştu. Cesedi bulduklarında adet olduğu üzere yakmışlardı. "Başka hiçbir şeye dokunmadınız değil mi?" diye sordu Mikhail.

"Sadece cesede. Kıyafetleri ve kişisel eşyalarının tamamı bulduğumuz gibi bırakıldı," dedi Byron güven vererek. "Rand eve geri girmedi. Senin için bir tür tuzak kurmuşlar, muhtemelen. Cesedi bilerek yem olarak bırakmışlar."

"Bundan eminim. Ellerindeki her tür modern teknolojiyi kullanacaklar – kameralar ve videolar buna dâhil." Mikhail'in karanlık yüz hatları ciddileşmişti. "Tüm efsanelere inanıyorlar. Kazıklar, sarımsaklar, kafa kesmeler. Öyle tahmin edilebilir ve basitler ki." Hırıltı şeklindeki sesinde, katillere karşı duyduğu iğrenme vardı. "Bizi ölüme mahkûm etmeden önce türümüzle ilgili bilgi edinmek uğruna gereğinden fazla sıkıntı çekiyorlar."

Byron ile Jacques birbirlerine tedirgin bakışlar fırlattı. Mikhail bu haldeyken ölümcül olabilirdi. Öfkeyle yanan kısık gözleri üzerlerinde gezindi. "Siz burada kalıp etrafı gözetleyin. Başım belaya girerse uzaklaşırsınız. Kendinizi belli etmeyin." Bir an tereddüt etti. "Eğer bir şeyler ters giderse, sizden bir iyilik yapmanızı isteyeceğim."

Mikhail, kadim dilin resmiyetine bürünmüştü. Byrol ile Jacques onun için canlarını verirdi. Halklarının prensinin onlardan bir iyilik istemesi ender görülen bir ayrıcalıktı.

"Kadınım derin uykuda. Evimde istirahat ediyor. Çok sayıda koruma büyüsüyle emniyette. Onları bozarken oldukça titiz ve dikkatli olmalısınız. Onu iyileştirin, kendisini müdafaa etmesini öğretin ve eğer dilerse sizin himayeniz altında kalsın. Soyumuzun varisi olarak liderlik pelerini sana miras kalacak Jacques. Ancak sen kendini önderlik yapmak için eğitene dek pelerin Gregori'ye verilmeli diye düşünüyorum. Şayet Gregori bunu kabul etmeyi reddederse ki muhtemelen reddedecektir, pelerinim sana geçmeli Jacques. Bu durumun senin pek hoşuna gitmeyeceğini sanıyorum, ki sen de bunun farkındasındır. Eğer durum böyle gelişirse Gregori'nin sana ve halkımıza sadık kalmasını sağlamalısın. Byron, Gregori nasıl bana yardımcı olduysa sen de Jacques'a yardımcı olacaksın. Şayet Gregori bu teklifi kabul ederse ikiniz de ona bağlılık yemini edeceksiniz."

İkisi de resmi bir şekilde cevap vererek yemin ettiler. Byron boğazını temizledi. "Siz... yani o artık bizden biri mi?" Soruyu sormaya cüret ederken büyük dikkat göstermişti. İnsan kadınların dönüştürülmeye çalışıldığını hepsi biliyordu. Oldukça ümitsiz bir durumda olduklarından böyle bir girişimde bulunma ihtimalini bile tartışmışlardı. Ancak işin tehlikesi faydalarına ağır basmıştı. Dönüştürülen kadınlar delirmiş, küçük çocukları öldürmüş, kurtarılmaları imkânsız olmuştu. Karpatyalılar doğuştan bazı yeteneklere sahip olduğundan çok katı bir disiplinden geçerlerdi. Yasalara karşı gelen az sayıda kişinin cezası da gecikmeden ve acımasız olurdu. Karpatya ırkı tüm yaşam türlerine saygı gösterirdi. İnanılmaz güçleri yüzünden bu böyle olmak zorundaydı.

Mikhail başını salladı. "Raven'ın benim gerçek ruh eşim olduğunu biliyorum. Ritüel ona ağır geldi. Ona kan vermekten başka çarem kalmadı." Mikhail'in sözleri az, öz ve hırçındı; bu sorgulamaya devam etmelerinin zararlarına olacağı konusunda uyarıyordu onları. "Onu kendime bağlamadım. O bir fani, bu yanlış olurdu."

"Dilediğin gibi yapacağız," dedi Byron, endişelenmekten

çok eğleniyormuş gibi duran Jacques'a tedirgin bir bakış atmıştı.

Mikhail hiçbir çaba göstermeden sis haline gelerek çam ağacının ağır dalları arasından aşağı kaydı. Zemine temas eder etmez bir kurdun şeklini aldı. Sis halindeyken iz süremezdi, bu kürklü dostlarının eşsiz yeteneklerine ihtiyacı olacaktı. Bir iz bulur bulmaz peşine düşecekti. Sonuçta her şeyden önce o bir avcıydı. Keskin zekâsı avlanma becerilerini geliştirmesine yardımcı oluyordu sadece.

Kurt açık alanı dikkatle dolaşıyordu, burnu zemine yakın, evin civarındaki her ağacı inceliyordu. Ölümün kokusunu almıştı kurt. Acı ve keskin kokusuyla burun deliklerini doldurmuştu. Araştırma alanına her santimetreyi dâhil ederek bölgeyi çaprazlamasına gezmeye başladı; Rand, Eric ile Jacques'ın kokularını tespit etmişti. Suikastçıların eve hangi yönden yaklaştığını buldu. Dört adam. Zihnine tamamen kazınana dek her kokunun üzerinde durdu. O dehşet verici, iğrenç hikâyeyi canlandırmak için zaman verdi kendisine.

Adamlar sinsice yaklaşmış, hatta bazen siper alarak ilerlemişlerdi. Kurt onların yolunu takip ederek hızlanmak için oradan oraya geçip gizli tuzakları arıyordu. Kapının önüne geldiğinde duraksadı, dikkatli bir şekilde çember çizdi etrafında, sonra da geri çekildi. Arka ayaklarını birdenbire çamura bastırarak kendisini doğruca pencereden içeri attı; camları paramparça ederek odanın iki metre kadar içine dalmıştı. Kurdun bedeninin içinde Mikhail'in kahkahası gaddarca ve neşesizdi. Dört suikastçı tüyler ürpertici cinayeti işledikleri olay mahalline dönerek Mikhail'in türünün görüntülerini yakalamak için kameralar yerleştirmişti. Eğer cesaretleri olsaydı kalıp ceset bulunana dek beklerlerdi. O zalimce işlerini görüp birer korkak gibi kaçmışlardı, ki öyleydiler.

Duyduğu kinden nefesi kesildi. Kurt başını sallayarak alçak bir sesle kükredi. Kokulardan üçünü tanımıyordu, dördüncüsüyse aşina olduğu bir kokuydu. Bir hain. Noelle'e ihanet etmek için ne kadar almıştı? Kurt ikinci bir pencereyi kırarak tekrar sıçradı. Kameralar devasa bir kurt, parçalanmış camların bulanık bir görüntüsü, sonra bir sis ve ardından tekrar kurdu çekecekti. Yalnızca Mikhail ve Jacques, Gregori, Aidan ile Julian gibi birkaç avcı şekil değiştirmede bu kadar çabuk olabiliyordu.

Suikastçıların dönüş izlerini takip etmeye başladı. Kokulardan birisi diğerlerinden ayrılıp ormanın derinliklerine ilerleyerek Edgar Hummer'ın kulübesi ile Dr. Westhemer'ın muayenesinin çok yakınlarına gelmişti. Kurt ağaçların arasında kalarak muayenenin arkasındaki küçük eve kırmızı ve hareketsiz gözlerle baktı, merhameti yoktu. Ansızın arkasını dönerek suikastçıların yollarının ayrıldığı noktaya koşturup diğer üçünün izini buldu. Doğrudan Raven'ın kaldığı pansiyona gidiyorlardı.

Mikhail, Byron ile Jacques'ın bulunduğu ağacın tepesine yükseldi. "Üç tanesi pansiyonda kalıyor. Eğer yakınlarına gidersem onları tanırım. Yarın eşyalarını toplaması için kadınımı pansiyona götüreceğim. Oraya gidince kokularını da tanırım. Başkalarının da bu olaya dâhil olup olmadığını bilmenin imkânı yok. Bunu öğrenene kadar çok dikkatli olmamız gerekecek. Eve kurulmuş bir kamera var, tetiği kapıda. Herkes oradan uzak durmalı." Mikhail uzunca bir süre sessiz kaldı.

"Celeste, Dr. Westhemer'a mı gidiyor?" diye sordu sonunda usulca.

"Sanırım Hans Romanov'un karısına gidiyor. O kadın doktorun yanında çalışıp pek çok bebeğe ebelik yapıyor," diye yanıtladı Jacques.

"Peki ya Eleanor?" diye sordu Mikhail.

Jacques rahatsız bir şekilde kımıldandı. "O da öyle yaptı sanırım."

"Noelle'in doğumuna bu kadın mı yardımcı oldu?"

Byron gırtlağını temizledi. "Noelle, Heidi Romanov'un yardımıyla bebeği evde doğurdu. Rand de oradaydı, o arayınca ben de eve gittim. Ebe gittikten sonra Noelle'in kanaması oldu. Rand ona kan vermek zorunda kaldı. Rand avlanırken ben Noelle'in yanında kaldım. Ve Bayan Romanov bunların hiçbirini görmedi elbette. Yakınlarda kimse yoktu; yoksa anlardım."

"Diğerlerini Noelle'e ulaştıran Hans Romanov'du. Karısının bu işle bir ilgisi var mı bilmiyorum ama birileri Karpatyalıların çoğaldığını suikastçılara haber vermiş." Mikhail bu bilgiyi tekdüze bir sesle söylemişti. Gözleri yanıyor, parlıyor, tüm vücudu hiddetle titriyordu; ellerini sıkmasına rağmen sesi tamamen denetim altındaydı. "O kadının da işin içinde olup olmadığını öğrenmek lazım."

"O da işin içinde olmalı," dedi Byron çıkışarak. "Neden bekliyoruz?"

"O pisliklerin olduğumuzu sandığı gibi barbar hayvanlar değiliz de ondan. Ebenin de hainlerden biri olup olmadığını öğrenmek zorundayız. Ayrıca adalet dağıtmak senin görevin değil Byron. Can almaya karar vermek öyle kolay bir şey değil." Mikhail, sonlandırdığı o canların yükünü asırlar boyu omuzlarında hissetmişti; ama gücü ve sorumlulukları arttıkça her ölümün getirdiği rahatlama da arttı. Duyguları silindikçe, ipleri ele geçirmek için kafasının içinde fısıldayan karanlığa ruhunu satmaktan onu tek alıkoyan kuvvetli iradesi ile sağduyusu olmuştu.

"Bizden ne yapmamızı istiyorsun?" diye sordu Jacques.

"Ne Eleanor'un, ne de Celeste'nin evlerinde durması güvenli değil. Bir daha o ebe ziyaret edilmeyecek. Celeste'yi benim göl evime götürün. Eric de uzun süredir ihmal ettiği kadim sanatları çalışsın. Evim korunması kolay bir yerdir. Eleanor o kadar uzağa seyahat edemez."

"Benim evimi kullanabilirler," diye teklif etti Byron. "Yardıma ihtiyaçları olursa yakınımızda olurlar böylece." Eleanor, Byron'un kız kardeşiydi, onu gönülden severdi. Hisleri çoktan ölmüş olsa bile, neye benzediğini hatırlıyordu en azından.

"Orası çok tehlikeli. Eğer akrabalığınızı öğrendilerse ve ondan da şüphelenirlerse ya da Rand'e yardım ederken seni gördülerse..." Mikhail başını salladı, bu fikir hoşuna gitmemişti. "Belki de benim evime gelmeliler."

"Hayır!" İtirazlar ani ve keskin olmuştu.

"Hayır Mikhail, seni tehlikeye atmayı göze alamayız." Jacques telaşlanmış gibiydi.

"Kadınlarımız hepimizden önce gelir Jacques," diye hatırlattı Mikhail ona nazikçe. "Onlar olmadan ırkımız yok olur. İnsanlarla da cinsel ilişkiye girebiliriz, ama onlardan çocuk sahibi olamayız. Kadınlarımız bizim en büyük hazinemiz. Hepiniz nihayetinde çiftleşip evlat sahibi olmalı. Ancak seçtiğinizin gerçek ruh eşiniz olduğundan emin olun. Hepiniz işaretlerin ne olduğunu biliyorsunuz: renkler, hisler, onun için yanıp tutuşma. Bağ güçlüdür. Biri öldüğünde, genelde diğeri de ölümü seçer. Ya ölür, ya da vampire dönüşür. Hepimiz bunu biliyoruz."

"Peki ama Rand..." Byron'ın sesi giderek azaldı.

"Rand beklemekten sıkılmıştı. Noelle onu takıntı haline getirmişti ancak onlar gerçek ruh eşi değillerdi. Sanırım sonunda ikisi de ilişkilerinin sapkınlığında kapana kısılarak birbirinden nefret etmeye başladı." Mikhail mide bulantısını sesine yansıtmamaya çalışıyordu. Hakiki ruh eşleri birbirlerinden ayrı uzun süre hayatta kalamazdı. Bu gerçek ve çocuklardaki yüksek ölüm oranı giderek azalan soylarına pahalıya patlıyordu. Mikhail, halkının bir sonraki yüzyıla kadar dayanıp dayanamayacağından emin değildi. Ne kadar çok uğraşırsa uğraşsın erkeklerin vampire dönüşmesini engellemek için gerekli ümide sahip olamamıştı.

"Mikhail." Jacques kelimelerini oldukça özenli seçiyordu. "Türümüzün sırlarından yalnız sen ve Gregori haberdar. Gregori'nin tek başına yaşamayı seçeceğini sen de biliyorsun. Bize öğretecek, önderlik yapacak olan, bizim çoğalmamıza yardımcı olabilecek bir tek sen varsın. Sensiz hayatta kalıp yeniden gücümüze kavuşmamız düşünülemez bile. Senin kanın halkımızın hayatı demek."

"Bunu bana neden söylüyorsun?" diye çıkıştı Mikhail, gerçeği bilmek istemiyordu.

Jacques ile Byron birbirlerine uzun ve tedirgin bir bakış fırlattı. "Bir süredir senin kendini bizden soyutlamandan endişeleniyorduk."

"Benim kendimi soyutlamam kaçınılmazdı, sizi pek ilgilendirdiği de söylenemez."

"Kan bağın olduğu insanlardan bile uzaklaşarak tamamen yalnız kalmayı tercih eder oldun," diye devam etti Jacques.

"Ne demeye çalışıyorsunuz?" diye lafını kesti Mikhail sabırsızca. Raven'dan çok uzun bir süre uzak kalmıştı. Onu görmesi, tutması, zihniyle onun zihnine dokunması gerekiyordu.

"Seni kaybetmeyi göze alamayız. Eğer hayatını sürdürmek istemiyorsan daha da büyük riskler almaya başlayacak, dikkatsiz davranacaksın," dedi Jacques yavaşça.

Mikail'in koyu, kısık gözleri usulca alevlendi, ağzının köşelerine ilişen tebessüm güzel yontulmuş yüz hatlarının çizgilerini yumuşatmıştı. "Sizi küçük şeytanlar! Benim haberim olmadan beni gözetlemeyi nasıl becerdiniz?"

"Alfa çifti de senin için endişeleniyor," diye kabul etti Jacques. "Senin kanından olduğum ve senin himayende olduğumdan beni kabul edip benimle konuşuyorlar. Tek başına yürüyüşe çıktığında veya sürüyle koştuğunda seni seyrediyorlar. Artık içinde neşe kalmadığını söylüyorlar."

Mikhail tatlı bir şekilde güldü. "Bu kış için iyi bir kurt postuna ihtiyacım olacak anlaşılan. Hislerim ne olursa olsun Noelle bizim kız kardeşimizdi, halkımızdan biriydi. Katiller adalet önüne çıkarılana dek rahat etmeyeceğim."

Jacques boğazını temizledi, ukala bir sırıtma yüz hatlarındaki kasveti dağıtmıştı. "Gece birdenbire ayaklanma arzusunda olmanla bu sakladığın kadının bir ilgisi yok sanırım."

Mikhail, küstahlığına misilleme olarak çizmesinin ucuyla ona vurunca Jacques tünediği yerden düşüyordu az kalsın.

Byron, yanındaki dala tutundu sımsıkı. "Eleanor ile Vlad

benimle kalabilir. Bu Eleanor ve doğmamış çocuğu için iki katı daha emniyetli olur."

Mikhail başını salladı. Bu karardan rahatsız olmuşsa da, şahsi bir tehlike altına girmekte ısrar ederse itirazlarını sürdüreceklerini anlamıştı. "Daha güvenli bir çözüm buluncaya dek, sadece birkaç günlüğüne."

"Kendine çok iyi bak," diye uyardı Jacques.

"Yarın derinlerde uyuyun. Peşimizdeler," diye yanıtladı Mikhail.

Byron duraksayarak telaşlandı birden. "Eğer o insan kadın yanındaysa sen nasıl yeraltına gideceksin?"

"Onu bırakmayacağım." Mikhail'in sesi itiraza fırsat bırakmıyordu.

"Yerin ne kadar derinine inersek, başın derde girdiğinde sesini duymamız o kadar zor olacak," diye hatırlattı Jacques usulca.

Mikhail iç geçirdi. "Siz ikiniz evde kalmış kadınlar gibi dırdırcısınız. Ben kendi inimi koruyabilecek beceriye sahibim." Vücudu dalgalandı, büküldü ve bir baykuşunkine dönüştü. Devasa boyuttaki kanatlarını açıp süzüldü gökyüzüne, Raven'a geri dönüyordu.

Derin bir nefes alıp içini Raven'ın saf, temiz kokusuyla doldurarak gecenin keşiflerinin getirdiği çirkinliği silmeye çalıştı. Kendisininkiyle karışmış Raven'ın kokusu kütüphaneden geliyordu. Birbirine geçmiş kokularını ciğerlerinin derinine çekerek parçalanmış kıyafetlerini yerden kaldırmaya gitti. Raven'ın içinde olmak, ona dokunmak, ağzını onunkine bastırmak, kanlarını bir kılmak, kutsal kelimeleri telaffuz ederek tıpkı olması gerektiği gibi ebediyete dek birbirlerine bağlanmalarını istiyordu. Raven'ın ona bu hediyeyi teklif ettiğini düşünmek, kendi teklifini kabul ettiğini düşünmek öyle uyarıcıydı ki bedeninin ani arzuları geçene dek öylece beklemek zorunda kaldı.

Vücudundan kurdu, tozu ve toprağı, o hainin kokusunu atana dek uzun bir duş aldı. Tüm Karpatyalılar fanilerin alışkanlıklarını kazanmaya büyük önem verirdi. Dolaplarında yiyecek, gardıroplarında kıyafet bulunurdu. Evlerinde lamba da olurdu. Aslında pek ihtiyaçları olmasa da duş da alırlardı, pek çoğu da bundan hoşlandıklarını fark etmişti. Kahverengi saçının bağını çözerek Raven'ın yanına gitti. İlk kez vücuduyla, Raven'ı gördüğünde saldırgan bir edayla sertleşmesiyle gurur duymuştu.

Raven uyuyordu, saçları ipekten bir tül gibi dökülmüştü yastığın üzerine. Battaniye üzerinden kaydığından uzun saçı göğüslerini kapatan tek şeydi. Manzara oldukça erotikti. Onu bekler bir halde yatmış, uykusunda bile onu arzuluyor gibiydi. Mikhail usulca konuşarak onu trans halindeki uykusundan çözecek kelimeleri fısıldadı.

Raven şeftali rengindeki yumuşak teni ay ışığı altında pırıldar bir halde yatıyordu. Mikhail elini bacaklarının kıvrımı üzerinde gezdirdi. Raven'a dokunmak içini dalgalandırmaya yetmişti. Kalçalarını okşadıktan sonra ince beline geçti. Raven kımıldayarak huzursuzca döndü. Mikhail, yanına uzandı, onu kollarının koruması altına çekerek çenesini başının üstüne dayadı.

Mikhail onu istiyordu, ne şekilde olursa olsun; ama ona dürüst olduğunu göstermek de bir nevi boynunun borcu olmuştu. Hiç değilse paylaşmayı istediği kadarını göstermeliydi. Raven uykunun katmanlarından yavaşça sıyrılarak bir kâbusu kafasından atmaya çalışır gibi Mikhail'in sert göğsüne gömdü kendini. Hakiki bir çiftleşme töreninin cinsel heyecanı içindeki Karpatyalı bir erkeğin ihtiyaçlarını bir insanın anlaması nasıl mümkün olabilirdi ki? O upuzun çağlar boyunca çok az şeyden korkmuştu, ama hiçbir şeyden, kendini Raven'ın masum gözlerinden görmek kadar korkmamıştı.

Nefes alıp verişinden, nerede ve kiminle olduğunu fark ettiğinde yaşadığı ani telaştan anlamıştı Raven'ın tamamen uyandığını. Raven'ın masumiyetini hunharca almıştı elinden, hatta neredeyse canını da alıyordu. Böyle bir şey nasıl affedebilirdi ki Raven?

Raven gözlerini kapatarak doğru olanı kurgudan, gerçek olanı hayalden ayırmaya çalışıyordu çaresizce. Vücudu sızlıyordu, daha önce fark etmediği yerleri acıyordu. Farklı hissediyordu, daha duyarlı gibiydi. Mikhail'in onunkine değen bedeni sıcak mermer gibiydi, güçlü, saldırgan ve karşı konulamayacak kadar çekici. Evden gelen gıcırtı ve hışırtıları, dalların sallanmasını keskin bir şekilde işitebiliyordu. Aralarında mesafe bırakmaya çalışarak Mikhail'in göğsünü ittirdi.

Mikhail kollarını sıkıca sardı ona ve yüzünü onun saçlarına gömdü. "Eğer zihnime ulaşabilirsen Raven, senin için hissettiklerimi öğrenebilirsin." Sesi kısık ve savunmasızdı.

Raven her şeye rağmen kalbinin kırıldığını hissetti.

"Beni bırakmanı istemiyorum küçüğüm. Benimle kalma cesaretini göster. Belki de bir canavarımdır. Artık ben de bilmiyorum, sahiden bilmiyorum, ancak bildiğim tek şey benimle kalmana ihtiyacım olduğu."

"Bana olanları unutturabilirdin," diye belirtti Raven, kendisinden çok onun anlaması için, soru sormaktan çok açıklama yapar gibi. Mikhail vahşi davranmıştı ama canını yaktığını söyleyemezdi. Daha çok yıldızları göstermişti ona.

"Bu benim de aklıma geldi," diye itiraf etti Mikhail isteksizce. "Fakat aramızda böyle bir şey olsun istemiyorum. Masumiyetine yeterince itina göstermediğim için özür dilerim."

Raven, sesindeki ıstırabı duymuş, vücudunun da buna aynı hisle yanıt verdiğini hissetmişti. "Ama benim de zevk almama özen gösterdiğini sen de biliyorsun." Aslında, kendinden geçirmişti Raven'ı. Ateşle vaftiz etmiş, ruhları değişmişti adeta. Mikhail vahşi davranmıştı ve o ateşten fırtınaya Raven'ı da sürüklemişti. Raven onu yeniden istiyor, dokunuşunu, vücudunun o coşkulu kuvvetini arzuluyordu. Fakat Mikhail tehlikeliydi, çok ama çok tehlikeliydi. Bunu farkındaydı artık Raven. Onun farklı olduğunu, içerisinde insandan çok hayvani bir şeyler yaşadığını anlamıştı.

"Mikhail." Raven, göğsünün sert dış kısmını ittirdi. Nefes alması, Mikhail'in sıcak tenini, vücudunun ani taleplerini hissetmeden düşünmesi gerekiyordu.

"Yapma bunu!" Mikhail'in sesi keskin bir emir şeklinde çıkmıştı. "Beni dışlama."

"Hayalimin çok ötesinde bir şeye bağlanmamı istiyorsun benden..." Raven dudağını ısırdı. "Benim evim buradan çok uzakta."

"Seni orada kederden başka bir şey beklemiyor Raven." Kolaya kaçmayı ikisi için de reddediyordu Mikhail. "Kendi başına hayatta kalamayacağını biliyorsun. Zihninde yeteneklerini bir daha onlar için kullanmamaya kararlıysan da, başka iğrenç bir suçla önüne geldiklerinde hayır diyemeyeceğini sen de biliyorsun. Bir sonraki kurbanını kurtarmak elindeyken bir katilin serbestçe dolaşmasına izin vermek senin tabiatına aykırı." Mikhail, Raven'ın uzun saçlarını elinde topladı, sanki bu onu kendisine bağlayabilecekti. "Onlar sana benim gibi değer veremez."

"Peki ya aramızdaki farklar? Kadınlara ikinci sınıf insan muamelesi yapıyorsun, pek zeki olmadığımızı düşünüyorsun gibi. Sana karşı çıkan herkese zorla kendi dediğini yaptırıyorsun maalesef. Ben sana karşı çıkarım, hem de hep. Benim kendim olmam gerek Mikhail."

Mikhail, saçlarını ensesinden kaldırarak açığa çıkan tenine tüy gibi hafif bir öpücük kondurdu. "Benim kadınlara karşı tavrım onları kendimden aşağı görmemi değil, koruma ihtiyacımı yansıtıyor. Bana istediğin kadar karşı çık küçüğüm. Senin her şeyini seviyorum ben."

Başparmağı yumuşak göğsünü okşayarak kanını kaynatıyor, sırtından aşağı heyecan dalgaları gönderiyordu. Raven onu vahşi ve terbiye edilmemiş haliyle istiyor, kendisini arzulayan haliyle istiyordu. Mikhail normalde öyle kontrollüydü ki, ona kontrolünü kaybettirebildiğini fark etmek çok güçlü bir afrodizyaktı.

Mikhail onu çağıran davetkâr göğse doğru eğdi başını. Dili nazikçe Raven'a değdi, kadifemsi teni öptü. Raven hafifçe iç çekerek gözlerini yumdu. Vücudu canlanıyor, her siniri Mikhail'in dokunuşu için çığlık atıyordu adeta. Kemikleri yokmuş gibi hissediyordu kendini, vücudu Mikhail'inkinin ısısında eriyor gibiydi.

Raven bunu istemiyordu. Dökmeye karşı koyduğu gözyaşları boğazını, gözlerinin arkasını yakıyordu. Raven bunu istemiyordu ama buna ihtiyacı vardı. "Canımı yakma Mikhail." Sözcükleri Mikhail'in güçlü göğüs kaslarına doğru fısıldamıştı. Gelecekleri için bir yakarıştı bu. Raven, Mikhail'in onu fiziksel olarak asla incitmeyeceğini biliyordu ama bir aradayken hayatları fazlasıyla fırtınalı olabilirdi.

Mikhail başını kaldırdı, ağırlığını diğer yanına vererek Raven'ı altında hareketsiz bıraktı. Koyu gözleri sahiplenen bir edayla Raven'ın küçük, nazik yüzü üzerinde gezindi. Eli Raven'ın suratını kavrarken başparmağıyla da çenesini, alt dudağını okşuyordu. "Benden korkma Raven. Duygularımın gücünü, sana olan bağımı hissetmiyor musun? Senin için canımı veririm ben." Aralarında yalan olmasını istemediği için kaçınılmaz olanı itiraf etti Mikhail. "Kolay olmayacak ama aramızdaki meseleleri çözeceğiz." Raven'ın dümdüz karnını okşayan eli aşağı kayarak leğen kemiğine yerleşti.

Raven'ın eli onunkini durdurdu. "Bana ne oldu?" Kafası karışmıştı. Bayılmış mıydı acaba? Her şey öyle allak bullaktı ki. Mikhail'in onu iğrenç bir tıbbi karışım içirmeye zorladığından emindi. Uyumuştu. Sonra kâbuslar görmeye başlamıştı. Kâbus görmeye alışıktı ama gerçekten korkunçtu bunlar. Ağzı korkunç bir yaraya bastırılarak çıplak bir göğse itilmişti kafası. Oluk oluk akan kan zorla boğazından aşağı akıtılmıştı. Öksürmüş, öğürmüş, karşı koymuş ama o karabasan dünyasından bir türlü çekip kurtaramamıştı kendini. Mikhail'e seslenmeyi denemişti. Ancak başını kaldırdığında karanlık, gizemli gözleriyle ona bakan Mikhail'i görmüştü, eliyle Raven'ı göğsündeki yaraya bastırmıştı. Drakula ülkesinin kalbinde olduğu ve Mikhail ona karanlık, gizemli bir prensi anımsattığı için mi böyle olmuştu?

Raven kendine engel olamıyordu; Mikhail'in pürüzsüz göğsünde parmak uçlarını gezdiriyordu hafifçe. Raven'a bir şeyler olmuştu, sonsuza dek değiştiğini ve kendisinin Mikhail'in bir parçası, Mikhail'in de onun bir parçası haline geldiğini anlamıştı artık.

Mikhail'in dizi, Raven'ın bacaklarını ayırdı nazikçe. Geniş omuzlarıyla her şeyi dışarıda bırakarak bir kez daha ağırlığını onun üzerine verdi Mikhail. Büyüklüğü, gücü, kuvveti ve güzelliğiyle Raven'ın nefesini kesiyordu. İlk seferde olması gerektiği gibiydi, bu defa oldukça nazikti Mikhail.

Raven nefesini tutmuştu. Mikhail'in onu doldurmasına, esnetmesine, vücudunu sıvı ateşe döndürmesine asla alışamayacaktı. Mikhail ilk seferde nasıl vahşi davrandıysa, bu kez o kadar yumuşak ve nazik davranıyordu. Her hamle daha da fazlasını arzulatıp ellerinde Mikhail'in kıvrımlı sırt kaslarını okşama ihtiyacı uyandırırken, dudakları Mikhail'in boynunda ve göğsünde geziniyordu.

Mikhail, olağanüstü disiplin gücüne başvurarak kontrollü ilerliyordu bu kez. Raven'ın ağzını, parmaklarını teninin üstünde hissetmek Mikhail'i çıldırtıyordu. Raven öyle kasılmıştı ki; sıcak kadife Mikhail'in etrafını sararak alevleri besliyordu adeta. İçindeki canavarın serbest kalmak için savaştığını, açlığının hiddetlendiğini, vücudunun daha sert, daha hızlı hareket ederek kendisini Raven'a adarken vücutlarının, kalplerinin karıştığını hissedebiliyordu. Zihnini açarak Raven'ınkini aradı. Ondaki arzu Mikhail'i kamçılıyordu. Dalga üstüne dalga vücudunu titretirken Raven tırnaklarını Mikhail'in sırtına batırdı. Mikhail canavarı serbest bırakamadan ateşe bıraktı kendini. Onun içinde titreyerek Raven'ın sıkı ve sıcak vücudunun kendisininkine tutunduğunu hissetti. Tatmin olduğunu belli eden alçak bir inleme sardı odayı.

Mikhail, hâlâ Raven'a kenetli bir şekilde onun narin vücudu üzerinde yattı; o an için doyuma ulaşmıştı. Göğsünde Raven'ın gözyaşlarını hissetti. Başını yavaşça kaldırarak gözyaşlarının tadına bakmak için eğildi. "Neden ağlıyorsun?"

"Senden ayrılacak gücü nasıl bulacağım?" diye mırıldandı Raven, usulca ve acı içinde.

Mikhail'in gözleri tehlikeyle karardı. Mikhail ters döndü; Raven'ın çıplak olmaktan ne kadar rahatsız olduğunu fark edince üzerine bir battaniye çekti. Raven doğrularak oturdu, Mikhail'in bayıldığı o tuhaf, bir şekilde masumane ve seksi olan hareketiyle saçlarını yüzünden çekti. Mavi gözlerinden sıkıntı okunuyordu.

"Benden ayrılmayacaksın Raven." Mikhail'in sesi istediğinden çok daha sert çıkmıştı. Büyük bir çaba göstererek sesini yumuşatmaya zorladı kendini. Raven genç ve kırılgandı; her şeyden önce bunu hatırlaması gerekiyordu Mikhail'in. Ayrılmanın bedelinin ikisi içinde ne olacağı konusunda hiçbir fikri yoktu Raven'ın. "Aramızda olanlardan sonra nasıl çekip gidebilirsin ki?"

"Sebebini biliyorsun. Bilmiyormuş numarası yapma. Ben bazı şeyler hissediyorum, duyumsuyorum. Bu olanlar benim için fazla garip. Bu ülkedeki yasaları bilmem ama normalde birisi öldürüldüğünde kanun kuvvetlerine ve basına haber verilir. Bu tuhaflıklardan birisi sadece, yapabilecek güçte olduğun şeyler konusunu açmayacağım bile, Jacob'ı boğmaya kalkışman gibi mesela. Sen benim için bir beden büyüksün, ikimiz de bunun farkındayız." Raven battaniyeye daha da sıkı sarındı. "Seni istiyorum, sensiz olduğumu düşünemiyorum bile. Ama burada olan bitenin ne olduğundan da çok emin değilim."

Mikhail'in eli, Raven'ın saçları üzerinde gelip giderken parmakları ipeksi saçlarından çıplak belkemiğine kaydı. Mikhail'in dokunuşu onu adeta eritiyor, içini ürpertiyordu. Raven gözlerini kapatarak başını dizlerine koydu. O Mikhail'in dengi değildi, hem de hiçbir şekilde.

Mikhail elini Raven'ın ensesine kaydırarak parmaklarıyla okşamaya başladı. "Biz zaten birbirimize bağlıyız. Sen de bunu hissetmiyor musun Raven?" Fısıldayarak konuşmuştu, sesi sıcaklık ve duygusallığın boğuk bir karışımı gibiydi. Raven'ın içgüdüleriyle, doğasındaki o kendini koruma dürtüsüyle çarpıştığının farkındaydı Mikhail. Kelimelerini özenle seçti: "Benim kim olduğumu, içimde ne olduğunu biliyorsun. Aramıza mesafe girdiğinde hâlâ ellerimi üzerinde, dudaklarını dudaklarında, vücudumu vücudunda hissetmek isteyeceksin."

Mikhail'in sadece kelimeleri bile kanını ısıtmaya, içindeki acıyı arttırmaya yetiyordu. Raven, yabancı sayılacak birine bu kadar ihtiyaç duymanın verdiği utançla yüzünü kapadı. "Ben eve dönüyorum Mikhail. Sana öyle kapıldım ki, daha önce hiç mümkün olabileceğini düşünmediğim şeyler yapıyorum." Üstelik sadece fiziksel olarak da değildi; ama öyle olmasını dilerdi. Mikhail'in yalnızlığını, büyüklüğünü, inanılmaz derecede kuvvetli iradesini, önderliğini yaptığı insanlara zarar gelmesini engelleme gayretini hissetmemeyi isterdi. Ama hissediyordu işte. Onun kalbini, ruhunu, zihnini hissedebiliyordu. Raven ona seslenmeden onunla konuşmuş, onun zihnini paylaşmıştı. Mikhail'in içinde olduğunu biliyordu.

Mikhail'in kolu omuzlarını sararak iyice top olmuş vücudunu kendine doğru çekti. Rahatlatmak için mi, yoksa baskı kurmak için mi yapmıştı bunu? Raven içini yakan gözyaşlarını yuttu. Sesler adeta beynine hücum ediyordu, hışırtılar, gıcırtılar işitiyordu. Onları susturmak için ellerini kulaklarına bastırdı. "Bana neler oluyor Mikhail? Beni böyle değiştirecek ne yaptık biz?"

"Sen benim hayatım, benim eşimsin, kayıp olan yarımsın." Tükenmek bilmeyen bir nezaketle Raven'ın saçlarını okşamaya başladı yeniden. "Benim halkım ömür boyu birlikteliği seçer. Ben gerçek bir Karpatyalıyım; toprağın çocuğuyum. Bize lütfedilen özel becerilerimiz var."

Raven başını çevirerek devasa büyüklükteki mavi gözlerini dikti ona. "Telepatik beceriler. Seninkisi oldukça kuvvetli, benimkisinden kat kat daha güçlü hem de. Çok da gelişmiş. Yapabildiğin şeyler beni hayrete düşürüyor."

"Bu becerilerin bedeli büyük küçüğüm. Bir eş bulma, ruh

paylaşma arzusu ile lanetlenmişiz. Eğer bu gerçekleşirse, ki çiftleşme ritüeli bakire bir kadına ağır gelebilir, eşlerimizden ayrı yaşayamaz hale geliriz. Çocuklarımız çok az, doğumdan sonraki ilk yılda büyük kısmını kaybediyoruz, doğanların çoğu da erkek. Uzun ömür bizim için hem bir lütuf, hem de bir lanet. Mutlu olanlarımız için uzun hayat bir armağan; yalnızlık ve ıstırap içindeki birisi içinse bir lanet. Ebediyete uzanan karanlık, manasız ve boş bir var oluş."

Mikhail, Raven'ın çenesini avuç içine alarak yukarı kaldırdı; koyu, aç gözlerinden kaçmasına engel olmak için. Derin bir nefes alıp bıraktı Mikhail. "Biz ne seks yaptık, ne de seviştik küçüğüm. Sen kanımızdan olmadığın halde gerçek bir Karpatyalı çiftleşme törenine en yakın olan şeydi bizim yaptığımız. Eğer beni terk edersen..." Sesi silikleşirken başını salladı Mikhail. Geri dönüşü olmayacak bir şekilde bağlamalıydı Raven'ı kendine. Kelimeler Mikhail'in zihninde, kalbindeydi. İçindeki canavar kelimeleri telaffuz etmek için köpürüyordu. Raven elinden asla kaçamazdı ama Mikhail'in içi o kelimeleri bir faniye söylemeye el vermiyordu. Zira söylediği zaman Raven'a neler olacağı konusunda hiçbir fikri yoktu.

Raven'ın sol göğsünün üzerindeki iz acıyor, zonkluyor hatta yanıyordu. Aşağı baktı ve Mikhail'in damgasının koyu renkteki izini gördü. Dişleriyle onu nasıl yere zımbaladığını, kuvvetini, bir hayvanınkisini andıran uyarı hırıltısını hatırladı. Sanki ona aitmişçesine sahip olmuştu Raven'a, vahşice, biraz da acımasızca; ancak bu azılı açlığa Raven'ın içerisindeki bir şeyler karşılık vermişti. Zira Mikhail aynı zamanda da nazik davranmış, kendisinden önce Raven'ın zevk almasını sağlamış, onun ufak tefek vücuduna ve kırılgan kemiklerine zarar gelmemesine özen göstermişti. Onun bu duyarlılığı ile vahşi mizacının karışımına karşı koymak o kadar imkânsızdı ki Raven başka hiçbir adamın ona Mikhail gibi dokunamayacağını biliyordu. Raven için daima Mikhail olacaktı.

"Başka bir ırktan olduğunu mu söylemeye çalışıyorsun

Mikhail?" Olan biteni bir mantığa oturtmak için çırpınıyordu Raven.

"Başka bir türden olduğumuza inanıyoruz. Farklıyız biz. Ama bunu iyi saklıyoruz, ki saklamak zorundayız. İnsanların işitemediği şeyleri işitebiliyoruz. Hayvanlarla konuşup vücutlarımız ve kalplerimiz kadar zihinlerimizi de paylaşabiliyoruz. Bu bilginin yanlış ellere geçmesi hepimizin sonu olur. Hayatım kelimenin tam anlamıyla senin ellerinde." *Hem de birden fazla şekilde.*

Mikhail sansürleyemeden düşüncesinin yankısını yakalamıştı Raven. "Paniğe kapılsam durur muydun?"

Mikhail utanç içinde gözlerini kapattı. "Sana yalan söylemek isterdim ama söylemeyeceğim. Seni yatıştırır, beni kabul etmeni sağlardım."

"Bana o hipnotize edici emirlerinden vererek mi?"

"Hayır!" diye karşı çıktı Mikhail öfkeyle. O kadar da ileri gitmezdi. Bundan emindi. Ama Raven'ı kendisini kabul etmeye ikna edeceğinden emindi.

"Şu yetenekler..." Raven çenesini diz kapaklarına sürüyordu. "Fiziksel olarak tanıdığım her insandan kuvvetlisin. Kütüphanede öyle süzülmense bana büyük bir orman kedisini anımsattı. Bu da miras aldığınız şeylerden biri mi?"

"Evet." Eliyle tekrar Raven'ın saçlarını karıştırdı, yüzünü bir avuç dolusu saça gömerek Raven'ı içine çekti. Kendi kokusu Raven'ın üzerine sinecek, içinden gitmeyecekti. Mikhail'in dibi olmayan gözlerine bir memnuniyet ifadesi yerleşti.

"Beni ısırdın." Raven önce boynuna, ardından da göğsüne dokundu. Mikhail'in tüm vahşiliğiyle kollarında olduğunu, vücudunun şehvetle coştuğunu, kızıl bir arzudan oluşan zihninin dalgalandığını, dudaklarının aşkla ve açlıkla onun dudaklarına yöneldiğini canlandırınca her yerini tatlı, ılık bir sızı kapladı.

Raven'ın daha fazlasını istemesinde ne gibi bir sakınca vardı? Sekse köle haline gelecek kadar bağlanan kadınlardan bahsedildiğini duymuştu. Raven'a olan da bu muydu? Mikhail'i savuşturmak istercesine elini salladı havada. "Mikhail her şey çok çabuk oldu. Birkaç gün içinde âşık olup hayatımın gidişatına birkaç dakikada karar veremem. Seni tanımıyorum bile; hatta senden, yapabildiklerinden, elindeki güçten korkuyorum da biraz."

"Bana güvendiğini söylemiştin."

"Güveniyorum. Zaten beni asıl delirten de bu. Anlamıyor musun? Çok farklıyız. Sen çılgınca şeyler yapıyorsun ama ben yine de seninle birlikte olmak, kahkahanı duymak, seninle tartışmak istiyorum. Gülümsemeni, gözlerinin ışıldamasını, bana baktığında içinde uyanan açlığı ve arzuyu görmek istiyorum. Gözlerindeki o soğukluğu, ağzın gerilip zalim ve acımasız bir görünüme büründüğünde çehrene oturan o mesafeli, soğuk bakışı söküp almak istiyorum. Evet, sana güveniyorum ama bunun için hiçbir sebep yok."

"Çok solgunsun. Kendini nasıl hissediyorsun?" Ona artık çok geç olduğunu, fazla ileri gittiklerini söylemek isterdi, ama bunun Raven'ın daha fazla karşı çıkmasına neden olup onu boş yere telaşlandıracağının farkındaydı.

"Tuhaf, sanki bir şeyler yemem gerekiyormuş gibi geliyor ama yemek yemenin düşüncesi bile midemi bulandırıyor. Bana o bitki karışımlarından birini verdin, değil mi?"

"Birkaç gün boyunca su ve meyve suyu içip meyve ye sadece. Etten uzak dur."

"Ben vejetaryenim." Raven etrafına bakındı. "Kıyafetlerim nerede?"

Mikhail beklenmeyen bir şekilde gülümsedi, tipik bir erkek sırıtmasıydı. "Kendimi fazla kaptırıp kot pantolonunu yırttım. Bu gece benimle kal, yarın sana yeni kıyafetler alırız."

"Neredeyse sabah oldu," diye itiraz etti Raven, tekrar onun yanına uzanmak istemiyordu. Onun yanına uzanıp da onun için yanmadan duramıyordu. "Üstelik duş almam gerek." Mikhail itiraz etme fırsatı bulamadan yataktan çıktı Raven, eski moda yorgana sarmıştı kendini.

Mikhail gülümsemesini kendisine sakladı. Raven'ın güvende hissetmesine izin verecekti; Mikhail'in kaybedeceği bir şey yoktu. Raven'ın evden ayrılması mümkün değildi, hele de pansiyonda o suikastçılar kalıyorken. Onun çıplak vücudunun akan suyun altındaki görüntüsünü zihninden uzak tutmak için pansiyonun yemek salonundan onu zorla götürmeden önceki hislerine odaklanmaya çalıştı Raven'ın.

Raven'ın o gece hissettiği çılgınca strese ne yol açmıştı acaba? Kelimenin tam anlamıyla hasta olmuştu, başı zonkluyordu. Raven bu tepkisinin Mikhail'den kaynaklandığını düşünmüştü ama Mikhail'i öfkelendiren onun stresi olmuştu. O insan müsveddesinin pis ellerini ona sürdüğünü hissetmişti.

Mikhail mecbur olduğu için Raven'ın zihnine dokundu. Ve de beklediği şeyi buldu, gözyaşı ile kafa karışıklığı. Raven'ın vücudu değişim geçiriyordu; damarlarında Mikhail'in kanı aktığı için değişiyordu. Tam dönüşüm olması için bir Karpatyalı ile insanın üç kez kan alışverişinde bulunması gerekiyordu efsaneye göre. Kadehten verdiği kan sayılmazdı, çünkü Raven onu doğrudan Mikhail'in vücudundan içmemişti. Mikhail'in onu dönüştürmek, akli dengesini yitirmiş bir vampir haline getirmek gibi bir niyeti yoktu. Ama yine de sınırı geçmişti, hem de tehlikeli bir şekilde. Bir kez daha geçecekti. Aralarındaki bu şey sonsuza dek sürmeliydi.

Mikhail'in Raven'a söylediklerinde yalan yanlış bir şey yoktu, ama Raven'ın gerçeklerin tam anlamıyla farkında olmadığını da biliyordu. Pansiyondaki her odadan gelen fısıltıları işitebilecek, alt kattaki yemek salonuna bir arı bile girdiğinde bunu anlayacaktı. Güneş gözlerini rahatsız edecek, çok çabuk yanacaktı. Hayvanlar sırlarını ona açacaktı.

Pek çok yiyecek midesini bulandıracaktı. Ama her şeyden önce Mikhail'in yakınında olma, zihnine dokunma, vücudunu hissetme, onunla yanıp tutuşma ihtiyacı duyacaktı. Zaten böyle hissediyordu Raven, bu duyguyla bildiği tek yoldan mücadele ediyordu – kendisini Mikhail'den kurtarmak için mücadele ediyordu, ona olanları anlamak için mücadele ediyordu.

Raven vücudunu duş kabinin camına yasladı. Evden kaçmış bir çocuk gibi banyoda saklanamayacağının farkındaydı, Mikhail'in çok etkili ve ikna edici olduğunu da biliyordu. Onun ağzının kenarındaki o çizgileri silmek, ona sataşmak, onunla tartışmak, kahkahasını işitmek istiyordu. Tuhaf bir biçimde halsiz hissediyordu kendini hâlâ, biraz da başı dönüyordu.

"Hadi küçüğüm." Mikhail'in sesi onu siyah kadifemsi bir okşamayla sarmıştı adeta. Kolu camdan içeri girerek suyu kapattı. Bileğinden tutup büyük duş kabininden çekip çıkararak narin vücudunu bir havluya sardı Raven'ın.

Raven uzun saçlarını kıvırarak suyunu sıktı, tüm vücudu kıpkırmızı kesilmişti. Mikhail kendi çıplak haliyle öyle rahattı ki, hiç umurunda değilmiş gibi davranıyordu. Mikhail'in kaba kuvvetinde, bu kuvveti olduğu gibi kabul edişinde terbiye edilmemiş ve muhteşem olan bir şeyler vardı. Büyük bir havluyla Raven'ın tüm vücudunu sildi, sımsıcak ve pembe olana kadar tüm bedenini ovuşturmuştu. Havlu göğüslerine değiyor, kalçasındaki çıkıntının üstünde geziniyordu.

Raven kesin kararını verdiğini düşünmesine rağmen Mikhail'in gösterdiği bu ihtimam karşısında vücudu canlanmıştı. Mikhail Raven'ın suratını elleri arasına alarak dudaklarını onunkisine dokundurmak için eğildi; tüy gibi hafif ve baştan çıkarıcı bir dokunuş. "Yatağa geri dön," diye fısıldadı, Raven'ı oraya yönlendirirken.

"Mikhail," diye itiraz etti Raven alçak sesle ve nefes nefese.

Mikhail onun bileğine asılarak dengesini bozunca Raven'ın vücudu onunkisine yapıştı. Raven'ın bedeni adeta onunkinin içine eriyor, yumuşak göğüsleri sert kasları ittiriyor, Mikhail'in ona duyduğu arzu, Raven'ın içini allak bullak etmişti. Adamın demir gibi sert olan kalçaları onu çıldırtıyordu. "Seninle tüm gece sevişebilirim Raven." Baştan çıkarıcı bir edayla kelimeleri onun boğazına doğru fısıldamıştı. Elleri Raven'ın vücudu üzerinde gezinerek değdiği yerleri yakıyordu. "Seninle tüm gece sevişmek istiyorum."

"Asıl mesele de bu değil mi? Şafak söktü artık." Raven'ın elleri kendi bilinçleri varmış gibi parmak uçlarıyla Mikhail'in her kasını buluyorlardı.

"O zaman ben de gün boyu sevişirim seninle." Kelimeleri Raven'ın ağzına doğru fısıldarken alt dudağının kenarını hafifçe ısırmak için başını eğmişti. "Senin yanımda olmana ihtiyacım var. Sen gölgeleri kovalıyor, beni boğmakla tehdit eden omuzlarımdaki o korkunç yükü hafifletiyorsun."

Raven parmak uçlarını Mikhail'in ağzının sert köşeleri üzerinden kaydırdı. "Bu sahiplenme mi, yoksa aşk mı?" Mikhail'in boynundaki boşluğa ağzını bastırmak, kalbinin üzerindeki aşırı duyarlı teninin üstünde dilini kaydırmak için başını eğdi Raven. Ne bir iz, ne bir yara vardı ama dili Mikhail'in onu kanını içirmeye zorladığı nokta üzerinde dolanıyordu. Raven, Mikhail'in zihnini, erotik fantezilerini okuyarak onları hayata geçirmek istemiş, Mikhail ile bir olmuştu.

Mikhail'in midesi bir sıcaklıkla kasıldı, vücudu şiddetli bir saldırganlıkla yanıt veriyordu. Raven, Mikhail'in sertleşmiş organının tenine temas ettiğini hissedince gülümsedi. Mikhail'le yattığında hiçbir çekingenlik duymuyordu, sadece onunla yanma arzusu taşıyordu. "Bana cevap ver Mikhail, doğruyu söyle." Raven'ın parmak uçları Mikhail'in kadifemsi başına dokundu, parmaklarıyla onu avuçlayarak tüm vücudunun açlıkla isyan etmesine sebep olmuştu. Ateşle oynuyordu ama Mikhail'in onu durduracak gücü yoktu; durdurmak da istemiyordu zaten.

Mikhail'in elleri onun nemli saçlarına dolandı, iki sıkı yumağa dönüşmüşlerdi. "İkisi de." Güçlükle soluyordu.

Raven'ın ağzı dümdüz karnının üzerinde dolaşarak arkasında bir yangın bıraktığında gözlerini kapattı. Mikhail'e her dokunuşunun peşinden ağzı, sıcaklık ve nem ile takip ediyordu. Mikhail onu daha da yakınına çekerek cesaretlendirmeye çalıştı. Ağzı küçücük ve sıcaktı, Mikhail'i çıldırtıyordu. Alçak, kulak tırmalayıcı bir hırıltı yükseldi boğazından, içindeki canavar zevkten titriyor, tüm ilkelliğiyle tatmin olmaya çalışıyordu.

Raven'ın tırnakları Mikhail'in sert sütunlara benzeyen kalçasına geçerek ateşi daha da alevlendirdi, midesine dalgalar gönderdi. Mikhail'in zihni bulanıklaşarak Raven'ınkinin daha da derinlerine indi, şehvetten, ihtiyaçtan, aşktan ve açlıktan oluşan kızıl bir sis gibiydi. Kendisini canlı, nefes alan bir alev topuna çeviren Raven'ın dokunuşu, elleri, ipeksi ağzı için yanıp tutuşuyordu Mikhail.

Mikhail Raven'ı yukarı çekti, gücünü iyi ayarlamak için ne kadar ter dökse de elleri kelepçe gibi sıkıydı. Ağzı Raven'ınkisini buldu, çiftleşiyor, dans ediyordu; içinde öyle bir açlık vardı ki, Raven bunu yakalayarak kendisini daha da ittirdi, vücudu onunkinin üzerinde kayıyor, ona sürünüyor, onu ısıtıyordu.

"Beni istediğini söyle." Mikhail'in ağzı boğazı üzerinde hareket ederek Raven'ın sızlayan göğsü üzerinde durdu. Her güçlü içine çekiş, sıvılaşmış ısı akıntısı yayıyordu vücuduna.

"İstediğimi biliyorsun." Raven onu kendisine bastırarak bir bacağını etrafına attı.

Raven'ın şehvet dalgasından ötürü nefesi kesilmişti; daha da yaklaşması için, onun vücudunun, zihninin sığınağına girebilmek için, olması gerektiği gibi kendisine sahip olurken vücudunu içinde hissedebilmek için, kendisini dünyasının iyice derinliklerine çekerken, onun ağzını ağzı üstünde hissedebilmek için Mikhail'e tırnaklarını geçiriyordu.

"Hepsini iste," dedi boğuk bir sesle Mikhail, parmakları minik buklelerin olduğu noktanın derinlerine iniyordu okşayarak. "Bizim yöntemlerimizle çiftleş benimle."

Raven acı çekiyormuş gibi Mikhail'in elinden kurtulmaya

çalıştı. "Evet Mikhail." Raven serbest kalmak için, Mikhail'i rahatlatmak için kendinden geçmişti adeta. Aşk ile şehvet, açlık ile ihtiyaç arasında bir ayırım yapmayan o kızıl sis yiyip bitiriyordu onu da. Tutuşuyordu, canı yanıyor, acı çekiyordu; vücudu, zihni, hatta ruhu bile işkence çekiyordu; Mikhail'in vahşi, ket vurulmamış hisleri nerede bitiyor, kendisininkiler nerede başlıyor bilmiyordu artık.

Mikhail inanılmaz kuvvetiyle onu kolayca kaldırdı, Raven'ı yavaşça sımsıkı karnından aşağı kaydırdı. Isısı onu yakıyor, Mikhail'i çağırıyordu adeta. Raven, kollarını boynunun etrafına dolamış, bacaklarını ise kalçasına sararak onun için açmıştı. Mikhail, yavaşça onun vücudunu kendi seviyesine indirdi ateşten oluşan bedenini onunkiyle birleştirdi. O saf hazzın ötesinde bir yerlerde, cennet ile cehennem arasında erotik bir araftaydılar.

Raven tırnaklarını Mikhail'in omuzlarına geçirdi. "Dur! Böyle çok kocaman gözüküyorsun." Raven'ın yüzünü telaş duygusu sarmıştı.

"Sakin ol küçüğüm. Biz birbirimize aidiz, vücutlarımız birbirimiz için yaratılmış." Elleriyle bir yandan Raven'ı okşayıp yatıştırırken, bir yandan da uzun, yavaş bir ritimde hareket etmeye başlayarak daha da ileri kaydı.

Raven'ın yüzünü görebilmek için omuzlarını kaydırdı; bir yandan da kendi vücudu derin, emin, sahiplenen adımlarla onunkini ele geçiriyordu. Bilinçli düşünemeden kelimeler ruhundan dökülüverdi. "Seni ruh eşim ilan ediyorum. Sana aidim. Hayatımı sunuyorum sana. Sana himayemi, sadakatimi, kalbimi, ruhumu ve bedenimi veriyorum. Senin olan her şeyi korumam altına alıyorum. Hayatın, saadetin ve sağlığın daima el üstünde tutularak benimkinden önce düşünülecek. Sen benim ruh eşimsin, ebediyete dek bana bağlı kalacak ve hep benim gözetimim altında olacaksın." Bu sözcüklerle erkek bir Karpatyalı hakiki ruh eşini sonsuza dek kendine bağlamış oluyordu. Bir kez dile getirdiği takdirde Raven ondan asla kaçamazdı. Mikhail'in onu kendisine bağlamak gibi bir niyeti yoktu ancak içindeki her dürtü, olduğu her şey bu sözcükleri ruhundan akmaya zorluyordu, böylece kalpleri olması gerektiği gibi bir olacaktı. Ruhları nihayet birleşecek, zihinleri bir olacaktı.

Raven, Mikhail'in söylediklerinin ve sahiplenişindeki o alev alev kuvvetin kendisini sakinleştirmesine izin verdi. Vücudu onunkisinin etrafında erimiş gibiydi. Mikhail onları giderek yükseklere çıkarıyordu, başını eğdirerek göğsüne yaslamış, elleriyle de Raven'ın küçük kalçasını kavramıştı. Raven başını geriye attı, saçları etraflarında süzülerek çıplak tenlerini yakarcasına çarpıyordu onlara. Sahiden de kendini ait olduğu yerdeymiş gibi hissediyordu Raven. Vahşi ve özgür hissediyordu. Mikhail'in diğer yarısıymış gibi hissediyordu. Kendisi için bu kadar aç olan başka bir adam olamazdı. Ona çaresizce muhtaç olan, yalnız var olmanın nasıl bir şey olduğunu anlayan başkası olamazdı.

Mikhail'in hareketleri giderek sertleşerek derine iniyordu, Raven'ı yatağın yarısına denk gelecek şekilde yatırmak için döndü, böylece giderek zirveye yaklaştıracaktı onları. Raven'ın bedeninin titrediğini, kasıldığını, art arda kendisininkine doğru çekildiğini hissetti. Raven zevkten çığlık attı, vücudu onunkisinde çözülüyormuş gibi hissetti. Dalga dalga hücum eden öyle yoğun bir haz duyuyordu ki artık daha fazla tahammül edemeyeceğini düşündü Raven.

Mikhail başını yavaşça eğerek Raven'a onu durdurması için mümkün olan her fırsatı sundu. Bu esnada vücudunu Raven'ınkiyle aynı ritimde tutturarak koyu gözleriyle onun mavi gözlerini esir alıyordu. Açlıklarıyla büyülüyor, yalvarıyorlardı adeta. Raven vücudunu yay gibi gerdi ona doğru; Mikhail'in açlığını dindirmeyi teklif edercesine göğüsleri davetkâr bir şekilde öne çıkmıştı.

Tatmin olduğunu belirten yumuşak bir hırıltı Mikhail'in boğazından koparak Raven'ın kanını kaynatan bir heyecan duygusu yarattı. Mikhail'in dudaklarının usulca göğsünün, kalbinin üzerinde gezindiğini hissetti. Teni ve bıraktığı damga üzerinde kayan dili elektrikli ve sıcaktı. Tüm gücüyle Raven'ı sardı. Dişlerini yumuşak ete batırdı.

Beyaz bir sıcaklık göğsünü dağlarken bir çığlık yükseldi Raven'dan. Mikhail'in içindeki ateş büyüyerek öyle yükselmişti ki Raven ikisinin de alev alacağını düşündü bir an, Mikhail'de fırtınalar koparan bu duygu girdabını hissederek başını kendisine bastırdı. Mikhail'ın ağzı teni üzerinde hareket ederek onu adeta yiyip bitirirken, bir yandan da ikisini birden tüketiyordu Raven'a sahip olurken. Bu his Raven'ın daha önce tecrübe ettiği hiçbir şeye benzemiyordu, seksi ve yakıcıydı.

Zevk ve coşku içinde Mikhail'in ismini söylediğini işitebiliyordu Raven, parmaklarını sırtına geçirmişti. Ağzıyla Mikhail'in göğüs kasını bulmak gibi ilkel bir dürtü uyanmıştı içinde. Beraber keşfediyor, çözülüyor, güneşe uçuyorlardı. Mikhail başını kaldırarak gırtlağından bir hırıltı koyuverdi, daha fazla beslenmek için bastırdı başını.

Mikhail bu sefer dikkatli davranarak kan değişimi için yetecek kadarını almıştı. Vücudu hâlâ Raven'ınkine kenetliydi. Yarayı kapatmak, en ufak bir deliği bile iyileştirmek için diliyle son bir kez dokundu. Raven'ın yüzünü inceledi. Solgundu. Kendinden geçmişti. Emir döküldü dilinden, ne yaptığının farkına varan vücudu sertleşerek daha da canlanmıştı.

Raven'ın vücudu onun uzun ve sahiplenici hamlelerini kabul ederek kasılıyordu hâlâ. Mikhail göğsüne bir kesik açarak Raven'ın yumuşak ağzını alev alev yanan tenine bastırdı. Kendinden geçmişti Mikhail adeta, vücudu acıdan sarsılıyordu neredeyse. İçindeki canavar başını geriye atıp zevkle, memnuniyetle kükremişti, o korkunç açlığı geçici de olsa dinmişti zira.

Raven'ın başının arkasını kocaman eliyle kavrayarak kendisine bastırdı, beslenmesinin verdiği hissin tadını çıkarıyordu. Saf erotizm, katıksız güzellikti bu. Kan değişimine, kendi aldığını telafi etmeye yetecek kadarını aldığına emin olduğunda istemeden ve ağır ağır kelimeleri telaffuz etti. Uzun saçlarını okşayarak başını kaldırmasına izin verdi Raven'ın.

Raven ona gözlerini kırptı, kaşlarını çattığından alnı kırışmıştı. "Yine yaptın o şeyi." Yorgun bir şekilde yorgana yasladı başını. "Ya onu yapacaksın, ya da her kendimizi kaptırışımızda bayılacağım." Ağzında belli belirsiz bakırımsı bir tat kalmıştı.

Tadın ne olduğunu daha tanımlayamadan Mikhail onu öptü, diliyle dişlerini, damağını yalıyor, araştırıyor, keşfediyor, Raven'la dans ediyordu adeta. Raven'ın yumuşak tenini okşarken oldukça yavaş bir şekilde vücudunu onunkinden ayırdı Mikhail.

"Hareket edemiyorum," diye itiraf etti Raven gülümseyerek.

"Dışarı çıkmadan önce biraz kestirelim," diye önerdi Mikhail, sesi saf bir kara büyüydü başlı başına. Oldukça nazik bir şekilde Raven'ı kollarına alarak yatağa yerleştirip üstüne yorganı çekti. Raven uzun kirpikleriyle onun hayrete düşmüş bakışlarını esir etmişti. Mikhail parmaklarının ucuyla boğazını okşayarak göğüsleri arasındaki vadiye inmişti. Raven hâlâ öyle hassastı ki, dokunuşuyla titrediğini hissedebiliyordu, Mikhail'in içini bir sıcaklık kapladı.

"Bana gerçekten âşık olmanı isteseydim, yelkenlerimi suya daha zor indirirdim." Yastığa iyice gömdü kendini. "Saçlarım birbirine girdi."

Mikhail yatağın ucuna oturarak ipeksi yığını eline alıp o kalın tutamları uzun, gevşek bir kuyruk oluşturacak şekilde örmeye başladı. "Eğer yelkenlerini daha zor indirseydin kalbim buna dayanamazdı inan." Sesinden neşeli olduğu anlaşılıyordu.

Raven uzun kirpiklerini kaldırmadan parmak uçlarını Mikhail'in çıplak teninde gezdirdi. Mikhail uzun bir süre yatağın ucunda oturarak onun uykuya dalışını seyretti sadece. Öyle küçüktü ki, hem de bir faniydi, ama bir gecede tüm hayatını değiştirmişti. Mikhail ise onun hayatını elinden almıştı. Onları bağlayacak törensel sözleri söylemek istememişti, ancak avlarının ona boğazlarını sunduğunda duydukları türden bir mecburiyet hissetmişti.

Raven onun bir yabancı olduğunu söyleyebilirdi ama birbirlerinin zihinlerine girmiş, aynı bedeni paylaşmış, birbirlerine hayatlarını sunmuşlardı. Sevişirken kanlarını değiş tokuş etmeleri birbirine bağlılıklarını kanıtlayan son noktaydı Karpatyalılar için. İki kişi de kelimenin tam anlamıyla birbirine hayatını sunarak, diğerini korumak uğruna kendi hayatını feda edeceğine ant içerdi. Güzel, erotik bir törendi. Zihinlerin, kalplerin, ruhların, bedenlerin ve kanların bir olması anlamına geliyordu.

Karpatyalılar yatak odalarını başkalarına karşı korurdu. Hem uyurken, hem de sevişirken saldırıya açık olurlardı. Birini ruh eşi olarak seçmek bilinçli yapılan bir şey değildi; bir içgüdü, bir açlık ve bir ihtiyaçtı. Sezerlerdi bunu. Diğer yarılarını tanırlardı. Mikhail kendi yarısının Raven olduğunu anlamıştı. Bağlama törenine karşı koymaya çalışmıştı ama hayvani içgüdüleri medeni kısıtlamalarını alt etmişti. Raven'ı dünyasının yarı ucuna kadar çekmişti ve sonuçlarından da kendisi sorumluydu.

Yukarıdan ışık süzülüyordu. Mikhail davetsiz misafirlere karşı evini emniyete alma görevini yerine getirmişti. Bir sonraki gece uzun olacaktı. İşler yığılmıştı ve ava çıkması gerekiyordu. Fakat o anda duyduğu sadece huzur ve hoşnutluktu.

Mikhail yatağa, Raven'ın yanına kayarak elini kendine doğru çekti, her hücresini hissetmek istiyordu onun. Raven uykulu bir halde onun adını fısıldayarak ufak bir çocuğun masumane güveniyle ona sokuldu. Mikhail'in kalbi yerinden çıkar gibi oldu, tuhaf bir sıcaklık ve neşe dalgası sardı her yanını. Huzur. Raven'a dokundu, çünkü yapabiliyordu. Boğazının o narin çizgisine bir öpücük kondurup onu derin uykuya sokacak emri verdikten sonra kendisi de ona katılmak için nefesini bir düzene soktu.

Bölüm 5

Raven zorlukla uyandı, bataklıkta ilerliyor gibiydi. *Yine yapmışsın!* Duyduğu öfke onu tamamen kendine getirmişti. Yalnızdı, yatak odasındaydı. Yabancının yatak odasında.

Mikhail'in alaycı, erkeksi kahkahası zihninde yankılandı. Raven yastığı duvara fırlatırken, duvar yerine ona vurabilmiş olmayı geçirdi içinden. Bir günü daha geçip gitmişti. Ne haline gelmişti böyle? Mikhail'in seks kölesi mi?

Bu fikrin de mümkün olma ihtimali var tabii. Mikhail düşünceli bir şekilde konuşmuştu.

Kafamın içinden çık! Öfkeyle çıkıştıktan sonra uyuşuk uyuşuk esnedi Raven, hareketlerinde miskin bir hava hâkimdi. Vücudunda tatlı bir acı vardı, her yanı sızlıyordu, Mikhail'in ona sahip olduğunun canlı bir hatırasıydı. Mikhail'e kızmasına imkân yoktu, bu taşkınca davranışıyla bile güldürmüştü onu. Tüm benliğiyle bunları hissederken ona nasıl küsebilirdi ki?

Duş almak için kalktığında yatağın ucunda ona bırakılmış kıyafetler gördü. Mikhail çoktan dışarı çıkıp alışveriş yapmıştı bile. Onun bunu hatırlamış olmasından saçmalık derecesinde memnun olarak gülümsedi. Eteğin yumuşak, gece mavisi kumaşına, ona uyumlu bluza dokundu parmaklarıyla. *Kot pantolon almamışsın.* Ona sataşma dürtüsüne karşı koyamamıştı.

Erkek kıyafetleri kadınlara göre değil. Mikhail'in sesi soğuktu.

Raven duşa girmeden önce saçını çözdü. *Kot pantolonla güzel olmuyor muyum sence?*

Mikhail'in kahkahasından derin, hakiki bir keyif okunuyordu. *Bu tam tuzak bir soru.*

Neredesin? Raven farkında olmadan ihtiraslı bir davette bulunmuştu. Parmak uçlarıyla Mikhail'in göğsünün üzerine bıraktığı damgasına dokunmuştu. Temas kanının ısınmasına, izin zonklamasına sebep olmuştu.

Vücudunun istirahat etmeye ihtiyacı var küçüğüm. Pek de nazik bir âşık gibi davranmadım, değil mi? Sesinden kendisiyle alay ettiği, zihnindense vicdan azabı seziliyordu.

Raven usulca kahkaha attı. *Seni değerlendirebileceğim bir zemin yok, değil mi? Hayatımdan bir erkek kafilesi geçmedi sonuçta.* Boğuk kahkahası Mikhail'i sevgi dolu kollarla sarmıştı adeta. *İstersen seni mukayese edebileceğim birini de bulabilirim tabii.* Bunu tatlı bir edayla sormuştu.

Kuvvetli parmakların dolanarak bir sütunu andıran narin boynunu sardığını hissetti Raven. Mikhail bunu nasıl yapabilmişti? *Ah çok korktum maço bozuntusu. Birilerinin seni yaka paça bu çağa çekmesi gerek.*

Mikhail'in parmakları yüzüne dokunarak alt dudağını okşadı. *Sen beni olduğum gibi seviyorsun Raven.*

Aşk. Bu kelimeyi düşününce Raven'ın yumuşak dudaklarındaki tebessüm soldu. Mikhail'e âşık olmak istemiyordu. Zaten üzerinde gereğinden fazla etkisi vardı. *Beni burada tutamazsın Mikhail.* Doğru kelime saplantı olabilirdi ancak, aşk değil.

Minik tavşanım, kapılarda zincir filan yok, telefon da çalışıyor. Ayrıca kendine engel olamıyorsun, yani bana âşıksın. Senin için mükemmelim ben. Hadi acele et, yemek yemelisin.

Tam bir baş belasısın sen. Raven saçlarını tararken telepatik iletişimlerinin ne kadar kolaylaştığını fark etti. Pratik yapmaktan dolayı mıydı? Sarf ettiği çabadan dolayı şakakları ağrımıyordu. Bir süreliğine başını eğerek evdeki sesleri dinledi. Mikhail'in bardağa bir tür sıvı boşalttığını işitiyordu çok net.

Raven yavaşça giyinirken bir yandan da düşünüyordu. Telepatik becerileri gelişiyordu, duyuları keskinleşmişti. Bunun sebebi Mikhail'in yanında olması mıydı, yoksa boğazından aşağı bocaladığı o bitki karışımları mı? Mikhail'den öğrenmek istediği öyle çok şey vardı ki. Onun psişik güçleri oldukça kuvvetliydi.

Etek seksi, hafif bir hışırtıyla bileklerinden aşağı sarktı, bluzsa kalçasına kadar inmişti. Bu kıyafetin, yine Mikhail'in seçimi olan dantel külot ve sutyen gibi kendisini gerçekten kadınsı gösterdiğini kabul etmek zorunda kaldı Raven.

Tüm gece orada oturup beni mi düşüneceksin?

Gece mi? Yine gece olmamıştır umarım. Mikhail, bir köstebeğe dönüştüm adeta. Hem çok kibirlenme, seni düşünmüyordum. Göz göre göre yalan söylemek için çok çaba harcaması gerekmişti; kendisiyle gururlandı nedense.

Bu saçmalığa inanacağımı mı sandın? Mikhail tekrar kahkaha atmaya başlamıştı, Raven istemeden de olsa kendisinin de güldüğünü fark etti.

Sanat eserleri ve heykellere hayran hayran bakarken evde geziniyordu bir yandan. Güneş dağların ardından kaybolmuştu çoktan. Raven kaderine teslim olmuş bir edayla iç geçirdi. Mikhail, mutfağın önündeki verandaya güzel oymaları olan ufak, antika bir masa koymuştu. Raven yaklaşırken başını çevirdi, gölgeleri kovalayan bir tebessümle ısındı gözleri. Karnına doluşan sıcaklık sıvılaşarak kanına aktı Raven'ın.

Mikhail esmer başını eğerek dudaklarını onunkine değdirdi nazikçe. "İyi akşamlar." Raven'ın saçlarına dokunan parmakları sonrasında yanaklarını okşadı uzun uzun. Mikhail'in onu sandalyeye oturtmasına izin verdi Raven, bu centilmence davranış karşısında hayrete düşmüştü. Mikhail, Raven'ın önündeki bardağa meyve suyu doldurdu. "Ben işe gitmeden pansiyondaki eşyalarını toplarız diye düşündüm." Uzun parmaklarıyla böğürtlenli bir çörek seçerek antika tabağa koydu Mikhail. Oldukça zarif konuşmasına rağmen, Raven söylediklerine o kadar şaşırmıştı ki kocaman açtığı gözleriyle bir an ona bakakaldı.

"Eşyalarımı toplamak da ne demek?" Mikhail'in aynı evde yaşamalarını bekleyebileceği düşüncesi daha önce aklına gelmemişti. Hem de onun evinde.

Mikhail gülümsedi muziplikle ve tüm çekiciliğiyle. "Tabii sana yeni eşyalar almayı sürdürebilirim de."

Raven'ın elleri titredi. Görünmemesi için kucağına bastırdı ellerini. "Senin evine taşınmıyorum Mikhail." Düşüncesi bile korkunçtu. Raven mahremiyetine önem veren, tek başına vakit geçirmekten hoşlanan birisiydi. Mikhail onun tanıdığı en baskıcı insandı. Eğer Mikhail sürekli yanında olursa nasıl kendi meselelerini halledebilirdi Raven?

Mikhail kaşlarını çattı. "Hayır mı? Ama sen bizim kurallarımızı kabul ettin, gereken töreni de yaptık. Benim gözümde, halkımın gözünde sen artık benim ruh eşim, kadınımsın. Karımsın yani. Amerikan kadınlarının kocalarından ayrı yaşama gibi bir huyu mu var yoksa?"

Mikhail'in sesinden ona bir şeyler fırlatmak istemesine sebep olan, insanı çileden çıkaran o erkeksi alaycılık okunuyordu yine. Ona içten içe güldüğünü, bocalamasıyla dalga geçtiğini düşünüyordu Raven.

"Biz evli filan değiliz," dedi Raven kesin bir ifadeyle. Mikhail'in söylediklerinin kalbini adeta yerinden oynattığını görmezden gelmesi çok zordu.

Sis ormanın içinde ilerliyor, kalın ağaç kütüklerinin etrafını sarıyor, zeminden birkaç santim yukarıda hareket ediyordu. Tüyler ürpertici bir etkisi vardı ama yine de güzeldi.

"Halkımın ve Tanrı'nın gözünde öyleyiz." Sesinden geri

dönüşü olmayan bir karar, benim sözüm kanundur havası okunuyordu, Raven sinirden dişlerini sıktı.

"Peki ya benim gözümde Mikhail? Benim inançlarım ne olacak?" diye sordu, öfkeyle.

"Cevabı gözlerinde görüyor, bedeninde okuyorum Raven. Boşuna karşı koyuyorsun. Benim olduğumu sen de biliyorsun..."

Raven çabucak kalkarak sandalyeyi itti. "Ben kimseye ait değilim Mikhail! Hayatımda neler olacağına karar verip senin planlarına uymamı bekleyemezsin benden." Üç merdiveni inerek ormana giden yola koşturdu. "Biraz hava almam gerek. Beni çıldırtıyorsun."

Mikhail alçak bir sesle güldü. "Kendinden bu kadar mı korkuyorsun?"

"Cehenneme kadar yolun var!" Raven ayağını yere vurarak hızlı adımlarla yürümeye başladı, cazibesiyle onu yolundan döndürecek fırsatı vermek istemiyordu Mikhail'e; ki Mikhail'in bunu yapabileceğinin de farkındaydı. Bunu yapabilecek olan gözleri, ağzının şekli, Raven'ı bilerek kışkırttığında yüzünde oluşan o hafif sırıtmaydı.

Sis öyle yoğunlaşmıştı ki hava ıslanıp ağırlaşmış gibiydi. Raven keskin işitme duyusuyla çalılardaki her hışırtıyı, dalların her çıtırtısını, gökyüzündeki her kanat çarpışını duyabiliyordu.

Mikhail onun peşinden gidiyordu. "Belki de cehennemden gelmişimdir küçüğüm. Eminim bu aklından geçmiştir daha önce."

Raven omzunun arkasından baktı ona. "Beni takip etmeye son ver!"

"Leydisini evine bırakacak kadar centilmen değil miyim ki ben?"

"Kes gülmeyi! Bir kez daha gülersen yemin ederim yapacaklarımdan sorumlu olmayacağım." Raven ancak o zaman sinsi sinsi yürüyen siluetlerle peşinden gelen kırmızı gözlerin farkına vardı. Kalbi duracak gibi oldu bir an sonra deli gibi çarpmaya başladı. "İyi!" Sertçe arkasına dönerek Mikhail'e baktı. "İşte bu harika! Cidden harika Mikhail. Beni diri diri yesinler diye kurtları çağır. Bu fikir tam senlik işte. Öyle akla yatkın ki."

Mikhail ışıldayan bembeyaz dişlerini aç bir avcı gibi ona göstererek usulca ve alayla güldü. "Seni lezzetli bulacak olan kurtlar değil aslında."

Raven yerden kırık bir dal alarak ona fırlattı. "Gülmeyi kes dedim, seni sırtlan! Hiç komik değil. Kibrin beni kusturacak kadar büyük." Raven gülmemek için kendisini sonuna kadar zorluyordu. Canavarsa fazla cazibeliydi şansına.

"Senin bu Amerikanvari günlük konuşman oldukça renkli küçüğüm."

Raven bir dal daha fırlattıktan sonra küçük bir taş attı ona. "Birisinin sana ömrün boyu unutamayacağın bir ders vermesi gerek."

Kıvılcımlardan ve alevlerden oluşan güzel, küçük bir yanardağını andırıyordu Raven. Mikhail yavaşça ve dikkatlice nefes aldı. Tüm alevi ve hiddetiyle, tüm bağımsızlığı ve cesaretiyle, tüm ateşli tutkusuyla Mikhail'indi o. Kalbini eritiyor, o yumuşak kahkahasıyla ruhuna giriyordu. Raven'ın zihninde de aynı şeyleri hissediyordu, her ne kadar o bunu gizlemek için elinden geleni yapsa da böyleydi. "Bu dersi verecek kişinin sen olduğunu mu sanıyorsun peki?"

Göğsünü nişan alan başka bir taş daha uçtu havada. Hiç zorlanmadan yakaladı onu Mikhail. "Senin kurtlarından korktuğumu mu sanıyorsun?" diye sordu Raven. "Buradaki tek kötü kurt sensin. Tüm kurtlarını çağır istersen. Hadi durma!" Ormanın karanlıkta kalan iç kısımlarına bakar gibi yaptı. "Hadi gelin bakalım. Mikhail ne dedi size?"

Mikhail, Raven'ın parmaklarını kavrayıp gevşetince beysbol sopası gibi tuttuğu dal düştü. Raven'ın ince beline kolunu dolayarak onun o ufak, yumuşak vücudunu kendi büyük, kaya gibi sert vücuduna çekti. "Onlara senin ılık bal tadında olduğunu söyledim." Kelimeleri gene o siyah kadifemsi büyülü tonda söylemişti. Raven'ı kollarında döndürerek minik, güzel yüzünü ellerine aldı. "Benim gibi kuvvetli bir adamın hak ettiği o büyük saygı nerede peki?"

Mikhail başparmağıyla Raven'ın alt dudağını okşadı. Raven kaçınılmaz olana karşı gözlerini kapadı. Ağlamak istiyordu. Mikhail'e olan hisleri öyle kuvvetliydi ki boğazı yanıyor, acıyordu. Mikhail dudaklarıyla kirpiklerine dokundu, ağzına gözyaşının tadı geldi, Raven'ın ağzının tatlılığına sığınmaya çalıştı. "Neden benim için ağlıyorsun Raven?" Sözcükleri onun boğazına doğru fısıldamıştı. "Benden hâlâ kaçmak istediğin için mi? Gerçekten o kadar korkunç biri miyim? Hiçbir canlının, ister insan, ister hayvan olsun sana zarar vermesine müsaade etmem; hele de bunu engelleyebilecek güçteysem. Kalplerimizle zihinlerimizin bir olduğunu sanmıştım. Yanılmış mıyım? Beni artık istemiyor musun yoksa?"

Sarf ettiği sözler Raven'ın kalbini paramparça etmişti adeta. "Mesele o değil Mikhail, asla değil," derhal inkâr etti, onu incittiğinden korkmuştu. "Sen kafamdaki her planı alaşağı ediyorsun." Parmak uçlarıyla Mikhail'in yüzünü okşadı, dokunuşunda bir nevi yüceltme vardı. "Sen benim tanıdığım en büyüleyici adamsın. Buraya, senin yanına aitmişim; seni tamamen tanıyormuşum gibi geliyor. Ancak bu kadar kısa sürede bunun olması imkânsız. Aramıza biraz mesafe koyarsam, daha net düşünebilecekmişim gibi geliyor. Her şey öyle çabuk oldu ki. Bende bir takıntı haline geldin sanki. İkimize de acı verecek bir hataya düşmek istemiyorum."

Mikhail, yanağını avucunun içine aldı. "Seni bulduktan sonra beni terk edip yine yalnızlığımla baş başa bırakman bana büyük acı verirdi."

"Olan biteni düşünmek için biraz zaman istiyorum sadece Mikhail. Sana olan hislerim çok korkutucu. Her dakika seni düşünüyorum, sırf dokunabildiğimi anlamak, seni parmaklarımın altında hissetmek için sana dokunmak istiyorum. Sanki zihnime, yüreğime, hatta vücuduma nüfuz ettin de seni dışarı çıkaramıyormuşum gibi." Utanç içinde başını eğerek, itirafta bulunur gibi söylemişti bunları Raven.

Mikhail, Raven'ın elini tutarak onunla birlikte yürümesi için çekti ardından. "Bu benim halkıma özgüdür, eşlerimiz hakkında böyle hissederiz. Her zaman rahatlatıcı olmuyor, değil mi? Tabiatımız gereği tutkulu, cinsellik odaklı ve oldukça sahipleniciyizdir. Senin hissettiklerini ben de hissediyorum."

Raven, Mikhail'in parmaklarını sıkarak hafifçe gülümsedi. "Beni burada bilerek tuttuğun konusunda haklı mıyım?"

Mikhail geniş omuzlarını silkti. "Hem evet, hem hayır. Seni burada kendi iraden dışında zorla tutmuyorum, ama senin burada kalmanı istememe gelince, sizin evlilik törenlerinizden daha kuvvetli bir bağla birbirine bağlanan ruh eşleri olduğumuza inanıyorum. Sen burada olmadığın takdirde hem zihnen, hem de bedenen oldukça huzursuz hissedeceğim. Senin başka adamlarla temas içerisinde olmana nasıl tepki vereceğimi bilmiyorum, açıkçası bundan da korkuyorum."

"Biz sahiden iki farklı dünyaya aidiz, değil mi?" diye sordu Raven hüzünlü bir tonla.

Mikhail onun elini ağzının sıcaklığına dokundurdu. "Ödün verme diye bir şey var küçüğüm. İki dünya arasında gider geliriz veya kendi dünyamızı yaratırız."

Raven'ın mavi gözleri onun üzerinde gezinirken ağzında hafif bir tebessüm belirdi. "Bu kulağa çok hoş geliyor Mikhail, oldukça 20. yüzyıla uygun. Ama nedense içimden bir ses ödün verenin ben olacağımı söylüyor."

O garip, eski moda centilmenliğiyle Mikhail bir dalı kaldırarak Raven'ın altından geçmesine yardımcı oldu. Eve geri dönüş yoluna gelmişlerdi. "Belki de haklısın" – yine erkeklere özgü o mizah anlayışı belirmişti – "ama kontrol edip korumak benim doğamda var. Benim için mükemmel bir eş olduğundan şüphem yok."

"Peki öyleyse pansiyon yerine neden senin evine geldik

yine?" diye sordu Raven, bir elini kalçasına koymuştu, mavi gözlerindeyse bir tebessüm dans ediyordu adeta.

"Gecenin bu geç saatinde orada ne yapacaktın ki?" Mikhail'in sesi yumuşacıktı, her zamankinden daha baştan çıkarıcı çıkmıştı. "Bu gece benimle kal. Ben çalışırken sen de okursun. Etrafındaki istenmeyen duygulardan kendini koruman için nasıl daha iyi kalkanlar geliştireceğini öğretirim hem sana."

"Peki ya işitmeme ne diyorsun? Senin o tıbbi karışımların benim işitme duyumu geliştirmiş olabilir mi?" Raven bir kaşını kaldırarak bakıyordu ona. "Bana başka neler olacağı konusunda bir fikrin var mı?"

Mikhail'in dişleri ensesini sıyırıp geçerken parmakları da tutkuyla göğsüne dokunuyordu. "Benim bir sürü fikrim var küçüğüm."

"İddiasına girerim vardır. Bence sen bir seks bağımlısısın Mikhail." Raven, Mikhail'in ellerinden kurtardı kendini. "Ve bence, o karışımın içine beni de kendine benzetecek bir şeyler koydun." Raven masaya oturarak sakin bir havayla meyve suyu bardağını alarak sabit gözlerle ona baktı. "Koydun mu?"

"Onu yavaş iç," dedi Mikhail dalgın dalgın. "Bu fikirleri de nereden çıkarıyorsun? Ben sana karşı olan davranışlarıma çok özen gösteriyorum. Sana zorla bir şeyler yaptırdığımı mı hissettin?"

Raven, içmek istemediğini fark etti. "Beni hep uyutuyorsun." Raven meyve suyunu kokladı tüm dikkatiyle. Elma suyundan başka bir şey yoktu içinde. Neredeyse 24 saattir ne bir şey içmiş, ne de bir şey yemişti, neden canı istemiyordu peki?

"Uyuman gerekiyordu," dedi Mikhail vicdan azabıyla. "Beslenmen gerek." Daha yakınına eğildi. "Eğer sana yardım etmeme izin versen ne kadar kolay olurdu, ama yardım etmememi söyledin. Bu mantıklı mı sence?"

Raven bakışlarını ondan kaçırdı; parmaklarını gergin gergin bardakta tıkırdatıyordu. "Belki de grip olmuşumdur. Bir kaç gündür kendimi garip hissediyorum, başım dönüyor, halsizim." Bardağı bir kenara itti.

Mikhail geri ona doğru ittirdi bardağı. "İçmen gerek küçüğüm." Raven'ın ince koluna dokundu. "Zaten ufacıksın. Biraz daha kilo vermenin iyi bir fikir olduğunu sanmıyorum. Bir yudum al."

Raven elini saçının arasından geçirdi; Mikhail'in haklı olduğunu bildiğinden onun dediği yapmak istiyordu. Midesi karşı koymakta ısrarcıydı gerçi. "İçebileceğimi sanmıyorum Mikhail." Ona huzursuz bakışlar fırlattı. "Zorluk çıkarmaya çalıştığımdan değil, hasta oldum sanırım."

Mikhail'in esmer suratına birden merhametsiz bir ifade yerleşti. Parmaklarıyla meyve suyu bardağını kavrayarak Raven'ın üzerine eğildi. *İçeceksin.* Kısık sesi emin ve yoğundu, hiçbir tartışmaya yer bırakmıyor, karşı çıkmayı imkansız kılıyordu. "Meyve suyu midende kalacak, vücudun da onu kabul edecek." Nazik bir şekilde konuşmuştu, Raven'ın omuzlarını kavrayan kolları korumacı bir havaya bürünmüştü.

Raven, gözlerini kırpıştırarak ona baktıktan sonra bakışlarını masadaki boş bardağa çevirdi. Yavaşça başını salladı. "Bunu yapabildiğine inanmıyorum. Bunu içtiğimi hatırlamıyorum, şu anda midem de bulanmıyor." Raven yüzünü ondan çevirdikten sonra ormanın karanlık gizemine daldı sonra bakışları. Ay ışığının yansıdığı sis parıldıyordu.

"Raven." Mikhail eliyle onun ensesini okşuyordu.

Raven ona doğru eğildi. "Ne kadar özel olduğunu bilmiyorsun, değil mi? Yapabildiğin şeyler benim gördüklerimin çok ötesinde. Beni korkutuyorsun cidden."

Mikhail ağırlığını direğe verdi, yüzündeki ifadeden kafasının karıştığı anlaşılıyordu. "Sana bakmak benim görevim ve hakkım. Uykunun vereceği şifaya ihtiyaç duyuyorsan sana onu sağlamamam gerekir. Eğer vücudunun bu içeceğe ihtiyacı varsa, niçin sana yardımcı olmayayım? Neden seni korkutuyor ki bu?"

"Sahiden anlamıyorsun, değil mi?" Tuhaf bir biçimde ilgi çekici olan sis yığınına odakladı Raven bakışlarını. "Sen burada bir nevi öndersin. Becerilerinin benimkilerden çok üstün olduğu aşikâr. Senin hayat tarzına uyabileceğimi sanmıyorum, ben yalnız bir kovboyum, bir hanımefendi değil."

"Büyük sorumluluklarım var, doğru. İşlerimizin yolunda gitmesi, insanlarımızı öldüren suikastçıları bulmam konusunda halkım bana güveniyor. Doğumlarından sonraki bir yıl içinde neden bu kadar çok çocuk kaybettiğimizi tek başıma öğrenmem gerektiğini düşünüyorlar hatta. Demir gibi bir iradeye sahip olmam ve bu yükleri omuzlamak istemem dışında benim özel bir tarafım yok Raven. Ancak benim hiçbir şeyim yok; hiçbir zaman olmadı da. Sen devam etmem için bana bir sebep verdin. Sen benim kalbim, ruhum, soluduğum havam oldun. Sen olmayınca elimde kalan sadece karanlık ve boşluk. Gücümün olması, kuvvetli olmam kendimi yapayalnız hissedemeyeceğim anlamına gelmez. Tek başına var olmak öyle soğuk ve tatsız ki."

Raven elini midesine bastırdı. Mikhail öyle uzak, öyle yalnız görünüyordu ki. Onun kendisinin gelip de kalbini yerinden sökmesini beklercesine öyle sessiz durmasından, o dimdik ve gururlu hallerinden nefret ediyordu Raven. Onu rahatlatmak zorundaydı, Mikhail de bunun farkındaydı. Onun zihnini okumuştu, Raven'ın onun gözlerinde gördüğü yalnızlığa tahammül edemediğini biliyordu. Hiçbir şey söylemeden onun yanına gitti Raven. Ne diyebilirdi ki? Sadece başını onun kalbine yaslayarak kollarını beline doladı.

Mikhail de kollarıyla onu sardı. Raven'ın haberi olmadan hayatını çalmıştı ondan. Mikhail'in suçundan habersiz onu rahatlatıyor, onun özel bir adam olduğunu iddia ediyor, harika biri olarak görüyordu onu. Raven ona bağlanmıştı, uzun süre ondan uzak kalamazdı. Irkları hakkında tehlike arz edebilecek daha fazla bilgiyi ele vermeden, Raven'a durumu izah edebilecek sözcükleri bulamıyordu Mikhail. O, Mikhail'in kendini aciz hissetmesine, hatta kendisinden utanmasına sebep oluyordu.

Mikhail eliyle onun yüzünü kavrayarak başparmağıyla çenesindeki zarif çizgiyi okşadı. "Dinle beni Raven." Yumuşacık başının üstüne bir öpücük kondurdu. "Seni hak etmediğimi biliyorum. Bir şekilde benden aşağı olduğunu düşünüyorsun, ama aslında benden o kadar yukarıdasın ki benim sana uzanmaya dahi hakkım yok."

Raven itiraz etmek istercesine kıpırdandığında Mikhail onu daha da sıkı tuttu. "Hayır küçüğüm, bunun doğru olduğunu biliyorum. Ben seni apaçık görüyorum, ama sen benim düşüncelerime ve hatıralarıma giremiyorsun. Senden vazgeçemem. Keşke bunu yapabilecek kadar güçlü, iyi bir adam olsaydım ama yapamam. Seni mutlu etmek için elimden gelen her şeyi yapacağıma, elimden gelen her şeyi sana vereceğime söz verebilirim yalnızca. Sizin kurallarınızı tamamen öğrenmek için zaman, hata yapmak için de müsaade istiyorum senden. Eğer romantik sözler duymaya ihtiyacın varsa" – ağzı Raven'ın yanağının üstünden kayarak onun ağzının köşesini buldu – "dilersen, tüm içtenliğimle onları sana söyleyebilirim. Ben kendime ait bir kadınımın olmasını daha önce hiç istememiştim. Birisinin benim üstümde böyle bir güce sahip olmasını hiç istememiştim. Seninle paylaştıklarımı başka hiçbir kadınla paylaşmamıştım."

Mikhail'in öpücüğü son derece nazikti; hem aşk, hem de arzu kokan yakıcı, dumanlı bir aleve benziyordu. "Sen benim kalbime mühürlendin Raven. Aramızdaki farkların senden daha çok farkındayım. Bir şans istiyorum sadece."

Raven kendini onun kollarına teslim etti, vücudunu onunkine bastırdı sevgiyle. "Bunu yürütebileceğimize inanıyor musun gerçekten? Orta bir noktada buluşabilir miyiz?"

Mikhail'in alacağı riskler konusunda Raven'ın hiçbir fikri yoktu. Raven onunla yaşamaya başlarsa Mikhail bir daha toprağın emniyetine ve korumasına sığınamayacaktı. Raven'ı bir gün bile korumasız bırakamayacaktı. Raven onun yanına taşınırsa Mikhail'in içinde bulunduğu tehlike on misli artacaktı, Raven'ın da öyle. Suikastçılar aralarında ayrım yapmazdı. Onların gözünde Raven da suçluydu. Mikhail diğer kabahatlerine ek olarak Raven'ı tehlikeli bir dünyaya sürüklüyordu bir de.

Eli Raven'ın ensesine kaydı. Öyle kırılgan, öyle ufaktı ki. "Denemeden bilemeyiz." Mikhail, gitmesine hiç izin vermeyecekmiş gibi kolları arasına aldı onu.

Mikhail'in vücudunun aniden sertleştiğini hissetti Raven. Rüzgârı koklarmış gibi, geceyi dinlermiş gibi başını kaldırdı Mikhail dikkat kesilerek. Raven kendisinin de derin derin nefes alıp ormanın derinliklerinden gelen sesleri duymaya çalışarak aynısını yaptığını fark etti. Uzaklarda ise birbirlerine, Mikhail'e seslenen kurt sürüsünün ulumaları meltemin üstünde süzüldü.

Şaşkınlığa kapılan Raven başını arkaya attı. "Seninle konuşuyorlar! Bunu nereden biliyorum Mikhail? Böyle bir şeyi nereden bilebilirim ki?"

Raven'ın saçını hafifçe, şefkatle karıştırdı. "Yanlış sürüyle takılıyorsun da ondan."

Bir kahkaha geldi bunun peşinden. Raven'ın gülüşü kalbini söküp atmış, onu açıkta ve kırılgan bırakmıştı. "Bu da nesi?" diye dalga geçti Raven. "Malikânenin lordu 90'ların argosunu mu öğrenmiş yoksa?"

Mikhail ona çocuksu, muzip bir gülümsemeyle karşılık verdi. "Belki de yanlış sürüyle takılan asıl benimdir."

"Belki de senin için bir umut vardır hâlâ." Mikhail'in boğazını, çenesini, gölgeli ağzının inatçı çizgisini öptü ardından da.

"Bu elbisenin içinde ne kadar güzel göründüğünü söylemiş miydim sana?" Kolunu Raven'ın omuzlarına atarak onu masaya doğru çevirdi. "Misafirlerimiz var." Hiç acele etmeden masadaki kadehin yarısını meyve suyuyla doldurduktan sonra ufak bir parça çöreği parmaklarının arasında ufalayarak ikisinin de tabaklarına serpiştirdi parçalarını.

"Mikhail." Raven'ın sesi temkinliydi. "Eğer zihinsel bağlantı kullanacak olursan dikkatli ol. Sanırım benim dışımda telepatik yetenekleri olan başka biri daha var aralarında."

"Halkımın tümü bu yeteneğe sahiptir," diye cevap verdi Mikhail dikkatli bir edayla.

"Senin gibi değil Mikhail." Raven kaşlarını çatıyor, alnını ovalıyordu. "Benim gibi."

"Bundan neden daha önce bahsetmedin?" diye sordu usulca, sesinden hafif bir azar okunuyordu. "Halkım takip ediliyor, kadınlarımız öldürülüyor. Senin kaldığın yere kadar izini sürdüm o üç suikastçının."

"Çünkü tam olarak emin değildim Mikhail. İnsanlara dokunmamaya çalışıyorum. Geçen seneler içinde temas kurmamayı, kimsenin bana dokunmasına izin vermemeyi öğrendim." Elini saçlarının arasına attı, çatık kaşları alnını kırıştırmıştı hafifçe. "Özür dilerim. Şüphelendiğimden bahsetmeliydim ama emin olamadım."

Mikhail parmağının ucuyla hafifçe dokunup alnındaki çizgiyi düzelterek usulca ağzına dokundu. "Seni suçlamak değildi niyetim küçüğüm. İlk fırsatta bu meseleyi tartışmalıyız. Sen de işitiyor musun?"

Raven kafasını geceye uzattı. "Bir araba."

"Yaklaşık iki kilometre uzakta." Mikhail gecenin havasını ciğerlerine çekti. "Peder Hummer ve iki yabancı. Kadınlar. Parfüm sürmüşler. Bir tanesi daha yaşlı."

"Benim dışımda pansiyonda kalan 8 misafir var." Raven güçlükle nefes almaya başladı. "Bir turla geldiler, hep beraber. Amerikalı yaşlı bir çift, Harry ile Margaret Summers. Jacob ve Shelly Evans, Belçikalı kardeşler. Avrupa'nın farklı yerlerinden gelen 4 adam daha vardı. Onlarla pek konuşmadım açıkçası."

"İçlerinden herhangi biri suikastçılardan olabilir," dedi Mikhail saldırgan bir tavırla. Bir yandan da Raven'ın diğer erkeklere ilgi göstermemesine sevinmişti içten içe. Onun başka erkeklere bakmasını istemiyordu, hem de hiçbir zaman.

"Böyle bir şey olsa anlardım, değil mi?" diye sordu Raven. "Katillerle kabul etmek istemediğim kadar fazla uğraştım. Bu insanlardan sadece birinin telepatik güçleri var ve kesinlikle benimkisinden kuvvetli değil."

Raven arabayı artık daha rahat duyabiliyordu ama sisin yoğunluğu onu görmelerini engelliyordu. Mikhail iki parmağıyla onun çenesini kaldırdı. "Benim halkımın kurallarına göre bağlandık zaten birbirimize. Senin insanlarının kurallarına göre de yemin eder misin?"

Raven'ın bir adamın içinde boğulabileceği, sadece bakarak bile boğulacağı mavi gözleri şaşkınlık içinde açıldı. Oldukça erkeksi hafif bir tebessüm yerleşti Mikhail'in ağzına. Onu şaşırtmayı başarmıştı.

"Mikhail, bana evlenme teklifi mi ediyorsun?"

"Nasıl yapıldığı konusunda emin değilim. Dizlerim üzerine mi çökmeliyim?" Bariz bir şekilde sırıtıyordu.

"Bir araba dolusu suikastçı bize doğru gelirken mi bana evlenme teklifi ediyorsun?"

"Suikastçı özentileri." Hafif, yürek burkucu bir gülümsemeyle argo kelimelere hâkim olduğunu göstermeye çalışmıştı. "Evet de. Bana karşı koymanın mümkün olmadığını sen de biliyorsun. Evet de."

"Bana o iğrenç elma suyunu içirdikten sonra mı? Kurtlarını peşime taktın Mikhail. Suç listen kabarık." Raven'ın gözlerinde yaramazlık pırıltısı vardı.

Mikhail onu kollarına çekerek göğsünün sert kaslarına yasladı, onu bacaklarının arasına yerleştirmişti neredeyse. "Görüyorum ki seni ikna etmek için epey bir uğraşmam gerekecek." Mikhail'in dudakları yüzünde dolaştıktan sonra bir mühür gibi ağzına yapışarak dünyasını salladı adeta.

"Kimse böyle öpüşememeli."

Mikhail onu tekrar öptü, kışkırtıcı biçimde tatlıydı, dili

duyarlı bir şekilde onunkisinin üstünde kayıyordu; saf sihir, saf umuttu adeta. "Evet de Raven. Sana ne kadar ihtiyacım olduğunu hisset."

Mikhail onu kendine daha da çekti. Açlığının keskinliğini, tutkusunun sınırını, Raven'ı saran, ikisini de saran sıcaklığı ve aşkı hissetsin diye Raven'ın elini tutarak zihnini ona açtı. *Evet de Raven.* Zihnine fısıldamıştı bunu, onun da kendisini arzulamasına, iyi olsun, kötü olsun kabul etmesine ihtiyacı vardı.

Oyunu hiç adil oynamıyorsun. Raven'ın aşk saçan ılık bal gibi tatlı sesinden alay okunuyordu.

Araba sislerin içinden görünerek ağaçların altında durdu. Mikhail yabancılara bakmak için yüzünü çevirdi, koruma içgüdüsüyle kendi vücudunu Raven ile gelen üç ziyaretçinin arasına koymuştu. "Peder Hummer, ne hoş bir sürpriz." Mikhail hoş geldiniz dercesine elini rahibe uzatmasına rağmen sesinde belirgin bir soğukluk vardı.

"Raven!" Shelly Evans gözleriyle Mikhail'i yemesine rağmen, rahibi kabaca ittirerek Raven'a doğru koştu.

Mikhail Raven'ın gözlerindeki korku dalgasını gördü. Shelly kollarını Raven'a dolayarak onu sımsıkı kucakladı. Raven'ın onun kıskançlığını ve Mikhail'e duyduğu cinsel ilgiyi zihni aracılığıyla okuyabildiği konusunda hiçbir fikri yoktu. Kadının ona dokunuşu, kaygısı, Mikhail ile ilgili fantezilerine Raven'ın vücudunun gösterdiği tepkiyi hissetmişti Mikhail, ama Raven yine de gülümsemeyi becerip kucaklamasına kucaklamakla karşılık vermişti.

"Bu da nereden çıktı? Bir sorun mu var?" diye sordu Raven usulca, kendini nazik bir biçimde uzun kadından ayırarak.

"Şey hayatım," dedi Margaret Summers sert bir ifadeyle, Mikhail'e bir bakış fırlattıktan sonra Raven'a çevirmişti gözlerini. "Peder Hummer'a bizi buraya getirip seni göstermesi konusunda ısrar ettik."

O zayıf, buruşuk el koluna dokunur dokunmaz Raven

zihnindeki darbeyi hissetti. Midesi alt üst olmuş, cam parçaları kafatasından içeri hücum ederek zihnini atomlarına ayırmıştı adeta. Bir an nefes alamadı. Ölüme dokunmuş gibi hissetti. Anında geri çekilerek avucunu bacağına sildi.

Mikhail! Sadece ona odaklanmıştı Raven. *Midem bulanıyor.*

"Raven'ın benim gözetimimde güvende olduğu konusunda Bayan Galvenstein sizi temin etmedi mi?" Mikhail nazikçe ancak kararlı bir şekilde vücudunu Raven ile ihtiyar kadının arasına soktu. Kadının yanından geçerken acemice onu yoklamaya çalıştığını sezmişti. Mikhail'in bembeyaz dişleri parladı. "Lütfen evime buyurun, rahat olun. Dışarıda hava oldukça soğumuş."

Margaret Summers bir o yana, bir bu yana gidiyor; iki kadeh ile tabağın bulunduğu masayı, tabaktaki kırıntıları inceliyordu. Adeta Raven'ın kıyafetinin içinden boğazını görmek istercesine gözlerini dikti ona.

Mikhail kolunu Raven'ın omzuna dolayarak onu vücuduna dayadı. Mikhail, Peder Hummer onları içeri geçirene dek Bayan Summers'ın Shelly'i nasıl tuttuğunu izlerken gülmemek için kendini zor tuttu. Her hareketleri öyle kolay tahmin edilebiliyordu ki. Başını öne eğdi Mikhail. *İyi misin?*

Kusacağım. Elma suyu. Suçlar gibi Mikhail'e baktı.

Bırak da sana yardım edeyim. Onlar farkına bile varmaz. Mikhail dönerek onun ufak vücudunu kendi geniş vücuduyla kapattı. Alçak sesle bir emir vererek onu nazikçe öptü. *Daha iyi misin?*

Raven, Mikhail'in çenesine dokunarak hislerini ona aktardı. *Teşekkürler.* Ziyaretçilerine bakmak için aynı anda yüzlerini çevirdiler.

Margaret ile Shelly hayranlık içinde Mikhail'in evini inceliyordu. Parası vardı ve evin iç tasarımı buram buram para kokuyordu, mermer ile ahşap; yumuşak ve sıcak renkler; sanat eserleri ve antikalar. Margaret'in hem şaşırdığı, hem de etkilendiği belliydi.

Peder Hummer en sevdiği koltuğa bıraktı kendisini rahatça. "Önemli bir şeyin ortasında geldik sanırım." Halinden memnun gözüküyordu, içten içe eğleniyor gibiydi. Solgun gözleri Mikhail'in derin bakışlarının karanlığı ile birleştiğinde parıldıyordu.

"Raven karım olmayı kabul etti." Raven'ın parmaklarını ağzının sıcaklığına götürdü. "Ona yüzüğü verecek vaktim olmadı. Yüzüğü parmağına takamadan geldiniz."

Margaret masanın üstündeki yıpranmış İncil'e dokundu. "Ne kadar da romantik Raven. Kilisede mi evlenmeyi planlıyorsunuz?"

"Elbette kilisede evlenecekler. Mikhail dini bütün biridir, başka bir seçeneği aklına getirmez bile," dedi Peder Hummer azarlar gibi.

Birlikte kanepeye kurulurlarken Mikhail'in elinden ayırmadı Raven elini. Margaret'in solgun gözleri bıçak gibi keskindi. "Neden burada saklanıyordun tatlım?" Gizli sırları ortaya çıkarmak isteyen bakışları her yerde dolanıyordu.

Mikhail kıpırdanıp geriye yaslandı tembelce. "Pek saklanmak sayılmaz aslında. Paniyonun sahibi Bayan Galvenstein'a telefon açarak Raven'ın burada olduğunu haber verdik. Eminim size söylemiştir."

"Raven'ı en son gördüğümde sizinle piknik yapmak için ormana gitmişti," diye açıkladı Margaret. "Hasta olduğunu bildiğim için endişelendim. Ben de isminizi öğrenip rahibe bizi buraya getirmesini rica ettim." Yaşlı kadının bıçak gibi keskin bakışları gümüş, antika aynaya takıldı.

"Sizi kaygılandırdığım için özür dilerim Bayan Summers," dedi Raven tatlı tatlı. "Çok ağır bir grip geçirdim. Bu kadar merak edeceğinizi bilsem sizi de arardım," diye belirtti.

"Seni kendi gözlerimle görmek istedim." Margaret inatçı bir edayla dudaklarını büzüştürdü. "İkimiz de Amerikalı olduğumuzdan senden sorumlu hissediyorum kendimi."

"Endişelendiğiniz için minnettarım. Raven hayatımın ışığıdır." Mikhail o avcı gülümsemesiyle öne doğru eğildi.

"Ben Mikhail Dubrinsky'im. Resmen tanıştırıldığımızı zannetmiyorum."

Margaret biraz tereddüt ettikten sonra çenesini kaldırarak elini onunkisine yerleştirerek ismini fısıldadı. Mikhail etrafına iyi niyet saçıyordu, Raven'a duyduğu arzu ile aşk muzip bir şekilde birbirine karışmıştı.

Shelly kendini tanıttı hevesli hevesli. "Bay Dubrinsky?"

"Mikhail deyin lütfen." Cazibesi öyle ağırdı ki Shelly neredeyse sandalyesinden düşecekti.

Shelly kıpırdanıp duruyordu, Mikhail'e daha iyi bir manzara sunabilmek için bacak bacak üstüne attı. "Mikhail olsun öyleyse." Shelly şuh bir bakış fırlattı. "Peder Hummer sizin bir nevi tarihçi olduğunuzu ve bu ülkedeki halkın kültürüne tamamen hâkim olduğunuzu söyledi. Ben de halk kültürleri üzerine bir araştırma yapıyorum. Özellikle de yöre efsanelerinde bir doğruluk payı var mı diye. Vampirler hakkında bir bilginiz var mı?"

Raven gözlerini kırpıştırarak kahkahalara boğulmamak için zor tuttu kendini. Shelly kesinlikle dürüst davranıyordu ve Mikhail'in çekim gücüne kapılmıştı. Raven gülecek olsa çok utanırdı. Bunun yerine Mikhail'in bileğinin içini okşayan başparmağına verdi dikkatini. Kendisini daha güçlü hissetmesine yardımcı oluyordu.

"Vampirler." Mikhail terimi soğukkanlı bir şekilde tekrar etti. "Elbette vampirlerin en meşhur olduğu yer Transilvanya'dır ama bizim de kendimize has hikâyelerimiz var. Tüm Karpatya Dağları boyunca olağanüstü masallar anlatılır. Jonathan Harker'ın Transilvanya'ya olan rotasını izleyen bir tur var. Çok hoşlanacağınızdan eminim."

Margaret öne eğildi. "Bu efsanelerde gerçeklik payı olduğuna inanıyor musunuz?"

"Bayan Summers!" Raven şaşkınlığını belli etti. "Siz inanıyor musunuz yoksa?"

Margaret'in suratı asıldı, düşmanca bir tavırla dudaklarını büzüştürdü yeniden.

"Asırları aşarak bizlere ulaşan neredeyse her efsanede bir nebze de olsa doğruluk payı olduğuna inanıyorum. Belki Bayan Summers'ın inandığı şey de budur."

Margaret başını sallayarak Mikhail'e nazikçe gülümsedi, görünen o ki rahatlamıştı. "Hemfikir olmamıza çok sevindim Bay Dubrinsky. Sizin konumunuzdaki bir adam açık fikirli olmalı kesinlikle. Eğer bir doğruluk payı olmasa o kadar çok insan yüzyıllar boyu nasıl böyle benzer hikâyeler anlatabilir ki?"

"Yürüyen ölüler mi yani?" Raven'ın kaşları kalkmıştı. "Orta Çağ zamanlarını bilmem ama etrafımda çocukları kaçıran yürüyen ölüler olsa fark ederdim herhalde."

"O da var tabii," diye onayladı Mikhail. "Bildiğim kadarıyla son birkaç yıldır sebebi açıklanamayan ölüm vakası pek olmadı."

"Fakat yöre halkından bazıları oldukça garip hikâyeler anlattı." Shelly iddialarından geri adım atmaya pek de gönüllü değildi.

"Tabii ki anlatırlar." Mikhail etkileyici bir şekilde sırıttı. "Böylesi ticaret için çok daha iyi. Birkaç sene önce... Ne zamandı Peder? Hani Swaney turizm ticaretini arttırmak istemişti de örgü şişlerini boğazına batırmıştı, gazeteler de resimlerini çekmişti. Boğazının etrafına sarımsaklardan bir çelenk asarak kasabada yürüyüp sarımsağın onu hasta ettiğini iddia etmişti."

"Gerçek olmadığını nereden biliyorsunuz?" diye sordu Margaret.

"Delikler mikrop kaptı. Sarımsağa alerjisi olduğu ortaya çıkınca itiraf etmek zorunda kaldı." Mikhail iki kadına bakarak muzipçe gülümsedi. "Peder Hummer ona günahının bedelini ödetti. Swaney ardı ardına otuz yedi kez tespih çekti."

Peder Hummer kafasını geriye atarak bir kahkaha patladı. "Uzun bir süre herkesin ilgisini çekmişti. Dünyanın her yerinden gazeteciler geliyordu. Oldukça eğlenceli bir gösteriydi."

Mikhail yüzünü ekşitti. "Ofisimin dışında o kadar çok vakit geçirmek zorunda kalmıştım ki, açığı kapatmak için bir hafta gece gündüz çalışmam gerekmişti hatırladığım kadarıyla."

"Sen bile onun o küçük macerasını takdir edecek mizah anlayışına sahiptin Mikhail," dedi Peder Hummer. "Ben uzun zamandır ortalardayım bayanlar ve yürüyen bir ölüyle hiç karşılaşmadım."

Raven saçlarının arasına elini atarak zonklayan başını ovaladı. Cam parçaları acımasızdı. Sapkın bir zihne ne zaman fazla maruz kalsa böyle bir acı çekerdi. Mikhail elini kaldırarak Raven'ın şakaklarına usulca dokunduktan sonra yumuşak teninde gezdirdi parmaklarını. "Saat bayağı geç oldu, Raven da gribin etkilerini üzerinden atamadı hâlâ. Belki de bu tartışmayı başka bir akşam sürdürebiliriz."

Peder Hummer aniden ayağa kalktı. "Elbette Mikhail, böyle uygunsuz bir anda geldiğimiz özür dilerim. Bayanlar oldukça kaygılıydı, korkularını yatıştırmanın en etkili yolu bu gibi gözüktü."

"Raven bizimle dönebilir," diye teklif etti Margaret endişeli endişeli. Shelly, en güzel tebessümüyle Mikhail'e gülümseyerek başını heyecanla salladı. "Çok teşekkürler Mikhail. Bunu sizinle daha çok tartışıp bazı notlar almak isterim."

"Elbette Bayan Evans." Mikhail ona iş kartını uzattı. "Şu aralar işim başımdan aşkın, Raven ile ben en kısa zamanda evlenmek istiyoruz. Ama bir vakit bulmak için elimden geleni yapacağım." İri, kaslı vücudunu ve çekici gülümsemesini kullanarak kimsenin Raven'a dokunmasına izin vermemek için misafirlerini kapıya kadar geçirdi. "Benim için Raven'a göz kulak olmayı teklif ettiğiniz için teşekkür ederim Bayan Summers, ancak işimiz yarıda kaldı, o çok mühim yüzüğü takmadan beni bırakmasına izin vermeye niyetim yok."

Raven onun etrafından dolanmaya kalkınca Mikhail önünü kesti, vücudu öyle azametli ve dikti ki, bu hareketi fark edilmedi. Eli Raven'ın kolundan aşağı kayarak onun narin bileğine kenetlendi. "Geldiğiniz için teşekkürler," diye fısıldadı Raven Mikhail'in arkasından alçak sesle, biraz daha yüksek sesle konuşursa başının binlerce parçaya ayrılmasından korkuyordu.

Ziyaretçileri gittiğinde Mikhail onu korumacı bir edayla kollarının arasına çekti, suratı koyu bir öfkeyle kaplandı. "Böyle bir acıya katlanmak zorunda kaldığın için üzgünüm küçüğüm." Mikhail onu eve taşıyarak kütüphaneye gitti.

Mikhail'in kendi dilinde alçak sesle bir şeyler fısıldadığını işitebiliyordu Raven. Küfrediyordu, Raven'ın gülümsemesine sebep olmuştu bu da. "O kadın aslında kötü biri değil Mikhail, yoldan çıkmış, fanatik biri. Bir canlı bombanın zihnine dokunur gibi hissettim. Yaptığı şeyin doğru olduğuna inanıyor yalnızca." Mikhail'in çenesinin sert duvarına yasladı başının üst kısmını.

"Aşağılık mahlûkatın teki." Kelimeleri tükürürcesine söylemişti Mikhail. "Ahlaksızın biri." Oldukça nazik bir şekilde Raven'ı koltuğa bıraktı. "Beni sınamaya gelmiş. Evime bir rahip getirerek beni tongaya düşürmeye çalıştı. Zihnimdeki teması oldukça sakar ve beceriksizdi. Öldürülecek başka kurbanları işaretlemek için bu yeteneğini kullanıyor. Sadece benim müsaade ettiğim kadarını okuyabildi."

"Mikhail! O kadın vampirlere inanıyor. Senin yürüyen bir ölü olduğunu nasıl düşünebilir ki? Olağandışı yeteneklerin olduğu doğru, ama hayatta kalmak için bir çocuğu öldürdüğünü görmedim. Kiliseye gidiyorsun, haç takıyorsun. O kadın kafayı sıyırmış." Acıdan kurtulmak için zonklayan şakaklarını ovaladı.

Bölüm 6

Mikhail elinde tuttuğu bitki karışımlarından biriyle Raven'ın üzerine eğildi. "Peki ya seni inimde esir tutan efsanevi bir vampir olsaydım küçüğüm?"

Raven onun ciddi suratına, hüzünlü gözlerine doğru gülümsedi. "İster vampir ol, ister olma sana hayatım pahasına güvenirdim Mikhail. Hatta doğmamış çocuklarımın hayatı pahasına güvenirdim. Kibirlisin, patronluk taslamayı da seviyorsun, ancak kötü biri değilsin, olamazsın. Eğer bir vampirsen, efsanelerde anlatılan yaratık vampir olamaz."

Bu söylediklerinin kendisi için neler ifade ettiğini görmesini istemediğinden ondan uzaklaştı Mikhail. Mutlak ve koşulsuz kabullenmek böyle bir şey olmalıydı. Raven'ın ne dediğinin farkında olmaması önemli değildi Mikhail için. Sözlerindeki dürüstlüğü hissetmişti. "Pek çok insanın karanlık bir tarafı vardır, benimse herkesten daha fazla var Raven. Aşırı şiddet eğilimli, hatta zalim biri olabiliyorum ama vampir değilim. Her şeyden önce bir avcıyım evet ama vampir değilim." Sesi boğuk çıkmıştı.

Raven aralarındaki mesafeyi kapatıp ağzının kenarına dokunmak için ilerledi. "Böyle bir şeyi aklımdan hiç geçirmedim. Böyle korkunç bir yaratığın var olduğuna inanıyor gibi konuştun. Mikhail, böyle bir şey var olsaydı bile, senin onlardan biri olmadığını anlardım. Kendini çok katı yargılıyorsun. İçindeki iyiliği hissedebiliyorum."

"Hissedebiliyor musun?" diye sordu ciddi bir yüz ifadesiyle. "İç şunu."

"Beni uyutmasa iyi olur. Bu gece pansiyona gidip kendi yatağımda uyuyacağım," dedi Raven sert bir tonla, bardağı ondan alırken. Sesi Mikhail'le dalga geçer gibiydi, ancak gözlerinden endişe okunuyordu. "Senin içindeki iyiliği hissediyorum Mikhail. Yaptığın her şeyde görüyorum bunu. Hayatındaki herkese öncelik veriyorsun."

Mikhail gözlerini acı içinde yumdu. "Sahiden böyle mi düşünüyorsun Raven?"

Raven bardağın içindekileri inceleyerek sözlerinin Mikhail'i neden incittiğini düşündü. "Öyle olduğunu biliyorum. Senden istenileni ben de yapmıştım, fakat ben işin sonuna kadar gidip katilin hak ettiği cezayı bulmasını sağlamak zorunda değildim. İçinde bulunduğun durum seni yiyip bitiriyor olmalı."

"Beni gereğinden fazla itimat ediyorsun küçüğüm. Ama bana olan inancın için teşekkür ederim yine de." Eli Raven'ın ensesine dolandı. "İçmemişsin. Baş ağrına iyi gelecektir." Sihirli parmakları Raven'ın şakaklarını buldu. "İkimiz de suikastçıların orada kaldığını biliyorken nasıl pansiyona geri dönebilirsin? O ihtiyar kadın suikastçıları halkıma götürüyor. Senden çoktan şüphelenmeye başlamış bile."

"Benim vampir olduğumu düşünüyor olamaz herhalde Mikhail. Neden tehlikede olayım ki? Hatta sana yardımım bile dokunabilir."

Muzip bir gülümseme yumuşak dudaklarını yukarı kaldırdı. "Bugünlerde çok daha iyi işitiyorum." Kadehi Mikhail'e kaldırdıktan sonra karışımı içti.

"Can güvenliğin tartışma konusu yapılamaz. Seni bu savaşın ortasında bırakamam." Sert bakışlarından sıkıntısını okumak zor değildi.

"Karşılıklı ödün vermeyi kararlaştırdık. Senin dünyan ile benim dünyam. Ben kendim olmalıyım Mikhail. Kendi kararlarımı kendim vermeliyim. Bir katili tek başıma izleyerek kendime işkence çektirmeme asla müsaade etmeyeceğini biliyorum fakat sana yardım etmek, senin yanında olmak istiyorum. Eş olmak bunu gerektirir."

"Normal şartlar altında bile senden ayrı kalmak benim için işkence olurdu. Kız kardeşimi öldürenlerle aynı çatı altında olmana nasıl tahammül edebilirim ki?"

Karanlığın gözlerinden kalkmasını isteyerek Mikhail'e sataşmayı denedi. "Şu uyutma numaralarından birini uygula kendine ya da bana nasıl yapılacağını öğret. Memnuniyetle uygularım üstünde."

Mikhail'in eli onu keşfetmek istercesine Raven'ın boğazından aşağı kaydı. "Eminim yaparsın. Başın nasıl oldu küçüğüm? Daha iyi mi?"

"Çok daha iyi. Teşekkür ederim. Şu ana kadar öğrendiklerini anlat bakalım." Raven onun ahşap zeminde ilerleyişini seyretti, gergin bir enerji vardı üzerinde. "Bunu daha önce de yaptım Mikhail. Çaylak değilim, aptal da değilim. Bayan Summers tatlı bir ihtiyara benzeyebilir ancak oldukça sapkın bir zihne sahip. Eper insanları vampir olarak tanımlayıp hedef gösteriyorsa ve peşinden gelen fanatik bir kitle varsa çok daha fazla sayıda insan incinebilir. Hem bu insanlar Bayan Summers'a inanıyor olmalı. O kadını öldürdüler..."

"Noelle," diye hatırlattı Mikhail usulca. "İsmi Noelle'di."

Raven'ın gözleri onunkine dokunarak zihnini sıcaklık ve rahatlıkla doldurdu. "Noelle," diye tekrar etti nazikçe Raven. "Romanlarda anlatılan türden bir cinayete kurban gitti. Kazık, kafa kesimi, sarımsak. Hasta bir grupla karşı karşıyayız. Fakat en azından bir başlangıç noktamız var. Bay Summers'ın da bu işe dâhil olduğunu var saymak daha akla yatkın olur sanırım. Yani iki tanesini biliyoruz."

"O Shelly salağı körün teki. Saçma sapan sorular sordurarak kendilerine yardım etmesi için kullanıyorlar onu. Doğrudan bu işin içinde değil; çenesini kapalı tutması konusunda ona güvenmiyorlar zira. Erkek kardeşi kafasına bu halk kültürlerini inceleme fikrini sokmuş, bu tur da onun için bir araştırma gezisi sözde. Kardeşinin çok etkisinde kalıyor." Mikhail elini gür saçları arasına attı. Çok geçmeden beslenmesi gerekecekti. İçerisinde koyu, soğuk bir öfke vardı. Tüm vücudunda dolanıyordu, tehlikeli ve ölümcüldü. Anlaşılan o ki, kız kardeşi söz konusu olduğunda bile Jacob'ın vicdanı sızlamıyordu. Üstüne üstlük Raven'a karşı kötü niyetli hisler besliyordu.

Raven başını kaldırdığında kıpırtısız gözlerle karşılaştı. Bu gözler bir avcının gözleri gibi karanlık ve merhametsizdi. Sırtından aşağı bir huzursuzluk hissi yayıldı. Eteğini düzeltirken elinin titrediğini fark etti. "Ne oldu?" Mikhail alev alev bakışlarının altında bazen kahkaha ve incelik taşıyan o sıcak adam gibi değil de bir yabancı gibi, sürekli bir hesap peşinde olan, soğuk, hayal edemeyeceği kadar ölümcül ve kurnaz biri gözükmüştü gözüne. Raven zihniyle onunkine dokunmaya çalıştı kendiliğinden.

Yapma! Mikhail zihninin kapılarını çarptı sertçe.

Raven kirpiklerini aniden boşalan gözyaşları altında kırpıştırdı. Reddedilmek zaten acı verirdi, ama reddeden Mikhail olunca deli gibi yakmıştı canını. "Neden Mikhail? Neden beni dışarıda bırakıyorsun? Bana ihtiyacın var. İhtiyacın olduğunu biliyorum. Herkese yardım etmek, herkes için her şey olmak için kendini paralıyorsun. Ben senin eşin olacağım sözde, senin için her şey olacağım. İzin ver de sana yardım edeyim." Ağır ve dikkatli adımlarla Mikhail'e yaklaştı.

"Olabilecekleri bilmiyorsun Raven." Mikhail, Raven'ın cazibesinden ve üzüntüsünden uzaklaşmak için geri adım attı.

Raven gülümsedi. "Sen bana hep yardım ediyorsun Mikhail. Beni koruyorsun. Senden tek istediğim ihtiyaç duyduğun şey olmama izin verecek kadar güvenmen bana." Zihin kalkanının parçalanmasına izin veriyordu Mikhail azar azar. Raven Mikhail'in kafasında Noelle'in insafsızca katledilmesine duyulan kederle karışık bir öfke ile kendi emniyetine dair kaygıyı sezdi. Kuvvetli ve giderek büyümekte olan bir aşk, cinsel ve tensel bir açlık. Saf arzu. Birilerinin kesinlikle bu adamı sevip rahatlatması gerekiyordu.

"Senden ne istiyorsam onu yapmalısın," dedi Mikhail çaresizlikle, açlıkla ayağa kalkan içindeki canavara karşı koyarak.

Raven'ın kahkahası yumuşak ve çekiciydi. "Hayır, yapmamalıyım. Senin ağzından her çıkana kanun gözüyle bakan çok fazla insan var. Sana biraz kafa tutacak biri lazım. Beni incitmeyeceğini biliyorum Mikhail. Kendi kendinden korktuğunu hissedebiliyorum. İçinde benim sevemeyeceğim bir şey, benim görmemden korktuğun bir tür canavar olduğunu sanıyorsun. Ben seni, senden daha iyi tanıyorum."

"Çok umursamazsın Raven, tehlikeyi görmüyor gözün." Sandalyenin arkasını öyle sıkı kavramıştı ki Mikhail, tahta un ufak olacak gibi duruyordu. Parmak izleri sonsuza dek sandalyenin üstüne kazındı.

"Tehlike mi?" Raven kafasını bir yana yatırınca saçlar omzunun üstüne düştü. Elleri bluzunun en üst düğmesine kaydı. "Sen benim için asla bir tehlike oluşturmazsın ki, bana kızsan bile. Şu anda tehlikede olan tek şey giysilerim." Raven yeniden gülerek bir adım geri attı; kahkahasının sesi Mikhail'in içini ısıtmış, derinliklerindeki fitili ateşlemişti.

İçini bir alev sarmıştı, duyduğu şiddetli ve ani arzu çarptı vücuduna. Açlık kızıl bir duman gibi parçaladı Mikhail'i. "Küçüğüm sen ateşle oynuyorsun ve ben tamamen kontrolden çıktım artık." Raven'ı kurtarmak için son bir teşebbüste bulundu. Mikhail'in aslında ne kadar bencil olduğunu nasıl da göremiyordu? Onun hayatını ele geçirdiğini ve onu asla azat etmeyeceğini nasıl da anlamamıştı? Raven'ın göremediği canavar Mikhail'in kendisiydi. Dünyanın geri kalanı söz konusu olduğunda Mikhal'i yönlendiren soğuk bir mantık ve adalet duygusuydu, ama onunlayken öyle değildi. Raven söz konusu olduğunda öyle aşina olmadığı hisler duyuyordu ki, onları kontrol edemiyordu bile. Vicdan azabı çekmesine sebep olan şeyler yapmıştı. Raven'ın zihnindeki şiddeti görmesine izin verdi; onun kıyafetlerini yırttığını, düşünmeden ve kontrolünü yitirmiş bir halde ona sahip olduğunu.

Raven ona zihninde cevap verdi; sıcaklıkla, aşkla, onun vücuduna hasret kendi vücuduyla, onun şiddete meyilli yanını kabul ederek. Raven ona duyduğu hisler ile bağlılığa mutlak güven ve inanç duyuyordu.

Saldırıda bulunan bir orman kedisi gibi Raven'ın üzerine atlayan Mikhail zincir vurulmuş vücudundaki kıyafetleri yırtıp usulca küfretti. "Mikhail, bu elbisemi çok seviyorum." Raven, Mikhail'in boğazına doğru fısıldadı, kahkahası Mikhail'in zihnine sızıyordu hâlâ. Kahkaha. Neşe. Korku yoktu.

"Çık şu lanet olası şeyin içinden," dedi Mikhail boğuk bir sesle. Raven'ın ona olan inancını haklı çıkardığını fark etmeden.

Raven oyalanıyordu, düğmeleriyle oynuyor, Mikhail'e eteğindeki kancayı bulduruyordu. "Ne yaptığının farkında değilsin," diye itiraz etti Mikhail bezmiş bir edayla, ancak Raven'ın vücudundaki elleri nazikti; saten gibi teninden ve ipeksi saçlarından başka bir şey kalmayana dek üstündeki kıyafetlerini soydu dikkatlice.

Raven'ın ensesine kuvvetli parmaklarını doladı Mikhail. Öyle ufak ve narindi ki, teni de sıcacıktı. Bir kadının insanın başını döndüren kokusuna sahipti; yaban balı gibi, temiz hava gibi kokuyordu. Mikhail onu kitaplığa doğru geriletti, elleri vücudunda geziniyor, yumuşak göğüslerini okşuyor, teninin verdiği hissi içine, hücrelerine çekiyordu. İçindeki iblis, Raven'ın onun tabiatını kabul etmesiyle ve yumuşak teninin verdiği hisle kabarmıştı. Raven'ı hak etmiyordu o.

Mikhail'in ağzının ilk temasıyla Raven'ın eli ayağı boşaldı; göğsüne kenetlenmişti, öyle ateşli ve arzuluydu ki. Arkasındaki raf, çıplak poposunu ittirerek onu ayakta tutuyordu. Raven'ı bir heyecan ve bekleyiş sardı. Mikhail'in gözleri öyle büyük bir açlık ve sahiplenme ile ona bakıyordu ki. Mikhail'in onun için böyle yoğun hisler besliyor olması yüreğini eritti, ağlamak geldi içinden. Bakışlarının dokunduğu her noktası onun için yanıyor, teni onun dokunuşu için kıvranıyordu.

Saçını çözmek, ellerini saçlarıyla doldurmak, parmak uçlarını Mikhail'in sert kasları üzerinde gezindirmek, tadına varabilmek için ellerini kaldırdı. Nazik elleri altında Mikhail'in titrediğini, serbest kalmak için çırpınan içindeki vahşiliği hissedebiliyordu. Raven kollarının arasında onu, kendisi için titremesini, yumuşak tenine temas eden sert kaslarını, kendi vücudunun içine giren vücudunu hissetmek istiyordu. Raven yumuşak ağzıyla Mikhail'in tenini tadarken ona kafasında dans eden erotik görüntüleri gönderdi.

Mikhail'in elleri her yerdeydi, onunkiler de öyle. Mikhail'in ağzı ateş saçıyordu, onunki de öyle. Mikhail'in kalbi yerinden fırlayacak gibi atıyordu, Raven'ınkisi de onunla yarışıyordu adeta. Kanları sıvılaşmış lav gibi birbirlerine akıyordu sanki. Mikhail Raven'ı zemine çekerek arasına girmek için kalçasını kaldırdı. Mikhail'in her duygusu şiddetli bir arzu fırtınasında birbirine karışıyordu sanki. Kendisini ne kadar derin ve sert hareket ettirirse Raven o kadar yumuşak ve hoşnut oluyordu. Vücudu Mikhail'inkini alıp fırtınasını kabul ederken ateşli ve katıydı.

İçindeki açlık tehlikeli bir şekilde köpürüyordu. Raven'ın o hoş tadı için yanıp tutuşuyor, törensel değiş tokuşun heyecanını arzuluyordu. Bu ihtimal aklına gelince kükredi. Raven'ın tekrar kan vermesi gerekene kadar duramayacaktı. Bunu yapamazdı. Mikhail'in dünyasına tamamen ait olma kararını Raven'ın bilinçli olarak vermesi gerekiyordu. Bu çok büyük bir riskti. Eğer hayatta kalamazsa, onun peşinden Mikhail de bilinmeyene giderdi. Bir ruh eşi öldüğünde diğeri onsuz hayatta kalamaz dediklerinde eskilerin ne demek istediğini anlamıştı kesinlikle. Raven'ın olmadığı bir dünyada yaşamak istemezdi. Raven olmadan Mikhail de olmazdı.

Bedeni, ihtiyaçları, paramparça olmuş hisleri ipleri tekrar ele geçirip onu kontrolün kıyısından ittirmeye çalışıyordu. Bu kadar derin duyguları, başkası için duyulan böyle mutlak ve kuşatıcı bir aşkı tanımamıştı daha önce hiç. Raven onun her şeyiydi. Havası. Nefesi. Kalbi. Mikhail'in ağzı onunkini bularak ayağını yerden kesen uzun öpücüklerle öptükten sonra boğazına, ardından da göğsüne kayarak damgasını buldu. Bir tadımlık. Sadece bir tane.

Raven, Mikhail'in işini kolaylaştırmak için kollarında kıpırdanarak başını çevirdi, ellerini onun saçlarına geçirmişti. "Seninle evlensem iyi olacak Mikhail. Bana fena ihtiyacın var." Mikhail başını kaldırarak Raven'ın suratına baktı, sevişirken öyle güzeldi, Mikhail'i ve ihtiyaçlarını öyle kabullenmişti ki. Raven'ın kalbi onunkisini sevgiyle sardı, zihni onunkisini yatıştırdı, besledi, iğneledi, içindeki vahşiliğe karıştı. Mikhail'in elleri Raven'ın yüzünü çevreledi, ona olan hislerinde boğulan siyah gözlerini menekşe mavisi gözlerine dikti.

"Mikhail," diye itiraz etti Raven, Mikhail nazikçe onun bedeninden ayrılırken.

Mikhail onu ters çevirerek kalçalarını geriye, kendisine doğru çekti. Raven emniyetteydi! Her yanını neşe sardı, kendisini Raven'ın vücudunun verdiği saf haz duygusuna bıraktı. Mikhail Raven ile hareket etti. Raven inanılmaz derecede sert, ateş gibi sıcak, kadife gibi yumuşaktı. Patlayıcı bir birleşimdi.

Kurtlar artık onun neşesi kalmadığını söylese de Raven neşesini ona geri getirmişti. Tüm bedeni neşe saçıyor, parlıyordu. Vücudunun iki kez kasılıp titrediğini hissetmesine rağmen yine de bedenlerinin ebediyete dek bir olmasını istiyordu. Ruhunun üzerindeki koyu gölge yavaş yavaş kalkıyordu. Bu ufak tefek, güzel kadın sağlamıştı bunu. Mikhail ritimlerini düzenliyor, Raven'ın kendi vücudunun hareketlerini izlemesinin keyfini çıkarıyordu. Onun kasılışlarını, tutunuşlarını hissediyor, art arda çığlıklarını işitiyordu, Mikhail'in sabrının sınırlarını zorlayan miyavlar gibi kısık sesler. Mikhail'in vücudu adeta alev alarak ikisini de gökyüzüne taşıdı, ta ki Raven onun adını haykırana dek.

Raven'ın uzanmasına yardım eden elleri nazikti. İpeksi saçlarını okşarken onu öpmek için eğildi. "Bu gece benim için yaptığın şeyin anlamını bilemezsin. Teşekkürler Raven."

Raven gözlerini kapatmıştı, kirpikleri yumuşak teni üzerine konmuş iki koyu hilale benziyordu. Gülümsedi. "Birilerinin sana aşkın ne olduğunu göstermesi gerek Mikhail. Sahiplenmek veya almak değil, hakiki, koşulsuz aşk bahsettiğim." Raven elini kaldırdı, gözleri kapalı olduğu halde parmak uçları Mikhail'in ağzının kenarlarındaki çizgileri buldu hata yapmadan. "Oyun oynamanın, kahkaha atmanın nasıl bir şey olduğunu hatırlaman gerek. Kendini daha fazla sevmeyi öğrenmen gerek."

Mikhail'in ağzının sert kenarları yumuşayıp kıvrıldı. "Peder gibi konuşuyorsun."

"Benden faydalandığını itiraf etmişsindir umarım," diye takıldı Raven.

Mikhail'in nefesi boğazına düğümlendi. Vicdan azabına boğuldu bir an. Ondan faydalanmıştı. Yalnız geçen onca yılın ardından kendini kaybettiği ilk sefer değildi belki. Raven'ın hayatını kurtarmak için kan değişimini yapmaya mecbur kalmıştı. Ancak ikinci seferinde tamamen bencillikle hareket etmişti. O cinsel heyecanı, törenin tamamlanmasını istemişti. Ve törensel kelimeleri söylemişti de. Birbirlerine bağlanmışlardı. Bunu biliyordu, doğru şey olduğunu da hissediyordu, ruhunda yalnızca hakiki bir ruh eşinin sağlayabileceği o iyileşmeyi hissedebiliyordu.

"Mikhail? Seninle dalga geçiyordum sadece." Raven uzun kirpiklerini kırpıştırarak kaldırdı, böylece gözleri Mikhail'in

kaşık çatları üzerinde gezinen parmak uçlarının söyledikleri-
ni doğrulayabilecekti.

Mikhail dişleriyle onun parmaklarını yakaladı, diliyle tenini okşadı. Ağzı ateşli ve erotikti, gözleri Raven'a yakar gibi bakıyordu. Cevaben bir sıcaklık düştü Raven'ın gözlerine. Usulca güldü Raven. "Her şeye sahipsin, değil mi? Cazibe, hatta öyle seksisin ki birileri seni bir odaya tıkmalı. Adamların veya kadınların – hangi yönden bakmak istersen artık – uğruna cinayet işleyeceği bir gülümsemen var."

Mikhail bir eli sahiplenici bir edayla Raven'ın göğsündeydi, onu öpmek için başını eğdi. "Ne kadar şahane bir âşık olduğumdan da bahsetmelisin. Erkeklerin bu tür şeyleri duymaya ihtiyacı vardır."

"Sahiden mi?" Raven bir kaşını kaldırdı ona doğru. "Hayatta cüret etmem buna. Zaten kibrin tahammül sınırlarımı zorlayacak seviyede."

"Benim için çıldırıyorsun sen. Biliyorum bunu. Hatırlarsan zihin okuyabiliyorum ben." Mikhail, küçük bir çocuk gibi muzipçe sırıttı aniden.

"Bir dahaki sevişmemizde, adet olduğu üzere yatağı kullansak?" Raven ağır ağır doğruldu.

Mikhail destek vermek için kolunu ona doladı. "Canını yaktım mı?"

Raven usulca kahkaha attı. "Dalga mı geçiyorsun? Gerçi sıcak bir küvette uzun bir banyo yapsam fena olmaz."

Çenesiyle onun başının üstünü okşadı Mikhail. "Bunu ayarlayabiliriz sanırım küçüğüm." Ahşap zeminin bu iş için en rahat yer olmayacağını tahmin etmeliydi Mikhail. "Kafamdaki her mantıklı düşünceyi alt üst ediyorsun sen." Raven'ı kollarına alırken özür diler gibi söylemişti bunları. Uzun adımları onları evin ana banyosuna götürdü.

Raven'ın gözleri içini eritecek kadar sıcaktı, tebessümü öyle sevecendi ki, Mikhail'in nefesi boğazına düğümlendi. "Bazen gerçekten çok ilkel olabiliyorsun Mikhail."

Mikhail homurdanarak yavaşça başını ona doğru eğip

ağzını onunkine kenetledi. İçinde şefkat ile açlığın öyle bir karışımı vardı ki; Raven onun için yanıp tutuşuyordu. Mikhail elleriyle onun minik yüzünü kavrayarak oldukça nazikçe ayakları üstüne bıraktı. "Sana duyduğum tutku asla dinmeyecek Raven, asla. Fakat şu anda senin küvete girmen, benim de beslenmem gerek."

"Yemen gerek." Küveti sıcak, buhar saçan suyla doldurmak için eğildi Raven. "Biz 'yemek' kelimesini kullanırız bu gibi durumlarda. Pekiyi bir aşçı sayılmam ama senin için bir şeyler hazırlayabilirim."

Mikhail onun için mum yakarken dişleri bir avcınınki gibi parladı. "Sen burada benim kölem olarak bulunmuyorsun küçüğüm. Evdeki rol bakımından en azından." Raven saçlarını tepesinde topuz yaparken Mikhail gözlerini kırpmadan seyretti onu. Ürkütücü bir durumdu, Raven'ın vücudu onun bakışlarının sıcaklığı karşısında ürperdi. Mikhail onun büyük küvete girmesine yardımcı olmak için elini uzattı. Mikhail'in güçlü parmakları onunkilere dolandığı anda Raven tutsak olmuş gibi tuhaf bir hisse kapıldı.

Boğazını temizledikten sonra, kendini temkinli bir şekilde buharı çıkan suya bıraktı. "Sadakate inanıyor musun peki?" havadan sudan bahsediyormuş gibi bir tavır takınmaya çalışmıştı Raven.

Mikhail'in derin çizgiler taşıyan yüzünden karanlık bir gölge geçti ansızın. "Benim ırkımdan gelen hakiki bir Karpatyalı insani aşkın o sığ, çocuksu, solgun haline kapılmaz. Başka bir adamla birlikte olsan, bunu anlarım, seni, düşüncelerini, duygularını hissederim." Parmak ucunu Raven'ın narin elmacık kemikleri üzerinde gezdirdi. "İçimdeki iblisle yüzleşmek istemezsin küçüğüm. Korkunç derecede şiddete meyilli bir insanım ben. Seni paylaşmam."

"Öfkenin sebebi ne olursa olsun beni incitemezsin sen Mikhail," dedi Raven alçak bir sesle ama tam bir güvenle.

"Benim yanımda daima güvendesin," diye onayladı Mikhail. "Ancak seni benden alma tehdidinde bulunan hiç kimse için aynı şeyi söyleyemem. Halkımın tüm üyeleri telepatik güçlere sahiptir. Cinsel tutku gibi kuvvetli bir hissi saklamak çok güç."

"Yani demek istediğin sizin aranızdan evlenenler..."

"Bir ruh eşi ile birleşenler," diye düzeltti Mikhail.

"Birbirlerine asla sadakatsizlik yapmaz mı?" diye sordu Raven inanmayarak.

"Hakiki bir ruh eşiyse yapmaz. Bazı istisnalar oldu gerçi." Mikhail yumruğunu sıktı sımsıkı. Zavallı tatlı Noelle, Rand'e duyduğu arzuyu öyle takıntı haline getirmişti ki. "Seçtikleri eşe ihanet eden az sayıdaki Karpatyalı da hissetmeleri gerektiği şekilde hissetmiyor demektir. Yoksa ihanet etmeleri imkânsız olurdu. Bu yüzden insanın ruh eşini seçerken hem zihnen, hem kalben, hem ruhen, hem de bedenen emin olması çok önemlidir. Tıpkı benim senden emin olduğum gibi." Zaten bir olan bu iki kişiyi bağlayamazdı törensel kelimeler. Ruh eşliği aynı bütünün iki yarısını birleştirirdi, ancak Mikhail bunu Raven'ın anlayacağı şekilde ifade etmesini sağlayacak sözcükleri bulamadı.

"Ama Mikhail ben senin halkından değilim ki." Raven bilincinde olup üstünde düşünmesi gereken aralarındaki farklılıkların, alışkanlıklardan öteye geçtiğinin farkına varmaya başlamıştı.

Mikhail bir kâseye bitki ezerek karışımı Raven'ın küvet suyuna boşalttı. Vücudundaki sızılara iyi gelecekti. "Başka bir kadına dokunacak olsam anlardın ama yine de."

"Fakat bana unutturabilirsin bunu." Raven sesli düşünmüştü, ağzının köşesinde hafif bir seğirme belirmişti. Mikhail, Raven'ın kalbinin hızla çarpmaya başladığını, zihninde ani bir şüphe oluştuğunu hissedebiliyordu.

Küvetin yanına diz çökerek Raven'ın yüzünü parmakları arasına aldı nazikçe. "Sana istesem de ihanet edemememem ki Raven. Emniyetin veya korunman için, hayatın ile sağlığın için bana itaat etmeni zorla sağlayabilirim. Ancak asla ihanet edemem."

Raven dilinin ucunu dolgun alt dudağına değdirdi. "Midem bulandığı zaman yaptığın gibi rica etmeyeceksen beni hiçbir şey yapmaya zorlama sakın."

Mikhail gülümsemesini sakladı. Raven daima öyle sert gözükmeye çalışıyordu ki. Mikhail'in minik dinamitiydi o, cesareti sağduyusunu aşmıştı. "Küçüğüm, ben sadece senin saadetin için yaşıyorum. Şimdi kısa bir süreliğine dışarı çıkmam gerek."

"Katillerin peşine bir başına düşecek halin yok. Ciddiyim Mikhail, bu iş fazla tehlikeli. Eğer bunun için dışarı çıkıyorsan..."

Mikhail içinden gelen bir kahkaha atarak Raven'ı öptü. "İş için Raven. Uzun bir banyo yap, evde dolan, kitaplarıma bak, ne istersen yap." Çocuksu bir edayla Raven'a sırıttı. Benim için faturalara bakmak istersen bilgisayarın yanında halledilmesi gereken yığınla iş birikti."

"Ben de akşamımı tam olarak böyle geçirmeyi planlıyordum zaten."

"Son bir şey daha var." Raven göz açıp kapayıncaya dek Mikhail gidip geri dönmüştü. Raven'ın sol elini avcuna aldı. "Senin insanların bunu sahipli olduğunun açık bir işareti olarak yorumlayacaktır."

Raven gülümsemesini gizledi. Bölgesini belirleyen vahşi bir hayvana benziyordu Mikhail. Ormanında gezinen kurtlar gibi tıpkı. Raven mahcup bir edayla yüzüğüne dokundu. Altına oturtulmuş, ortadaki kıpkırmızı yakutun etrafına elmasların dizilmiş olduğu bir antikaydı. "Mikhail, bu çok güzel. Böyle bir şeyi nereden buldun?"

"Ailemde nesilden nesle aktarılarak bugüne gelmiş. Fakat eğer başka bir şeyi tercih edersen, daha modern bir şeyi mesela..." Yüzük onun parmağına ait gibiydi sanki.

"Mükemmel olduğunu sen de biliyorsun." Büyük bir saygıyla dokundu parmağına Raven. "Bayıldım. Git ama çabuk dön. Sen yokken tüm sırlarını açığa çıkarırım yoksa."

Mikhail acıkmıştı, beslenmesi gerekiyordu. Kalbi sızlayarak Raven'ın alnını öpmek için eğildi. "Sadece bir günlüğüne seninle normal, neşeli bir sohbet yapmak, sana layıkıyla eşlik etmek istiyorum küçüğüm."

Raven ona bakmak için başını kaldırdı, mavi gözleri hislerinin yoğunluğundan koyulaşmıştı. "Sen bana gayet iyi eşlik ediyorsun. Şimdi gidip bir şeyler ye, beni de kendi halime bırak."

Gitmeden önce Raven'ın saçına son bir kez daha dokundu Mikhail.

Gece havasını içine çekerek kasaba halkının arasında ilerledi. Yıldızlar daha parlak gözüküyordu, ay gümüşi ışıklarla parlıyordu. Renkler keskin ve berraktı, kokular melteme karışmıştı. Sis caddenin her yanına yayılmıştı. İçinden şarkı söylemek geliyordu Mikhail'in. Raven'ı o kadar zaman sonra bulmuştu ve o ayağının altındaki zemini yerinden oynatıyor, kanını kaynatıyordu. Mikhail'in hayatına kahkahayı geri getirip aşkın ne olduğunu öğretmişti.

Saat geç olmuştu, çiftler evlerine dönüyordu. Mikhail üç delikanlıdan oluşan bir grup erkeği seçti. Acıkmıştı ve kuvvet toplamaya ihtiyacı vardı. Gece uzun olacaktı. Kararlıydı, ya Bayan Romanov'un suikastçılardan biri olduğunu teyit edecekti ya da onu kara listeden çıkaracaktı. Karpatyalı kadınların bir ebeye ihtiyacı vardı ve yas tutan bir ebe onlara ilk fırsatta ihanet edecek olan bir ebeden daha iyiydi kesinlikle.

Sessiz, tek bir emirle üçlüyü kendine doğru çekti, bir taraftan da avını kontrol etmenin kolaylığı karşısında hayrete düşmüştü, tıpkı daha önce de defalarca düştüğü gibi. Sohbetlerine katıldı Mikhail, birkaç iyi iş fırsatını onlarla paylaşarak kahkahalarına ortak oldu. Yirmili yaşlarının başında olan bu gençlerin aklını para kazanmaktan çok kadınlar meşgul ediyordu. Fani erkeklerin kadınlarına karşı nasıl bu kadar saygısız olabildiği Mikhail'i hep şaşırtmıştı. Belki de onlarsız hayatlarının neye benzeyeceğinin bilincinde olmadıklarından böyleydiler.

Mikhail, delikanlıları karanlık ağaçların emniyetine yönlendirerek kana kana içti, ama hiçbirinden gereğinden fazla almamaya özen göstermişti. Her zaman yaptığı gibi dikkatlice ve eksiksiz bitirmişti işini. İşte bu yüzden halkı arasında en kadim ve kudretli olanı oydu. En ufak ayrıntılara bile dikkat ederdi. Hiçbir şey olmamış gibi el sallayıp dostane bir tavırla onları bırakmadan önce iyi olduklarından emin olmak için birkaç dakika daha delikanlılarla yürüdü.

Mikhail kafasını çevirdi, yüzündeki tebessüm silinmişti. Gece avcıyı, gözlerindeki o karanlık, korkunç amacı, ağzındaki o zalim kıvrımı gizlemişti. Kasları kuvvetle gerilerek inanılmaz gücüyle esneyip kasılmıştı. Köşeyi dönüp gözden kayboldu Mikhail. Hızı inanılmazdı, mukayeseye mahal bırakmıyordu.

Raven'la temas kurmak için yanıp tutuştuğundan zihniyle Raven'a uzandı. *O ürpertici eski köşkte ne yapıyorsun bakalım?*

Raven'ın yumuşak kahkahası Mikhail'in buz gibi soğukluğunu sıcaklıkla sarmıştı.

Kötü, koca kurdumun eve dönmesini bekliyorum.

Kıyafetlerin üstünde mi?

Raven bu kez cevaben Mikhail'in teni üzerinde gezinerek vücudunu alevlendiren dokunuşlar gönderdi. Sıcaklık, kahkaha, saflık. Mikhail ondan uzakta olmaktan, onları ayıran mesafeden nefret etmişti. *Tabii ki kıyafetlerim üstümde. Ya beklenmedik başka misafirlerimiz gelirse? Onları çırılçıplak içeri buyur edecek halim yok.*

Dalga geçtiği belliydi ama Raven yalnız ve korumasızken evine birilerinin yaklaştığı fikri bile keskin bir korkunun ona bıçak gibi saplanmasına sebep oldu. Bu tanıdık olmadığı bir histi Mikhail'in, tanımını bile yapamıyordu neredeyse.

Mikhail? İyi misin? Bana ihtiyacın mı var? Yanına geliyorum.

Orada kal. Kurtlara ver dikkatini. Eğer sana ulurlarsa hemen beni çağır.

Kızdığını belli eden kısa bir duraklama oldu Raven'ın konuşmasında. *Benim için endişelenmeni istemiyorum Mikhail. Zaten senden çok şeyler bekleyen yeterince kişi var.*

Belki de öyle küçüğüm, ancak benim için asıl önemli olan sensin. Ayrıca bir bardak meyve suyu daha iç. Buzdolabında biraz daha olması lazım. Mikhail teması kopardığında bu ufak konuşmalarının ardından gülümsediğini fark etti. Biraz daha bekleseydi Raven beslenme emrine karşı çıkardı kesin. Raven'ın damarına basmak hoşuna gidiyordu bazen. Mavi gözlerinin safir gibi koyulaşmasını, o her zaman kontrol ettiği sesinin az da olsa çatallaşmasını seviyordu.

Mikhail? Raven'ın sesi onu ürküttü, kısık ve sıcaktı, buram buram kadınlara özgü o mizah anlayışı yayılıyordu sesinden. *Bir dahaki sefere teklif etmeyi veya rica etmeyi denesene. Neyse, yaptığın her neyse gidip onu yap, ben de görgü kurallarıyla ilgili bir kitap var mı diye gidip o koca kütüphaneni araştırayım.*

Hans ile Heidi Romanav'a ait olan kulübeden sadece birkaç yüz metre uzaktaki bir ağacın altında diz çökmüş halde oturduğunu unutmuştu neredeyse Mikhail. Kahkaha atmamak için zor tuttu kendini. *Öyle bir kitap bulamayacaksın ki.*

Neden şaşırmadım acaba? Bu kez Raven'dı zihinsel teması koparan.

Mikhail kısa bir anlığına da olsa Raven'ın sıcaklığı, kahkahası ve sevgisiyle dolup taşma lüksüne bıraktı kendini. Tanrı neden böyle bir hediyeyi Mikhail'in en kasvetli zamanlarında göndermeyi seçmişti, hiçbir fikri yoktu. Yapmaya mecbur olduğu şey kaçınılmazdı, türünün devamı bunu gerektiriyordu. Bu gerçeğin zalimce çirkinliği karşısında tiksindi. Raven'a ellerine birden fazla insanın kanı bulaşmış bir halde dönmek zorunda kalacaktı. Bu görevden kaçamazdı, başkasına da devredemezdi bu işi. Asıl pişmanlık duyduğu şey Noelle'in katillerinin canını alacak olması değil, Raven'dan kendi günahlarıyla yaşamasını istemekti. Daha önce de can almıştı nasıl olsa.

Mikhail derin bir nefes alarak şekil değiştirdi. Kulübeye giden açık alanı geçmek için yerdeki yaprakların üstünden hızla ilerledi minik kemirgen. Kulağına çarpan kanat sesleriyle olduğu yerde kaldı. Mikhail tıslar gibi bir uyarı gönderince saldırı için pike yapan baykuş yönünü değiştirdi birdenbire. Kemirgen ahşap merdivenlerin güvenliğine girdikten sonra duvarda içine girebileceği bir çatlak veya delik aradı kuyruğunu sallaya sallaya.

Mikhail, tanıdık iki kokuyu çoktan almıştı bile. Hans eğleniyordu. Kemirgen iki çürümüş tahta arasındaki boşluktan sıkışarak yatak odasına girdi. Yaratık zemin üzerinde sessizce ilerleyerek kapıya ulaştı. Mikhail, evdeki kokuların kemirgenin bedeni tarafından okunması için bekledi. Odanın karanlık bir köşesinde kendine iyi bir yer ayarlayana dek dikkatli adımlarla yavaş yavaş ilerledi.

Heidi Ramanov onun tam karşısında tahta bir sandalyede oturmuş, elinde sımsıkı tuttuğu bir tespih, sessiz sessiz ağlıyordu.

Hans odadaki diğer üç adama yüzünü dönmüştü, aralarındaki masanın üzerinde bir harita açılmıştı.

"Yanılıyorsun Hans. Noelle hakkında da yanıldın." Bayan Romanov hıçkıra hıçkıra ağlıyordu. "Kafayı yediğin yetmezmiş gibi gidip bu katilleri getirdin bir de. Tanrım, yeni anne olmuş masum bir kadını öldürdün. Ruhun elden gitti senin."

"Kapa çeneni be koca karı." Hans tüm kabalığıyla bağırdı, yüzü bir fanatiğin maskesine bürünmüştü adeta. Her yerinden bağnazlık akıyordu, kutsal bir savaş için çarpışan bir haçlı savaşçısı gibiydi. "Ben ne gördüğümü biliyorum." Kanatlı bir yaratığa aitmiş gibi görünen tuhaf bir gölge kulübenin üzerinden geçerken gözlerini bir sağa bir sola dikerek istavroz çıkardı Hans.

Bir anlığına odadaki herkes sessizliğe gömüldü. Mikhail korkularının tadını alabiliyor, kalplerinin yerinden çıkacakmış gibi çarptığını işitebiliyordu. Hans evdeki her pencereye ve kapıların üstüne sarımsak asmıştı. Ağır ağır kalkarken aniden kuruyan dudaklarını yaladı, boynundaki haçı sımsıkı kavrayarak sarımsak demetinin yerinde olup olmadığına baktı. "Peki ya bu neydi? Biraz önce geçen gölge de neyin nesiydi? O kadını yerin altında değil de yatağında uyur halde bulduğumuz için yanıldığımı mı düşünüyorsunuz hepiniz?"

"Ama hiçbir ipucu yoktu, ne toprak, ne koruma büyüsü," dedi koyu saçlı bir yabancı gönülsüzce. Mikhail adamı ayak izinden tanıdı. Suikastçı. Handa kalanlardan biriydi. Kemirgenin içindeki canavar pençelerini çıkararak gerildi. Noelle'in aradıkları şey olup olmadığını kesinkes bilmeden öldürmüşlerdi.

"Ben ne gördüğümü biliyorum Eugene," diye belirtti Hans. "Heidi gittikten sonra kadın kan kaybetmeye başladı. Orman tehlikeli olduğundan Heidi'yi eve götürmek için gelmiştim. Yardım için Heidi'yi tekrar eve getireceğimi kocasına söylemek için dönmüştüm. Adam oldukça telaşlıydı, içeri baktığımı görmemişti. Kendi gözlerimle gördüm. Kadın kocasının kanından o kadar çok içti ki adamın rengi solmuştu. Oradan çıkar çıkmaz sizinle temasa geçtim."

Eugene başını salladı. "Doğru olanı yapmışsınız. Ben de olabildiğince hızlı gelip diğerlerini de getirdim. Eğer yavrulamanın bir yolunu bulmuşlarsa şeytanlara yem olduk demektir."

Odadaki en iri adam huzursuzca kıpırdandı. "Vampirlerin doğum yaptığını hiç duymamıştım. Onlar rütbelerini arttırmak için can alırlar yalnızca. Yeraltında uyuyup inlerini savunurlar. Bu meseleyi enine boyuna araştıramadan harekete geçtiniz."

"Kurt," diye itiraz etti Eugene. "Fırsatı gördük ve değerlendik. Hem nasıl oldu da kadının vücudu kayboldu? Biz cinayeti işledikten sonra kaçtık. Kocasını da, çocuğunu da bu olaydan sonra gören olmadı. Kadının öldüğünü biliyoruz – ellerimizle öldürdük onu – ama ölümüne yas tutan yok."

"Kocasını ve çocuğunu bulmalıyız," dedi Hans emrivaki bir tavırla. "Ve geri kalanlarını da yakalamalıyız." Gergin bir şekilde kırık dökük bardaktan geceye dikti dikkatli bakışlarını. Alçak bir sesle telaşını ele veren bir nida attı. "Bak Eugene, bir kurt. Şu baş belası Dubrinsky onları kendi arazisinde koruma altına aldı. Bir gün köyümüze saldırıp çocuklarımızı alıp götürecek bu kurtlar." Duvara yaslanmış eski tüfeği almak için eğildi Hans.

Eugene olduğu yerde zıpladı. "Hans, dur! Onun bir kurt olduğundan emin misin? Sahici bir kurt yani? Sıradan bir kurt neden ormandan çıkıp senin evini seyretsin?"

"Kurtlara bakan bu Dubrinsky de kimin nesi?" diye sordu Kurt.

"O kilise cemaatindendir!" diye tısladı Heidi, yapılan ima karşısında afallamıştı. "İyi bir adamdır o, her pazar kiliseye gelir. Peder Hummer onun en yakın dostlarındandır. Sık sık birlikte yemek yiyip satranç oynarlar. Kendi gözlerimle gördüm."

Hans eliyle Heidi'nin ifadesini kovuşturdu. "Şeytanın ta kendisi Dubrinsky. Çalıların içinden evi seyreden şu kurdu görüyorsunuz, değil mi?"

"Size diyorum doğal değil bu." Eugene sesini alçalttı. "Kesin onlardan biri bu kurt."

"Cinayeti bizim işlediğimizi öğrenmiş olamazlar," diye inkar etti Hans, ancak titreyen elleri korkusuna ihanet etmişti. Tüfeği omuz hizasına kaldırdı.

"İlk atışta isabet ettirmen gerek Hans," diye ikaz etti Eugene.

Kemirgen yatak odasının zemini üzerinde hızla ilerleyerek ufak bir çatlağın arasından geçti. Zihni bir ihtar çağrısıyla geceye uzanırken kemirgenin vücudundan dışarı fırladı Mikhail, koşarken şekil değiştirerek gözleri intikam ateşiyle yanan kocaman siyah bir kurda dönüştü.

Tüm gücüyle koşarak daha küçük olan kurdun üstüne atladı. Kendi iri cüssesi daha ufak olanınkine çarparken etinde patlayan bir kurşun acısını hissetti. Daha küçük olan kurt sık ağaçların arasına sıvıştı. Arka bacağından kan fışkırmasına rağmen iri kurt ne bağırdı, ne de kaçtı. Bunun yerine iri kafasını çevirerek kömür gibi yanan iki gözünü kulübeye dikti, bakışlarından yemin okunuyordu. İntikam yemini. Ceza yemini. Ölümün o karanlık yemini.

Mikhail! Raven'ın keskin çığlığı zihninde yankılandı.

Siyah kurt Hans Romanov'u göz hapsinde tutarak bir dakika daha kulübeye baktıktan sonra arkasını dönerek gecenin içinde kayboldu. Adamlardan hiçbirinin kurdun peşinden gitmeye cesaret etmesine imkân yoktu. Bu devasa kurt birden ortaya çıkıp daha ufak olan kurdu korumak için atılmıştı. Bu siyah kurt sıradan bir kurt değildi ve aralarından hiçbiri ormanın içine girip onun peşinden gitmek niyetinde de değildi.

Acı ve kan kaybından dolayı insan şeklini almak zorunda kalıncaya dek Mikhail ormanın derinliğinin emniyetine doğru ağır adımlarla yürüdü. Tökezleyince kalın bir ağaç dalına yapışarak gelişigüzel yere oturdu.

Mikhail! Lütfen! Yaralandığını biliyorum. Neredesin? Acını hissedebiliyorum. Bırak da sana geleyim. İzin ver de yardım edeyim.

Mikhail'in arkasındaki çalılar hışırdadı. Gelenin utanç ve pişmanlık içindeki Byron olduğunu bildiğinden geri dönüp de bakmaya zahmet etmedi. "Mikhail. Tanrım, çok üzgünüm. Yaran kötü mü?"

"Yeterince kötü." Mikhail oluk oluk akan kanı durdurmak için elini yaranın üstüne bastırdı. "Orada ne işin vardı Byron? Çılgınlıktı bu yaptığın, çok acemiceydi."

Mikhail. Raven'ın korkusu ve gözyaşları zihnini dolduruyordu.

Sakin ol küçüğüm. Ufak bir sıyrık, o kadar.

İzin ver de yanına geleyim. Raven ona yalvarıyordu adeta, Mikhail'in içi burkuldu.

Byron gömleğinden bir parça kopararak Mikhail'in kalçasına bağladı. "Özür dilerim. Seni dinlemeliydim, ava çıkmış olacağını tahmin etmeliydim. Sandım ki..." Byron'ın sesi alçaldı, tedirgin görünüyordu.

"Ne sandın?" diye üsteledi Mikhail yorgun yorgun. Yarası feci yanıyordu. Midesi bulanıyor, başı dönüyordu ama bir şekilde Raven'ı telkin etmesi gerekiyordu. Raven onu rahatlatmak, bulmak için çırpınıyordu; hatta Mikhail'in gözlerinden bakmayı bile denemişti. *Kes şunu Raven. Dediğimi yap. Yalnız değilim. Benim halkımdan birisi burada. Çok geçmeden yanında olacağım.*

"Sandım ki o kadınla fazlasıyla meşgul olacağından, ava çıkacak vaktin olmaz." Byron başını eğdi. "Kendimi aptal gibi hissediyorum Mikhail. Eleanor için çok endişelendim."

"Görevlerimi asla ihmal etmedim ben. Halkımızı korumaya daima öncelik verdim." Mikhail, zihninde Raven varken yarasını iyileştiremezdi.

"Biliyorum, biliyorum." Byron kestane rengi saçları arasına attı elini. "Noelle'e olanlardan sonra, aynı şeyin Eleanor'un da başına gelmesine tahammül edemezdim. Hem ilk kez bizi bir kadın hakkında ikaz ettin."

Mikhail'in dudaklarında yorgun bir gülümseme belirdi. "Bu deneyim benim için de yeni. Bu duygu yoğunluğuna alışana dek Raven'ı kendime mümkün olduğunca yakın tutmak en iyisi olacak. Şu anda benimle tartışıyor mesela."

Byron afallamış gözüküyordu. "Seninle tartışıyor mu?"

"Onun da telepatik becerileri var." Byron'un onu ayağa kaldırmasına müsaade etti.

"Şekil değiştiremeyecek kadar zayıfsın. Kana ve şifalı uykuya ihtiyacın var üstelik." Byron, Jacques'a bir çağrı gönderdi.

"Fazla derine inmeye cesaret edemem. Raven'ı korumasız bırakacaktır bu. Benim yüzüğümü ve damgamı taşıyor. En ufak bir yanlış hamlede onu da öldürürler."

"Sen bize gücün tam yerindeyken lazımsın Mikhail." Yapraklar minik hortumlar gibi havada dönerek Jacques'ın gelişini haber verdi.

Jacques, Mikhail'in yanı başına çökerken alçak sesle küfür etti. "Kana ihtiyacın var Mikhail," dedi usulca, gömleğinin düğmelerini açmaya başlamıştı bile.

Mikhail elinin ufak bir hareketiyle onu durdurdu. Yorgun, ıstırap dolu gözleri etrafı ağır ağır inceledi. Byron ile Jacques sessizleşti, duyuları dikkat kesilmiş ormanı tarıyordu. "Kimse yok," diye fısıldadı Jacques usulca.

"Birisi var," diye düzeltti Mikhail.

İçgüdüsel olarak bedenini prensinin önüne siper ederken Jacques'ın boğazından kısık bir tehdit kükremesi çıktı. Byron kaşlarını çatmıştı, surat ifadesinden kafasının karıştığı anlaşılıyordu. "Ben hiçbir şey tespit edemedim ama Mikhail."

"Ben de ancak gözetleniyoruz." Öyle kesin bir ifadeyle söylenmişti ki bu söz, iki Karpatyalı da itiraz edemedi. Mikhail asla yanılmazdı.

"Arabayla gidip Eric'i çağırın," diye emretti Mikhail, sonra da dinlenmek için başını geriye yasladı. Jacques tetikteydi, Mikhail onun muhakeme gücüne güvenirdi oldum olası. Raven'ın nereye gittiğini merak ederek gözlerini kapadı Mikhail. Kafasının içinde mızıldanmıyordu artık. Zihinsel teması sürdürmek için Mikhail'in o an için çok değerli olan ve boşa harcama lüksüne sahip olmadığı enerjisini kullanmak zorunda kalacaktı. Fakat Raven'ın sessizliği onu kaygılandırmıştı yine de, bu sessizlik hiç de Raven'a benzemiyordu.

Bölüm 7

Arabayla eve geri dönüş yolculuğu tahammül sınırlarını zorlayacak kadar acı vericiydi. Mikhail'in vücudu kaybettiği kanı yenilemek için kıvranıyordu. Zayıflığı anbean artıyor, duyduğu ıstıraptan keskinleşen yüz hatları giderek derinleşiyordu. Mikhail kadim bir vampirdi, tüm kadim vampirler duyguları ve fiziksel acıları çok yoğun hissederdi. Normalde kan akışını kesmek için kalbinin ve akciğerlerinin çalışmasını durdururdu. Ardından da şifacı duruma el koyardı, diğerleri de ona gerekli olan kanı sağlardı.

Ama tüm bunları Raven değiştirmişti. Raven ile şu anda onları gözetleyen her kim veya her neyse bunlardan dolayı içi rahat etmemişti. Eve dönüş yolculuğunda dahi bir başkasının onları uzaktan seyrettiğini anlamıştı.

"Mikhail," diye tısladı Eric, onu evinin güvenli ortamına taşırlarken, "Müsaade et de sana yardım edeyim."

Raven kapıda dikilmiş, Mikhail'in solgun yüz hatlarını inceliyordu. Sandığından 30 yaş daha ihtiyar gözükmüştü Mikhail gözüne birden. Ağzının etrafında beyaz çizgiler vardı, fakat zihni durgundu, nefes alış verişi düzenli ve sakindi. İçeri girmelerine izin vermek için sessizce geri çekildi Raven.

Mikhail'in onun yardım isteğini reddetmesi Raven'ı incitmişti. Mikhail eğer kendi insanlarının refakatini tercih ediyorsa, bu durumdan rahatsız olduğunu gösterecek kadar gururunu elden bırakmayacaktı Raven. Minik dişleriyle alt dudağını ısırarak parmaklarını birbirine geçirdi, gözlerinde kaygı vardı. Mikhail'in iyileşeceğini kendi gözleriyle görmeliydi.

Mikhail'i yatak odasına taşıdılar, Raven da peşlerinden gidiyordu. "Doktor çağırayım mı?" diye sordu, cevabı bildiği halde. Onun gitmesini istediklerini, ayak altında dolaştığını düşündüklerini sezdi. O gidene dek Mikhail'in ihtiyaç duyduğu tedaviyi kabul etmeyeceğini içgüdüsel olarak biliyordu.

"Hayır küçüğüm." Mikhail elini Raven'a uzattı.

Raven yanına giderek parmaklarını onun parmaklarına geçirdi. Her zaman kuvvetli ve zinde olan Mikhail şimdi solgun ve bitkindi. Raven ağlamaklı olmuştu. "Yardıma ihtiyacın var Mikhail. Ne yapmam gerektiğini söyle bana."

Mikhail'in kopkoyu ve buz gibi soğuk olan gözleri Raven'ın yüzüyle buluşur buluşmaz ısındı. "Onlar ne yapmaları gerektiğini bilir. Bu benim aldığım ne ilk, ne de en beter yara."

Hafif, keyifsiz bir tebessüm yerleşti Raven'ın yumuşak dudaklarına. "Bu akşam halletmen gereken iş bu muydu?"

"Kız kardeşimi öldürenlerin peşine düştüğümü biliyorsun." Yorgun ve tükenmiş çıkıyordu sesi.

Raven onunla tartışmaktan nefret ediyordu, ancak bazı şeylerin de söylenmesi lazımdı. "Bana sadece dışarı çıkacağını, tehlikeli bir durum olmadığını söylemiştin. Yaptığın şey hakkında bana yalan söylemene gerek yoktu. Buraların kabadayısı sen olabilirsin ama benim işim bu. Katillerin izini sürmek. Hayat arkadaşı olacaktık bir de Mikhail."

Byron, Eric ile Jacques kaşlarını kaldırarak bakıştılar. Byron ses çıkarmadan, kabadayı kelimesini tekrar etti yalnızca ağız hareketleriyle. Kimse gülmeye cesaret edemiyordu, Jacques bile.

Mikhail kaşlarını çattı, Raven'ı kırdığını biliyordu. "Bile bile yalan söylemedim. Yalnızca ufak bir araştırma yapmak için dışarı çıkmıştım. Maalesef bu araştırma çok farklı bir yöne kaydı. İnan bana yaralanmak gibi bir niyetim yoktu. Kör kurşun işte."

"Ben yanında değilken başını belaya sokma gibi bir eğilimin var nedense." Raven'ın gülümsemesi pek de içten değildi. "Bacağının durumu ne kadar kötü?"

"Altı üstü ufak bir çizik; endişelenmeni gerektirecek bir şey değil."

Raven yeniden sessizleşmişti, mavi gözleri Mikhail'in suratında geziniyordu dalgın dalgın, içine kapanmış bir havaya bürünmüştü.

Mikhail midesinin derinliklerinde bir kasılma hissetti. Raven'ın yüzünde yine çok düşündüğünü işaret eden o ifade vardı. Yaralı bir halde yatıp ilk fırsatta toprağın altına girmek zorundayken istediği son şey bu olurdu. Raven'ın ondan uzaklaşmasını istemiyordu, sessizliğinde Mikhail'i kaygılandıran garip bir şey vardı. Raven onu terk edemezdi. Mantıken bu böyleydi ancak Raven'ın onu terk etmeyi istemesini, hatta bunu aklından geçirebilmesini dahi istemiyordu. "Bana kızdın," diyebildi en sonunda.

Raven başını salladı. "Hayır, sahiden kızmadım. Ama hayal kırıklığına uğradım belki de." Üzgün görünüyordu. "Aramızda yalan olmayacağını söylemiştin." Minik dişleri bir anlığına alt dudağını ısırdı sertçe. Gözlerinde biriken yaşlar parıldıyordu ama gözlerini sabırsızca kırpıştırarak onları bastırdı. "Mikhail benden bu kadar çok güven istiyorsan senin de bana güvenmen lazım bence. Bana, hiç değilse yeteneklerime daha fazla saygı göstermeliydin. Ben psişik bağlantıları kullanarak avlanırım. Başka birinin gözlerini kullanarak iz sürerim. Sizlerden bazıları oldukça dikkatsiz ve rahat. Hatta birkaçınız zihinsel duvar örme zahmetine bile girmiyor.

Hepiniz öyle kibirlisiniz ki, hiçbirinizin aklına sizin üstün ırkınızdan olmayan bir insanın zihinleriniz içine girebileceği gelmiyor. Dışarıda bir yerlerde benim gibi birisi sizleri bularak ölüme gönderiyor. Eğer ben zihinlerinize girebiliyorsam, o da girebilir pekâlâ. Ne kadar kıymeti olur bilmem ama size tavsiyem çok daha fazla tedbir almanız yönünde."

Raven, Mikhail'in onu sakinleştirmek için uzattığı elden uzaklaştı. "Ben yalnızca sizin hayatlarınızı kurtarmaya çalışıyorum, kindar olmaya değil." Hıçkırıklara boğulmasının önündeki tek engel gururuydu. Mikhail'i yitirmenin nasıl bir his olduğunu, aralarındaki eşsiz yakınlığı hissetmişti zaten. Bir şekilde kendisi için asla başka bir adam olamayacağını, asla Mikhail'le olduğu gibi kabul edilmenin verdiği rahatlıkla gülüp konuşamayacağını biliyordu. "Başka bir şey söylemene gerek yok Mikhail. Ufak çiziğini kendi gözlerimle gördüm. Haklıydın, oradayken yalnız değildiniz. Ben de seyrediyordum. Benim dilimde dürüstlük doğruluk demektir."

Raven derin bir nefes alıp yüzüğü parmağından çıkararak yatağın yanındaki küçük sehpanın üzerine bıraktı dikkatle ve pişmanlıkla. "Üzgünüm Mikhail, gerçekten çok üzgünüm. Seni yüzüstü bıraktığımın farkındayım ama ben senin dünyana ait değilim. Ne dünyanı, ne de dünyanın kurallarını anlayabiliyorum. Lütfen benden uzak durup benimle temasa geçmeme nezaketini göster. İkimiz de benim aslında sana uymadığımı biliyoruz. İlk trenle gideceğim."

Raven arkasını dönerek kapıya yöneldi. Büyük bir gürültüyle çarparak kapandı kapı. Raven geriye dönmeden kapıya dikti gözlerini. Hava karanlık bir hisle dolu, tam isim koyamadığı ağır bir gerilim vardı. "Bunu uzatmanın bir faydası olacağını sanmıyorum. Şu anda yardıma ihtiyacın var. Görünen o ki arkadaşlarının yapacakları şey yabancılara gösterilmemesi gereken gizli bir uygulama. Ben de buyum işte, bir yabancı. Bırak da ait olduğum yere, evime döneyim Mikhail ve izin ver de arkadaşların sana yardım etsin."

"Bizi yalnız bırakın," diye emretti Mikhail ötekilere. İstemeden de olsa itaat etti onlar da.

"Raven yanıma gel lütfen. Şu anda zayıf bir haldeyim, sana gelmem için gücümün çoğunu sarf etmem gerekir." Sesinde Raven'ın içini parçalayan bir kibarlık, bir dürüstlük vardı.

Mikhail'in sesindeki güç, teni üzerinde dolanıp bedenine nüfuz ederek siyah kadife gibi kalbini saran o yumuşak, ince ton karşısında gözlerini kapadı. "Bu sefer olmaz Mikhail. Biz iki farklı dünyada yaşamakla kalmıyor, aynı zamanda iki farklı değer sistemine inanıyoruz. Denedik, biliyorum olmasını da istedin, ama ben bunu yapamayacağım. Belki de hiç yapamayacaktım. Her şey çok çabuk oldu ve birbirimizi tanımıyoruz bile."

"Raven." İsmini söyleyişinde bile bir sıcaklık vardı. "Yanıma gel."

Parmaklarını alnına bastırdı Raven. "Yapamam Mikhail. Eğer seni bir kez daha yanıma yaklaştırırsam, kendime olan saygımı yitiririm."

"O zaman benim senin yanına gelmemden başka bir seçeneğim kalmadı." Yaralı bacağını hareket ettirmek için ellerini kullanarak ağırlığını diğer yana kaydırdı.

"Yapma!" Telaşlanan Raven hemen arkasını döndü. "Kes şunu Mikhail. Diğerlerini tekrar içeri çağırıyorum." Mikhail'i yeniden yastıkların üstüne yasladı.

Mikhail, kendisinden beklenmeyecek bir güçle Raven'ı ensesinden yakaladı. "Şu anda hayatta olmamın tek sebebi sensin. Hata yapacağımı söylemiştim. Benden, bizden vazgeçemezsin. Beni, önemli olan her şeyi biliyorsun. Zihnimin içine bakıp sana ihtiyacım olduğunu görebilirsin. Seni asla incitmem ben."

"İncittin ama. Bu bile incitiyor beni. Dışarıdaki insanlar senin ailenden, senin halkından. Ben başka bir ülkeden, başka bir ırktanım. Burası benim evim değil, asla olmayacak da. İzin ver de onları yanına çağırıp buradan ayrılayım."

"Haklısın Raven. Aramızda yalan olmayacak demiştim,

ancak seni tehlikeli ve korkutucu şeylerden, sana zarar verebilecek şeylerden korumak gibi bir dürtüm var." Raven'ın zarif elmacık kemiği üzerinde dolaşan başparmağı ipek gibi yumuşak ağzını okşamak için aşağı kaydı. "Beni terk etme Raven. Yok etme beni. Eğer benden ayrılırsan ölürüm." Mikhail'in gözleri dokunaklı ve kararlı bakıyordu, hiç çekinmeden Raven'ın gözlerine kilitlemişti bakışlarını, sözlerindeki saf hakikati, ne kadar kırılgan olduğunu ondan saklamak için çabalamıyordu.

"Mikhail," diye fısıldadı Raven çaresizlikle. "Sana baktığımda içimde, derinlerde bir şeyler birbirimize ait olduğumuzu, senin bana ihtiyacın olduğunu, benim de sensiz hep eksik kalacağımı söylüyor. Ama bu saçmalık, biliyorum. Ben hayatımın çoğunu yalnız yaşadım, oldukça da mutluydum."

"Kendini soyutlamıştın, acı çekiyordun. Kimse seni görmemişti, kim olduğunu bilmiyordu kimse. Başka kimse seni benim gibi el üstünde tutup üstüne titreyemez. Bunu yapma Raven. Yapma."

Raven'ın kolundaki eli onu kaçınılmaz bir şekilde kendisine çekti. Mikhail bu kadar baştan çıkarıcı bir haldeyken ona nasıl karşı koyabilirdi ki? Artık çok geçti, hem de fazlasıyla geçti. Ağzı çoktan Raven'ınkini bulmuştu. Dudakları soğuk ama şefkatliydi, öyle naziklerdi ki Raven'ın gözleri doldu. Raven alnını onunkine dayadı. "Beni incitiyorsun Mikhail, gerçekten incitiyorsun."

"Biliyorum küçüğüm. Özür dilerim. Lütfen beni affet."

Hafif bir tebessüm belirdi Raven'ın dudağının köşesinde. "Bu gerçekten bu kadar kolay mı dersin?"

Mikhail başparmağıyla Raven'ın yanağından süzülen bir gözyaşı damlasını sildi. "Hayır ama şu anda sana sunabileceğim tek şey bu."

"Yardıma ihtiyacın var ve sana yardım edebilecek kişi ben değilim. Gitmeliyim şimdi. İstediğinde benimle temasa geçebilirsin. Sen iyileşene kadar bir yere ayrılmayacağıma söz veriyorum."

"Yüzüğümü parmağına geri tak Raven," dedi Mikhail usulca. Raven ondan uzaklaşarak başını salladı. "Bunu yapacağımı sanmıyorum Mikhail. İşleri bir süreliğine akışına bırakalım. Bırak da kafamda ölçüp tartayım olanları."

Mikhail'in eli ensesini okşadıktan sonra omzuna, ardından da belini sarana dek aşağı kaydı. "Yarın uykuda olacağım, ama derin bir uykuda. O insanlara karşı güvende olmanı istiyorum." Raven'ın onu ilaçla uyutacaklarını düşüneceğini biliyordu Mikhail.

Raven, Mikhail'in alnına düşmüş kahverengi saçları geriye ittirdi. "Yıllardır olduğu gibi kendi başıma idare edebilirim. Sen tüm dünyaya bakmakla öyle meşgulsün ki, kimsenin kendi başının çaresine bakamayacağını sanıyorsun. Bir yere gitmeyeceğime ve dikkatli olacağıma söz veriyorum. O insanların dolaplarına veya yataklarının altına saklanmayacağıma da söz veriyorum."

Mikhail sertçe Raven'ın çenesini yakaladı. "Bu insanlar tehlikeli Raven, fanatikler. Bu gece öğrendim bunu."

"Seni teşhis edebilirler mi?" Raven aniden nefes alamaz oldu. Arkadaşlarının Mikhail'in yarasıyla ilgilenmek için gelmelerini istiyordu bir an önce.

"İmkânsız. Öğrenmelerinin de hiçbir yolu yok. İki isim daha öğrendim. Eugene, oldukça esmer, Macar şivesiyle konuşuyor."

"Eugene Slovensky olmalı bu. Tur grubuyla trenle geldi."

"Bir de, Kurt isminde birisi." Yastığa dayadı sırtını, kalçasındaki acıya karşı koymaya gücü kalmamıştı artık. Paslı bir testere bıçağı derisinde dolaşıyor, sinir uçlarını kesiyordu adeta.

"Kurt Von Halen. O da tur grubundaydı."

"Üçüncü bir adam daha vardı. Ama kimse onun adını söylemedi." Mikhail'in sesinden ne kadar zayıf düştüğü anlaşılıyordu. "70 yaşlarındaydı, gri saçları, ince, gri bir bıyığı vardı."

"Bu da Margaret'in kocası, Harry Summers olmalı."

"Han pek çok suikastçıya yataklık ediyor. İşin en kötü yanıysa, ebe kocasına, hatta diğer herkese Noelle'in vampir olmadığını söylemiş. Dünyaya bir bebek getirmişken nasıl böyle bir saçmalığa inanabilirler? Tanrım! Ne korkunç bir cinayet!" Istırabını kat kat arttırarak tekrar keder sardı her yanını.

Raven, bu kederin şiddetle içini dövdüğünü hissedebiliyordu. "Sana yardım edebilmeleri için şimdi gideceğim Mikhail. Her an daha da zayıf düşüyorsun." Alnını öpmek için eğildi. "Gerginliklerini hissedebiliyorum."

Mikhail, Raven'ın elini tuttu. "Yüzüğümü parmağına geri tak." Başparmağıyla bileğinin iç kısmını okşadı. "Takmanı istiyorum. Benim için önemli bu."

"Peki Mikhail, ama sadece dinlenmen için. Ben arabanla pansiyona giderim." Mikhail'in tenine dokundu.

Soğuktu Mikhail, çok soğuktu. Raven yüzüğü parmağına tekrar geçirdi. Mikhail yeniden onun elini tuttu. "O insanların yanına yaklaşma. Odanda kal. Gün boyu uyuyor olacağım. Sen istirahat et, akşama yanına geleceğim."

"Oldukça heveslisin." Nazikçe Mikhail'in alnından bir tutam saçı arkaya ittirdi Raven. "Ama bence bir süre yatakta kalacak gibisin."

"Karpatyalılar çabuk iyileşir. Jacques senin sağ salim odana gitmeni sağlayacak."

"Bu pek de gerekli değil," diye itiraz etti Raven, yabancıların yanında huzursuz oluyordu.

"Benim içimin rahat etmesi için gerekli," dedi Mikhail usulca, simsiyah gözleriyle Raven'ın kendisine teslim olmasını rica ediyordu adeta. Raven başını hafifçe eğince, şansını bir kez daha zorladı. "Gitmeden bir bardak meyve suyu içmeyi daha dene lütfen. İçim rahatlamış olur." Raven'ın zihnini okuyarak daha önce meyve suyu içmeyi denediğini anladı. Fakat daha ilk yudum dudaklarından aşağı inmeden midesi isyan etmişti. Bunun için kendi kendisine küfretti Mikhail. Raven'ın vücudunun insani besinleri reddetmesinden doğrudan o sorumluydu. Raven fazlasıyla zayıftı zaten. Daha fazla kilo kaybetmeyi kaldıramazdı.

"Kokusu bile midemi bulandırıyor," diye itiraf etti Raven, imkânsız olduğunu bilse de Mikhail'i eğlendirmek istiyordu. "Sanırım gerçekten grip oldum. Daha sonra tekrar denerim Mikhail."

"Sana yardım edeyim." Kara gözleri endişeyle buğulanmış bir halde kelimeleri mırıldandı usulca Mikhail. "Bunu senin için yapmalıyım. Lütfen küçüğüm, hiç değilse bu basit şeyi yapayım."

Raven'ın arkasındaki kapı açıldı ve Mikhail'in üç arkadaşı girdi. İçlerinden biri bekler gibi kapının yanında durdu. Mikhail'in daha zarif bir halini andırıyordu. "Sen Jacques olmalısın." Odadan ayrılmadan önce Mikhail'in buz kesmiş eline bir kez daha dokundu Raven.

"Sen de Raven olmalısın." Parmağındaki yüzüğe bakıyordu Jacques sırıtmasını gizleme zahmetine bile girmeyerek.

Raven kaşını kaldırdı. "Onu üzmek istememiştim. Siz ona yardım edebilesiniz diye buradan çıkmanın en çabuk yolu buymuş gibi gözüktü sadece." Ormandayken Mikhail'i görmek için Jacques'ı kullanamamıştı. Zihin barikatı nüfuz edemeyeceği kadar kuvvetliydi. Byron daha kolay bir hedef olmuştu.

Ön kapıya yöneldiğinde Jacques başını sallayıp parmağını Raven'a doğrulttu. "Biraz meyve suyu içmeni istiyor."

"Beni rahat bıraksanıza. İçeceğim dememiştim ki ben."

"Bütün gece burada bekleyebiliriz." Jacques geniş omuzlarını silkerek bıyık altından güldü. "Benim için hava hoş. Mikhail'in evi rahattır."

Raven içten içe bu insanların hepsini komik bulmaya başlamasına rağmen kaşlarını çatarak kızgın gözükmeye çalıştı. Bu erkeklerin hepsi kendilerini mantıklı sanıyordu. "Sen de tıpkı onun gibisin. Sakın iltifat ediyorum filan da sanma," diye ekledi, Jacques memnun görününce.

Jacques yine gittiği her yerde pek çok kişinin çarpıldığı,

insanın kalbini durdurmaya yetecek çarpık gülümsemesiyle sırıttı.

"Sen Mikhail'le akrabasın, değil mi?" diye tahmin etti Raven, tahmininde haklı olduğuna emin bir halde. Nasıl akrabası olamazdı ki? Mikhail'le aynı cazibeye, aynı gözlere, aynı yakışıklılığa sahipti.

"Mikhail benden hesap soracaktır." Bir bardak taze elma suyu döküp Raven'a uzattı.

"Anlamaz ki." Bunu içmek Raven'ı öldürecekti neredeyse.

"Anlar. O her şeyi anlar. Ayrıca sen kaygılandığında, o da az biraz aksileşebiliyor. Bu yüzden iç."

Raven boyun eğip iç geçirerek Mikhail'i rahatsız etmeden meyve suyunu yutmaya zorladı kendini. Jacques'ın Mikhail konusunda haklı olduğunu biliyordu. Raven meyve suyunu içmediği takdirde anlayacağını ve bunun onun için vahim derecede önemli olduğunu biliyordu. Midesi protesto edercesine kasılıp kabardı. Raven öğürerek öksürdü.

"Ona seslen," diye fikir verdi Jacques. "İzin ver de sana yardım etsin."

"Ama çok zayıf bir halde, bir de buna ihtiyacı yok."

"Sen bu meyve suyunu içmeden uyumaya niyeti yok," diye ısrar etti Jacques. "Ona seslen yoksa buradan asla ayrılamayacağız."

"Konuşman bile ona benziyor," diye mırıldandı Raven. *Mikhail, özür dilerim. Ama şu meyve suyu konusunda yardımına ihtiyacım var.*

Mikhail ona sevgisini, sıcaklığını gönderdi. Nazik emri Raven'ın bardağı sonuna kadar içip meyve suyunu midesinde tutmasına yardımcı oldu. Raven bardağı lavaboda durulayıp ters çevirerek yerleştirdi. "Haklıydın. Meyve suyunu içene dek içeridekilerin onu tedavi etmesine izin vermeyecekti. Çok inatçı."

"Bizim için kadınlarımız daima önce gelir. Mikhail için endişelenme. Ona bir şey olmasına asla müsaade etmeyiz."

Jacques, onu sık ağaçların altına sakladıkları arabaya götürdü.

Raven durakladı. "Kurtları dinlesene. Mikhail için uluyorlar. Yaralandığını biliyorlar."

Jacques, Raven için kapıyı açtı. Mikhail'inkine çok benzeyen siyah gözleri Raven'ın üzerinde dolaştı. "Sen oldukça sıra dışısın."

"Mikhail de öyle diyor. Kurtların onu yüreklendirmek için uluması çok hoş bence."

Jacques motoru çalıştırdı. "Mikhail'in yaralanması ile ilgili olarak kimseye tek kelime edemezsin, biliyorsun değil mi? Bu onu tehlikeye sokar." Emir verir gibi söylemişti ancak Raven onun Mikhail'i koruma ihtiyacını hissedebiliyordu.

Raven bunun için ondan daha da fazla hoşlanmış, aralarında bir bağ hissetmişti ancak yine de kınar gibi kaşlarını çatarak baktı Jacques'a. "Sizler çok kibirlisiniz. İnsan ırkının böyle üstün telepatik yeteneklere sahip olmadığı için idrak gücünden de yoksun olduğunu sanıyorsunuz. Seni temin ederim benim de bir beynim var ve bu tür meseleleri kendim akıl edebilecek kapasitedeyim."

Jacques ona yeniden sırıttı. "Mikhail'i cidden zıvanadan çıkarıyor olmalısın. Şu kabadayı olayı süperdi. Her iddiasına girerim ki ilk defa birisi ona böyle seslenmiştir."

"İyi oluyor ona. Eğer daha fazla insan onun damarına basarsa, o da daha fazla – " Raven tereddüt etti, doğru kelimeyi arıyordu. Alçak sesle güldü. "Daha şey olur işte. Uysal."

"Uysal mı? Bu, bizim asla Mikhail ile aynı cümle içinde kullanamayacağımız bir tanımlama. Hiçbirimiz onu böyle mutlu görmemiştik ama. Teşekkürler," dedi Jacques alçak sesle.

Kasıtlı olarak arabayı gölge tarafa doğru sürdü. "Bu gece ve yarın çok dikkatli davran. Mikhail seninle temasa geçene kadar odandan ayrılma."

Raven gözlerini devirerek suratını ekşitti. "Başımın çaresine bakarım ben."

"Anlamıyorsun. Eğer sana bir şey olursa Mikhail'i kaybederiz."

Raven, eli kapı kolunda duraksadı. "Ona iyi bakacaklar, değil mi?" Dile getirmek istemiyordu ancak bir parçasını yitirmiş, ruhundan bir parça koparılmış gibi hissediyordu. Zihni Mikhail'le temasa geçmek için çırpınıyordu, ufak bir dokunuş için bile olsa. Durumunun gayet iyi olduğu ve hâlâ birbirlerine bağlı oldukları konusunda içini rahatlatacak herhangi bir işaret için.

"Onlar ne yapacaklarını biliyordur. Mikhail çabuk iyileşir. Onun yanına dönmeliyim. Gregori'den sonra en güçlü olan, Mikhail'e en yakın olan benim. Şu anda bana ihtiyacı var."

Mikhail güçsüz düşmüştü, vicdan azabının yanında duyduğu acı ve açlık onu tüketmişti. Raven'ı incitmiş, kaybetmeye çok yaklaşmıştı. Kendisi için en önemli şey Raven'ken bunu ona nasıl yapabilmişti? Bu kadar önemsiz bir şey uğruna Raven'a yalan söylememeliydi. *Raven.* Ona seslenmeli, zihniyle ona dokunmalı, onu hissetmeli, orada olduğundan emin olmalıydı. Duyduğu tüm ıstıraba, zayıflığa ve açlığa rağmen en kötüsü ruhundaki o acı veren boşluktu. Onları birbirine bağlayan törenin, bu bunaltıcı ihtiyaca yol açtığını biliyordu teoride, ancak bu bilgi Raven'ın zihnine dokunma gereksinimini bastırmıyordu.

"Mikhail, iç!" Jacques yatağın yanında cisimlenerek abisini tuttu, yüzü adeta öfkeden bir maskeye dönüşmüştü. "Neden destek almadan gitmesine müsaade ettin Eric?"

"Sadece o kadını düşünüyordu," dedi Eric kendini savunarak.

Jacques alçak sesle küfür etti. "Raven odasında emniyette, Mikhail. İkiniz için de içmelisin. Birisi diğeri olmadan yaşayamaz. Eğer hayatta kalmazsan onu da ölüme mahkûm etmiş olursun veya en iyi ihtimalle yarım bir hayata."

Jacques hiddetini yutarak sakinleştirici, derin bir nefes aldı. "Benim kanımı al. Onu sana hürce, koşulsuz sunuyorum. Benim hayatım senindir; biz birlikte kuvvetliyiz." Jacques resmi sözcükleri kullanmıştı tüm samimiyetiyle. Önderleri için hayatını bile verirdi. Diğerleriyse iyileştirici tören ilahisine başlamışlardı. Güzel ve kadim bir lisanda, hipnotize edici bir tonla konuşuyorlardı.

Jacques arkasındaki mırıldanmaları işitiyor, yatıştırıcı, şifalı bitkilerin tatlı aromasının kokusunu alıyordu. Oldukça zengin, iyileştirici özelliklere sahip Karpatya toprağını, bitkiler ve tükürükleriyle karıştırıp yaraların üstüne koyuyorlardı. Jacques abisini kolları arasına almıştı, kuvvetinin, hayatının Mikhail'e aktığını hissediyor, ağabeyine yardım edebildiği için Tanrı'ya şükrediyordu. Mikhail iyi bir adamdı, harika bir adamdı, halkı onu kaybedemezdi.

Mikhail içerisine, zayıf düşmüş kaslarına, beynine ve kalbine kuvvetin aktığını hissedebiliyordu. Jacques'ın güçlü bedeni titredi, birdenbire kendini yatağın kenarına bıraktı, yine de Mikhail'i kolları arasında tutarak kaybettiğini yenilemesini kolaylaştırmak için başına destek oluyordu.

Mikhail karşı koydu, Jacques'ın ne kadar kuvvetli, kendisinin de kan değişime rağmen hâlâ ne kadar güçsüz olmasına şaşırmıştı. *Hayır! Seni tehlikeye atıyorum!* Jacques onu bırakmayı reddettiği için kelimeleri sertçe telaffuz etmişti zihninde.

"Yeterince içmedin ağabeyciğim. Şifa bulmaktan başka bir şeyi düşünmeden sana özgürce sunulanı al." Jacques, devam edemeyecek kadar bitap düştüğünde Eric'e işaret ederek elinden geldiğince sürdürdü ilahiyi.

Eric hiç tereddütsüz kestiği bileğini, Mikhail'e kanını vermeyi sürdüren Jacques'a uzattı. Jacques kendisini ve Mikhail'i yenilerken Eric ile Byron törenin o yumuşak, ritmik sözlerini söylüyordu.

Oda bile sıcaklık ve sevgiyle dolmuş gibiydi, temiz ve taze bir kokuya bürünmüştü. Şifa verici tören yeni bir başlangıcı işaret ediyordu. Eric, Mikhail'in renginin yerine geldiğini gördüğünde, kalp atışının düzene girdiğini işittiğinde, kanının damarlarında coşkuyla ve güvenle aktığını hissettiğinde töreni sonlandırdı.

Byron, kolunu Jacques'a dolayarak sandalyeye oturmasına yardımcı oldu. Tek kelime etmeden Eric'in yerini alarak Jacques'a hayat bahşeden sıvıyı verdi.

Mikhail kasıldı, yarasının verdiği acıyı iyileşme sürecinin ve yaşam döngüsünün bir parçası olarak kabul etti. Başını çevirdi. Karanlık bakışı Jacques'ı arayıp bularak üstünde kilitlendi.

"O iyi mi?" Mikhail'in sesi oldukça sevecen çıkmıştı, ancak bulunduğu şartlara rağmen otoritesinden de bir şey kaybetmemişti.

Jacques sararıp solmuş yüzünü kaldırıp sırıtarak göz kırptı. "Vaktimin çoğunu başını beladan kurtarmak için harcar oldum sevgili ağabey. Benden tam 200 sene daha büyük birinin kendi arkasını kollayabileceğini sanıyor insan hâlbuki."

Mikhail güç bela gülümsedi. "Ben elden ayaktan kesilince sen pek bir ukala oldun bakıyorum."

"Şafak sökene dek dört saatimiz var Mikhail," dedi Eric tüm ciddiyetiyle. "Byron ile ben beslenmek zorundayız. Sense toprağın altına inmelisin. Çok geçmeden kadının ile arandaki ayrılık seni içten içe kemirmeye başlayacaktır. Enerjini zihinsel temas kurmaya harcamayı göze alamazsın. Ayrılığınız tahammül edilemeyecek hale gelmeden yeraltına inmelisin."

"Ben koruma büyülerini yapıp senin güvenliğin için birkaç metre üstünde uyurum," dedi Jacques alçak bir sesle. Bu suikastçılara kız kardeşini vermişti zaten; ağabeyini de verme niyetinde değildi. Hem kendisinin de toprağa ihtiyacı vardı. Eric ile Byron ona kan takviyesi yapmış olsa da hâlâ zayıf olduğunun ve şifalı uykuya ihtiyaç duyduğunun farkındaydı.

Mikhail bir kaşını kaldırdı. "Raven'ın yanında 5 dakika geçirince hemen isyankârlığa başlamışsın anlaşılan." Ağzının sert çizgisi belli belirsiz bir gülümsemeyle yumuşadı.

Mikhail gözlerini yumdu bitap düşmüş bir halde, benliğini suçluluk hissi kaplamıştı. Bu gecenin sıkıntısına Raven katlanacaktı zira. Mikhail ıstıraptan, ayrılık fikrinden, kederden uzak ve kendi türüne duyulan nefretten uzak, toprağın derinliklerinde olacaktı. Etrafı suikastçılarla sarılı Raven'ınsa her anı tehlike içinde geçecekti. Hepsinden de ötesi, zihinsel temaslarını kaybetmenin acısına katlanmak zorunda kalacaktı. *Küçüğüm*. Çağrısından sevgi yayılıyordu.

Daha iyisin ya? Rahatlamıştı.

Hemen yanına geliyorum. Yatakta mısın?

Aklın fikrin yatakta. Az önce duydum seni. Jacques için endişeleniyorsun. Jacques olduğunu biliyorum, çünkü onunla ilgili düşüncelerinden şefkat okunuyordu. O da iyi mi?

Bana kan verdiği için halsiz düştü. Zihinsel temas kurarak, aralarındaki mesafeyi gidermek gücünü tüketiyordu, fakat Mikhail'in buna ölesiye ihtiyacı vardı, ikisinin iyiliği için de.

Ne kadar yorgun olduğunu anlayabiliyorum. Uyu şimdi. Aklın bende kalmasın. Raven yumuşak bir sesle söyledi bunu. Mikhail'in parmaklarının dokunuşu için, onu görmek için yanıp tutuşuyordu bir yandan da.

"Onunla konuşuyorsun Mikail!" diye gürledi Eric. "Bunu yapmamalısın."

Jacques, bir şey kovalarcasına elini salladı Eric'e doğru. "Bunu yapacağını tahmin etmeliydin. Mikhail, dilersen içimizden biri onu uyutabilir."

Seni sıkıntılı zamanlar bekliyor. Uyumakta, yemek yemekte zorlanacaksın. Benimle olma ihtiyacı duyacaksın. Zihnin benimkini arayacak, fakat bana ulaşamayacak. Uyumana yardım edecek kadar kuvvetim olmayacak bu gece. Eric'in veya Byron'ın seni uyutmasını ister misin?

Fakat Mikhail bu fikirden hoşlanmamıştı. Raven farkında olmadan gülümsedi. Zihninin ne kadarını okuyabildiğinden haberi yoktu Mikhail'in. Raven'ın güvende olmasını, kendisi uyurken onun da uyumasını istiyordu fakat ona uyku emri vermek kadar özel bir şeyi başka bir adamın yapması fikrinden hiç hoşlanmamıştı. *Ben başımın çaresine bakarım Mikha-*

il. Hem zaten bunu senin yapmanı bile zar zor kabulleniyorum; onların yapmasını hiç kabul edemem. Söz veriyorum, bana bir şey olmayacak.

Seni seviyorum küçüğüm. Senin halkına ait olan bu sözler kalbimden dökülüyor. Raven'ın can güvenliğini sağlamak için güvenebileceği tek insana telepati yoluyla ricada bulunmak için kullandı gücünün son kısmını da.

Raven gözlerini yumdu, Mikhail'in tüm gücü tükenmeden gitmesine müsaade etmesi gerektiğini biliyordu. *Uyu Mikhail. Senin halkının sözleriyle benim ruh eşimsin sen.*

O gittikten sonra uzunca bir süre tavana baktı Raven. Daha önce hiç bu kadar yalnız, bu kadar boşlukta ve üşümüş hissetmemişti. Kollarını etrafına sararak yorganların ortasına oturup rahatlamak için öne arkaya sallanmaya başladı. Tüm ömrünü yalnız geçirmiş, daha çocukken kendi başına vakit geçirmekten keyif almayı öğrenmişti.

Raven içini çekti. Bu çok saçmaydı. Mikhail'e bir şey olmayacaktı ki. Raven da bu fırsattan istifade edip kitap okur, yörenin diline çalışırdı. Yani Mikhail'in diline. Çıplak ayak odanın içinde dolanmaya başladı. Adımları hızlı ve huzursuzdu. Üşüyordu, ısınmak için kollarını ovuşturdu.

Lambayı hışımla açarak piyasaya son çıkan romanlardan birini çıkardı valizinden; romantizmle tatlandırılmış ihanet ve cinayetin o karmaşık ağında kaybolmaya kararlıydı. Bir saat boyunca bununla meşgul etti kendini, aynı paragrafı iki, üç kez okuyordu. Aynı şeyi sürekli tekrarlamasına rağmen vazgeçmedi Raven, ta ki okuduğunun tek bir kelimesini dahi anlamadığını fark edene dek. Kitabı odanın öteki ucuna fırlattı sinirle.

Mikhail konusunda ne yapacaktı? Raven'ın Amerika'da hiçbir akrabası kalmamıştı, oraya geri dönmese bile kimsenin umurunda olmazdı. Tüm olanlara rağmen hâlâ Mikhail ile olmak istiyordu, onunla olmaya ihtiyacı vardı. Sağduyusu bu iş daha fazla uzamadan burayı terk etmesini söylüyordu. Ancak Raven'ın ne aklında, ne de gönlünde sağduyuya yer kalmıştı artık. Yorgun argın elini saçlarının arasına attı. Seri katillerin izini sürme işine dönmek istemiyordu.

Mikhail konusunda ne yapacaktı öyleyse? Ona hayır demeyi öğrenememişti bir türlü. Aşkın ne olduğunu biliyordu. O hakiki hissi paylaşan birkaç çift ile tanışmıştı. Ancak kendisinin hissettikleri bu duygunun çok daha ötesindeydi. Tutku ve yakınlık duymaktan daha fazlasıydı; takıntı olma sınırında dolanıyordu hatta. Her nasılsa, Mikhail onun içindeydi, kanında akıyordu, kalbini sarıp sarmalamıştı sanki. Bir şekilde zihnine girmiş, ruhunun gizli bir parçasını çalmıştı ondan.

Mesele sadece kendi vücudunun onunkini arzulaması, onunki için yanıp tutuşması, teninin ona duyduğu ihtiyaçla kıvranması değildi. Uyuşturucu bağımlısı bir müptelaya dönüşmüştü Raven sanki. Bu aşk mıydı yoksa sapıkça bir takıntı mı? Hem bir de Mikhail'in onun için hissettikleri vardı. Onun duyguları çok keskin ve yoğundu. Mikhail'in onun için hissettikleri yanında kendi hisleri adi bir taklit gibi kalıyordu. İlişkileri Raven'ı korkutuyordu. Mikhail çok sahiplenici, çok korumacı, çok vahşi ve ket vurulmamış birisiydi. Tehlikeliydi o, başkalarını yöneten ve mutlak otorite sahibi olmaya alışkın bir adam. Hem hâkim, hem jüri, hem de cellât. Ona bel bağlamış o kadar çok insan vardı ki.

Raven elleriyle suratını kapadı. Mikhail'in ona ihtiyacı vardı. Onun için başkası yoktu ki. Raven'a gerçekten ihtiyacı vardı. Raven bundan nasıl emin olabildiğini bilmiyordu ama emindi işte. Aklında şüpheye yer yoktu. Bunu Mikhail'in gözlerinde görmüştü. Başkalarına bakarken soğuk ve hissiz olan gözleri Raven'a baktığında için için yanıyordu. Normalde acımasızlık taşıyan o sert, donuk ağzı Raven'la konuştuğunda, onunla kahkaha attığında, onunla öpüştüğünde yumuşuyordu. Mikhail'in ona ihtiyacı vardı.

Raven yine huzursuzca yürümeye başladı. Mikhail'in adetleri, yaşam tarzı kendisininkinden öyle farklıydı ki. *Korkuyorsun Raven.* Kendi kendini eleştirdi. Alnını pencereye yasladı. *Onu hiç bırakamamaktan korkuyorsun.* Mikhail'in elinde çok fazla güç vardı ve onu kullanmaktan çekinmiyordu. Ama mesele sadece bu değildi. Raven'ın da ona ihtiyacı vardı. Kahkahasına, ona nazikçe, sevgiyle dokunmasına ihtiyacı vardı. Raven için yanıp tutuşmasına, içini kavuran o sahiplenici ve aç bakışlarına, duyduğu şehvetin taşkınlığı yüzünden vahşi bir hayvan gibi Raven'ı arzulamasına ihtiyacı vardı. Onun sohbetine, dünya bilgisine, kendininkine benzeyen mizah anlayışına ihtiyacı vardı. Onlar birbirlerine aitti. Aynı bütünün iki ayrı parçası.

Tam odanın ortasına geldiğinde durdu Raven, düşünceleri karşısında afallamıştı. Niçin Mikhail ile olmasının kaderinde olduğuna inanıyordu ki? Zihnine karmaşa, hatta kaos hâkimdi. Hâlbuki Raven genelde soğukkanlılığını kaybetmeden ölçüp biçerdi olayları; şimdi ise bunu becerebilmesi neredeyse imkânsız gibi görünüyordu. Sırf varlığını hissedebilmek, yanında olduğunu bilmek için içindeki her şey Mikhail'i çağırıyordu. Farkında olmadan zihniyle ona seslendi ama cevap veren olmadı. Mikhail ya ulaşamayacağı kadar uzaktaydı ya da verilen ilaçlar yüzünden derin bir uykudaydı. Hiç olmadığı kadar yalnız; hatta bir yanı eksikmiş gibi hissetmesine neden olmuştu bu. Sinirli sinirli parmaklarının eklem yerlerini ısırmaya başladı.

Vücudu sanki zorundaymış gibi sürekli hareket halindeydi. Yorgunluktan bitap düşene dek odanın içinde bir ileri bir geri gitti. Kalbindeki yük her adımıyla daha da ağırlaşıyordu sanki. Sırf güvende olduğundan emin olmak için çaresizlikle bir kerecik daha Mihkail'in zihniyle temas kurmayı denedi. Ancak bulduğu yine boşluk oldu.

Raven dizlerini yukarı çekerek yastığı kendine yapıştırdı. Karanlığın içinde bir öne bir arkaya sallanırken hüzün de onu ele geçiriyordu. Bu his onu öyle tüketmişti ki Mikhail'den başka bir şey düşünemez hale gelmişti. Gitmişti işte. Mikhail onu yalnızlığa terk ederek ardında yarı insan, yarı gölgeye dönüşmüş birini bırakmıştı. Yüzünden aşağı süzülen gözyaşları geçtikleri yeri yakıyor, boşluk hissi içini parçalıyordu. Mikhail olmadan yaşaması imkânsızdı.

Ayrılmaya dair tüm düşüncelerinin, o temkinli hesaplamalarının hiç birinin önemi yoktu artık; olamazdı da. Hâlâ mantığı elden bırakmayan parçası, böyle hissetmesinin imkânsız olduğunu söylüyordu. Mikhail onun diğer yarısı olamazdı; seneler boyu o olmadan yaşamıştı ne de olsa. Sırf Mikhail ile zihinsel temas kuramıyor diye kendisini balkondan atmak istiyor olamazdı.

Raven, sanki kendisinden başkası onu buna mecbur ediyormuş gibi ağır adımlarla odayı arşınladığını fark etti. Korkuluklu balkonun kapılarını açtı hışımla. Soğuk hava arkasında hafif bir ıslaklık bırakarak içeri hücum etti. Sis tüm dağları ve ormanı örtmüştü. Manzara muhteşemdi ancak Raven bunu göremiyordu. Mikhail olmadan hayat da olamazdı onun için. Ellerini tahta korkuluğa koyup ahşaptaki iki derin çizgiye dalgın dalgın bastırdı parmaklarını. İki çukur içindeki parmaklarını ileri geri oynattı usulca; hafif bir dokunuş, işte çorak, bomboş bir dünyadaki tek gerçek.

"Bayan Whitney?"

Kendini hüznüne o kadar kaptırmıştı ki kimsenin orada olduğunu fark etmemişti bile. Hızla arkasını dönerek elini boğazına götürdü kendini savunur gibi.

"Sizi korkuttuğum için beni bağışlayın." Peder Hummer'ın sesinden nezaket okunuyordu. Balkonun köşesine yerleştirilmiş sandalyesinden doğruldu Peder. Omuzlarını battaniye ile örtmüş olmasına rağmen gece ayazına fazla maruz kaldığı için titrediği belli oluyordu. "Böyle dışarıda olmanız sizin için güvenli değil, tatlım." Raven'ın koluna girip bir çocukmuş gibi onu odasına geri sokarak balkon kapılarını dikkatle kilitledi.

Raven zorlukla konuşabildi. "Sizin burada ne işiniz var? Oraya nasıl çıktınız?"

Rahip gururla gülümsedi. "Çok zor olmadı. Bayan Galvenstein kilise cemaatindendir. Mikhail'le benim yakın dost olduğumuzu bilir. Mikhail'in senin nişanlın olduğunu ve sana bir mesaj iletmem gerektiğini söylemem yetti. Üstelik deden yaşında olduğum için, sen gelene dek balkonda beklememin güvenli olacağı kanaatine vardı. Hem Mikhail için bir şeyler yapma fırsatını asla geri tepmezdi. Mikhail çok cömert olduğu halde, iyiliklerinin karşılığını istemez hiçbir zaman. Burayı ilk satın alan oydu, ancak daha az bir fiyata ve makul taksitlerle Bayan Galvenstein'a verdi pansiyonu."

Raven akan gözyaşlarını durduramadığı için sırtını rahibe dönük tutuyordu. "Üzgünüm Peder. Şu anda doğru dürüst konuşamıyorum. Bana neler oluyor, bilmiyorum."

Rahip ona mendil vermek için elini omzunun üstünden uzattı. "Mikhail bu gecenin sizin için zor geçmesinden endişeleniyordu. Ve yarının da. Bu geceyi benimle geçirirsiniz diye ümit etmişti."

"Öyle çok korkuyorum ki," diye itiraf etti Raven. "Hâlbuki bu çok saçma. Korkmamı gerektirecek hiçbir sebep yok. Neden böyle mızmızlandığımı hiç bilmiyorum."

"Mikhail iyi. Ona bir şeycikler olmaz. Kedi gibi dokuz canlıdır. Hiçbir şey onun sırtını yere getiremez."

Keder Raven'ın bedeninin her hücresini işgal ediyor, zihnini kemiriyor, ruhuna çöküyordu onca ağırlığıyla. Mikhail onun için yitip gitmiş gibiydi. Raven'dan ayrı geçirdiği o birkaç saat içinde kayıp gitmişti işte bir şekilde. Raven başını salladı, üzüntüsü öyle derin ve şiddetli bir hal almıştı ki boğulacak gibi oluyordu.

"Raven, kes şunu!" Peder onun iki büklüm olmuş, minik bedenini tutarak yatağın kenarına oturttu. "Mikhail buraya gelmemi rica etti. Dediği göre bu akşam erkenden yanınıza gelecekmiş ama..."

"Anlamıyorsunuz..."

"Beni neden böyle bir saatte yataktan çıkarsın ki? Ben yaşlı bir adamım çocuğum. İstirahat etmeye ihtiyacım var. Düşünmen lazım, aklını kullan."

"Ama öyle gerçekmiş gibi geliyor ki... Sanki o ölmüş de, ben de onu ebediyen kaybetmişim gibi."

"Fakat öyle olmadığını biliyorsun," diye karşı çıktı Peder makul bir şekilde. "Mikhail seni onun olman için seçti. Senin onunla paylaştıkların, onun halkının eşleriyle paylaştıkları şeyler. Aralarında fiziksel ve zihinsel bağ olmasını doğal karşılarlar ve bu bağa karşı büyük saygı duyarlar. Seneler boyunca öğrendiklerime dayanarak şunu söyleyebilirim; bu bağ öyle kuvvetlidir ki, bir eşin kaybının ardından diğeri nadiren hayatta kalır. Mikhail'in halkı tabiat ananın çocukları gibidir, hayvanlar gibi vahşi ve özgür olsalar da doğaüstü kabiliyetlere ve temiz vicdanlara sahiptirler."

Raven'ın ağlamaktan şişmiş yüzünü, gözlerindeki kederi inceledi. Hâlâ nefes almakta zorlanıyordu ancak ağlaması yavaşlamıştı. "Beni dinliyor musun Raven?"

Raven başını salladı, rahibin sözlerini idrak edebilmek, akıl hâkimiyetine yeniden kazanabilmek için tüm gücüyle uğraşıyordu. Bu adam Mikail'i tanıyordu, hem de yıllardır. Mikhail'e beslediği muhabbeti sezebiliyordu Raven, hem Mikhail'in gücünden de emin konuşuyordu.

"Tanrı, bir sebeple, Mikhail ile hem zihinsel, hem de fiziksel bir bağ kurabilme yeteneğini bahşetmiş sana. Bu da beraberinde büyük sorumluluk getiriyor. Kelimenin tam anlamıyla onun hayatı senin ellerinde. Beynini kullanarak bu hissi aşmalısın. Ölmediğini sen de biliyorsun. Geri döneceğini de söyledi sana hem. Kendine zarar vermenden korktuğu için beni sana yolladı. Düşün biraz, mantığını kullan. Sen bir insansın. Eşi için uluyan bir hayvan değil."

Raven rahibin dediklerini anlamaya çalıştı. Derin bir çukurdaymış da, yukarı çıkamıyormuş gibi hissediyordu kendini. Rahibin her kelimesine dikkatini vererek onları zihnine sokmaya çalıştı. Derin derin nefes alarak yanan ciğerlerini havayla doldurdu. Bu mümkün müydü? *Bu kızcağıza bile bile bunları yaşattığı için Tanrı Mikhail'i kahretsin! Raven ölümün kıyısına bu kadar yaklaşmış mıydı sahiden?*

Raven yüzündeki gözyaşlarını sildi, kendini toplamaya kararlıydı. Mantıklı düşünmesine imkân sağlamak için üzüntüsünü bir kenara atacaktı. Bu üzüntünün onu içten içe yediğini, onu tüketmek için bilincinin sınırlarında dolaştığını hissedebiliyordu. "Peki neden su dışında hiçbir şey koyamıyorum ağzıma?" Raven şakaklarını ovalarken rahibin suratına yayılan endişe ifadesini kaçırmıştı.

Peder Hummer boğazını temizledi. "Bu ne kadar süredir devam ediyor Bayan Whitney?"

O korkunç boşluk hissi üstüne atlamak, dişlerini tekrar ona geçirmek için midesine, zihnine sinmişti sanki. Raven kendine hâkim olabilmek için çırpınıyordu. Çenesini kaldırdı. "Lütfen bana Raven deyin. Zaten benim hakkımda ne varsa biliyor gibisiniz." Vücudunu saran titremeyi durdurmaya çalışıyordu. Ellerini öne uzatarak titremelerini seyretti uzun uzun. "Bu çok saçma değil mi?"

"Benim evime gel evladım. Günü benimle geçirebilirsin. Bu benim için büyük bir şeref olur."

"Bana olacakları biliyordu, değil mi?" Raven alçak sesle sormuştu, olanları anlamaya başlıyordu. "Bu yüzden sizi gönderdi. Sahiden de kendime zarar vermemden korkuyordu."

Edgar Hummer yavaşça bıraktı nefesini. "Ne yazık ki öyle evladım. Onlar bizim gibi değil."

"Bunu bana açıklamaya çalıştı. Ama ben de onlar gibi değilim. Öyleyse bu bana neden oluyor?" diye sordu Raven. "Hiç mantıklı değil. Neden bunun olacağını düşünsün ki Mikhail?"

"Onunla töreni tamamlamışsın demek ki. Artık onun diğer yarısı, karanlığının ışığı olmuşsun. Biri olmadan diğeri yaşayamaz. Benimle gel Raven, evime gidelim. Beraber oturup seni almaya gelene dek Mikhail'den bahsederiz."

Bölüm 8

Raven, kararsız kaldı. Mikhail hakkında daha fazla şey öğrenme fikri baştan çıkarıcıydı, hem de fazlasıyla. "Artık bana olanları anlayabildiğime göre bu durumun üstesinden kendi başıma gelebilirim sanırım. Vakit epey geç oldu Peder, o ayazda benim nöbetimi tuttuğunuz için yeterince mahcubum size karşı zaten."

Peder Hummer, Raven'ın bileğine vurdu hafifçe. "O nasıl laf öyle yavrum? Ben böyle ayak işlerini dört gözle bekliyorum hem. İnsan benim yaşıma gelince, tekdüzelikten kurtulmak için alışılmadık şeyler olsun istiyor hayatında. Hiç değilse aşağı in de benimle biraz vakit geçir. Bayan Galvenstein salondaki şömine ateşini söndürmemiştir."

Raven, sertçe başını salladı; Mikhail'i koruma içgüdüsüyle yapmıştı bu hareketi. Pansiyon, duvarları arasında Mikhail'in pek çok düşmanını barındırıyordu. Ne kadar zor bir süreç yaşıyor olursa olsun onu asla tehlikeye atmazdı Raven.

Edgar Hummer alçak sesle iç geçirdi. "Seni burada bırakamam Raven. Mikhail'e söz verdim. O, benim cemaatim için, bu köyün halkı için onca iyilik yapmasına rağmen karşılığında pek az şey bekliyor." Rahip çenesini ovuşturdu düşünceli

düşünceli. "Durumunun kötüleşmesi ihtimaline karşın yanında kalmalıyım evladım."

Raven zar zor yutkundu. Margaret Summers binanın içinde bir yerlerde uykudaydı. Raven kendisine kalkan çekebiliyordu, hatta ıstırabının kaynağı kederine bile. Ancak Peder Hummer'ın haklı olarak duyduğu endişeyi sezebiliyordu. Kendisi bunu yapabiliyorsa, Margaret da yapabilirdi. Raven bir kerede karar vererek ceketini kaptı. Yüzündeki gözyaşlarını elinin tersiyle silerek kararını değiştirmeden evvel merdivenlerden aşağı indi. Şu anda onun için en önemli olan şey Mikhail'i korumaktı. Bu doğuştan ruhuna kazınmış bir ihtiyaç gibiydi adeta.

Raven dışarı çıkar çıkmaz ceketinin fermuarını çenesine kadar çekti. Daha pansiyondaki odasına adım attığı anda üstüne soluk bir kot ile uzun kollu bir tişört geçirmişti. Yoğun sis her yeri kaplamıştı, yerden yalnızca yarım metre yukarıdaydı. Hava buz gibiydi. Bakışlarını rahibe çevirdi. İngilizce'si biraz aksak olsa da zekâsı ve dürüstlüğü yıpranmış yüz hatlarıyla gözlerinin solgun mavisinden okunuyordu. Balkonda kaldığı için üşümüştü. Gecenin bir yarısı sıcacık kulübesinden buralara sürüklenilmeyecek kadar ihtiyardı aslında rahip.

Rastgele elini attığı saçlarını geriye attı, bir yandan da kendisini köyde sakin bir şekilde yürümeye zorluyordu. Havaya huzur hâkim olmalıydı ancak Raven'ın aklının bir köşesinde bir grup fanatiğin vampir olduklarına inandığı kişileri öldürdükleri bilgisi duruyorken bu pek mümkün görünmüyordu. Kalbi acıya ve karanlığa gömülmüştü adeta. Mikhail'in zihnine temas ettiğinde duyduğu rahatlamayı arıyordu zihni. Raven yanında yürüyen yaşlı adama baktı. Hızlı yürüyüşünün aksine tavırlarında insanı sakinleştirip yol gösteren bir şeyler vardı. Bu hem kendisiyle, hem de hayatla çok önceleri barışmış bir adamdı.

"Yaşadığından emin misiniz?" Raven, tam da normal haline dönmüş izlenimi verdiği için kendisiyle gurur duymaya başlamışken bu soru kaçıvermişti ağzından.

"Kesinlikle evladım. Bana sadece bu geceye dek buralarda olamayacağını ve de ona her zamanki iletişim yolları aracılığıyla ulaşamayacağımızı söyledi." Raven'a sırıttı, bu bir işbirlikçinin sırıtışıydı. "Kendi adıma, Mikhail'e ulaşmak istediğim zaman çağrı cihazını kullanıyorum. Teknolojik aletler beni büyülüyor. Onu ziyarete gittiğimde bilgisayarını kurcalıyorum fırsat buldukça. Bir keresinde bilgisayarını kilitlemiştim de Mikhail ne yaptığımı çözene kadar epey bir uğraşmıştı. Ona ne yapması gerektiğini en başından da söyleyebilirdim tabii ama o zaman işin hiçbir eğlencesi kalmazdı."

Raven kahkaha attı elinde olmadan. "Nihayet benim izimden giden biri. Benim dışımda da onunla uğraşan birinin olmasına sevindim. Buna ihtiyacı var, biliyorsunuz değil mi? Karşısında el pençe divan duran bu kadar çok insan olması onun için iyi değil." Artık donmaya başlayan ellerini ceplerine sokuşturdu Raven.

"Bunun için elimden geldiğince çabalıyorum Raven," diye itiraf etti rahip. "Ama tabii ki bunu Mikhail'e açıklamak zorunda değiliz. Bazı şeylerin aramızda sır olarak kalması en hayırlısı olur sanırım."

Raven ona gülümseyerek karşılık verdi, az da olsa rahatlamıştı içi. "Bu konuda size katılıyorum. Mikhail'i ne zamandır tanıyorsunuz?" Eğer Mikhail ile iletişim kuramıyorsa, ona dokunamıyorsa, ayrılık ve boşluk hissinin sebep olduğu yarasının acısını onun hakkında konuşarak dindirebilirdi belki de. Mikhail'e öfkelenmeye başladığını hissetti Raven. Olacaklar için onu önceden hazırlaması gerektiğini düşünüyordu.

Rahip bakışlarını önce ormana, ardından Mikhail'in evine, daha sonra da gökyüzüne çevirdi. Mikhail'i kendi gençliğinden beri, yani rahiplik görevinin başlarında memleketinden bu küçücük, kuş uçmaz, kervan geçmez köye gönderildiğinden beri tanıyordu. Artık yarı emekli sayılırdı; zaman içinde sevmeye başladığı bu köyden ayrılıp dilediği yere gitmekte özgürdü.

Raven, pederi incelerken mavi gözleri pürdikkat kesilmişti. "Sizi yalan söylemek zorunda bırakmak istemiyorum Peder. Bunu neden yaptığımdan tam emin olamasam da ben Mikhail için yeterince yalan söylüyorum zaten. Hem Tanrı biliyor ya, Mikhail de benden hiçbir zaman yalan söylememi talep etmedi." Raven'ın sesine keder, pişmanlık ve kafa karışıklığı işlemişti.

"Ben onun için bile olsa yalan söylemem."

"Bazı şeyleri eksik anlatmak yalan sayılır mı Peder?" Gözyaşları yüzünden gözleri, uzun kirpikleri parlıyordu. "Bana bir şeyler oluyor, hem de anlamadığım şeyler. Bu da beni çok korkutuyor."

"Onu seviyor musun?"

Raven, şafağın sökmesine yakın şu saatlerin sessizliğinde yankılanan ayak seslerini işitebiliyordu. Kalpleri düzenli atıyor, kan damarlarına pompalanıyordu. Evlerin yanlarından geçerken horlama, gıcırtı, hışırtı seslerini; sevişen bir çiftin çıkardığı sesleri duyabiliyordu. Mikhail'in yüzüğünü parmaklarıyla arayarak buldu, ona uğur getireceğini düşünerek. Yüzüğü dikkatle avucuna kapadı, sanki tuttuğu Mikhail'in kendisiymişçesine.

Mikhail'i seviyor muydu? Mikhail, onu tüm benliğiyle büyülüyor, canlandırıyordu. Aralarındaki fiziksel çekim elbette çok kuvvetli, hatta zarar vericiydi. Fakat aynı zamanda Mikhail tam bir muammaydı; Raven'ın bir türlü kavrayamadığı gölgelerle dolu bir dünyada yaşayan tehlikeli bir adamdı. "Anlayamadığın, tanımadığın bir şeyi nasıl sevebilirsin ki?" Raven daha soruyu sorduğunda rahibin yüzünde beliren gülümsemeyi, bakışlarındaki sevecenliği fark etmişti. Rahibin kahkahasını işitti ardından da. Sohbetleri saatler boyunca devam etti, arada olan sessizliklerse samimiyetlerini pekiştirmeye yetmişti.

"Sen Mikhail'in ruhunu tanıyorsun. Olağanüstü bir kadınsın. Onun ne denli iyi, ne denli şefkatli biri olduğunu hissedebiliyorsun."

"Üstelik çok kıskanç bir tarafı var, sahiplenici kelimesi onun yanında hafif kalır," diye belirtti Raven. Evet, Mikhail'i tanıyordu; hem iyi yanlarını, hem de kötü yanlarını. Onu olduğu gibi kabullenmişti. Fakat şimdi fark ediyordu ki Mikhail ona zihnini açmış olsa bile, Raven onun ancak birkaç bölümüne göz atabilmişti.

"Korumacı yönü ile sorumluluk ve vazife bilincini de unutma ayrıca," diye karşılık verdi Peder Hummer hafif bir tebessümle.

Raven omuzlarını silkti, yine ağlamaklı olmuştu. Rahibin haklı olduğunu biliyorken böyle kontrolsüz davranması çok küçük düşürücüydü. Mikhail ölmemişti; ilaçlarla uyutulmuştu ve eline geçen ilk fırsatta Raven ile temasa geçecekti. "Ona olan hislerimin yoğunluğu beni korkutuyor Peder. Normal değil çünkü hislerim."

"Mikail senin için canını bile verir. İstese de seni incitemez o. Şayet Mikhail'i azıcık tanıyorsam diyebilirim ki, onunla bir ilişkiye başladığında sana asla sadakatsizlik göstermeyeceği, elini kaldırmayacağı ve seni hayatındaki her şeyin önüne koyacağı konusunda gönlün rahat olsun." Peder Hummer tüm bu sözleri kalpten inanarak söylemişti. Cennette Tanrı'nın bulunduğundan emin olduğu kadar emindi bundan.

Raven elinin tersiyle gözyaşlarını sildi. "Beni incitmeyeceğini biliyorum; eminim bundan. Ama ona bahşedilmiş öyle çok kabiliyeti, öyle çok gücü var ki. Böyle bir yeteneği kötüye kullanma ihtimali çok yüksek."

Peder Hummer kulübesinin kapısını açarak ona içeri girmesini işaret etti eliyle. "Sahiden Mikhail'in böyle bir şey yapmış olabileceğine inanıyor musun? Mikhail onların önderi, damarlarında akıyor bu kan. Çağlardan beri onun soyu liderlik yapıyor insanlarına. Her ne kadar bunu sana itiraf etmemiş de olsa, halkının prensi o. Nasıl cemaatim bana geliyorsa, Mikhail'in halkı da önderlik ve rehberlik konusunda ona güveniyor."

Raven kendisini bir şeylerle meşgul etmeliydi; bu yüzden

rahip bir fincan bitki çayı hazırlarken o da taştan şöminede ateş yaktı. "Gerçekten bir prens mi o?" Her nedense bu durum Raven'ı ürkütmüştü. Her şey bir yana kraliyet ailesinden birine bağlılık sözü vermek niyetindeydi bir de demek. Bu tür ilişkiler hiç yürümezdi ki.

"Korkarım ki öyle evladım," diye kabul etti Peder üzüntüyle. "Bütün meselelerdeki son söz ona ait. Önemli bir şahsiyetmiş gibi konuşup davranmasının sebebi budur belki de. Pek çok sorumluluğu var ve ben onu bildim bileli bu sorumluluklarını hep layıkıyla yerine getirdi."

Raven yere oturdu, ağlamaktan şişmiş yüzüne düşen gür saçlarını geriye attı. "Mikhail ile beraberken aynı bütünün iki yarısıymışız gibi hissediyorum kim zaman. Bazen ciddi, düşüncelere dalmış, yalnız bir havaya bürünebiliyor. Onu güldürmeye, gözlerine yaşam ışığı getirmeye bayılıyorum. Ama bazen de öyle şeyler yapıyor ki..." Sesi giderek azalmıştı.

Peder Hummer, Raven'ın yanına bir fincan çay koyup kendi koltuğuna oturdu. "Ne gibi şeyler?" diyerek onu konuşmaya teşvik etti rahip.

Raven nefesini yavaşça, güçlükle bıraktı. "Ben hayatımın çoğunu yalnız geçirdim. Hep canımın istediğini yaptım. Dilediğimde eşyalarımı toplayıp taşındım. Bol bol seyahat ettim, özgürlüğüme daima önem verdim. Daha önce hiç kimseye kendimi açıklamak zorunda kalmamıştım."

"Peki eski hayat tarzını Mikhail ile olmaya tercih mi ederdin?"

Raven sıcaklığını içine hapsetmek için etrafını sardığı fincanı tutarken elleri titredi. "Zor sorular soruyorsunuz Peder. Ben Mikhail ile bir tür uzlaşmaya varabileceğimizi düşünmüştüm. Ama her şey öyle çabuk gerçekleşti ki hissettiğim şeylerin hakikaten kendi hislerim olup olmadığından emin değilim artık. Mikhail hep benim yanımdaydı. Fakat şu anda değil ve ben buna tahammül edemiyorum. Halime baksanıza, perişan oldum. Siz beni eskiden tanımazdınız ama ben hep yalnız olan, kendi ayakları üstünde durabilen bir kızdım.

Acaba bu hale düşmem için Mikhail bir müdahalede bulunmuş olabilir mi?"

"Mikhail asla gücünü kullanarak kendisini sevdirmez sana. Böyle bir şeyi yapmış olacağını sanmıyorum."

Raven bir yudum aldı çaydan, onu yatıştırmıştı çay. "Bunu biliyorum ama şimdi neden bu haldeyim peki? Neden ondan ayrı kalamıyorum? Ben normalde yalnız kalmayı severim, mahremiyetime değer veririm. Ancak şimdi onun dokunuşu olmayınca alt üst oldum. Bu durumun benim gibi birisi için ne kadar aşağılayıcı olduğunun farkında mısınız?"

Peder Hummer fincanı tabağına koyarak Raven'a endişeli gözlerle baktı. "Böyle hissetmene gerek yok Raven. Mikhail'in dediğine göre onun ırkından gelen bir erkek hakiki ruh eşine rastladığında törensel sözleri telaffuz ederek onları birbirlerine bağlayabilir, tıpkı kaderlerinde yazıldığı gibi. Ancak kadın onun ruh eşi değilse ikisi de bu sözlerden etkilenmez, fakat ruh eşiyse ikisi de birbirinden ayrı yaşayamaz."

Raven kendini savunmak istercesine boğazına sardı elini. "Ne sözleri? Size sözlerin ne olduğunu söyledi mi tam olarak?"

Father Hummer üzgün üzgün başını salladı. "Sadece doğru kadına söylendiği takdirde onun erkeğe bağlanmış olacağını ve kaçamayacağını söyledi. Bu sözler bizim evlilik yeminlerimize benziyor biraz. Karpatyalıların değer yargısı, doğru-yanlış ayrımı bizimkilerden farklı. Onlar için boşanma diye bir şey yoktur; onların sözlüklerinde yazmaz bu kelime. Bir çift aynı bütünün iki yarısı gibi ayrılmaz birbirinden."

"Peki ya içlerinden birisi mutsuzsa?" Parmaklarını birbirine dolamıştı üzüntüden. Mikhail'in tuhaf bir şeyler söylediğini hatırlar gibiydi. Ama görüntüler biraz bulanıktı, daha çok bir rüyayı anımsatıyordu.

"Bir Karpatyalı erkek ruh eşinin mutlu olmasını sağlamak için her şeyi yapar. Nasıl olduğunu ne biliyorum, ne de anlıyorum fakat Mikhail'in dediğine göre bu bağ öyle kuvvetliymiş ki erkek tabiatı gereği kadınını nasıl mutlu edeceğini bilirmiş."

Raven boğazına dokundu, avucu nabzı üzerinde geziniyordu. "Mikhail her ne yaptıysa işe yaramış Peder, çünkü bir erkekten birkaç saat ayrı kaldı diye kendisini balkondan atacak bir insan değilim ben."

"Öyleyse dua edelim Mikhail de kendi marifetinin bedelini ödüyor olsun," dedi Peder Hummer hafifçe gülümseyerek.

Raven'ın kalbi göğsünde küt küt çarpmaya, vücudu itiraz çığlıkları atmaya başladı. Mikhail'in herhangi bir şekilde acı çekiyor olması düşüncesi dehşet vericiydi. Raven zar zor gülümsemeye çalıştı cevaben. "Neden bilmiyorum ama içimden bir ses onun şu anda hiçbir şey hissedemediğini söylüyor."

Rahip fincanı üstünden Raven'ın gölgeler düşmüş kederli suratını seyretti. "Bence Mikhail seni bulduğu için çok şanslı. Sen de tıpkı onun gibi güçlü birisin."

"Dışarıdan çok cesur bir insan resmi çiziyorum demek ki." Raven gözlerini parmaklarıyla sildi. "Çünkü aslında parçalanıyormuş gibi hissediyorum. Hem Mikhail ile çok mutlu da değilim."

"Ben de öyle olman gerektiğini düşünmüyorum zaten, ama yine de konu o olunca aklına ilk gelen onu korumak oluyor. Onun da senin gibi acı çekiyor olması düşüncesi bile ne kadar korkuttu seni."

"Ben kimsenin acı çekmesini istemem ki. Mikhail'in insanın içini burkan bir yanı var, dünyanın tüm yükü doğuştan onun omuzlarına yüklenmiş gibi sanki. Bazen onun suratına baktığımda öyle çok keder görüyorum ki; gözlerinde değil ama bu keder, yüzüne kazınmış." Raven iç geçirdi. "Sanırım söylediklerim pek anlamlı gelmiyor kulağa ama Mikhail'in kafasındaki gölgeleri uzaklaştıracak birisine ihtiyacı var.

"Bu çok ilginç bir tespit evladım. Ne demek istediğini biliyorum. Ben de onda aynısını gördüm. Kafasındaki gölgelerinin uzaklaştırılması gerektiğini." Bir yandan sözcükleri yüksek sesle tekrarlarken, bir yandan da üzerlerinde düşünüyordu rahip derin derin. "Mesele tam olarak da bu işte."

Raven başını salladı. "Sanki çok fazla şiddete, çok korkunç olaylara şahit olmuş da bu da onu giderek karanlığa sürüklemiş gibi. Onun yakınındayken hissedebiliyorum bunu. Sanki kötü, şeytani bir kapının önünde muhafız gibi durup canavarların pusularından çıkmalarına engel oluyor da onun sayesinde biz de tehdit edildiğimizin bile farkına varmadan hayatlarımıza devam edebiliyoruz."

Peder Hummer'ın nefesi kesildi. "Onu böyle mi görüyorsun? Muhafız gibi?"

Raven başını salladı. "Bu çok canlı bir resim olarak belirgin zihnimde. Muhtemelen kulağınıza fazlasıyla duygusal gelmiştir."

"Keşke bu sözleri ona ben söyleyebilseydim," dedi rahip kısık sesle. "Pek çok defa teselli bulmak için yanıma geldi ancak ben ona ne diyeceğimi hiçbir zaman tam olarak kestiremedim. Aradığı cevabı bulması için hep dua ettim Tanrı'ya. Belki de seni göndermiştir Raven."

Raven titriyordu, zihnindeki acı, Mikhail'e dokunma ihtiyacı ve bu dünyayı terk etmiş olabileceği fikriyle savaşıyordu sürekli. Derin bir nefes alarak sakinleşti; rahibe müteşekkirdi. "Ben Tanrı'nın verdiği bir cevap olduğumu sanmıyorum Peder. Mesela şu anda sadece kıvrılıp ağlamak istiyorum."

"Bunun üstesinden gelebilirsin Raven. Mikhail'in hayatta olduğunu biliyorsun."

Raven, çayından bir yudum aldı. Sıcacıktı, tadı da güzeldi. İçini biraz ısıtmıştı çay ısıtmasına ancak ruhunu yiyip bitiren o korkunç, buz gibi boşluğa asla yetmezdi bu. İçindeki o kara delik yavaş yavaş büyüyordu.

Raven dikkatini başka şeylere vermeye çalıştı; Mikhail'i tanıyıp ona saygı hatta şefkat besleyen bu adamla yaptığı sohbetten keyif almaya çabalıyordu. Çayından bir yudum daha alırken bir yandan da tüm gücüyle akıl sağlığına hâkim olmaya çalışıyordu çaresizce.

"Mikhail oldukça sıra dışı bir insan," dedi Peder Hummer, Raven'ın dikkatini dağıtmayı ümit ederek. "Tanıdığım en kibar centilmenlerden biridir o. Doğru yanlış muhakemesi çok yerindedir. Çelik gibi bir iradesi vardır."

"Ben de buna şahit oldum," diye doğruladı Raven.

"Eminim olmuşsundur. Mikhail pek az insanın kendisine düşman edinmek isteyeceği mizaçta birisidir. Ama aynı zamanda sadık ve yardımseverdir. Bir defasında, burada yaşanan bir doğal felaketin ardından koca köyü neredeyse tek başına yeniden yaptırmıştı. Bu köydeki her bir insan değerli onun için. Mikhail'in çok asil bir ruhu var."

Raven dizlerini kendisine çekmiş, öne arkaya sallanıyordu. Nefes almak öyle zordu ki, aldığı her nefes ciğerlerine işkence gibi geliyordu. *Mikhail! Neredesin?* Çığlık yüreğinden kopmuştu adeta. Mikhail'in bir kerecik olsun ona karşılık vermesine, dokunmasına ihtiyacı vardı. Bir kerecik olsun.

O simsiyah uçurum yine yutmaya çalışıyordu onu. Kasıtlı olarak alt dudağını ısırmasıyla oluşan acıyı sevinçle karşılayan Raven tüm dikkatini onun üstüne yoğunlaştırdı. Raven'ın iradesi kuvvetliydi, bir beyni vardı! Mikhail olmadan yaşayamayacağına onu ikna etmeye çalışan, içten içe yeyip bitiren her neyse galip gelemeyecekti. Gerçek değildi bu.

Peder Hummer ansızın ayağa kalkarak Raven'ı da yerinden kaldırdı. "Bu kadarı yeterli Raven. Hadi dışarı çıkıp bahçemle ilgilenelim. Elin toprağa değip ciğerlerin de tertemiz havayı soluyunca kendine gelirsin." Eğer bu da işe yaramazsa rahibin dizleri üstüne çöküp dua etmekten başka çaresi kalmayacaktı.

Raven gözyaşları arasından zar zor da olsa gülmeyi başardı. "Bana dokunduğunuz zaman zihninizi okuyabiliyorum Peder. Bir rahip dizleri üstüne çöküp dua etmekten nefret etmemeli sanki."

Rahip, sanki Raven onu yakmış gibi aniden bıraktı ellerini. Ama ardından kendisi de gülmeye başladı. "İnsan benim yaşıma geldiğinde, hele bir de romatizması varsa diz üstü çökünce dua etmekten çok küfür etmek geliyor içinden tatlım. Bu arada benim en büyük sırlarımdan birini de açığa çıkarmış oldun."

Sabah güneşine doğru yürürlerken her şeye rağmen ikisi de gülüyordu. Raven'ın gözleri sulanmıştı, adeta güneşe bakmayı protesto ediyorlardı. Başına bıçak gibi saplanan ağrı karşısında gözlerini kapatmak zorunda kaldı Raven. Elini gözlerinin üstüne bastırdı. "Güneş ne kadar parlak böyle! Hiçbir şey göremiyorum neredeyse. Gözlerimi açınca da çok acıyorlar. Siz de rahatsız olmadınız mı?"

"Mikhail burada bir tane güneş gözlüğü bırakmış olacaktı. Satrançta kaybedince bir şeylerini unutur hep nedense."

Rahip bir çekmecinin altını üstüne getirdikten sonra elinde koyu camlı bir güneş gözlüğüyle geldi, Mikhail için özel olarak yapılmıştı bu gözlük. Çerçeveleri Raven'ın suratı için fazla büyüktü ama Peder Hummer bantla tutturdu onları. Raven usulca gözlerini açtı. Camların koyuluğunun yanında çerçeveler şaşırtıcı biçimde hafifti. Gözleri hemen rahatlamıştı.

"Harika bir gözlükmüş. Ama bu markayı hiç duymamıştım daha önce."

"Mikhail'in dostlarından birisi yapıyor bunları."

Bahçe çok güzeldi. Raven diz üstü çöktü ve ellerini bereketli toprağa gömdü. Sımsıkı kapattığı avuçlarının içi toprakla dolmuştu. Yüreğine çöken ağırlık biraz hafifleyerek ciğerlerine azıcık havanın daha girmesine izin vermişti. Birdenbire bu verimli yatağa boylu boyunca uzanıp gözlerini yumarak toprağı derisine çekme arzusu uyanmıştı içinde.

Peder Hummer'ın bahçesi sayesinde sabahın o uzun saatlerini atlatabilmişti. Öğlen güneşi yüzünden rahibin kulübesine sığınmak zorunda kalmıştı. Güneş gözlükleri olmasına rağmen Raven'ın gözleri güçlü güneş ışığı karşısında yanıyor, sulanıyor ve sızlıyordu. Derisi aşırı hassaslaşmıştı, çok çabuk yanıp kızarıyordu; üstelik daha önce hiç güneş yanığı olmamıştı.

Beraber dinlenmeye çekilip iki satranç maçı yaptılar; maçlardan bir tanesi Raven düşünceleri ile mücadele etmeye odaklanınca yarıda kesilmişti gerçi. Yanında olduğu için Peder Hummer'a müteşekkirdi, o olmadan Mikhail'den ayrı kalmayı nasıl atlatırdı bilmiyordu. Açlıktan kaynaklanan halsizliğini geçirmek için bol bol bitki çayı içti.

Öğleden sonra saatler geçmek bilmedi. Raven ağzını açmış onu bekleyen o kapkara uçurumu birkaç ağlama nöbeti ile savuşturmayı başarmıştı. Saat beşe geldiğinde bitap düşmüştü, gururunu biraz daha ayaklar altına sermemek için son birkaç saati tek başına atlatması gerektiğine karar vermişti. Eğer Mikhail doğruyu söylediyse iki, en fazla üç saat sonra Raven'a seslenecekti. Raven, hayatta kalıp bağımsızlığını ve özsaygısını yeniden elde etmek istiyorsa o son birkaç saatle tek başına yüzleşmeye mecburdu.

Güneş epey alçalmış, bulutlar da ufukta gezinmeye başlamıştı ancak Raven'ın gözleri koyu güneş gözlüklerine rağmen acıyordu. Gözlükler olmasaydı pansiyona dönerken köyün yollarında böyle yürüyemezdi.

Şansına pansiyon sakin sayılırdı. Bayan Galvenstein ve çalışanları akşam yemeği ile yemek salonunu hazırlamakla meşguldüler. Diğer misafirlerin hiçbiri ortalıkta yoktu, Raven da kimse fark etmeden odasına çıkabildi böylece.

Uzun bir duş aldı, vücuduna çarpan sıcak suyun Mikail'e duyduğu o korkunç gereksinimi uzaklaştırmasını umuyordu. Islak, simsiyah saçlarını başının arkasında bağlayıp kalın, tek bir örgü haline getirdikten sonra çırılçıplak yatağa uzandı. Banyonun sıcaklığını hâlâ üstünde taşıyan tenini okşayarak soğutan serin hava Raven'ı sakinleştiriyordu.

Masalar kurulurken birbirlerine çarpan tabak ve çanakların çıkardığı sesleri işitebiliyordu. Farkında olmadan buna odaklandı. Derdi kederi bir kenara bırakıp bu yeni kabiliyetini keşfetmek iyi bir vakit geçirme yöntemine benziyordu.

Raven, biraz dikkatini verdiği takdirde sesi kısabildiğini, hatta kapatabildiğini, dilediğinde ise kilerdeki böceklerin kanat çırpışını bile duyabildiğini anladı. Duvarların ardında koşuşturan farelerin sesleri de geliyordu kulağına; birkaç tanesi de tavan arasındaydı.

Temizlikçiye düşen işler konusunda kısa bir tartışma yaşadı aşçı ile temizlikçi. Bayan Galvenstein mutfakta çalışırken bir şarkı mırıldanıyordu. Ardından bazı fısıltılar Raven'ın dikkatini çekti, suikastçıların fısıltılarıydı bunlar.

"Mikhail Dubrinsky ile Raven Whitney'nin yaşayan ölü olmalarına imkân yok," diyordu Margaret Summers ateşli ateşli. "Mikhail onları tanıyor olabilir ama vampir değil."

"Artık gitmeliyiz." Konuşan Hans'tı. "Bir daha böyle bir fırsat geçmez elimize. Diğerlerini bekleyemeyiz. Karanlık çökene kadar beklemeye niyetim yok."

"Çok geç kaldık." Jacob'ın sesi sızlanır gibi çıkmıştı. "Günbatımına sadece birkaç saat kaldı. Sırf oraya gitmek bile bir saat sürer."

"Acele edersek sürmez. O şey şu anda hazır yerin altında kapana kısılı," diye ısrar etti Hans. "Ancak yarına uyanır."

"Ben hâlâ Eugene ile diğerlerini beklememiz gerektiğini düşünüyorum," diye yakındı Jacob. "Onlar tecrübeli ne de olsa."

"Onları bekleyemeyiz," diyerek kararını verdi Harry Summers. "Hans haklı. Vampirler peşlerinde olduğumuzu biliyorlar, muhtemelen her gün tabutlarının yerlerini değiştiriyorlardır. Bu fırsatı elimizden kaçıramayız. Hemen aletleri hazırlayın."

"Şu Dubrinsky denilen herif de onlardan birisi bence. Raven tamamen onun büyüsü altına girmiş. Dubrinsky ile nişanlandıklarını söyledi Shelly bana," diye serzenişte bulundu Jacob.

"Onun da vampir olduğundan eminim ben. Babam doğduğunda bile genç bir adammış o," dedi Hans korkutucu bir ifadeyle.

"Öyle olmadığını söylüyorum size." Margaret ayak diretiyordu.

"Dubrinsky'nin kadınlar üstündeki etkisi ve kadınların da onu korumak için ne kadar ileri gittiği çok tuhaf gerçekten," dedi Hans şüpheyle; bu da yaşlı kadını susturmaya yetmişti.

Suikastçıların ölümcül aletlerini hazırlarken çıkardıkları sesleri işitebiliyordu Raven. Hans ile Jacob, Harry Summers'ı Mikhail'i öldürmeye mi ikna etmişti? Ya da Mikhail'in halkından başka birini? Raven, yatağın üstünde yuvarlanarak ayağa kalktı ve temiz bir kot geçirdi üstüne. Kalın çoraplarını ve botlarını ayağına geçirirken, Mikhail'e seslendi. Yine kapkara bir boşluktu aldığı cevap.

Bir yandan aklına gelen birkaç küfrü rasgele mırıldanırken; bir yandan da açık mavi, ince kumaşlı bir bluz geçirdi üzerine. Bölge polisini ne tanıyordu, ne de yerlerini biliyordu. Hem zaten vampir avcılarının olduğuna kim inanırdı ki? Çok saçmaydı bu. Peki ya Peder Hummer? Ama o da bu yaşında dağlarda kimsenin peşinden koşturamazdı.

"Şu malzemeleri arabaya yerleştireyim," dedi Jacob.

"Hayır! Yürüyerek gidersek daha çabuk varırız. Ormanın içinden gideriz, kestirme olur. Sırt çantalarına koy malzemeleri," diye ısrar etti Hans. "Hadi, acele edin. Çok vaktimiz yok. Onlar uyanıp güçlerini toplamadan ulaşmalıyız oraya."

Raven telaşla odaya bakındı bir silah bulabilmek için. Hiçbir şey yoktu. FBI'a davalarda yardım ettiğinde, ona eşlik eden ajanların tabancaları olurdu daima. Bir yandan sakinleşmek için derin derin nefes alırken, bir yandan da pansiyondan ayrılan gruptaydı kulağı.

En az 4 kişiydiler: Margaret, Harry, Jacob ve Hans. Jacob'dan daha önce şüphelenmesi gerekirdi. Onlarla yemeğe indiği gece ne kadar da bulanmıştı midesi; bunun vücudunun bir katilin sapkın zihnine verdiği doğal bir tepki olduğunu anlaması lazımdı. Ama o başına gelenler yüzünden bir duygu yoğunluğu yaşadığını düşünüp geçiştirmişti kendince.

Ama Jacob, Raven'a dokunmuştu. Noelle'in cinayetinde yer almış olamazdı, yoksa Raven anlardı. Harry ile Margaret onu vampirler olduğuna inandırmıştı belki de; ne de olsa onlar fanatik, tehlikeli insanlardı. Raven, Shelly'in bu işte parmağı olmadığını biliyordu. O yatağında oturmuş, okul ödevlerini yapıyordu. Jacob'a çağrıda bulunup vampir avının ne kadar da çılgınca bir şey olduğunu fark etmesini sağlama fırsatı geçerdi eline belki.

Koyu camlı güneş gözlüklerini kaptığı gibi odasından fırlayıp salona indi Raven sessizce. Margaret Summers yakınlardayken duygularına ve düşüncelerine kalkan çekme konusunda dikkatli olmalıydı. Mikhail'le tanışıp onunla telepati yoluyla iletişim kurmaya başladığından beri yeteneğini istediği gibi kullanması giderek kolaylaşmıştı Raven'ın.

Grup ormana uzanan yolda kaybolana dek bekledi Raven. Kalbi bir an yerinden fırlayacak gibi oldu, neredeyse durdu, ardından tekrar atmaya başladı. Ağzı kurumuştu. İlerledikleri yol Mikhail'in evine doğru gidiyordu; Raven'ı ilk kez evine götürdüğünde kullandığı yol olduğundan emindi. Mikhail şu anda çaresizdi, yaralıydı, ilaçların etkisiyle derin bir uykudaydı.

Raven hafif hafif koşmaya başladı, suikastçılara fazla yaklaşmamaya dikkat ediyordu. Gerekirse Mikhail'i canı pahasına savunurdu, ama katillerle yüzleşmekte de acele etmiyordu; hele de mecbur değilse.

Mavi gökyüzünü koyu, insanın içini karartan bulutlar kaplamıştı. Yeni esmeye başlayan rüzgâr yavaş yavaş yaklaşan bir fırtınanın habercisi gibiydi. Yapraklar patika üzerinde dalgalanır gibi uçuşuyor, hafif dallar Raven'ın yanlarından geçmesiyle kalkıp iniyorlardı.

Raven havanın soğumasıyla titredi; korku onu pençesini atmıştı bile. *Mikhail! Duy sesimi!* Raven çaresizlikle seslendi, suikastçılara yaklaşırken bir yandan da ilaçların Mikhail'in etrafına ördüğü duvarlardan içeri nüfuz edebilmek için dua ediyordu.

Birinin hırıltılı hırıltılı nefes aldığını işitince durarak geniş bir ağacın gövdesinin arkasına sindi. Harry Summers, süratle ilerleyen grubun gerisinde kalmış, soluklanmak için durmuştu. Raven adamın ciğerlerine hava çekerek, derin derin nefes almasını seyretti.

Giderek dağın yükseklerine tırmanıyorlardı. Grubun patika yoldan saparak Mikhail'in evinden ters bir yöne gittiklerini fark edince rahat bir nefes aldı Raven. İçinden sessizce şükrederek Harry'nin arkasına takıldı. Mikhail'in kurtları kadar usulca hareket ediyordu; buna hayret etmişti. Ayaklarının altında ne bir dal parçası çatırdıyor, ne de bir taş yuvarlanıyordu. Tek sorun güçten düşmüş olmasıydı. Açlıktan zayıf, uykusuzluktan bitap düşmüştü.

Raven çenesini kaldırdı. Bu insanlar bir canavarca cinayet daha işleyemeyecekti. Seçtikleri kurbanın Mikhail olup olmaması önemli değildi, yapacakları şey her ne ise Raven buna engel olmaya çalışmalıydı. Harry birkaç dakikada bir mola vererek Raven'ı yavaşlatıyordu. Ağaçların arasından geçerek Harry'nin önüne geçmeyi düşündü ama bu da düşmanları hem önüne, hem de arkasına almasına neden olacaktı.

Yarım saat geçtikten sonra Raven gökyüzüne baktı kaygıyla. Bazı bölgelerde ağaçlar epey sıklaşıyor, bazı yerlerde ise boylu boyunca çayırlar uzanıyordu. Bu da Raven'ın hızını iyice düşürüyordu. Açık alanda yakalanmayı göze alamazdı. Tüm bunların yanında da rüzgâr hızını arttırmış, soğuk minik oklar gibi Raven'a çarpıyordu. Grubun peşine düşme telaşıyla ceketini odasında unutmuştu. Güneşin batmasına daha bir saat vardı ama toplanan bulutlar ışığın önünü kesiyordu. Fırtınalar bu dağlarda çabuk patlak verir ve saatler boyu şiddetini korurdu. Bir sonraki tepeye geldiklerinde Raven aniden durdu.

Önünde bitkilere yatak, yaban çiçeklerine tarla olan yemyeşil bir çayır uzanıyordu. Etrafı gür çalılarla çevrili, ağaçların arasında adeta sıkışıp kalmış bir ev belirdi. Eve varmalarına yaklaşık bir metre kala Harry grubun geri kalanına yetişerek zeminde bir daire çizdi. Harry'nin elinde tahta bir kazık, Hans'ın elinde ağır bir çekiç vardı. Bir yandan ilahi söylerken, bir yandan da yanlarındaki kaptan aldıkları suyu yere serpiştiriyorlardı. Jacob ise elinde kazma ile kürek tutuyordu.

İlk bulantı darbesi çarptı Raven'a, hemen ardından tuhaf bir his sardı bedenini, bir ağrı dalgası sırtının aşağısından girip karnına yayılarak vücudundaki tüm kasları germişti. Ama bu kendi acısı değildi. Başka birisinindi. O başkasının zihninde, ağzında korkunun tadını aldı. Çaresizlik. Kendi zihni onunkine kilitlendi. *Bebeğini doğurmak için yüzeye çıkması gerekiyor.*

"O iblisin fahişesi bu. Doğum yapıyor," diye bağırdı Margaret, suratı tiksinme ve nefretten oluşan bir maske gibiydi. "Korkusunu hissedebiliyorum. Burada olduğumuzu biliyor, çaresiz durumda."

Jacob kazmayı yumuşak toprağa gömdü iyice. Hans da çılgınca kazmaya başladı. Metalin taşa çarptığında çıkardığı o korkunç çınlama sesi Raven'ın midesini bulandırıyordu. Fanatik zihinlerinin sapkınlığı için fon müziği oluşturmuştu adeta bu ses.

Raven toprağın dile gelip acı ve öfke ile haykırdığını işittiğini hayal etti bir an. Derin derin nefes alarak sakinleşmeye çalıştı. Bir plan yapmalıydı. Kadın ya bölgede çok yaygın olan maden kuyularından birinde ya da bir tür yer altı mahzeninde kapana kısılmıştı. Acı çekiyordu ve doğum yapmak üzereydi; hem kendi, hem de daha doğmamış yavrusunun hayatından endişe ediyordu.

Raven zihinsel ayak izlerini yakaladı, peşlerinden gitti, geri kalan her şeyi dışarıda bırakarak kadını odak merkezine getirmeye yoğunlaştı. Kadının sancısı azalana kadar bekleyip çok hafifçe yokladı onu zihniyle. *Suikastçıların yanındaki kadın zihnini okuyarak acını ve korkunu hissedebiliyor. Hem kendini, hem de benimle kurduğun iletişimi çok dikkatli bir şekilde kalkan altına al, yoksa ikimizin hayatı da tehlikeye girer.*

Önce şaşkınlık, sonra hiçbir şey. Kadın daha sonra çekinerek cevap verdi. *Sen de onlardan biri misin yoksa?*

Hayır! Orada mahsur mu kaldınız? Toprağı kazıyorlar.

Kadın kontrolünü kaybetmemek için çabalarken önce panik, sonra korku, ardından da boşluk hissi belirdi. *Bebeğimin ölmesini istemiyorum. Bana yardım edebilir misin? Yani bize? Lütfen bize yardım et!* Başka bir sancı daha saplanarak pençesi içine aldı kadını.

"Başka birisiyle temasa geçmeye çalışıyor!" diye haykırdı Margaret. "Çabuk olun!"

Mikhail! Sana ihtiyacımız var! Raven ümitsizce gönderdi çağrıyı. Ne yapacaktı şimdi? Çok fazla uzaklaşmışlardı, ne yardım bulabilir, ne yetkililere haber verebilir, ne de bir kurtarma ekibi getirebilirdi. Bu kadını ve doğmamış çocuğunu kurtarmanın bir yolunu bulmasına yardım edecek birilerine ihtiyacı vardı.

Yüzeye çıkmalıyım. Kadın umutsuzdu. *Bebeğimin ölmesine göz yumamam. Ben doğum yaparken ruh eşim de onlarla savaşmayı deneyecek.*

Hepinizi öldürürler. Dayanmaya çalış. Yarım saat veya bir saat daha dayanabilir misin? Sonra yardım gelecek.

Onlar yarım saate kalmadan ulaşırlar bize. Üstümde hissedebiliyorum onları, toprağı rahatsız ediyorlar. Zihinlerinde ölüm var.

Size zaman kazandırmaya çalışacağım.

Kimsin sen? Kadının sesi daha sakindi; dışarıdan yardım aldığı için kendisine hâkim olmaya çalışıyordu artık. En telkin edici cevap ne olabilirdi? Raven Whitney dese güvenini kazanması mümkün olmazdı pek. *Ben Mikhail'in kadınıyım.*

Kadının yaşadığı rahatlık etrafına yayılınca Margaret bir kez daha feryat ederek adamları bir kazma çılgınlığına sürükledi adeta. Raven tüm cesaretini toplayarak ağaçların arasından çıktı ve hantal hantal yürümeye başladı çayır boyunca; bir yandan da mırıldanıyordu kendi kendine. Onu ilk fark eden Harry oldu. Adamın küfürlerini işitti Raven; diğerlerine bir şeyler emretti. Jacob ile Hans yaptıkları işi bıraktı. Hans sinirli sinirli gökyüzüne baktı.

Raven gruba el sallayarak masum bir gülüş fırlattı. "Selam

millet. Ne yapıyorsunuz burada? Burası ne kadar da güzelmiş, öyle değil mi?" Kollarını iki yana açarak kendi etrafında döndü. "Çiçekler muhteşem, değil mi?" dedi coşkusunu koruyarak. Aralarında belirli bir mesafe bırakmaya özen gösteriyordu. "Fotoğraf makinemi odamda unuttuğum için öyle kızdım ki kendime."

Dört suikastçı birbirlerine gergin, suçlu bakışlar fırlattı. Aralarından ilk kendine gelen Margaret oldu; hoşnut hoşnut gülümsedi Raven'a. "Seni burada görmek ne güzel tatlım. Ama pansiyondan epey uzaklaşmışsın bakıyorum da."

"Bir yürüyüşe çıkıp temiz hava almak iyi gelir diye düşündüm. Siz de mi yürüyüşe çıktınız?" Isınmak için ellerini kollarının üstünden aşağı yukarı oynatırken rol yapmıyordu Raven. "Bir fırtına daha kopacak gibi görünüyor. Sizleri fark ettiğimde ben de tam geri dönmek üzereydim." Derme çatma taş eve çevirdi başını Raven. "Dağların derinliklerinde, tabiatla baş başa yaşamayı ben de çok isterdim." Doğrudan Hans'a baktı samimi bir edayla gülümseyerek. "Eviniz harikaymış. Buraya bayılıyorsunuzdur."

Hepsi kafası karışmışa benziyor, suçlu gibi görünüyorlardı; sanki ne yapacaklarını bilmiyor gibiydiler. İlk toparlanan Jacob oldu. Kazmasını yere bırakarak Raven'a doğru yürümeye başladı. Raven'ın nefesi boğazına hapsoldu. Onlar kadar ikilemde kalmıştı Raven. Kaçarak kendisini ele vermek istemiyordu ama Jacob'ın elini ona sürmesini de istemiyordu.

Raven geriledi, yüzündeki tebessüm silinmişti. "Önemli bir şeyin ortasında mı geldim?"

Tam o sırada yerin altında kapalı kalan kadına şiddetli bir sancı daha saplandı. Büyük bir dalga gibi yayılan acı kadından dışarı saçıldı adeta. Margaret gözlerini anında Raven'a kenetledi.

Yapacak tek bir şey kalmıştı. Raven da onu yaptı. Dehşete kapılarak soluk soluğa kalan Raven gruba doğru koştu. "Aman Allahım! Bir kadın maden kuyusunda mahsur kalmış, üstelik doğum yapıyor! Margaret! Olan bu mu sahiden? Yardım çağırmaya giden oldu mu?"

Aceleyle öne atıldığında kasıtlı olarak Jacob'tan uzağa, sola doğru; diğerlerinin yanına yönelmişti. Kazılan bölgenin kenarına geldiğinde sendeleyerek durdu. Hava ağırlaşarak durgunlaşmıştı; nefes almak bile zorlaşmıştı neredeyse. Mikhail'in yaptığı koruma büyülerinin daha zayıf bir şeklini fark etti. Fanatiklerin ilerlemesini yavaşlatma çabasıyla hamile kadının ruh eşi çekmiş olmalıydı bu kalkanı telaşla.

"Bir şey olmaz," dedi Margaret sakin sakin; bir çocukla konuşuyor gibiydi. "Aşağıdaki şey insan değil."

Raven'ın başı öne doğru kaydı, mavi gözleri şaşkınlıkla kocaman açıldı. "Onu hissedemiyor musun? Margaret, bazı yeteneklerim olduğunu söylemiştim. Böyle bir şeyi uyduracak değilim ya. Aşağıda mahsur kalmış bir kadın var ve doğum yapıyor. Bu bölge hep maden yataklarıyla dolu. Onlardan birinde sıkışmış olmalı. Korkusunu hissedebiliyorum."

"O insan değil." Margaret dikkatle onun etrafındaki bölgede yürüyordu. "Ben de senin gibiyim Raven. Biz kardeş sayılırız seninle. Adalet önüne çıkardığın o seri katillerin izini sürmenin senin için ne kadar acı verici olduğunu biliyorum çünkü ben de aynı şeyi yaptım."

Raven korkusunu yuttu. Margaret kulağa öyle tatlı ve kibar geliyordu ki; ama aslında her yanına fanatizmin o keskin kokusu sinmişti. Solgun gözleri bağnazlıkla, şeytani bir edayla parıldıyordu. Raven'ın midesi kalktı. Belki de Jacques'a ulaşabilirdi. "Margaret, sen de onun acısını, korkusunu hissediyor olmalısın." Raven'ın ağzı kurumuştu, kalbi yerinden fırlayacak gibi çarpıyordu. "Benim kim olduğumu, neler yapabildiğimi biliyorsun. Böyle bir konuda asla hata yapmam."

Hans küreği eline alıp tekrar işe koyularak diğerlerine bir ihtarda bulundu mırıldanarak. Rüzgâr kıyafetlerini çekiştirerek vücutlarını tırmalıyordu. Bulutlar uğursuz bir kömür karası renge büründü; rüzgârın çığlığıyla iyice bulandı renkleri.

Şimşekler bulutlardan bulutlara atlıyor, bir ikazı andıran gök gürlemelerinin ardı arkası kesilmiyordu.

"Bu yaşayan ölülerden. Bir vampir. Çocuklarımızın kanıyla besleniyor." Margaret fark ettirmeden Raven'a yaklaşıyordu.

Raven başını sallayarak ellerini karnına bastırdı. "Buna inanıyor olamazsın Margaret. Vampirler kurmaca varlıklar. Aşağıda kapalı kalmış kadınsa tamamen gerçek. Vampirlerin çocukları olmaz hem. Hadi ama Jacob! Bu saçmalığa inanıyor olamazsın."

"O bir vampir Raven. Biz de onu öldüreceğiz." İçinde uçları sivriltilmiş kazıkların bulunduğu sırt çantalarını işaret etti Jacob. Gözleri ümitle parlıyordu. Bu görevi üstlenmeye çok hevesli görünüyordu.

Raven geri çekildi. "Hepiniz delirmişsiniz."

Lütfen! Bana yardım et! Mikhail'e seslen! Çaresiz çığlıktan korku ve acı okunuyordu.

Raven anında tepki verdi. *Mikhail! Jacques! Bize yardım edin!*

"Dişi iblis Raven'a sesleniyor," diye bildirdi Margaret derhal.

Lütfen Mikhail'i çağır. Senin için gelir o. diye yakardı kadın.

"Durdurun onu," diye haykırdı Margaret. "Dişi vampir Raven'la konuşup yardım çağırması için yalvarıyor ona. Dediğini yapma Raven. Seni kandırıyor. Dubrinsky'i çağırma."

Raven onlardan uzaklaşarak koşmaya başladı, bir yandan da fırtınalı havada Mikhail'e yardım çağrısında bulunuyordu delice. Tam ağaçlık alana ulaşmıştı ki, Jacob ona yetişip dizlerinin altına vurarak onu sertçe yere yapıştırdı.

Çarpmanın şiddetiyle Raven'ın nefesi kesildi, başı döndü; neler olduğunu anlamaya çalışarak kısa bir süre yüzüstü kaldı yerde öylece. Jacob onu yaka paça ters döndürdü. Bacaklarını iki yana açarak üstüne oturdu Raven'ın, çocuksu hatlara sahip güzel yüzü şehvet ve sahip olma dürtüsüyle çirkinleşmişti. Gözeneklerinden sızan kokainin o mide bulandırıcı kokusunu aldı Raven.

Mikhail! Dua eder gibi seslenmişti adeta. Jacob'ın aklından geçenlerin de, onu durduracak gücü olmadığının da farkındaydı.

Rüzgâr şiddetlendi. Uzaklarda bir yerde bir kurt uludu, bir diğeri de ona cevap verdi. Çok daha uzaklarda ise bir ayı öfkeyle kükredi.

"Kendini çok zeki sanıyorsun, değil mi? En yüksek fiyatı teklif edene sattın masum, el değmemiş bedenini ne de olsa." Jacob, Raven'ın bluzunun önünü sıkıca kavrayarak sertçe çekip beline kadar yırttı kumaşı. Raven'ın meydana çıkan dolgun göğüsleri hemen dikkatini çekti. Göğüslerini sertçe kavrayarak yumuşak etini ezdi.

Çok üzgünüm. Kapana kısılmış kadının sesinden suçluluk okunuyordu. Zihinsel çağrılarını korumayı başaramayarak Margaret Summers'ın, Raven'a seslenişlerini duymasına sebep olmuştu.

Mikhail! Lütfen! Raven'ın ümitsiz yakarışı bir kez daha duyuldu. *Beni duymak zorundasın. Sana ihtiyacım var. Tanrım lütfen bana yardım et. O zavallı kadına yardım et.*

Jacob bağırarak onu art arda tokatladı. "Seni damgalamış. Aman Tanrım, sen de onlardan biri olmuşsun." Elini Raven'ın gırtlağına bastırarak nefes alışını engellemeye çalıştı. "Diğerleri gibi seni de döllemiş. O olduğunu biliyordum."

Jacob elini havaya kaldırdı, Raven'ın gözüne parlak metalin ışıltısı takıldı. Suratı adeta öfkeden ve nefretten bir maskeyle örtülen Jacob bıçağı sapladı. Acı bedenin aşağısına saplanarak karnına yayıldı; ılık kan dışarı fışkırdı birden. Jacob ucundan kan damlayan bıçağı etinden çıkararak tekrar havaya kaldırdı.

Bölüm 9

Yer gümbürdedi, sallandı, dalgalandı. Jacob'ın bıçağı ikinci kez indiğinde daha derine saplandı. Rüzgâr ölümcül gücünü serbest bırakarak yaprakları, çalıları ve ufak dalları ok gibi havada uçurmaya başladı. Bıçak üçüncü kez saplandı. Yıldırım bir kere cızırdadı, iki kere cızırdadı, üçüncüsünde patlak veren gök gürültüsüyle beraber yeryüzüne çarparak, korkunç bir sesle salladı toprağı. Bıçak Raven'a dördüncü kez indi. Gök yarıldı adeta, bent kapakları patlamış gibi şiddetli ve süratli bir yağmur yağmaya başladı bardaktan boşanırcasına.

Jacob'ın her yanı kan içinde kalmıştı. Gökyüzü giderek kararıyordu, Raven'ı eliyle ittirerek başını arkaya döndü. Diğerlerinin korku içindeki bağrış çağırışlarını duyabiliyordu. "Geber." Meydan okurcasına beşinci kez indirdi bıçağı tüm hiddetiyle.

Bıçak Raven'a ulaşamadan görünmez bir el Jacob'ın bileğini yakalayarak parmaklarıyla sımsıkı kavradı. Bıçak içeri doğru dönerek Jacob'ın boğazına yöneldi; sonsuzluk kadar uzun gelen bir an boyunca yavaş yavaş etine yaklaşan kanlı bıçağa kenetlendi Jacob'ın bakışları. Bıçak ansızın saplandı, kabzasına kadar etine gömülmüştü.

Kurtlar ormanın içinden fırlayarak çayırlık alanı çember

içine aldı, parıldayan gözler, üstlerine havada uçan dallar atan üç insana kilitlenmişti. Margaret çığlık atarak kaçtı. Harry şuursuzca koşmaya başladı. Yer tekrar kabarıp sallanınca Hans dengesini kaybederek dizleri üstüne kapaklandı.

"Raven." Mikhail, yanında cisimlendi, onun hayatı için duyduğu korku tüm hücrelerine yayılmıştı. Yaralarının ciddiyetini görebilmek için Raven'ın kot pantolonunu yırttı.

Yer tekrar kabararak çayırlıkta yarıklar açtı. Mikhail, oluk oluk akan kanı durdurma çabasıyla ellerini bıçağın açtığı deliklerin üstüne bastırdı. Jacques yanında belirdi cisimlenerek, ardından da Eric ile Byron. Sonra da Tienn ile Vlad geldi.

Gregori gökyüzünden fırlayarak kurt sürüsü tarafından kuşatılmış üç suikastçıya doğru atıldı. Adeta kıyametin koptuğu çayırlık alan üstünde devasa, simsiyah bir kurdun şeklini aldı; gözleri intikam ateşiyle çılgına dönmüş, kana susamış bir kurttu bu.

"Aman Yarabbi." Jacques, Mikhail'in yanında dizleri üstüne çökmüş, verimli toprakla dolduruyordu avuçlarını. "Byron koş, şifalı otlardan topla. Çabuk!"

Birkaç dakika içinde Raven'ın tüm yaralarını hazırladıkları lapalarla kapamışlardı. Mikhail'in gözleri onların hiçbirini görmüyordu, Raven'ı kolları arasına almış, geniş vücudunu ona siper ederek şiddetli yağmurun hücumundan korumaya çalışıyordu.

Mikhail tüm benliğiyle dikkatini bir noktaya odaklamıştı. *Beni bırakmayacaksın. Gitmene müsaade etmeyeceğim.* Yıldırım cızırdayıp göğü kırbaçladıktan sonra yere düştü. Onun arkasından gök gürültüsü patlak vererek dağları salladı.

"Jacques! Eleanor doğum yapmak üzere." Vlad'in sesinden çaresizlik okunuyordu.

"Onu eve götür. Celeste ile Dierdre'yı çağır." Jacques tiksintiyle Jacob'a ayağıyla vurduktan sonra kendi iri yarı vücudunu Raven'a siper etti o da.

"Raven ölmedi," diye tısladı, kardeşinin gözlerindeki merhamet hissini fark eden Mikhail.

"Ama ölüyor, Mikhail." Bunu bilmenin verdiği acıyla göğsü sıkıştı Jacques'ın.

Mikhail, Raven'ı kendisine çekerek kendi yanağı onunkine değinceye dek başını üzerine eğdi. *Beni duyabildiğini biliyorum; içmek zorundasın Raven. Kana kana iç.*

Mikhail, zihnindeki hafif kıpırtıyı hissetti. Sıcaklık, pişmanlık. Öyle çok acı vardı ki. *Bırak da gideyim.*

Hayır! Asla! Konuşma. İç sadece. Benim için iç. Beni seviyorsan, yaşamamı istiyorsan sana sunduğumu iç. Jacques niyetini anlayıp onu durdurmaya kalkmadan, Mikhail şahdamarını açtı.

Koyu renkli kan fışkırdı birdenbire. Mikhail, Raven'ı kendisine bastırarak itaat etmesini sağlamak için tüm gücünü kullandı. Raven ona boyun eğdi, hiçbir şey yapamayacak kadar zayıf düşmüştü. Ağzına akıtılanı yuttu ancak kendi başına içemiyordu.

Üst üste yıldırımlar düşüyordu yeryüzüne. Patlayan bir ağaçtan kızgın kıvılcımlar yağdı. Yer tekrar kabararak gümbürdedi, boy boy çatlamıştı. Gregori önlerinde belirdi. Karpatyalıların en esmeriydi, buz gibi soğuk solgun gözleri ölüm vaat ediyordu.

"Kurtlar üstlerine düşeni yaptı," diye bildirdi Eric katı bir tonla. "Yıldırımla, depremler de geri kalanını halleder."

Jacques, Mikhail'in omzunu tutarak diğerlerini görmezden geldi. "Yeter Mikhail. Zayıf düşüyorsun. Raven çok fazla kan kaybetmiş. İç kanaması da var."

Mikhail'in içini karanlık bir öfke kapladı. Başını arkaya atarak inkâr edercesine kükredi; sesi gök gürlüyormuşçasına yayılmıştı ormanda ve dağlarda. Etraflarındaki ağaçlar alev almış, dinamit gibi patlamışlardı.

"Mikhail." Jacques ağabeyinin omzunu bırakmıyordu. "Durdur artık Raven'ı."

"Damarlarında dolaşan kanım onu iyileştirecektir. Kanamasını durdurup onu toprağın altına sokarsak ve de şifa verici töreni uygularsak ölmez."

"Yeter dedim, Allah kahretsin!" Jacques'ın sesinden gerçek bir korku okunuyordu.

Gregori hafifçe Mikhail'e dokundu. "Eğer ölürsen, onu kurtarma şansımız hiç kalmaz kadim dostum. Bu işin üstesinden geleceksek hep birlikte hareket etmeliyiz."

Raven'ın başı geriye düştü, vücudu bir bez bebeğinki kadar gevşekti. Mikhail'in kanı göğsünden aşağı kontrolsüz bir şekilde akıyordu. Jacques ağabeyine doğru eğildi ama Gregori ondan önce davranarak açık yarayı dilinin tek bir darbesiyle kapadı.

Mikhail etrafında olup bitenlerin farkında değildi neredeyse, tüm benliğini, tüm odaklanma gücünü Raven'a yöneltmişti. Ellerinden kayıp gidiyordu, ağır ama kesin adımlarla siliniyordu Raven'ın varlığı. Kalp atışları düzensizdi, bir kez atıyor, sonra sekiyor, sonra hafifçe tekrar atıyordu. Uğursuz, ürpertici bir sessizlik çökmüştü etrafa.

Mikhail küfür ederek onu boylu boyunca yere uzattı; fiziksel olarak onun için nefes alıyor, eliyle kalp atışlarını canlandırmaya çalışıyordu. Zihniyle Raven'ın zihnini yoklayınca küçük, sönmeye yüz tutmuş bir ışık buldu. Bir ıstırap denizi üzerinde yüzüyordu sanki Raven. Nefes al, kalp masajı yap. Onu geri çağır, emir vererek güçlendir çağrıyı. İşlemi tekrarla.

Arkalarındaki taşlık vadiden aşağı sel boşanmıştı; giderek hızlanan ve güçlenen katı bir duvar gibiydi. Yer tekrar sarsıldı. İki ağaç daha patlayarak şiddetli yağmura rağmen alev aldı.

"Müsaade et, yardım edelim," diye buyurdu Gregori yumuşak bir sesle.

Jacques, ağabeyini nazikçe yana kaydırarak kalp masajını devraldı, Gregori de zihin yoluyla Raven'in solunumunu düzenliyordu. Nefes alıp vererek Raven'ın ciğerlerini havayla dolduruyordu Gregori. Jacques ise kalbinin atmayı sürdürmesini sağlıyordu. Böylece Mikhail tüm dikkatini zihinsel mücadelesine yoğunlaştırabiliyordu. Mikhail zihninde bir kıpırtı hissetti, çok çok hafif bir dokunuştu ama bunun

Raven olduğunu anlamasına yetmişti. Bu ize kenetlenerek kıyasıya takip etti onu. *Beni terk etmeyeceksin.*

Raven ondan kaçarak uzaklaşmaya çalışıyordu. Mikhail'in onu çağırdığı tarafta çok fazla acı vardı.

Telaşa kapılan Mikhail onun adını haykırdı. *Beni terk edemezsin Raven. Sensiz yaşayamam. Bana geri dön. Dönmezsen ben de senin peşinden gelirim.*

"Nabzı atmaya başladı," dedi Jacques. "Zayıf ancak atıyor. Onu buradan götürmeliyiz."

Çöken karanlıkta bir ışık titremesi meydana geldi. Tienn yanlarında cisimlendi. "Eleanor doğum yaptı. Çocuk yaşıyor," diye bildirdi. "Bir oğlan."

Mikhail, nefesini uzun, ağır bir tıslama halinde dışarı bıraktı. "Eleanor, Raven'a ihanet etti."

Eric söz alıp kadını müdafaa etmeye kalkışacakken Jacques ikaz edercesine başını salladı ona doğru. Mikhail, ölümcül bir öfke püskürüyordu şu anda. En ufak bir hata bile onu kışkırtmaya yeterdi. Mikhail'in hiddeti sert havayı, şiddetli fırtınayı, yer sarsıntılarını daha da kızıştırıyordu.

Mikhail zihnine yeniden gömülüp Raven'ı tutarak acısını elinden geldiğince azaltmaya çalıştı. Eve dönüş yolculuğunu hayal meyal hatırlıyordu Mikhail, yağmur arabanın ön camını dövüyor, şimşekler çakıyordu. Köy bomboş ve kapkaranlıktı, fırtınanın şiddeti yüzünden elektrikler kesilmişti. Evlerine çekilen insanlar birbirlerine sokulmuş, bu amansız fırtınayı sağ salim atlatma ümidiyle dua ediyorlardı. Hayatlarının fani bir kadının cesaretine ve azmine bağlı olduğunun farkında değillerdi.

Raven'ı tamamen gevşemiş ve hareketsiz kalmış vücudundaki kana bulanmış kıyafetleri çıkartarak Mikhail'in yatağına yatırdılar. Şifalı otlar ezerek, bazılarını tütsü niyetine yaktılar. Daha fazla kan kaybının önüne geçmek için yara lapaları daha taze, daha kuvvetlileriyle değiştirildi. Mikhail titreyen parmaklarıyla Raven'ın suratındaki çürüklere, duyduğu kıskançlığın ve aldığı uyuşturucunun hiddetiyle Jacob'ın kasıtlı olarak zarar verdiği beyaz göğüslerinde hemen göze çarpan koyu izlere dokundu. İçi öfkeyle dolup taştı, Jacob'ın boynunu elleriyle kırmış olabilmeyi diledi. "Kana ihtiyacı var," dedi Mikhail pat diye.

"Senin de öyle." Bileğini uzatmadan önce Mikhail'in Raven'ın üzerine çarşafı örtmesini bekledi Jacques. "Eline fırsat geçmişken iç."

Gregori, Jacques'ın omzuna dokundu. "Bağışla beni Jacques, ancak benim kanım daha kuvvetlidir. Muazzam bir güç barındırır içerisinde. Dostum için bu ufak iyiliği yapmama müsaade et." Jacques başını sallayınca, Gregori damarının üstüne bir çizik açtı.

Mikhail, Gregori'nin besleyici kanından istifade ederken bir sessizlik çökmüştü odaya. Jacques hafifçe iç geçirdi. "Raven, seninle üç kez mi kan değişiminde bulundu?" Sesinin duygusuz çıkmasına gayret etmişti, hem lideri, hem ağabeyi olan Mikhail'i kınıyormuş gibi görünmek istemiyordu.

Mikhail'in gözleri onu ikaz edercesine alev aldı. "Evet. Şayet hayatta kalırsa, muhtemelen bizden birisi olacak." Yaşadığı takdirde, onu dönüştüren kişi tarafından öldürülme ihtimalinin de olduğu konusunu kimse açmamıştı.

"Öyleyse insanların tıbbi yardımına başvuramayız Mikhail. Eğer bizim yöntemlerimiz işe yaramazsa, onların hekimleri zaten bir işe yaramaz," diye uyardı Jacques.

"Allah kahretsin Jacques! Sanki ben ne yaptığımın farkında değilim! Onu hayal kırıklığına uğrattığımın, onu korumayı beceremediğimin farkında değil miyim sanıyorsun? Bencilliğimle onun hayatını tehlikeye attığımı bilmiyor muyum sanki?"

Mikhail, kanlı gömleğini üstünden çıkartıp tek elinde top haline getirerek odanın en uzak köşesine fırlattı.

"Geçmişi sorgulamanın hiçbir anlamı yok," dedi Gregori sakince.

Önce Mikhail'in botları, ardından da çorapları zemine çarptı. Yatağa, Raven'ın yanına uzandı. "Bizim yöntemlerimizle kan alamaz, çok zayıf. Onların ilkel kan nakli yöntemini kullanmaktan başka seçeneğimiz yok."

"Mikhail," dedi Jacques ikaz edercesine.

"Başka seçeneğimiz yok dedim. İhtiyaç duyduğu kadarını almadı. Münakaşa ederek vakit kaybetme lüksüne sahip değiliz. Jacques bunu yapmanı senden kardeşim olarak, Gregori senden de dostum olarak rica ediyorum." Mikhail, Raven'ın başını kucağına koyarak yastıklara yaslandı. Onlar ilkel işlemi başlatırken, Mikhail de gözlerini kapattı, yorulmuştu.

Mikhail bin yıl daha yaşasa toprağın altında ölü gibi yatıyorken zihninde duyduğu o ilk huzursuzluk kıpırtısını unutamazdı. Bu bilgi zihninde bir anda patlak vererek yüreğine korku, ruhuna da öfke düşürmüştü. Raven'ın dalga dalga büyüyen dehşetini sezmiş; Jacob'ın onun kıymetli vücudunun üstündeki elini, merhametsiz darbelerini, tenini ve iç organlarını delip geçen bıçağın müthiş acısını hissetmişti. Raven o kadar ıstırap ve korku duymuştu ki. Eleanor ile doğmamış çocuğunu koruyamadığı için büyük bir vicdan azabı çekiyordu.

Raven'ın zayıf dokunuşu zihninden kaydı, fısıldar gibiydi, acı ve pişmanlık doluydu. *Üzgünüm Mikhail. Seni hayal kırıklığına uğrattım.* Bilinçli son düşüncesi Mikhail içindi.

Kendisinden de, zihinsel iletişimi odaklanmış ve düzgün bir şekilde öğrenme disiplini olmadığı için Eleanor'dan da nefret etti.

Olan biteni anladığı o kısa süre içerisinde, toprağın altında çaresizce yatıyorken yaşamının, inançlarının temelleri sarsılmıştı. Serbest kalarak topraktan çıktığında Jacques da onunla birlikte yükselmişti. Mikhail, zihniyle Jacob'a ulaşıp kana bulanmış bıçağı kabzasına kadar katilin boğazına saplamıştı.

Fırtına sayesinde Vlad kör olma korkusu duymadan, doğum yapan karısını ve kendisini öldürülme tehlikesizi olmaksızın çıkartmıştı yeraltından.

Mikhail, Raven'ın zihnine ulaşmaya çalışıyor, kollarını ona siper ederek sıcaklık ve sevgiyle kuşatıyordu onu. Kolunun içine saplanan iğne daha sonra da Raven'ın kolunu deldi. Kardeşinin nakli yakından gözeteceğine şüphesi yoktu. Jacques elinde hem Mikhail'in, hem de Raven'ın hayatlarını tutuyordu. Raven ölürse, Mikhail de onun peşinden gidecekti. Raven'ın ölümünün arkasında bıraktığı korkunç öfkenin insan olsun, Karpatyalı olsun etrafındaki herkesin yaşamını tehlikeye atacağını çok iyi biliyordu Mikhail. Tek ümidi, Raven öldüğü takdirde Gregori'nin Karpatya adaletini çabuk ve tam olarak yerine getirip onu öldürmesiydi.

Hayır. Şuuru yerinde değilken bile Mikhail'i kurtarmaya çalışıyordu Raven.

Raven'ın saçlarını uzun uzun okşadı Mikhail. *Uyu küçüğüm. Uyuyup şifa bulman gerek.* Mikhail zihnini kullanarak ikisi için de nefes alıyor, oksijenin hem kendi, hem de onun akciğerlerine girmesini sağlıyordu. Kalp atışlarını bir ahenk içerisine oturtmuştu. Raven'ın iyileşmesini sağlamak için onun vücut mekanizmasını mümkün olduğunca devralmıştı.

Jacques, Mikhail'in kararını çoktan vermiş olduğunun farkındaydı. Bu kadın ölecek olursa Mikhail'i de kaybedeceklerdi. Şu anda Mikhail tüm gücünü Raven'ın kanının akması, kalbinin atması, ciğerlerinin çalışması için sarf ediyordu. Çok yorucu bir süreçti.

Gregori'nin gözleri Mikhail'in başının üstünde Jacques'ınkilerle buluştu. Bu çiftin ölmesine müsaade etmeyecekti. Raven'ı iyileştirmek onların elindeydi. "Ben yaparım Jacques." Bu bir rica değildi.

Yanlarındaki hava titreşti, Celeste yanında Eric ile belirdi. "Mikhail onun ardından gitmeyi seçiyor," dedi Celeste usulca. "Onu o kadar çok seviyor çünkü."

"Haber bu kadar çabuk mu yayıldı?" diye sordu Jacques.

"Mikhail bu dünyadan çekiyor kendini," diye yanıtladı Eric. "Bütün Karpatyalılar sezebiliyor bunu. Onları kurtarma şansımız var mı?"

"Yeter!" diye tısladı Gregori, onları kendine getirerek.

"Onları kurtarmaktan başka çaremiz yok. Başka bir ihtimali aklımıza bile getirmemeliyiz."

Celeste, Raven'a yaklaştı. "Bırak da bunu ben yapayım Jacques. Ben bir kadınım, karnımda bir çocuk taşıyorum. Hata yapmam."

"Gregori bir şifacı Celeste. Sen hamile olduğun için bu senin için zor olacaktır," diyerek karşı çıktı Jacques kibarca.

"Ama ikiniz de onlara kan veriyorsunuz. Hata yapabilirsiniz." Celeste çarşafı Raven'ın üstünden çekti. Hafif bir çığlık attı, ne denli korktuğu belliydi. "Aman Allahım. Jacques, kurtulma şansı hiç yok."

Sinirlenen Jacques, onu dirseğiyle önünden ittirdi. Gregori aralarına girdi; soğukkanlı bir tehdit ve korkunç bir sitemle parlayan solgun gözleri Celeste'nin üzerinden su gibi akıp gitmişti sanki. "Raven'ı ben tedavi edeceğim, bunu tartışmaya bile gerek yok. Ve iyileşecek o. Ben bu görevi yerine getirirken sadece bana gönülden inananların eşlik etmesini istiyorum. Şayet bana bu yardımda bulunmayacaksan hemen git buradan. Hem kendi zihnimde, hem de etrafımdakilerin zihninde mutlak bir inanç olmalı. Raven yaşayacak çünkü başka bir seçenek yok."

Gregori ellerini yaraların üstüne bastırarak gözlerini kapadı. Kendi bedeninden çıkıp ölü gibi kımıldamadan yatan bu ağır yaralı bedenin içine girdi.

Mikhail, Raven'ın acı dolu kıvranışını hissetti. Vücudunu geri çekerek bu yeni, acı dolu hissin ona erişemeyeceği bir yere kaçmaya çalışıyordu. Mikhail, hiç çaba göstermeksizin kollarını onun etrafına sararak Greogori'nin, organlarını rahat onarabilmesi için sabit tuttu; bu iş büyük incelik gerektiriyordu zira. *Kendini serbest bırak küçüğüm. Ben yanındayım.*

Ben bunu yapamayacağım. Raven'ın dilinden dökülenler sözleri değil, hisleriydi sanki. Öyle çok acı çekiyordu ki.

Seçimini bizim için yap Raven. Tek başına gidemezsin, ben de peşinden gelirim.

"Hayır!" Jacques'ın itirazı keskindi. "Ne yapmaya çalıştığının farkındayım Mikhail. Şimdi kan içmezsen nakli durduracağım."

Mikhail'in kabaran öfkesi onu silkeleyerek yarı baygın halinden çıkardı. Jacques, onun koyu gözlerindeki hiddete sakinlikle karşılık verdi. "Kan kaybından dolayı bana karşı koyamayacak kadar zayıf düştün."

"O zaman müsaade et de besleneyim." Sözlerinde buz gibi soğuk, gece kadar karanlık bir öfke vardı. Bir ölüm tehdidi.

Jacques, hiç tereddütsüz boğazını açtı. Mikhail, dişlerini vahşi bir hayvan gibi derine batırıp kana kana içtiğinde duyduğu acıdan dolayı inlememek için zor tuttu kendini. Jacques ne en ufak bir şekilde karşı koydu, ne de en ufak bir ses çıkardı; ağabeyi ve Raven için hayatını sunmuştu. Jacques'ın dizlerinin bağı çözülüp de sertçe oturduğunda Eric yanlarına doğru hamle yaptı ancak Jacques el işareti ile uzaklaştırdı onu.

Mikhail ansızın başını kaldırdı, gölge düşmüş yüzünden keder okunuyordu, Jacques'ın içi yandı. "Beni bağışla Jacques. Sana yaptığım muamelenin özrü yok."

"Özgür irademle sunduğum bir şey için af dilemene gerek yok," diye cevap verdi Jacques kesik kesik. Eric hemen yanına gelerek Jacques'a kan takviyesinde bulundu.

"Hangi canavar böyle bir şeyi yapar? Hâlbuki Raven öyle iyi, öyle cesur ki. Hiç tanımadığı biri için hayatını bile tehlikeye attı. Nasıl bir insan ona zarar vermek ister?" diye sordu Mikhail gözlerini yukarı kaldırarak. Ancak aldığı tek cevap sessizlik oldu.

Mikhail'in bakışları Gregori'de sabitlendi. Şifa törenini olağanüstü bir odaklanmayla yerine getiren arkadaşını seyretti bir süre. Alçak sesle söylenen ilahi onu yatıştırıyor, işkence çeken ruhunu az da olsa rahatlatıyordu. Gregori'yi yanlarında, Raven'ın içinde hissedebiliyordu; çok zahmetli ve ağır bir işlem olan vücut onarımı büyüsünü uyguluyordu.

"Bu kadar kan kâfi," diye fısıldadı Jacques boğuk bir sesle, kokulu mumları yakıp yeni bir ilahiye geçerken.

Gregori kımıldandı, gözleri hâlâ kapalıydı ancak başını salladı. "Vücudu değişim için çabalıyor. Kanımız organlarının içine nüfuz ederek dokuyu değiştirip onarmak için uğraşıyor. Sürecin tamamlanması için zamana ihtiyacı var." Ellerini tekrar düzeltmeye çalıştığı derin yaraların içine soktu. Rahmi hasar görmüştü, Gregori'nin riske atamayacağı kadar önemli bir sorundu bu. Raven kusursuz olmalıydı.

"Kalbi çok yavaş atıyor," dedi Jacques yatağın kenarından aşağı kayarken. Kendisini yerde bulduğu için afallamış gibiydi.

"İyileşerek dönüşümü tamamlaması için vücudunun daha fazla vakte ihtiyacı var," diye ekledi Celeste, bir yandan da Gregori'nin nasıl çalıştığını seyrediyordu. Bir mucizeye şahitlik ettiğinin farkındaydı. Herkesin dilinde dolaşan o efsanevi Karpatyalıya daha önce hiç bu kadar yakın olmamıştı. Aslında halkından pek az kimse Gregori'yi yakından görmüştü. Her hücresinden güç fışkırıyordu adeta.

"Celeste haklı," diyerek onayladı Mikhail. "Ben Raven'ın solunumunu ve kalp atışlarını kontrol etmeyi sürdüreceğim. Eric, sen de Jacques'a göz kulak ol."

"Sen istirahat edip kadınınla ilgilen Mikhail. Jacques'a bir şey olmaz. Hem bir sorun çıkarsa Tienn de burada zaten. Gregori'nin önünde daha uzun saatler var," diye yanıtladı Eric. "Gerekirse başkalarını da yardıma çağırırız."

Jacques'ın kendisine doğru uzattığı elini tuttu Mikhail. "Öfkeni yatıştırmalısın Mikhail. Dağlar bile seninle inliyor." Gözlerini yumarak başını yatağın kenarına yasladı, hâlâ Mikhail'in elini tutuyordu.

Raven vücuduna olanlardan azade kalmış gibiydi. Odada bulunanların ve ne yaptıklarının Mikhail aracılığı ile farkında oluyordu. Mikhail, bir şekilde onun yanında, vücudundaydı; onun için nefes alıyordu. Birisi daha vardı, tanımadığı birisi. O da Raven'ın içindeydi, bir cerrah gibi hareket ederek bedeninin, iç organlarının aldığı ağır hasarı onarıyor, üreme organlarına özel bir hassasiyet gösteriyordu. Raven her şeyi bırakmak, bu acının onu ezip geçerek hislerin olmadığı bir yere taşımasını istiyordu. Pat diye vazgeçebilirdi. Çünkü yorgundu Raven, hem de çok yorgun. Öyle kolaydı ki bırakıp gitmesi. İstediği, arzuladığı da buydu.

Ancak Raven onu çağıran huzuru reddederek yaşama ve Mikhail'in yaşamına tutunmak için savaşıyordu. Mikhail'in ağzının kenarında olacağını bildiği çizgilere sürmek istiyordu parmak uçlarını. Onun suçluluk duygusunu ve öfkesini gidermek, her şeyin kendi seçimiyle olduğunu söyleyerek içini rahatlatmak istiyordu. Mikhail'in mutlak, ödün vermeyen, koşulsuz, ebedi aşkı Raven'ın başa çıkabileceğinden çok daha yoğundu. Fakat şu anda Raven'ın dikkatini en çok çeken şey vücudunda gerçekleşen tuhaf değişimlerdi.

Mikhail onu sevgisinin kozasında sımsıkı sararak koruyorken başka hiçbir şey nüfuz edemiyordu çünkü Raven'a. Mikhail'in nefes alışıyla o da alıyor; Mikhail'in kalbinin atışıyla onunki de atıyordu. *Uyu küçüğüm. Benim gözüm ikimizin de üstünde.*

Uzun, zahmetli saatlerin ardından Gregori doğruldu, saçları terden ıslanmış, yüzü solmuş ve çizgi çizgi olmuştu, yorgunluktan her tarafı sızlıyordu. "Elimden geleni yaptım. Eğer yaşarsa çocuk sahibi olabilecek. Mikhail'in kanı ve toprak tedavi sürecini tamamlayacaktır. Değişim süratle gerçekleşiyor. Raven olanları anlamadığı için karşı da koymuyor." Gregori, Raven'ın kanının bulaştığı elini saçlarının arasına attı. "Şu anda yalnızca Mikhail'in hayatı için mücadele ediyor, tek düşündüğü Mikhail'in yaşaması ve kendi ölümünün onu nasıl etkileyeceği. Şimdilik ona neler olduğunu anlamaması daha hayırlı kanaatimce. Yaralarının ciddiyetinin farkında değil. Çok fazla acı çekiyor ancak kolay pes edenlerden değil."

Jacques, kanlanmış olanları değiştirmek için yeni lapalar hazırlamaya koyulmuştu çoktan. "Ona daha fazla kan veremez miyiz? Hâlâ kan kaybediyor ve çok zayıf durumda. Sabaha çıkamamasından korkuyorum."

"Verebiliriz," diyerek yanıtladı Gregori yorgun ve düşünceli bir halde. "Ancak bir litreden fazla olmaz. Bu işlemi yavaş yavaş uygulamalıyız yoksa onu telaşlandırırız. Mikhail'den koşulsuz şartsız kabul ettiği şeyi kendinde olunca kabul etmez. Ona benim kanımı ver. Mikhail'inki gibi kudretlidir. Hem o Raven'ın kalp atışını ve solunumunu düzene sokmaya çalışmaktan bitkin düşüyor giderek."

"Yorgunsun Gregori," diye itiraz etti Jacques. "Kan verebilecek başkaları da var."

"Ama onlarda benim kanım yok. Dediğimi yap." Gregori sakince oturarak iğnenin damarına yerleştirilmesini izledi. Kimse Gregori'ye karşı çıkamazdı, onun sözü kanundu. Yalnızca Mikhail ona dostum diyebilirdi.

Celeste derin bir nefes aldı, hayranlığını belirten bir şeyler söylemek istedi ancak Gregori'nin bakışındaki ifade onu durdurdu. Fırtına öncesi sessizliğe bürünmüş gibiydi Gregori, sükûnetinde ölümcül bir şeyler vardı.

Jacques, Gregori'nin o çok değerli can suyunun Raven'ın damarlarına akmasına izin verdi. Bu Raven'ın şifa bulmasının en iyi ya da en hızlı yolu değildi fakat Gregori'nin yorumları Jacques'ın endişelerini bastırmıştı. Ancak, kanın sorunsuz aktığından emin olduktan sonra tekrar yerine oturdu Jacques. Organize olmaları, her ayrıntının üstünden geçmeleri lazımdı. Mikhail ayrıntıların hayat kurtardığına inanırdı. "Halkımızın gördüğü zararı değerlendirmemiz gerek. Suikastçıların hepsi öldü, kaçan olmadı değil mi?"

"Hans, Amerikalı çift ve Raven'a saldıran adam," diye saydı Eric. "Orada bir tek onlar vardı. Fırtınanın şiddetinden, hayvanların o gözü dönmüş hiddetinden hiçbir fani kurtulmuş olamaz. Saklanan bir gözcüleri olsaydı Mikhail veya hayvanlar anlardı kesin."

Gregori yorgun argın kımıldandı, ardı arkası kesilmeyen çabaları yüzünden olağanüstü gücü yavaş yavaş tükenmeye başlamıştı. "Başka kimse yoktu," dedi amirane, kimsenin aklından onun dediğinden şüphe etmek geçmeyecekmiş gibi, ki geçmeyecekti de elbette.

Jacques o gece boyunca ilk kez hafifçe sırıttığını fark etti. "Bölgeyi dikkatli bir şekilde taradın, değil mi Eric?"

"Kesinlikle. Fırtınadan korunmak için bir ağacın altına sığınınca üstlerine yıldırım düşmüş izlenimi vermek için bir araya getirilip yakıldı cesetler. Yaralarla ilgili hiç kanıt yok."

"Yarın kayıp turistler ile Hans'ı aramaya çıkacaklardır. Byron senin evin o civarda olduğu için senden şüphelenirler. Evinin yakınlarında dolaşma. Vlad, Eleanor ile çocuğu bu bölgeden uzaklaştırmalı tamamen."

"Seyahat edebilecek durumdalar mı?"

"Arabayla edebilirler."

"Gece daha uzun. Kış aylarında pek sık olmasa da kullandığım bir evim var. Ulaşılması zor, korunaklı bir yerde." Gregori'nin gülümsemesi gümüşi gözlerini ısıtmaya yetmemişti. "Mahremiyetime önem veririm. Şu anda boşta. Kadının ve çocuğun can güvenliği için onu size kendi isteğimle sunuyorum, ihtiyacınız olduğu sürece kullanabilirsiniz. Ev buradan 150-160 km uzakta. Ben dünyayı dolaşmaya çıktığım için size rahatsızlık da vermem."

Vlad itiraz etme fırsatı bulamadan Jacques susturdu onu. "Şahane bir fikir. Sorunlarımızdan bir tanesi hallolmuş oldu böylece. Byron'un kendi sığınağı var nasıl olsa. Hemen yola koyulun Vlad. Eleanor'a iyi sahip çık. O da, çocuk da kıymetli bizim için."

"Mikhail ile konuşmam lazım. Eleanor, Raven'ın hayatını tehlikeye soktuğu için perişan halde."

"Mikhail kendinde değil." Jacques iğneyi Raven'ın hareketsiz vücudundan ve Gregori'nin kolundan çıkardı. Raven'ın nefes alış verişi öyle zayıf, öyle kesikti ki Mikhail'in onun hâlâ nasıl nefes almasını sağlayabildiğini anlamıyordu. "Aranızdaki meseleleri başka bir zaman tartışırsınız. Mikhail tüm enerjisini Raven'ı hayatta tutmak için harcamak zorunda. Kadını kendi başına nefes alamıyor."

Vlad kaşlarını çattı, fakat Gregori eliyle ona dışarı çıkmasını işaret edince razı olmak zorunda kaldı. Hayat arkadaşının vicdan azabını geçirmek için kalıp tartışabilirdi ancak herkes Gregori'ye itaat ederdi. O Mikhail'in sağ eli, en amansız avcısı, halkının hakiki şifacısıydı; hem Mikhail'i de gözü gibi koruyordu.

"Bu gece halkımızdan hiç kimse beslenemedi," diye belirtti Eric karısının solgun yüz hatlarını incelerken. "Bu havada hiçbir fani evinden dışarı çıkmaz."

"Evlere girmeye mecbur kaldığımızda büyük risk alıyoruz," diyerek içini çekti Jacques; Mikhail'e danışabilmek isterdi.

"Mikhail'i rahatsız etme sakın," dedi Gregori. "Raven'ın ona bizden daha çok ihtiyacı var. O ölürse, Mikhail'i, ırkımızın gelecek de var olma şansını da kaybederiz. Doğduktan sonra hayatta kalan son dişi Noelle'di. Bunun üstünden de 500 sene geçti. Neslimizi devam ettirebilmek için bu kadına ihtiyacımız var. Gücümüz yerinde olmalı. İşimiz daha bitmedi."

Mikhail kıpırdanarak simsiyah, gölgeli gözlerini açtı. "Daha bitmedi. En az iki, muhtemelen dört kişi daha var. Eugene Slovensky ile Kurt Von Halen. Diğer iki gezginin kimliklerini veya bu olaya dâhil olup olmadıklarını bilmiyorum. İsimleri pansiyonda kayıtlı olmalı. Bayan Galvenstein bize bu konuda yardım edebilir." Uzun kirpikleri aşağı kaydı. Onu ölümün kıyısından tutup çekebilirmişçesine uzun parmaklarını Raven'ın saçları arasında gezdirdi.

Jacques, ağabeyinin uzun parmaklarının Raven'ın uzun saçlarını sevgiyle okşamasını izledi. "Onu birkaç saatliğine toprak altında tutabilir miyiz Gregori?"

"İyileşme sürecini hızlandırırdı."

Eric ile Jacques mahzeni hazırlamak için aşağı indi. Ağızlarından çıkan tek bir emirle iki bedeninin yan yana yatmalarına yetecek kadar bir boşluk bırakarak aralamışlardı toprağı. Raven'ı çok dikkatli taşımışlardı, Mikhail onun yakınından ayrılmıyordu. Tek kelime etmeden tüm dikkatini Raven'ın kalbine, ciğerlerine ve yaşama tutunmasını sağlayan o sönük ışığa yoğunlaştırmıştı.

Mikhail, toprağın içine girdi; ona kucak açmış bir yatak gibi etrafını saran bereketli toprağın şifalı dokusunu hissetti. Raven'ın zayıf bedenini alarak kendi bedenini ona siper etti.

Mikhail, ellerini kaldırıp başları üstünde ince bir tünel açarak toprağa onları örtmesini emretti. Toprak Mikhail'in bacaklarını, Raven'ın bacaklarını, tüm vücutlarını kaplayarak onları yerin daha derinliklerine bastırdı.

Raven'ın kalbi yerinden fırlayacak gibi oldu; Mikhail'in düzenli kalp atışlarının aksine onunki deli gibi atıyordu. *Ben ölmedim ki! Bizi diri diri gömüyorlar!*

Sakin ol küçüğüm. Biz toprağın halkıyız. Toprak bizi iyileştirecek. Yalnız değilsin, ben yanındayım.

Nefes alamıyorum.

Ben ikimiz için de nefes alıyorum.

Dayanamıyorum. Durdur onları.

Toprak şifalı güçlere sahiptir. İzin ver de görevini yapsın. Ben Karpatyalıyım, toprağın çocuğuyum. Hiçbir şeyden korkmana gerek yok. Ne rüzgârdan, ne topraktan, ne de nehirlerden. Biz biriz.

Ben Karpatyalı değilim. Raven'ın zihnini korku ele geçirmişti.

Biz biriz. Hiçbir şey sana zarar veremez.

Raven kendisini Mikhail'e kapatarak çılgınca karşı koymaya başladı, canına mal olabilirdi bu. Mikhail tartışmanın nafile olduğunu anladı. Raven toprağın üstüne örtülmesini kabullenemiyordu. Mikhail, onu kolları arasına alıp havada süzülürcesine hemen çıktı yeraltından. Raven'ın kalp atışının normal seyrine dönmesine çabalıyordu bir taraftan da.

"Ben de bundan korkuyordum," dedi Mikhail hâlâ mahzende bulunan Jacques'a. "Damarlarında Karpatyalı kanı akıyor ancak zihni insani sınırlamalar koyuyor. Gömülmek ölümü temsil ediyor onun için. Toprak altına girmeye tahammül edemiyor."

"Madem öyle biz de toprağı ona götürürüz," diye yanıtladı Jacques.

"Ona hep bencilce davrandım. Hâlâ bencillik yapıyorum. Ruhunun huzura kavuşmasına izin vermeliydim ancak yapamadım. Ben de onun peşinden giderdim Jacques ancak bu dünyadan sessiz sakin mi ayrılırdım bilemiyorum."

"Peki ya bize ne olacaktı Mikhail? O bizim şansımız, umudumuz. Bir umudumuz olmalı Mikhail. Eğer olmazsa hiçbirimiz daha fazla tutunamayız. Sana inanıyoruz, ihtiyacımız olan cevabı bulacağına da inanıyoruz." Jacques, mahzenin kapısında durdu. Bir şilte getireyim. Byron, Eric ve ben bulabildiğimiz en bereketli toprakla kaplarız onu."

"Onlar beslendi mi?"

"Gece daha yeni başladı; önümüzde uzun saatler var."

Mahzende bir şifa yatağı kurdular. Çeşitli bitkiler ve tütsüler kullanmış, şilteyi 7-8 cm toprakla kaplamışlardı. Raven ile Mikhail bir kez daha yan yana uzandı. Raven'ın başı Mikhail'in göğsüne yaslıydı, Mikhail de onu kolları arasında tutuyordu. Jacques, Raven'ın vücut kıvrımlarının olduğu bölgeleri de doldurmak için toprağı sıkıştırdı. Üzerlerine örtmek için topraktan ince bir battaniye oluşturdular; Raven, boynunda, yüzünde pamuğun güven verici dokusunu hissetsin diye de toprak battaniyenin altına bir çarşaf serdiler.

"Onu sabit tut, Mikhail," diyerek teşvik etti Jacques. "Yaralar kapanıyor ancak fazla olmasa da hâlâ kan kaybediyor. Birkaç saat içinde ona tekrar kan verebiliriz."

Mikhail, yanağını Raven'ın ipeksi başına yaslayarak gözlerini yumdu. "Bayılmadan git de beslen Jacques," diye mırıldandı yorgun argın.

"Diğerleri döndüğünde giderim. Seni ve kadınını korumasız bırakacak değiliz."

Mikhail itiraz edecekmiş gibi kımıldandı ancak sonradan ağzının kenarına çarpık bir sırıtma yerleşti. "Hatırlat da kendime geldiğimde seni arkaya götürüp iyi bir ders vereyim."

Kulağında Jacques'ın kahkahaları, kollarında sıkıca tuttuğu Raven olduğu halde uyuyakaldı.

Dışarıda yağmur hafif bir çiselemeye dönüşmüştü, rüzgâr da şiddetini kaybederek fırtına bulutlarını beraberinde götürmüştü. Peş peşe gelen sarsıntıların ardından yer de sakinleşmişti. Kediler, köpekler ve çiftlik hayvanları da normal hallerine dönmüştü. Vahşi hayvanlarsa fırtınanın ardından sığınacak bir yer arıyorlardı.

Raven ağır ağır, acı içinde uyandı. Gözlerini açmadan evvel durumu değerlendirdi. Yaralanmıştı, ölmüş olması gerekirdi. Mikhail'in kolları arasındaydı, zihinsel bağları hiç olmadığı kadar kuvvetliydi. Mikhail, onu ölümün pençesinden çekip kurtarmış, sonra da kendisinin de onunla beraber gitmesi şartıyla serbest kalmasına izin vermişti. Raven, evin yukarısından gelen çıtırtıları, çatıyı ve pencereleri döven yağmurun sakinleştirici sesini işitebiliyordu. Evin içerisinde birisi hareket etti. Biraz çabalarsa bunun kim olduğunu da anlayabilirdi, ancak fazla zahmetli bir işe benziyordu.

Raven, olanların tüm dehşetiyle kafasının içinde yavaş yavaş yeniden canlanmasına müsaade etti. Doğum yapmak üzere olan, mahsur kalmış kadın, zalimce bir cinayete ve gözü dönmüşlüğe yol açan korkunç fanatizm. Ona tokat atıp kıyafetlerini yırtan Jacob'ın yüzü.

Raven alçak sesle bir panik çığlığı atınca, Mikhail kollarını onun etrafında daha da sıkıca sararak çenesini başına sürttü. "Böyle kötü şeyler düşünme. Bırak da seni tekrar uyutayım."

Raven parmaklarını Mikhail'in boğazına doladı, onun düzenli nabzını hissetmeye ihtiyacı vardı. "Hayır. Olanları hatırlamak, hazmetmek istiyorum."

Mikhail'in anında kendini belli eden endişesi Raven'ı şu anda başka hiçbir şeyin edemeyeceği kadar rahatsız etti. "Çok zayıfsın Raven. Daha çok kana ve uykuya ihtiyacın var. Yaraların epey ciddiydi."

Bunun üzerine Raven kımıldayarak ağırlığını hafifçe diğer yanına kaydırdı. Anında bir acı saplandı bedenine. "Sana ulaşamadım. Çok uğraştım Mikhail, o kadın için..."

Mikhail, Raven'ın parmaklarını ağzının sıcaklığına yaklaştırarak dudaklarına bastırdı. "Seni bir daha asla yüzüstü bırakmayacağım Raven."

Mikhail'in yüreğinde ve zihninde duyduğu ıstırap Raven'ın vücudundakinden fazlaydı. "Onların peşinden gitmek benim seçimimdi Mikhail. Olaya müdahale edip o kadına yardım etmek benim seçimimdi. O insanların neler yapabileceğinin pekâlâ farkındaydım. Kendimi hiçbir şeyden habersiz ateşe atmadım. Seni suçlamıyorum ki; lütfen beni yüzüstü bıraktığını düşünme." Konuşmak için bile büyük çaba sarf etmesi gerekiyordu. Uyumak, uyuşuk bir zihnin ve bedenin o lütfedilmiş kayıtsızlığına kavuşmak istiyordu.

"Bırak da seni tekrar uyutayım," diye fısıldadı Mikhail. Sesi Raven'ı okşar gibi çıkmıştı, parmaklarını öpen dudakları ise başlı başına ikna ediciydi.

Raven, onayını geri yuttu; ödleklik yapmayacaktı. Hâlâ nasıl hayatta olabilirdi? Nasıl? Jacob'ın göğüslerini sıktığı o korkunç anı hatırladı. Kirlenmişti. Bunu hatırlamasıyla kanı dondu adeta. Hiç derisi kalmayıncaya dek yıkanmak istiyordu. Jacob'ın suratı öyle şeytani, öyle delirmiş, öyle kindar bir hal almıştı ki. Vücuduna sapladığı her delici bıçak darbesi ölümcül bir yara açmıştı.

Fırtına, yer sarsıntıları, yıldırımlar, gök gürlemesi. Summers çiftinin, Hans'ın üstüne atlayan kurtlar. Bunları nereden biliyor, zihninde nasıl bu kadar net görebiliyordu? Jacob'ın dehşete kapılan yüzü, boğazına saplanan bir bıçak. Raven niçin ölmemişti? Her şeyi nasıl biliyordu?

Mikhail'in öfkesi insan aklının hayalinin, fiziksel bir bedenin sınırlarının çok ötesindeydi. Hiç kimse, hiçbir şey böyle şiddetli bir hiddet duyamazdı. Etrafına kustuğu öfkeden beslenen fırtınayla toprak bile kabarıp çalkalanmış, yıldırımlar peşi sıra yere düşmüş, her yeri seller götürmüştü.

Tüm bunlar gerçek mi, yoksa korkunç bir kâbus muydu?

Ancak gerçek olduklarını ve korkunç bir sırrı açığa çıkarmaya yaklaştığını anladı Raven. Çok fazla acı vardı, yorulmuştu, içini rahatlatan tek şeyse Mikhail'di. Mikhail'in ona sağladığı sığınağa dönüp, gücünü toplayana dek onun kendisini koruyup kollamasını istiyordu. Mikhail öylece bekliyordu, Raven'ın tercihini yapmasına izin vermişti. Raven'a sıcaklık, sevgi ve yakınlık hislerini gönderiyordu ama aynı zamanda da içinde ondan bir şey saklıyordu.

Raven gözlerini kapatarak dikkatini yoğunlaştırdı. Mikhail'in birdenbire yanında bittiğini hatırladı, o kapkara, büyüleyici gözlerinde korku ve ıstırap vardı. Zihniyle Raven'ın zihnini arayıp bulmuş, ona kalmasını emretmiş, vücudu ölüyorken Mikhail'in yardımıyla dünyaya demir atmıştı Raven. Mikhail'in kardeşi ve halkından başka insanlar vardı yanlarında. Karnının içine bir şey yerleştirilmişti, içine girerek tüm vücudunu dolaşan sıcak ve canlı bir şey. Etrafındaki tüm havayı hafif, yatıştırıcı bir ilahi doldurmuştu.

Mikhail'in tebaasından korku ve panik yayılıyordu. Mikhail'in sıcacık, tatlı, canlandırıcı kanı Raven'ın vücuduna, organlarına nüfuz ederek kaslarını, dokusunu yeniden oluşturmuştu. Kan damarlarına akmıyor, aksine...

Raven kaskatı kesildi, beyni bu yeni keşfiyle öyle sarsılmıştı ki uyuştu. Nefessiz kaldı. *Bu ilk sefer değildi.* Başka anılar da su üstüne çıktı. Mikhail'in çılgınca Raven'ın kanını emişi, Mikhail'in kalbi üstüne bastırılmış kendi ağzı. "Aman Tanrım!" Kelimeler boğuk bir itiraz gibi çıkmıştı ağzından.

Gerçekti bu, sanrı filan değildi. Ancak insan mantığıyla düşünen beyni gerçeği reddediyordu. Bu mümkün değildi ki, olamazdı. Korkunç bir karabasanın ortasında olmalıydı, her an uyanabilirdi. Olan biten buydu muhtemelen. Her şeyi birbirine karıştırmıştı; suikastçıların vampirlere olan fanatik inancı ile Mikhail'in güçlerini. Fakat keskinleşmiş duyuları aksini söylüyordu, yani gerçeği. Yeraltındaki bir odada yatıyordu, altına ve üstüne toprak serilmişti. Uyuyup şifa bulması için onu toprağa gömmeye çalışmışlardı.

Mikhail, Raven'ın bu yeni bilgileri hazmetmesine izin vererek bekliyordu sadece; kendi hatıralarından faydalanmaya çalıştığında bile hiçbir şeyi saklamadı. Raven tepki verdiğinde ise Mikhail tamamen hazırlıksız yakalandı. O, çığlıklar, gözyaşları veya bir sinir krizi bekliyordu zira.

Raven, yorganı ikiye katlayarak alçak sesle ağlamaya başladı, acı çeken bir hayvanın ağlaması gibiydi. Vücudundaki ölümcül yaralara aldırış etmeden Mikhail'den uzaklaştı yuvarlanarak.

Mikhail sert bir edayla bir şeyler söyledi; Raven'ın can güvenliği için duyduğu endişe şefkatini bastırınca tahmininden çok daha sert çıkmıştı sesi. Ağzından çıkan emirle Raven'ın bedeni felç olarak çaresiz bir şekilde yere düştü. Mikhail, yanında yere çömelip hasarın boyutunu anlamak için ellerini yaraların üstünde gezindirirken sadece dehşete kapılmış gözleri hareket ediyordu Raven'ın.

"Sakin ol küçüğüm. Bunu öğrenmenin senin için büyük bir şok olduğunun farkındayım," diye mırıldandı Mikhail, dört yaranın üçünden süzülen değerli kanı görünce kaşlarını çattı. Raven'ı kucaklayarak kaldırdı, kalbine dayamıştı onu.

Bırak beni. Raven'ın yakarışı zihninde çınlamış, kalbinde yankılanmıştı.

"Asla." Mikhail'in sert yüz hatları amansız, taştan bir maskeye dönüşmüştü adeta. Başlarının üstündeki kapılara baktı Mikhail. Ona karşılık veren kapılar iradesinin hafif bir dokunuşuyla açılmıştı hemen.

Raven gözlerini kapattı. *Mikhail, lütfen. Sana yalvarıyorum. Ben senin gibi olamam.*

"Benim ne olduğumu bilmiyorsun ki," dedi Mikhail yumuşak bir sesle, bir yandan da mahzende vücuduna hiçbir şey batmasın diye Raven'ı bir üst kata çıkarıyordu. "İnsanlar benim ırkımın gerçeklerini yürüyen ölülerinkiyle karıştırıyor. Yok bebekleri çalarmışız, yok kurbanlarımıza işkence edip onları katledermişiz. Eğer ölseydin seni kurtaramazdım.

Bizim halkımız toprağa, göğe, rüzgâra, suya aittir. Tıpkı diğer canlılar gibi bizim de kendimize has yeteneklerimiz, zayıflıklarımız bulunuyor." Vampirlerin nereden geldiği konusunda ayrıntılara girmedi Mikhail. Raven doğruları bilmeliydi, ama her şeyi bir anda öğrenmesine de gerek yoktu.

Mikhail onu misafir yatak odalarından birine götürerek yatağın üstüne bıraktı. "Biz sizin korku hikâyelerinizdeki vampirler, yürüyen ölüler değiliz; yapma lütfen. Âşık oluruz, ibadet ederiz, çalışırız, vatanlarımıza hizmet ederiz. Fani erkeklerin karısına, çocuğuna el kaldırabiliyor ya da bir annenin evladını ihmal edebiliyor olması gerçeğinden midemiz bulanır. İnsan ırkının hayvanların etini yiyor olmasından iğreniriz. Bize göre kan hayat kaynağıdır, kutsaldır. Bir faniyle cinsel ilişkiye girip sonra da kanını içmek bizim için yasaktır. Senin kanını asla içmemem gerektiğini biliyorum, yaptığım yanlıştı çünkü sana bunun sonucunda neler olabileceğini izah etmedim. Ama senin benim gerçek ruh eşim olduğunu ve sensiz hayatta kalamayacağımı biliyordum. Kendime hâkim olmalıydım. Bu yaptığımın bedelinin ebediyen ödeyeceğim fakat olan oldu artık. Geçmişi değiştiremeyiz."

Mikhail yeni yara lapalarını hazırladıktan sonra yaraların üzerini mükemmel bir doğrulukla kapladı. Raven'ın duyduğu korku, nefret, ihanete uğramışlık hissi Mikhail'in içini ezdi. Onun için, hatta ikisi için birden ağlamak istiyordu Mikhail.

"Benim seninle yaptığım şey fani bir kadını seks için kullanmakla aynı şey değildi. Biz aslında seks yapmadık, benim vücudum seninkini ruh eşi olarak tanıdı sadece. Bu çağrıyı duymazdan gelmeme imkân yoktu. Yoksa hayatıma son vermek zorunda kalırdım. Çiftleşme töreni kan değişimini gerektirir. Bu açlığın giderilmesi değil, duyumsal bir değişim, aşk ve güvenin güzel, erotik bir teyididir sadece. Kanını ilk kez emdiğimde, duyduğum heyecandan farkında olmadan dolayı çok fazla içmiştim. Kontrolümü yitirmiştim. Olanların ne anlama geldiğini anlamadan seni kendime bağlamakla hata ettim. Ancak sana seçme şansı sunduğumu da inkâr edemezsin."

Raven, onun suratına dikmişti gözlerini, koyu gözlerindeki kederi, onun için duyduğu kaygıyı okuyordu. Raven ona dokunmak istedi; omuzlarındaki yükün yüzünde bıraktığı çizgileri geçirmek, kendisinden istediği şey ile başa çıkabileceğini söylemek istiyordu; ancak bir insan mantığıyla düşünen beyni Mikhail'in ona anlattıklarını kabul edemiyordu.

"Eğer seninle gitmeme müsaade etseydin ölmeyi seçecektim." Raven'ın yüzündeki saçları nazik, sevecen hareketlerle ittirdi. "Bunu sen de biliyorsun Raven. Seni kurtarmanın tek yolu bizden biri yapmaktı. Sen yaşamayı seçtin."

Ne yaptığımı bilmiyordum ki.

"Bilseydin benim için ölümü mü seçerdin?

Raven'ın afallamış ve şaşkın mavi gözleri Mikhail'in yüzünü inceledi. *Beni serbest bırak Mikhail. Burada böyle elim kolum bağlı yatmak hoşuma gitmiyor.*

Mikhail, Raven'ın üstünü ince bir çarşafla örttü. "Yaraların çok ciddi; kana, uyuyup iyileşmeye ihtiyacın var. Fazla hareket etme."

Raven bakışlarıyla onu cezalandırıyordu adeta. Mikhail nazik parmaklarla onun çenesine dokundu. Raven'ı serbest bıraktı ancak her hareketini dikkatle izliyordu. "Bana cevap ver küçüğüm. Bizim ne olduğumuzu bilseydin beni ebedi karanlığa mı gömerdin?"

Raven, kendine hâkim olabilmek için olağanüstü bir çaba gösteriyordu. Bir tarafı hâlâ bu olanların gerçek olduğuna inanamıyordu. Diğer tarafıysa olanları anlayarak makul olmaya çalışıyordu. "Sana seni olduğun gibi kabul edebileceğimi, hatta sevebileceğimi söylemiştim Mikhail. Bu dediğimde de ciddiydim. Hâlâ aynı şey geçerli." Raven o kadar halsizdi ki, konuşmak bile bir eziyet gibi geliyordu. "Senin iyi bir adam olduğunu biliyorum Mikhail; içinde hiç bir kötülük yok. Peder Hummer seni bizim ölçütlerimizle yargılamamam gerektiğini söyledi, yargılamayacağım ben de. Senin için yaşamı seçerdim. Çünkü seni seviyorum."

Mikhail'in gözlerinde içinin rahatlamasına engel olacak kadar çok keder vardı. "Ama?" diye sordu Raven'ın peşi sıra alçak bir sesle.

"Bunu sende kabullenebilirim Mikhail ama kendimde kabullenemem. Ben asla kan içemem. Düşüncesi bile midemi bulandırıyor." Dilini kurumuş dudaklarına değdirdi Raven. "Beni eski halime döndürebilir misin? Başka bir kan nakli yapsak mesela?"

Mikhail pişmanlıkla başını salladı.

"Öyleyse bırak da öleyim. Ama sadece ben. Eğer beni seviyorsan gitmeme izin ver."

Mikhail'in gözleri kararарak kor alevi halini aldı. "Anlamıyorsun. Sen benim hayatımsın. Kalbimsin. Raven olmadan Mikhail de olmaz. Şayet ebedi karanlığa kavuşmak istiyorsan ben de seninle giderim. Seni bulana dek halkımın aşkının acısını ve heyecanını hiç tatmamıştım daha evvel. Sen benim soluduğum hava, damarlarımda akan kan, gözümden süzülen yaşsın; hislerimin bizzat kendisisin. Sensiz geçen anlamsız, boş bir hayatı sürdürmek istemiyorum. Yapamam bunu. Beni mahkûm etmeyi düşündüğün cehennemin yanında zihin dokunuşumuz olmadan geçen o kısacık saatlerde çektiğin eziyet bir hiç kalırdı."

"Mikhail." İsmini acı içinde telaffuz etmişti. "Ben Karpatyalı değilim."

"Öylesin küçüğüm. Lütfen iyileşmek, tüm bu olanları hazmederek buna alışmak için zaman tanı kendine." Mikhail ona yalvarıyordu adeta. Sesi yumuşak ve ikna ediciydi.

Raven biriken yaşlara karşı yumdu gözlerini. "Uyumak istiyorum."

Raven'ın daha çok kana ihtiyacı vardı. Ne yaptıklarını anlamazsa nakil daha kolay olurdu. Toprağın altındaki şifa verici uyku onu rahatlatırdı; vücudunda gerçekleşen onarımı hızlandıracağı kesindi. Mikhail isteğini tüm şefkatiyle yerine getirerek onu derin bir uykuya yolladı.

Bölüm 10

Raven, hıçkırıklar arasında uyandı. Mikhail'in boynuna dolanan elleri sıkıca yapıştırmıştı onu kendisine; sıcak gözyaşları Mikhail'in göğsüne düşüyordu. Mikhail, korumacı bir edayla onu kendisine çekti, incitmemeye özen göstererek sımsıkı sardı. Her an elinden uçup kaybolabilecekmiş kadar kırılgan ve hafif görünüyordu Raven. Mikhail, ağlamasına izin verdi, bir yandan da yatıştırıcı dokunuşlarla saçlarını okşuyordu.

Raven susar gibi olunca, Mikhail ona kendi lisanında güven verici ve umut dolu sözler fısıldadı usulca. Nihayet, Raven bitkin ve yorgun düşmüş bir halde Mikhail'in kollarının sığınağına bıraktı kendini. "Buna alışman zaman alacak, ancak bizim geleneklerimize de bir şans tanı. Yapabileceğin olağanüstü şeyler var. Hoşuna gidecek şeylere odaklan. Şekil değiştirmek, kuşlarla uçmak, kurtlarla özgürce koşmak gibi."

Raven, korku dolu çığlığı ile histerik bir kahkahanın karışımı olan boğuk bir sesi engellemek için yumruk yaptığı elini ağzına bastırdı. Mikhail çenesini başının üstüne sürttü. "Bunların hiçbirine tek başına göğüs germene müsaade etmem. Gücüme güven."

Başka bir histeri dalgasıyla burun buruna gelen Raven gözlerini kapattı. "Bana ne kadar kötü bir şey yaptığını anlamıyorsun. Kimliğimi çaldın benden. Yapma Mikhail! Zihnimde baş gösteren itirazını hissedebiliyorum. Bir gün uyandığında artık bir Karpatyalı değil de, insan olduğunu öğrensen ne yapardın? Özgürce koşup uçamayacağını anlasaydın. Özel güçlerin olmasaydı, topraktan şifa bulamasaydın, hayvanları duyup anlama yeteneğin olmasaydı. Varlığının temelini oluşturan her şey kaybolmuş olsaydı. Hayatta kalabilmek için et yemek zorunda kalsaydın." Mikhail'in anında duyduğu tiksintiyi hissetti Raven. "İşte, anladın mı beni şimdi? Karpatyalıların iğrenç bulduğu bir şeyi yapmak zorunda kalsaydın yani. Korkuyorum. Geleceğe baktığımda öyle bir dehşete kapılıyorum ki, düşünemeyecek gibi oluyorum. Bazı şeyler işitiyorum, hissediyorum. Ben..." İtirafta bulunmadan önce Raven'ın sesi giderek azaldı. "Anlamıyor musun Mikhail? Ben bunu yapamam. Senin için bile yapamam."

Raven'ın saçlarını okşayan sevecen parmaklarını yüzünün yumuşak teni üzerinde gezindirdi Mikhail. "Bu durum senin için henüz çok yeni. Derin ve kesintisiz bir uykudaydın." Uykusunda iki kere daha kan nakli yapıldığını, vücudunun tüm insani toksinlerinden arınarak zahmetli değişimi tamamladığını söylemedi Raven'a. Yaşam tarzlarının belirli özelliklerini yavaş yavaş özümsemesi gerektiğini düşünüyordu. "Ebedi istirahata çekilmemizi mi istiyorsun?"

Raven, Mikhail'in göğsünü yumrukladı. "Bizim değil Mikhail, benim!"

"Sen, ben diye bir şey yok. Sadece biz varız."

Raven derin, yatıştırıcı bir nefes aldı. "Artık ne ya da kim olduğumu bile bilmiyorum ki."

"Raven, sen tanıdığım en güzel, en cesur kadınsın." Mikhail bunu tüm samimiyetiyle söylemişti, bir yandan da onun ipeksi saçlarını okşuyordu.

Raven'ın vücudu gergindi, Mikhail'in gerçekleri böylesine sakince anlatışını reddetmek istercesine kaskatı kesilmişti neredeyse. "Kan olmadan, sadece meyve suyu ve sebzeyle hayatta kalabilir miyim?"

Mikhail, onun elini bularak parmaklarını birbirine geçirdi. "Keşke öyle olsaydı. Fakat yaşamak için kana ihtiyacın var."

Raven, kesik bir itiraz çığlığı atıp Mikhail'den uzaklaşarak ayaklarını kendisine çekti. Bu kadarı fazlaydı, aklının hayalinin alamayacağı kadar korkunçtu. Tüm bunların kötü bir düş olduğuna inanmak istiyordu.

Mikhail doğruldu, üstündeki çarşafı çekebilmek için Raven'ın etrafındaki kollarını kaldırdı. Zihni her açıklamayı zihninden uzaklaştırıyor, Mikhail'in ona aktardığı her bilgiyi reddediyordu üzerinde bir an olsun durup düşünmeden. Raven'ın dikkatini dağıtmak isteyen Mikhail karnını incelemek için eğildi; parmaklarını sahiplenici bir edayla teninin üzerinde gezindiriyor, her beyaz yara izine nazikçe dokunuyordu. "Yaraların neredeyse iyileşmiş."

Raven da yarı oturur şekilde doğruldu, afallamıştı. "Ama bu imkânsız."

Mikhail, ona uzun çizgiler halindeki yaraları göstermek için ellerini kaldırdı. Raven'ın gözleri şaşkınlıkla açıldı. Mikhail'in iyice siyahlaşan gözleri alev alev yanarak Raven'ın çıplak göğüslerinin üzerinde gezindi şehvetle. Raven'ın minik dişleri alt dudağını bastırarak içeri çekti, tüm vücudu kıpkırmızı olmuştu. Çarşafa sarılarak üstünü örttü.

Mikhail'in beyaz dişleri bir avcının gülümsemesiyle parıldadı, muzipliği ve erkeksiliği doruk noktası ulaşmıştı. Konuşurken ağzının Raven'ın kulağına değmesi için iyice yaklaştı. Ilık nefesi Raven'ı çağırarak onu baştan çıkarmaya çalışıyordu. "Vücudunun her noktasını öptüm. Zihninin bütün gizli köşelerine girdim." Kulak memesini sıyırıp geçen dişleri Raven'ın sırtından aşağı bir ürperti dalgası yolladı. "Söylemeden edemeyeceğim, kızarmak sana yakışıyor."

Raven nefesini tuttuğunu fark etti, tüm vücudunu ateş basmıştı. Mikhail, çağrısına yanıt veren gözlerindeki alevi fark etmesin diye başını onun göğsüne yasladı. "Mikhail," diye ikaz etti Raven. "Beni ayartarak düşüncelerimi değiştiremezsin. Bu durumu kaldıramayacağımı biliyorum."

"Düşüncelerini duyabiliyorum küçüğüm. Zihnini tüm ihtimallere kapatmışsın." Kelimeleri korkunç bir cazibeyle söylemişti. "Sana dilediğin şeyi vereceğim. Mutsuzluğuna tahammül edemiyorum artık." Mikhail'in göğsüne doğru kalkan eli tam kalbinin üstünde durdu.

Onun niyetini anlayan Raven'ın midesi kasıldı. Sıcak kanın tatlı kokusu Mikhail'in erkeksi kokusuna karışmıştı. Raven onu durdurup itiraz etmeye fırsat bulamadan Mikhail'in kanı göğsünden aşağı boşalmaya başlamıştı bile. Raven içgüdüsel olarak ellerini yaranın üstüne koyarak bastırdı.

Gözleri korkudan fal taşı gibi açılan Raven telaşla haykırdı. "Dur Mikhail! Lütfen yapma bunu!" Raven'ın gözleri doldu, ağlamaya başladı. "Lütfen seni kurtarmak için ne yapmam gerektiğini söyle." Sesinden çaresizlik okunuyordu.

"Sen durdurabilirsin."

"Durduramam Mikhail. Kes şunu, beni korkutuyorsun!" Raven elinden geldiğince çok bastırıyordu ancak kan parmaklarının arasından akmayı sürdürüyordu.

"Dilin de, tükürüğün de şifa verme gücüne sahip." Sesi meşum, adeta hipnotize ediciydi. Raven panikle başını Mikhail'in göğsüne eğip dilini yaranın kenarlarına sürerek sanki hiç olmamışçasına kapattı yarığı. Duyduğu tiksinti bedeninden değil, zihninden geliyordu. İçinde vahşi bir şeyler uyandı, gözleri uykusu gelmiş gibi hafifçe kapandı şehvetle. Her yanını alevler sardı. Vücudu bir şeylere açlık duyuyor, arzuyla yanıyordu. İçindeki bu çağrı çok kuvvetliydi. Daha fazlasını istiyor, sadece Mikhail'in ona verebileceği cinsel heyecanı arzuluyordu.

Mikhail, Raven'ın saçlarını elinde toplayıp başını arkaya çekerek boğazını iyice meydana çıkardı. Ağzı yumuşak teninde, deli gibi atan nabzında gezindi. "Emin misin Raven?" Bunu öyle şehvetli söylemişti ki Raven eridi adeta. "Tamamen emin olmanı istiyorum. Bunun kendi seçimin olduğundan kesinkes emin olmalısın."

Raven, ellerini onun boynuna dolayarak başını kendisine çekti. "Eminim." Mikhail'in kendi ağzının içinde hareket eden ağzına, ruhunu delip geçen o akkor hazza dair anılar karnında çılgınca bir ısı havuzu oluşmasına yol açmıştı. Bunu istiyordu, hatta buna ihtiyacı vardı.

"Kendini bana özgürce mi sunuyorsun?" Mikhail, diliyle onun teninin tadına bakarak nabzına dokunduktan sonra göğüsleri arasındaki vadinin izini sürdü.

"Mikhail..." Yalvarırcasına telaffuz etmişti ismini. Çok fazla beklediği için Mikhail'in hayatta kalamayacağından, nefes alamayacağından, onunla tamamen bir olamayacağından korkuyordu.

Mikhail, onu güçlük çekmeden kaldırarak kolları arasına aldı. Raven'ın nefesi kesilmişti, iyice sokuldu Mikhail'e; Mikhail'in içindeki git gide kabaran yırtıcılığın kendi içindeki yırtıcılıkla eşleşerek onu fethedişinin izini sürebiliyordu bedeni. Havada süzülür gibiydi, her bir sinir ucu açlıktan ve arzudan sızlıyordu.

Temiz havanın kokusunu alan Raven gözlerini açtığında geceyle karşılaştı. Mikhail'in kanının akışındaki kudretin aynısıyla fısıldıyordu Raven'a gece. Üstlerindeki ağaçlar dalgalanıyor, bedenini serinleten rüzgâr duyduğu ihtiyacı körüklüyordu.

"Bu bizim dünyamız küçüğüm. Onun güzelliğini hisset, çağrısını duy." Her şey baş döndürücü bir rüyaya benziyordu; gecenin bir parçası olmuş ince sisle beraber akıp gidiyorlardı sanki. Yıldızlar yaprak ve dal örtüsünün ardında saklambaç oynuyorlardı. Havada süzülen bulutların arkasında dolaşan ay bir belirip, bir gözden kayboluyordu. Raven, her yerde hayatın sesini işitiyordu. Ağaçların özlerinde, küçük hayvanların hışırtılarında, kanat çırpışlarında, avını elinden kaçıran bir gece avcısının yankılanan yabani çığlındaydı hayat.

Mikhail başını kaldırarak vahşi bir çığlık attı. Çığlığı hemen yanıt buldu. Raven kurtların verdiği karşılıktaki coşkuyu hissedebiliyordu. Bu his kalbine yayıldı, içindeki yırtıcı güçlenmişti.

Mikhail onu karmaşık yollardan geçirerek dağların derinliklerine götürdü. Aşağı bakan bir mağaranın önüne geldiklerinde durdu Mikhail. "Duy sesini," diye buyurdu belli belirsiz gölgelerin arasından geçerken. "Yeryüzünün sana şakıyışını işit."

Raven, imkânsız bir şekilde, tünelin içine gün ışığı vuruyormuş kadar net olarak dar duvarlarda kavis çizen zengin maden damarlarını görebiliyordu. Akarken yankılanan suyun sesini de duyabiliyordu. Yarasalar birbirlerine sesleniyordu. Dünya hepsine kucak açmıştı.

Mikhail'in adımları hiç teklemiyordu, bir an bile tereddüt etmeden geçiyordu tünelleri uzun adımlarla; her adımı onları yerin daha da derinliklerine götürüyordu. Buharla dolu devasa bir mağaraya geldiklerinde durdu. Su etrafına köpükler saçarak bir çağlayan şeklinde aşağı akıyor, art arda havuzcuklar oluşturuyordu. Etraflarındaki kristaller mücevherler gibi ışıldıyordu.

Mikhail, onları şelalenin en uzağındaki havuza götürdü; ılık su soda gibi köpürüyor, çıkardığı kabarcıklar tenlerine değiyordu. Mikhail kucağında Raven, etraflarında yükselen buharlar olduğu halde suyun içine girdi.

Kabarcıklar hassas derilerini hafifçe ısırıyor, milyonlarca parmak üstlerinde dans edip oynaşıyormuş gibi bir his yaratıyor, köpük köpük olarak dillerinin çarpışı gibi okşuyordu onları. Mikhail aheste aheste Raven'ın narin bedenini, minik ayaklarını, baldırlarını, kalçasını yıkamaya başladı. Mikhail'in ellerine doğru hareket eden Raven, gözlerini kapatarak saf bir duyumsamanın ellerine bıraktı kendini. Damarlarında alev alev Karpatyalı kanı akıyordu. Karpatyalı ihtiyaçları ve arzuları beyninin direttiği insani sınırlamalarla ve tabularla savaşıyordu.

Mikhail'in elleri Raven'ın düz karnı üstünde kayarak sevecenlikle okşuyordu onu. Parmak uçlarıyla her yara izinin üstünden geçerek lapalardan ve kandan kalan son artıkları da temizliyordu. Kaburgasının her kemiğine, sırtına, en sonunda da yüzüne ve saçına büyük itina göstermişti. Mikhail öyle nazikti ki Raven'ın içinden ağlamak geldi. Özel bölgelerinin hepsine dokunmadığı halde Raven'ın kanında yavaş yavaş alevlenen bir ateşi yakmış, içini eritmişti. Mikhail için yanıp tutuşuyordu Raven. Ona ihtiyacı vardı.

Raven kendinden geçmiş, duyduğu arzuyla iyice koyulaşan mavi gözlerini açtı. Mikhail'e bakmak için başını eğdi, ardından onun vücudunu durulamaya koyuldu. Ancak Raven'ın nazik olmak gibi bir niyeti yoktu. Her dokunuşu Mikhail'in içini ürpertmeyi, onu alevlendirmeyi amaçlıyordu. Mikhail'in sert karnında parmak uçlarını gezdiriyordu, aynı parmaklar daha sonra göğsündeki iri kaslara kaydı tahrik edercesine; her kan damlasını temizliyordu teninden. Çok fazla kan izi vardı. Raven kaygılandı, Mikhail'in beslenmesini, kaybettiğini telafi etmesini istiyordu.

Raven'ın beyninin bir bölümü bunu aklından geçirmesinin dahi onu dehşete düşürmesi gerektiğini söylüyordu, ancak vücudu Mikhail'in vücuduna bu denli ihtiyaç duyuyorken Mikhail'in ağzını teninde hissetmekten, açlık duymaktan başka türlüsü gelmiyordu elinden. Raven'ın elleri aşağılara doğru inerek Mikhail'in düz karnında gezindi, kalça kemiklerinin çıkıntısından aşağı kaydı.

Raven, Mikhail'in birdenbire nefes alışını, her kasının gerilişini hissetti. Mikhail'in boğazının derinliklerinden kopan kısık bir kükreme Raven'ın kanına ateşten oklar fırlattı. Raven'ın parmaklarıyla, Mikhail'i baştan çıkartıyor, onu ayartırcasına dans ediyordu.

Mikhail kendisine hâkim olabilmek için verdiği çaba yüzünden inledi. Bu sefer, Raven yönlendirecekti çiftleşme törenini. Ne yaptığının farkında olmadığını iddia edebilmesinin imkânı da yoktu bu defa. Raven, diliyle omzuna dokunarak boynundan göğsüne süzülen bir su damlasının izini takip etti.

Raven'ın bedeni kasılıyor, ağırlaşıyor, arzuluyor ve yanıyordu. Dili ağır, hassas bir ritim tutturmuş, Mikhail'in kalbinin üstünde kayıyordu. Kanı, Mikhail'in kan akışına ayak uydurmak için hızlanarak şakıyordu adeta. Tüm bunlar gerçekleşirken Raven'ın elleri okşuyor, kışkırtıyor, umut veriyordu. İyice aşağılara eğilmiş, su damlacıklarının peşinden giderken ipeksi saçları Mikhail'in bedenine çarpıyordu. Raven onun tadına bakarken Mikhail'in titrediğini hissetti, Raven'ın yumuşak ağzını bulmak isteyen bedeni ileri atılıyordu. Mikhail'in hissettiği güç inanılmaz boyutlardaydı. Raven'ın saçlarını avucunun içine aldı. Boğazının derinliklerinden alçak sesli, saldırgan kükremeler geliyordu. Tırnakları Mikhail'in kalçalarını bularak hafifçe tırmaladı; Mikhail'i çıldırtıyor, kendisi için yanıp tutuşmasını, duyduğu tutkudan sersemlemesini istiyordu.

Mikhail onu yukarı kaldırarak kendine çekti. "Seni hayat eşim olarak ilan ediyorum." Fısıldadığı kelimeler çağların ötesinden gelen kara büyüyle efsunlanmıştı. Mikhail'in eli Raven'ın sırtından yukarı çıkarak önce dolgun göğüsleri üzerinde gezindi, ardından da pürüzsüz teninden aşağı kaydı.

Mikhail'in parmakları fokurdayan suyun altında Raven'ı bularak yavaş, adeta işkence eden bir keşfe başlayınca Raven çığlık attı. Mikhail'in göğsüne dayadığı ağzı açılmıştı, nefesi kesik kesikti. İçindeki arzu artarak alevlendi. İçinde vahşi ve arsız bir şeyler serbest kalmak için savaşıyordu. Bir olan kalplerinin atışını, kendi kanının, Mikhail'in kanının akışını duyabiliyordu. Bedeni hayatla, arzuyla, şehvetle, açlıkla öyle bir dolup taşmıştı ki Mikhail'in bunları gidermesine, onu tamamlamasına ihtiyacı vardı. Mikhail'in kendi zihninde olmasına, erotik ve doymak bilmez iştahına, onun Raven için yanıp tutuşmasına sebep olan o inanılmaz şehvetine ihtiyacı vardı. Vücudunun kendi vücuduna sahip olmasına, hiçbir çekincesi olmadan tüm vahşiliğiyle Raven'ı almasına ihtiyacı vardı. Başka bir şeye daha ihtiyacı vardı Raven'ın... Mikhail'in kanına.

Mikhail, Raven'ın başının arkasını avucu içine aldı, onu su kıyısına götürüyordu. "Ben sana aidim; hayatımı sana sunuyorum. İhtiyacın olanı, dilediğini al." Fısıldadığı bu sözcükler korkunç bir açlığın kapısını açmıştı. Mikhail'in parmakları saldırganca hareket ediyor, ağırlığıyla Raven'ın yarısı suyun içinde, yarısı dışında kalan vücudunu yere bastırıyordu.

Raven altındaki yumuşak toprağı hissetti, Mikhail'in sertleşmiş vücudu onunkini esir almıştı. Mikhail'in koyu yüz hatlarına amansız bir ifade yerleşmiş, ağzı bir çizgi halini almıştı, gözlerinin derinliklerinden alev alev bir açlık okunuyordu. Raven onun zihnine dokunduğunda yabani, ilkel bir uyanışla, hayvani bir ele geçirme dürtüsüyle, Karpatyalı bir erkeğin amansızlığıyla, bastırılması imkânsız olan eşine sahip olma kararlılığıyla karşılaştı. Tüm bunların yanında Raven'a olan aşkı vardı, bu aşk öyle yoğundu ki Raven'ın aklı almıyordu bir türlü. Şefkat. Bir erkeğin ömrü boyunca isteyip isteyebileceği tek şeye karşı duyduğu hayranlık.

Mikhail, Raven'ın bacaklarını ikiye ayırdı, onun gözlerinin enginliğinde yatan teslimiyeti fark etmişti. Raven alev almıştı, duyduğu arzuyla, vücudunun çağrısıyla sarsılıyordu. Raven'ın hoş, kadınsı kokusu ile kendi erkeksi kokusu birbirine geçmiş, tutkularının bir parçası olarak havada yükselmişti. Mikhail'in dili ve dişleri Raven'ın boğazından aşağı doğru kayıp sızlayan göğüslerinden birini yakaladı. Elleri Raven'ın her hücresi üzerinde gezinerek onu tahrik ediyor, keşfediyor, ele geçiriyordu. Mikhail hoyratlaşmıştı, dişleri yumuşak teni bulmuş, diliyle her sızıyı yatıştırmaya koyulmuştu. Sanki yeterince yaklaşamamıştı. Raven'ın iyice artmış vücut ısısı Mikhail'in etrafını sarmış, onun vahşiliğini doyuruyordu.

Mikhail'in vücudu Raven'ınkiyle hareket ediyordu. Uzun, derin hamlelerle Raven'ın her hücresini dolduruyor, hızlı bir sürtünme yaratıyor, ardından tempoyu düşürüyordu bilerek.

Raven ağlamaklı sesler çıkarıyor, bedeni serbest kalmak için yalvarıyordu; kadife gibi kasları Mikhail'i kavramıştı.

Çileden çıkan Raven çılgınca Mikhail'e doğru hareket etmeye başladı, onu daha yakın, daha derin, daha hızlı, daha sert olmaya teşvik ediyordu. Bedeni erimiş lav gibiydi, Mikhail'in daha fazlasına ihtiyacı vardı. Hem de hepsine. Daha derin bir çiftleşmeyi arzuluyordu, Mikhail'in ağzının ondan beslenmesine, onu tutuşturmasına, damgalamasına, onları ebediyen birbirlerine bağlamasına ihtiyacı vardı.

"Mikhail..." Raven yalvarıyordu.

Mikhail başını kaldırdı, koyu gözleri açlıktan kararmıştı. "Ben sana aidim Raven. İhtiyacın olanı al benden, tıpkı benim de senden alacağım gibi." Raven'ın başını göğsüne yasladı, Raven'ın dili kaslarını yalarken içini de alevler yalıyordu Mikhail'in. Raven, çekinerek dişlerini onun derisine geçirdiğinde insanın kalbini durduracak kadar özel bir an yaşandı. Önce akkor bir acı, ardından mavi şimşekler çaktıran cinsel bir haz. Raven'ın dişleri daha derine battığında Mikhail iyice kabardı, daha da devleşerek sertleşti, her yanı alevler içindeydi.

Mikhail heyecanla başını arkaya attı, duyduğu saf hazla hafif bir kükreme kaçtı dudakları arasından. Raven'ın vücudunu yere sabitleyerek tüm gücüyle onları zirveye taşımaya başladı, Raven'ın bedeni ise Mikhail'inkisini sarmalamıştı, gerilip kasılarak art arda doruğa ulaşıyordu. Mikhail kontrolünü elden bırakmıyordu. Törenin tamamlanması, kan değişiminin gönüllü yapılması gerekiyordu. Raven'ın saçlarını eliyle toplayarak onları birbirine bağlayacak kelimeleri tekrarladı. "Sana himayemi, sadakatimi, zihnimi, kalbimi, ruhumu ve bedenimi veriyorum. Senin olan her şeyi korumam altına alıyorum. Hayatın, mutluluğun ve sağlığın daima el üstünde tutularak benimkinden önce düşünülecek. Sen benim ruh eşimsin, ebediyete dek bana bağlı kalacak ve hep benim gözetimim altında olacaksın."

Mikhail, avucu içinde topladığı Raven'ın saçlarını çekerek

başını kendisinden uzaklaştırdı; yarı kapalı gözlerinin ardından aç ve dikkatli bir şekilde seyrediyordu; Raven dişlerinin açtığı delikleri kapattı, dilinin her dokunuşu Mikhail'in sıcak vücudunda dans eden alevler yolluyordu. Mikhail içinde barındırdığı, erkeklere özgü hâkimiyet hissiyle öptü onu. Ağzı geçtiği yerleri yakarak Raven'ın boynunda dolaştıktan sonra onun deli gibi atan nabzını buldu. Elleri onun minik kalçası üstünde kilitlendi. Bekliyordu.

Raven başını çevirerek ona boynunu sundu. "Senin olanı al Mikhail. İhtiyacın olanı al." Beklenti ve ihtiyaç duymanın verdiği ıstırapla, soluk soluğa telaffuz etmişti kelimeleri. Gecikme yüzünden, Karpatyalılara özgü cinsel açlığı yüzünden titriyordu.

Mikhail kalçalarını tüm gücüyle öne iterken dişlerini de derine gömmüştü. Raven çığlık atarak kollarını onun etrafına sardı ve yay gibi gerildi arkaya doğru. Mikhail vahşice dişlerini Raven'a saplayarak hakkı olanı alıyor, onları yeryüzü sınırlarının ötesine taşıyordu adeta. Raven'ın vücudu onunkine sımsıkı yapışmıştı. Tüm kontrolünü bir kenara iterek Raven'ı istediği gibi aldı; kendinden geçip Mikhail'in adını haykırıncaya kadar. Ağlamaklı inlitileriyle kanının tatlı kokusu Mikhail'i büyük bir hazzın doruklarına çıkarmıştı. Hayatında ilk defa kelimenin tam anlamıyla doyuma ulaşmış, tam anlamıyla tatmin olmuş hissediyordu. Birbirlerine kenetlenmiş bir halde yattılar bir süre, kalpleri küt küt atıyor, hızlı hızlı nefes alıyorlardı, minik artçı kasılmalar bedenlerini sarsıyordu. Mikhail yuvarlanarak onları ters çevirdi, böylece kendi sert gövdesi Raven'a minder olabilecekti. Raven'ın yumuşak ve sıcak göğüsleri Mikhail'in karnının yukarısına gömülmüş, başı ise göğsüne yaslanmıştı.

Mikhail, Raven'ın saçlarını okşayarak ona duyduğu sonsuz aşkın etrafa yayılıp onu kuşatmasına izin verdi. Yaşadıkları anın ne kadar kırılgan olduğunun farkında olduğu için kelimelerinin kifayetsizliğine güvenmiyordu. Zihni sıcak, güvenli bir aşk limanıydı ve onu Raven'la gönüllü olarak paylaşıyordu.

Raven'ın duyduğu yoğun haz gerçekliğin önüne bir süreliğine set çekti. Raven'ın elinden o an, vücudunun verdiği güçlü tepkinin tadını çıkarmaktan başka bir şey gelmiyordu. En ufak hücresi dahi zevkten titriyordu. Böyle yoğun bir hazzı yaşıyor olabilmesini aklı almıyordu.

Yüzüne düşen saçları çekmek için elini kaldırdı ağır ağır. Bu ufak hareket bile kaslarının Mikhail'i sıkıştırmasına yetmişti. Mikhail. Hayatını ve bedenini elinden alan bu adam kimdi? Raven başını kaldırarak onun yüzünü inceledi. Çok yakışıklıydı. Öyle karanlık ve gizemliydi ki. Gözleri nice sırlar barındırıyordu; ağzıysa nefesini kesecek kadar duyarlıydı.

"Bana ne yaptığımı söyle Mikhail."

Mikhail'in dipsiz bir kuyuyu andıran gözleri dikkat kesilmişti. "Hayatını benim ellerime bıraktın. İçin rahat olsun küçüğüm, benimle güvendesin."

Raven birdenbire kurumuş dudaklarına dokundurdu dilinin ucunu. Verdiği kararın büyüklüğü karşısında kalbi küt küt atmaya başladı telaşla. Ağzında Mikhail'in tadı, üstünde Mikhail'in kokusu vardı. Tohumları Raven'ın bacağından süzülüyordu, hâlâ birbirlerine kilitlenmiş bir haldeydiler, Raven'ın vücudu tüm tenselliği ve ateşiyle onunkine kenetlenmişti.

"Tadım neye benziyor?" Mikhail'in sesi alçak, ikna edici çıkmıştı. Parmaklarıyla dokunuyormuşçasına fısıldamıştı sözcükleri Raven'ın tenine. Bir fantezinin dokunuşu.

Raven sımsıkı yumdu gözlerini, Mikhail'i kapı dışında bırakmak isteyen bir çocuk edasıyla. Mikhail'in sesini duyuşu, fısıldadığı erotik soru karşısında vücudu dalgalanarak gerilmişti.

Mikhail, kendisini Raven'dan ayırdı, ancak kavrayışını gevşetmemişti; böylece köpüklü havuza tekrar girerken Raven'ı kucağında tutabildi. "Söylesene Raven." Mikhail onun boynunu öptü, küçük buselerdi bunlar ancak her biri şarap kadar tesirliydi.

Raven kollarını onun boynuna doladı, parmakları gür yelesine uzandı. "Tadın ormanın kokusuna benziyor; öyle vahşi, ehlileşmemiş ve erotik ki aklımı başımdan alıyorsun." Çok büyük bir günahı itiraf ediyormuş gibi dile getirmişti bunu Raven.

Kabarcıklar hassaslaşmış derilerine çarparak en özel bölgelerinde köpürüyordu. Mikhail arkaya doğru eğilerek ikisinin ağırlığını dengeleyip Raven'ı kucağına sağlam bir şekilde oturttu. Raven'ın yuvarlak poposu dizlerine sürtünerek kanını yalayıp geçen tatlı alevler yolluyordu. "Senin de tatlı, bahar gibi, bağımlılık yapıcı, baştan çıkarıcı bir tadın var." Mikhail'in Raven'ın ensesini sıyırıp geçen dişleri sırtından aşağı bir ürperti yolladı.

Raven kollarında sessizce duruyordu, yaptığı şeyin tesiriyle zihni allak bullak olmuştu. Mikhail'e karşı duyduğu açlık asla bitmeyecekti. Aralarında ateşi hiç sönmeyecek olan bir tutku vardı. Raven parçaları yerine oturtamıyordu; beyni neye dönüştüğü gerçeğini kabul etmeyi reddediyordu. Mikhail "beslendin" sözcüğünü telaffuz ettiğinde ne demek istediği konusunda en ufka bir fikri yoktu Raven'ın. Diş izleri ortadaydı, fakat Raven, Mikhail'in onunla paylaştığından fazlasını bilmiyordu. Beslenmesi için seks daima işin içine dâhil olacak mıydı? Mikhail, hayır demişti ancak Raven bilinçli olarak kan içtiğini hayal edemiyordu. Gözlerini sımsıkı yumdu. Bunu başkasıyla yapamazdı katiyen. Bir insanın kanını içtiğini hayal dahi edemiyordu.

Mikhail, Raven'ın başını kendisine yasladı; bir yandan onu yatıştırmak istercesine saçlarını okşuyor, bir yandan da Raven'a usulca fısıldıyordu. Raven'ın damarlarında akan Karpatyalı kanına, yoğun duygulara ve dürtüsel ihtiyaçlarına alışmak için zamana gereksinimi vardı. Çiftleşme törenine gönüllü olarak katılmıştı. Mikhail'in sessiz zorlaması olmadan kanını içmişti. Geri dönüşü olmayacak bir şekilde bağlanmışlardı birbirlerine, Raven'ın insanlara özgü o suçlamalarla boşu boşuna acı çekerek gelecekten korkması için hiçbir sebep yoktu. Zihninin bu gerçeği yavaş yavaş kabul etmesine müsaade etmeliydi.

Mikhail kendisine karşı hunharlık derecesinde dürüst davranıyordu. Beslenmeyi özel bir şey olarak görmemişti hiç daha önce, bir ihtiyaçtı sadece. Fakat Raven'ın başka bir adamın boynunu ısırarak onun yaşam gücünü kendi bedenine aldığını düşünmek bile içinde nefretin kabarmasına yetiyordu. Raven'a her kan verişinde cinsel heyecan, onu koruyup kollamak için bastırılması mümkün olmayan bir ihtiyaç duyuyordu. Diğer Karpatyalı erkeklerin eşleriyle ilgili ne hissettiklerini bilmiyordu, fakat Raven'a yaklaşan bir erkeğin büyük tehlike altına gireceğinden emindi. Raven'ın insan mantığıyla düşünen zihninin diğer insanları avlamayı reddetmesi Mikhail'in işine geliyordu yani. Raven kucağında uyuşuk uyuşuk gerindi. "Üzücü bir şey düşünüyordum, sen de onu geçirdin, değil mi? Sesine bir tebessüm yerleşmişti sanki.

Mikhail onu serbest bırakarak köpüklü suyun içine batıp birkaç metre ileriden yüzeye çıkmasını seyretti. Kocaman gözleri çok açık bir kahkaha eşliğinde Mikhail'in üzerinde geziniyordu. "Biliyor musun Mikhail? Kişiliğinle ilgili ilk değerlendirmemin doğru olduğunu düşünmeye başladım. Hem kibirlisin, hem de patronluk taslıyorsun."

Mikhail aheste kulaçlarla Raven'a doğru yüzdü. "Ama çekiciyim de."

Raven ayaklarını çırparak geri geri yüzdükten sonra elinin tersiyle ona su sıçrattı. "Benden uzak dur. Bana her yaklaştığında çılgınca şeyler oluyor."

"Hayatını tehlikeye attığın için senin suçlamak için uygun bir zaman olabilir bu. Pansiyondan çıkarak suikastçıların peşinden gitmemeliydin. Yardım çağrını duyamayacak durumda olduğumu biliyordun." Bir taraftan da Raven'a doğru yüzmeyi sürdürüyordu, bir köpek balığı kadar amansızdı.

Raven korkarak kaçtı ondan, bata çıka havuzdan çıkarak bitişiklerindeki daha büyük havuzun içine daldı. Isınmış cildini serinletti çarpan sular. İşaret parmağını Mikhail'e doğru salladı, tatlı ağzı yukarı doğru kıvrılmıştı. "Sana yardım etmeye çalışacağımı söylemiştim. Ama yine de bana ders vermek niyetindeysen, benim rızam olmadan beni kendine bağlamanın ne kadar ahlak dışı olduğu mevzusuna girmekten başka çarem kalmıyor. Suikastçıları takip etmeseydim ve Jacob beni bıçaklamasaydı insan olarak kalacaktım, değil mi?"

Mikhail havuzdan çıktı, tüm vücudundan buharlar yükseliyordu. Raven'ın nefesi kesildi. Mikhail öyle ihtişamlı ve erkeksi görünüyordu ki; gücün vücut bulmuş haliydi sanki. Pürüzsüz tek bir sıçrayışta havaya fırlayıp ayaklarını kendisine çekerek havuza atladı. Raven kalbinin deliler gibi attığını, kanının Mikhail için şakıdığını fark etti. Mikhail, arkasından sokulup Raven'ın ince belini kavrayarak kendisine doğru çekti, kuvvetli bacakları onları su yüzeyinde tutuyordu.

"İnsan olarak kalırdın," diyerek onayladı. Sesinde öyle bir kara büyü vardı ki, Raven'ın vücudunda soğuk suya aldırış etmeyen bir sıcaklık yayıyordu.

"Eğer insan olarak kalsaydım benim ruh eşimi olmayı nasıl sürdürebilirdin ki?" Raven bedenini ona yasladı, bu baskıya cevaben Mikhail'in kabaran ve sertleşen vücudunda anında alev alan heyecanın tadını çıkarıyordu. Geriye attığı başını Mikhail'in omzuna yasladı Raven.

"Seninle yaşlanıp seninle ölmeyi seçerdim." Sesi kısık kısık çıkmış, bir eliyle Raven'ın yumuşak göğsünü avuçlamıştı. Raven'ın ipek gibi saçları tenine sürtünerek ona zevk dalgaları gönderiyordu

Raven ansızın başını kaldırarak Mikhail'in yüzünü görebilmek için ters döndü. Mavi gözleri onun gözlerinin gizemli derinliklerini tarıyordu. "Bu dediğinde ciddi misin Mikhail? Ben yaşlanırken yanımda mı kalırdın?"

Mikhail başını salladı, nazik bir okşamayla parmaklarını

Raven'ın yanağında gezdiriyordu. "Ben de seninle yaşlanırdım. Sen nefes almayı bıraktığında, ben de bırakırdım."

Raven başını iki yana salladı. "Kalbimi böyle çalarken sana nasıl karşı koyabilirim Mikhail?"

Mikhail'in sırıtışı onu allak bullak etmişti. "Bana karşı koymana gerek yok zaten küçüğüm. Ben senin diğer yarınım." Mikhail'in eli Raven'ın boynunu yakaladı ve onu kendisine doğru çekti, ağzı onun ağzını buldu; beraber havuzun serin suyunun içine batarak birbirlerine karıştılar adeta.

Gecenin yarısını arkalarında bırakmışlardı, Mikhail onu eve geri getirdi. Raven aceleyle Mikhail'in gömleklerinden birisini geçirdi üstüne. "Burada hiç kıyafetimin olmadığının farkında mısın?" Raven Mikhail'in gözlerinden kaçıyor, onun simsiyah bakışlarını üstünde her hissettiğinde kızarıyordu. Hâlâ kendi vücudunun üstündeki vücudunun etkisini, ona sahip oluşunun kudretini hissedebiliyordu içinde. "Hana geri dönmem gerek. Bütün eşyalarım orada."

Mikhail kaşlarını kaldırdı. Kıyafetlerine ihtiyacı olmayacağını söylemenin sırası değildi şimdi. Hem kişisel eşyaları geçiş sürecini kolaylaştırırdı. Mikhail, kendi kıyafetlerini alabilmek için kolunu uzattı uyuşuk bir edayla. "Eminim Bayan Galvenstein bizim için gönderecektir eşyalarını. Onu arayıp bir an önce bu işi halletmesini söylerim. Ben kısa bir süre için dışarıda olacağım Raven. Yarım kalmış birkaç meseleyle ilgilenmem gerek. Burada güvende olursun."

Raven kafa tutarcasına çenesini kaldırdı. "Üstüme gelişigüzel bir şeyler geçirip seninle geleyim. Sana ulaşamadığım zamanki kadar kötü bir gün yaşamak istemiyorum bir daha. Çok korkunçtu Mikhail. Gerçekten çok korkunçtu."

Mikhail'in koyu gözlerinde şefkat belirdi derhal. "Bunun başına gelmesini hiç istemezdim. Gregori beni şifa verici bir uykuya yatırdığı için çağrına karşılık veremedim küçüğüm. Bunun olmaması gerekiyordu. Uykuda olacağım için Peder Hummer'ı sana yolladım, bana acilen ihtiyaç duyarsan seni zihnimle telkin etmeme yetecek kadar yaklaşacaktım yüzeye."

"Ama öyle olmadı."

Mikhail başını salladı. "Evet, olmadı Raven. Gregori beni şifa verici bir uykuya yatırmıştı. Gregori izin vermediği sürece kimse onun yatırdığı uykudan kalkamaz. Senden ve benim dokunuşuma duyduğun ihtiyaçtan haberi yoktu. Bu benim suçumdu, onun değil. Özür dilerim."

"Biliyorum," diyerek doğruladı Raven. "Artık neden sensiz olamayacağımı anlamışsındır. Çok korkuyorum Mikhail, her şeyden korkuyorum. Benden, senden, az önce yaptığım şeyden."

"Bu sefer olmaz küçüğüm." Bunu olabildiğince nazikçe söyledi, başka bir yolu olmasını dilerdi. "Diğer suikastçıları bulmaya mecburum. Seni en ufak bir tehlikeye dahi atamam. Burada emniyette olacaksın. Hem uykuda olmayacağım, zihnine dokunabilirim, sen de gerektiğinde bana ulaşabilirsin rahatça. Korkmana gerek yok."

"Ben evde kalıp güvende olmasını söyleyebileceğin kızlardan değilim," diye itiraz etti Raven.

Mikhail arkasını döndü; devasa ve kudretli görünüyordu, amansız bir maskeye bürünmüştü yüzü. Tehditkâr bir havası vardı, bana karşı çıkamazsın der gibiydi. Raven istemeden geri çekildi, mavi gözleri koyulaşarak safir rengini almıştı. Mikhail elini tutarak ağzının sıcaklığına yaklaştırdı. "Bana öyle bakma. Neredeyse seni kaybediyordum. Senin çığlıklarınla uyanmanın benim için nasıl bir şey olduğu hakkında en ufak bir fikrin var mı? Korkunu hissetmenin, o erkek müsvettesinin sana vurduğunu bilmenin? Vücuduna art arda inen bıçak darbelerini hissetmenin? Neredeyse kollarımda can verecektin. Ben senin için nefes aldım, kalbinin atmasını sağladım. Beni belki de asla affetmeyeceğini bildiğim bir karar verdim. Hayatını en ufak bir şekilde riske atmaya hazır değilim. Beni anlayabiliyor musun?"

Mikhail'in duyduğu yoğun hislerle titreyişini hissedebiliyordu Raven. Kollarıyla Raven'ı sımsıkı sarıp sarmalayarak kendisine çekti. "Lütfen seni bir kozanın içinde tutmama izin ver Raven, hiç değilse o halinin görüntüleri zihnimden silinene dek." Parmakları Raven'ın kuzguni saçlarının arasında dolaştı. Ona gelebilecek başka hasarlara karşı kendini siper edercesine narin vücudunu kendi devasa vücuduna iyice yerleştirerek bastırdı.

Raven, kollarını Mikhail'in boynuna doladı. "Merak etme Mikhail. Bana bir şey olmayacak." Burnunu Mikhail'in boynuna sürterek onu yatıştırmaya, hem onun hem de kendisinin duyduğu korkuyu uzaklaştırmaya çalışıyordu. "Sanırım ikimizin de bazı şeylere alışması gerekecek."

Mikhail onu tüm sevecenliğiyle, tüm nezaketiyle öptü. "Bu süreci biraz ağırdan alman gerekiyor. 6 günlük uyku ve şifa kâfi olmamıştır."

"6 gün mü? Bu inanılmaz. Kan tahlili yaptırdın mı sen hiç?"

Mikhail onu gönülsüzce bıraktı kollarının arasından. "Hiçbir Karpatyalı insanların tıbbi tesislerine gidemez. Biz kendi başımızın çaresine bakarız."

Raven eline bir fırça alarak birbirine dolanmış ıslak saçlarını uzun hamlelerle taramaya başladı. "Yeraltında mahsur kalmış kadın kimdi?"

Mikhail'in suratı asıldı, ifadesinde sevecenlik namına ne varsa hepsi silindi; sanki hiç var olmamışlardı. "İsmi Eleanor. Bir oğlan çocuğu dünyaya getirdi." Sesi hiçbir his belirtisi göstermiyordu.

Raven bacak bacak üstüne atarak yatağın üstüne oturdu, uzun saçlarını fırçalarken başını bir yana eğmişti. "Ondan hoşlanmıyor musun?"

"O sana ihanet etti. O iğrenç kadının söylediklerini duymasına müsaade etti. Onun yüzünden seni neredeyse kaybedecektim." Mikhail bir yandan da gömleğini düğmeliyordu. Böylesine basit bir görevi yerine getiren uzun, ince parmaklarının görüntüsü bile büyülemeye yetmişti Raven'ı. "Sen benim himayem altındaydın. Bu da tüm Karpatyalıların senin can güvenliğini kendilerininkinin önünde tutması gerektiği anlamına geliyor."

Raven, minik dişleriyle alt dudağını ısırdı. Mikhail'in duygudan yoksun maskesinin ardında o tanımadığı kadına yöneltilmiş amansız, acımasız bir öfkenin yattığını sezebiliyordu. Mikhail'in Raven'a karşı beslediği hisler inanılmaz derecede yoğun ve tuhaftı. Raven buna uyum sağlamakta ne kadar zorluk çekiyorsa, Mikhail de aynı zorluğu yaşıyordu.

Raven sözcüklerini çok dikkatli seçti. "Hiç doğum yapan bir kadını gördün mü Mikhail? Bu çok acı verici ve korkunç bir şey. Kadının kendine hâkim olabilmesi için güvenli bir ortamda olması gerekir. Eleanor doğmamış çocuğunun hayatı için endişe ediyordu. Lütfen onu bu kadar katı yargılama. Onun yerinde ben olsam aklımı yitirirdim."

Mikhail onun yüzünü geniş avucunun içine alarak yumuşak, pürüzsüz tenini başparmağıyla okşadı. "Öyle şefkatlisin ki. Hâlbuki Eleanor neredeyse hayatına mal oluyordu senin."

"Hayır Mikhail. Jacob neredeyse benim hayatıma mal oluyordu. Eleanor elinden geleni yaptı. Bir suçlamaya başlarsan hepimizin bundan üstüne düşen payı alması gerekir."

Mikhail ona arkasını döndü. "Seni yanımdan ayırmamam gerektiğini biliyorum. Toprağın şifalı güçlerine hiç sığınmamalıydım. Bu beni senden fazla uzaklaştırdı. Ama Gregori benim iyiliğimi düşünmüştü sadece."

Mikhail'in yüzüne kazınmış ıstırabın yansımasını aynadan görebiliyordu Raven. "Kulağımda senin haykırışlarınla uyandığımda, toprağın altında sana yardım edemez bir halde yatıyordum. Hiddettim fırtınayı şiddetlendirdi. Yüzeye çıkarken inen her bıçak darbesini hissediyordum, seni yüzüstü bıraktığımı anlamıştım. Raven işte o anda içimde öyle korkunç, öyle vahşi, öyle canavarca bir şey hissettim ki hâlâ doğru dürüst kavrayabilmiş değilim ne olduğunu. Şayet Jacob seni katletmiş olsaydı, hiç kimsenin hayatı güvende olmazdı. Hem de hiç kimsenin." Bu itirafı sert, kontrollü bir ses tonuyla yapmıştı, sırtı dimdikti. "Ne Karpatyalı, ne de fani. Buna benzer bir şey tekrar ettiği takdirde Gregori'nin beni derhal öldürmesi için dua etmekten başka bir şey gelmiyor elimden."

Raven onun önüne geçerek yüzünü elleriyle kavradı. "Bazen duyduğumuz üzüntüden içimizde kalması daha hayırlı olan şeyler açığa çıkar. Hiç kimse mükemmel değil. Ne ben, ne Eleanor, ne de sen."

Belli belirsiz, alaycı bir gülümseme Mikhail'in biçimli dudaklarına yerleşti. "Ben asırları devirdim, pek çok vampir avına, savaşlara, ihanetlere göğüs gerdim. Lakin sen hayatıma girene dek hiçbir zaman kontrolümü kaybetmemiştim. Böyle delice arzuladığım hiçbir şeye sahip olmamıştım; kaybedecek hiçbir şeyim olmamıştı."

Raven, Mikhail'in başını kendisine çekerek boynuna, güçlü çenesine, ağzının köşelerine minik buseler kondurdu. "Sen iyi bir adamsın Mikhail." Muzipçe gülümsedi, mavi gözleri alay eder gibi bakıyordu. "Sadece elinde çok fazla güç var. Ama hiç merak etme. Tanıdığım Amerikalı bir kız var. Saygısızın teki, tüm bu kendini beğenmiş resmi tavırlarının icabına bakacakmış."

Mikhail biraz duraksayarak da olsa bir kahkaha attı, kahkahasıyla bütün gerginliğine de atmıştı üstünden. Raven'ı kollarıyla sararak havaya kaldırdı ve kendi etrafında döndürdü. Her zamanki gibi Raven'ın kalbi çılgınlar gibi atıyordu. Mikhail onları odanın içerisinde döndürdükten sonra kendini de Raven'ı da yatağın üstüne bıraktı, ağzı Raven'ın ağzına kenetlenmişti.

Raven'ın kahkahası yumuşak ve alaycıydı. "Bir daha yapacak halimiz yok ya."

Mikhail vücudunu onunkine yerleştiriyordu. Diziyle Raven'ın bacaklarını ayırdı, böylece Raven'ın yumuşak bedenine bastırabilecekti kendini. "Bence sen çıplak halde beni beklemelisin." Mikhail hırıldadı, Raven'ın hevesli olduğundan emin olmak ister gibi ileri ittiriyordu bedenini.

Raven davetkâr bir şekilde kalçasını yukarı kaldırdı. "Bunu yatakta yapmayı becerebileceğimizi... sanmıyorum." Mikhail kendi vücudunu onunkiyle birleştirdiği için, son sözcüğü zevkten sesi kesilerek söylemişti.

Mikhail'in ağzı tekrar Raven'ın ağzını buldu; kahkahasıyla tutkusunun hoş tadı iç içe geçmişti Raven'ın. Mikhail sahiplenici bir edayla göğüslerini kavrayarak ellerini saçlarının arasında gezdirdi. Raven'ın içinde, zihninde çok fazla neşe, çok fazla şefkat ve iyilik vardı. Mikhail'in ebediyetini onun kahkahası ve yaşam sevgisi dolduracaktı. Mikhail sırf gülmenin zevkini tatmak için güldü.

Bölüm 11

Mikhail gideli iki saat olmuştu. Raven evin içerisinde dolaşıyor, odaları tanımaya çalışıyordu. Yalnız kalmaktan hoşlanırdı oldum olası, eline olan biteni mantıklı bir şekilde gözden geçirecek bir fırsat geçmesine sevinmişti. Ne kadar uğraşırsa uğraşsın dönüştüğü şey ona bir türlü gerçekmiş gibi gelmiyordu. Aklını kaçırmamasını sağlayan tek şey Mikhail'di. Sürekli Raven'ın zihnindeydi, düşüncelerini işgal ediyordu, sadece kendisi kalana dek Raven'ın aklındaki tüm çılgınca fikirleri uzaklaştırıyordu.

Mikhail'in kanı damarlarında, kokusu üstünde, damgası ise boynunda ve göğsündeydi. Mikhail'in ona sahip oluşunun etkisi Raven'ın attığı her adıma, yaptığı her harekete sinmişti. Mikhail'in giydiği gömleğe daha sıkı sarıldı. Mikhail'in yaşadığını ve iyi olduğunu biliyordu, çünkü sık sık Raven'ın zihnine dokunarak onu telkin ediyordu. Raven onun dokunuşunu arzuladığını fark etti, Mikhail'in içinde de sık sık onunla bir olma ihtiyacı uyanıyordu.

Raven iç geçirerek kendisini onun uzun, sıcacık pelerinine sardı. Birdenbire duvarlar üstüne üstüne gelmeye başlamıştı, evde değil de hapishanede olduğu hissine kapıldı. Uzun veranda onu çağırıyor, gece onun ismini fısıldıyordu sanki. Kapı kolunu tutarak çevirdi. Kapıyı açar açmaz, büyüleyici kokuların sindiği gece havası tüm vücuduna hücum ederek onu serinletti. Verandaya çıkarak uzun bir sütuna yaslandı, geceyi ciğerlerine çekerek derin derin nefes aldı. Onu kendisine çeken, yanına çağıran bir şey hissetti. İçgüdüsel olarak verandadan inerek patika boyunca yürümeye başladı.

Gece fısıldayarak şakıyor, onu ormanın derinliklerine çağırıyordu. Bir baykuş ıslık çalar gibi geçti gökyüzünden; bir geyik sürüsü saklandıkları yerden temkinli adımlarla çıkarak kadifemsi burunlarını soğuk nehre daldırdı. Raven onların içindeki yaşam sevgisini, her gün verdikleri ölüm kalım mücadelesini kabullenişlerini hissetti. Ağaçların özünün gel gitler gibi uğuldamasını işitebiliyordu. Çıplak ayaklarıyla içgüdüsel olarak toprağın yumuşak kısımlarını bulup dalların, dikenli çalıların ve sivri taş parçalarının üstüne basmadan yürüyordu. Suyun akışı, rüzgârın sesi, toprağın kalp atışı, tüm tabiat ona sesleniyordu.

Adeta transa geçen Raven amaçsızca dolaşmaya başladı. Üstünde hâlâ Mikhail'in uzun, siyah pelerini vardı, kalçalarından aşağı dökülen saçları kuzguni bir çağlayanı andırıyordu. Bu dünyadan değilmiş gibiydi; ay ışığının vurduğu solgun teni şeffaflaşmıştı neredeyse, büyük gözlerinin rengi o kadar koyulaşmıştı ki maviden çok mora çalıyorlardı artık. Pelerin ara sıra açılarak Raven'ın düzgün, çıplak bacaklarının etkileyici görüntüsünü ortaya çıkarıyordu.

Zihninde dalgalanan bir şeyler gecenin dinginliğini bozdu. Keder. Gözyaşı. Raven duraksadı, gözlerini sürekli kırpıştırarak etrafında bulunanları kestirmeye çalıştı. Güzel bir rüyadaymışçasına yürümeye başladı. Yoğun hislerin geldiği tarafa yöneldi. Hiç düşünmeden dümdüz ilerledi ayakları. Zihni kendiliğinden bilgiyi işleme sokuyordu.

Fani bir erkek. Yirmili yaşlarının başında. Samimi üzüntüsü tüm derinliğiyle işlemişti içine. Babasına karşı öfke duyuyordu, kafası karışmıştı ve çok geç kaldığı için vicdan azabı çekiyordu. Raven'ın ruhunun derinliklerindeki bir şeyler bu adamın eksikliğini hissettiği şeye karşılık verdi. Geniş gövdeli bir ağaca dayamıştı sırtını. Dizlerini kendisine çekmiş, suratını ellerine gömmüştü.

Raven yaklaşırken kasıtlı olarak ses çıkardı. Adam ağlamaktan şişmiş yüzünü kaldırdı, Raven'ı fark edince gözleri şaşkınlıktan fal taşı gibi açıldı. Telaşla doğruldu yerinden.

"Lütfen kalkmayın," dedi Raven sessizce, sesi gece kadar yumuşaktı. "Sizi rahatsız etmek istemedim. Uyku tutmadığı için yürüyüşe çıkmıştım. İsterseniz gidebilirim."

Rudy Ramanov, sisin içinden çıkan bu hayali varlığa hayranlıkla bakmaktan kendisini alamadığını fark etti. Bu varlık daha önce gördüğü hiçbir şeye benzemiyordu, karanlık orman kadar esrarengizdi. Kelimeler boğazında düğümlendi. Duyduğu keder mi çağırmıştı onu buraya acaba? Babasının ona anlattığı o batıl inanç ürünü, saçma hikâyelere inanacak gibi olmuştu neredeyse. Vampirlerin ve erkekleri felaketlerine doğru çağıran uğursuz güzel kadınların hikâyeleriydi bunlar.

Adam, hayalet görmüş gibi bakıyordu Raven'a. "Özür dilerim," diyen Raven nazikçe fısıldayarak gitmek üzere arkasını döndü.

"Hayır! Gitmeyin." Bozuk bir şivesi vardı. "Sisten öyle birdenbire çıkınca gerçek değilmiş gibi gözüktünüz de."

Pelerinin altında bir şey olmadığının bilincinde olan Raven iyice sarındı üzerindekine. "İyi misiniz? Sizin için birilerini çağırayım mı? Rahibi ya da ailenizi."

"Artık kimsem kalmadı. Ben Rudy Romanov'um. Anne babamın başına gelenleri duymuşsunuzdur."

Korkunç görüntüler Raven'ın zihnine hücum etti. Kıpkırmızı gözleri acımasızca yanan kurtların ormandan nasıl fırladığını hatırladı; sürüye liderlik eden kocaman, siyah bir kurt doğrudan Hans Romanov'u hedef almıştı. Raven, genç adamın zihninden annesiyle ilgili hatıraları yakaladı. Annesi Heidi yatağında yatıyordu, kocasının parmakları boğazına dolanmıştı. Raven bir an için nefes alamadı. Bu delikanlı ne kadar da çok acı çekmişti böyle! Birkaç saat içerisinde hem annesi, hem de babası elinden alınmıştı. Fanatik babası annesini öldürmüştü.

"Ben hastaydım da, günlerdir ilk kez dışarı çıkıyorum." Raven ağaçların uzun dalların altından geçerek adama daha da yaklaştı. Ona gerçeği, yani bu korkunç olaylar zincirinin bir parçası olduğunu söyleyemezdi.

Rudy, kendisini teselli etmesi için gönderilen güzel bir melek gözüyle bakıyordu Raven'a. Ay ışığı altında gözüktüğü kadar yumuşak olup olmadığını anlamak için Raven'ın saçlarına dokunmak istedi birden. Yumuşak bir fısıltı gibi çekici ve yatıştırıcı olan sesi zihnine ulaşarak onu sakinleştirip iyileştiriyordu. Rudy boğazını temizledi. "Birkaç gece önce babam annemi öldürdü. Ah keşke eve daha erken gitseydim. Annem beni arayarak babamın bir kadını öldürdüğüyle ilgili bir saçmalık anlattı. Babam, vampirlerin köyde yaşayanları avladığına dair sanrılar görürdü. Hep batıl inançlı biri olmuştur ancak tamamen kafayı sıyıracağı hiç aklıma gelmezdi. Annem, onun ve bir grup fanatiğin vampir avına çıkarak köy sakinlerinin belirli üyelerini öldürmek için işaretlediklerini söyledi. Ben babamın her zamanki gibi atıp tuttuğunu sanmıştım." Rudy başını aşağı eğerek ellerine baktı. "Annemi dinlemem gerekirdi. Ama annem başka kimsenin cinayetten haberi olmadığını söyledi. Ben de babamın her şeyi uydurduğunu, yalan söylediği düşündüm. Belki de gerçekten yalan söylemişti ama delirdiği kesindi. Annemi boğdu, elinde tespihiyle ölmüş annem."

Rudy titreyen parmaklarıyla gözlerini sildi. Nasıl olduğunu bilmiyordu ancak bu esrarengiz kadın bir şekilde zihninde dolaşarak onu samimiyet ve anlayışla sarıyordu. Bu yanılsama öylesine gerçekçiydi ki Rudy'nin bedeni hayat bularak uyandı ve tamamen yalnız olduklarını fark etti. Hiç kimsenin bu kadının yanında olduğunu bilmediği düşüncesi belirdi zihninde kendiliğinden. Kederinin tam ortasında meydan çıkan bu düşünce rahatsız edecek kadar heyecan vericiydi. "Çok önem verdiğim bir imtihana girebilmek için bir gün daha kaldım üniversitede. Babamın hiç kimseyi, hele de bir kadını öldürebileceğine ihtimal vermiyordum. Annem ebeydi. Dünyaya o kadar çok can getirip o kadar kişiye yardım etmişti ki. Ona eve gelip bu meseleyi halledeceğimi söyledim. O rahiple konuşmak istiyordu ama ben onu caydırdım."

"Keşke onu tanıyabilseydim," dedi Raven tüm içtenliğiyle.

"Onu severdiniz, herkes severdi onu. Babamı durdurmaya çalışmış olmalı. Fırtınanın çıktığı gece babam bir grup yabancıyla dışarı çıkmış. Annemi o zaman öldürmüş sanırım, evden çıkmadan hemen önce. Annemin kimseye bir şey anlatmayacağından ya da onu durdurmaya çalışmayacağından emin olmak istedi muhtemelen. Yıldırımın çarptığı bir ağacın altında bulundu. O ve diğerleri tanınmaz hale gelecek kadar yanmıştı."

"Ne korkunç şeyler gelmiş başınıza." Raven elini saçlarının arasına atarak yüzüne düşen ipeksi saçlarını yavaş bir hareketle çekti yüzünden. Hem seksi, hem de masum görünüyordu. Çok etkileyici bir karışımdı bu.

Sis orman boyunca süzülerek uçurumlara sırtını dayamış eve doğru ilerledi. Demir kapıların arasından akarak bahçeyi doldurdu. Uzun, kalın bir sütun şeklini alıp hafif ve titrek bir ışıkla parıldayarak birleşti, ta ki Mikhail kapısının önünde kendi bedeniyle belirene dek. Mikhail, elini kaldırıp alçak sesle bir emir mırıldandı. Koruma büyüsünü çözerek eve girdi. Raven'ın gitmiş olduğunu hemen anladı.

Gözleri simsiyah buz parçalarına dönüştü. Bembeyaz dişleri açığa çıkarak parıldadı. Kısık sesli bir hırıltı yükseldi boğazından, sonra kesildi. Aklına ilk gelen şey Raven'ın kaçırıldığı, hayatının tehlikede olduğuydu. Raven'ı ararken ona yardım etmeleri için nöbetçilerine, yani kurtlara çağrıda bulundu. Derin, yatıştırıcı bir nefes alarak zihniyle Raven'ın izini sürerek tüm dikkatini onun yerini tam olarak belirlemeye yoğunlaştırdı. Raven'ı ve kimin yanında olduğunu bulmak zor olmamıştı. Bir *insan*. Hem de *erkek*.

Mikhail'in nefesi boğazında düğümlendi. Kalbi duracak gibi olmuştu. Parmaklarını sıkarak yumruk yaptı. Yanındaki lamba patlayarak paramparça oldu. Dışarıda rüzgâr şiddetlenerek ağaçların arasında minik hortumlar oluşturdu. Dışarı çıkarak havaya atıldı Mikhail; devasa kanatlar açarak gökyüzünü delercesine uçmaya başladı. Altındaki kurtlar birbirlerine uluyarak sürü halinde koşmaya başladılar.

Mikhail, Raven'ın üstündeki geniş dallara doğru süzüldü sessizce. Raven, o tuhaf bir biçimde seksi ve kadınsı olan hareketiyle saçını yüzünden çekiyordu. İçindeki şefkati, teselli etme ihtiyacını hissedebiliyordu Mikhail. Ayrıca ne kadar üşümüş ve yorgun olduğunu da hissedebiliyordu. Yanındaki insan üzüntüden perişandı, buna hiç şüphe yoktu. Fakat Mikhail adamın duyduğu heyecanı, kalbinin küt küt atışını, kanının coşkulu akışını da hissedebiliyordu. Düşünceleri rahatlıkla okuyabiliyordu; bu düşüncelerin hepsi masumane değildi.

Mikhail, Raven için kaygılanmaktan çok ona kızarak kendisini havaya bıraktı; yaklaşık bir kilometre ileride, gözlerden uzak bir yere kondu. Ardından geniş adımlarla onlara doğru yürümeye başladı; gecenin ve ağaçların içinden çıkan uzun, kuvvetli bir siluet. Mikhail tüm tehditkarlığı ve heybetiyle onların önünde belirdi, yüz hatlarına sert ve acımasız bir ifade yerleşmişti. Siyah gözleri karanlık ve ölümcül bir şeyle parıldadı. Gözlerine düşen ay ışığıyla sabit bakışları ürpertici bir kızıllıkla parıldamış, vahşi bir havaya bürünmüştü.

Tehlike altında olduğunu hisseden Rudy telaşla ayağa kalkarak bu esrarengiz koruma içgüdüsüyle kadını tutmaya yeltendi. Mikhail, Raven'a Rudy'den birkaç metre daha uzak olmasına rağmen büyük bir süratle ileri atılarak ona daha önce ulaştı; narin belini kavrayıp onu hızla arkasına çekerek kendisine yapıştırdı.

"İyi akşamlar Bay Romanov," dedi canayakın bir edayla.

Sesi öyle alçak, öyle pürüzsüz çıkmıştı ki Rudy de, Raven da ürperdi. "Gecenin bu saatinde, ormanın içinde kadınımla yalnız buluşarak ne yaptığınızı bana açıklama nezaketinde bulunursunuz umarım." Son kelimeyi telaffuz ederken yakınlardan bir yerden bir kurt uludu uğursuzca; uzun uzun devam eden nota gecenin melteminde ikaz edercesine yankılanmıştı.

Raven kımıldandı, ancak Mikhail kemiklerini kıracak kadar sıkı tutuyordu onu. *Ses çıkarma küçüğüm. Bu faninin şafağı görmesini diliyorsan bana itaat edeceksin. Bu Hans Romanov'un oğlu. Babasının uzun süre önce ektiği tohumlar var zihninde.*

Raven açıkça yalvarıyordu. *Mikhail, ama onun anne babası...*

Raven, kontrolüm pamuk ipliğinde sallanıyor şu anda. Zorlama!

"Bay Dubrinsky." Rudy onu ancak tanımıştı. Köylerindeki en güçlü şahsiyetlerden biriydi; amansız bir düşman da, değerli bir dost da olabilirdi. Mikhail'in sesi sakin, hatta dingin çıksa da, hâlâ cinayet işlemeye muktedir bir havası vardı. "Bu planlanmış bir şey değildi. Buraya geldim, çünkü..." Sesi giderek alçalmıştı. Rudy, ağaçların arkasında pusuya yatmış kurtlar görür gibi oldu, hatta buna yemin edebilirdi, önündeki avcı kadar ölümcül olan gözleri parıldıyordu. Karşısındaki merhametsiz yüze bir kez bakması gururunu elden bırakmasına yetmişti. "Yas tutuyordum. O da yürüyüşe çıkmış, beni duyunca yanıma geldi."

Sessiz gölgeler gibi hareket eden kurtlar giderek yaklaşıyordu. Mikhail ne kadar hevesli olduklarını hissedebiliyordu, kana susamışlardı. Kurtların çığlığı tüm hücrelerine işleyerek duyduğu kapkara kıskançlığa karıştı. Sürü ona fısıldıyor, kardeşleri olarak sesleniyordu. Mikhail'in içindeki canavar başını kaldırarak serbest kalmak için kükredi. Bu fani erkek masum olduğunu iddia ediyordu, ancak bedenindeki şehveti okumak, cinsel uyarılmasının kokusunu almak hiç de zor değildi. Zihnine babası tarafından yerleştirilen sapkınlığın izini rahatça sürdü Mikhail.

Mikhail, kasvetli bakışlarıyla Raven'ın minik bedenini süzdü. Raven, onun kalbini durdurabilir, nefesini kesebilirdi. Yüzeyde görünenin ötesine de bakmazdı Raven, kendini bakmamak için eğitmişti. Mikhail, onu incitmişti. Bunu Raven'ın kocaman gözlerinin derinliğinde okudu; Raven aynı zamanda korkuyordu da. Kurtların yakınlarında olduğunu anlamıştı; Mikhail'i eşini korumaya teşvik eden seslerini duyabiliyordu. Mikhail'in ilkel dürtülerine ne kadar yatkın olduğunu görmek, içinde aslında ne kadar hayvani bir şey yattığını fark etmek onun için büyük bir darbe olmuştu. Mikhail, kolunu ona dolayarak omzunun altına, sıcaklığına yakınlaştırdı. Kurtlara sessiz bir emir gönderdi; itirazlarını, itaatlerindeki isteksizliği hissedebiliyordu Mikhail. Kurtlar onun bu faniye karşı beslediği kini, kana susamışlığını, eşinin can güvenliğine muhtemel bir tehdit olan bu düşmanın hakkından gelme güdüsünü sezebiliyordu.

"Kaybınızdan haberim var," demeye zorladı Mikhail kendini, bir yandan da korumacı bir edayla kolunu Raven'a sarmıştı. "Anneniz harika bir kadındı. Onun ölümü halkımız için büyük bir kayıp. Babanızla da aramızda bazı fikir çatışmaları olmasına rağmen ölmesini hiç istemezdim."

Raven hem soğuğa, hem de Mikhail'in birisine karşı böylesine bir düşmanlık besleyebileceği gerçeğine tepki olarak titriyordu. Raven onun karanlığının ışığıydı, Mikhail'in her şeyden önce bir avcı olduğundan haberi dahi yoktu. Mikhail kolunu nazikçe yukarı aşağı hareket ettirerek onu telkin etmeye çalışıyordu. Kurtlara verdiği emri pekiştirdi içinden. "Eve gitseniz iyi olur Bay Romanov. Uykuya ihtiyacınız var. Bu orman pek tekin değildir. Üstelik fırtına yüzünden hayvanlar da huzursuz."

"Nezaketiniz için teşekkür ederim," dedi Rudy, ancak Raven'ı böylesine şiddete meyilli bir adamla bırakmaya gönlü el vermiyordu.

Mikhail, adamın kasabanın kıyısındaki açık alanın güvenliğine çekilişini seyretti. "Üşümüşsün küçüğüm." Bunu tüm inceliğiyle söylemişti Mikhail.

Raven gözlerini kırpıştırarak gözyaşlarını tuttu; titreyen bacaklarını yürümeye zorladı, ağır adımlarla ilerliyordu. Mikhail'e bakamıyordu, buna cesareti yoktu. Hâlbuki Raven sadece gecenin güzelliğini keyfine varmaya çıkmış, sonra da Romanov'un sesini duymuştu. İmkânı olduğunda yardım etmek Raven'ın doğasında vardı. Bu yaptığının sonucunda Mikhail'in içindeki karanlık ve ölümcül bir şeyi fitillemişti, Raven'ı fazlasıyla huzursuz eden bir şeyi.

Mikhail temposunu ona göre ayarlamış yanında yürürken, yana çevirdiği yüzünü inceliyordu bir taraftan da. "Yanlış tarafa gidiyorsun Raven." Elini Raven'ın dar sırtına atarak onu doğru tarafa yönlendirdi.

Raven kaskatı kesildi, kendini çekerek yüzünü ona döndü. "Belki de geri dönmek istemiyorumdur Mikhail. Belki de kim olduğunu hiç bilmiyorumdur."

Raven'ın sesinden kızgın olmaktan çok, incindiği anlaşılıyordu. Mikhail derin derin iç çekerek Raven'a uzandı, kavrayışı demir gibi sağlamdı. "Evimin sıcak ve rahat ortamında konuşalım bu meseleyi lütfen, burada değil; her tarafın buz kesmiş." Raven'ın rızasını beklemeden onu kucaklayarak olanca süratiyle ilerlemeye başladı. Raven ona yapışarak yüzünü omzuna gömdü. Narin bedeni hem soğuktan, hem de Mikhail'e karşı, geleceğine karşı, dönüştüğü şeye karşı duyduğu korkudan titriyordu.

Mikhail onu dosdoğru yatak odasına götürdü, elinin tek bir hareketiyle şömineyi yakarak Raven'ı yatağın üstüne bıraktı. "Hiç değilse ayakkabı giyseydin."

Raven, Mikhail'in pelerinine iyice sarınarak uzun kirpikleri altından ona baktı. "Neden peki? Ayakkabılarla ilgili değil bu sorum."

Mikhail mumları yakarak odalarının yatıştırıcı, şifalı, hoş bir kokuyla dolması için çeşitli bitkileri ezdi. "Ben Karpatyalı bir erkeğim. Damarlarımda toprağın kanı akıyor. Ruh eşim için yüzyıllar boyunca bekledim. Karpatyalı erkekler, başka erkeklerin kadınlarına yaklaşmasından hoşlanmaz. Ben de aşina olmadığım duygularla başa çıkmaya çalışıyorum Raven. Onlara kolay kolay hâkim olamıyorum. Sen de Karpatyalı bir kadın gibi davranmıyorsun." Mikhail'in ağzının köşesine hafif bir gülümseme yerleşti, uyuşuk bir edayla duvara yaslandı. "Eve geldiğimde senin olmayacağın hiç gelmemişti aklıma. Kendini tehlikeye attın Raven. Bu ırkımızın erkeklerinin müsamaha gösteremeyeceği bir şey. Bu da yetmezmiş gibi seni fani bir erkekle buldum."

"Ama o acı çekiyordu," dedi Raven alçak bir sesle.

Mikhail kızdığını belirten bir ses çıkardı. "Hayır, o seni istiyordu."

Raven kirpiklerini kırpıştırdı, Mikhail'inkilerle buluşan mavi gözleri ürkmüş ve şüpheli şüpheli bakıyordu. "Ama... yok, hayır. Yanılıyorsun Mikhail, yanılıyor olmak zorundasın. Ben sadece onu teselli etmeye çalışıyordum. Hem annesini, hem de babasını kaybetmiş." Raven ağlamak üzereydi.

Mikhail onu susturmak için elini kaldırdı. "Sen de ona eşlik etmek istedin. Cinsel bir durum söz konusu değildi ama insan olduğu için onunla arkadaş olmak istedin; inkâr etme. İçindeki bu ihtiyacı hissedebiliyordum."

Raven sinir sinirli dudaklarını yaladı diliyle. Sahiden de inkâr edemezdi. Bu tamamen bilinçaltında olan bir şeydi, ancak şimdi Mikhail bunu sesli dile getirince doğru olduğunu anlamıştı Raven. Bir insanın yanında olma ihtiyacı duymuştu. Mikhail ona çok ağır geliyordu, onun dünyasındaki her şey Raven'a öyle yabancıydı ki. Raven, Mikhail'i incittiği, onu kontrolünün sınırlarında dolaşmak zorunda bıraktığı için kendinden nefret etti. "Özür dilerim. Tek istediğim kısa bir yürüyüşe çıkmaktı. Romanov'un sesini işitince onun iyi olduğundan emin olmak istedim. Bir insanla arkadaşlık kurma ihtiyacı durduğumun farkında değildim Mikhail."

"Seni suçlamıyorum ki küçüğüm. Asla yapmam bunu."

Sesi öyle nazikti ki, Raven'ın kalbine takla attırmıştı. "Hatıralarını çok rahat okuyabiliyorum. Niyetinin ne olduğunu da biliyorum. Şefkatli tabiatın için seni katiyen suçlamam."

"Sanırım ikimizin de başa çıkması gereken zorluklar var," dedi Raven yumuşak bir sesle. "Ben senin olmamı istediğin kişi olamam Mikhail. Sen 'insan' kelimesini bir lanetmiş gibi, senden aşağı bir şeymiş gibi kullanıyorsun. Benim ırkıma karşı önyargılı olduğun geldi mi hiç aklına? Damarlarımda Karpatyalı kanı akıyor olabilir, ancak kalbimle ve zihnimle ben hâlâ bir insanım. Sana ihanet etmek için gezintiye çıkmamıştım ben. Sadece yürüyecektim. Tek yaptığım buydu. Üzgünüm Mikhail fakat ben kendimi bildim bileli özgürce yaşadım. Kanımı değişmesi kişiliğim değişeceği anlamına gelmiyor."

Mikhail tüm enerjikliği ve çevikliğiyle ilerledi zeminde, her hücresinden güç ve anlayış yayılıyordu. "Ben önyargılı değilim," diye inkar etti.

"Tabii ki önyargılısın. Benim ırkımı hor görüyorsun. Romanov'un kanından beslenmem hoşuna gider miydi? Bu kabul edilebilir bir şey mi? Onu yiyecek olarak kullanabilirim ama iki çift laf etmek için kullanamam, öyle mi?"

"Beni kafanda bu şekilde canlandırman hoşuma gitmiyor Raven." Mikhail odayı boylu boyunca geçerek pelerinini almak için elini uzattı. Oda ısınmıştı, ağaçların ve çimenlerin, yani doğanın kokusu yayılmıştı havaya.

Raven pelerini omuzlarından aşağı sıyırdı gönülsüzce. Mikhail, Raven'ın üstünde kendi kırışık gömleğinden başka bir şey olmadığını görünce kaşlarını çattı. Gömleğin etekleri Raven'ın kalçasını örterek diz üstüne uzansa da baldırlarının büyük bir kısmı açıktaydı. Ortaya çıkan görüntü inanılmaz derecede seksiydi; bir çağlayanı andıran uzun saçları yatağa dalga dalga dökülerek zarif bedeninin etrafında bir çerçeve oluşturmuştu. Mikhail kendi dilinde rastgele küfür etti alçak sesle. Romanov, Raven'ın pelerinin altında gömlekten başka hiçbir şey giymediğini fark etmemesine şükretti. Yoksa onun gırtlağını parçalardı muhtemelen. Raven'ın genç adama yaklaşıp ona gülümsediğini, gözleriyle onu büyülediğini, başını boğazına doğru eğdiğini, ağzıyla, diliyle, dişleriyle ona dokunduğunu düşündü... Görüntü karşısında midesi itiraz edercesine kabardı.

Mikhail, elini saçları arasına geçirdikten sonra pelerini dolabına asıp antika maşrapayı ve leğeni ılık suyla doldurdu. Ancak hayal gücünü tamamen kontrol altına aldıktan sonra Raven'ı her zamanki sevecenliğiyle cevaplayabildi. "Hayır küçüğüm. Şimdi düşündüm de Ramonav'un kanını içmen hoşuma gitmezdi."

"Ama yapmam gereken bu değil mi? Karpatyalı bir dişi kendisinden şüphelenmeyen fanileri avlamaz mı?" Raven'ın bastırmaya çalıştığı gözyaşları sesinden süzülüyordu sanki.

Mikhail su dolu kapları yatağın ucuna getirerek Raven'ın önünde diz çöktü. "Senin gibi ben de hislerimi anlamaya çalışıyorum Raven, ben de onlara bir türlü anlam veremiyorum." Oldukça nazik hareketlerle Raven'ın ayaklarını yıkamaya başladı. "Senin mutlu olmanı her şeyden çok istiyorum. Fakat aynı zamanda seni koruma ihtiyacı da duyuyorum." Ayaklarındaki toprağın her zerresini çıkarırken elleri nazik, dokunuşu ise hafifti.

Raven başını öne eğerek şakaklarını ovaladı. "Bunu biliyorum Mikhail. Hatta bu ihtiyacı duymanı bir dereceye kadar da anlayabiliyorum. Ama ben hep kendim gibi davranacağım. Aklıma eseni yaparım. Canım uçurtma uçurmak ister, sonra bir bakmışsın ki uçurtmayı alıp gitmişim."

"Niçin içeride kalmadın? Can güvenliğin için duyduğum büyük endişenin geçmesi için bana zaman vermeni istemiştim senden." Sesi öyle nazikti ki, Raven ağlamamak için zor tuttu kendini.

Parmak uçlarıyla Mikhail'in kahverengi saçlarına dokundu, boğazında bir yanma hissi duyuyordu. "Temiz hava almak için verandaya çıkmıştım. Başka bir niyetim yoktu ama sonra gece beni çağırdı."

Mikhail ona baktı uzun uzun, siyah gözleri ona karşı beslediği hislerle ısınmıştı. "Benim hatamdı. Seni korumak için eve kalkan büyüsü koymalıydım."

"Mikhail, ben kendi başımın çaresine bakabilirim." Mavi gözlerinden samimiyet okunuyordu, sözlerinin doğruluğunu Mikhail'in aklına sokmaya çalışıyordu sanki. Raven için endişelenmesine gerek yoktu hakikaten.

Mikhail gülümsememek için kendisini zor tuttu. Raven gereğinden fazla saftı, herkesin iyi olduğuna inanıyordu. İnce baldırlarını kavradı parmaklarıyla. "Sen dünyanın en güzel insanısın Raven. İçinde zerre kadar kötülük yok, değil mi?"

Raven içerlemiş gözüküyordu. "Tabii ki var. Öyle gülümseme Mikhail, gerçekten var. Gerektiğinde gayet kötü olabilirim. Hem bunun bahsettiğimiz şeyle ne ilgisi var?"

Mikhail, elini gömleğinin ince ipek kumaşının altından sokarak Raven'ın göğüs kafesine doğru kaydırdı. "Benim için tek değerli varlık olan, herkes hakkında iyi niyetli düşünen insanı koruma ihtiyacımdan bahsediyoruz."

"Ben herkes hakkında iyi niyetli düşünmüyorum bir kere!" diye inkar etti Raven, Mikhail'in böyle düşünmesine şaşırarak. "Margaret Summers'ın fanatiğin teki olduğunu anlamıştım mesela."

Mikhail, elini yukarı kaydırarak yumuşak göğsünün altını okşayarak avuçladı, gözleri duyduğu hislerle koyulaşmış, hatta derinleşmişti. "O kadını müdafaa etmiştin hatırladığım kadarıyla."

Vücudunu aheste, uyuşuk hareketlerle keşfetmesi Raven'ın nefesini kesiyordu. Bu sadece fiziksel bir şey değildi; Mikhail'i içinde hissediyordu, Raven'ın kendisine zor kullanarak boyun eğdirmek istese de, bir yandan da ona hayran olmaktan alamıyordu kendini. Mikhail'i bedeninde hissediyordu; zihnini, kalbini okşuyordu. Raven'a duyduğu hislerin giderek devleşerek onu yiyip bitirişini sezdi.

Mikhail alçak sesle içini çekti. "Seninle baş edemeyeceğim, değil mi? Gardımı nasıl düşüreceğini çok iyi biliyorsun.

Ben halkımın önderiyim Raven. Böyle bir şeye tahammül edemem. Bana itaat etmeni sana emir vererek sağlamaktan başka çarem kalmıyor."

Raven kaşlarını kaldırdı. "Emir mi?" diye tekrar etti. "Bana emir verebileceğini mi sanıyorsun?"

"Kesinlikle. Halkım arasında alay konusu olmamı engellemenin tek yolu bu; tabii senin daha iyi bir fikrin yoksa." Mikhail gözlerinin içiyle gülüyordu.

"Seni nasıl boşayabilirim?"

"Affet küçüğüm," dedi Mikhail tüm tatlılığıyla. "Bu kelimeyi bilmiyorum. Benim dilimde söyler misin lütfen?"

"İngilizce'yi, benim senin dilini konuştuğumdan katbekat iyi konuştuğunu pekâlâ biliyorsun," dedi Raven. "Bir ruh eşi diğerinden nasıl ayrılır? Onu nasıl terk eder? Nasıl bırakır? Beraberliğini nasıl bitirir yani?"

Mikhail'in gözlerinin derinliğindeki muziplik pırıltısı neşeye dönüşmüştü. "Öyle bir şey yok. Hem olsaydı bile..." Başını iyice eğdi Mikhail, nefesi Raven'ın yanağını yalayıp geçiyordu. "Gitmene asla müsaade etmezdim Raven."

Raven gözlerini kocaman açmış tüm masumiyetiyle ona bakıyordu. Mikhail'in eli göğsünde olduğu, başparmağı da meme ucunu ovaladığı için nefes alması iyice zorlaşmıştı. "Ben sadece işini kolaylaştırmaya çalışıyordum Mikhail. Kraliyet ailesinden gelenlerin bugünler de pek fazla seçeneği olmuyor ne de olsa. Halkın gözündeki imajını falan düşünmen gerek. Bu meseleleri düşünmeyi bana bırakabilirsin Mikhail, için rahat olsun."

Mikhail alçak sesle güldü, alaycıydı. "Böyle akıllı bir ruh eşim olduğu için şükretmeliyim sanırım." Parmaklarıyla Raven'ın üstündeki gömleğin bir düğmesini açtı. Sadece bir tanesi açmıştı, göğüsleri arasındaki boşluğu genişleterek aheste keşfi için ona daha fazla alan imkânı vermesine yetecek kadardı bu.

Raven'ın nefesi boğazında düğümlendi. Aslında Mikgail'in fazla bir şey yaptığı yoktu, sadece okşuyordu; ancak dokunuşu öyle yumuşak ve sevecendi ki Raven'ın içi eriyordu. "Senin yaşam tarzını anlamaya gerçekten çalışıyorum Mikhail, fakat yüreğimin bunu kaldırabileceğini sanmıyorum." Raven dürüst davranmaya çalışıyordu. "Sizin kurallarınızı da, adetlerinizi de hiç bilmiyorum. Hatta senin de, benim de ne olduğunu tam olarak anlamış değilim. Ben kendime hâlâ insan gözüyle bakıyorum. Hem ne Tanrı'nın, ne de insanların huzurunda evlenmiş değiliz henüz."

Bu defa Mikhail başını arkaya atarak yüksek sesli, içten gelen bir kahkaha attı. "İnsanların o sönük merasiminin, hakiki bir Karpatyalı töreninden daha derin bir bağ kurduğunu mu sanıyorsun? Bizim adetlerimizle ilgili öğrenmen gereken çok şey var sahiden."

Raven'ın minik, bembeyaz dişleri alt dudağını sıyırdı. "Karpatyalı kurallarının ve törenlerinin beni bağlamıyor olabileceği aklına geldi mi hiç? Benim kutsal saydığım şeylere hiç saygın yok senin."

"Raven!" Mikhail'in ne kadar şaşırdığı tepkisinden anlaşılıyordu. "İnançlarına saygım duymadığımı mı düşünüyorsun gerçekten? Doğru değil bu."

Raven başını öne eğdikten sonra aniden kaldırınca ipeksi saçları yüzüne düşerek ifadesini gizledi. "Birbirimiz hakkında çok az şey biliyoruz. Ben daha neye dönüştüğümü bile bilmiyorum. Ne ya da kim olduğumu bilmezsem birbirimizin beklentilerini nasıl karşılayabiliriz ki?"

Mikhail sessizleşmişti, koyu, dipsiz gözleriyle Raven'ın üzgün yüzünü, bakışlarındaki kederi inceliyordu. "Söylediklerinde doğruluk payı vardır belki de küçüğüm." Ellerini, Raven'ın vücut hatlarında gezdirdi, dar göğüs kafesinde, ince belinde dolaştıktan sonra yüzüne kaydırdı avuçlarını. "Sana baktığımda bir mucize görüyorum karşımda. Yumuşacık ve davetkâr olan tenin, suyun üstünde salınana bir çiçeği andıran yürüyüşün, ipek gibi saçların; benimkini çevreleyen, tamamlayan ve ümitsiz olduğu kadar da zorunlu olan bir görevi sürdürmem için bana güç veren bir bedenin var. Yaradılışına bakıyorum, öyle güzelsin ki, sonra mükemmel vücuduna bakıyorum ve benim için yaratıldığını görüyorum."

Raven huzursuzca kıpırdandı, ama Mikhail'in elleri onu bırakmıyordu; Mikail çenesini kaldırınca onun simsiyah gözlerine bakmaktan başka çaresi kalmadı. "Lakin beni sana bağlayan vücudun, pürüzsüz tenin ya da sevişirken bedenlerimizin birbirine mükemmel bir şekilde uyması değil. Zihninle bir olduğumda aslında kim olduğunu görüp, gerçek bir mucizenin ne olduğunu anlamamdır beni sana bağlayan. Madem ne olduğunu soruyorsun, sana söyleyeyim. Sen şefkatin, nezaketin vücut bulmuş halisin. Hiç tanımadığın insanlar için hayatını tehlikeye atabilecek kadar cesur bir kadınsın sen. Başkalarına yardım edebilmek için sana büyük ıstırap veren bir yeteneği hiç düşünmeden kullanacak kadar iyi kalplisin. Fedakârlığının sonu yok; seni sen yapan da bu. İçinde öyle bir ışık var ki; pırıltısı gözlerine yansımış, tüm hücrelerinden dışarı saçılıyor. Sen böyle parlarken sana kim baksa içindeki ışığı görür."

Raven'ın elinden tek gelen çaresizce ona bakmaktı, Mikhail'in büyüleyici gözlerinde kaybolmuştu. Mikhail, elini tutup avucunun tam ortasından öptükten sonra gömleğinin altına sokarak düzenli bir ritim tutturmuş kalbinin üstüne koydu. "Bu bedenin ötesine bak Raven. Kalbime, ruhuma bak. Zihnini benimki ile bir kıl; gerçekte kim olduğumu gör. Kim olduğumu bil."

Mikhail sessizce bekledi. Kalbi bir kez attı. İki kez attı. Raven'ın bağlandığı adamın kim olduğunu öğrenmek istediğini anladı ani bir kararla. Zihinsel kaynaşması ilk başta çekingendi, temasıysa öyle hafif, öyle narindi ki, ona dokunanın kelebek kanatları olduğunu sandı Mikhail. Her an Mikhail'i incitecek bir şeyi su yüzüne çıkartabilecekmiş gibi temkinli hareket ediyordu Raven. Beliren karanlığı gördüğünde Raven'ın nefesinin kesildiğini hissetti. Mikhail'in içinde yaşayan canavar. Ruhundaki karanlık. Sorumlusu olduğu ölümler ve çarpışmalar. Raven gelmeden önceki hayatının çıplak çirkinliği. Onu ve türünün diğer erkeklerini içten içe yiyip bitiren yalnızlık, asırlardır katlandıkları kısır döngü ve boşluk. Raven'ı asla kaybetmemeye ne denli kararlı olduğunu da gördü. Sahiplenici tavrını da, hayvani içgüdülerini de. Mikhail'in olduğu her şey önüne öylece serilmişti. Raven'dan hiçbir şey saklamıyordu; ne aldığı canları, ne alınmasını emrettiği canları, ne de Raven'ı elinden alan birinin hayatta kalamayacağına dair mutlak inancını.

Raven, Mikhail'in zihninden çıkarak mavi gözlerini ona dikti. Mikhail, kalbinin ansızın küt küt atmaya başladığını hissetti. Fakat kalbinde suçlama değil dingin bir sükûnet vardı. "Ebediyete değin bağlı olduğun canavarı görüyorsun işte. Biz en nihayetinde avcıyız küçüğüm. İçimizdeki karanlığı dengeleyen kadınlarımızın ışığıdır yalnızca."

Raven, ellerini onun boynuna doladı, dokunuşu nazik ve sevecendi. "Bu sizler için ne kadar da çetin bir mücadeledir kim bilir. En çok da senin için. Hayati öneme sahip bunca karar vermek, arkadaşlarını, hatta akrabalarını ölüm cezasına çarptırmak insanın aklına hayaline sığamayacak kadar korkunç bir yük olmalı. Sen güçlü bir adamsın Mikhail, halkın sana inanmakta haklı. Her gün savaş verdiğin o canavar senin bir parçan, hatta belki de seni bu kadar güçlü ve yıkılmaz yapan da o. Sen o parçanın kötü olduğunu sanıyorsun fakat hâlbuki halkın için yapman gerekenleri yapmanı sağlayan kuvveti o veriyor sana."

Mikhail, başını çevirdi; Raven'ın gözlerindeki ifadeyi, söylediklerinin kendisi için ne anlama geldiğini görmesini istemiyordu. Boğulacakmış gibi hissetmesine neden olan bir şey düğümlenmişti boğazına. Mikhail, Raven'ı hak etmiyordu, asla da hak etmeyecekti. Raven'da bencillikten hiç eser yokken, Mikhail onu esir alarak kendisiyle yaşamaya mecbur etmişti.

"Mikhail." Raven'ın sesi sevecendi, yumuşak ağzını Mikhail'in çenesine sürttü. "Sen gelene dek yapayalnızdım ben." Dudakları Mikhail'in ağzının kenarını buldu. "Kimse beni, ne olduğumu bilmiyordu. İnsanlar benden korkuyordu çünkü onlar benim hakkımda hiçbir şey bilemezken, ben onlar hakkındaki her şeyi biliyordum." Raven kollarını onun etrafına sararak bir çocukmuşçasına teselli etti. "Senin uğruna, böyle berbat bir hayatı geride bırakacağımı bile bile beni kendine istemen bu kadar yanlış mıydı sence? Gerçekten kendini suçlaman gerektiğine inanıyor musun? Ben seni seviyorum. Seni her şeyinle ve hiçbir zorlama olmadan sevdiğimden eminim. Seni olduğun gibi kabul ediyorum ben."

Mikhail elini Raven'ın saçları arasına attı. "Hislerime bu kez hâkim olamıyorum Raven. Seni kaybedemem. Sensiz hayatın nasıl olduğunu bilemezsin. Yüzyılları deviren ışıksız, neşesiz mutlak bir yalnızlık. İçimde bir canavar barındırdığımın farkındayım. Bir Karpatyalı ne kadar uzun yaşarsa içindeki canavar da o kadar güçlenir. Gregori için endişeleniyorum. O benden sadece 25 yaş küçük, ancak yürüyen ölüleri avlamanın yükünü taşıyor omuzlarında asırlardır. Kendi türünden bile soyutladı kendini. 50 yıldır ondan haber alamadığımız oluyor kimi zaman. Muazzam bir kudrete sahip, lakin içindeki karanlık giderek büyüyor. Soğuk ve kasvetli bir yaşam bu, sert ve merhametsiz. İçindeki canavarın her daim serbest kalmak için mücadele ettiği bir yaşam. Benim kurtuluşum sen oldun. Her şey benim için de çok yeni, seni kaybetme korkum hâlâ çok taze. Seni benden almaya çalışan birisine ne yaparım bilmiyorum."

Raven elini onun eline koyarak parmaklarını birbirine geçirdi.

"Noelle bir oğlan doğurdu. Eleanor da öyle. Erkeklerimizin içindeki bu kapkara boşluğu geçirecek kadınımız kalmadı. En çok acı çeken Gregori. Dünyanın dört bir yanını gezerek hiçbirimizin çok fazla kurcalamaya cesaret edemediği deneyler yapıyor. Bunu kimseye söylemedim ama Gregori'nin bilgeliği ve kudreti benimkinin üstünde. Daha önce hiç anlaşmazlığa düştüğümüz olmadı, acil bir durumda hemen yardımıma koşar ancak kendisini dünyadan çektiğini hissedebiliyorum." Mikhail gözlerini ovaladı, yorulmuştu. "Benim elimden ne gelir ki? Er ya da geç seçimini yapacak ve neyi seçerse seçsin onu kaybetmiş olacağız."

"Anlamıyorum."

"Beslenirken can alma dürtümüz çok kuvvetlenir, kurbanlarımızı kendimize çekmek de bir o kadar kolaydır. Hiç kimse o karanlığa ve ümitsizliğe bin yıldan fazla katlanamaz. Gregori, Haçlı Seferleri'nden tut da, insanın aya ayak basmasına kadar her şeyi gördü. Bu zaman zarfı boyunca hep içerisindeki canavarla savaştı. Bu canavardan kurtulmak için tek umudumuz ruh eşimizdir. Şayet Gregori ruh eşini çok yakında bulamazsa ya şafağa çıkacak, ya da dönüşecek. En kötüsünün olmasından korkuyorum."

"Dönüşmek nedir?"

"Sırf zevk için, seni güçlü hissettirdiği için öldürmek, insanların anlattığı vampir haline gelmek. Beslenmeden önce kadınları kullanmak, onları kölen olmaya zorlamak," dedi Mikhail haşince. O ve Gregori pek çok kere kendi türünü avlamış, vampire dönüşmüş bir Karpatyalı erkeğin ne kadar alçalabileceğini görmüştü.

"Gregori'yi durdurmak zorunda mı kalırdın yani?" Korku saçılıyordu Raven'ın sözlerinden. Mikhail'in hayatının ne kadar karmaşık olduğunu anlamaya başlamıştı yavaş yavaş. "Ama onun daha güçlü olduğunu söylüyorsun."

"Hem de hiç şüphesiz. O dilediği yere gitmekte özgür, hem yürüyen ölülerin izini sürüp onları avlama konusunda çok daha tecrübeli. Seyahatleri sırasında çok fazla şey öğrendi, dünyanın her yerindeki hayatı tanıdı. Kendi kabuğuna çekildikçe kudreti de artıyor. Gregori bir dosttan çok, kardeş gibi benim için. Ezelden beri hep omuz omuza olduk. Ne onu yüzüstü bırakmak, ne avlamak, ne de onunla güç yarışına girmek isterim. Hem benim için, hem de benimle sayısız savaşta çarpıştı Gregori. Onunla aynı kanı paylaştık, birbirimizi iyileştirdik, gerektiğinde birbirimizin muhafızı olduk."

"Peki ya Jacques?" Mikhail'e çok benzeyen bu adama hemen ısınmıştı Raven.

Mikhail ayağa kalkarak suyu boşalttı, bitkin düşmüştü. "Kardeşim benden 200 yaş küçük. Çok kuvvetli, bilgili ve uygun şartlar altında fazlasıyla tehlikeli olan biridir. Damarlarında akan atalarımızın kanının üstünde büyük etkisi var. Seyahat etmeyi, araştırmayı sever. Gerektiğinde halkımızın sorumluluğunu almaktan da kaçmaz."

"Tüm halkının yükünü omuzlarında taşıyorsun Mikhail." Raven'ın sesi çok yumuşak çıkmıştı. Nazik parmaklarla Mikhail'in kahverengi saçlarını okşadı.

Mikhail dimdik oturarak ihtiyar, yorgun gözlerle Raven'a baktı. "Biz ölmekte olan bir ırkız küçüğüm. Korkarım ki ben kaçınılmaz olanı yavaşlatıyorum sadece. Bizim bildiğimiz suikastçılardan iki tanesi kaçtı. Diğer iki şüpheli Anton Fabrezo ile Dieter Hodkins ise trenle buradan ayrıldı. Dağlardakilere haber saldım, ancak ikisi de ortada yok. Son zamanlarda organize olmuş bir grup avcının peyda olduğuna dair söylentiler işittim. Eğer bu adamlar bilim adamlarıyla bağlantıya geçerlerse daha da tehlikeli olurlar."

"Karpatyalıların toprağın çocuğu olduğunu, şifa verme güçlerinin topraktan geldiğini biliyorum ancak insan ırkına karşı önyargılı olman ve onları aşağı görmen insan olmanın bazı artıları olduğunu gözden kaçırmana sebep oluyordur belki de Mikhail."

"Hâlâ önyargılı olduğumu düşünmekte ısrar ediyorsun. Sevdiğim birçok fani var benim." Raven'ın çıplak vücudunu örten beyaz, ipek gömleğin düğmelerini açma dürtüsüne karşı koyamadığını fark etti Mikhail. Raven'ı görmek, dilediğinde ona bakabileceğinden emin olmak istemesine sebep olan ilkel bir şeyler yatıyordu ruhunun derinliklerinde.

Raven ona gülümsedi, her zamanki o tuhaf bir şekilde seksi olan el hareketiyle saçını arkaya attı. Bunu yapmasıyla beraber teni tüm çıplaklığıyla Mikhail'i çağırdı, dolgun göğüsleri davetkâr bir şekilde öne çıktıktan sonra ipek katmanlarının arkasında kayboldu. Görüntü Mikhail'in nefesini kesmişti. "Bak aşkım, bir ırkın belirli üyeleri ile arkadaşlık kurup onlara karşı muhabbet beslemek önyargıyı kaldırmaz. Sen o kadar uzun süredir bu kabiliyetlerle yaşamışsın ki artık onları olağan sanır hale gelmişsin. İnsanların zihnini kontrol edip onlara koyun muamelesi yapabiliyorsun diye..."

Mikhail nefesini tuttu, Raven'ın böyle bir şey düşünmesi karşısında şok olmuştu. Raven'ın altına alarak kıvırdığı ayak bileğini kavradı eliyle. "Ben hiçbir zaman insanlara koyun muamelesi yapmadım. Dostum diyebileceğim pek çok insan var. Gerçi Gregori ile bazıları fanilerle arkadaşlık kurduğum için delirdiğimi düşünüyor. Ben insanların olgunlaşmasına tanık oluyorum, onların hissettikleri şeyleri hissedebilmeyi diliyorum içimden. Hayır küçüğüm; insanlara koyun muamelesi yaptığımı zannetmiyorum."

Raven çenesini kaldırarak büyük, safir gözlerini ona dikti. "Koyun tam olarak doğru kelime değil belki ama senin hissettiklerini ben de hissedebiliyorum Mikhail. Sen kendinden saklayabilirsin bunu, ama ben açık bir şekilde görebiliyorum." Sözlerini yumuşatmak için gülümsedi. "Tamam, kendini üstün görmüyorsun belki ama bizi kontrol etmenin ne kadar kolay olduğunun da farkındasın."

Mikhail karşı çıkarak homurdandı. "Seni kontrol etmekte her seferinde başarısız oldum ama. Kendini tehlikeye attığında zorla itaat etmeni sağlamayı ne çok geçirdim içimden bilemezsin. İçgüdülerimin sesini dinlemeliydim... Ama yapmadım işte, pansiyona dönmene müsaade ettim."

"Bana âşık olduğun için kendini tuttun." Mikhail'in saçına dokunmak için uzandı. "Zaten birlikte olan iki insanın arasında olması gereken de bu değil mi? Eğer beni gerçekten seviyorsan ve mutlu olmamı istiyorsan, bana doğal geleni, doğru geleni yapmam gerektiğini de anlayışla karşılarsın."

Mikhail işaret parmağını Raven'ın boynundan göğüsleri arasındaki derin vadiye kaydırınca vücudunu ansızın basan sıcaklık karşısında ürperdi Raven. "Bu dediğin doğru küçüğüm ama aynısı benim ihtiyaçlarım için de geçerli. Sen sırf varlığınla bile beni mutlu ediyorsun ancak içimin gerçekten rahat etmesi senin güvende olup olmamana bağlı."

Raven elinde olmadan tebessüm etti. "Yine şu hilekâr yüzünü göstermeye başladığını düşünüyorum. İnsanların yapabildikleri şeyleri de görmeye çalışmalısın bence. Sen yeteneklerine çok bel bağlamışsın Mikhail ama insanlar başka beceriler geliştirmek zorunda. Biz iki ayrı dünyanın birleşmesi gibiyiz seninle. Eğer çocuk sahibi olmaya karar verirsek...."

Mikhail huzursuzca kımıldandı, siyah gözleri parlıyordu.

Mikhail daha düşüncelerine set çekmeye fırsat bulamadan Raven, mecburi Karpatyalı hükmünü yakaladı. *Çocuk sahibi olmak zorundasın.*

"Bir gün eğer çocuk sahibi olmaya karar verirsek..." diye diretti Raven onun otoritesine aldırış etmeyerek. "Ve erkek olursa, iki dünyanın da adetlerine göre yetiştirilecek. Eğer kız olursa özgür bir iradeyle ve kendi aklıyla düşünmeyi öğrenecek şekilde yetiştirilecek. Çok ciddiyim Mikhail. O erkeklere damızlık kısrak olması için bir çocuk doğurmaya asla ama asla razı olmam. Kızımız kendi iradesinin bilincinde olacak ve kendi hayatına kendisi karar verecek."

"Kadınlarımız kendi kararlarını kendileri verir," dedi Mikhail kısık bir sesle.

"Eminim doğru adamı seçmeyi istemesini sağlayacak bir töreniniz filan vardır sizin," diye tahmin yürüttü Raven. "Benim şartlarımı kabul edeceğine dair söz vermelisin yoksa asla bir çocuk getirmem dünyaya."

Mikhail'in parmak uçları mükemmel bir zarafetle Raven'ın yüzünden aşağı kaydı. "Senin mutlu olmanı her şeyden çok istiyorum. Çocuklarımın mutlu olmasını da isterim elbette. Bu meselelere karar vermek için önümüzde yıllar, hatta ömürler var ancak evet, iki dünyayı bir dengeye oturtup zamanı geldiğinde senin şartlarını kabul edeceğime söz veriyorum."

"Bu sözünü hatırlatacağım," diye uyardı Raven.

Mikhail alçak sesle güldü, Raven'ın yanağını avucunun içine alarak. "Seneler geçtikçe gücün ve yeteneklerin artacak. Beni şimdiden korkutuyorsun Raven, yüreğim gelecek yıllara nasıl dayanır bilmiyorum."

Raven kahkaha attı, sesi müzik gibiydi. Mikhail, avuçladığı yumuşacık göğüslerine eğdi başını. Ağzı sıcak, ıslak ve arzuluydu; dişleriyle Raven'ın hassas derisi üzerinde gidip geliyordu. Raven'a değen saçları tenini yalayıp geçen dilleri andırıyordu. Raven, anında kollarını onun etrafına sarıp yatağın başına yaslandı rahatlayarak.

Mikhail, başı Raven'ın kucağında olduğu halde yatağa uzandı boylu boyunca. "Benim gayet düzenli olan dünyamı yerinden oynatacaksın sen değil mi?"

Raven parmaklarını onun saçları arasında gezdirdi, gür saçlarını çıplak kalçasında ve baldırlarında hissetmek hoşuna gidiyordu. "Bu konuda elimden geleni yapma niyetindeyim kesinlikle. Siz resmen taş devrinde kalmışsınız. Birilerinin sizi bu yüz yıla getirmesi lazım."

Mikhail vücudunun gevşediğini, benliğini kaplayan huzurun o korkunç gerilimi uzaklaştırdığını hissedebiliyordu. Raven'ın ruhunun güzelliği onu sarıp sarmalıyordu. Mikhail'i karanlık gölgelerin içinden çekip çıkararak neşe ve ışıkla dolu bir dünyayla tanışmasını sağlayan onun şefkati olmuşken, acı çeken birine yardım etme ihtiyacı duyduğu için Raven'ı nasıl suçlayabilirdi ki? Mikhail'in o anda hissettiği şeyler ıstırap ve kızgınlıktı belki ama hiç değilse bir şeyler hissedebiliyordu artık. Yoğun duygular. Sevinç. Şehvet. Cinsel açlık. Aşk.

"Sen benim hayatımsın küçüğüm. Peder Hummer'dan bizim için senin insanlarının usulüne göre bir evlilik töreni düzenlemesini isteriz." Bembeyaz dişleri Raven'a bakarken ışıldıyordu; siyah gözleri duyduğu memnuniyetten sımsıcak olmuştu. "Ben evliliği bağlayıcı olarak kabul edeceğim. Sen de sözlüğünden "boşanma" sözcüğünü ve onunla ilgili her kavramı sileceksin. Böylesi beni çok memnun eder." Raven'a sırıtıyordu, o erkeklere özgü mizah anlayışıyla onunla dalga geçtiği belliydi.

Raven, parmak uçlarıyla Mikhail'in çenesindeki sert çizgide gezindi nazikçe. "Nasıl oluyor da her şeyi kendi yararına döndürmeyi başarıyorsun?"

Mikhail'in eli Raven'ın baldırına giderek saten kadar pürüzsüz teni üzerinde gezindi. "Bunun cevabını ben de bilmiyorum küçüğüm. Belki de yetenek işidir." Başını aşağı eğip ağzını Raven'a iyice yerleştirebilmek için burnuyla gömleğinin eteklerini önünden kaldırdı.

Mikhail diliyle onu okşamaya başlayınca Raven hafifçe inledi. Mikhail'e yardım etme dürtüsüyle bacaklarını açarak ona daha fazla hareket imkânı verdi. Parmaklarını Mikhail'in gür, kahverengi saçları arasına sokmuştu.

Mikhail, daha ileri gittiğinde Raven zevkten titredi. Mikhail'in kanına yayılan alevleri, aniden beliren vahşi heyecanını, damarlarında çağlayan sevinci hissedebiliyordu. Kollarıyla Raven'ı kendisine daha da sıkı bastırdı. Bu kez işi ağırdan almak, Raven'a zevk vermek istiyordu. Raven onun kadınıydı, ruh eşiydi ve kimse ona Mikhail'in tattırdığı heyecanı veremezdi.

Bölüm 12

Yer seviyesinin altında bulunan yatak odası bir gömüt kadar sessiz ve karanlıktı. Mikhail ile Raven vücutları birbirine kenetlenmiş bir şekilde yatıyordu bu devasa yatakta. Mikhail bacağını Raven'ın kalçasının üzerine atmış, geniş gövdesini korumacı bir edayla onun vücuduna yapıştırmış, kollarıyla onu kalbine doğru çekmişti. Odaya tam bir sükûnet hâkimdi, nefes alıp verişlerinin sesi bile işitilmiyordu. Dışarıdan bakanlar onların cansız olduğunu sanırdı.

Evin kendisi bile sessiz bir uykuya dalarak nefesini tutmuş gecenin çökmesini bekliyordu sanki. Camlardan içeri süzülen gün ışığı yüzlerce yıllık sanat eserlerini ve deri kaplamalı kitapları aydınlatıyordu. Karo mozaiklerin yansıması girişin zeminine düşüyor, yere vuran güneş ahşabın rengini iyice sarartıyordu.

Mikhail birdenbire saldırmaya hazırlanan zehirli bir yılan gibi uzun, ağır ve kesintisiz bir tıslamayla nefes almaya başladı. Koyu gözleri aniden açıldı, kindar bakışı bir yırtıcının açlığıyla, kapana kıstırılmış bir kurdun öfkesiyle parıldadı. Bedeni uyuşmuştu, her zamanki muazzam kuvveti uyku ihtiyacına yenik düşmüştü. Vücut saati mükemmel bir şekilde gece-gündüz döngüsüne göre ayarlandığı için öğlen vakti olduğunu ve amansız güneşin en yüksek ve en ölümcül seviyede olduğu anladı hemen.

Bir şeyler yolunda değildi. Bir şeyler, muhtaç olduğu uykunun katmanlarından geçerek onu uyandırmıştı. Parmaklarını kıvırarak pençeleri andıran tırnaklarını altındaki şilteye geçirdi. Günbatımına daha çok vardı. Büyük bir titizlikle etrafını taradı. Bu ani gerilim karşısında ev titreşmeye başlamıştı, odadaki hava huzursuzluğa tepki olarak bulanıklaştı. Zemin bile bu görünmeyen tehlike karşısında dehşetle geri çekilmiş gibiydi.

Dışarıda, demir parmaklıkların arkasındaki Rudy Romanov hışımla ileri geri yürüyordu, kalbi de, zihni de simsiyah bir öfkeyle kararmıştı. Attığı her dört adımdan birinde kıvrımlı, kalın demirlere bir beyzpol sopasıyla vuruyordu öfkeden delirmiş gibi. "Şeytanlar! Yürüyen ölüler!" Kelimeler eve doğru uçuşuyordu havada.

Mikhail alçak sesle kükredi. Vücudu kat kat sisin altında mahsur kalmış olsa da tüm içgüdüleri tamamen uyanmıştı. Dudakları sessiz bir hırlamayla geri çekilince sivri köpek dişleri iyice meydana çıktı. Gırtlağından yine uzun, yavaş bir hırlama kaçtı.

Rudy'nin hiddetinden kuvvet alan suçlamalar zihnine çarptı. "Babamın bahsettiği kanıtları buldum. Yıllardır bunları topluyormuş. Her şeyi hem de! Hizmetkârlarının listesini çıkarmış. Sen yılanın başısın, seni iblis! Katil! Günahkâr! O güzelim kadını da sapıkça fantezilerin için kendine köle etmişsin! Senin rütbeni arttırmak için beni kullanacaktı!"

Rudy'nin duyduğu keder ve öfke, fanatik bir intikam arzusuyla karışmıştı. Babasının tuttuğu kayıtlara inanmış, baş vampiri öldürmeye gelmişti. Mikhail, tüm havaya sinen bu tehlikeyi derhal sezdi. Raven'a seslenerek sevecen, nazik bir okşamayla dokundu zihnine. *Uyan sevgilim. Tehlikedeyiz.*

Raven yavaş ama düzenli bir ritimle nefes almaya başladı. Mikhail'in zihnine yayılan uyarısıyla istemsiz olarak yatak odasını tüm duyularıyla taradı. Vücudu fazla gevşek hatta cansız gibiydi, duyduğu uyku ihtiyacı çok şiddetliydi. Beyni uyuşmuştu, algılamakta güçlük çekiyordu.

Romanov parmaklıklara dayandı.

Raven gözlerini kırpıştırarak üstündeki sisi uzaklaştırmaya çalıştı. *Hans Romanov öldü.*

Ama oğlu yaşıyor. Şu anda dışarıda. Duyduğu öfkeyi ve nefreti hissedebiliyorum. Bizim için tehlike oluşturuyor. Güneş tepemizde olduğu için güçsüz bir vaziyetteyiz. O içeri giremez ama biz de dışarı çıkamayız.

Yüzünü Mikhail'in göğsüne sürtmek bile büyük bir dikkat yoğunluğu ve inanılmaz bir çaba gerektiriyordu. Raven birkaç kez öksürerek boğazını temizlemeye çalıştı. "Ben kapıya bakıp ne istediğini öğrenebilirim. Senin işte olduğunu söylerim. O da kendini aptal gibi hissedip bizi rahat bırakır."

Mikhail, Raven'ın başını kolları arasına aldı. Raven hâlâ insan mantığıyla düşünüyordu, ölümsüzlüğün korkunç bedelinden haberi yoktu. Hâlâ *uyku sersemi olduğun için Rudy'i duyamıyorsun. Şu anda tehlikeli bir ruh hali içerisinde.* Mikhail'i sevdiği için ödediği bedelin farkında değildi Raven. Kapıya çıkar çıkmaz güneş onu yok ederdi hâlbuki.

Raven kedi gibi Mikhail'in kucağına doğru kıvrıldı, uyku ihtiyacı inanılmaz boyutlardaydı.

Dinle beni küçüğüm. Uyanık kalmak zorundasın! Emri çok sertti. Mikhail ona duyduğu aşkın yoğunluğu ve onu koruma ihtiyacıyla kollarını sımsıkı sardı etrafına.

Raven, etrafa göz atmasına yetecek kadar kaldırdı başını. Rudy Romanov'un hiddetinin karanlığı yaşayan bir varlık gibiydi adeta ve istediği ölümdü. Rudy'nin öfkesi öyle kuvvetliydi ki, şiddeti Raven'ın zihnine çarpıyordu. *O çıldırmış Mikhail.* Ağır, zor bir hareketle elini kaldırarak yüzüne düşen gür saçlarını itmeye çalıştı. Ya hava çok yoğundu, ya da Raven çok zayıftı ama her halükarda bu basit eylemi yapmak bile büyük dikkat gerektirmişti. *Ama dün gece çok iyiydi, annesinin yasını tutuyordu. Şimdiyse onun düşmanı olduğumuza inanıyor. O eğitimli bir adam hâlbuki Mikhail. Bizi tehlikeye ben mi attım yoksa? Belki de bizden şüphelenmesine yol açacak bir şey söyledim ya da yaptım.* Raven'ın zihnini suçluluk bulutları kaplamıştı.

Mikhail, çenesiyle onun başının üstünü okşadı. *Hayır, babasının belgeleri arasında bir şeyler bulmuş. Dün hiç şüphelenmedi, yalnızca yas tutuyordu. Fakat bir şeyler onu babalarının suçlamalarının sağlam temelli olduğuna ikna etmiş. Bizim vampir olduğumuza inanıyor.*

Ama o sözde kanıtı gösterse bile kimsenin ona inanacağını sanmıyorum. Hâlâ şokta olduğunu düşüneceklerdir. Kendilerininki kadar Rudy'nin can güvenliğinden de endişe ediyordu Raven.

Mikhail parmaklarıyla onun yanağını okşadı nazikçe. Tüm benliğini onları öldürmeye adamış bir adam için dahi şefkat duymak Raven'dan beklenecek bir hareketti tam da. Ansızın Raven'ın vücudu kendininkine çarptı. İlk patlama kulaklarında yankılanmadan bir saniye önce ev geri çekilerek sessizce çığlık atmıştı adeta. Onların üstündeki birinci katta pencereler kırılmış, antika mobilyalar paramparça olmuştu. Bir kalp atışı geçti, iki kalp atışı geçti. Ev yeni bir patlamayla sarsıldı, kuzeye bakan duvar parçalara ayrılmıştı.

Mikhail'in sivri köpek dişleri karanlıkta parladı, bir hırlama şeklinde çıkan nefesi merhametsiz bir intikam vaat ediyordu. Dumanın barut gibi keskin kokusu tavandan süzülüp yatak odalarına dolarak göz yakıcı bir bulut halini aldı döne döne. Başlarının üstündeki çatırdayan alevler Mikhail'in hem dünü, hem de bugünü olan kitaplarını, tablolarını yalamaya başlamıştı açgözlülükle. Turuncu ve kızıl diller, upuzun yüzyıllar boyunca biriktirdiği eşyaları büyük bir hevesle tüketiyordu. Mikhail'in pek çok evi, pek çok hazinesi bulunduğundan habersiz olan Rudy, onun her şeyini yok etmek istemişti.

Mikhail. En sevdiği evinin cayır cayır yanması karşısında Mikhail'in duyduğu acıyı sezmişti Raven. Nefret, korku ve dumanın birbirine geçmiş kötü kokusu.

Aşağı inmeliyiz. Ev er ya da geç çökecek. Mikhail'in duyduğu düşmanlık Raven'ın zihninde yankılandı sertçe.

Raven kendisini zar zor oturur pozisyona getirmeye çalıştı, hareketleri acı verecek kadar cansızdı. *Evden çıkmamız lazım. Aşağı inersek zeminle alevler arasında kapana kısılmış oluruz sadece.*

Güneş çok tepede. Yer altına inmemiz gerek. Raven'ı kavrayışını gözle görülür bir şekilde sıkılaştırdı Mikhail; yapılması gerekenle yüzleşme cesaretini vermek istiyordu ona sanki. *Başka seçeneğimiz yok.*

Sen git Mikhail. Korkunun pençeleri her yerindeydi Raven'ın. Şu andaki haliyle tamamen çaresizdi. Kendisini bodrumdan aşağı taşıma gücünü bulsa bile asla toprağın içine girip kendini diri diri gömemezdi. Yüzeye çıkma vakti geldiğinde çoktan delirmiş olurdu yoksa. Kendisi böyle bir şeyin altından asla kalkamazdı, ancak Mikhail'i bunu yapması için teşvik etmesi gerekiyordu. Önemli olan oydu çünkü, halkının ona ihtiyacı vardı.

Beraber gideceğiz aşkım. Mikhail sesine kudretini katarak müdahale etmişti, kaslı vücudunun şu an için tekrarlamaktan mahrum olduğu kudretini hem de. Elleri, kolları, bacakları, her tarafı kurşun gibiydi. Kendisini yataktan kaldırmak için muazzam bir güç sarf etmesi gerekmişti, kalkar kalkmaz yere düştü sertçe. *Hadi, bunu yapabiliriz.*

Duman daha da yoğunlaşmış, oda fırın gibi ısınmaya başlamıştı. Tavan kötü bir haberi müjdeler gibi kararmıştı. Duman Raven'ın gözlerini acıtıyor, hatta yakıyordu.

Raven! İtiraz kabul etmeyen bir emirdi.

Raven yataktan yere yuvarlandı, çarpmanın şiddetiyle nefesi kesilmişti. *Çok hızlı yayılıyor.* Zihninde alarm zilleri çalıyordu. Çok fazla duman vardı, ev yukarıda inliyordu.

Raven güç bela sürünmeye başladı, kendisi gibi yerde sürünen Mikhail'in uyuşuk hareketlerini takip ederek santim santim ilerliyordu. Emekleme pozisyonuna bile geçemiyorlardı, öyle güçsüzlerdi ki elleri ve dizleri üstünde doğrulmaları imkânsızdı. Karınları üstünde sürtünüyor, ilerleyebilmek için kollarını öne uzatıp kendilerini çekiyorlardı. Bu şekilde mahzenin gizli girişine vardılar. Raven, Mikhail'i emniyetli bir sığınağa ulaştırmak için her şeyi yapardı.

Odaya hücum eden ısı tüm oksijeni emdiği için ikisi de ter içinde kalmıştı; ciğerleri çalışmayı sürdürebilmek için uğraşıyordu tüm güçleriyle, artık nefes almaları bile işkence halini almıştı. İkisi güçlerini birleştirse bile gizli kapıyı açmaları imkânsız gibiydi. *Odaklan.* Mikhail'in talimatı sertti. *Tüm iradeni kullan.*

Raven hafifçe doğrularak zihnini başka her şeye kapattı: korkusuna, dumana, yangına, Mikhail'in yanan evi için duyduğu ıstırap ve öfkeye, içinde kabaran vahşi canavara. Düşüncelerini sadece ağır kapıya yönlendirdi, odaklandı ve nişan aldı. Kapı hiç bitmeyecekmiş gibi görünen bir yavaşlıkla açılmaya başladı; tahta ve metal karışımı, bu hareketi protesto etmek istercesine inleyerek gıcırdadı, ardından gönülsüzce de olsa boyun eğdi. Mikhail, Raven'ın gücünü kendi gücüyle destekliyordu. Kapı tamamen açılarak zemindeki derin ve geniş yarığı meydana çıkardı. Raven ve Mikhail, bitap düşmüş bir şekilde birbirlerinin üstüne yığıldı. Bir an için birbirlerine kenetlenmiş bir şekilde yattılar öylece, kalpleri küt küt atıyor, ciğerleriyse etraflarını sarmış duman yüzünden yanıyordu.

Çatıdan üstlerindeki tavana moloz parçaları yağıyordu. Alevler, ışıl ışıl ve müthiş bir yangından oluşmuş dev bir canavar gibi kükredi. Raven, elini Mikhail'inkine doğru kaydırdı. Mikhail parmaklarını onunkine kenetledi. *Çatı çöktü; tepemizdeki tavanda çökecek çok geçmeden.*

Sen git Mikhail; ben durabildiğim kadar bekleyeceğim burada. Önlerinde uzanan yarık yangın kadar korkutucuydu Raven için.

Beraber gideceğiz. Mikhail itiraz kabul etmeyecek şekilde söylemişti bunu. Raven onun içindeki değişikliği sezebiliyordu. Artık insan değil tam bir Karpatyalıydı, gücünü toplayarak bekleyen bir canavarı andırıyordu. Bir düşman evini, eşyalarını yok ediyor, ruh eşinin hayatına tehdit oluşturuyordu. Mıkhail'in boğazından yavaş, ölümcül bir hırıltı koptu. Çıkan sesle Raven'ın kalbi yerinden oynayacak gibi oldu. Kendisine karşı daima yumuşak, nazik, şefkatli ve sevecen olan Mikhail gitmiş, yerini zincirlerinden kurtulan yırtıcıya bırakmıştı.

Raven korkusunu yuttu, gözlerini kapatıp zihnini temizledi. Mikhail için, mahzenin altındaki o kapkaranlık toprağın içine girmenin bir yolunu bulmalıydı. Mikhail tüm kuvvetiyle ona karışmış, içerisinde dönüyordu. *Bunu başarabilirsin aşkım. Tüy gibi hafifsin. Hatta öyle hafifsin ki havada süzülüyorsun.* Mikhail, Raven'ın böyle hissetmesini sağladı zihin gücünü kullanarak. Raven'ın vücudu soyutlaşmıştı adeta; rüzgâr kadar hafifti. Havanın etrafında usulca kımıldanarak tenine doğru estiğini hissettiğinde bile gözlerini açmadı Raven. Zihninde Mikhail'in olduğunu hissedebiliyordu, vücuduysa Mikhail'inkine karışmıştı, havada süzülen bir yapraktan farksızdı.

Karanlık önce sardı onları, sonra okşayarak verimli toprağa doğru taşıdı. Raven gözlerini açtı, kendini mahzende bulması karşısında hem afallamış, hem de sevinmişti. Bir tüy gibi süzülmüştü havada. İçini neşe kapladı. Duyduğu sevinç, yangından dolayı kapıldığı korku ve dehşeti uzaklaştırmıştı bir anlığına da olsa. Havalanmış, melteme dönüşmüş gibi süzülmüştü. Hatta neredeyse uçmuştu. Yorgun argın Mikhail'e yaslandı. *Bunu yaptığımıza inanamıyorum. Resmen süzüldük havada.* Kısacık bir an için etraflarında gerçekleşmekte olan yıkımı bir kenara bırakıp dönüştüğü şeyin muhteşemliğinin tadını çıkardı.

Mikhail cevaben onu kendisine doğru çekip kolları arasına aldı, Raven'ın narin bedenini, kendi geniş bedenine yerleştirerek koruma altına aldı. Raven'ın sevinci geçmişti. Mikhail, nasıl kendi içinde geziniyorsa, o da Mikhail'in içinde geziniyor, merhametsiz öfkesinin buz gibi soğukluğunu hissedebiliyordu. O her zamanki simsiyah öfkesinin akkor sıcaklığı değildi bu, çok ama çok daha kötüsüydü. Bu Mikhail iliklerine işlemiş Karpatyalı yanıydı, efsanelerdeki vampirler kadar tehlikeli ve ölümcül. Tamamen hissizleşmişti Mikhail; çelik gibi iradesinin kuvveti ile mutlak kararlığı dehşet saçıyordu. İntikamı çabuk ve amansız olacaktı. Orta yol bulunması gibi bir seçenek yoktu. Romanov onun düşmanı olmuştu ve yok edilmeliydi.

Mikhail. Zihni Raven'dan yayılan şefkat ve dinginlikle dolmuştu. *Evini, yüzyıllardır seni çevreleyip sana huzur veren eşyalarını bu şekilde kaybetmek kendinden bir parçanı yitirmek gibi olmalı.* Raven yüzünü onun göğsüne sürttü; teselli edici, hafif bir hareketti bu. *Seni seviyorum Mikhail. Birlikte yeni bir ev inşa ederiz. İkimiz el ele. Bu hayatlarımız için korkunç bir an ama beraber çok daha sağlam bir ev yaparız.*

Mikhail, çenesini onun başının üstüne dayadı, zihniyle Raven'a sevgi ve sıcaklık dalgaları yolluyordu. Fakat içerisindeki o keskin soğukluk geçmemiş, Raven'ın sözlerinden etkilenmemişti. Şu anda sadece Raven'a karşı sevecendi, dünyanın geri kalanına ise hınç duyuyordu, hiç olmadığı kadar meyilliydi şiddete; öl ya da öldür.

Raven bir kez daha denedi şansını. *Keder insanlara tuhaf şeyler yaptırabilir Mikhail. Rudy Romanov hem annesini, hem de babasını kaybetti. Annesi öz babası tarafından vahşice öldürülmüş. Bulduğu şey her ne ise seni suçlamasına sebep olmuş belli ki. Babasının deli olduğunu düşündüğü için vicdan azabı çekiyor muhtemelen. Şu anda korkunç bir şey yapıyor olabilir ama senin, kız kardeşini öldürenlere yaptığından daha korkunç değil.*

Kız kardeşimi düşünerek suikastçılara saldırmadım ben. Mikhail'in zihnine gaddarlık hakimdi. *İki olay mukayese bile edilemez. Saldırıyı başlatan suikastçılar oldu. Şayet halkımın peşine düşmeselerdi onlara dokunmayacaktım. Seni bir kez hayal kırıklığına uğrattım zaten küçüğüm. Ama bugün seni korumakta başarısız olmayacağım.*

Burada güvendeyiz Mikhail. Köy sakinleri gelip yangını söndü-

recektir. Rudy'i de muhtemelen hastaneye veya hapishaneye yollarlar. Onun delirdiğini düşüneceklerdir. Ayrıca insanların bizim öleceğimizi sanmaları konusunda da endişelenme. Cesetlerimizi bulamayacaklarından evlilik törenimizi planlamak için Celeste ile Eric'i ziyaret etmeye gittiğimizi söyleriz.

Raven durumu idrak edememişti, Mikhail'in de bunu ona söylemeye gönlü el vermiyordu. Güvende değillerdi. Tepelerinde kükreyen yangın bodrum katını, tıpkı üst kat gibi büyük bir süratle yok ediyordu. Çok geçmeden toprağa sığınmaya mecbur kalacaklardı. İkisi zihin güçlerini birleştirse bile bunun toprağı açmaya yetip yetmeyeceğinden emin değildi Mikhail. Hem yetse bile Raven'ı derin uykuya gönderme imkânı olmayacaktı. Günün bu saatinde tüm gücü ve becerileri tükenmiş vaziyette olurdu.

Ya beraber yaşayacaklar, ya da beraber öleceklerdi. Birlikte yeraltında yatmaya mecbur kalacaklardı eninde sonunda. Raven, gün batımına kadar olan saatleri toprak altında diri diri gömülmüş bir halde geçirmeye mecbur kalacaktı ve güneşin batmasına daha çok vardı. Rudy Romanov yüzünden Raven dayanılmaz işkencelere maruz kalacaktı. Mikhail onun en büyük korkusunu biliyordu; boğulmak. Dudakları başka bir sessiz hırlamayla geri çekildi. Evini çok sevdiği halde yok edilmesini affedebilirdi belki ama Raven gömülmenin acısını yaşarken çaresizce yatmak zorunda bırakılması affedemeyeceği bir şeydi.

Raven'ın düşüncelerinin her biri Mikhail'le ilgiliydi. Romanov'e şefkat duyuyordu ama bulduğu kanıtın diğerlerinin hayatını tehlikeye sokabilecek olmasından da endişe ediyordu. Mikhail yeterli enerjiyi bulabilseydi onu öperdi. Onun yerine zihniyle öptü Raven'ı. Bütün sevgisini, koşulsuz aşkını, fedakârlığına duyduğu hayranlığı, her şeyi zihinsel öpücüğüne aktardı.

Raven'ın gözleri açılıp rengi mor menekşelerinki kadar koyulaştıktan sonra Mikhail onu öpücüklere boğmuş gibi mayıştı. Mikhail elini onun saçlarına doladı. Öyle ipeksi, öyle sevgi doluydu ki. Gözlerini bir anlığına kapatarak Raven'ın kendisini bu kadar sevilen ve değer verilen biri gibi hissettirmesinin tadını çıkardı. Yüzyılları deviren hayatı boyunca buna benzer bir şeyi hiç hissetmemişti, hakiki bir ruh eşinin olduğu bir hayatı keşfetmesine yetecek kadar uzun süre dayandığı için şükretti.

Yukarıda ateşin sesi tekrar yükselmişti. Kirişin teki düşerek tavana çarptı; kıvılcımlar beraberlerinde dumanı ve ölümün ağır kokusunu da getirerek mahzenin açık kapısından içeri yağdı. Evinin ölümünün kokusuydu bu. *Başka seçeneğimiz kalmadı aşkım.* Mikhail elinden geldiğince nazikçe söylemişti bunu. *Yeraltına inmeliyiz.*

Mikhail'in münakaşa ederek kaybedecek vakti yoktu. *Kalan gücünle benim emrime destek ver. Bırak, gücün senden bana aksın, yoksa tek başıma açamam toprağı.*

Raven, onu kurtarmak için mümkün olan her şeyi yapardı. Gücünün son damlasını ona vermesi anlamına gelse de bu. Gücünün hiçbir zerresini kendine saklamayarak mutlak sevgi ve cömertlikle Mikhail'in emrine destek verdi Raven.

Mikhail'in yanı başındaki toprak içinden büyük bir küp, keskin çizgilerle kesip alınmış gibi açılarak ayrıldı. Çukur tüm tazeliği ve serinliği ile serilmişti önlerine, şifalı toprak Mikhail'i çağırıyor, nemli karanlık ise Raven'ın içinde korku ve dehşet kasırgaları yaratıyordu.

Raven tüm cesaretini toplayarak zihnini sakin olmaya zorladı. *Önce sen gir.* Mikhail'in peşinden gidemeyeceğini biliyordu. Ancak Mikhail'in onun da kendisinin ardından geleceğine inanmasının mecburi olduğunu da biliyordu; yoksa Mikhail'i kurtaramazdı.

Mikhail, kaşla göz arasında Raven'ı kolları arasına kenetleyerek çukura doğru yuvarlanıp ikisini birden toprağın onlara açtığı kucağına taşıdı. Raven'ın sessiz çığlığının zihninde yankılandığını işitti. Kalbini Raven'dan yayılan şiddetli korkuya kapatıp gücünün son damlasıyla başlarının üstündeki toprağı örtmeye odaklandı. Raven'ın zihninde gölge gibi dolaştığı için niyetini anlamakta zorlanmamıştı. Mikhail'in peşinden asla inmeyecekti toprağa.

Raven çığlık üstüne çığlık attı; Mikhail'in zihninde yankılanan sesi vahşi ve kontrolden çıkmış gibiydi. Saf, ilkel bir korku. Mikhail'e yalvarıp yakarıyordu. Mikhail'in tek yapabildiği onu tutup dalga dalga yayılan dehşetini içine çekmekti. Raven'ın zihni panikten ve karmaşadan meydana gelmiş bir labirent gibiydi. Mikhail, gücünün son damlasını onları emniyetli bir yere ulaştırmak için harcadığından fazlasıyla bitkin düşmüştü.

Asırları aşkın ömründe nefret nedir hiç bilmemişti Mikhail. Ancak Raven deliliğin sınırlarında geziniyorken onu uykuya göndermekten bile aciz bir halde, yanan evinin sesi kulaklarında yerin altında öylece yatıyorken öğrenmişti nefretin ne olduğunu. Mikhail bir kez daha onların için yaşamı seçmişti ve bu seçimiyle Raven'ı yine korkunç acılara maruz bırakmıştı. Eğer Raven'a yardım etmek istiyorsa gücünü toplamak zorundaydı. Kaybettiği kuvveti takviye etmesinin tek yolu kendini Raven'dan koparıp türüne mahsus o derin uykuya dalarak yenilenmek ve toprağın hücrelerini tazelemesine müsaade etmekti. İçinde yeni bir nefret dalgası kabardı.

Raven. Güçlü bir zihinsel bağ kurmaları bile zorlaşmaya başlamıştı artık. *Küçüğüm, kalp atışını yavaşlatarak benimki ile eşleştir. Havaya ihtiyacın yok. Nefes almaya çalışma.*

Raven onu duyamıyordu, havanın olmadığı bir yerde nefes almaya çalışıyordu çaresizce. Duyduğu telaşa ve histerik korkuya ek olarak kendi kararını ona dayattığı için Mikhail tarafından ihanete uğradı hissi de vardı zihninde.

Mikhail uyumamakta direniyordu; onun yerine uyanık kaldı, tetikteydi, ellerini Raven'ın saçlarına dolamıştı, gevşeyen vücudu ise toprağın zenginliğini özümsüyordu. Gömülmek olarak gördüğü şeyle yüzleşirken Raven'ı yalnız bırakamazdı. Çektiği ıstırabın yükünü onunla paylaşmaya kararlıydı Mikhail. Raven'ın zihnindeki kargaşa sonsuzluk kadar uzun gelen bir süre boyunca devam etti. Vücudu tamamen bitap düşüp yorgunluk, zihninde kendini kaybetmişçesine attığı çığlıklara nüfuz ettiğinde Raven boğulmaya başladı, taşın suya atıldığında çıkardığı sesi andıran korkunç hırıltılar çıkıyordu boğazından.

Raven! Emri sertti, itiraz kabul etmiyordu. Raven'ın korkusu çok şiddetliydi ancak Mikhail'in güçleri gölgeden farksızdı. Mikhail, Raven'ın boğazının kapanışını sanki kendine aitmiş gibi hissedebiliyordu, ölümün korkunç hırıltısı kulaklarında çınlıyordu.

Mikhail bir an için zihnine kalkan çekerek toprağın ve onun yatıştırıcı, şifalı kokusunun kendisini kucaklamasına izin verdi. Toprak ona usulca fısıldıyor, ninniler mırıldanıyordu. Hücrelerinden sızarak onu canlandırıyor, güçlendiriyordu. Raven'ın işkencesiyle yüzleşmesi için gerekli sükûneti sağlamıştı ona toprak. *Beni hisset küçüğüm. Hisset beni.*

Raven'ın zihnine hâlâ kargaşa hâkimdi, mücadele etmeyi sürdürüyordu.

Beni hisset Raven. Uzan bana. Mikhail sabırlı, sessiz ve sakindi. *Raven yalnız değilsin. Zihninde hisset beni. Sadece bir anlığına sakin olup uzan bana. Benim dışımdaki her şeye kapa zihnini.*

Mikhail zihnindeki ilk kıpırdanmayı, Raven'ın ilk denemesini hissetti. Toprak ona şakıyor, rüzgârın yelkenleri şişirmesi gibi dolduruyordu Mikhail'in hücrelerini. *Beni hisset Raven. İçinde, etrafında, yanında hisset.*

Mikhail. Perişandı Raven, mahvolmuştu, paramparçaydı. *Buna dayanamıyorum Mikhail. Lütfen bana yardım et. Bunu yapamam, senin için bile yapamam.*

Kendini bana bırak. Aslında demek istediği kendisini toprağa bırakmasıydı, ancak bulundukları mekânla ilgili herhangi bir ima yapamazdı. Geniş vücuduna yayılan kuvveti Raven'ın hissetmesini sağladı, huzur ve yardım vaadiydi bu bir nevi. Zihninde sadece sıcaklık, sevgi ve kuvvetin izdüşümünü bırakarak geri kalan her şeye set çekti Mikhail. Raven'ın ona inanması lazımdı, kendisi toprağın gücünü nasıl hissediyorsa onun da öyle hissedebilmesi için Mikhail'e karışmazı lazımdı.

Raven çıldırdığının farkındaydı. Kapalı mekânlardan oldum olsa korkardı zaten. Mikhail'in havaya ihtiyacı olmadığını söylemesi umurunda değildi, Raven ihtiyacı olduğunu biliyordu. Duyduğu korkuya, kapıldığı dehşete, toprağın kat kat altında gömülü halde olduğu gerçeğine zihnini kapayabilmesi pek çok denemede bulunmasını ve sahip olduğu disiplini son zerresine kadar kullanmasını gerektirmişti. Büyük zahmet gerektiren son bir çabayla dönüştüğü şeyin ve hayatta kalmak için yapması gerekenin gerçekliğinden uzaklaşarak Mikhail'in zihnine kıvrıldı.

Mikhail'in Raven'ı kavrayışı pamuk ipliğine bağlı gibiydi. Onun kendi zihnindeki varlığı öyle hafif, öyle silikti ki. Çok sessizdi, hiç kımıldamıyordu, ne toprağın şifalı gücünü kabul ediyor, ne de içinde bulunduğu durumla mücadele ediyordu. Mikhail'in nazik araştırmalarına hiçbir şekilde tepki vermiyordu. Zihninin bir köşesine sıkışmış titrek bir ışık olarak algılayabiliyordu Mikhail onu ancak.

Mikhail'in etraflarındaki enerji alanında bilinç dalgalanmasını andıran hafif bir değişim olduğunu anlayabilmesi için biraz zaman geçmesi gerekti. Bir şeyler arayan bir kristali andıran bir göz, yanı başlarında açılmıştı adeta. Yalnız değillerdi. Yeni gelen varlık Mikhail'in zihnine temas etti. Erkek. Kuvvetli. Gregori. *Bir şeyin yok dostum.* Her zamanki soğuk gözdağı yerleşmişti Gregori'nin zihnine. Yüzyıllardır tüm zorluklara karşı beraber göğüs gerdikleri için birbirlerini çok iyi tanıyorlardı.

Gregori bunu soru manasında söylememişti, kendisiyle temasa geçebildiği için Mikhail kelimenin tam anlamıyla afallamıştı. Raven ve o yerin kat be kat altındaydı. Güneş en tepede olduğu için bütün Karpatyalılar zayıftı şu anda. Böyle çetin bir şeyi nasıl becerebilmişti Gregori? Kadim atalarına dair anlatılan efsanelerde ve destanlarda bile duyulmamıştı böyle bir ustalık.

Kadının uykuya ihtiyacı var Mikhail. İzin ver de sana yardım edeyim.

Gregori çok uzaktaydı, Mikhail bunu seçebiliyordu ancak kurduğu zihinsel bağ çok kuvvetliydi. Gregori, Raven'ı uyutursa onun üstünde güç kullanmış gibi olacaktı. Kararsızlık. Gregori'ye bu konuda güvenebilir miydi? Gregori'nin elinde tuttuğu kudret olağanüstüydü.

Alçak sesli, kuru bir kahkaha. *Bugünü atlatamayacak Mikhail. Zihnine kenetlenmiş olsa bile insani sınırlamaları sana yardım etme arzusuna galip gelecek.*

Peki sen bunu başarabilir misin? Bu kadar uzaktayken bile? Onu güvenli bir şekilde uyutabilir, çektiği eziyete bir son verebilir misin? Hem de hiç hata yapmadan? Mikhail buna inanmak istediğini fark etti. Gregori onların şifacısıydı. Raven'ın toprağın altında gömülmüş bir halde hayatta kalamayacağını söyleyerek Mikhail'in korkusunu haklı çıkarmıştı.

Evet, senin zihnini aracılığıyla yapabilirim bunu. Sen benim bu dünyada bağlılığımı sunduğum tek kişisin. Sana daima sadık oldum. Seni hem ailem, hem de dostum olarak görüyorum. Senin kadının ya da başka bir kadın bana ruh eşimi vermediği sürece karanlık ile benim aramda duran son ışık sensin.

Durum son derece acil olmasa Gregori böyle bir şeyi asla itiraf etmezdi. Kendisine güvenebileceğinden emin olmasını sağlayacak tek sebebi sunuyordu Mikhail'e.

Mikhail'in içine dolan şefkat ve pişmanlık birbirine karıştı. *Teşekkür ederim Gregori. Sana borçlandım.*

Müstakbel ruh eşimin babası olacaksın ne de olsa. Sesinde hafif bir vurgu vardı. Ne olduğunu tam olarak tanımlayamıyordu Mikhail ancak dileğinin gerçekleşmesini çoktan teminat altına aldığını ima eder gibiydi Gregori.

İçimden bir ses Raven'ın kızının pek ele avuca sığmayan bir tip olacağını söylüyor. Mikhail onun niyetini sınıyordu.

Mücadele etmeye hazır olduğumdan hiç şüphen olmasın. Gregori kasıtlı olarak ucu açık bir yanıt vermişti. *İnsani kısıtlamaları yüzünden eziyet çekmeyeceği bir uykuya, yani halkımızın uykusuna yatıracağım eşini.*

Gregori'nin emri nazik olduğu kadar keskindi de, karşı konulması da, ıskalaması da imkânsızdı. Raven'ın nefesi vücudunu usulca terk etti. Kalbi yavaşladı, tekledi ve durdu. Zihni, kapıldığı ardı arkası kesilmeyen dehşete kendini kapatmış, bedeniyse bereketli toprağın şifalı gücüne kendisini açmıştı.

Şimdi uyu Mikhail. Sizi rahatsız eden olursa ben anlarım.

Bana bekçilik yapmak zorunda değilsin Gregori. Halkımız için çok fazla şey yaptın sen zaten, haberleri bile olmayacak şeyler hem de. Sana olan borcumu asla ödeyemem.

Lakin başka türlüsü elimde değil Mikhail, zaten olmasını da istemem. Gregori kendini çekti.

Toprağın, onu gücünün zirvesine taşıması için uykunun kollarına bıraktı kendini Mikhail. İntikam alabilmek için topraktan aldığı kuvvete ihtiyacı olacaktı. Raven'ı kolları arasında daha da sıkı tutarak son nefesini aldı; tehlikenin şu an için geçtiğinden emindi.

Güneşin batması çok uzun sürmüştü sanki. Turuncu ve pembe tonlarıyla çevrelenen göğün rengi kan kırmızısıydı. Bulutlar ortaya çıkan ayın yüzeyini bir duvakla örtmüştü adeta. Ayın etrafını bir hale çevrelemişti bir uğursuzluğu haber verircesine. Karanlığın çöktüğü orman esrarengiz bir şekilde sessizdi. Sis damlacıkları ağaç gövdelerinin ve çalıların dibine çökmüştü. Hafif bir rüzgâr, bulutları aheste aheste uzaklaştırdıktan sonra büyük dallara sürtünerek, yangının ormanı inatla terk etmeyen kokusunu dağıtmaya çalıştı boş yere. Simsiyah külleri, yanmış kirişleri, kararmış mermerleri, bir zamanlar Mikhail'in evi olan şeyden geriye ne kaldıysa hepsini yalayıp geçti sonra da.

İki kurt kararmış yığınları kokladıktan sonra burunlarını yukarı kaldırarak hüzünlü hüzünlü uludu. Ormandaki diğer kurtlar da yanıt verdi, kederlerini haykırarak. Birkaç dakika içinde yaslarının yankılanması kesildi. İki kurt yanmış enkazı çevreleyerek, demir kapının yanında dimdik ve tetikte duran, belli belirsiz iki gözcüyü kokladı.

Kurtlar süratle arkalarını dönerek oradan uzaklaştılar, bu

iki ölümcül figürde tehditkâr bir şey sezmişlerdi. Mümkün olduğunca hızlı bir şekilde ormanın karanlık derinliklerine doğru koşmaya başladılar. Sessizlik bir kez daha dağların üstünü kefen gibi örtmüştü. Orman sakinleri, küllerin kokusuyla ve kendilerinin bir parçası gibi olanın yuvasının ölümüyle yüzleşmektense inlerine ve kovuklarına doluşmuştu.

Yeraltındaki iki beden hareketsiz, cansız yatıyordu öylece. Sessizliğin içinde tek bir kalp atmaya başladı. Güçlü ve düzenliydi ritmi. Ardından kan dolaşımı harekete geçti. Alçak sesli, uzun bir hırıltı akciğerlerin çalışmaya başladığını müjdeliyordu. Simsiyah gözler birdenbire açıldı. Mikhail hemen üstlerindeki zemini taradı. Saat gece yarısını geçmişti. Yangın çoktan sönmüş, itfaiyeciler, dedektifler ve meraklı sakinler çoktan evlerine dönmüştü.

Toprağın üstündeki Jacques ile Gregori'yi sezdi. Civarda başka kimse yoktu; ne insan, ne de Karpatyalı. Gregori'den Raven'ı uyandırmasını istemek çok cazip görünüyordu gözüne ancak bu bencilce olduğu kadar, Raven'a zarar verecek bir şeydi de. Yeraltından tamamen çıkana dek Raven'ın uykuda kalması en hayırlısıydı. Çektiği o korkunç işkenceyi yeniden hatırlamasına gerek yoktu. Mikhail, onun sıkıca sardığı hareketsiz ve soğuk vücudunu kalbine bastırarak bir süre öyle bekledi.

Mikhail yer kabuğundan çıkıp gece havasına karışırken her zamanki gibi tuhaf bir algı bulanıklığı yaşadı. Mümkün olan ilk anda kendisini gökyüzüne fırlattı, gerektiğinde Raven'ı daha iyi koruyabilecekti böylece. Temiz hava ciğerlerine dolarak vücudunu serinletti. Ayın yaydığı ışık demetlerinin içinde beliren tüyler titreyerek parladı. Yaklaşık iki metre boyundaki devasa kanatlar açılıp havada sertçe çarpmaya başlayarak muazzam büyüklükteki baykuşu göğe yükseltti. Baykuş karanlık ormanın üzerinde daireler çizerek onları tehdit etme ahmaklığını gösterecek herhangi bir düşman olup olmadığını araştırdı.

Zihninde hâlâ çok güçlü bir şekilde yankılanan Raven'ın

dehşet çığlıklarını bastırmak için gökyüzünün özgürlüğüne ihtiyacı vardı Mikhail'in. Yere doğru dalışa geçerek sis halini almadan önce cesaret edebildiği kadar alçaldı gökyüzünde. Damlacıklar ağaçlardan süzülerek dev bir kurt oluşturuncaya dek yığıldı üst üste. Mikhail hiç zorlanmadan koşuyordu. Çalıları, ağaçları büyük bir süratle geçtikten sonra, bir yaydan fırlatılmış gibi atladı önüne çıkan çayırlık alanın üstünden.

Zihni yeniden berraklaşıp sakinleşince Mikhail kararmış enkaza doğru koşarak yine kendi kaslı bedenine büründü kıyafetleriyle beraber; kardeşinin yanına uzun adımlarla gitti. Tabiatın, parçası olduğu her şeyin, buz gibi öfkesini hissedebildiğinin farkındaydı. Bu öfke çok derinlerine işlemişti, içinde kaynayarak havadaki, ormandaki ahengi rahatsız ediyordu. Düşmanları elinden kaçamayacaktı.

Jacques saatlerdir bekliyormuşçasına doğruldu ağır ağır. Elini ensesine atarak tutulan bir noktayı ovaladı. Mikhail ile Jacques birbirlerine baktı uzun uzun, gözlerinde derin bir keder vardı. Jacques öne doğru bir adım atarak, Karpatyalıların pek alışık olmadığı bir şefkat gösterisiyle Mikhail'e uzandı. Kısa ve sert bir hareketti bu, birbirine sarılan iki sağlam meşe ağacını andırıyorlardı. Raven'ın bu hallerine güleceğini biliyordu Mikhail.

Gregori hâlâ yerin üstünde yatıyordu, sağlam cüssesi geniş ağaç gövdelerine rakip olacak kadar iriydi. Tamamen hareketsizdi, gölgeli yüzünden hiçbir ifade okunmuyordu. Mermer maske üzerinde, sonsuza dek huzursuzca hareket edecekmiş gibi görünen gümüşi gözleri vardı. Ardından yavaşça doğruldu Gregori, akışkan güç ile ham tehlikenin karışımıydı.

"Geldiğin için teşekkür ederim," demekle yetindi Mikhail. Gregori. En kadim dostu. Sağ kolu. Şifacıları, yürüyen ölülerin acımasız avcısı.

"Romanov hastaneye götürülerek uyutuldu," dedi Jacques yumuşak bir tonla. "Köy sakinlerine senin ve Raven'ın birkaç günlüğüne şehir dışına çıktığınızı söyledim. Sizi sevdikleri için hepsi olanlara çok üzüldü ve öfkelendi."

"Halkımıza verilen hasarı sıfırlayabilir miyiz?" diye sordu Mikhail.

"Hayır, fakat en aza indirgeyebiliriz," dedi Gregori dürüstçe. "Ancak Romanov aleyhimizde bulduğu o lanet olası kanıtları pek çok kişiye göndermiş. Kendimizi bir kuşatmaya hazırlamamız gerek. Yaşam tarzımız sonsuza dek değişecek." Gregori kuvvetli omuzlarını pek umursamaz bir edayla salladı.

"Kanıtlar neymiş?"

"Parmak izleri, fotoğraflar. Olay esnasında uyuşturucunun etkisi altındaymış zaten Mikhail. Hekimler onun tamamen çıldırdığını ve hem kendine, hem de başkalarına tehlike arz ettiğini düşünüyor. Zihninden topladığım görüntülerden kafasının karışık olduğu anlaşılıyor. Anne ve babasına ait görüntüler vardı, bilhassa annesine. Görünen o ki annesinin cesedini o bulmuş. Sonra senin evin. Vicdan azabı. Yangın." Başını kaldırarak gökyüzünü solgun, gümüşi gözleriyle ağır ağır ve dikkatli bir şekilde taradı. Keskin yüz hatları en ufak bir şekilde kımıldamıyordu, kaskatıydılar.

Gregori'nin her hücresinden tehlike saçılıyordu. Tüm bedeni, tüm tavrı barındırdığı kudrete, tehdide işaret ediyordu. Gregori'nin yüzü ifadesiz olsa bile Mikhail onun içindeki yırtıcı, yabani canavarı hissedebiliyordu; yüzeyin hemen altında pusuya yatmış, serbest kalmak için mücadele ediyordu canavar. Göz göze geldiler çaresiz bir farkındalık içerisinde. Başka bir savaş. Daha fazla ölüm. Karpatyalı bir erkek ne kadar çok can alırsa, kudretin fısıltısı, vampire dönüşmenin çağrısı da o kadar tehlikeli bir hal alırdı. Yüzyılları devirmiş bir erkek ancak öldürürken bir şeyler hissedebiliyordu, kısa süreliğine de olsa. Kasvetli, ümitsiz bir dünyada yaşayan biri için bu bile başlı başına cezp edici bir şeydi.

Gregori, Mikhail'in ifadesindeki şefkati görmek istemediğinden başını çevirdi. "Bu şüpheleri geçersiz kılmaktan başka seçeneğimiz yok."

"Her şeyden önce, biz bu sorunla uğraşırken Raven emniyetli bir yere götürülerek koruma altına alınmalı," dedi Mikhail aniden.

"Kadının çok narin," diye ikaz etti Gregori nazikçe. "Ben onu uyandırmadan evvel yüzeye çıkartıp giydir."

Mikhail başını salladı. Gregori aklından geçenleri okumuştu. Raven'ın, onun için soğuk bir mezardan farksız olan bir yerde gözlerini açmasına müsaade etmezdi katiyen. Jacques ile Gregori ona mahremiyet sağlamak için ormanın derinliklerine yöneldi. Ancak Raven'ı güvenli bir şekilde kolları arasında aldıktan sonra ona Amerikan tarzı fani kıyafetlerini giydirmeyi akıl etti Mikhail. Bir Karpatyalının rahatça işleyebileceği doğal ipliklerle dokunmuş bir kumaşı tercih ederek bir kot ve uzun kollu bir bluz meydana getirdi. *Gregori.*

Raven boğularak uyandı, eliyle boğazını tutmuş yanan ciğerlerine çaresizce oksijen çekmeye çalışıyordu. Kafası karışmıştı, panik içindeydi ve ümitsizce çırpınıyordu. "Tenine çarpan havayı hisset," diye buyurdu Mikhail nazikçe, ağzını Raven'ın kulağına dayamıştı. "Geceyi, rüzgârı hisset. Benim kollarımda emniyettesin. Gece öyle güzel ki, renkleri ve kokularıyla bize sesleniyor."

Raven'ın mora çalan mavi gözleri her yeri tarıyor ama hiçbir şey göremiyor, hiçbir şey algılamıyordu. Derin derin nefes alarak kendisini mümkün olduğunca toplamaya çalıştı. Serin gece havası yavaş bir büyü gibi boğazındaki o korkunç boğulma hissini geçiriyordu. Gözlerindeki yaşlar mücevher gibi parlıyor, uzun kirpiklerine değiyorlardı.

Kuvvetli gövdesinin muazzam gücünü iyice hissedebilmesi için onu tutuşunu daha da sıkılaştırdı Mikhail. Yavaş yavaş, azar azar Raven'ın vücudu gevşedi, kendini Mikhail'e bıraktı. Mikhail onun zihnine nazik, sıcak bir okşamayla dokundu; Raven kendine hâkim olabilmek için mücadele ediyordu.

"Ben yanındayım Raven." Mümkün olduğunca bir insan olduğu izlenimini bırakmak için kelimeleri kasıtlı olarak sesli söylemişti. "Gece bize sesleniyor, kucak açıyor; duyabiliyor musun? Böceklerin, gece hayvanlarının seslerinde öyle saf bir güzellik var ki. Kendini serbest bırak, duy onları." Mikhail melodik, ikna edici bir ton takınmıştı, hatta neredeyse hipnotize ediciydi.

Raven, alnını kendisine çektiği dizlerine yaslamış, kendi içine doğru kıvrılmıştı. İleri geri sallanıyordu, gerçeklikle ilişkisi pamuk ipliğine bağlıydı. Sadece nefes alıp veriyor, bunu yapabilmenin tadını çıkarıyordu, tüm dikkatini solunum mekanizmasına yoğunlaştırmıştı.

"Seni buradan uzağa, daha güvenli bir yere götürmek istiyorum Raven." Mikhail'in buradan kastı bir zamanlar onun güzel evi olan şeyin yanmış enkazıydı.

Raven'ın başı hâlâ eğikti. Tek yaptığı nefes alıp vermekti. Mikhail onun zihnine tekrar dokundu. Suçlama veya ihanete uğradığı düşüncesi yoktu. Zihni paramparçaydı, yaralanmıştı ve çökmüştü, delirmemek için uğraşıyordu çaresizce. Aşina olduğu kıyafetler ve Mikhail'in varlığı onu bir nebze de olsa rahatlatıyordu. Buz gibi bir öfkeyle kanlı bir intikam ateşi uyandı Mikhail'in içinde.

"Kız kardeşim benim." Jacques yanında Gregori olduğu halde ağaçların içerisinden çıktı. Raven kafasını kaldırmayınca onun yanına oturarak omzunu okşadı. "Kurtlar bu gece çok sessiz. Onları daha önce duymuş muydun? Mikhail'in evinin yasını tutuyorlardı. Ancak şimdi sesleri kesildi."

Raven başını kaldırarak gözlerini kırpıştırdı, boş bakışlarını Jacques'ın yüzüne sabitledi. Ne konuşuyor, ne de karşısında duranın kimliğini seçebiliyordu. Yaprak gibi titriyordu, üç kuvvetli adamın arasında kalmış minyon vücudu art arda sarsılıyordu.

Hatıralarını silebilirsin. Gregori önermişti bunu, Mikhail'in bariz olanı neden yapmadığını anlayamıyordu.

O bunu istemezdi.

Anlamazdı ki. Gregori'nin ses tonunda hafif bir keskinlik vardı. Mikhail cevap vermeyince iç geçirdi. *O zaman müsaade et de ben iyileştireyim onu Mikhail. Raven hepimiz için önemli. Lüzumsuz yere acı çekiyor.*

O bunu kendi başına atlatmak isterdi. Mikhail, Gregori'nin onun aklını kaybettiğini düşündüğünün farkındaydı ancak Raven'ı tanıyordu. Raven cesur bir kadındı, neyin doğru, neyin yanlış olduğu hakkında kendi değer yargıları vardı. Mikhail'in hatıralarını sildiğini öğrendiğinde bu durumdan hiç de hoşnut olmazdı. Ruh eşleri arasında gizli saklı olamazdı, Mikhail birlikte katlandıkları şeyi kabullenmesi için ona zaman tanımaya kararlıydı.

Mikhail elini, Raven'ın yüzünün gül yaprağı kadar yumuşak tenine götürerek, nazik parmaklarını elmacık kemikleri üzerinde gezindirdi. "Haklıydın küçüğüm. Evimizi birlikte inşa edeceğiz, eskisinden bile dayanıklı olacak hem. Ormanın derinliklerinde, gözlerden uzak bir yer seçeriz ve yuvamızı öyle çok sevgiyle doldururuz ki kurtlarımız bile aydınlanır bu sevginin ışığıyla."

Raven aniden kendine geldi, Mikhail'in yüzüne bakan menekşe mavisi gözlerinde bir kıvılcım yandı. Dilinin ucuyla alt dudağına dokundu. Belli belirsiz gülümsedi. "Ben Karpatyalı olmak için yaratılmamışım sanırım." Sesi usulca çıkmıştı.

"Sen Karpatyalı bir kadının olması gereken her şeysin," dedi Gregori usulca, sesi alçak ve melodikti, tıpkı şifalı bir şarkı gibi. Hem Mikhail, hem de Jacques bu ikna edici sesi dikkatle dinlerken buldu kendilerini. "Prensimizin ruh eşi olmaya da uygunsun. Mikhail'e sunduğum bağlılığımı ve korumamı sana da sunuyorum." Sesini bilerek alçak bir tonda tutuyordu Gregori, böylece Raven'ın parçalara ayrılmış zihnine bir merhem gibi sızarak onu yatıştırabiliyordu.

Raven'ın paramparça bakışları Gregori'ye kaydı. Uzun kirpiklerini kırpıştırdı; gözlerinin rengi öyle koyulaşmıştı ki neredeyse mor olmuşlardı. "Sen bize yardım ettin." Parmakları Mikhail'inkileri bularak kenetlendi, ancak bakışı Gregori'nin yüzünden bir an olsun bile ayrılmıyordu. "Çok uzağımızdaydın. Güneş çok tepedeydi ama sen yine de bize olanları anlamıştın, bize yardım ettin. Ancak zorlandın, tahammül edemediğim acıyı benden uzaklaştırmaya çalışırken bile hissettim bunu."

Gregori esmer yüzündeki solgun, gümüşi gözlerini kısınca civadan meydana gelmiş iki çizgi halini aldılar. Büyüleyici, hipnotize edici gözlerdi bunlar. Ses bir perde daha alçaldı. "Mikhail ile ben birbirimize çok bağlıyızdır. Umutsuzluk içinde geçen çorak yıllara beraber katlandık. Sen ikimiz için de umudu temsil ediyorsundur belki de."

Raven ona hiç kımıldamadan ciddi ciddi bakıyordu. "Bu çok hoşuma giderdi."

Mikhail, Raven'a karşı bir sevgi, bir gurur dalgasının uyandığını hissetti içinde. Raven zihinsel olarak yaralanmış ve parçalanmış bile olsa, Gregori'nin zihnini onlara karşı sımsıkı kapalı, sert yüz hatları ifadesiz bile olsa onun hayatta kalmak için mücadele ettiğini, ışığa, umuda çekilmesi gerektiğini anlamıştı Raven. Mikhail, Raven'a Gregori'nin parmaklar arasından akan su gibi tutması ve kontrol edilmesi imkânsız olduğunu söylemeliydi belki de. O kendi başına buyruktu, çıldırmanın eşiğindeki karanlık ve tehlikeli bir adamdı.

Mikhail, kolunu Raven'ın omzuna doladı. "Seni emniyetli bir yere götüreceğiz." Mikhail, bir çocukla konuşur gibi yumuşak bir tonla söylemişti bunu.

Raven'ın bakışları ağır ağır akan uzun bir süre boyunca Mikhail'e takılı kaldı. Raven'ın gülümsemesi bu sefer içtendi, gözlerine yansıyarak ilk defa aydınlatmıştı onları. "Keşke siz üçünüz halinizi görebilseydiniz. Bana porselen bir bebekmişim gibi davranmanız çok hoş, hatta ben bile şu anda kendimi biraz öyle hissediyorum, ama ben nasıl onun içindeysem, Mikhail de benim içimde. Onun hissettiklerini ben de hissediyorum, benden saklamaya çalışsa da düşüncelerini okuyabiliyorum." Eğilerek onun gölge düşmüş çenesini öptü. "Beni korumaya çalıştığın için seni çok seviyorum ama ben zayıf değilim. Zihnimin bana koyduğu insani kısıtlamalarla uzlaşmam gerek sadece. Bunu hiç biriniz yapamazsınız benim için, o yüzden kendim yapmalıyım."

Jacques eski moda bir nezaketle elini Raven'a uzattı. Jacques'ın elini tutarak kendisini ayağa kaldırmasına izin verdi Raven. Mikhail hemen arkalarından ayağa kalkarak Raven'ı kendine çekti. Mikhail'in geniş vücuduna temas etmeye, onun yakınlığına ve somut gerçekliğine ihtiyacı vardı. Gregori muhafızlarıydı, havayı, yeri tarıyordu. Vücudunun halkının prensine ve ruh eşine siper edecek şekilde yürüyordu.

Üç görkemli figür onlardan çok daha küçük olan bir bedenin etrafını sarmış, askeri bir birlik gibi ilerliyordu. Yürüyüşleri temkinli ve ahesteydi; dingin zihinlerinden ne bir sabırsızlık, ne de gece avına çıkma arzularına dair bir işaret okunuyordu. Açlık Mikhail'in içini kemiriyordu, ancak şimdilik bu da bir kenara bırakılmıştı. Raven'ın zihni onun zihnine dokunduğunda hissettiği tek şey, Mikhail'in sevgisi, endişesi ve onu mutlu etme arzusu oldu.

Ormanın derinliklerine doğru ilerlerken ayakları altında yumuşak yaprakları hissetmek Raven'ın hoşuna gitmişti. Rüzgârı kucaklamak için çenesini kaldırarak meltemin ifşa ettiği her sırrı içine çekebilmek için derin bir nefes aldı. Her böcek, çalılardan çıkan her çıtırtı, dalların her sallanışı kalbine çöken o muazzam dehşeti hafifletiyor, korkunç anıları az da olsa uzaklaştırıyordu.

"İstersen hepsini silebilirim," diye önerdi Mikhail nazikçe.

Raven onu rahatlatmak istercesine hafifçe gülümseyerek vücudunu usulca onunkine sürttü. Bunun Mikhail için ne kadar cazip olduğunun, diğer iki adamın bu seçimi Raven'a bıraktığı için onun deli olduğunu düşündüklerinin farkındaydı. "Hatıralarımı saklamayı sevdiğimi biliyorsun. Hem de hepsini."

Yaklaşık bir saat yürüdüler, Mikhail, ormanın içine doğru kıvrılıp dağın yükseklerine doğru uzanan dar bir patika boyunca Raven'a tüm inceliğiyle rehberlik etti. Kulübe, sırtını verdiği bir uçurumun arkasına gizlenmişti. Ağaçlar o kadar sıktı ki, neredeyse kulübenin duvarlarına kadar uzanıyorlardı. Dışarıdan küçük görünen binanın kasvetli ve terk edilmiş bir havası vardı.

Kulübenin karanlık ortamını değiştiren Jacques ile Gregori oldu. Toz tabakası ellerini kaldırmalarıyla yok oldu. Şöminedeki kütükler alev aldı. Mumlar yanmış, yanan odunların kokusu odaya yayılmaya başlamıştı.

Raven hiç itiraz etmeden kulübeye girdi. Gregori ile Jacques minik binanın içinde karıncalar gibi süratli hareket ederek kısa zaman içerisinde ellerinden gelen tüm konforu sağlamaya çalışıyordu. İşleri bitince ormanın derinliklerine çekilerek Mikhail ile Raven'ı bir süreliğine yalnız bıraktılar.

Raven ahşap zemin üzerisinde uzun adımlarla ilerleyerek Mikhail ile arasına biraz mesafe koydu. Hâlâ çok hassas olduğu için Mikhail'den mümkün olduğunca kaçınmak istiyordu. Bir sandalyenin arkasına dokunarak sert tahtanın etrafında kıvırdı parmaklarını. Ahşabın o tanıdık hissi, titremesini azaltmaya yardım etmişti.

"Kot pantolon için teşekkür ederim Mikhail." Omzu üzerinden belli belirsiz gülümsedi Mikhail'e. Gizemli, çekici, masum ve çok ama çok kırılgan. Raven'ın mavi gözlerinin derinliklerinde öfkeden de, suçlamadan da eser yoktu; sadece Mikhail'e duyduğu aşkın parıltısı vardı.

"Beğenmene sevindim, lakin onların hâlâ erkek kıyafeti olduğunu düşünüyorum, güzel bir bayan için hiç uygun değiller. Seni gülümseteceklerini ümit etmiştim."

"Yüzüne o memnuniyetsiz ifadeyi yerleştirdikleri için gülümsetiyorlar beni." Raven, pencerenin yanına giderek karanlığı delip geçercesine baktı ormana doğru. "Bunu bir daha asla yapmak istemiyorum." Katı bir ifadeyle söylemişti bunu, ciddiydi. Mikhail'in de ciddi olduğunu anlamasını isteyerek söylemişti.

Mikhail, aklına ilk gelen cevaba engel olarak derin bir nefes aldı. Kelimelerini çok dikkatli seçiyordu. "Kanımız ve dolayısıyla vücutlarımız toprağa kucak açar. Bacağımdaki yara bir gecede geçti, senin yaraların da o kadar derin olmalarına rağmen 6 günde iyileşti."

Raven rüzgârın, yerdeki yaprakları uçuşturmasını seyretti. "Ben gayet zekiyim Mikhail. Dediğin şeyin doğruluğunu kendim de görebiliyorum. Hatta mantıken bunu kabullenip karşısında hayranlık da duyabilirim. Ama bunu bir daha asla yapmak istemiyorum. Yapamam. Yapmayacağım da. Bunu benim bir kusurum olarak kabul etmeni rica ediyorum senden."

Mikhail, onları ayıran mesafeyi geçti yürüyerek. Elini Raven'ın ensesine dolayarak onu kendisine doğru çekti. Dağların ve ormanın derinliklerindeki kulübenin içinde, Raven'ı bir süre öylece tuttu kolları arasında. Yitirdiği evinin, kitaplarının ve geçmişinin yasını tutuyordu ama en çok da Raven'ı rahatlatamamasının yasını tutuyordu. Toprağa, hayvanlara, göğe bile sözünü geçirebilirdi ancak sırf Raven bunu yapmamasını istediği için hatıralarını silemiyordu. Çok masumca, çok küçük bir dilekti bu.

Raven başını kaldırarak Mikhail'in gölgeli yüzünü ciddi bakışlarla inceledi. Endişelendiği için Mikhail'in alnında beliren derin çizgileri elinin yumuşak bir hareketiyle düzeltti. "Benim için bu kadar üzülme Mikhail. Hem kendine yüklenme artık. Anılar faydalı şeylerdir. Daha güçlü olduğumda bu anıyı alıp her açıdan değerlendirebilirim, hatta belki de kendimizi korumak için yapmamız gereken şeyler konusunda daha soğukkanlı olurum." Raven'ın bu düşüncesine hafif bir mizah anlayışı ile ağır bir şüphecilik sinmişti.

Raven, Mikhail'in elini tuttu. "Aşkım, benim mutluluğumdan, hatta sağlığımdan bile kendini sorumlu tutmamalısın. İlk karşılaştığımız andan bugüne değin yaptığım, yaşadığım her şeyi ben seçtim. Hem kalbimle, hem de zihnimle seni seçtim ben. Eğer en başa dönseydik, başıma gelecekleri bile bile yine seni seçerdim Mikhail, hem de hiç tereddütsüz."

Mikhail'in tebessümüyle Raven'ın kalbi eriyecekmiş gibi oldu. Mikhail onun suratını elleri arasına alarak, ağzını kendi ağzına hapsetmek için başını eğdi. Aralarında ansızın bir elektrik akımı cızırdadı. Mikhail'in ağzının nemli karanlığında kendisine duyduğu aşkı hissedebiliyordu Raven. Açlık baş gösterdi, keskin ve iç kemiriciydi. Dalga dalga yayılan kanın sesi, kalplerin atışı, anında oluşan patlayıcı kimya ikisi için de fazla yoğundu neredeyse. Mikhail kollarıyla Raven'ı sımsıkı sarmış, kendi geniş gövdesine iyice yapıştırmıştı, nazik ağzıysa aşkın o şüphe götürmeyen tadını aktarıyordu. Parmakları, onu sonsuza dek elinde tutacakmışçasına, Raven'ın ipeksi saçları arasına dolandı.

Raven, Mikhail'in içinde erir gibi oldu; kısa bir an için kemiksiz, bükülgen bir şeye dönüşmüştü adeta, Mikhail'i ısıtan tatlı bir sıcaklık gibiydi. Raven önce kendini geri çekti. Mikhail'in içini kemiren açlığı fark etmek kolaydı, bu açlık kendisinde de artıyordu. Geçtiği o çetin sınavın ardından Raven'ın vücudunun beslenmeye ihtiyacı vardı. Uzun kirpiklerini kaldırarak o çok sevdiği adamın erkeksi yüz hatlarını inceledi, lezzetli dudaklarına yakından baktı, kapkara bakışlarındaki baygın daveti fark etti.

Raven, boğazını öptü, elleri Mikhail'in gömleğinin düğmelerine uzandı. Raven'ın alevler içindeki vücudu kaskatı kesilmiş, açlıkla yanıp tutuşuyordu. Ağzı Mikhail'in teni üzerinde geziniyordu. Onun gecenin vahşi sırlarını barındıran kokusunu ciğerlerine çekti. İçindeki o korkunç iştah büyüyüp söndürülmesi imkânsız bir yangın gibi yayılmıştı Raven'ın her hücresine. Diliyle Mikhail'in tadına bakıyor, kaslarının arasındaki çizgiyi takip ediyordu. Ardından boynunda coşkulu bir şekilde atan nabzını okşamak için geri döndü Raven'ın dili. "Seni seviyorum Mikhail." Sözcükleri Mikhail'in boynuna doğru fısıldadı. İpek kadar yumuşak, mum ışığı kadar hafif bir fısıltıydı bu. Pürüzsüz, ateşli ve şehvetli bir seks.

Mikhail'in vücudundaki her kas gerildi. İçinde şiddetli bir arzu rüzgârı esti, sonra bekledi. Raven bir güzellik mucizesiydi, insanlara özgü narinliğin, cesaretin ve şefkatin birleşimiydi. Mikhail elini Raven'ın saçlarına dolayarak yumruk yapmış, başını kendisine bastırıyordu. Raven'ın ağzı ipekten bir alevmişçesine göğsünde dolaşıyor, geçtiği yerleri yakıyordu; Mikhail'in zihni Raven'ın ateşinin etkisiyle, kıpkızıl bir arzu halini almıştı.

"Bu çok tehlikeli küçüğüm." Kısık sesine siyah kadifemsi bir cazibe sinmişti.

"Sana ihtiyacım var." Gerçekleri fısıldamıştı Raven. Sıcak nefesi Mikhail'in dümdüz göğsünü ısıtmıştı. Gerçekten de ona ihtiyacı vardı Raven'ın. Mikhail'in sert, ateşli ve vahşi bedeni, başının üstüne kapanan soğuk toprağın yarattığı hissi uzaklaştırıyordu. Vücudunu teşvik edercesine durmaksızın Mikhail'in vücuduna sürtüyordu. Mikhail'in nefesi kesildi, Raven'ın baştan çıkarıcı dokunuşlarına cevaben sert bir inleme çıktı boğazından. "Vücudunu vücudumda hissetmeye ihtiyacım var Mikhail. Somut ve canlı olarak. Daha önce hiçbir şeye olmadığı kadar çok ihtiyacım var buna. Dokun bana. Benimle bir olmanı istiyorum."

Raven'ın bluzunu başından çekip çıkarttı Mikhail. Elleriyle dar göğüs kafesini kavrayarak yay şekli alana dek geriye ittirdi onu; böylece çenesini dolgun göğüslerinin yumuşak yüzeyine sürtebilecekti. Sürtünmenin etkisiyle alevler Raven'ın bütün sinir uçlarını yalayarak geçti. Mikhail'in ağzı Raven'ın dudaklarının yumuşaklığının izini sürdü. Nabzının deli gibi attığı narin boynunu okşadı Mikhail'in dili, yavaş ve özenli hareketlerle; Raven'ın meme uçlarına geçmeden evvel bilerek, işkence verici bir ahestelikle yapıyordu tüm bunları Mikhail. Raven, nemli bir sıcaklıkla ateşli bir sızının kendisine hücum ettiğini hissetti. Mikhail'in ateşli ağzı göğsüne dayandığında, ona doğru bir yay çizdi ve bir çığlık atarak başını geriye attı. Sıcacık ağzının onu içine çekmesi için sunuyordu kendini Raven.

Mikhail'in içindeki canavar önceden hiçbir uyarıda bulunmadan zincirlerini kırarak sahiplenici bir edayla kükredikten sonra Raven'ın üstündeki kotu parçaladı. Mikhail dizleri üstüne çökerken dişleri Raven'ın düz karnını sıyırdı. Onun vahşi, ıslak ve nefesini kesen dilinin sıcak, nemli araştırmasını hissedebiliyordu Raven. Saldırıya geçmek için son kalan ince kumaş parçasını da yırtıp attı Mikhail.

Raven, Mikhail'in içindeki terbiye edilmemiş canavara kucak açarak bağırdı. Onun erotik hücumuna kolaylık sağlayabilmek için ayak parmakları üzerinde havaya kalkmıştı. Mikhail külotu yırtıp attığında Raven kendisini onun ağzının sıcak açlığına bastırmıştı. Mikhail gırtlaktan gelen kısık sesli hırıltılar çıkarıyordu, ona sahip olduğunu belirten haykırışlardı bunlar aslında. Raven'ın, hücumuna verdiği vahşi tepkiden büyük zevk almıştı. Raven'ın sımsıkı yaptığı yumruklarının ket vurulmamış, coşkulu bir kavrayışla onu saçından tutarak kendisine doğru çekmesine; narin boğazından çıkan boğuk, anlaşılmaz haykırışlarına ihtiyacı vardı Mikhail'in. Raven'ın vücudu kasılıyor, akkor bir ısı dışarı çıkmak için çırpınıyordu. Çığlıkları yalvarma halini almıştı.

Mikhail zevkle kükrüyor, tahammül sınırlarını zorlayacak kadar hassaslaşmış kendi bedeni de yanıyor, kavruluyordu; ancak yine de Raven'ı doruk noktasının kenarında bekletiyordu umarsızca. Kendi gücü, kadifemsi sıcaklık, ikisinin birbirine karışmış kokusu, her şey üstünden akarak doymak bilmeyen iştahının bir parçası olmuştu. Raven'ın kendisinin olduğunu bilmesini, Mikhail onun için nasıl deli gibi yanıp tutuşuyorsa, onun da Mikhail için öyle yanıp tutuşmasını istiyordu.

Raven'ın alçak sesli, anlaşılmaz yalvarmaları arasında haykırdığı kendi ismi Mikhail'in zihninde yankılandı. Adını işitmesiyle vücudu sertleşmiş, tahammül edilemez bir acının pençesinde kıvranmaya başlamıştı. Kudreti açlığını keskinleştirerek hem cinsel, hem de fiziksel iştahını öyle kabartmıştı ki, kendini Raven'ı yiyip bitirmekten alıkoyacak hâkimiyeti zar zor sağladı Mikhail. Vücudu Raven'ın dokunuşunu, ağzının ipeksi yumuşaklığını, dişlerinin hassaslaşmış cildini sıyırıp geçmesini arzuluyordu. Raven için yanıp tutuşan teni neredeyse alev alacaktı.

Mikhail kükreyerek Raven'ı doruk noktasına taşıdı, Raven kasılarak art arda şiddetle sarsıldı; daha fazlasını arzuluyordu, Mikhail'in kendisini işgal etmesine, vücuduyla kendi vücudunu doldurmasına ihtiyacı vardı. Tırnaklarıyla onun kaba etini tırmaladı Raven, ardından dilini sert göğüs kaslarında gezdirdi.

Raven'ın alaycı kahkahası yumuşak ve baştan çıkarıcı bir tonda yankılandı Mikhail'in zihninde. İpeksi saçlarının kendi kalçasına sürtünüşü Mikhail için dayanılmaz bir hal almıştı neredeyse. Şimdi Mikhail'in sırasıydı, dileğini bir kükremeyle bildirdi, istekten çok bir emirdi bu. Raven ona itaat ettiğindeyse ağzının sıcak kayganlığı ve ıslaklığı Mikhail'i çıldırmanın eşiğine getirmişti. Nasıl az önce hâkimiyet ve iktidar Mikhail'in elindeyse, şimdi de Raven'ın elindeydi ve Raven kontrolün kendisinde olmasının, Mikhail'e yapabildiklerinin tadını çıkarıyordu.

Mikhail'in boğazından çıkan hırlamalar daha hayvani, hatta neredeyse tehditkâr bir hal almıştı. Bedeni çılgın bir tempoyla hareket ediyordu. Aniden daha fazla dayanamayacak hale geldi Mikhail. Raven'ı kendisinden ayırıp zemine yapıştırdı, ona sahip oluşunu kolaylaştırmak için dizlerini ikiye ayırdı. Çok daha şiddetli bir şekilde ona sahip oldu.

Mikhail'in her hamlesi şiddetli ve saldırgandı, her hamlesi bir öncekinden daha vahşi ve coşkuluydu. Raven diliyle onun boynunu yaladı. "Beni besle Mikhail. Bana sahip olurken besle beni, sonra arzuladığın her şeyi vereceğim sana." Dua eder gibi fısıldamıştı sözleri Raven, sesi heyecanı pekiştiren bir uyuşturucu gibiydi. Daha önce hiç Mikhail'in kanını, hayat suyunu istememişti, bunun düşüncesi bile sarsıcıydı. Mikhail'in vücudu gerilmiş, inanılmaz derecede sertleşmişti, ancak dili nabzını okşadığında olacakları hissedebilmek için hamlelerini yavaşlattı, Raven'ın bu isteği karşısında. Akkor bir alevle karışmış mavi bir yıldırım çarptı Mikhail'in vücudunda. Acı ile zevkin bu muhteşem birleşimi karşısında başını geriye attı.

Mikhail'in kadim kanının sıcak, tatlı kokusu bedenlerinin ormanı andıran kokusuyla karışmıştı; Raven'ın ağzının güçlü emişi Mikhail'i çevreleyen vücudunun güçlü tutunuşuyla dengelenmişti. Mikhail hareketlerini bilerek yavaşlatarak Raven'ınkine eşleştirdi, onun kanını, özünü, hayatını kendi vücuduna alışını hissetti. Raven, Mikhail'in vücudunu kendine çekmiş, yumuşak ağzının simsiyah ateşiyle tatlı bir işkence çektirerek kadifemsi bir ısrarcılıkla emiyordu kanını.

Raven açtığı delikleri kapamak için Mikhail'in tenini yaladığında, ikisi de minik artçı şoklarla sallandıktan sonra bir süre birbirlerine kenetlenmiş halde yattılar. Mikhail'in bedeni Raven'ın üstündeydi, kollarıyla onu yerde tutuyor; her kası sertçe sarsılıyor, sanki ona daha önce hiç dokunmamışçasına arzuluyordu Raven'ı. Duyduğu korkunç açlık arzunun çok daha ötesindeydi, daha önce tecrübe ettiği hiçbir şeye benzemiyordu.

Raven, elleriyle onun saçını düzelttikten sonra avucuyla çenesini okşadı. Ardından gülümsedi, baştan çıkarıcılığın somutlaşmış haliydi tebessümü, kalçalarını bilerek Mikhail'e doğru ittiriyordu, kasları sert ve sıkıydı. Mikhail'in başını kendisine doğru çekip ağzını onun ağzına bastırarak kendi kanının tatlı kokusunu onunla paylaştı, Mikhail ile oynayıp ona sataşarak arzusunun ateşini söndürmüyor, onu vahşi bir coşkunluğun kıyılarında gezdiriyordu.

Mikhail hâkimiyeti tekrar ele geçirdi, Raven'ın pürüzsüz ağzından kana kana içtikten sonra diliyle boynunun çizgisini takip ederek nabzının üstünde durdu; dişleriyle onu hafifçe ısırırken, bedeni saldırgan bir sahiplenicilikle, derin ve sert hamlelerle gömülüyordu Raven'a.

Raven onun adını mırıldanarak başını göğsüne çekip yalvaran bir davetkârlıkla doğruldu. Mikhail çenesini yumuşak göğüslerinin dolgunluğuna sürterek aralarındaki vadiye daldı. Raven, Mikhail'i kendisine yapıştırdı, Mikhail'in tutturduğu ritme uyan vücudu duyduğu hazdan patlayacak gibi olmuştu.

Mikhail, başını kaldırdı; baygın, çekici ve hipnotize edici gözleri Raven'ı zihninin ve ruhunun derinliklerine çekiyordu. Burnunu Raven'ın göğüslerine sürttü, diliyle onu okşuyordu adeta. Ağzını açarak Raven'ın hassas tenine nemli, sıcacık öpücükler kondurdu. Bir kez daha göz göze geldiler Raven'la; isteği aşikârdı.

"Evet, lütfen, lütfen," dedi Raven, Mikhail'in başını vücudunun sıcaklığına geri çekerken. "İstiyorum bunu Mikhail."

Mikhail dişlerini göğsünün üstündeki bir noktaya geçirdi, ısırmanın etkisiyle ateş gibi bir acı yayıldı, Raven'ın bedeni duyduğu heyecandan sarsılıp bin parçaya bölünürken. Mikhail, dişlerini daha da derine batırdı, içindeki açlık iflah olacak gibi değildi. Daha fazlasını isteyerek, bedeniyle Raven'ı sımsıkı sardı. Onun hayatını kendi vücuduna aktararak kana kana içti Mikhail; zihni onunkine karışıyor, bedeniyse tüm erkeksi hâkimiyetiyle ona sahip oluyordu.

Tehlikeli. Tatlı ancak tehlikeli. Saf aşk ve ruhların mutlak birleşimiyle süslenmiş ateşli bir sevişme. Aynı bedeni, aynı teni ve aynı zihni paylaştıkları bu anın ebediyete dek sürmesini diledi Mikhail. Yaptığı her hızlı ve sert hamle güzel bir işkence gibiydi; Raven'ın kanı her hücresine dolarak Mikhail'in kudretini arttırıyordu; Raven onu nasıl tükettiyse, Mikhail de onu öyle tüketiyordu. Mikhail kendini daha fazla tutamayacağını hissetti; ona bir kez daha sahip olmalıydı.

Raven, Mikhail'in altında, bir olmuş kalp atışlarını dinliyordu; parmakları onun koyu kahverengi saçlarına dolanmıştı. Vücuduyla, tüm benliğiyle Mikhail'e aitti. Mikhail diliyle onun tenini okşadıktan sonra göğsünden akan tek bir kan damlasının izini sürdü. Göğüslerinden boynuna oradan da ağzına nazik, yumuşak öpücükler yağdırdı. Ardından Raven'ın boynunu çevirip başparmağıyla okşadı, kaygan ve yumuşak dokunun tadını çıkardı.

Raven'ın tam anlamıyla bir Karpatyalı hayatına adım atmak için bu anı seçmesine şaşırmıştı Mikhail. Onun kendisine olan aşkından ve bağlılığından şüphesi yoktu, ancak hayatta kalmak için yapması gerektiği şeyin düşüncesinden bile tiksindiğini de biliyordu Raven'ın. Hem de öyle dehşet verici ve travmatik bir deneyimin ardından hiç çekinmeden adım atmıştı yeni hayat biçimine. Birlikte oldukları sürece Raven'ın onu şaşırtmaya devam edeceğinden şüphesi kalmamıştı artık Mikhail'in.

"Seni ne kadar çok sevdiğim hakkında en ufak bir fikrin var mı?" diye sordu Mikhail usulca.

Raven'ın uzun kirpikleri kırpışarak kalktı, menekşe gözleri onunkilere kilitlenmişti. Ağzı nefes kesici, hafif bir gülümsemeyle kavis almıştı. "Birazcık var sanırım." Mikhail'in alnındaki bir çizgiyi eliyle düzleştirdi. "Ben iyiyim. Sen gidip yapman gerekeni yap. Beni merak etmene gerek yok."

"Aslında biraz uyumanı tercih ederdim." Mikhail yana kayarak ağırlığını onun üstünden çekti. Kendisinin hâlâ kısmen giyinik olduğunu görünce şaşırdı.

"Çünkü Romanov'a beslediğin kinden dolayı ona ne yaptığını bilmemi istemiyorsun." Raven doğrularak dirseği üzerine yaslanınca ipeksi gür saçları tüm vücudunu kaplayarak göğüslerinin üstünü bir duvak gibi örttü.

Görüntü karşısında Mikhail'in midesi kasılıp kavruldu, zaten koyu olan gözleri aniden alev alan tutkusunun etkisiyle simsiyah kesildi. Gözlerindeki ışıltıyı fark eden Raven usulca, alay eder gibi güldü. Mikhail bunun üstüne kendisini baştan çıkaran şeyin tadına bakmak için eğildi, göğüslerine bir öpücük kondurdu.

Raven parmaklarıyla onun gür saçlarını okşuyordu. "Jacques'ı bana bekçilik yapması için burada bırakarak onu korumak istiyorsun, biliyorum." Raven'ın bakışlarına yumuşak, sıcak bir ifade yerleşti. "Benim kabullenemeyeceğim bir şeyi yapmaya niyetlisin. Ama ben sana inanıyorum Mikhail. Bence sen harika ve adil bir adamsın. Romanov'dan nefret etmekte de çok haklısın ancak bunu bir kenara bırakıp doğru olan şeyi yapabilirsin. O genç bir adam, kafası karışık ve öfkeli, annesiyle babasının feci ölümlerinden dolayı çok sarsılmış; şu an bir şok yaşıyor. Anne babasının ölümüyle senin aranda bulduğu bağlantı her neyse bir sinir krizi geçirmesine sebep olmuş. Korkunç bir trajedi bu aslında."

Mikhail gözlerini kapatarak nefesini bıraktı yavaşça. Raven onun elini kolunu bağlamıştı. O, kendisine işkence çektiren adamı affedecek kadar merhametliyken, Mikhail dışarı çıkıp onu nasıl öldürebilirdi ki?

"Romanov'u görmeye gitmeden önce git beslen. Beni halsiz düşürdün. Biraz kaba bir Karpatyalı şakası olacak ama, eve dönerken akşam yemeğimi de getirmeni istiyorum."

İrkilen Mikhail, Raven'a bakakaldı. Uzun bir süre yalnızca sessizlik hâkim oldu odaya, ardından ikisi de kahkahalarla gülmeye başladı. "Giyin çabuk," diye emretti Mikhail alaycı bir sertlikle. "Zavallı Jacques'a eziyet etmene müsaade edemem."

"Kesinlikle ona eziyet etmeyi planlıyorum. Bu kadar ciddi olmaması gerektiğini öğrenmeli."

"Jacques, Karpatyalı erkekler arasında en az ciddi olandır. Hepimizden daha uzun süre taşıdı duygularını. Hislerini kaybedeli birkaç asır oldu daha."

"Ama mesele kadınlara emretmeye gelince gayet ciddileşiyor. Bizim nasıl davranmamız gerektiği konusunda katı fikirleri var. Bu özelliği, ondan tamamen silmeyi planlıyorum."

Mikhail tek kaşını kaldırdı. "Biz yokken onu bayağı meşgul edeceğinden eminim. Ama bana bir iyilik yap küçüğüm; çocuğun üstüne çok gitme lütfen."

Bir yandan giyinirken, bir yandan da kahkahalarla gülüyordu ikisi de.

Bölüm 13

Rudy Romanov, uyutulmuştu. Aldığı ağır ilaçların kokusu Mikhail'in burun deliklerini yakıyordu. Vücuduna kirli kan alacağını düşünmesi bile midesini bulandırmıştı ancak bunun yapılması gerekiyordu. Böylece her dilediğinde Romanov'un anılarına, düşüncelerine erişebilecekti. Raven, Mikhail'in ona olan aşkına duyduğu güven ve inançla yolcu etmişti onu. Vücudunun her hücresi Romanov'un ölümünü talep etse de, Raven'ın kendisine duyduğu güvene ihanet edemezdi.

"Müsaade et, ben yapayım," dedi Gregori, Mikhail'in gönlünden geçenleri rahatlıkla okumuştu.

"Bu ruhun için büyük bir risk olur ama," diye belirtti Mikhail.

"Soyumuzun devamı için, bu riske değer. Romanov, göz ardı edemeyeceğimiz bir tehlike bizim için. Tüm enerjimizi neslimizi sürdürecek kadınlar bulmak için harcamamız gerek, vampir avcılarıyla savaşmak için değil. Erkeklerimizle çiftleşebilecek olanların sadece psişik güçlere sahip, az sayıdaki fani kadın olduğuna inanıyorum."

"Bu teorini neye dayandırıyorsun peki?" diye sordu Mikhail yumuşak bir tonla, sesine inceden inceye bir tehdit yerleşmeye başlamıştı. Kadınlarla deney yapmak bağışlanamayacak bir suçtu zira.

Gregori'nin gümüşi gözleri kısılarak parladı. İçindeki o kara delik büyüyor, ruhunu simsiyah bir leke kaplıyordu. Bunu Mikhail'den saklamak için herhangi bir girişimde de bulunduğu yoktu. Sanki ona durumunun git gide ümitsizleştiğini göstermek ister gibiydi. "Karanlık, çirkin ve affı mümkün olmayan pek çok şey yapmış olabilirim Mikhail, ancak dişi bir faniyi asla kobay olarak kullanmam. Romanov'un yaşaması konusunda kararlıysan onun kanını alan ben olmalıyım." Rica eder gibi bir hali yoktu.

İki Karpatyalı hastanenin psikiyatri koğuşunun dar koridorlarında rahatça ilerliyordu. Bu ikisi görünmez olarak yanlarından geçerken, hastanedeki insanların tek hissettiği hafif bir serinlik oluyordu. Anahtar deliğinden süzülerek girdikleri odanın içinde yoğun bir sis halini aldıktan sonra havada daireler çizerek Romanov'un bedenini bir kefen gibi örttüler. Romanov çığlık attı, üstüne çöken sis bir yılan gibi onu sararak bileklerinden kaburgalarına sürünüp oradan da dolandığını boynunu iyice sıkarken korkusu daha da artmıştı. Onu derisinin üstünde hissedebiliyordu Romanov, vücudunu burgu gibi çeviren bir mengeneydi bu. Fakat Romanov sisi tutmaya çalışınca eli öylece içinden geçti. Ansızın insanın tüylerini diken diken eden sesler tıslayarak onu tehdit etmeye başladı; gerçek mi, yoksa sadece kafasının içinden işittikleri sesler mi oldukları konusunda insanı şüpheye düşürecek kadar da sessizdiler. Bu sinsi mırıldanmaları durdurabilmek ümidiyle avuçlarını kulaklarına dayadı. Uyuşmuş ağzından salyalar damlıyor, gırtlağı işlevini sarsıla sarsıla yerine getiriyordu.

Sis ikiye ayrıldı, bir ucu bir köşeye çekilerek zemine yakın bir noktada havada asılı kaldı. Diğer ucuysa yoğunlaşıp titreyerek ölümün solgun gözlerini taşıyan geniş omuzlu ve kaslı bir adam şeklini aldı yavaş yavaş. Rudy kontrolsüzce titremeye başladı, bir köşeye çekilerek mümkün olduğunca sindi yere. Görüntü hayal olamayacak kadar canlı ve korkutucuydu.

"Romanov." Gregori'nin sivri dişleri karanlık odada ışıl ışıl parlıyordu.

"Nesin sen?" Kelimeler boğuk boğuk çıkmıştı ağzından.

Solgun gözler parlayıp kısılarak iki kımıldamayan çizgi halini aldı. "Biliyorsun." Solgun gözler derin derin Rudy'e baktı. Gregori sesini daha da alçaltarak siyah kadifemsi bir saldırıya indirgedi. Hipnotize edici. Büyüleyici. İkna edici. "Gel ve beni besle. Seni karanlıkla lanetlemeyi uygun göreceğim zamana dek benim hizmetkârım ol."

Romanov'un gözleri durumu idrak ettiğini ve korktuğunu, hatta dehşete düştüğünü ele veriyordu. Ancak yine de adım adım yaklaşıyor, bir yandan da gömleğini soyarak şahdamarını ortaya çıkarıyordu. Gregori, o baştan çıkarıcı, ikna edici, güç timsali sesiyle tekrar fısıldadı. "Bundan böyle bana hizmet edeceksin; buyurduğumda bana gelecek, gerektiğinde bana bilgi vereceksin." Esmer başını yavaşça eğdi Gregori.

Romanov ruhunu çoktan yitirdiğinin farkındaydı. Yabancıda muazzam bir güç ve insanların değil becermek, hayal bile edemediği şeyleri yapabilme yeteneğinin olduğunu hissedebiliyordu. Ölümsüzlük. Bütün bunlar tüm cazibesiyle onu çağırıyordu. Romanov kendi isteğiyle gitti yabancıya, boğazını iyice açığa çıkarabilmek için başını çevirdi. Sıcak bir nefes, yabancı sivri dişlerini batırırken duyduğu keskin acı. Romanov, kanının bir nehir gibi akarak bedenini terk edişini hissedebiliyordu. Acı çok şiddetliydi, söndüremediği alev alev bir cehennem gibi. Hoş, söndürmek de istemiyordu zaten. Tuhaf bir rehavet çöktü üstüne, göz kapakları bile kaldıramayacağı kadar ağırlaşmıştı.

Odadaki sis yoğunlaşarak Gregori'nin etrafını sarıp Karpatyalı ile avının arasına aktı. Gregori bir itiraz kükremesi eşliğinde istemeye istemeye başını kaldırdı avından, hor gördüğü gevşemiş bedeni kolları arasından bırakarak yere çarpmasına izin verdi.

Onu neredeyse öldürüyordun. Mikhail çıkışmıştı.

Ölmeyi hak ediyor. İçi çürümüş, bomboş, çoktan kokuşmuş. Hiç bitmeyen geceleri, çaresiz kadınları ve insanoğlu hakkında ölüm kalım kararları verebilme gücünü arzuluyor. Dedesinde ve babasında ne kadar kötülük varsa hepsi ona geçmiş. Ruhunda kalan son iyilik kırıntıları da kurtların kemirdiği, bomboş bir kabuk sadece. Zihni sapkın arzularının labirentleriyle örülmüş yalnızca.

Yine de bu şekilde ölemez Gregori. Sis, Gregori'nin zihninde çıkan bir tıslama halini almıştı, Mikhail'in memnuniyetsizliğinin bir işaretiydi bu. *Zaten halkımız üzerine yeterince dikkat çekildi. Romanov aşırı kan kaybından ölecek olursa...*

O kadar da dikkatsiz değilim... Gregori, Romanov'un bedenine ayağıyla vurarak kenara itti. *Yaşayacak. Dedesiydi tüm bunları başlatan...*

İsmi Raul'du, onu hatırlıyor musun? İhtiyarlığında kaçık, gençliğinde ise ahlaksız bir adamdı. Karısını döver, genç kızlara sarkıntılık ederdi. Bir keresinde ona engel olmuştum. Mikhail düşüncelere daldı ansızın.

Bu da onun senden hem nefret etmesine, hem de şüphelenmesine sebep oldu. O olaydan sonra gözü hep senin üzerindeydi. Eline geçen her fırsatta, suçlayacak bir kanıt bulma umuduyla seni gizli gizli gözetledi. Bir şeyler seni ele verdi muhtemelen; bir hareketin, konuşma tarzın, kim bilir? Kendi şüphelerini Hans'a geçirdi. Gregori, yerde yatan bedene bir kez daha vurdu ayağıyla. *Romanov bahsettiği kanıtların nüshalarını çeşitli kişilere fakslamış. Asılları evinde, anne babasının yatak odalarındaki döşemenin altında.* Gregori, sürünerek ondan uzaklaşmaya çalışan Romanov'u seyretti. *Er ya da geç gelecekler.*

Gregori'nin vücudu titreyerek soyutlaştıktan sonra sis odanın içinde döndü, Karpatyalının geçtiği yerlerde upuzun bir yılanı andıran dumandan şeritler bırakarak. Buhar, yerde büzüşmüş yatan Romanov'un yanına yaklaşarak başının, boynunun etrafında dolandıktan sonra onu çaresizce, hüngür hüngür ağlar bir halde bırakarak odanın dışına aktı.

Mikhail ile Gregori koridordan süratle ve sessizce kayarak gecenin serinliğine koştular. Romanov'un zihninin sapkınlığına şahit olduktan sonra tabiatla tekrar temasa geçmeye ihtiyaçları vardı. Gregori dışarı çıkar çıkmaz ilaçları gözenekleri aracılığıyla bedeninden çıkararak kendini zehirden arındırdı. Mikhail onu seyrediyordu, ustalığı karşısında hayran kalmıştı. Romanov'un kulübesine gidiş yolu boyunca Gregori hiç konuşmadı. Mikhail, Gregori'nin gecenin kokularını içine çekme, ayaklarının altındaki toprağı hissetme, kurtların ezgileriyle onlara sakinleştirici melodileriyle seslenen gece hayvanlarını dinleme ihtiyacına saygı duydu.

Romanov'un evinin korunaklı ortamına girdikten sonra, döşeme tahtalarının altına üstünkörü saklanmış belgeleri buldu Gregori eliyle koymuş gibi. Mikhail eskimiş fotoğrafları ve kâğıt tomarını eline aldı yüzlerine bile bakmayarak. "Romanov'un zihninde gördüğün her şeyi söyle bana."

Gregori'nin gümüşi gözleri parıldadı, tehlike saçıyorlardı. "Eugene Slovensky ismindeki bir adam, kendilerini vampirleri temizlemeye adamış gizli bir tarikatın üyesi. Von Halen, Anton Fabrezo ile Dieter Hodkins ise öldürülecek kurbanları araştırıp işaretleyen sözde uzmanlar. Slovensky ise grupları oluşturmaktan ve ölümleri doğrulayıp kayıtlarını çıkarmaktan sorumlu."

Mikhail alçak sesle küfür etti. "Halkımız bir vampir avını daha kaldıramaz, mahvolur."

Gregori geniş omuzlarını silkti kaygısızca. "Ben bu adamları avlayıp haklarından gelirim. Sen Raven'ı alıp buradan çok uzaklara git. İtiraz edişini hissedebiliyorum Mikhail, ama bunun tek çıkar yol olduğunun ikimiz de farkındayız.

"Mutluluğumu senin ruhunla takas edemem."

Gümüşi gözler önce Mikhail'in üzerinde gezindi, ardından da gecenin. "Başka seçeneğimiz yok. Kurtuluşa ermek için tek umudum kendime bir ruh eşi bulmak. Artık hiçbir şey hissetmiyorum Mikhail; sadece ihtiyaçlarımı karşılıyorum o kadar. Bedenimin istediği, arzuladığı hiçbir şey kalmadı, sadece zihnimin sözü geçiyor. Senin hissettiğin şeyleri hissetmenin nasıl bir şey olduğunu hatırlayamıyorum bile. Hayatımın neşesi kalmadı, hiçbir şeyden keyif almıyorum artık. Yalnızca hayatta kalıp halkımıza karşı vazifelerimi yerine getiriyorum. Çok geçmeden bir ruh eşi bulmam gerek. En fazla birkaç sene daha dayanabilirim; daha sonra ebedi istirahata çekileceğim."

"Güneşe çıkmayacaksın Gregori, önce bana danışmadan olmaz." Gregori karşı çıkmaya yeltenince Mikhail elini kaldırdı. "Ben de senin durumundaydım. Yapayalnızdım, içimdeki canavar hâkimiyeti ele geçirmek için savaşıyordu, ruhum kara bir lekeyle kaplıydı. Halkımızın sana ihtiyacı var Gregori. Sağlam durmalı, ruhunun kapılarına kadar dayanmış o canavara karşı koymalısın."

Gregori'nin tehlike saçan gümüşi gözleri solgun ve tehditkâr bir edayla karanlık odada parıldadı. "Sana olan muhabbetimi ve sadakatimi gözünde fazla büyütme Mikhail. Bir ruh eşim olmak zorunda. Yeter ki bir şeyler hissedeyim; ister şehvet, ister tutku olsun ama bir şeyler hissedeyim yeter ki. İşte o zaman benim olana sahip çıkacağım ve onu benden almaya kalkışan herkese meydan okuyacağım." Ansızın Gregori'nin geniş gövdesi hafif bir ışıkla titreyerek su kristallerine ayrıştı, ardından evi terk ederek gecenin onlara kucak açmış kollarına aktı. *Bu delilik ve ölüm evinden çıkalım hadi. Belki de vücuduma aldığım pis kandı dile gelen.*

Mikhail iç geçirip Gregori'nin peşinden gitti. İki buhar şeridi ay ışığında parıldıyordu, orman zemininin hemen üstünde dalgalanan sis huzmesine katıldılar sonra. Bir an önce Raven'ın yanına dönmek isteyen Mikhail, evleri sık ormandan ayıran açık alana doğru gitmek için ağaçların arasından aktı hızla. Rahibin kulübesinin yanından çimenlik alana doğru süzülürken zihni huzursuzlukla kıpırdandı. Hatta bu uyarı içini o kadar çok tırmalamıştı ki Peder Hummer'ın evinin bulunduğu noktada, ağaçları kendisine siper ederek insan haline döndü. Zihniyle Raven'ınkine dokundu. Tehdit altında değildi.

"Ne oldu?" Gregori, Mikhail'in yanında cisimlendi.

Civarda bir tehlike taraması yaptılar. Şiddeti haber veren toprak olmuştu; çiğnenmiş ayakkabılar, kan damlaları. Mikhail dehşete kapılmış gözlerini, Gregori'nin solgun gözlerine çevirdi. Ardından ikisi de aynı anda başlarını döndürerek Mikhail'in ihtiyar dostunun evine baktı.

"Önce ben gireyim," dedi Gregori becerebildiği en şefkatli ses tonuyla. Mikhail ile rahibin evinin girişi arasına geçti yavaşça.

Hep çok rahat ve huzurlu bir ortamı olan tertipli, küçük kulübe talan edilmişti. Gösterişsiz eşyalar paramparça edilmiş, perdeler yerlerinden sökülmüş, eski çanak çömlekler kırılmıştı. Rahibin o çok kıymetli kitapları yırtılıp fırlatılmış, tablolarınaysa boydan boya kesikler atılmıştı. Büyük bir itinayla teneke kutulara yerleştirdiği şifalı bitkileri bir yığın halinde mutfak zemini üzerine serpilmişti. İnce şiltesi parçalamış, battaniyeleri ise lime lime edilmişti.

"Aradıkları neymiş?" Mikhail sesli düşünmüştü, bir yandan da odanın içinde geziniyordu. Bir kaleyi eline almak için durarak o çok yakından tanıdığı satranç taşının etrafına doladı parmaklarını. Hem yerde, hem de oymalı, eski sallanan sandalyede kan lekeleri vardı.

"Kimse yok," diye belirtti Gregori gereksiz yere. Eğilerek deri kaplamalı, oldukça eski bir İncil'i kaldırdı yerden. Kitap oldukça yıpranmıştı, rahibin parmaklarının sık sık dokunduğu noktalar parlıyordu. "Lakin burnumuza gelen bu pis kokular iyiye alamet değil." Gregori, Mikhail'e İncil'i uzatarak, prenslerinin tek kelime etmeden kutsal kitabı gömleğinden içeri kaydırıp tenine bastırmasını seyretti.

Gregori'nin geniş, kaslı gövdesi bükülerek çatırdadı. Kolları gösterişli bir kürkle kaplanmış, tırnakları pençelere dönüşmüş, sivri dişleri daha da uzamıştı. Devasa siyah kurt çoktan pencereden atlamış; bir yandan koşarken, bir yandan da değişimini tamamlamaya koyulmuştu. Mikhail de onu izledi; ağaçların arasından atlıyor, geri dönüp yerde daireler çizerek zemini kokluyordu. Koku, kasabadan ormanın derinliklerine dek uzanıyordu. İzler onları dağın gittikçe yükseklerine götürüyor, Raven ile Jacques'tan tam zıt tarafa işaret ediyordu. Peder Hummer'ı her kim kaçırdı ise pis işini gerçekleştirmek için onunla yalnız kalmak istemişti.

Omuz omuza veren Mikhail ile Gregori, yüreklerine işleyen simsiyah, ölümcül amaçlarıyla geçtikleri yeri yakacak kadar süratli koşuyorlardı. Burunlarını rüzgâra vermiş, rahibin kokusunu takip ettiklerinden emin olmak için arada sırada başlarını yere eğip izi kokluyorlardı. Kuvvetli kasları sırtları boyunca dalgalanıyor, kalpleri ve ciğerleriyse hiç teklemeyen makineler gibi çalışıyordu. Geçişlerinden ürken hayvanlar önlerinden kaçışarak hemen yere siniyorlardı.

Tanımadıkları, keskin bir koku çarptı burunlarına önlerindeki ağaçtan. Mikhail'in kurt sürüsünün bölgesinden çıkmış, başka bir sürünün bölgesine girmişlerdi. Kurtların sık sık davetsiz misafirlere saldırdığı görülürdü. Mikhail, rüzgârın çağrısını doğru yere taşımasını umarak alfa çifti belirlemek için seslendi.

Kulübede rahibin kanının kokusunu aldıkları için oldukça rahat sürebiliyorlardı izini. Ancak Mikhail'in içini bir huzursuzluk kaplamış, gitgide de büyüyordu. Bir şey aklına takılmıştı. Hiç nefessiz kilometrelerdir koşmalarına rağmen izde bir değişiklik olmamıştı. Koku ne daha taze oluyor, ne de silikleşiyordu; hep aynı kalmıştı. Aldıkları tek ikaz başlarının üstünden gelen hafif bir ses olmuştu; iki taş birbirine sürttüğünde çıkan sesi andıran tuhaf bir sesti bu. İki yanında da dik duvarların yükseldiği dar bir dağ geçidindeydiler. İki kurt derhal soyutlaşarak minik sis damlacıkları halini aldı. Tepelerinden yağan kaya ve taş yağmuru soyut sisin üstüne boş yere yağdı.

Mikhail ile Gregori kendilerini aynı anda gökyüzüne fırlattıktan sonra üstlerindeki uçuruma bir kedi zarafetiyle konarken insan şeklini aldılar. Ne rahipten, ne de saldırgandan eser vardı. Mikhail tedirginlikle Gregori'ye baktı. "Bunu hiçbir fani yapmış olamaz."

"Rahip bunca mesafeyi yürümediği gibi kimse de onu buraya kadar taşımamış," dedi Gregori düşünceli düşünceli. "Demek ki kanı, bizi buraya çekmek için bir tuzak olarak kullanılmış." İkisi de sahip oldukları tüm duyuları ve becerileri kullanarak etraflarını tarıyordu. "Bu bir vampirin marifeti."

"Kendi kokusunu bırakmayacak kadar da zeki üstelik," diye belirtti Mikhail.

Bir kurt sürüsü ağaçların arasından fırladı, kırmızı gözleri Mikhail'in üzerine sabitlenmişti. Tüm ihtişamıyla uçurumun hemen kenarında duran uzun, zarif figürün üstüne atladı hırlayan hayvanlar. Gregori pervane gibi dönen bir iblise benziyordu; hayvanları dağ geçidinden aşağı fırlatıyor, kibrit çöpü gibi kırıyordu kemiklerini. Tüm bunları yaparken en ufak bir ses bile çıkarmıyordu; hızıysa olağanüstüydü, hatta öyle hızlıydı ki hareket ederken şeffaflaşıyordu.

Mikhail yerinden hiç kımıldamadı, ruhu kederle dolmuştu. Tüm bu hayatlar boşu boşuna yitip gitmişti. Tam bir trajediydi. Gregori hiçbir his ve pişmanlık belirtisi göstermeden, en ufak bir şekilde zorlanmadan kıyabiliyordu başkalarının canına. Sırf bu bile, halkının durumunun ne kadar çaresiz olduğunu her şeyden daha iyi gösteriyordu Mikhail'e.

"İşini fazla şansa bırakıyorsun," diye homurdandı Gregori serzenişte bulunarak, Mikhail'in yanında cisimlenirken. "Onlara seni yok etmeleri öğütlenmiş. Kendini korumaya almalıydın."

Mikhail, etrafını kuşatmış yıkım ve ölümü inceledi. Hiçbir kurt ona 3 metreden fazla yaklaşamamıştı. "Böyle bir şeye asla müsaade etmeyeceğini biliyordum. Seni ortadan kaldırmadan vampirin için rahat etmeyecektir artık, Gregori."

Gregori'nin dudaklarında silik, vahşi bir sırıtış belirdi.

"Benim istediğim de bu zaten Mikhail. Bu benim ona davetiyem. Dilediği takdirde seni resmi olarak düelloya davet edebilirdi. Ancak o seni fanilere satarak hainlik yaptı. Böyle bir ihanete müsamaha gösterilemez."

"Peder Hummer'ı bulmamız gerek," dedi Mikhail usulca. "Böyle zalimce bir saldırıyı kaldıramayacak kadar ihtiyar o. Güneş yükselmeye başlayınca vampir onu sağ bırakmaz artık."

"Ama neden böyle zahmetli bir kumpas kursun ki?" Gregori sesli düşünmüştü. "Ne geçit, ne de kurtlar tarafından alt edilemeyeceğini tahmin etmiştir."

"Bana zaman kaybettiriyor." Bir korku kıvılcımı Mikhail'in siyah gözlerini yalayıp geçti. Bir kez daha zihniyle Raven'ı yokladı. Jacques'a sataşıyordu.

Mikhail keskin bir nefes aldı ansızın. "Byron. Onun Eleanor'un ağabeyi olduğunu tüm köy halkı biliyor. Eleanor'a, Vlad'a ve doğmamış çocuklarına saldırdıklarına göre Byron da hedeflerinde olacaktır mantıken." Mikhail'in bedeni eğilip büküldüğü, gökyüzünü kaplamaya başlamış solgun ışıkta kollarında titrek titrek parıldayan tüyler belirdiği halde genç Karpatyalı erkeğe keskin bir ikaz çağrısında bulunmuştu. Kardeşinin en iyi dostuna yardıma koşmak için güneşle yarışırken güçlü kanatlarını sertçe çarpıyordu.

Gregori dağları inceledi, solgun gözleri ormanın üzerindeki gölgeli uçurumları tarıyordu. Ardından uçurumun kenarından atladı, yere doğru hızla düşerken vücudu şekil değiştirdi. Güçlü kanatlar hızla çarparak onu yukarı kaldırıp ağaçların üstünde yükselen girintili çıkıntılı kaya yüzeye götürdü doğruca. Mağaranın girişi taş duvardaki yarıktan ibaretti. Koruma kalkanlarını açmak yeterince kolay olmuştu. Gregori, dar girişten geçebilmek için çözünüp sis halini alarak çatlaktan içeri süzüldü.

Geçit neredeyse hemen genişlemeye başlamıştı, yer yer dönemeçler ve kıvrımlar beliriyordu. İki yandaki taş duvarlardan da sular damlıyordu. Ardından büyük bir locada buldu kendini Gregori; burası vampirin iniydi. Artık onun kokusunu alabiliyordu. Gregori'nin gümüşi gözlerinde bir memnuniyet ışıltısı belirdi. Yürüyen ölüler, prensi tehdit etmeleri karşılığında Gregori'den merhametsiz bir misilleme göreceklerini anlayacaklardı artık.

Raven, kulübenin içinde huzursuz huzursuz bir aşağı, bir yukarı yürürken Jacques'a alaycı bir gülümseme fırlattı. "Bekleme konusunda çok iyiyimdir."

"Ya belli oluyor," dedi Jacques ilgisizce.

"Hadi ama Jacques." Raven odayı yine boydan boya geçerek başını Jacques'a çevirdi. "Sen de bunu azıcık olsun sinir bozucu bulmuyor musun?"

Jacques, ukala ukala sırıtarak tembel bir edayla arkasına yaslandı sandalyesinde. "Güzeller güzeli bir akıl hastasıyla kafese kapatılmış olmayı mı kastediyorsun?"

"Ha ha ha, aman ne komik. Karpatyalı erkeklerin hepsi kendi komedyen mi sanıyor Tanrı aşkına?"

"Tüm Karpatyalılar değil, duvardan duvara seken kız kardeşleri olanlar sadece. Pin pon topu seyrediyormuş gibi hissediyorum kendimi. Yerinde dursana artık."

"Peki, böyle bir şey ne kadar sürer? Mikhail, çok üzgün gibiydi."

Kasıtlı bir kayıtsızlıkla ileri geri sallanan Jacques, tam da tehlikeli bir açıya geldiğinde sandalyesini arkaya yaslayarak tek kaşını kaldırdı. "Kadınların hayal güçleri sahiden de çok canlı."

"İdrak kabiliyetleri Jacques, hayal güçleri değil!" diye düzeltti Raven tüm tatlılığıyla.

Jacques, ona doğru sırıttı. "Karpatyalı erkekler, kadınların sinirlerinin kırılgan tabiatı karşısında oldukça anlayışlıdır. Biz erkeklerin çektiği sıkıntılara katlanamıyorlar ne de olsa."

Raven, ayağını sandalyesine takarak Jacques'ı boylu boyunca yere serdi. Ellerini kalçalarına dayayarak kibirli kibirli baktı ona. "Karpatyalı erkekler kendini beğenmiş olabilir sevgili kardeşim," diye belirti Raven. "Ancak, doğrusu pek zeki oldukları söylenemez."

Jacques ona yapmacık bir kızgınlıkla baktı. "Senin de amma arsız bir damarın varmış." Jacques aniden doğruldu; koyu gözleri birdenbire canlanarak hareketlenmeye başlamıştı. "Giy şunu." Hiç yoktan kalın bir hırka meydana getirdi.

"Bunu nasıl yaptın?" Bu Raven'ın gözüne sihir gibi gözükmüştü.

"Bir Karpatyalı doğal olan her şeyi yapabilir," dedi hafif endişeli bir tonla. "Giy şunu Raven. Bu kulübenin içinde kapana kıstırılmış gibi hissetmeye başladım kendimi. Tehlikenin kokusunu alabilmem için dışarı çıkıp gecenin içine karışmamız lazım."

Raven, sıcak hırkayı sımsıkı sarınıp verandaya çıkan Jacques'ın peşinden gitti. "Gece sona ermek üzere," diye belirtti.

Jacques, sertçe çekti havayı ciğerlerine. "Kan kokusu alıyorum. İki fani; birisi tanıdık."

"Peder Hummer," dedi Raven endişeyle. "Bu onun kanı." Merdivenlerden aşağı inmeye yeltendi ancak tedbiri elden bırakmayan Jacques, onu kolundan yakaladı.

"Bu işten hiç hoşlanmadım Raven."

"Peder yaralanmış Jacques. Acısını hissedebiliyorum. Artık genç bir adam değil."

"Olabilir ancak buraya nasıl gelmiş peki? Bu kulübe gözlerden çok uzakta, varlığından haberdar olan birkaç kişi var sadece. En güçsüz düşeceğimiz saatler yaklaşırken rahip nasıl oluyor da buraya yanımıza kadar geliyor?"

"Ama şu anda ölüyor olabilir. Mikhail ona güveniyor hem," dedi Raven rahibe duyduğu sadakatini sürdürerek; kalbi çoktan ona seslenmişti bile. "Ona yardım etmek zorundayız."

"Pekâlâ, arkamda durup, ne dersem onu yapacaksın o halde," diye emretti Jacques, Raven'ın ona direnen vücudunu ittirerek. "Seni hayatım pahasına koruyacağıma dair Mikhail'e söz verdim, ki niyetim de bu."

"Fakat..." Raven itirazının geri kalanını yuttu, Jacques'ın kararı meydandaydı.

"Rüzgârı koklasana Raven. Sen bir Karpatyalısın. Her zaman görünene inanma. Gözlerinden ve kalbinden fazlasını gör. Mikhail'i çağırdım. Bizden uzakta ancak elinden geldiğince çabuk dönecek. Hem şafak sökmeye başladı bile." Jacques küçük verandadan inerek ağaçlık alana gitti; etrafında tam bir daire çizecek şekilde döndü yavaş yavaş. "Başka birisi daha var."

Raven çabaladı; gizli tehlikeyi bulabilmek için her yönü taradı gecenin havasını içine çekerek. Tedirgindi, ancak tek hissedebildiği rahibin ağır ağır ilerleyişi ile ona eşlik eden insandı. "Kaçırdığım ne Jacques?" Ardından Raven da hissetti onu. Nesnelerin doğal uyumunu rahatsız eden bir şey vardı, tabiatla denge sağlayamamış bir güç.

Jacques'ın aniden nefesini tuttuğunu fark etti; Mikhail'inkine çok benzeyen siyah gözleri birdenbire parlayarak tehdit saçmaya başlamıştı. "Uzaklaş buradan Raven. Koş. Çabuk git. Arkana bakma sakın. Güneşten korunacak bir yer bulup Mikhail'in gelmesini bekle."

"Sana yardım edebilirim." Giderek dehşete kapılıyorlardı. Korkunç bir şey onları tehdit ediyordu, Jacques'ın bile korktuğu bir şey. Raven kaçıp Mikhail'in kardeşini tehlikeyle tek başına yüzleşmeye terk edecek gücü bulamadı kendinde. "Gidemem Jacques."

Anlamıyorsun. Sen benden de, rahipten de, hepimizden de daha önemlisin. Sen geleceğimizin tek umudusun. Git buradan. Kardeşimi hayal kırklığına uğratmama sebep olma.

Kararsızlık Raven'ın vicdanıyla savaşıyordu. Peder Hummer aksak adımlarla meydana çıktı; Raven'ın hatırladığından çok daha çelimsiz görünüyordu. Yüzü aldığı darbelerden şişip morararak tanınmayacak hale gelmişti. Geride bıraktığı 83 senenin her biri üstüne çökmüş gibi görünüyordu ilk defa.

"Koş Raven!" diye hırladı Jacques, bir kez daha ağır bir daire çizdi kendi etrafında, yaklaşmakta olan rahibe bakmıyordu bile. Gözleri tedirgin bir şekilde sürekli hareket ediyor, hiç durmadan etrafı arıyordu. *Artık gitmen gerek.*

Başka bir adam daha belirdi uzakta. Dikkat çekecek derecede Eugene Slovensky'e benziyordu ancak saçı daha sarıydı ve ondan daha gençti. Rahibin arkasından geliyordu; avucuyla yaşlı adamı sırtından ittirdi insafsızca.

Rahip öne doğru tökezledi, tek dizi üstüne düştükten sonra dimdik doğrulmaya çalıştı, suratı çamur ve otlarla kaplanmıştı. Sarışın adam hiç acımadan tekmeledi ihtiyarı. "Kalk ayağa, seni Allah'ın cezası moruk. Kalk yoksa yattığın yerde öldürürüm seni."

"Kes şunu!" diye bağırdı Raven, gözleri dolan yaşlarla parlıyordu. "Peder Hummer!" Hiç durup düşünmeden verandanın merdivenlerinden aşağı koştu.

Jacques ileri atılarak onun yolunu kesti, Raven'ın önüne öyle çabuk çıkmıştı ki hareket ederken adeta silikleşmişti. Raven'ı sertçe verandaya ittirdi tekrardan. *Bu bir tuzak Raven. Git buradan.*

Peki ya Peder Hummer? Raven bunu Jacques'a haykırarak söylemişti.

"Buraya gelin hanımefendi," diye haykırdı Slovensky'e benzeyen adam. Eğilip rahibi yakasından tutarak dizleri üstüne kaldırdı. Oldukça keskin görünen bir bıçağı Edgar Hummer'ın gırtlağına dayadı. "Dediğimi yapmazsan onu hemen öldürürüm."

Jacques bunu işitir işitmez rahipten tarafa döndü; siyah gözlerinin derinliklerinde kızıl alevler yanmaya başlamıştı. Raven'ı iliklerine kadar titretip saldırganın yüzünü kireç gibi yapan kısık bir uyarı kükremesi koptu Jacques'ın boğazından.

Ansızın etraflarında bir rüzgâr esmeye başladı; Jacques'ın bacaklarına yapraklar ve dallar çarptı. Önünde cisimlenen yaratık sertçe Jacques'ın göğsüne vurduktan sonra onu kaldırıp bir ağacın gövdesine çarptı.

Raven çığlık attı. *Mikhail, neredesin?*

Geliyorum. Uzaklaş oradan.

Jacques ile vampir saldırgan ağaçtan ağaca çarpıyordu. Pençeler etleri yarıyor, sivri dişlerse parçalıyordu. Vücutlarının ağırlığına dayanamayan dallar çatırdıyordu. Ölümüne dövüşen bu iki adam sürekli şekil değiştiriyordu. Daha yeni avlanan vampir gücünün zirvesindeydi, Jacques'ın üstüne atlamış, ona art arda darbeler indiriyor, tüm vücudunda derin yaralar açıyordu.

Koş Raven. Asıl istediği sensin. Jacques var gücüyle uyardı. *Fırsatın varken kaç.*

Jacques'ın zar zor nefes aldığını duyabiliyor, giderek güçten düştüğünü görebiliyordu Raven. Daha önce hayatında hiç kimseye saldırmamıştı ancak, Jacques'ın başının belada olduğu gün gibi ortadaydı. *Acele et Mikhail.* Çağrısından çaresizlik okunuyordu. Vampiri Jacques'ın üzerinden çekmek için sırtına atladığında şafak gökyüzünde çizgi çizgi sökmeye başlamıştı.

Hayır, geri çekil! Jacques'ın bağırışı sert, emrivaki ve dehşet doluydu.

Hayır Raven! Mikhail uzak bir mesafeden aynı emri tekrarlamıştı.

Hayır kadın, yapma! Gregori'nin sesi zihninde kızgınlıkla fısıldadı.

Neler olduğunu anlamayan ancak ölümcül bir tehlike altında olduğundan emin olan Raven yere atlamaya çalıştı. Vampir bir elini mengene gibi Raven'ın bileği etrafına doladı; alev alev yanan gözlerinden zafer okunuyordu. Keskin dişlerini Raven'ın bileğine batırarak koyu renkli, zengin kanı içmeye başladı. Vampirin ısırdığı yer kızgın damgayla dağlanmış gibi yanıp sızlıyordu. Raven'ın eti açılmıştı, yarık giderek büyüyordu.

Mikhail ile Gregori aynı anda vampirin boğazını nişan

aldı zihinleriyle. Normalde böyle bir hamle, Karpatyalı kanı taşıyan biri üzerinde, hele de onların bulunduğu mesafeden işe yaramazdı ancak güçlerini birleştirerek saldırdıkları için yaşayan ölünün nefesini kısa süreliğine kesmeyi başardılar. Jacques canlanan hiddetliye vampire saldırarak onu gerisin geri ittirip Raven'dan ayırdı. Raven yere düşerken, bileğinden fışkıran kanlar ormanın zeminini kızıl bir yağmura tuttu; bir an için iki savaşçı da donup kaldı, kızıl yağmurun dikkatlerini dağıtmasıyla neredeyse bir ahenk içerisinde başlarını Raven'a çevirmişlerdi.

"Kapat şu yarayı!" diye hırladı vampir, sesi hırçındı

Raven, kan kaybından öleceksin. Jacques soğukkanlılığını korumaya çalışmıştı, Raven'ın durumun ciddiyetini anlamasını istiyordu.

Vampir tekrar saldırdı, Jacques'ın karnını pençesiyle yarınca, Jacques da kendisi savunmak için ellerini aşağı indirmek zorunda kaldı. Vampirin kafası bükülüp bir hayvan suratını andıracak şekilde öne doğru uzadıktan sonra bir kurt gibi atladığı Jacques'ın savunmasız boğazını yırtıp parçalamaya başladı.

Raven çığlık çığlığa vampirin üstüne atlayarak çılgınlar gibi başına ve omuzlarına vurmaya başladı. Vampir aşağılayıcı bir tavırla Jacques'ın vücudunu yere bırakınca, çürüyen otların arasına bez bebek gibi yığıldı Jacques. Raven'ın bileğini ağzına götürdü, ona diktiği gözleriyle gülümseyerek, dilini yaranın üstünde gezdirerek kapattı. Bu iğrenç temas karşısında tüm bedeni ve zihni isyan etti Raven'ın, kalkan midesi bu pis dokunuşu protesto ediyordu.

"Unutma fani, kadın benim," diye buyurdu Slovensky'e. "Bu gece onun için geleceğim. Güneşten sakın onu." Raven'ı serbest bırakan vampir gökyüzüne fırlattı kendini.

Raven, ellerine tükürerek Jacques'ın hareketsiz yatan bedenine doğru gitti yalpalaya yalpalaya. "O vampir, Jacques'ı öldürdü," diye bağırdı histerik bir şekilde. Orman zeminine uzanan ellerine avuç avuç toprak dolduruyordu. "Aman Tanrım, ölmüş! O yaratığın Jacques'ı öldürmesine izin verdin!" Kimse ne yaptığını görmesin diye narin bedenini siper eden Raven, Jacques'ın boğazındaki yaraları toprakla ve şifalı salyasıyla kapattı. *İç Jacques. Mikhail ile Gregori varana kadar dayanabilmek için içmen lazım.* Bileğini Jacques'ın ağzına dayayan Raven bir taraftan da şekilde ağlıyordu, erkeklerin böyle kriz durumlarında kadınların hep sinir krizi geçirdiklerini düşünmesine ilk kez sevinmişti.

Mikhail! Jacques ağır yaralandı. Güneşe karşı savunmasız üstelik. Fani erkeğin yaklaştığını hisseden Raven, bileğini uyarı niteliğinde hafifçe kıvırdı. Jacques öyle bitkindi ki, gözü kapalı besleniyordu, uyarı işaretini kaçırmıştı neredeyse. Kan kaybı inanılmaz boyutlardaydı.

Raven büyük bir ağırbaşlılıkla Jacques'ın başının ve kendi eserinin üstünü hırkasıyla örterek sanki veda ediyormuş gibi eğilip öptü onu. *Beni hayal kırıklığına uğratma Jacques. Yaşamak zorundasın. Benim için, Mikhail için, hepimiz için. Onların kazanmasına izin verme.* Tüm bu sözleri zihni aracılığıyla Jacques'a yollarken bile ne bir nabız, ne de kalp atışı sezmişti Raven.

Slovensky onu omzundan tutarak sertçe ayağa kaldırdı. Raven inanılmaz derecede solgun ve bitkindi, başı dönüyordu. "Yeter bu kadar zırlamak. Canımı sıkarsan rahibi öldürürüm. Bana zarar verirsen de vampir, rahibi öldürür." Raven'ı öne doğru ittirdi.

Raven çenesini kaldırarak kızarmış gözleriyle ona soğuk bir bakış fırlattı. "Öyleyse kendi iyiliğin için Peder Hummer'a çok iyi bakman gerek, değil mi?" Slovensky'ye dokunur dokunmaz, onun rahibin şeytanın avukatı veya Mikhail'in şeytanın hizmetkârlarından biri olduğuna inanmadığını anlamıştı. O sadece vampirin gücüne şahitlik etmişti ve o gücü arzuluyordu, pek yakında ödüllendirileceğine inanıyordu.

James Slovensky, Raven'ın büyük, mavi gözlerindeki aşağılamayı ve farkındalığı görmüştü. Bu yansıma hoşuna gitmediğinden onu öne doğru bir kez daha ittirdi.

Engebeli zeminde ilerleyebilmek için Raven sahip olduğu hâkimiyeti ve kararlılığı son zerresine kadar kullanıyordu. Daha önce hiç böyle zayıf hissetmemişti kendisini. Peder Hummer'a bile destek olamıyordu. Tek ayağını öbürünün önüne atmak için tüm dikkatini yoğunlaştırması gerekiyordu. Hatta bir kez sertçe yere düştü, ardından ayağının hiçbir şeye takılmadığını görünce de afalladı. Bacakları pes etmişti. Onu esir alan faniye bakmadan tekrar ayağa kalktı. Adamın kendisine dokunmasını istemiyordu. Hem içi, hem dışı buz kesmişti Raven'ın, bir daha ısınamamaktan korkuyordu.

Rahipten beslen. Vampir öfkeyle buyurdu.

Raven gözlerini kırpıştırarak etrafına bakınmaya başladı, hâlbuki ses kafasının içinden gelmişti. Vampir onunla kan bağı kurduğu için dilediği zaman onu seyredebiliyordu. *Cehenneme kadar yolun var.* Raven bu çocuksu azarlamayla hıncını almaya çalıştı.

Vampirin kahkahasından onunla dalga geçtiği belli oluyordu. *Jacques'a kan verdin. Tahmin etmeliydim. Ama bu onun hayatta kalmasına yetmeyecek; yarasının ölümcül olmasına özen gösterdim.*

Raven tüm zihnini aşağılama hissiyle kapladı vampirin anlaması için. Berrak bir şekilde düşünmesi giderek zorlaşıyordu, üstelik o kadar çok düşmüştü ki saymayı bile bırakmıştı artık. Onu rehin alan fani, Raven'ı bir aracın arkasına, rahibin yanına atmış ve dağlardan aşağı yıldırım hızıyla sürmeye başlamıştı arabayı. Raven yana doğru yuvarlandı, camlar siyah olduğundan arabanın içerisinin karanlık olmasına sevinmişti. Üzerine rehavet çökmeye başlamıştı, vücudu lastik gibiydi.

Beslen dedim! Vampir sertçe emir verdi.

Raven ona hâlâ karşı koyabilecek güce sahip olduğu için şükretti. Uyuyamıyordu, Jacques'ın iyi olduğundan emin olana dek uyuyamayacaktı da. Mikhail ile Gregori güneşle yarışıyor, güçlü kanatlarını hızla çarparak eski kulübeye doğru uçuyorlardı. Jacques'ı da yanlarına alarak, ellerine geçen ilk fırsatta toprak altına gireceklerdi.

Raven. Çağrı bu sefer daha yakındaydı, zihnini sevgiyle doldurmuştu. *Çok zayıf düşmüşsün.*

Jacques'ı kurtarın siz. Benim için bu gece gelirsin Mikhail. Vampir düşüncelerimi okuyabiliyor. Güvende olduğunu, seni tuzağa düşürmek için beni kullanabileceğini sanıyor. Onu haklı çıkarma. Kelimeleri doğrudan Mikhail'e göndermek için olanca gücüyle uğraşıyordu çaresizce, ancak zihni uyuşmuştu.

"Raven?" Peder Hummer, onun alnına dokundu, buz gibiydi. Cildi öyle solmuştu ki yarı saydam gibi görünüyordu, yüzüne bastırılan ezilmiş iki çiçeği andıran gözleri içeri çökmüştü. "Konuşabiliyor musun? Mikhail sağ mı?"

Raven başını salladı, bir yandan da rahibin şişmiş suratını inceliyordu kederle. "Size ne yapmışlar böyle? Neden bu hale gelene kadar dövmek istesinler sizi?"

"Mikhail'in yedek tabutlarını nerede sakladığını bildiğimden emin olduklarını söylediler. Andre'ye göre..."

"Andre de kim?"

"Bu katillerle işbirliği yapan hain vampir. O tam bir yürüyen ölü, çocuklarla besleniyor, kutsal olan ne varsa yok ediyor. Ruhunu ebediyen kaybetmiş. Anladığım kadarıyla Andre kasıtlı olarak bu vampir efsanelerini besliyor. Mikhail'in baş vampir olduğunu ve onu öldürmeyi başardıkları takdirde, tüm hizmetkarlarının normale döneceğini iddia ediyor. Andre, katillerin haberi olmadan onlarla bir kan bağı kurmuş olmalı; onlara dediğini yaptırmak için bu bağı kullanıyor."

Raven halsizce gözlerini kapattı. İhtiyaç duyduğu kandan mahrum kalan kalbi büyük çaba sarf ederek atmak için savaşıyordu; akciğerleri oksijen için yalvarıyordu.

"Kaç kişiler?"

"Benim gördüğüm üç tane var. Beni getiren adam James Slovensky. Ağabeyi Eugene sözde liderleri, korumalarıysa Anton Fabrezo."

"Aralarından iki tanesi, Amerikalı çiftle pansiyonda kalıyordu. Biz ülkeyi terk ettiklerini sanmıştık. Bu Andre, herkesin sandığından çok daha güçlü olmalı öyleyse."

Raven'ın sesi giderek azalıyordu, kelimeleri ağzında geveleyerek telaffuz etmeye başlamıştı. Yüzüne düşen saçı çekmek için kolunu kaldırmaya çalışmasını seyretti Peder Hummer. Kolu çok ağırlaşmıştı, aklıysa kilometrelerce ötede gibiydi sanki. Raven'ın yerine nazik parmaklarla rahip çekti saçlarını yüzünden.

Raven! Mikhail'in üzüntüsü sesine yansımıştı.

Mikhail'e cevap vermek çok zor görünüyordu, fazla güç gerektiriyordu. Raven'ın başını koluna yaslayabilmesi için yana döndü rahip. Raven buz gibiydi, titriyordu. "Kızcağızın üstüne örtmek için bir battaniyeye ihtiyacım var."

"Kapa çeneni moruk!" diye azarladı Slovensky, bir yandan da arabanın ön camından sürekli gökyüzünü araştırıyordu gözleriyle. Güneş çıkmıştı, ancak koyu bulutlar ışığın önüne geçerek gökyüzünü karartmıştı.

"Eğer Raven ölürse, Andre seni ölmekten beter eder," diye direndi Edgar Hummer.

"Uykuya ihtiyacım var," dedi Raven gözlerini açmadan usulca. Slovensky'nin ceketi savunmasız kalmış yüzüne çarptığında irkilmemişti bile.

Mikhail'in güneşten uzaklaşması gerekiyordu. Koyu camlı gözlükleri veya onu güneş ışınlarından koruyacak herhangi özel bir malzeme olmadan cildi ve gözleri yanıyordu. Bir ağacın alt dalına konduktan sonra kalan iki metrelik mesafeyi atlarken insan halini aldı. Jacques'ın vücudu güneşin altına seriliydi, boynu ve yüzü bir hırkayla örtülmüştü. Kardeşinin yaralarının boyutuna bakmadan onu kaldırarak yaklaşık bir kilometre ilerideki mağaralara gitmek için toprak üzerinde kaydı.

Büyük, devasa bir kurt açık alandan fırlayarak Mikhail'e katıldı; solgun, gümüşi gözleri tehditle parlıyordu. Geniş, buharlı bir yer bulana dek dar geçitler boyu ilerlediler süratle. Siyah kurt eğilip büküldü, Gregori gerçek şeklini alırken kaslı kollarındaki kürk dalgalanıyordu.

Mikhail, Jacques'ın bedenini nazikçe yere bırakarak üstündeki hırkayı kaldırdı. Gördüğü manzara karşısında alçak sesle küfür etti, gözünden süzülemeyen yaşlar boğazını ve gözlerini yakıyordu. "Onu kurtarabilir misin?"

Gregori'nin elleri Jacques'ın vücudunda, derin yaraların üzerinde geziniyordu. "Kan kaybını önlemek için kalbini ve ciğerlerini durdurmuş. Raven, ona kan verdiği için zayıf düşmüş. Salyasıyla toprağı karıştırarak yaraların üstünü sımsıkı kapatmış. Karışım şimdiden etkisini göstermeye başlamış. Şifalı otlarına ihtiyacım olacak Mikhail."

"Kurtar onu Gregori." Mikhail'in bedeni kalın, parlak bir kürke bürünerek dalgalandı, büküldü, uzadı ve toprağın derinliklerinden yukarı uzanan geçitlerde koşarken son şeklini aldı. Raven'ı ve ne denli güçsüz olduğunu düşünmeye cüret edemiyordu. Üzerine çoktan çöken ağırlık yeraltına, uykuya yatmaya zorluyordu onu.

Tüm kuvvetini ve yüzyıllar boyunca bilenmiş iradesini toplayan Mikhail yeryüzüne çıkarak hızla koşmaya başladı. Kurdun vücudu hız için tasarlanmıştı, Mikhail de bundan faydalanıyordu son sürat koşarak, kıstığı gözleri iki çizgi halini almıştı. Pençeler zemine çarpıyor, arka ayaklar toprağın derinliklerine gömülerek çürüyen kütükleri sıçratıyordu etrafa. Bir an olsun hız kesmiyor, dar yarıkların arasından geçiyor, kayaların üstünden atlıyordu.

Bulutlu gökyüzü güneşin etkilerini azaltsa da kulübeye yaklaşırken gözleri yaşarmaya başlamıştı bile. Rüzgâr yön değiştirerek ter ile korkunun birbirine karışmış pis kokusunu getirdi burnuna. *İnsan.* Canavar sessizce hırladı, bastırdığı tüm hiddet akkor bir öfke halinde patlamıştı adeta. Kurt kayarak durdu, vücudunu yere yaklaştırdı, yeniden avcı olmuştu.

Kurt yerden hiç kalkmadan kalın bir çalılık boyunca ilerleyerek pusuda bekleyen iki adama yaklaştı sezdirmeden. Ona tuzak kurmuşlardı. Mikhail'in kardeşinin yardımına koşacağını biliyordu elbette hain. Vampir çok kurnazdı ve riske girmeyi seviyordu. Hain, uzunca bir süre pusuda bekleyerek

Hans Romanov'un fanatikliğini beslemişti. Hans'a karısını öldürmesini de muhtemelen bu yaşayan ölü emretmişti. Kurt iyice karnının üstüne yapışarak iki adamdan daha iri olanla arasında bir metre kalana dek süründü ileriye doğru.

"Çok geç kaldık," diye fısıldadı Anton Fabrezo, kulübenin önündeki yola bakmak için hafifçe doğrularak. "Burada kesinlikle bir şeyler olmuş."

"Allah'ın cezası kamyonet, motorunun su kaynatacağı tuttu tam da!" diye sızlandı Dieter Hodkins. "Her yer kan ve parçalanmış ağaç dallarıyla dolu. Bir dövüş olduğu kesin."

"Sence Andre, Dubrinsky'i öldürmüş müdür?" diye sordu Anton.

"Onu öldürmek bizim görevimiz. Ama güneş çıktı artık. Dubrinsky yaşıyor olsa bile, tabutunda uyuyordur bir yerlerde. Kulübenin içine bakabiliriz ancak bir şey bulabileceğimizi sanmıyorum," dedi Dieter kızgınlıkla.

Anton sinirli sinirli güldü. "Kazığı ben batırırım, kafasını sen kesersin. Çok pis bir iş şu vampir avı."

"Ben etrafı kolaçan ederken sen de arkamı kolla," diye buyurdu Dieter. Kalın yaprak örtüsüne doğru bir adım attı, tüfeği kollarının arasındaydı. Tam önündeki çalılar ayrılınca kaslı, devasa bir kurtla burun buruna geldi. Dieter'in kalbi neredeyse durdu, bir anlığına kımıldayamayarak olduğu yerde dondu.

Siyah gözler sulanmış ve kızarmış olmalarına rağmen tehdit edercesine parlıyordu. Sivri beyaz dişler akıttıkları salyadan dolayı ışıl ışıldı. Kurt simsiyah gözleriyle Dieter'i tam 30 saniye boyunca kendine kenetleyerek içine dehşet saldı. Hiçbir uyarıda bulunmadan çenesini açıp başını eğerek adamın üstüne atladı, çizmeli ayak bileğinin tekini yakalayarak inanılmaz bir güçle çenesini deriye ve ete geçirerek, gürültülü, insanın içini kaldıran bir sesle kırdı kemiklerini. Dieter çığlık atarak yere düştü. Kurt onu anında serbest bırakarak geri zıpladı, soğuk gözlerle bakıyordu adama.

Fabrezo bulunduğu yerden, Dieter Hodkins'in bağırarak

yere düştüğünü görebilmişti ancak sebebini anlamamıştı. Hodkins'in sesindeki dehşet duygusu Fabrezo'nun içinde büyük bir korkuya neden oldu. Anton'un kendine gelip sesine kavuşması için bir dakika geçmesi gerekmişti. "Ne oldu? Hiçbir şey göremiyorum." Görmeye çalışmıyordu da. Çalılarda ilerliyordu; silahını yukarı kaldırmıştı, parmağını tetiğe koymuş hareket eden her şeyi vurmaya hazır bekliyordu. İçinden Dieter'e bağırarak sesini kesmesini söylemek geliyordu ancak sessizliğini korudu, kalbi telaşla atıyordu.

Dieter tüfeğini nişan alma pozisyonuna kaldırmayı denedi. O duyduğu ıstırap ve dehşet arasında sıkışmışken nefret saçan, siyah gözler harekete geçmişti; Dieter namluya yeterince çabuk ulaşamadı. Bu gözler fazla zekiydi, öfke ve hiddet barındırıyorlardı içlerinde. Bu ölüm bakışıysa oldukça sıcaktı. Dieter'i büyüleyen, ölümün gözleri oldu. Bu gözlerden alamıyordu kendini; kurt, açıkta kalmış boğazına saldırdığında bile başka tarafa bakamamıştı. Nihai an geldiğinde ise, bir anda çöken sonu kucaklamaktan başka bir şey gelmemişti elinden. Kendi gözlerine kenetlenmiş ölümcül gözler son anda değişmiş, kurt onu öldürürken hüzne gark olmuşlardı.

Kurt, kabarık tüylü başını sallayarak Anton Fabrezo'nun arkasındaki çalıların arkasına girdi. Adamın duyduğu korkudan heyecanla atan kalbini ve tüm vücudunda alev alev akan kanını duyabiliyor, korkusunun ve terinin kokusunu alabiliyordu. Kurdun tüm benliğini bir coşku, kan ve öldürme arzusu kapladı. Mikhail tüm bunları bastırarak Raven'ı, onun şefkatini ve cesaretini düşününce öldürme arzusu kayboldu. Güneş, kalın bulut tabakasında bulduğu minik bir delikten sızınca binlerce iğne gözlerine saplandı Mikhail'in.

O şifalı otlara ihtiyacım var Mikhail. Güneş yükseliyor ve Jacques'ın vakti de daralıyor. Bitir şu işi artık.

Kurt, bulutların yerlerine çekilmesini bekledikten sonra tüm cesaretiyle meydana çıkarak yürümeye başladı, sırtını kasıtlı olarak Fabrezo'ya çevirmişti. Anton'un gözleri kısıldı, şeytani bir gülümsemeyle kavis çizmişti ağzının kenarı. Tek eliyle silahını kaldırdı, parmağı tetiği buldu. Ama daha o tetiği çekemeden kurt havada hızla dönüp Anton'un göğsüne atıldı, çenesini kemiklerine kadar geçirerek doğrudan kalbini parçaladı.

Kurt cesedi aşağılarcasına üstünden atlayarak, kulübeye doğru koştu. Ne kadar kısarsa kıssın gözlerinden sürekli yaşlar boşalıyordu. Vücuduna çöken ağırlık artık göz ardı edemeyeceği kadar artmıştı. Vaktin ilerlediğinin farkında olan kurt, merdivenleri uçarcasına çıkarak kapıya ulaştı. Tokmağını tutup ağır kapıyı ittirebilmesi için pençelerinden biri eğilip bükülerek parmaklara dönüştü. Uyku ihtiyacı bunaltıcıydı ancak Jacques da şifalı otların gelmesini bekliyordu.

Biçimsiz, pençemsi eller o değerli bitkileri kalın, kaslı boyna asar asmaz kurt ölümüne bir hızla koşmaya başladı, önünü kaplayan kalın bulut tabakasını buharlaştıran, giderek yükselen güneşle yarışıyordu.

Gök hiç beklenmedik bir şekilde gürüldedi. Yağmurla ağırlaşmış kalın, kara bulutlar gökyüzünde uçuşarak Mikhail'e güneşten korunma sağladı. Ormanın üstünde bir fırtına patlak verdi, şiddetli rüzgârlar yaprakları kaldırıyor, dalları etrafa saçıyordu. Bir şimşek cızırdayarak dans eden ışıklarla kırbaçladı gökyüzünü. Göğün rengi iyice kararak bulutların fokur fokur kaynadığı, uğursuz bir kazana dönüştü. Mikhail mağaraların içine dalarak dar geçitler boyunca koşturmaya başladı, bir yandan da şekil değiştiriyordu.

Gregori'nin donuk, gümüşi gözleri bitkileri ona uzatan Mikhail'in üzerinde dolaştı. "Tüm bu yüzyıllar boyunca ben olmadan nasıl hayatta kalmışsın sen, hayret doğrusu."

Mikhail kardeşinin yanına çöktü, bir eliyle yanan gözlerini kapatmıştı. "Asıl sen bu gösteriş meraklısı tavırlarınla nasıl hayatta kalmışsın?"

Zamanın kendisi kadar eski olan kadim lisan doldurmuştu mağarayı. Gregori'nin sesi güzel olduğu kadar buyurucuydu da. Ondaki ses kimsede yoktu. Güzel, hipnotize edici, büyüleyici bir sesti bu. Şifa töreni ilahisi, Jacques'a yüzdüğü o bilinmeyen denizde demir atılacak bir liman sağlıyordu. Gregori'nin salyasıyla karıştırılmış bereketli toprak, yaralı Karpatyalının boynu etrafına sarılmıştı. Gregori'nin akla hayale sığmayacak kadar kadim ve güçlü kanı Jacques'ın besinsiz kalmış damarlarında akıyordu. Gregori, ezip karıştırdığı şifalı otları Jacques'ın boynundaki karışıma ekledi.

"Tüm iç hasarı onardım Mikhail. Zayıf düşmüş ancak iradesi kuvvetli. Eğer onu toprağın derinliklerinde yatırıp biraz da zaman verirsek iyileşecektir." Gregori, Mikhail'in eline bir lapa uzattı. "Al bunu gözlerine sür. Toprak altına inene kadar yardımcı olacaktır sana."

Gregori haklıydı. Ateşi söndüren soğuk bir buz gibi dindirmişti acısını. Ancak ruhunun derinliklerinde bir yerde başka bir kâbus başlıyordu. Derin, simsiyah bir uçurum içinde sinsi sinsi ilerleyerek ona karanlık, çılgınca fikirler fısıldamaya başlamıştı. Zihniyle kaç kez Raven'a ulaşmaya çalışmış olursa olsun tek bulduğu boşluk olmuştu. Aklı Raven'ın derin bir uykuda olduğunu söylüyordu ancak Karpatyalı kanı ona dokunmak için çırpınıyordu.

"Artık toprağın altına girmelisin," diye belirtti Gregori. "Ben koruma kalkanlarını çekip rahatsız edilmememiz için gerekli tedbirleri alırım."

"Ne yapacaksın, 'Gregori burada yatıyor, sakın rahatsız etmeyin' diyen koca bir tabela mı asacaksın yoksa?"diye sordu Mikhail usulca, ses tonuna hafif bir sataşma yerleşmişti.

Gregori, Jacques'ın bedenini şifalı toprağın derinliklerine yerleştirdi, Mikhail'in iğnelemesinden hiç rahatsız olmamış gibiydi.

"Kurtlarla yaptığın o gösteriyle adını göğe taşa yazmış kadar oldun Gregori."

"Vampirin kim olduğumu, kendisine kimi düşman edindiğini bilmesini istiyorum." Gregori güçlü omuzlarını uyuşuk uyuşuk silkti.

Uyku ihtiyacı, etine dişlerini geçirmiş binlerce karınca gibi iç organlarını sokuyor, sinir uçlarını kemiriyordu

Mikhail'in. Gregori'nin sert olduğu kadar, tuhaf bir şekilde duygusal görünen yüz hatlarına kaldırdı kızarmış ve şişmiş gözlerini. Gregori öyle bir kudret barındırıyordu ki gözlerinin gümüşünde parlıyordu kudreti. "Artık Raven'ı bulduğum için tamamlandığımı, sana ihtiyacımın kalmadığını sanıyorsun. Tehlikeyi bilerek benim üstünden kendine çekiyorsun, çünkü içten içe artık daha fazla dayanamayacağını düşünüyorsun. Avlanmanın peşinden getirdiği tehlikeye kucak açıyorsun çünkü hayatına son vermek istiyorsun. Halkımızın artık her zamankinden daha fazla sana ihtiyacı var Gregori. Artık bir umudumuz var. Önümüzdeki yılları atlatabilirsek hepimizi güzel bir gelecek bekliyor."

Gregori derin bir iç geçirerek Mikhail'in onu azarlayan metalik gözlerinden çevirdi bakışlarını. "Senin hayatını kurtarmak bir amaca hizmet ediyor, ama benim hayatımın pek bir amacı yok artık."

Mikhail gür saçlarını arkaya doğru ittirdi. "Halkımız sensiz yapamaz Gregori ve elbette ben de sensiz yapamam."

"Dönüşmeyeceğimden bu kadar emin misin peki?" Gregori'nin gülümsemesinde neşeden eser yoktu, kendi kendisiyle dalga geçiyor gibiydi. "Senin bana olan inancın benim kendime olan inancımı aşıyor. Bu vampir merhametsiz, kendi gücünden sarhoş olmuş. Ölüm ve yıkım gerçekleştirmeyi arzuluyor sürekli. Ben her gün bu çılgınlığın sınırlarında dolaşıyorum. Onun gücü benimkine kıyasla bir hiç, rüzgâra kapılmış bir yaprak gibi önemsiz. Artık kalbim diye bir şeyim yok benim, ruhumsa kapkara. Kendi seçimlerimi yapamayacak hale gelene dek beklemek istemiyorum. En son istediğim şey, seni beni yok etmek için peşime düşmeye mecbur etmek olur. Ben hayatımı sana ve sana olan inancıma adadım Mikhail. Avlanacak duruma düşene kadar beklemeyeceğim."

Mikhail, kardeşinin üstündeki toprağı açmak için elini yorgun argın kaldırdı. "Sen bizim en büyük şifacımız, en değerli hazinemizsin."

"Bu yüzden mi ismimi korkuyla fısıldıyorlar?"

Ayaklarının altındaki yer aniden sallandı, kabardı ve tehlikeli bir şekilde sarsıldı. Depremin merkez üssü belli ki çok uzaktaydı, ancak ininin yerle bir edildiğini fark eden kudretli bir vampirin öfke feryadını başka bir şeyle karıştırmak imkânsızdı.

Yürüyen ölü inine kendinden emin girmişti, ta ki ilk kurdun cesedini bulana dek. Her dönemeç veya geçit girişi hizmetkârlarından biriyle işaretlenmişti; en sonunda tüm sürüsünün cansız bedeni ayaklarının altına serilmişti. Korku dehşete dönüştü. Adalet anlayışı ve oyunu kuralına göre oynama inadı sonunu getirecek olan Mikhail'in işi değildi bu, esmer olanın marifetiydi. Gregori'nin.

Esmer olanın da oyuna dâhil olabileceği vampirin aklına gelmemişti. Sarsıntıdan dolayı ininin duvarları Andre, kendisini güvenli ortamından dışarı attı. Dar geçitteki yarıklar genişlemiş, taş duvarlar birbirine iyice yaklaşmıştı. Birbirlerini bileyen granitlerin çıkarttığı sürtünme sesi kulak zarlarını patlatacaktı neredeyse. Pek çok can almış, hakiki bir vampir güneşe ve gün boyu Karpatyalıların bedenini teslim alan rehavete karşı çok daha hassastı. Güvenli bir sığınak bulmak için Andre'nin çok az vakti vardı. Çökmekte olan dağdan dışarı fırladığında vücuduna vuran güneş ışığının verdiği ıstırapla haykırdı. Yuvasından tozlar ve taşlar saçılıyordu etrafa, Gregori'nin alaycı kahkahası depremin arkasında bıraktığı enkazla beraber silindi.

"Hayır, Gregori." Mikhail'in yumuşak ses tonundan eğlendiği anlaşılıyordu. Toprağın sakinleştirici kollarına süzüldü. "İsmini neden korkuyla fısıldadıklarına dair iyi bir örnekti bu. Kimse senin bu kara mizah anlayışını benim gibi anlayamıyor."

"Mikhail?"

Mikhail, başı üstündeki topraktan örtüyü kapatmakta olan elini bekletti.

"Kendi meydan okumam uğruna ne senin, ne de Jacques'ın

hayatını asla tehlikeye atmam. Vampir kalkanlarımdan asla geçemez."

"Andre'den hiç korkmadım. Ayrıca senin koruma büyülerinin güçlü olduğunu da biliyorum. Hem dostumuzun güneşten saklanacak bir yer bulmak gibi bir derdi var şu anda sanırım. Bugün bizi rahatsız etmeyecektir."

Bölüm 14

Peder Hummer onları kuşatan taş duvarlardan oluşmuş çember içerisinde dolanıp duruyordu. Hiç pencere yoktu, hapishaneleri çok sağlam inşa edilmişe benziyordu; duvarlar öyle kalındı ki ses geçirmez olduklarından emindi. Duvarlardan içeri hiç ışık sızmıyordu, odaya hâkim olan zifiri karanlık bunaltıcıydı. Rahip, bulabildiği tüm örtüleri örtmüştü Raven'ın bedenine ancak onun kan kaybından öldüğüne emindi. Odanın içine tıkıldıklarından beri Raven'da ne bir nabız, ne de bir nefes gözlemlemişti. Önce Raven'ı vaftiz edip ona son ayinleri uyguladıktan sonra, bir kaçış yolu bulmak ümidiyle odanın içinde dikkatle ilerlemeye başladı Peder Hummer.

Vampir Andre, Mikhail'i bu yere çekmek için Raven'ı kullanıyordu. Mikhail'i çok iyi tanıyan Edgar, bu planın başarısızlığa uğramayacağını biliyordu. Mikhail gelecekti ve bu durumda Tanrı'nın Sloevensky'nin ruhuna merhamet etmesini dilemekten başka bir şey gelmiyordu elden.

Hafif bir ses, çalışan ciğerlerin hırıltısı dikkatini çekti rahibin. Peder Hummer, eliyle yoklayarak geri döndü Raven'ın yanına. Vücudu, örtü yığınının altında kontrolsüzce titriyordu. Hâlâ buz gibiydi. Rahip ikisini de rahatlatmak umuduyla kollarını onun etrafına sardı. "Sana yardım etmek için ne yapabilirim?"

Raven, gözlerini açtı. Karanlıkta çok rahat görebiliyordu. Önce duvarlarla sımsıkı çevrelenmiş hücreyi, sonra da Peder Hummer'ın endişeli yüzünü inceledi. "Kana ihtiyacım var."

"Ben seve seve veririm evladım,"diye hemen yanıtladı rahip.

Raven onun ne kadar güçsüz olduğunu sezmişti. Hem her halükarda Raven, Karpatyalıların usulüyle kan alamazdı asla. Zihni Mikhail'i yokladı, kendiliğinden olan bir tepkiydi bu. Başının içinde bir acı patlaması yaşadı. Şakaklarını bastırarak acıyla inledi.

Benimle iletişim kurmaya çalışma küçüğüm. Mikhail'in sesi kulağa güçlü, iç rahatlatıcı geliyordu. *Kuvvetini harcama. Çok yakında orada olacağım.*

Jacques yaşıyor mu? Mesajı göndermek Raven'ın kafatasına cam parçaları saplamıştı adeta.

Evet, senin sayende. İstirahat et şimdi. Bu bir emirdi; açık ve net, dayatmacı bir talep.

Raven'ın yumuşak dudaklarının kenarında hafif bir gülümseme belirdi. "Konuşun benimle peder, dikkatimi dağıtın." Her ne kadar çok zayıf durumda olsa da rahibin dikkatini buna çekmek istemiyordu.

"Her ihtimale karşın alçak sesle konuşacağım," dedi Edgar, Raven'ın kulağına doğru yaklaşarak. "Mikhail'in geleceğini biliyorsun, değil mi? Bizi asla burada bırakmaz." Raven'ın çırpınan vücudunu ısıtmak için ellerini onun kollarına sürtüyordu yukarı aşağı.

Raven başını salladı; omzundan yukarısı kurşun gibi ağırlaştığı için çok zahmet gerektiren bir işti bu. "Onun nasıl biri olduğunu biliyorum. Gözünü bile kırpmadan canını verir bizim için."

"Sen onun ruh eşisin. Sen olmadan o korkunç efsanelerdeki vampire, insan ırkı içerisinde eşi benzeri görülmemiş bir canavara dönüşürdü."

Raven her bir nefesi için ayrı bir savaş veriyordu sanki. "Buna o kadar inanmayın peder. Biz insanların da kendi canavarları var. Ben onları gördüğüm gibi izlerini de sürdüm. Onların da her hücresi bir canavar kadar kötü." Üstündeki battaniyeye daha sıkı sarıldı. "Mikhail'in dostu, Gregori ile karşılaştınız mı hiç?"

"Karanlık olan dedikleri o olsa gerek. Onu gördüm elbette ama yalnızca bir defa. Mikhail onun için duyduğu korkuları sık sık dile getirirdi."

Raven, hırıltıyla nefes alıyordu, hücrenin sessizliğini bozan sert bir sesti bu. "O muhteşem bir şifacı Peder." Titrek bir nefes daha aldı. "Hem Mikhail'e de sadık. Onların ırkı için bir umut olduğuna inanıyor musunuz?"

Rahip, Raven'ın alnı üstüne ve bileklerinin içine haç işareti çizdi. "Onların umudu sensin Raven. Hâlâ bunun farkına varamadın mı?"

Mikhail zihniyle Raven'a dokundu. Daha da yaklaşmıştı, aralarındaki bağ güçlenmişti. Mikhail onu sevgiyle kuşatarak güçlü, koruyucu kollar arasına sardı. *Dayan aşkım.* Mikhail'in sesi siyah kadifemsi bir şefkat gibi dolmuştu zihnine.

Bu şeytani yere gelme Mikhail. Gregori'yi bekle. Raven yalvarıyordu.

Bunu yapamam küçüğüm.

Bir jeneratör çalıştırılıyormuş gibi hücrenin içinde ışıklar yanıp sönmeye başladı. Raven, Peder Hummer'ın elini tuttu. "Mikhail'i durdurmaya, uyarmaya çalıştım ama yine de gelecek."

"Tabii ki gelecek." Aniden yanan ışık karşısında Edgar gözlerini kırpıştırmaya başlamıştı. Peder Hummer, Raven için endişeleniyordu. Boğulur gibi, güçlükle nefes alıyordu Raven.

Ağır kapı gıcırdayarak açıldı. James Slovensky onları süzdü. İstemeden de olsa Raven'ın yüzüne takıldı gözleri. Odanın diğer ucundaki Raven, mavi gözleriyle karşılık verdi ona. "Neyin var senin?" diye sordu Slovensky.

Raven'ın yumuşak dudaklarına alaycı, hafif bir gülümseme yerleşti. "Ölüyorum. Bence bu senin bile anlayabileceğin kadar açık." Sesi çok kısıktı, ince bir çizgi gibi çıkmıştı, ancak öyle melodikti ki hayran kalmamak imkânsızdı.

Slovensky oda da daha da ilerledi. Raven, Mikhail'i içerisinde hissedebiliyordu; gücünü topluyor, pusuya yatarak saldırmak için bekliyordu. Ancak aniden bir huzursuzluk hissetti Raven. *Bekle. Vampir geliyor.* Güçlükle çalışan ciğerlerine titrek bir nefes daha doldurdu; yüksek ve ıstırap dolu bir sesti odada dağılan.

Slovensky, Andre'nin hiç umursamadan indirdiği şiddetli bir vuruşla odanın kenarına ittirildi. Vampir, kapı girişinin tam ortasında dimdik duruyordu, daha yeni avlandığı için yanakları kıpkırmızıydı. Donuk gözleri bir nevi aşağılama ve merhametsiz bir zulüm vaadi barındırıyordu. "Günaydın canım. Ben Andre, seni yeni evine götürmeye geldim."

Oda boyunca kayarak ilerledi, hepsine birden dayattığı gücünden keyif alıyordu belli ki. Raven'a yaklaşırken, gözleri öfkeden karardı. "Sana rahipten beslenmen söylenmişti."

"Sana da cehenneme kadar yolunun olduğu söylenmişti." Raven bunu yumuşak, melodik ses tonuyla söylemişti, bilerek onu kızdırmaya çalışıyordu.

"Bana itaat etmenin senin için daha hayırlı olduğunu öğreneceksin," diye çıkıştı vampir. Raven'ın meydan okumasına sinirlenen Andre, rahibi gömleğinin yakasından tutarak taş duvara savurdu. Bu soğukkanlılıkla, duyarsızca ve sonuçları umursanmadan yapılmış bir hareketti. "Eğer yemek niyetine kullanmayacaksan ona ihtiyacımız yok, değil mi?" Vampirin gülümsemesi her zerresine kadar şeytaniydi.

Peder Hummer'ın bedeni sertçe yere düştü, kafatası çarpmanın etkisiyle duyulur bir şekilde çatırdamıştı. Nefes almaya çalışan akciğerleri önce boğulur gibi bir ses çıkardı, ardından da savaşmayı bırakarak usulca verdiler içlerinde kalan son havayı.

Raven'ın boğazında bir çığlık düğümlendi, nefesi kesildi, duyduğu üzüntü o kadar fazlaydı ki bir anlığına tüm düşünme kabiliyetini yitirdi. *Mikhail çok üzgünüm, vampiri ben kızdırdım. Bu benim suçum.*

Mikhail'in sevgisinin etrafını kuşattığını, yüzüne nazikçe dokunan parmaklarını hissetti Raven. *Hiçbir şey senin suçun değil aşkım.* Mikhail'in kederinin kendisininkine karıştığını hissetti. Raven, mavi menekşe gözlerini vampirin suratına kaldırdı. "Bana nasıl hükmedeceğini sanıyorsun peki?"

Vampir öne eğildi, gülümsemesi şeytani, nefesi ise berbattı. "Zamanla öğreneceksin. Şimdi beslen." Parmaklarını şıklatmasıyla Slovensky ayakları birbirine dolanırcasına hücreden çıkıp içinde koyu, bulanık bir sıvı bulunan bir kadehle döndü koşa koşa. Kadehi vampire uzatırken eli titriyordu; jilet kadar keskin uzun tırnaklara değmemeye özen göstermişti. "Senin için canım; kahvaltın." Raven'ın içindekileri koklamasına yetecek kadar yakın tutmuştu kadehi vampir. Raven'ın bilmediği bir bitkiyle karıştırılmış taze kan.

"İçine ilaç kattın demek Andre? Bu senin gibi biri için bile biraz adice değil mi?" Raven sırf nefes alabilmek, kendini bırakarak rahip için duyduğu üzüntüden dolayı hüngür hüngür ağlamamak için her an bir savaş içerisindeydi. Keşke vampiri kızdırmamış olsaydı.

Raven kendi ismini aşağılarcasına telaffuz edince Andre'nin yüzü kararmasına rağmen onun gözlerinin içine uzun uzun bakmakla yetindi; mecburiyet hissi ve kendisine itaat etme isteğiyle dolduruyordu Raven'ı bakışlarıyla.

Vampirden ölesiye nefret eden, Mikhail için korkan ve Jacques ile rahibe duyduğu üzüntüden perişan olan Raven sahip olduğu tüm gücü toplayarak Andre ile bir zihin savaşına tutuştu. Raven'ın başı acıdan patlayacak gibi olmuştu, ancak alnında kan damlacıkları belirdiğinde vampir ona merhamet etti.

Andre, Raven'ın isyan edişine duyduğu öfkeyi bir kenara itti. Eğer ölürse kurdukları tüm bu oyun boşa gidecekti. "Eğer beslenmezsen ölürsün. Mikhail'in bunun farkında olduğunu biliyorum. Beni duyuyor musun prens? Ölecek. Sunduğum şeyi kabul etmesi için zorla onu."

Bunu yapmaya mecbursun küçüğüm. Mikhail, tatlı dille onu ikna etmeye çalışır gibiydi. *Yoksa ben daha sana ulaşamadan ölmüş olacaksın. Senin hayatta kalman her şeyden önemli.*

Kanın içine ilaç katmış.

İlaçlar Karpatyalılara tesir etmez.

Raven, içini çekerek vampirin yüzüne bir kez daha baktı. "İçinde başka ne var?"

"Sadece bazı otlar var canım. Bu otlar kafanı biraz karıştıracak belki ama buradaki arkadaşlarımın Mikhail'i incelemek için yeterince vakitleri olmasını sağlayacak. Onu sağ bırakabilirler, burada bir esir olarak yaşar. Hem senin istediğin de bu değil mi? Onun sağ kalması yani? Diğer seçenekse onu gelir gelmez öldürmek." Kadehi Raven'a doğru ittirdi.

Raven'ın midesi isyan edercesine düğümlendi. Gözlerini kapatıp aldığı her nefes için çırpınmayı bıraksa her şey çok daha kolay olurdu. Başının ağrısına neredeyse tahammül edemiyordu artık. Jacques'ın o kadar ağır yaralanmasından da, Peder Hummer'ın ölmesinden de kendisi sorumluydu. En kötüsüyse, sevgili Mikhail'inin Raven için doğrudan düşmanın kollarına koşuyor olmasıydı. Eğer her şeyi bıraksaydı...

Hayır! Mikhail'in sesi sertti ve itiraz kabul etmiyordu.

Yapma sakın! Gregori, Mikhail'in itirazına kendi gücünü katmıştı.

Raven'ın ölümü seçerek onu alt etmeyi aklından geçirmesine sinirlenen vampir elini onun boynuna doladı. Andre'nin dokunuşuyla Raven'ın derisi karıncalandı, isyan bayraklarını çeken midesi bulandı. Vampir, birdenbire çığlık atarak ondan geriye zıpladı; duyduğu acıdan ve öfkeden yüzü buruşmuştu. Raven onun yanmış ve kararmış avuç içini görebiliyordu; göğsüne doğru bastırırken bile hâlâ dumanlar çıkıyordu. Mikhail kendi uyarı ve meydan okumasını göndermişti vampire böylece.

"Mikhail'in kazanacağını sanıyorsun, değil mi?" diye hırladı vampir Raven'a. "Ancak kazanmayacak. İç şunu şimdi!" Elleriyle Raven'ın bileğini sararak, elini kımıldayamayacak şekilde tuttu.

Kötülüğün onunla bu kadar yakın temas kurması karşısında Raven'ın zihni parçalanarak haykırdı. Edgar Hummer'ın ölü bedeni gözlerinin önünde seriliydi, vampire itiraz edildiğinde neler olduğunu gösteren bir yığından ibaretti sadece. Andre'ye dokunmuş olduğu için zihnini rahatlıkla okuyabiliyordu Raven. Daha önce hiç bu kadar ruhu sapmış biriyle karşılaşmamıştı.

Kanın içindeki ilaçlar Raven'ın aslında Andre'ye ait olduğuna inanmasını sağlayacak kadar karıştıracaktı kafasını. Mikhail sağ bırakılacak ama acı ve işkence dolu bir hayata mahkûm edilecek, üstelik onu esir edenlere saldıramayacak kadar güçsüz bırakılacaktı. Slovensky acı çektirmekten zevk alıyordu. Ağabeyiyse bir vampiri inceleyerek üzerinde deneyler yapmaya pek hevesliydi. Vampir, Slovensky kardeşlerin intikam peşindeki Karpatyalıların elinde can vereceğinden emindi. Raven her şeyi okuyabiliyordu; yürüyen ölünün ihanetini de, planlarının çirkinliğini de.

Mikhail! Sakın bu yere gelme! Raven, bir yandan ilaç katılmış kanı içme baskısına direniyorken, bir yandan da vampirin iğrenç tutuşundan sıyrılmak için halsizce çırpınıyordu. *Onların eline düşmene izin veremem. Ölmeyi tercih ederim.*

"İç dedim!" Vampir, tehlikeyi yavaş yavaş sezmeye başlamıştı. Raven'ın kalbi harcadığı çabadan tekliyordu. Çektiği acıya işaret eden kızıl bir leke vardı alnında.

"Asla," dedi Raven dişlerini sıkarak.

"O, ölecek Mikhail. Raven'ın başına gelmesini istediğin bu mu? Benim kollarımda, benim yanımda ölecek. Kazanan ben olacağım yani her koşulda." Andre, tüm öfkesiyle sarstı Raven'ı. "Hayatından vazgeçtiğin an, Mikhail intihar edecek. Bunu idrak edemeyecek kadar aptal mısın? Ölecek diyorum."

Raven'ın mavi menekşe gözleri vampirin kuru yüzünü inceledi. "Önce seni yok edecektir." Bunu yürekten inanarak söylemişti Raven.

Aşkım. Mikhail'in siyah kadifemsi sesi acı dolu zihnini yatıştırmıştı. *Bu meseleye benim karar vermeme müsaade etmelisin. Güç kullanarak bana itaat etmeni sağlamaktan başka bir seçenek bırakmıyorsun bana. Bu birlikte aldığımız bir karar olmalıydı ancak sen bana edilen tehdidin ötesini göremiyorsun. Andre beni alt edemez. İnan buna; hiç aklından çıkarma bunu. O, bizi ayıramaz. Biz birbirimizin içinde yaşıyoruz. Bizi bağlayan bağı asla anlayamaz Andre. Biz el ele verince onun başa çıkamayacağı kadar güçlü oluyoruz. Onun beni ele geçirmesine izin vereceğim. Ama sadece izin vereceğim, hepsi bu.*

Vampir, Mikhail'in iradesinin galip geldiğini hemen anladı. Raven, kadehin dudaklarına yaklaştırılmasına izin verdi. İtaat etmek zorunda bırakıldığında bile vücudu bu besin maddesini reddetmeye çalışıyordu. Vampir, midesinin kalkıp karşı koyduğunu hissedebiliyordu. Raven'ın Mikhail ile olan bağı, ruh eşinin vampirin sunduğunu kabul etmesine yetecek kadar kendisini sakinleştirmesine izin vermişti.

Raven'ın kalbi ve ciğerleri sıvıya neredeyse anında tepki verdi. Nefes alması kolaylaştı, vücuduysa ısındı. Mikhail onun iradesini serbest bırakır bırakmaz, Raven vampirden uzaklaşmak için kıpırdanmaya başladı. Vampir, bunun üstüne kollarını Raven'ın etrafına sımsıkı sararak yüzünü onun yüzüne sürttü bilerek. Vampir zalimce, hatta sinsice bir kahkaha attı. "Onun güçlü olduğunu sanıyordun bir de değil mi? Ama bak, benim dediğimi yapıyor tıpış tıpış."

"Bunu neden yapıyorsun? Neden Mikhail'e ihanet ediyorsun?"

"Çünkü o tüm halkımıza ihanet ediyor." Mikhail, uzun

adımlarla kapıdan içeri girdi; uzun ve güçlü, hatta yenilmez görünüyordu.

Slovensky, göze çarpmamak umuduyla kendisini duvara yapıştırdı. Andre, jilet gibi keskin pençesini Raven'ın şahdamarına dayadı. "Çok, çok dikkatli ol Mikhail. Beni öldürebileceğine hiç şüphe yok, ancak benden önce o ölür." Andre, Raven'ı kendisine daha da çekti, ayaklarını yerden tamamen keserek onu tam önünde duracak şekilde bitiştirdi kendisine. Raven havada çaresizce sallanırken üstündeki örtüler etrafa saçıldı, gözlerini Mikhail'e kenetlemişti.

Raven'ın yüzüne dikkatle bakan Mikhail ona şefkatle ve sevgiyle gülümsedi. *Seni seviyorum küçüğüm. Cesur ol.* "İstediğin nedir Andre?" Sesi yumuşak ve alçaktı.

"Kanını istiyorum."

"Onu canlandırmak için Raven'a vereceğim kanımı."

Raven'ın kalbi, kaburgalarına çarptı. Bilerek Andre'nin pençesine bastırdı boğazını. Bir kan damlası boynundan aşağı süzüldü. Vampir, onu daha da sıkı tuttu, kaburgalarını kıracaktı neredeyse. "Bir daha böyle salakça bir şey yapayım deme," diye Raven'ı azarladıktan sonra dikkatini yeniden Mikhail'e çevirdi. "Kan verecek kadar yaklaşamazsın Raven'a. Bir kaba akıt kanını."

Mikhail, başını yavaşça salladı. *Kanımı kendisi için istiyor aşkım. Daha güçlü olup ilacın senin kafanı karıştırmasına yardımcı olabilmek için istiyor.* Raven, ilaçların tesirlerini çoktan hissetmeye başlamıştı bile. *Ona kanımı veremem.* Kelimeler, Raven'ın zihninde üzüntüyle yankılanmıştı.

Raven, Gregori'ye seslendi. *Gelmek zorundasın.*

Sana verdiği, çok kadim bir ilaç. Gregori'nin kelimeleri zihnine yumuşakça dokunmuştu. *Ülkemizin yalnızca kuzey bölgelerinde bulunan bir çiçeğin ezilmiş yapraklarından yapılmış. En fazla zihnini bulandıracaktır. Vampir, hafızana kendisinin seninle olduğuna dair hatıralar yerleştirmeye çalışacak, ardından da düşüncelerine hükmedebilmek için sana acı çektirecektir. Seninle kan bağı kurduğu için dilediğinde seni gözetleyebilir. Mikhail'i düşündüğünde sana acı çektirebilir. Ama çektiğin acının kaynağı ilaç değil, vampir olacaktır, unutma bunu. Gücünü toplamak için düşüncelerine mümkün olduğunca set çek. Zihnin ve bedenin dayanamayacak gibi olur da Mikhail'e seslenmek zorunda kalırsan, Andre'nin bundan haberi olmamalı. Tanıdığım bütün Karpatyalılardan daha iyi odaklanıyorsun sen. Seninle benim bağ kurduğumuzu bilmiyor Andre. Nerede olursan ol, bulabilirim seni. Jacques'ı tedavi eder etmez, Mikhail'in yanına koşacağım. Mikhail'in ölmeyeceğine dair söz veriyorum sana. Halkımız için hayatta kal lütfen.*

Odanın bir ucunda bulunan vampir ile diğer ucunda bulunan Mikhail, uzun süre birbirlerine baktı. Mikhail'in her hücresinden güç fışkırıyordu, vampirin düştüğü çelişkiden çok keyif alıyor gibi bir hali vardı.

Odadaki gergin elektriği bir kötülük dalgası bozarak Raven'ın şakaklarına çarptı. *Mikhail!*

Slovensky, Mikhail'e üç el ateş ederken uyarıyı zihninde haykırmıştı Raven. Patlayan silahın sesi, küçük hücrenin taş duvarlarında yankılanan bir gök gürültüsü gibi çıkmıştı. Kurşunların etkisiyle Peder Hummer'ın yanına düşen Mikhail'in kıymetli kanı, beyaz gömleğini parlak bir kırmızıya boyuyordu.

"Hayır!" Raven, vampire canla başla direndi; kan kaybının elinden aldığı kuvvetini korkusu geri vermişti. Kısa bir an için serbest kalmayı başarmıştı neredeyse fakat vampir onu geri çekerek ellerini doladığı boğazını sıktı. Raven her yerine hücum eden panik dalgasını bastırdı. Bayılmayı göze alamazdı şu anda. *Gregori, Mikhail yerde. Onu vurdular.*

Bunu hissedebiliyorum. Bütün Karpatyalılar hissedebiliyor. Endişelenme. Ölmeyecek. Belli ki yaklaşıyordu Gregori. *Kan kaybına yol açacak ancak iç organlarını etkilemeyecek şekilde yaralamaya özen göstermişler Mikhail'i. Jacques'a yaptıkları gibi, ölümcül yaralar açmamışlar. Mikhail, yaralarının boyutunu aktarıyor bana.*

Vampir, Raven'ı kendisiyle birlikte kapıya doğru çekti. "Diğerleri gelecek belki ama çok geç kalmış olacaklar. Mikhail'in bu durumdan paçayı sıyıracağını sanma sakın," diye tısladı

Raven'ın kulağına. "Slovensky ve ortakları bu yaptıklarının bedelini hayatlarıyla ödeyecek. Onlarla birlikte, burada olanların kayıtları da yok olacak. Sen de benim olacaksın; onların bulamayacağı kadar uzaklara götüreceğim seni."

Raven, gözlerini ve zihnini Mikhail'den ayırmıyor, gördüğü her şeyi Gregori'ye yayınlıyordu zihniyle: Slovensky, Mikhail'in el ve ayak bileklerini kelepçeledikten sonra onu bir duvara zincirlemişti, kahkahalarla gülüyor, onunla dalga geçiyor, tekmelerle vuruyordu ona. Mikhail çıtını bile çıkarmıyordu, simsiyah olmuş gözleri buz gibi parlıyordu.

Vampir, Raven'ın narin vücudunu kaldırdığı gibi bu ölüm ve yıkım mekânını gözle görülmeyecek kadar süratli terk ederek kendisini gökyüzüne fırlattı; geceyi delercesine ilerlerken pençeleriyle de Raven'ı tutuyordu.

Gregori, zihnini rahatlıkla Mikhail'inki ile birleştirebiliyordu. Çarpışmalarla, savaşlarla ve vampir avlarıyla geçen yüzyıllar boyunca birbirlerinin hayatını kurtarmak için pek çok kez kan vermişlerdi birbirlerine. Mikhail acı çekiyordu, kan kaybıysa çok fazlaydı. Muazzam gücünü zayıflatmak için kasıtlı olarak vurmuşlardı onu. Slovensky, gerçekleştireceği işkencenin çarpıcı görsel ayrıntılarıyla Mikhail ile dalga geçmekle meşguldü.

Slovensky yanına yaklaşırken Mikhail'in ona diktiği siyah gözleri ürpertici bir kızıllıkla yanarak alev alev baktı adama. İnsanın kanını donduran bu gözlerin etkisiyle Slovensky, olduğu yerde kaldı bir anlığına. "Benden nefret etmeyi öğreneceksin vampir," diye homurdandı Slovensky. "Benden korkmayı da öğreneceksin. Ve gerçek gücün kimin elinde olduğunu da öğreneceksin."

Mikhail'in dudaklarından alaycı, hafif bir gülümseme geçti. "Senden nefret etmiyorum fani. Senden asla korkmam da. Sen bu iktidar oyununda, bir piyondan başka bir şey değilsin. Ve kurban edildin." Mikhail'in sesi çok alçak çıkmıştı, öyle melodikti ki Slovensky onun sesini tekrar duymak istediğini fark etti.

Adam, kurbanının yanına çöktü, onun çektiği acıdan duyduğu hazla gülümsedi. "Andre, siz kan emicilerinin geri kalanını da teslim edecek bize."

"Bunu neden yapsın ki?" Mikhail, gözlerini kapattı, yüzü çizgi çizgi olmuştu, ama o belli belirsiz gülümsemesi hâlâ yerindeydi.

"Sen onu vampire dönüştürmüş, öyle rezil bir hayata mahkum etmişsin çünkü, tıpkı o kadına yaptığın gibi. Andre, o kadını kurtarmaya çalışacak." Slovensky, daha yakına eğilerek, bıçağını çekti. "Şu kurşunları çıkarsam iyi olacak sanırım. Mikrop kapmanı istemeyiz, değil mi?" Kıkırdaması oldukça tizdi, yapacağı şeyden duyduğu heyecan belli ediyordu.

Mikhail, bıçaktan en ufak bir şekilde sakınmaya çalışmadı. Gözleri ardına kadar açılarak alev aldı. Gerisin geri düşen Slovensky, uzaktaki duvarın yanına sinebilmek için sürünmeye başladı. Ceketinin içinde el yordamıyla bulduğu silahını çekerek Mikhail'e doğrulttu.

Yer, neredeyse nazikçe diye tabir edilebilecek bir şekilde sarsıldıktan sonra kabarmaya başladı; öyle ki beton zemin önce şişti, ardından da çatırdadı. Slovensky, dengede durabilmek için arkasındaki duvara tutunurken silahı elinden düşürdü. Başının tam üstündeki duvardan bir taş parçası düşerek tehlike arz edecek kadar yakınına doğru zıplayıp yanına geldiğinde durdu. İkinci taş parçasını, üçüncüsü izledi. Öyle çok taş düşmeye başlamıştı ki Slovensky bu kükreyen taş yağmurundan korunmak içim başını elleri arasına almak zorunda kaldı.

Slovensky'nin korku çığlığı yüksek ve tizdi. Kendisini iyice küçülterek parmakları arasından Karpatyalıya baktı. Mikhail kendisini korumaya yeltenmemişti bile. Slovensky onu nasıl bıraktıysa öyle duruyor, siyah gözleriyle derin derin ona bakıyordu. Slovensky, küfrederek silahına doğru atıldı.

Ayaklarının altındaki zemin şişip kabararak tabancayı ulaşamayacağı bir yere savurdu. İkinci bir duvar tehlikeli bir şekilde sallanınca taşlar yere serpilmeye başlayıp adamın başına ve omuzlarına çarparak onu yere serdi. Yerde tuhaf, korkutucu bir desenin oluştuğunu fark etti Slovensky. Düşen taş parçalarından hiçbiri ne rahibin cesedine değiyor, ne de Mikhail'in yakınına geliyordu. Taşlar Slovensky'nin bacaklarını gömdükten sonra sırtına düşmeye başlarken Karpatyalı onu lanet olası gözleriyle ve o alaycı, silik gülümsemesiyle seyrediyordu yalnızca. Hiç iyiye işaret olmayan bir çatırtı geldi kulağa ve Slovensky, omuriliğine binen ağır yüke dayanamayarak haykırdı.

"Hepinizin Tanrı cezasını versin," diye homurdandı Slovensky. "Ağabeyim hepinizin peşine düşecek."

Mikhail, hiçbir şey söylemedi, Gregori'nin yarattığı tahribatı izlemekle yetindi sadece. Gregori'nin fazlasıyla başarılı olduğu tüm bu drama gerek kalmadan, James Slovensky'i kendisi de öldürebilirdi Mikhail, ancak çok yorgundu, vücudu çok bitkin düşmüştü. Enerjisini daha da harcamaya niyeti yoktu. Gregori'nin onu tedavi ettiği süre boyunca Raven, vampirin elinde olacaktı. Andre'nin ona neler yapabileceğini düşünmeye cüret dahi edemiyordu. Mikhail kımıldanınca acısı iyice arttı. İntikam ateşiyle Slovensky'nin üstüne tekrar düşmeye başlayan taşlar, onu battaniye gibi örterek tüyler ürpertici bir mezar oluşturmuştu adeta.

Gregori, o tanıdık sessiz süzülüşüyle odaya girdi, duvarların enkazı boyunca uzun adımlarla ilerlerken her tarafından ihtişam ve kudret yayılıyordu. "Bu kötü bir alışkanlık olmaya başladı artık."

"Kapa çeneni," diye çıkıştı Mikhail hiçbir hınç belirtisi göstermeksizin.

Yaraları incelerken Gregori'nin yüzü oldukça nazik bir ifadeye büründü. "Ne yaptıklarını çok iyi biliyorlarmış. Hayati organlarını ıskalayacak ancak mümkün olduğunca çok kan kaybetmene sebep olacak şekilde yaralamışlar seni." Kelepçeleri açıp Mikhail'i zincirlerinden kurtarması birkaç saniye sürmüştü. Gregori daha fazla kan kaybını önlemek için yaraların üstünü toprakla bastırdı.

"Peder Hummer'ı kontrol et." Mikhail'in sesi zayıf çıkmıştı.

"Ölmüş." Gregori, perişan haldeki cesede bakmamıştı bile neredeyse.

"Emin ol." Bu bir emirdi. Mikhail, daha önce Gregori'ye bir şey yapması için hiç emir vermemişti. İlişkilerinde bunun yeri yoktu.

İki Karpatyalı birbirine bakarken, Gregori'nin gümüşi gözleri parladı bir an için.

"Lütfen Gregori. Eğer onu kurtarmamız için bir fırsat varsa..." Mikhail, gözlerini yumdu.

Zaman kaybettikleri için başını sallayan Gregori, görev duygusuyla rahibin çökmüş vücudunun yanına giderek nabzını yokladı. Boşa kürek çektiklerini biliyordu, Mikhail'in de bunu bildiğini biliyordu ama yine de kontrol etti. Gregori, cesede hürmet etmeye özen göstermişti. "Üzgünüm Mikhail. Ölmüş."

"Onun böyle bir yerde bırakılmasını istemiyorum."

"Konuşmayı kes de, bırak işimi yapayım," diye homurdandı Gregori, Mikhail'i dikkatle yere yatırarak. "Ben şu delikleri kaparken, sen de kanımı iç."

"Raven'ı bul."

"Kanımı iç dedim Mikhail. Vampir, Raven'a zarar vermeyecek. Bu gece ona karşı sabırlı davranacaktır. Çıkacağımız av için güçlü olmak zorundasın. Sana özgür irademle sunduğumu iç. Zor kullanarak itaat etmeni sağlamaya mecbur kalmak istemem."

"Tam bir baş belası olmaya başladın Gregori," diye sızlandı Mikhail ancak yine de boyun eğerek ona sunulan bileği kabul etti. Gregori'nin kanı da tıpkı Mikhail'inki gibi oldukça kadimdi. Yaraları bu kadar çabuk iyileştirebilecek kan başka kimsede yoktu. Mikhail beslenerek, kaybettiğini yenilerken odaya sessizlik hâkimdi. Gregori, Mikhail'i kendisinden uzaklaştırmak için bileğini hafifçe çevirdi, kuvvetine şifa vermek ve prensini güvenli bir ortama taşımak için ihtiyaç duyacağını biliyordu.

"Rahip de bizimle gelecek," diye isteğinin altını çizdi bir kez daha Mikhail. Buz kesmiş vücudunu bir sıcaklık dalgası kaplayarak onu aç ve muhtaç bir vaziyette bıraktı. Zihni, ruh eşine uzandı, onunla bir olma ihtiyacı bunaltıcı bir hal almıştı.

Buna teşebbüs etmesiyle Raven'ın, dolayısıyla da kendi başında bir acı patlaması yaşanınca Mikhail nefesini tutarak geri çekildi; siyah gözleri Gregori'nin solgun gözlerini yokladı ıstırap içerisinde. *Şimdilik uyu Mikhail. Çok geçmeden çıkarız ava. Önce şu yaraların icabına bakmamız lazım.* Gregori, bunu büyüleyici bir ses tonuyla emretmişti. Kadim dilin tekdüze, akıcı bir ezgisi gibiydi sesi. *Söylediklerimi işitecek, Tabiat Ana'nın seni kucaklamasına müsaade edeceksin. Toprak yaralarına şifa verecek, zihnini sakinleştirecek. Uyu Mikhail. Benim kudretli kanım seninkiyle karışmakta. Vücudunu yenileyişini hisset.* Gregori, gözlerini kapattı; Mikhail ile tamamen bir olmuştu, onun içinde akarak en becerikli cerrahlarda görülen bir isabetlilikle her kurşun deliğini bulabiliyor, yabancı maddeleri dışarı atabiliyor ve tüm hasarı içten dışarı onarabiliyordu.

Geniş kulaklı bir baykuş yerle bir olmuş binanın etrafında uçtuktan sonra çökmüş duvara kondu. Kanatlarını yavaşça arkasına kıvıran baykuş, yuvarlak gözleriyle aşağıdaki manzarayı inceledi. Sıktığı pençeleri gevşedi. Gregori, kendi bedenine geri dönerek başını kaldırdı. Karpatyalının ismini yumuşak bir sesle telaffuz etti; kimin geldiğini anlamıştı. "Aidan."

Baykuşun bedeni esneyip titreyerek ışıl ışıl altın gözleri ve sarıya kaçan kahverengi saçları olan, uzun bir adam şeklini aldı. Bu sarışın görünüşü bir Karpatyalı için pek alışılmış değildi. Vücudunu bir asker edasıyla taşıyordu, kendinden emin bir hali vardı. "Böyle bir şeyi yapmaya kim cüret edebilmiş?" diye sordu. "Peki ya Jacques ile Mikhail'in kadınının durumu ne?"

Gregori, alçak sesle homurdanarak keskin, solgun gözlerini Karpatyalı erkeğe dikti. "Bana taze toprak getir ve rahibin cesedini hazırla." Byron geldiğinden Gregori işinin başına yeniden dönmüştü bile. Güzel ve kadim ilahi geceyi umut ve vaatlerle dolduruyordu aheste aheste. Gregori'yi gören hiç kimse onun zamana karşı yarıştığına, Mikhail'i bu gece ayağa kaldırması gerektiğine inanmazdı.

Aidan erişebildiği en verimli toprağı getirerek Gregori'nin işini yapışını hayranlıkla seyretmeye koyuldu. Lapalar dikkatle karıştırılarak yüzeysel yaraların üstüne kapatıldı. Rüzgâr taş yığının üstündeki tozu ve toprağı uçurarak Karpatyalıları uyardı. Bir kamyonet içerisindeki iki fani onlara doğru yaklaşıyordu.

Byron, Edgar Hummer'ın yanına çökerek saygılı bir edayla rahibin gözlerini kapadıktan sonra boş yere heba olmuş, ufak tefek bedeni kolları arasına aldı. "Ben onu kutsal toprağın altına götürürüm Gregori. Sonra da kulübenin etrafındaki cesetleri yok ederim."

"Bunu kim yaptı?" diye sorusunu yineledi Aidan.

Gregori, konuşma zahmetine girmektense bilgiyi doğrudan Aidan'ın zihnine aktardı.

"Andre'yi yüzyıllardır tanırım," dedi Aidan. "Benden 50 yaş küçüktür. Beraber pek çok savaşta çarpışmıştık. Ümitsiz zamanlar iyice kapımıza dayandı." Aidan, çökmüş duvarların üstünden baktı, altın gözleri karanlıkta parlıyordu. Ağaçların ay ışığında yıkanan her bir yaprağı parlak bir gümüşi renge boyanmıştı ancak Aidan renkleri görebilme yeteneğini kaybedeli çok olmuştu. Dünyası artık kapkaranlık ve griydi, ruh eşini bulana ya da şafakta teselli arayana dek de öyle kalacaktı. Derin derin nefes aldı, entrikanın, ölümün ve davetsiz gelen bir adamın pis kokusu geldi burnuna. Yaklaşmakta olan araçtan yayılan benzin ve egzoz kokusu gecenin temiz havasını bulandırmıştı.

Meşe ağaçları sırası boyunca ilerledi Aidan, kendi türünden birinin ettiği ihanet için kan talep eden o soğukkanlı avcı içgüdüsünü bastırmaya çalışıyordu. Tehlikenin ve yok olmanın sınırlarında bocalayan ırkları bir vampir avını daha kaldıramazdı. Geride kalan her Karpatyalı erkek, umutlarını Mikhail'in kadınının hayatta kalmasına bağlamıştı. Eğer Raven, kendi hayat tarzlarına uyum sağlayabilirse, hakiki bir ruh eşi olarak damgalanabilirse, ilk senelerini atlatabilecek kadar kuvvetli kız çocukları doğurabilirse, tüm Karpatyalı erkeklerin bir şansı var demekti. O zaman yapmaları gereken sadece biraz daha dayanmak, Raven gibi kadınları bulabilmek için dünyayı dolaşmak olacaktı. Andre'nin onlara ettiği ihanet, hainliğin en uç noktasıydı.

Sis toplanmaya başladı, öyle yoğunlaşmıştı ki ağaçların arasında dolanarak yolu kapatan kasvetli, kopkoyu bir perde halini almıştı. Şoför kalın sis perdesinin arkasını göremediği için frenleri inleterek durdurdu arabayı. Aidan daha da yaklaştı; avının peşine düşmüş, görünmeyen, tehlikeli bir avcı. "Daha varmamıza ne kadar kaldı Gene Amca?" Bir oğlan çocuğunun rüzgâra karışan hevesli, heyecanlı sesiydi bu.

"Sisin dağılmasını beklemek zorundayız Donny." İkinci ses huzursuzdu. "Bu sıra dışı sis oluşumları buralarda çok sık görülür, onlar varken dışarı çıkıp içlerinden geçmek pek de akıllıca bir fikir değil."

"Peki benim sürprizim ne? Söylesen olmaz mı? Anneme, bana hiç unutamayacağım bir doğum günü sürprizi hazırladığını söyledin. Sizi konuşurken duydum."

Aidan artık onları görebiliyordu. Sürücü otuzlarına yaklaşmış bir adamdı, çocuksa on beşinden fazla değildi. Aidan onları seyrediyordu, öldürme dürtüsü damarlarında dolaşıyor, tüm bedenine dalga dalga yayılıyordu. Aidan, her bir sinir ucuna dek temas eden kendi kudretini hissetti; gerçekten hayatta olduğunu hatırlatıyordu bu his ona.

Adam oldukça gergindi; beyaz duman örtüsünden bir şey göremese de kamyonetin her yanından sisi gözetliyordu. Neredeyse altın sarısı olan ve aç aç parlayan gözler gördüğünü sandı bir an için. Bir hayvanın gözleriydi bunlar; onları gecenin içinden gözetleyen bir kurdun gözleri. Bunun üzerine adamın kalbi küt küt atmaya başladı, ağzı kurumuştu. Korumacı bir edayla çocuğu kendisine doğru çekti. "James Amcan saklıyor onu senin için." Kelimelerin ağzından çıkabilmesi için boğazını iki kez temizlemesi gerekmişti. Adam büyük bir tehlike içinde olduklarının, boğazlarını parçalamak için bir avcının onları beklediğinin farkındaydı.

"Hadi o zaman avcı kulübesine kadar yürüyerek gidelim Gene Amca. Yeni tüfeğimi denemek için sabırsızlanıyorum. Hadi ama, hem o kadar da uzak değil ki," diye tatlı dille ikna etmeye çalıştı amcasını.

"Bu siste olmaz Donny. Bu ormanlık alanda kurtlar gezer. Tabi başka yaratıklar da. Görüş alanımız açılana kadar beklemek en iyisi," dedi adam sertçe.

"Ama bizim silahlarımız var," dedi çocuk suratını asarak. "Onları bu yüzden getirmemiş miydik?"

"Hayır dedim. Silahlar her zaman emniyette olmanı sağlamaz."

Aidan, vahşi dürtülerini bastırdı. Bu çocuk daha rüştüne bile ermemişti. Bu faniler kim olursa olsun kendi hayatını ya da kendi türünden birisinin hayatını tehdit etmedikleri sürece onları öldürmeyecekti. Aidan bir vampire, halkına ihanet eden bir haine dönüşmeyecekti. Can almak çok kolaylaşmaya başlamıştı onun için. Kendi gücünün onu baştan çıkarmaya çalışmasıydı bu bir nevi. Etrafındaki hava hareket etmeye başlayarak yaprakları ve dalları minik bir girdap içine aldı. Gregori yanında belirdi, kucağında solgun ve hareketsiz duran Mikhail vardı. "Bu yeri terk edelim Aidan, hadi."

"Onları öldüremedim," dedi Aidan sessizce, sesinde özür dileyen bir ifade yoktu.

"Eğer büyük olan Eugene Slovensky ise bu gece epey meşgul olacak. Kardeşi bir taş yığının altında ölü olarak yatıyor. Mikhail'in rahibinin bedeli olarak."

"Onları öldürmeye cesaret edemedim," diye tekrar etti Aidan, asıl öldürmeme sebebini itiraf etmişti.

"Eğer bu Slovensky ise ölmeyi hak ediyor zaten. Ancak senin için barındırdığı tehlikelerin farkında olarak öldürme dürtüne karşı koymana sevindim. Halkımız uğruna yürüyen ölüleri avlamak için çok uzaklara seyahat ettin. Ruhunun karanlığından okunuyor bu."

"Uçurumun çok yakınlarında dolaşıyorum," dedi Aidan sessizce, af diler gibi bir hali yoktu. "Kadını ağır yaralandığında Mikhail'in duyduğu hiddet her ülkedeki, her Karpatyalı tarafından hissedildi. Öyle eşi benzeri görülmemiş bir rahatsızlıktı ki bu gidip araştırılmaya değer olduğunu düşündüm. Mikhail'in bilgeliğiyle halkımızı aydınlatmayı sürdürdüğünden emin olmak için döndüm. Onun kadınının halkımızın gelecek umudu olduğuna inanıyorum."

"Ben de öyle. Belki de yeni bir ülke sana iyi gelir. Amerika'da tecrübeli bir avcıya ihtiyacımız var."

Sis hâlâ fanilerin görüş mesafesini engelleyecek kadar yoğunken, Aidan dikkatini itinayla inşa edilmiş hapishaneye çevirdi. Elini yukarı kaldırmasıyla toprak sallanıp sarsıldı. Bina tekrar yükselerek geride sadece taze mezarın yerini belli eden taş parçalarını bıraktı.

Gregori, kucağındaki yükü ve yanında duran Aidan ile beraber sisin içinden göğe yükseldi. Prenslerinin şifa bulmasına yardımcı olmak için peş peşe gelen Karpatyalı erkeklerin bulunduğu mağaraya doğru siyah gökyüzünde süratle ilerlemeye başladılar.

Bölüm 15

Bilinmeyen bir yere doğru gökyüzünde taşınırken rüzgâr Raven'ın vücuduna çarpıyordu. Başı dönüyordu ve bitkin düşmüştü, zihni tek bir şeye odaklanmakta güçlük çekiyordu. İlk başlarda, Gregori'ye aktarmak üzere, yerini belli edecek herhangi bir işarete odaklanmaya çalıştı. Bir süre sonraysa bunu neden yaptığını, hatta ne yaptığını dahi hatırlayamayacak hale geldi. Raven, kafasını karıştırıp onu halsiz düşürenin ilaç olduğunun farkındaydı bir şekilde. Ancak vampirin onu nereye götürdüğüne veya oraya vardıklarında ona ne yapacağına dair kafa yormak fazla zahmetli görünüyordu.

Ay ışıl ışıldı, ağaçların tepelerine gümüşi bir ışık düşürerek her şeyi gerçeküstü bir rüyaya dönüştürüyordu. Olan bitenler, Raven'ın zihninin içerisi ve dışarısı arasında sürekli kayıyordu. Yumuşak bir sesle fısıldanan sözcükler, tam anlayamadığı durağan bir mırıldanma. Önemli gibi görünüyordu, ancak Raven tüm bunları aydınlığa kavuşturamayacak kadar yorgundu. Son seri katilin izini sürmesinden dolayı zihni parçalara mı ayrılmıştı acaba? Kendisine neler olduğunu hatırlayamıyordu Raven. Vücudu üzerinden esip geçen, onu arındıran rüzgârın verdiği his çok güzeldi. Üşümüştü ancak pek de mühim görünmüyordu bu. Işıklar dans ediyor, renkler dönüyor, başının üstündeki gökyüzü tüm göz alıcılığıyla pırıldıyordu. Altlarındaki geniş gölet kristalden yapılmış gibi ışıldıyordu. Her şey çok güzeldi, ancak başı felaket derecede ağrıyordu Raven'ın.

"Çok yoruldum." Sesine yeniden kavuştu Raven; konuşup konuşamayacağını anlamak istemişti. Eğer rüya görüyorsa konuşarak uyanabilirdi belki de.

Etrafındaki kollar biraz daha sıkı sardı onu. "Biliyorum. Yakında yuvamızda olacaksın."

Raven sesi tanımamıştı. İçinde bir şeyler kabararak bu yakınlık karşısında isyan bayraklarını çekti. Vücudu adamın kendisine temas etmesinden hoşlanmamıştı. Bu adamı tanıyor muydu? Onu tanıyormuş gibi gelmiyordu ama adam, üzerinde bir hak iddia edebilirmiş gibi tutuyordu Raven'ı. Hafızasında gidip gelen ancak tam olarak yakalayamadığı bir şey vardı. Ne zaman yapbozun parçalarının yerine oturmaya başladığını sansa başına öyle şiddetli bir acı saplanıyordu ve düşüncenin gerisini getiremiyordu.

Ansızın yıldızların altında yürümeye başlamışlardı, ağaçlar hafifçe dalgalanıyordu, adamın eli Raven'ın belindeydi. Raven kafa karışıklığı içerisinde gözlerini kırpıştırdı. Başından beri yürüyorlar mıydı yoksa? Kimse uçamazdı ki, bu çok saçmaydı. Raven aniden irkildi. Aklını mı kaçırmıştı yoksa? Yanında yürüyen adama baktı göz ucuyla. Adam fiziksel olarak çok yakışıklıydı, hatta solgun yüzünün güzel olduğu bile söylenebilirdi. Ancak gülümsediğinde gözleri donuk ve soğuk bir havaya bürünüyor, Raven'ın yüreğine korku salan kırmızı ağzındaki dişleri ise tehdit saçıyordu. Kimdi bu adam? Raven niçin onun yanındaydı?

Raven ürpererek fark edilmesi güç, hafif bir hareketle kendisini adamdan çekmeye çalıştı. Çok halsizdi, adamın desteği olmadan yere düşebilirdi. "Üşümüşsün canım. Az sonra yuvamızda olacağız."

Adamın sesi Raven'ın tüm benliğine bir dehşet dalgası göndermiş, midesi tiksintiyle kabarmıştı. Ses tonundaysa şeytani bir alay sezmişti. Adamın görünüşteki ilgisinin altında soğuk bedenini ona dolamış, hipnotize edici gözleriyle onu büyüleyen bir yılan hissetmişti sanki. Raven zihniyle açılıp bağlantı kurmaya çalıştı. *Mikhail, gelecekti.* Raven acı içinde bağırarak dizleri üstüne çöktü, ellerini başına bastırmıştı; ne hareket etmeye, ne de düşünmeye cesaret edebiliyordu.

Buz gibi eller onu kollarından tutarak ayağa kaldırdı. "Ne oldu Raven? Bana söyle ki sana yardım edebileyim."

Adamın sesinden tiksinmişti Raven. Ses sanki gıcırdıyor, tüylerini diken diken ediyordu. Adamın sesine hem kudret, hem de Raven'a neler olduğunu bildiğini ve onun durumdan bihaber oluşundan keyif aldığını belli eden sapıkça, sinsi bir zevk sinmişti. Raven, her ne kadar adamın ona dokunmasını hiç istemese de kendi başına ayakta duramadığı için onun kuvvetli vücuduna yaslanmak zorunda kalmıştı.

"Beslenmen gerek," diye belirtti adam gayet sıradan bir edayla, ancak Raven, bu sözün ardında gizli bir heyecan yattığını sezmişti.

Raven, bir eliyle karnını bastırdı. "Midem bulanıyor."

"Açsın da ondan. Senin için özel bir sürpriz hazırladım canım. Senin şerefine bir şölen. Misafirler dönmemizi sabırsızlıkla bekliyordur."

Raven, yürümeyi keserek adamın soğuk, alaycı gözlerine baktı. "Ben seninle gitmek istemiyorum."

Adamın bakışı donuklaşarak sertleşti. Zoraki gülümsemesinin ardından sivri dişleri gözüktü. Onun çekilen dişetlerini, uzayan ön dişlerini görebiliyordu Raven. Adam ilk başta hayal ettiği gibi güzel yüzlü değil, iğrenç ve zalim görünüşlüydü. "Raven, gidecek başka yerin yok ki." Adamın sesine yine hafif bir alay, itici bir hava sinmişti.

Raven kolunu ondan çekince bacakları birbirine dolandı ve pat diye yere oturdu. "Sen değilsin..." Hatırlamaya çalıştığı isim, bir acı patlamasıyla elinin arasından kaçıp gitti. Alnında biriken kan damlası yüzünden aşağı süzüldü.

Vampir kasıtlı olarak eğilip kaba bir hareketle dilini Raven'ın yanağında gezdirerek kanın bıraktığı izi takip etti. "Sen hasta oldun canım. Senin için en iyi olanı biliyorum ben, güven bana."

Raven, soğukkanlılığını kaybetmemek, zihnini bulandıran örümcek ağlarını aralayabilmek için zorladı kendini. Raven'ın özel becerileri vardı. Her şeyden önce bir beyni vardı. Bu ikisi tartışılmaz gerçeklerdi. Büyük bir tehlike içerisinde bulunduğundan emindi, nasıl olup da bu adamla buraya geldiği konusunda hiçbir fikri yoktu ancak düşünmek zorundaydı. Yüzünü çevirdiği ay uzun, siyah saçlarına mavi ışıklar düşürdü. "Kafam çok karışık. Senin ismini bile hatırlayamıyorum." Şayet adam onun zihnini okuyabiliyorsa ki okuyabildiğinden korkuyordu Raven, onu gönlünü alabilmek için özür diler bir havaya bürünmeye çalıştı Raven. "Bana ne oldu böyle? Başım felaket ağrıyor."

Adam ona elini uzattı, tavırları birden nazikleşmiş, Raven artık ona güvendiği için daha hoşgörülü bir hal almıştı. "Başını çarptın." Raven'ı ayağa kaldırarak elini ince beline doladı. Adamın dokunuşu karşısında irkilmemeye zorladı kendisini Raven.

"Affedersin, kafam çok karışık. Bu yüzden kendimi salak gibi hissediyorum ve çok korkuyorum," diye itirafta bulundu Raven, mavi gözleri iyice büyümüş, zihni masumane ve boş bir havaya bürünmüştü.

"Ben Andre'yim, senin gerçek ruh eşinim. Başkası seni benden çalmıştı. Seni kurtardığımda düşüp başını çarptın." Sesi tekdüze ve hipnotize ediciydi.

Gerçek ruh eşim Mikhail. Raven zihnine saplanan acıyı bu kez kabullenerek üstünden akıp gitmesine müsaade etti. Acıyla nefesi kesilmiş, kafatası delinmişti adeta. Çektiği ıstırabın hiçbir şekilde yüz ifadesine ya da zihnine yansımamasına özen gösterdi. Raven, sahip olduğu öz disiplinin her zerresini toplayarak zihnini odakladı. *Mikhail? Neredesin? Sen gerçek misin? Korkuyorum?* Tanıdık bir zihin yolu vardı aralarında ve Raven da hep yapıyormuşçasına kullandı bunu rahatlıkla.

Küçüğüm. Yanıt çok zayıftı ve uzaktan geliyordu, ancak yine de oldukça gerçekti, bu delilik denizinde tutunacak bir daldı.

Yanımdaki kim? Neler oluyor? Ona destek veren uzun adama yasladı kendini Raven, zihnini karmakarışık tutmaya dikkat ediyordu. Zihninin ona farklı katmanlarda aynı anda çalışma imkânı tanıması çok ilginç gelmişti Raven'a.

Andre bir vampir. Seni benden aldı. Yanına geliyorum.

Yolunda gitmeyen bir şeyler vardı. Hepsi önüne serilmişti aslında, Raven'ın tek yapması gereken elini uzatmaktı. Raven, bu uzaktan gelen sese inanmıştı, sıcaklığın ve sevginin onu güçlü, koruyucu kollar arasına sardığını hissetti. Bu hissi, bu sesi tanıyordu. Yolunda gitmeyen bir şeyler vardı. *Sen yaralısın. Nasıl oldu bu?*

Mikhail, onun için son olayları tekrar canlandırdı zihninde. Raven iç geçirdi, tam karnının ortasına bir yumruk yemiş gibi olmuştu. *Mikhail.*

Gregori zorbanın tekine dönüşmek üzere. Ölmeye cüret edemem şu anda.

Anılar Raven'ın zihnine akarak onu korkutuyordu. Düşüncelerini bölümlere ayırdı. Vampir sadece onun zihninin yüzeyine dokunuyor, müsaade ettiği kadarını okuyabiliyordu. Raven, vampirin öyle olmasını beklediği tir tir titreyen, kafası karışmış kadındı.

Mikhail'in yaraları kötü görünmüştü Raven'a. Bir mağaranın içerisindeydi, etrafı başka Karpatyalılar ile çevriliydi. Gregori, yaralar üstünde çalışıyordu; Raven onun Mikhail'i toprak altına sokacağından emindi. Raven çenesini yukarı kaldırdı. İlaç, geçici olarak zihnini bulandırmış olsa da hâlâ yapması gerekeni yapabilecek durumdaydı. *Ben Andre'nin icabına bakabilirim. Beni merak etme.* Şu anda sahip olduğundan daha fazla cesaret göstermişti.

Raven, ansızın beliren rahatlama hissini bastırmak zorunda kaldı. Mikhail'in yatıştırıcı zihin dokunuşuyla bölük pörçük hatıralar üşüşmeye başladı tüm şiddetiyle. Ne olursa olsun, Mikhail ya da Gregori ya da her ikisi birden Raven'ı kurtarmaya gelecekti. Mikhail, gerekirse yaralarını tıkayıp yanına sürünerek gelmeye bile hazırdı.

"Çok sessizleştin," diyerek onu ürküttü Andre.

"Olanları hatırlamaya çalışıyorum ama başımı ağrıtıyor."

Bir vadinin zirvesine gelmişlerdi. Raven, dağın kenarına inşa edilmiş taş evi seçemedi bir an için. Ayın gümüşi ışığında titremişti, sanki bir an serap gibi görünmüştü, sonra çok belirgin bir hal almıştı, daha sonra ise tekrar gözden kaybolmuştu. Raven sürekli gözlerini kırpıştırıyor, her ayrıntıyı zihnine kazıyarak Mikhail'e aktarıyordu. İşin zor yanı, Mikhail'i düşündüğünü vampirin anlamasına müsaade etmemekti. Düşüncelerini okuduğunda acı çektirerek onu cezalandıran Andre'ydi. İlaç yüzünden kafası allak bullak olduğu için kısa süreliğine Andre'nin kontrolü altına girmişti. Ancak şimdi sadece midesi bulanıyordu, başı dönüyordu ve çok ama çok korkmuştu.

"Burası bizim evimiz mi?" diye sordu Raven masum masum, tüm ağırlığını vampire vermişti.

"Sadece yemek yemek için burada kalacağız canım." Vampirin sesine yine o tuhaf sinsilik yerleşmişti, Raven giderek rahatsız olmaya başlamıştı bu durumdan. "Daha uzun bir süre burada kalmamız güvenli değil. Diğerleri peşimizden gelebilir. Kaçacak kadar kuvvetli olmak için beslenmen gerek."

Raven, bilerek, ona güvenir gibi görünerek parmaklarını vampirin koluna doladı. "Denerim Andre. Ama gerçekten çok midem bulanıyor."

Raven, eşiğe doğru bir adım atınca, Mikhail'in içgüdüsel protestosunu hissetti. Dengesini kaybedip sendeleyerek kapının hemen dışında yere düşerek çaresizce yere serildi. Vampir küfrederek onu yukarı çekmeye çalıştı, ancak Raven elden ayaktan kesilmişti adeta, kendi kendine hareket edemiyordu. Bunun üzerine vampir onu kolları arasına alarak içeri taşıdı.

Taş ev geniş bir oturma odası ile aşağıdaki odaya inen merdivenin bulunduğu bir boşluktan ibaretti. İçerisi soğuk ve nemliydi. Duvardaki çatlakların arası küf tutmuştu. Andre, mumları yakmak için elini salladı. Raven'ın kalbi bir an için durdu, sonra panik içinde tekrar atmaya başladı. Masaya en yakın duvara gözleri dehşetle açılmış bir adam ve kadın zincirlenmişti. İkisi de kirli ve parçalanmış giysiler içerisindeydi. Kadının elbisesindeki ve adamın gömleğindeki yırtık kısımlarda kan lekeleri vardı. İkisinin vücudu da çürüklerle doluydu ve adamın sağ yanağının altında pek çok yanık izi vardı.

Çaresiz kurbanlarını inceleyen vampirin alaycı gülümsemesinden merhametten eser okunmuyordu. "Akşam yemeği canım. Sana özel." Kırılacak porselenmişçesine Raven'ı dikkatli bir şekilde koltuğa yerleştirdi. Andre tüm azametiyle taş zemin üzerinde kayarcasına ilerledi yavaş yavaş; kırmızı, ruhsuz gözlerini kadının üzerine çivilemişti. Aheste aheste kadının duyduğu dehşetin tadını çıkarıyor, kocasının aciz kızgınlığına gülüyordu. Kadını sertçe çekerek zincirlerinden kurtardığında, adam çırpınarak Raven'a küfürler ve tehditler yağdırdı. Andre, kadını Raven'ın yanına çekiştirdi, dizleri üstüne çöktürüp sımsıkı tuttu onu, bir eliyle de saçını tutarak boynunu meydana çıkardı.

Vampirin baş parmağı deli gibi atan nabzın üstünde kaydı. "Beslen canım. Sımsıcak kanın damarlarına aktığını, seni yeniden gücüne kavuşturduğunu hisset. Bu kadının canını aldığında daha önce hiç hissetmediğin bir kudret hissedeceksin. Bu benim sana hediyem. Sınırsız güç."

Dehşet içerisindeki kadın inleyerek ağlıyordu. Kocasıysa bir yandan onu bağlayan zincirleri zorlarken, bir yandan da hem yalvarıyor, hem küfrediyordu. Raven yavaşça doğrularak titreyen eliyle yüzüne düşen gür saçlarını ittirdi. Andre istese kurbanlarını kandırabilir, ölümü sakin karşılamalarını sağlamak için onları transa sokabilirdi, ama bunun yerine insanların duyduğu korkuda heyecan arıyordu. Adrenaline boğulmuş kan bağımlılık yapıcıydı, sarhoş ediciydi. Herkesin Raven'ın vereceği tepkiyi bekler gibi bir hali vardı. Mikhail'i içerisinde hissedebiliyordu Raven, sessiz ve hareketsizdi, böyle korkunç bir kararı almasını engellemek için orada olamadığına öfkeleniyordu.

Raven kocaman, mavi menekşe gözlerini Andre'nin yüzüne çevirdi, dokunaklı neredeyse ağlayacakmış gibi bir ifade yerleşmişti parlayan gözlerine. Eliyle kadının kolunu okşadı onu yatıştırmak istercesine. Raven olağanüstü derecede nazikti, kelimelere başvurmadan teselli etmeye çalışıyordu onu. "Benden şüphe ediyorsun demek. Neden ama? Ne yaptım ben? Sahiden hatırlayamıyorum. Ben asla bunu yapmam, bu şekilde can almam, sen de yapamazsın bunu. Neden beni bu şekilde imtihan ediyorsun? Hatırlayamadığım bir suç mu işledim yoksa? Niçin bana bu kadar zalimce muamele ediyorsun?"

Andre'nin yüzü gölgelendi, kırmızı gözleri doğal renkleri olan kahverengiye döndü. "Bu kadar yüklenme kendine."

"Söyle lütfen Andre. Bunu bilmemeye tahammül edemiyorum. Beni kaçıran vampir senin affedemeyeceğin bir şey mi yaptırdı bana zorla?" Raven utanç içindeymişçesine başını salladı. Sesi daha da alçalmıştı. "Al canımı Andre. Kinini benden çıkar, bunları hak etmeyen şu zavallı kadından değil. Hayatımın seninkine bağlanmasını istemiyorsan giderim, gidecek hiçbir yerim olmasa bile." Gözlerini bilerek Andre'nin gözlerine dikti, ciddi olduğunu anlasın diye. "Şimdi al canımı Andre."

"Hayır, Raven."

"Öyleyse bana cevap ver. Neden beni böyle sınıyorsun? Tam senin gibi olmadığım için mi? Şekil değiştiremeyip toprak altına giremediğim için mi? Benden utandığın için beni cezalandırmak istiyorsun sen."

"Tabii ki hayır."

Raven, kolunu kadına sardı. "Tam emin olamasam da senin güvenilir hizmetkârlar tutacağını söylediğini hatırlar gibiyim. Bahsettiğin kadın bu mu yoksa?" Raven'ın yüzü karardı aniden. "Senin metresin mi yoksa?" Raven neredeyse sinir krizi geçirecekmiş gibi bir havaya bürünse de, kadını tutan eli oldukça nazikti.

"Hayır! Hayır!" diye itiraz etti kadın, fakat gözlerinden kafa karışıklığı ve umut okunmaya başlamıştı. "Ben onu metresi değilim. Bu benim kocam. Biz yanlış hiçbir şey yapmadık."

Andre apaçık bir şekilde ikilemde kalmıştı. Raven'ı kendisini kurtarma ümidiyle kaçırmıştı. Eğer onu cinayet işlemeye zorlarsa o da en az kendisi kadar karanlık ve ruhunu yitirmiş biri olurdu. Bakışlarını Raven'ın gözlerindeki masumiyete çeviren Andre'nin içinde bir şeyler kımıldanarak şekil değiştirdi. "Kadın doğruyu söylüyor Raven. O benim için hiçbir şey ifade etmiyor. Bir hizmetkâr sadece, o da dilersen elbette." Sesi kayıp ve yalnız birinin sesine benziyordu, kararsız kaldığı aşikârdı.

Raven, onun eline uzandı. Vampirin zihni bir kötülük şaheseriydi adeta, çürümüş ve çarpıktı. Ancak Raven yine de onun için üzülüyordu. Andre de bir zamanlar iyi biriydi, Mikhail'den ya da Jacques'tan bir farkı yoktu, ancak varlığının o korkunç yalnızlığında yanlış bir yoldan sapmıştı. Andre ümitsizce yeniden hissedebilmek, sabah güneşini görebilmek, gün batımına yeniden şahit olabilmek istiyordu. Aynaya baktığında çekilmiş diş etlerini ve sapkın hayat tarzından kalan tahribatları görmek istemiyordu artık. Bu imkânsız bir şeydi, hiçbir gerçek vampir korkunç acılara maruz kalmadan aynada kendine bakamazdı. Raven, onun son umuduydu ve Andre de ona tutunuyordu. Aslında vampirin gerçekleşmesini istediği şey bir mucizeydi. Raven eskiden bir insan olduğu için, onun neler yapabileceği veya yapamayacağı konusunda Andre'nin hiçbir fikri yoktu.

"Benden şüphelenmene sebep olacak bir şey yaptıysam affet beni Andre," dedi Raven, içini kaplayan şefkat duygusuyla ağlayacak gibi olmuştu. Andre'yi kurtaramazdı, Mikhail'e ait olmasa bile kurtaramazdı. Kimse kurtaramazdı. Ruhu yoldan fazla sapmış, sahip olduğu gücün büyüsüne fazla kapılmış, kurbanlarını dehşete düşürerek cinayet işlemeye fazla bağımlı olmuştu. Raven, vampiri kandırdığı için kendinden nefret ediyordu fakat hem kendi, hem de bu karı kocanın hayatı buna bağlıydı.

Vampir, eliyle Raven'ın ipeksi saçlarını okşadı. "Sana kızgın değilim canım benim, fakat çok zayıf düştüğün için besine ihtiyacın var."

Kadın kaskatı kesildi, yüzü korkudan bir maskeye dönüşmüştü. Hareketsiz kalmış, Raven'ın cevabını bekliyordu. Raven kafası karışmış gibi görünüyordu. "Ama ben beslenemem ki." Kasıtlı olarak Mikhail'in isminin zihninde titreşmesine izin verdi, ardından da acı içinde başını tuttu. "Neden bilmiyorum; düşünemiyorum artık. Sanırım diğeri benim böyle olmam için bir şeyler yapmış."

Andre, kadını saçından çekerek yukarı kaldırdı. "Ben birkaç dakika içinde döneceğim. Raven'a bir zarar gelmesin sakın." Gözleri donuklaşarak buz kesildi. "Kaçmaya çalışmayın sakın. Hemen anlarım."

"Andre gitme," diye fısıldadı Raven, kendisine rağmen vampir için mücadele ediyordu.

Vampir, Raven'dan, yani ışıktan uzaklaşarak çok iyi tanıdığı o ölüm ve delilik dünyasına döndü tekrar süratle.

Kadın, Raven'a asıldı. "Lütfen gitmemize izin ver. O bir şeytan, bizi öldürecek, duyduğumuz korkudan sıkılana dek kendisine köle edecek."

Raven, baş dönmesini çaresizce savuşturmaya çalışarak doğruldu. "Hemen anlar. O karanlıkta görebilir, kokunuzu alabilir, hatta kalp atışlarınızı bile duyabilir." Oda buz gibiydi ve küf kokuyordu, oldukça bunaltıcıydı. Havanın kendisi bile bozuk gibiydi ve ölüm fısıltıları taşıyordu. Raven, bu yere getirilip lekeli duvarlara bağlanmış sayısız kurbanın çığlıklarını işitebiliyordu duyularının tüm hassasiyetiyle. Raven da en az bu fani kadın kadar korkuyordu. "Peki sen kimsin?"

"Monique Chancellor. Bu da kocam Alexander. Bana neden yardım ettin?"

"Düşüncelerine dikkat et Monique. Andre onları okuyabiliyor."

"O pis bir *nosferatu*. Bir vampir." Bir sorudan çok, bildiriydi bu. "Bu ölüm evini terk etmeliyiz."

Raven yalpalaya yalpalaya ayağa kalktı, sandalyenin arkasından ve masadan tutunarak kapıya doğru ilerledi. Yıldızlara baktı, önünde serili araziyi her yönden inceliyor, her kayalığa, evin arkasından yükselen her uçuruma dikkat ediyordu. Binanın kendisini de inceledi, pencereleri, kapıları, duvarların yapısını; evin önündeki açık alanlara özellikle dikkat ediyordu.

"Lütfen, lütfen." Kadın ona tutunmuştu. "Bize yardım et"

Raven, kadını net görebilmek için gözlerini kırpıştırdı. "Size yardım etmeye çalışıyorum zaten. Sakin olun; Andre'nin ayağının altında durmayın. Kendinize mümkün olduğunca az dikkat çekin." Yapmayı umduğu şeyi başaran Raven kapıyı kapattı. Aktarabildiği bilgileri tüm ayrıntılarıyla Mikhail ile Gregori'ye yollayacaktı.

"Kimsin sen?" diye sordu Alexander şüpheyle. Zincirleri o kadar çok çekmişti ki, bileklerinin derisi soyularak kanamıştı.

Raven, zonklayan şakaklarını ovaladı; midesi giderek daha fazla bulanmaya başlamıştı. "Andre'nin yanında açık yaralarla dolaşmak pekiyi bir fikir değil." Raven kanın kokusunu alabiliyordu, çok zayıf düşmüş bedeninin besine ihtiyacı vardı. Köşede sessizce ağlayan kadını bir an için görmezden gelen Raven acısını hafifletmenin bir yolunu bulmak için adamın yanına gitti. Tam bileğini incelemek için eğilmişti ki, adam diğer eliyle Raven'ın saçlarına yapışarak gözlerinden yaş gelene kadar çekti. Raven'ın sırtını göğsüne dayayarak iki eliyle boğazını sıktı; parmaklarını yumuşak ete gömmüştü iyice.

"Alexander, kes şunu. Ne yapıyorsun?" diye bağırdı Monique.

"Monique, şu kelepçelerin anahtarını getir," diye emretti Alexander. Kuvvetli parmaklarıyla nefes borusunu öyle çok sıkıyordu ki oda dönmeye başlamıştı Raven'ın zihninde.

Raven onun korkusunu, var gücüyle kendisini ve karısını kurtarmaya çalıştığını hissedebiliyordu. Alexander, Raven'ın da sapıkça bir eğlence için onlarla zalimce oynayan bir vampir olmasından korkuyordu. Raven onu suçlayamazdı ancak elleri hayatını çekip çıkarıyordu ondan.

Raven! Yakınlardan gelen haykırış, zihninde dalgalanan bir öfke patlamasıydı.

Alexander'ın elleri Raven'ın boğazından ayrıldı; ardından kırılmış kemiklere işaret eden gürültülü bir çatırtı yükseldi. Alexandar arkalarındaki duvara çarpmıştı, yerden bir metre havada asılı kalmış, ayakları boşlukta sallanıyordu. Hava kocasının ciğerlerinden boşalırken Monique çığlık attı. Adam boğulmaya başladı, gözleri korkunç bir şekilde dışarı fırlamıştı.

Onu serbest bırak Mikhail. Tanrım lütfen. Başka bir ölümün daha sorumlusu olmaya dayanamam. Dayanamam diyorum. Raven yere çöktü, dizlerini kendine çekip top halini alarak ileri geri sallanmaya başladı. "Lütfen," diye inledi. "Onu serbest bırak."

Mikhail, savaştığı öldürme güdüsünü adamı zihinsel saldırısından kurtarmasına yetecek kadar bastırmayı başardı. Havada süratle ilerliyor, Raven'ın izini kolaylıkla sürüyordu. Sol tarafında onunla aynı hizada bulunan Gregori'nin de, biraz arkasındaki Byron ile Aidan'ın da, Eric ile Tienn'in de, aralarındaki mesafeyi fazla açmamaya çalışan gerideki birkaç Karpatyalının da farkında değildi neredeyse. Hiçbirinin önemi yoktu şu anda. Yüzyıllardır vampirleri avlıyordu Mikhail ve her seferinde bir nevi isteksizlik, belki de bir nevi acıma ortaya çıkıyordu. Ancak şimdi bu hislerin hiçbirinden eser yoktu.

Mikhail'in bastırdığı öfkesi bir yanardağdaki magma gibi fokurdayıp kaynamaya başladı; şiddetli ve patlayıcı bir çıkış arıyordu kendisine. Eğer Mikhail, onun sızmasına müsaade ederse toprak, rüzgâr ve dağlardaki yaratıklar da tepki verecekti ona. Bu da vampire apaçık bir uyarı olacaktı. Mikhail'in hiçbir ağrısı kalmamıştı ve iyi beslenmişti. Gregori bu meseleyle birinci elden ilgilenmişti. İkisinin kadim kanlarının birleşimi son derece kudretliydi. Ancak yine de bir damla kan baykuşun beyaz tüylerini ıslattı. Mikhail içgüdüsel olarak yönünü değiştirerek civardaki meltemin kokuyu vampire taşımaması için rüzgâr yönünde daire çizdi.

Gecenin içinde bir korku çığlığı yükseldi, ardından sinsi bir zaferi ilan eden şeytani bir kahkaha koptu. Şu anda yeryüzü ile bir olmuş her Karpatyalı şiddetin titreşimini, aşırı güç kullanımını ve yaşam-ölüm döngüsünü hissedebiliyordu. Psişik olarak oldukça hassas olan Raven, zihninin anında savaş alanına çekildiğini fark etti.

Bağlantını kes Raven. Mikhail'in emri sertti.

Raven ellerini şakaklarına bastırdı. Kahkahalar içindeki Andre, sürünerek kendisinden uzaklaşmaya çalışan bir kadının üstüne atlıyordu konduğu ağaç dalından. Daha küçük bir beden ağacın dibinde, Andre'nin onu bıraktığı yerde solgun ve cansız bir şekilde yatıyordu. Kadın inliyor, canını bağışlaması için yalvarıyordu. Vampir yine o tüyler ürpertici kahkahasını attıktan sonra tekmeyle uzaklaştırdı kadını kendinden; kadını sürüne sürüne ona gelip hizmetkârı olmak için yalvarmak zorunda bırakıyordu böylece.

"Andre! Hayır! Bunu yapamazsın!" diye bağırdı Raven yüksek sesle, kalkarak sendeleye sendeleye kapıya gitmeye zorladı kendini. Gecenin içine çıkan Raven, olayın hangi yönde gerçekleştiğini saptayabilmek için bir daire içinde döndü. Fakat güçsüzlük onu alt etti ve hareketsiz halde çimenlerin üstüne serildi.

Monique, onun peşinden giderek yanında diz çöktü. "Ne oldu? Senin kocamın sandığı şey olmadığını biliyorum. Bizi kurtarmaya çalıştığını biliyorum."

Raven'ın yüzünden gözyaşları süzülüyordu. "Andre bir çocuğu öldürdü; şu anda da annesiyle oynuyor. Onu da öldürecek. Ve o kadını kurtaramam." Kadının başını kucağına almasından elinden geldiğince teselli bulmaya çalıştı Raven.

Monique, Raven'ın boğazındaki koyu morluklara dokundu. "Alexander'ın sana yaptığı şey için üzgünüm. Duyduğu öfke ve korkudan gözü döndü. Büyük bir risk aldın. Vampir seni öldürebilirdi."

Raven bitkinlikle gözlerini kapattı. "Hâlâ öldürebilir. Ondan kaçmamızın bir yolu yok."

Etraflarını saran gece tedirgin edici titreşimler taşıyordu. Ormanın derinliklerinde bir yerde avını kaçıran bir hayvan kızgınlıkla bağırmış, bir baykuş ıslık çalmış, bir kurt hırlamıştı.

Monique'ın elini sımsıkı tutan Raven, bacaklarını hareket ettirebildiğini fark edince rahatladı. "Hadi. İçeri girmemiz lazım. Mümkün olduğunca sessiz kalın ve üzerinize dikkat çekmemeye bakın. Andre döndüğünde kendinden geçmiş bir halde olacak, ne yapacağı hiç belli olmaz."

Monique kendisinden daha ufak tefek olan Raven'ın ayağa kalkmasına yardım ederek kolunu onun beline doladı. "Alexander canını yaktığında ona ne yaptın?"

Raven gönülsüzce taş eve doğru yürüdü. "Hiçbir şey yapmadım." Boğazındaki morluklara dokundu. Alexander işleri karıştırmıştı. Andre'nin Raven'ın boğazındaki izleri fark etmemesi imkânsızdı.

"Bizim hiç haberimiz olmadığı şeyleri hissedebiliyorsun sen," diye tahminde bulundu Monique huzursuzca.

"Bu o kadar da güzel bir beceri değil. Andre bu gece yine öldürdü. Bir kadın ile çocuğunu. Onu dışarı yollayarak bizim hayatlarımızı onlarınkiyle takas etmiş oldum."

"Hayır!" diye inkâr etti Monique. "Vampirin yapmayı seçtiği şeylerden sen sorumlu değilsin. Tıpkı o canavarın bana yaptığı şeyden kocamın sorumlu olmaması gibi. Alexander beni korumanın bir yolunu bulmuş olması gerektiğini düşünüyor. Kendisini asla affetmeyecek. Sen de onun gibi olma Raven."

Raven, taş merdivenlerin üstünde durarak ay ışığında yıkanan araziye baktı. Rüzgâr bir an hız kazandı ve parıldayan gümüş ışık uğursuzca karardı. Monique, nefesini tutup Raven'ı kolundan tutarak nispeten güvenli olan evin içine çekmeye çalıştı. Kızıl bir leke genişleyip yayılarak ayı tamamen kapattı. Uzun bir inleme rüzgâra karıştı, uluma halini alıncaya dek yükseldi ses. Bir kurt burnunu kan kırmızısı rengini almış aya doğru kaldırarak ikaz edercesine uludu. Onu bir ikincisi takip etti. Dağlar taşlar kötü bir haber verircesine gümbürdüyordu adeta.

Monique arkasını dönerek kocasının yanına koştu. "Benimle beraber dua et. Dua et benimle."

Raven kapıyı kapatarak sırtını yasladı üstüne. "Beni de telaşlandırma Monique. Andre'yi oyalarsak kurtulma şansımız olabilir."

Alexander, gözlerini Raven'a dikti, kolunuysa korumacı bir edayla karısına dolamıştı; eli çoktan şişmişti ve fena durumdaydı. "O kadını dinleme Monique. Beni boğacaktı neredeyse, inanılmaz bir güçle duvara fırlattı beni. O da kirli."

Raven, çileden çıkmış bir halde gözlerini devirdi. "Bende olduğunu sandığın tüm o güçlere sahip olmayı istemeye başladım artık. Seni susturmanın bir yolunu bulurdum böylece."

"İkimiz için endişeleniyor o sadece," dedi Monique yatıştırıcı bir ses tonuyla. "Zincirlerini çıkaramaz mıyız?"

"Zincirlerini çıkarırsak döndüğü zaman Andre'nin üstüne atlamaya kalkar."

Raven yüzünü buruşturarak Alexander'a baktı, adam onu tam anlamıyla çileden çıkarmıştı. "Bu da kocanın daha çabuk ölmesinden başka bir işe yaramaz." Raven ürpererek dehşete düşmüş gözlerini Monique'e çevirdi. "Geliyor. Ne olursa olsun hiç sesini çıkarma. Üzerine dikkat çekme."

Dışarıda rüzgâr uğuldadı, silinip giden tekinsiz, yalnız bir sesti bu, arkasında tuhaf bir sessizlik bırakmıştı. Raven, tüm bu boşlukta kendi kalp atışını bile duyabiliyordu. Duvar çatırdayarak parçalara ayrıldığında Raven bir adım geri attı. Mum ışıkları önce titreyerek çirkin, korkunç görüntüler oluşturan gölgeler düşürdü duvara, ardından da söndü.

"Gel Raven. Hemen gitmemiz gerek." Andre parmaklarını şıklatarak elini uzattı. Vampirin yüzü taze kandan kıpkırmızı olmuştu. Gözlerinde kötülük pırıltısı vardı, ağzı acımasızca kıvrılmıştı.

Raven, Andre'ye ardına kadar açılmış, suçlayan gözlerle baktı. "Neden bana bu şekilde geliyorsun? Söyle, neler oluyor."

Vampir gözle görülmeyecek kadar süratli hareket etmişti, Raven'ın aklına son anda kendisinin de aynı yeteneklere sahip olduğu geldi. Andre'nin sıcak ve pis nefesini hissedebiliyordu, üzerine ölümün kokusu sinmişti. Raven kendini çevik bir hareketle geriye çekince, Andre'nin tırnakları kolunu yırttı. Minik bedenini bir köşeye dayadı Raven. "Basit bir açıklama yeterli olacakken beni zor kullanarak sana boyun eğdirmeye çalışma."

"Bu başkaldırından dolayı pişman olacaksın," diye hırladıktan sonra önündeki kilise sırasını öyle sert fırlattı ki Andre, titreyen fani çiftin sadece birkaç santim uzağındaki duvara çarparak parçalara ayrıldı sıra.

Monique'ın ağzından hafif bir korku inlemesi kaçınca vampir anında geri döndü, gözleri kıpkırmızıydı ve kudretle parlıyordu. "İt gibi sürünerek geleceksin ayağıma." Andre'nin sesi alçalmış, hipnotize edici bir havaya bürünmüştü, bakışları büyüleyiciydi.

Alexander zincirlerine sonuna kadar asıldı, yaltaklık eden bir tavırla vampire boyun eğerek yere çöken Monique'u durdurmaya çalışıyordu. Raven, odayı sakin adımlarla geçerek,

Monique'un yolunun önünde diz üstü çöktü. "Sesimi duy Monique. Yapma bunu." Mavi menekşe gözlerini kendinden daha büyük olan kadının bakışlarına dikmişti doğrudan. Raven'ın sesi çok güzeldi, saflığın somutlaşmış hali gibiydi, kısık ve mest ediciydi. Onun sesinin yanında vampirin sesi çirkin ve mide bulandırıcı kalmıştı. Monique'un boş suratına kafa karışıklığı, şaşkınlık ve utançla karışık bir ifade yerleşmişti.

Vampir anında harekete geçti, Raven'la arasındaki mesafeyi atlayarak onun yanına geldi, onu saçından tutup öyle çok geriye çekti ki yere düşecek gibi oldu Raven.

Etraflarındaki dış dünya kırıldı adeta. Gecenin kendisi bile hiddetlenmiş, rüzgâr çığlık atıyor ve uluyor, geniş açık alan boyunca süratle ilerleyerek camlara vuruyordu. Koyu bir bulut hortumu kaynayan gökyüzünde fokurdayarak binanın çatısını söktü yerinden; dönmekte olan yığın önüne mobilyaları da katarak yıllar boyunca biriktirilmiş hazineleri paramparça etti.

Monique yüksek sesle ağlarken, kendisini Alexander'ın yanına doğru çekti; ikisi de birbirlerine sarıldılar. Tıslayan ve fısıldayan sesler kızgınlık, suçlama ve ayıplama içeren mırıltılar halindeydi. Dağ uğursuzca gümbürdedi, en uzaktaki duvar dışarı fırlayarak dinamitle havaya uçurulmuş gibi taşları ve harçları püskürttü.

Mikhail, şiddetli fırtınanın ortasında duruyordu, siyah gözleri ölüm kadar soğuktu. İpek gömleğine yayılan kızıl lekeye rağmen uzun ve ihtişamlı görünüyordu. Vücudu rahattı, tüm bu kargaşanın içinde hareketsizdi. Elini kaldırmasıyla rüzgârın kükremesi dindi. Uzun bir süre boyunca Andre'ye baktı Mikhail. "Raven'ı serbest bırak." Sesi oldukça yumuşak çıkmasına rağmen işiten herkesin kalbine büyük bir korku salmıştı.

Andre'nin Raven'ın ipeksi saçları etrafındaki parmakları daha da sıkılaştı.

Mikhail merhametsiz bir tebessümle karşılık verdi. "Zor

kullanarak bana itaat etmeni ve tıpkı senin kurbanlarına yaptığın gibi ölümüne sürüne sürüne gelmeni sağlamamı mı istersin yoksa?"

Andre'nin parmakları kasıldı ve kolu bir kuklaymışçasına birdenbire geri çekildi. Korku içinde Mikhail'e baktı, böyle bir gücü idrak edemiyordu. Zira zihin kontrolü Karpatyalılar üstünde kolay kolay işe yaramazdı.

Bana gel Raven. Mikhail, bu esnada gözlerini vampirin üstünde ayırmıyor, zihniyle elini kolunu bağlayarak onu çaresiz bırakıyordu. Öfkesi öyle büyüktü, Gregori'nin zihin gücüyle kendisine yardımcı olmasına bile ihtiyaç duymuyordu neredeyse.

Karpatyalı erkekler birer birer cisimlendi, hepsinin yüzlerine ayıplayan bir maske oturmuştu. Raven, fani çiftin duyduğu dehşetin arttığını, delirmenin eşiğine geldiklerini hissedebiliyordu. Yalpalaya yalpaya yanlarına giderek korumacı bir edayla Monique'un etrafına sardı kollarını. "O bizi kurtaracak," diye fısıldadı Raven.

"O da diğeri gibi," dedi Alexander boğuk bir sesle.

"Hayır, o iyi. Bizi kurtaracak." Raven bunu tüm kalbiyle inanarak söylemişti.

Mikhail, vampiri ansızın serbest bıraktı. Andre etrafına göz attı, ağzı küçümser bir edayla kıvrıldı. "Peşine ordu takmadan ava çıkamıyor musun sen?"

"Suçların için cezalandırıldın Andre. Şayet ben başarısız olursam, cezanı başkası uygulayacak." Mikhail, parmağıyla iki Karpatyalıya işaret ederek Raven'a doğru başını salladı. Uzun bedeninden kudret ve özgüven yayılıyordu. "Sen çocuktan başka bir şey değilsin Andre." Mikhail'in sesi alçak ve kadife kadar yumuşaktı. "Pek çok muharebeye katılmış birinin dengi olmayı umamazsın ancak ben sana yine de elde etmek için çok çaba harcadığın o fırsatı sunacağım." Mikhail'in siyah gözleri buz gibi bir hiddetle parıldadı.

"İntikam mı Mikhail?" diye sordu Andre iğneleyici bir tavırla. "Tam da senden beklenilecek bir şey." Vampir kendisini öne doğru fırlattı; jilet gibi keskin pençeleri uzamıştı, sivri dişlerinden salyalar akıyordu.

Mikhail görünmeyecek hale geldiğinde vampir kendisini evden dışarıda yerde buldu, vahşi gece üzerine doğru kapanıyordu sanki, Karpatyalı erkekler büyük bir çember oluşturarak onu çevrelemişti. Andre, diğerlerinin de baktığı tarafa yöneldi. Mikhail ondan birkaç metre ötede ayakta duruyordu, kırpmadığı gözlerinde kara bir hiddet ateşi yanıyordu.

Aidan, Raven'a doğru ilerledi, onun arkasına sinmiş ölümlüleri süzen parlak ve altın sarısı gözleriyle delici bir bakış fırlattı. "Bizimle gel," diye emretti ansızın. "Mikhail senin emniyette olduğunu görmek istiyor."

Raven bu adamı tanımıyordu, ancak taşıdığı özgüveni ve soğukkanlılığı çok iyi tanıyordu. Sesi yumuşak ve hipnotize ediciydi, hatta neredeyse büyüleyici. "Andre'nin anahtarı nereye koyduğunu gördün mü? Alexander'ı serbest bırakabiliriz böylece," diye sordu Raven Monique'e, bir yandan da yolunu kapayan Karpatyalı erkeğin etrafından dolanmaya çalışıyordu.

Beklenmedik bir şekilde Raven'ın gözleri ardına kadar açıldı ve yan tarafına yattı, boğazında boğuk bir çığlık düğümlenmişti. Sertçe yere düştü, acı içinde kıvrılıyordu, alnında oluşan kızıl bir leke gözlerine doğru süzülüyordu. Monique, kendinden daha genç olan kadının yanına, yere attı kendini. Hâlbuki Raven, onu hiçbir şekilde fark edecek durumda değildi. Artık evin sınırları içerisinde değildi, ne Aidan'ın, ne Byron'ın, hatta Monique ile Alexander'ın bile farkında değildi. Kan kırmızısı bir ayın ışıklarının üstüne aktığı dışarıda muazzam kudrete sahip bir iblisle yüzleşiyordu şu anda. Gözlerinde kızıl alevlerin parladığı, tebessümü zalimliğin vücut bulmuş hali olan bir iblisle. Merhametten en ufak bir şekilde nasibini almamıştı. İblis uzun boyluydu, azametliydi ve inanılmaz derece güveniyordu kendine, Raven onun kendisini öldüreceğinden emindi. Akıcı hareketlerinde hayvani bir güzellik vardı. Bu ruhsuz gözlerde ölüm ve yıkım kol geziyordu. Kesinlikle yenilmezdi. İblis, Raven'ın bedeninde ölümcül bir yara açtıktan sonra göz kamaştırıcı bir süratle geri çekilmişti. İçinde acımanın ve herhangi bir duygunun emaresi okunmuyordu. Merhametsiz, insafsız, amansız ve vicdansızdı iblis.

Onu olduğu gibi gör. Hem ölümlülerin, hem de Karpatyalıların avcısı o. Andre Raven'ın zihninde yankılandı. *Onun içindeki canavarı tanı. Seni zihniyle kontrol eden kültürlü bir adam göreceksin. İşte gerçek Mikhail Dubrinsky o. Bizlerden, yani kendi halkından yüzlercesini, belki de binlercesini avlayarak katletti. Bizi gözünü kırpmadan öldürdüğünde mutlak kudretten başka hiçbir şey hissetmez o.*

Andre'nin zihni tamamen Raven'ınkiyle birleşmişti, böylece Raven onun gözlerinden bakıyor, onun nefretini ve korkusunu hissediyor, Andre ona saldırdığında Mikhail'in karşı hamlesinin acısını duyuyordu. Raven, vampirin zihni üzerinde kurduğu hâkimiyetten kurtulmaya çabaladı ancak Andre öleceğini bildiği için mutlak bir kararlılıkla tutunmuştu ona. Onun son intikamı Raven olacaktı. Andre'nin aldığı her darbeyle, Mikhail'in açtığı her yakıcı yarayla Raven da aynı acıyı duyacaktı. Hiç değilse bu şekilde duyduğu acının zevkini çıkarabilecekti vampir.

Raven, vampirin planını çok net görebiliyordu, Mikhail'in kendisinin duyduğu ilk acı dalgasını hissettiğinin farkındaydı. Zar zor nefes alabiliyordu ancak Mikhail'i duyduğu ıstıraptan korumak için kendisini ona kapatmaya çalıştı. Ancak Mikhail, böyle bir kopuşa müsaade etmeyecek kadar kuvvetliydi. Onun buz gibi soğuk öfkesini, acımasızlığını, çarpışma isteğini, haini öldürme arzusunu hissedebiliyordu Raven. Vampirin ne yaptığını fark ettiğinde Mikhail'in düştüğü ani kararsızlığı da hissetmişti.

Raven. Duy sesimi. Etrafında kopan tüm fırtınaya rağmen sakin ve soğukkanlı. Gregori. Sesi çok güzeldi, hipnotize edici ve yatıştırıcıydı. *Kendini bana bırak. Uyuyacaksın şimdi.*

Gregori, Raven'a pek seçim şansı bırakmasa da Raven

kendisini isteyerek ve minnetle teslim etti o hipnotize edici sese, teslim olur olmaz da uyudu, böylece Andre'nin Mikhail için oluşturduğu son tehdidi de ortadan kaldırmış oldu.

Mikhail'in ciğerlerinden uzun, ağır bir hırıltı boşaldı ve gözle görülemeyecek kadar hızlı bir hamleyle ileri atıldı. Andre'nin vücudu darbenin etkisiyle geriye uçtu. Etrafa hâkim olan tuhaf sessizlikte gürültülü bir çıtırtı duyuldu. Andre, güçlükle ayağa kalktı, parıldayan gözleri hasmını arıyordu çılgınca.

"Ben kazandım." Ağzından gelen kanı tükürerek titreyen elini göğsüne bastırdı. "Raven seni gerçek halinle gördü. Burada ne yaparsan yap bu gerçeği değiştiremezsin." Bakışlarını Mikhail'den ayırmıyor, göz kırpmaya bile cesaret edemiyordu. Bir Karpatyalı için bile bu kadar süratli olmak imkânsızdı. O siyah, acımasız gözlerde bir şeyler vardı. Raven uyanık ve bilinçli olmadığı için en ufak bir acıma ve şefkat kırıntısı kalmamıştı Mikhail'in içinde.

Andre, geriye doğru temkinli bir adım attıktan sonra zihnini odaklayarak nişan aldı. Kıpkırmızı bir ışık çıtırdayarak patladıktan sonra Mikhail'in az önce bulunduğu noktaya çarptı. Gürültü dehşet verici boyutlardaydı, darbenin etkisiyle yer sarsılmıştı. Elektrik kırbacı cızırdayarak geri çekildi, ardında kararmış ve çizgi çizgi olmuş bir leke bırakmıştı zeminde. Andre, bir şeyler aniden başını geriye çekmiş gibi bağırdı, ardından boğazında derin bir kesik açıldı; parlak kırmızı kanı oluk oluk püskürmeye başladı.

Dördüncü darbe Andre'nin göğsünü açarak kalbi örten kemikleri ve kasları parçaladı. Kalbini göğsünden çıkarırken o siyah, merhametsiz gözlerini Andre'nin gözlerine en ufak bir acıma belirtisi göstermeksizin dikti Mikhail. Mikhail hâlâ atmakta olan organı aşağılarcasına yere, cansız bedenin yanına attı; vampirin tekrar dirilmeyeceğini garanti altına almıştı böylece. Mağlup olmuş düşmanının başında durdu, içerisindeki canavara, vahşi zafer coşkusuna, bedenini sarsan o bağımlılık yapıcı kudret akınına hükmedebilmek için mücadele ediyordu. Eski yaralarının hiçbirini hissetmiyordu şu anda, tek hissettiği gecenin ve zaferinin getirdiği sevinçti.

İçerisindeki vahşilik tehlikeli boyutlara ulaşıyor, erimiş alev gibi yayılıyordu. Rüzgâr hızını arttırarak bir koku taşıdı burnuna. *Raven.* Mikhail'in kanı alev aldı, sivri dişleri kaşınmaya başladı ve açlığı şiddetlendi. İnsanların kokusunu almıştı, ruh eşine elini süren de vardı aralarında. Mikhail kana susamışlıkla sarsıldı, Karpatyalılar biraz daha geri çekildi, zira Mikhail'den dalga dalga güç yayılıyordu, öldürme ihtiyacı onu neredeyse ele geçirmişti. Rüzgâr Mikhail'in etrafında sürekli bir girdap halinde dönüyordu, Raven'ın kokusu belirsiz ve silikti hâlâ. Rüzgâr Raven'ın ismini fısıldadığında, Mikhail'in içinde kopan sert fırtına da dinmeye başladı.

Mikhail'in zihni şiddetin dünyasından ışığa giden yola doğru uzandı. "Yok edin şu şeyi," dedi sertçe ve kısaca, belirli birine hitap etmeden. Ellerini gökyüzünden topladığı enerjide yıkayarak bedenindeki kan lekelerini temizledi. Göz kamaştırıcı bir hızla vampirin ininin harabelerine dönerek cisimlendi ve kolları arasında tuttuğu Raven'ın hareketsiz bedenini sallayan Monique'ın üstünde belirdi.

Bölüm 16

Raven, yavaş yavaş kendine gelmeye başladı. Bir yatakta yatıyordu, üstünde kıyafetleri yoktu. Mikhail onun arkasındaydı; gür, ıslak saçlarını eline dolamıştı. Saçlarını örmeye çalışan o kendinden emin parmakların dokunuşunu tanıdı hemen, Mikhail'in sakin, ağır ve oldukça soğukkanlı hareketleri Raven'ı bulanık hafızasına rağmen rahatlatıyordu. Raven, anlaşılan, küçük ve fazla esintili olan eski bir kaledeydi. Yatak odasının içerisi sıcacıktı, Mikhail havayı, sakinleştirici bitki özleri ve ışıl ışıl yanan mumların yarattığı romantizmle doldurmuştu. Üstlerine sinen sadece birbirlerinin ve kullandığı bitkisel sabunun kokusu olsun diye Raven'ı da, kendisini de yıkamıştı Mikhail. Raven, bu yeni ortama alışmaya çalışırken Mikhail de aheste aheste onun saçlarını örüyordu. Mikhail, onun zihnine dokundu; kafası allak bullaktı Raven'ın, aklını kaçırmamak için çırpınıyordu çaresizce. Mikhail'den, dahası kendi muhakeme gücünden korkuyordu Raven.

Kalbi çılgınlar gibi atıp küt küt sesi kulaklarında yankılanırken, Raven odanın her bir köşesini, her bir duvarı, her bir ayrıntıyı inceliyordu bir yandan da. Çok güzel bir odaydı. Şöminede bir ateş yanıyordu; uzun mumlar bitkilerin sakinleştirici kokusuyla karışan hafif bir aroma yayıyordu. Yatağın yanındaki ufak sehpanın üzerinde eski bir İncil duruyordu. Hiçbir şeyi tanımamasına rağmen her şey garip bir biçimde tanıdık gelmişti Raven'a.

Yatağın üstündeki yorgan kalın ve sıcacıktı, çıplak tenine değen dokusu yumuşacıktı. Raven, çırılçıplak olduğunun ancak farkına varabilmişti. Utanarak kendisini bir an savunmasız hissetti, fakat yine de ait olduğu yer Mikhail'in yanıymış gibi geliyordu. Mikhail'in elleri saçlarından ensesine kayarak parmaklarıyla sızlayan kaslarını ovalamaya başladı. Dokunuşu çok bildikti, Raven'ın bedenindeki tüm duyuları harekete geçirmişti.

"Monique ile kocasına ne yaptın?" Raven, parmaklarıyla sımsıkı kavradı yorganı. Mikhail'in tenlerinin temas etmesine neden olacak kadar çok yaklaşan vücudunun sıcaklığını görmezden gelmeye çalıştı; göğsü Raven'ın sırtına değiyor ve bu onu çılgına çeviriyordu. Mikhail, olması gerektiği gibi, yani Raven'ın bir parçası gibi hissediyordu kendini.

Boynuna yakın bir morluğun üstüne bir buse kondurdu Mikhail, ardından da hızla atan şah damarını kadife diliyle okşadı. Raven'ın vücudu bir sonraki hamleyi bekleyerek kasıldı. Zihni karman çormandı. "Evlerinde güvendeler. Olması gerektiği gibi birbirlerini seviyorlar. Ne Andre'yi, ne de Andre'nin onlara yaptığı zulümleri hatırlıyorlar. Bizi iyi ve yakın dostları olarak biliyorlar." Başka bir morluğu daha öptü Mikhail; kanını yalayıp geçen, alev yayan bir kuş gibi hafif bir dokunuştu bu. Raven'ın ince beline uzanan elleri dolgun göğüslerini avuçlamak için dar göğüs kafesinde kaydı. Zihniyle ona dokununca Raven zihinsel olarak geri çekti kendini.

"Niçin benden korkuyorsun Raven? Sen benim en kötü halimi, bir katil olduğumu, halkım için nasıl adalet dağıttığımı gördün." Başparmaklarıyla ruh eşini okşuyordu Mikhail bir yandan da, Raven'ın etrafını sarmalayan aheste ve erotik bir dokunuştu bu. "Benim kötü biri olduğuma mı inanıyorsun yoksa? Zihnime dokun küçüğüm. Benim senden bir şey saklamam imkânsız. Hakiki tabiatımı hiç gizlemedim senden. Bana bir zamanlar şefkatle, aşkla ve kabullenerek bakardın hâlbuki. Tüm bunlar unutuldu mu?"

Raven gözlerini yumunca uzun kirpikleri belirgin elmacık kemiklerine doğru uzandı. "Artık neye inanacağımı ben de bilmiyorum."

"Öp beni Raven. Zihnini benimkisiyle birleştir. Tamamen bir olmamız için vücudunu paylaş benimle. Daha önce bana güvenmiştin, yine öyle yap. Bana aşkla, sevgiyle, yapmak zorunda kaldığım şeyleri, tabiatımdaki canavarı affederek bak. Halkımı ve bizi ortadan kaldırmak isteyenlerin gözüyle bakma. Kendini bana bırak." Mikhail sesi baştan çıkarıcı bir kara büyü gibiydi adeta, elleri Raven'ın saten teninin her noktasını okşuyordu. Onun bedeninin her yerini, her kıvrımını hafızasına kazımıştı Mikhail. Vücudu arzuyla yanıyordu ve açlığı giderek kabarıyordu. Hem Raven'ınki, hem kendisininki. Raven'ı telaşlandırmamak için oldukça nazik bir hareketle onun narin bedenini yorgana bastırdı, kaslı gövdesi Raven'ın minik bedenini bir battaniye gibi örtmüştü adeta. Mikhail'in keşfe çıkmış elleri altındaki Raven öyle narin, öyle kırılgandı ki.

"Sen neden benim hayatım oldun Mikhail? Ben hep yalnızdım, güçlüydüm, kendimden emindim. Sen hayatımı ele geçirdin sanki."

Mikhail'in avuç içleri, Raven'ın yüzünü çevrelemek için vücudunun kıvrımlarından yukarı doğru kaydı. "Benim hayatım sensin Raven. Seni aşina olduğun her şeyden koparıp aldığımı kabul ediyorum ama zaten yalnızlık içinde yaşaman gerekiyordu senin. Soyutlanmış bir hayatın nelere mal olduğunu, nasıl bir hal alabildiğini biliyorum ben. O insanlar seni kullanıyordu, seni mahvedeceklerdi. Diğer yarım olduğunu, benim sana ait olduğumu hissedemiyor musun hâlâ?" Ağzı, Raven'ın gözlerine, elmacık kemiklerine, dudaklarının her bir köşesine sürüklendi. "Öp beni Raven. Hatırla beni."

Raven uzun kirpiklerini kaldırdı, koyu bir mor renge bürünmüş gözleriyle onun simsiyah ve aç bakışlarında gezindi. Mikhail'in bakışlarında ve bedeninin sıcaklığında alev alev bir duygu yoğunluğu vardı. "Eğer seni öpersem, duramam Mikhail."

Mikhail'in ağzı onun boynunda, göğüslerinin arasındaki vadide dolaştıktan sonra kalbinin üzerinde oyalandı kısa bir süre, ağzına dönmeden önce dişleri hassas tenini sıyırıp geçti Raven'ın. "Ben çok uzun bir süre karanlıkta hapsolmuş Karpatyalı bir erkeğim. Çok az şey hissettiğim, avlanmaktan, öldürmekten zevk aldığım doğru. İçimizdeki bu vahşi canavarın üstesinden gelebilmek için ruh eşimizi, diğer yarımızı, yani karanlığımızın ışığını bulmamız gerekiyor. Benim ışığım da, hayatım da sensin Raven. Fakat bu benim halkıma olan sorumluluklarımı ortadan kaldırmıyor. Hem fanileri kendilerine kurban edenleri, hem de halkımı kurban edenleri avlamak zorundayım. Bunu gerçekleştirirken de hiçbir şey hissetmemem gerek, yoksa sonum delirmek olur. Öp beni; zihnini benimkiyle birleştir. Beni olduğum gibi sev."

Raven'ın bedeni kıvranıyor, yanıyordu. Arzuluyordu. Açtı. Mikhail'in kalp atışları çok kuvvetli, teni alev alev, kendi yumuşak bedenine değen kaslarıysa sertti. Dudaklarının her dokunuşu Raven'in içine cızırdayan bir elektrik şoku gönderiyordu.

"Sana yalan söyleyecek değilim," diye fısıldadı Mikhail. "Düşüncelerimi, içimde yaşayan canavarı biliyorsun sen. Ben sana karşı nazik olmaya, seni dinlemeye çalışıyorum. İçimdeki o vahşilik dışarı çıkmanın bir yolunu buluyor hep ama sen beni terbiye ediyorsun. Lütfen Raven, sana ihtiyacım var. Senin de bana ihtiyacın var. Vücudun zayıf düşmüş, açlığını hissedebiliyorum. Zihnin bin bir parçaya bölünmüş; izin ver iyileştireyim seni. Bedenin benimki için yanıp tutuşuyor, tıpkı benim bedenimin de seninki için yanıp tutuştuğu gibi. Öp beni Raven. Bizden vazgeçme."

Raven'ın mavi gözleri Mikhail'in yüzünde biraz daha gezindikten sonra dudaklarının üstünde durdu. Elinde olmadan hafifçe içini çekti. Mikhail'in dudakları onunkinin üstünde duraksadı, Raven'ın cevabını bekliyordu.

Mikhail'i tam anlamıyla tanıdığını anlatan o ifade ilk olarak gözlerinde belirdi Raven'ın. Tüm benliğine bir şefkat hissinin yayılmasıyla Mikhail'in başını elleri arasına aldı. "Seni benim uydurmuş olmamdan korkuyorum Mikhail. Bu kadar benim bir parçammış gibi gelen, bu kadar mükemmel olan bir şey gerçek olamazmış gibi geliyor. Senin sadece bir rüya çıkmanı, kâbusunsa gerçek olmasını istemiyorum." Raven, Mikhail'in birkaç santimetre uzağındaki yüzünü kendine doğru çekerek ağzını onunkine yapıştırdı. Hem onun, hem de Mikhail'in kulaklarında gök gürüldedi adeta. Üzerlerine düşen akkor ısı dans ederek hem Raven'ı, hem de Mikhail'i yiyip bitirdi. Raven'ın zihnine usulca ve çekinerek dokunan Mikhail herhangi bir direnişle karşılaşmayınca ikisini birbirine kenetledi ve böylece kendi alev alev arzusu Raven'ınki oldu, içindeki dizginlenemez tutku Raven'ınkini besledi. Böylece Raven, onun gerçek olduğunu ve kendisini asla bırakmayacağını, bırakamayacağını bilecekti.

Mikhail, onun hoş tadına bakıyor, ağzının her bir noktasını keşfederek kükreyen alevler oluşturuyordu. Ellerine sığacak kadar küçük olan narin kalçalarından kavradı Raven'ı, diziyle bacaklarını ayırabilmek için aşağıya çekince onu, sımsıcak ağzı göğsünün sert kaslarında dolaşmaya başladı. Raven diliyle nabzını okşayınca Mikhail'in bedeni kasılıp alev aldı ve öyle ki derisinden dışarı akacağını sandı bir an.

Raven'ın dili onu bir kez daha okşadı; uzun, aheste bir dokunuştu bu. Minik dişler tenini sıyırınca Mikhail'in kalbi fırlayacak gibi, bedeniyse patlayacak gibi oldu. Raven, atan nabzının üstündeki noktayı bulduğunda keskin, tatlı bir acı duydu Mikhail. Duyduğu coşkuyla haykıran Mikhail, ilerleyip daha da derinlere inerken, zengin, sımsıcak, kudretli kanı Raven'ın açlık çeken bedenini beslerken başını daha da bastırdı kendisine.

Kendine hâkim olması şu anda pamuk ipliğine bağlı olan

Mikhail, Raven'ı zirveye çıkaracak son hamle için iki eliyle de onun kalçasını kaldırmıştı. Ağzını nazikçe ittirdiği Raven onu serbest bıraktığında, o da kendi dişlerini Raven'ın yumuşak göğsünün şişkinliğine batırdığında gevşemişti. Raven'ın nefesi kesildi, iştahla beslenen Mikhail'in başını kendine iyice yapıştırdı. Raven'a sahip olan vücudu sert ve ısrarcıydı. Raven'ı kaybetme korkusu, o gece uyguladığı şiddet sonrasındaki her şeyi onun bedenine akıtıyordu Mikhail. Sıcaklık ve alevler, vücutları terden kayganlaşana, Raven yumuşak ipeğe ve akkor sıcaklığa dönüşmüş bedeniyle ona tutununcaya, ikisi de tek bir vücut, tek bir zihin, tek bir yürek, tek bir kan haline gelinceye dek yükseldi. Mikhail ikisini de uçurumun kenarından yuvarlayıp gökyüzüne ve dalgalı denizlere savurduğunda kısık ve boğuk bir çığlık attı, Raven ise gırtlaktan gelen yumuşak ve ince sesler çıkardı.

Seni kaybedemem küçüğüm. Sen benim en iyi yanımsın. Seni kelimelerle ifade edemeyeceğim kadar çok seviyorum. Mikhail yüzünü Raven'ınkine sürterek nemli saçlarını öptü.

Raven, dilini bir ter damlasına değdirerek ona yorgun yorgun gülümsedi. "Zihnim ne kadar zarar görmüş olursa olsun seni her zaman tanırım Mikhail."

Ağırlığının Raven'ın minik bedenini ezmemesi için onu da kucağına alarak yana doğru yuvarlandı Mikhail. "Olması gereken de bu zaten Raven. Şu son birkaç gün içerisinde öyle çok acı çektin ki hiçbiri ebediyete dek silinmeyecek zihnimden. Yarın gece bu bölgeyi terk etmek zorundayız. Vampir öldü ama arkasında halkımızın yok olmasına neden olabilecek izler bıraktı. Halkımızın yaklaşmakta olan zulümden kurtulma şansının olacağı, daha gözlerden uzak bir yere taşınmamız gerek." Andre'nin bıraktığı uzun, derin çizikleri incelemek için Raven'ın kolunu kaldırdı Mikhail.

"Böyle bir şeyin yaklaştığından emin misin gerçekten?"

Mikhail, mumları söndürmek için elini sallarken solgun, acı bir tebessüm dokundu dudaklarına. "Şu uzun ömrümde bu işaretlerle pek çok kez karşılaştım daha evvel. Suikastçılar gelecek ve hem insanlar, hem de Karpatyalılar acı çekecek onların yüzünden. 25, belki de 50 sene için geri çekilip yeniden topluluk olmak için vakit tanıyacağız kendimize." Mikhail'in dili Raven'ın kolundaki kızarmış izleri bularak şifa verici dokunuşuyla nazikçe temizledi. Bu Raven'ı hem rahatlatmış, hem de ona doğru gelmişti.

Raven'ın uzun kirpikleri aşağı indi; yatak odasında dolaşan, ikisinin birbirine karışmış kokusu hoş bir aroma oluşturmuştu. "Seni seviyorum Mikhail, hem de her şeyinle. İçindeki canavarı bile seviyorum. Kafamın neden o kadar karıştığını bilmiyorum. Sen kötü değilsin ki, içini apaçık görebiliyorum."

Ait olduğun yerde, kollarımda uyu küçüğüm. Mikhail, yorganı üstlerine çekip Raven'ı kollarının koruması arasına alarak ikisini birden uykuya gönderdi.

Küçük kilise mezarlığının karanlığındaki kutsal topraklarda ufak bir grup toplanmıştı. Jacques, bitkin ve solgun görünüyordu; yarası, hâlâ iyileşme sürecinde olan taze bir iz şeklini almıştı. Kolunu Raven'ın narin omuzlarına atarken dengesini kaybedip sendeledi hafifçe. Raven ona güven verici bir gülümsemeyle baktı. Jacques'ın arkasındaki Byron, dostunun düşmesine engel olmak için ona yakın duruyordu. Bir yanlarında da Aidan duruyordu yalnız başına, uzun ve dimdikti, başını hafifçe yere eğmişti.

Kilise avlusu kale sınırları içerisindeydi, eskiydi ve zarif bir antik mimari dokusuna sahipti; dua odası küçük fakat güzeldi. Vitraylar ile yüksek çan kulesi küçük mezarlığa koyu bir gölge düşürüyordu. Dağınık mezar taşları, melek ve haç heykelleri, onları karşılayan toprağı elinin tek bir işaretiyle açan Mikhail'in sessiz şahitleriydiler.

Gregori, duyduğu saygıdan dolayı kadim ve yüce figürlerin oyulduğu tahta bir tabut meydana getirmişti. Tabutu toprağın kucak açmış kollarına indirerek geri çekildi.

Mikhail istavroz çıkarıp duasını ezbere okuduktan sonra Edgar Hummer'ın tabutuna kutsal su serpti. "O benim dostum, sıkıntıya düştüğümde rehberim oldu. Irkımızın devam etmesi gerektiğine inanırdı. İnsan olsun, Karpatyalı olsun içi onun kadar şefkat ve ışık dolu başka bir adamla hiç tanışmadım ben. Tanrının gönlüne saçtığı ışığı gözleriyle dağıtırdı o."

Mikhail'in elini kaldırmasıyla toprak hiç rahatsız edilmemişçesine kapandı tekrar. Başını eğen prens, davetsiz gelen kedere karşı koymaya çalıştı, engel olamadığı kan kırmızısı yaşlar gözlerinden boşalıyordu. Mezar taşını koyan da, son duayı eden de Mikhail'in dinine inanmayan Gregori olmuştu. Karpatyalıların o çok güzel ve büyüleyici sesleri rahibin şerefine Latince bir ilahi okumaya koyuldu.

Gecenin havasını ciğerlerine çeken Mikhail kurtlarına bir pişmanlık çağrısı gönderdi. Karanlık orman boyunca yankılanan hüzünlü bir uluma korosu cevap verdi çağrısına.

İlk bükülen Gregori'nin vücudu oldu; tüyleri ay ışığında sedef gibi parlıyordu. Toplam boyları iki metre eden kanatlarını açıp yakınlardaki bir ağacın yüksek bir dalına konarak jilet gibi keskin pençelerini dala gömdü. Baykuşun hareketsiz vücudu geceye karışarak beklemeye koyuldu. Sıradaki Aidan'dı. Tuhaf altın sarısı bir renge sahip, güçlü ve ölümcül fakat aynı zamanda da sessiz bir baykuş. Byron'un baykuşu daha kısa, daha derli topluydu, tüyleri bembeyaz bir mantoydu adeta. Kaskatı bedeni gölgeler arasında titreyen Mikhail, kendisini gecedeki gökyüzüne bıraktı, diğer üç baykuş da peşinden geliyordu.

Fikir birliği yapmışlar gibi, dört baykuş birden gökyüzünün daha da yükseklerine doğru uçtu hızla, ormanın üstündeki bulutlara doğru sessizce ilerlerken parlayan kanatlarını kuvvetle çarpıyorlardı. Rüzgâr vücutlarına çarpıyor, tüylerini dalgalandırıyor, vampirin ardında bıraktığı her üzüntü ve şiddet kalıntısını siliyordu.

Bu dört büyük kuş mükemmel bir uyum içerisinde havada keskin hamlelerle dönüyorlardı. Duyduğu neşe Mikhail'in kalbindeki dehşeti ve sorumluluğun o ağır yükünü silmiş, suçluluk duygusunu kaldırıp yerini sevinçle doldurmuştu. Güçlü kanatlarını sertçe çarparak gökyüzünde yarışırcasına hep beraber uçuyorlardı. Mikhail duyduğu neşeyi Raven'la paylaştı, baykuşun bedenindeyken bile bastıramıyordu bu hissi zira. Kendiliğinden dökülen bir davet, Karpatyalı hayat tarzının sayısız lütuflarından birini daha paylaşma ihtiyacıydı bu.

Düşün aşkım; zihnine koyduklarımı gözünde canlandır. Bana daha önce hiç güvenmediğin kadar güven. Sana bu hediyeyi vermeme müsaade et.

Raven bir an olsun tereddüt etmedi. Mikhail'e mutlak bir inanç duyarak kendisini ona bıraktı ve gönderdiği görüntüye uzandı. Bedeni fiziksel olarak çözündüğünde duyduğu hafif rahatsızlık ve tuhaf sersemlik de kırmadı Raven'ın cesaretini. Ardından da titreşen tüyler belirdi.

Onun yanındaki Jacques geri çekilerek kendi iri yarı gövdesi sıkışıp şekil değiştirmeden önce daha minik olan dişi baykuşun uzun bir melek heykelinin üstüne sıçramasına müsaade etti. Birlikte kendilerini geceye atarak üstlerinde daireler çizen dört kuvvetli kuşa katılmak için yukarıya doğru uçtular.

Erkeklerden birisi düzeni bozarak dişinin etrafında daireler çizdikten sonra onu geniş kanadının altına alacak kadar yaklaştı. Dişi kuş oyuncu bir edayla alçalarak uzaklaştı. Diğer erkekler onun etrafında adeta birer duvar örerek hürce uçmanın maskaralıklarını dizginlemeye çalıştı. Erkek baykuşlar dişiyi ortalarına alarak birbirlerine yakın dizilmişlerdi; ormanın üstünde döne döne sisin yükseklerine doğru tırmanıyorlardı. Uzunca bir süre sadece oyun oynayarak havada dalışa geçip döndüler, süratle yukarı uçtuktan sonra yere doğru inişe geçip ağaçların arasında ve kalın sis örtüsünün üstünde uçmak için tekrar yukarı çektiler kendilerini.

Bir süre sonra aheste bir uçuş tutturdular, erkekler korumacı bir edayla yine dişi kuşun etrafını çevrelemişti. Mikhail, gecenin gerilimden kalan son kırıntıları da süpürerek dünyanın dört bir köşesine dağıttığını hissetti. Raven'ı bu köyden çok uzaklara götürecek ve Karpatyalıların adetlerini öğrenmesi için bol bol vakit tanıyacaktı ona. Raven ırklarının geleceğini, Mikhail'in geleceği temsil ediyordu. Raven onun hayatı, neşesi, var olma sebebiydi, dünyada iyilik namına ne varsa Raven sayesinde tutunuyordu Mikhail. Ve Raven'a mutluluk dolu bir hayat sunmaya da kararlıydı.

Mikhail, alçalarak Raven'ın tüylü bedenini kendisininkiyle kapladı, zihnine dokunarak onun sevincini hissetti. Raven da, onun zihnini sevgi, sıcaklık ve keşfettiği yeni görüntüler, sesler ile kokular karşısında yüzünden kahkahasıyla doldurarak karşılık verdi. Gökyüzünde Mikhail ile yarışıyor, kahkahası hepsinin zihninde yankılanıyordu. Raven, geleceklerinin umuduydu.